SANDRA
LESSMANN

DAS
JUNG-
FRAUEN-
SPIEL

SANDRA
LESSMANN

DAS JUNG-FRAUEN-SPIEL

DROEMER

Die Folie des Schutzumschlags sowie die Einschweißfolie
sind PE-Folien und biologisch abbaubar.
Dieses Buch wurde auf chlor- und säurefreiem Papier gedruckt.

Besuchen Sie uns im Internet:
www.droemer.de

Redaktion: Ilse Wagner
Umschlaggestaltung: ZERO Werbeagentur, München
Umschlagabbildung: Bridgeman Art Library
Gestaltung und Herstellung: Josef Gall, Geretsried
Satz: Adobe InDesign im Verlag
Druck und Bindung: GGP Media GmbH, Pößneck
Printed in Germany
ISBN 978-3-426-19766-0

2 4 5 3 1

Erstes Kapitel

November 1583

Der kleine Segler wiegte sich gemächlich im leichten Wellengang des Hafens von Calais. Ein starker Geruch nach Fisch, Tang und Salz lag in der Luft. Das Geschrei der Möwen, die auf der Suche nach Abfällen tief über das Wasser glitten, verband sich mit den rauhen Stimmen der Seeleute. Es herrschte rege Betriebsamkeit. Fässer wurden über das steinerne Pflaster gerollt, Kisten und Bündel zu wartenden Booten geschleppt.

Roger Ashton nahm die Hände seiner Gemahlin und drückte sie herzlich.

»Seid Ihr sicher, dass Ihr diese gefährliche Reise auf Euch nehmen wollt, meine Liebe? Noch ist Zeit, Eure Meinung zu ändern.«

Marianna Ashtons grüne Augen hoben sich zu dem Gesicht ihres Mannes. Entschieden schüttelte sie den Kopf.

»Bitte versteht doch! Von dem Moment an, als sie mir Nathaniel weggenommen haben, suche ich nach einem Weg, ihn zurückzubekommen. Ich will nicht, dass er eines Tages seine Mutter vergisst. Ich bin Euch ins Exil gefolgt, weil ich glaubte, Ihr wüsstet Rat.«

Er senkte die Lider. »Es tut mir leid. Wenn ich geahnt hätte, dass man Euch Nat fortnehmen und ihn in die Obhut meines Vetters geben würde, hätte ich euch früher zu mir geholt.«

»Ich gebe Euch keine Schuld. Aber ich muss einen Versuch unternehmen, Nat aus England herauszubringen. Auch wenn er nicht –«

Ashton unterbrach sie. »Schon gut, Ihr braucht nichts weiter zu sagen. Ihr wisst doch, dass ich Euch längst vergeben habe. Trotzdem habe ich Angst um Euch. Walsinghams Spitzel sind überall. Wenn man Euch erkennen sollte …«

Beschwichtigend legte Marianna die Hand auf den Arm ihres Gatten.

»Ich habe doch einen Pass auf einen anderen Namen. Niemand rechnet damit, dass ich nach England zurückkehre.«

»Es wäre meine Pflicht als Euer Herr und Beschützer, Euch auf dieser Reise zu begleiten.«

»Nein! Ihr wisst sehr gut, dass es unvernünftig wäre. Wenn man Euch in England aufgreift, wird man Euch wegen Hochverrats hinrichten. Mir als Frau werden sie dagegen nichts tun. Wünscht mir Glück, mein Gemahl.«

»Ich werde hier in Calais auf Eure Rückkehr warten. Möge Gott Euch schützen!«

Nur widerwillig ließ Roger Ashton die Hände seiner Gemahlin los und wandte sich an den Diener, der mit einem Bündel über der Schulter hinter ihr stand.

»Christopher, achte gut auf deine Herrin! Ich vertraue dir ihre Sicherheit an. Enttäusche mich nicht!«

Der große, kräftig gebaute, junge Mann neigte leicht den Kopf. »Ja, Sir!«

Christopher war sich der Verantwortung wohl bewusst. Er diente seinem Herrn bereits von Kindheit an und verehrte dessen Gemahlin.

Marianna Ashton wandte sich ohne ein weiteres Wort von ihrem Gatten ab, winkte ihrer Magd Judith und ließ sich von dem Diener an Bord helfen. Der Segler würde sie und einige andere Passagiere zu dem Postschiff bringen, das in tieferem Gewässer vor Anker lag. Roger Ashton blieb noch lange auf der Mole stehen und beobachtete, wie das Schiff die Segel setzte, den Anker lichtete und langsam den Hafen verließ. Erst als es nur noch ein heller Fleck am Horizont war, riss er sich von dem Anblick los und suchte eine der Kirchen der kleinen Stadt auf, um für Mariannas sichere Rückkehr zu beten.

Als Ashton das Gotteshaus verließ, begann es bereits zu dunkeln. Vom Meer her wehte ein kalter Wind, der durch den dicken Wollstoff seines Umhangs drang und ihn trotz der reichlich vorhandenen Fettpolster erzittern ließ. Seine Gedanken wanderten wieder zu seiner Frau und ihrem Vorhaben. Erneut durchlief ihn ein Schauer, für den nicht die Kälte verantwortlich war. Vielleicht hätte er energischer versuchen sollen, sie davon abzuhalten. Aber Marianna hatte von jeher einen Dickkopf besessen, gegen den anzukämpfen ihm oftmals zu mühsam gewesen war. Aus Bequemlichkeit hatte er ihr zu viel durchgehen lassen. Andererseits war sie dank ihrer Entschlossenheit auch ohne ihren Gatten zurechtgekommen, als dieser nach der Rebellion der nordenglischen Grafen ins Exil gegangen war. So jung Marianna damals gewesen war, sie hatte sich in ihrer nicht gerade beneidenswerten Lage als Frau eines Hochverräters behauptet und sich von den Vertretern des Staates, die sie schikaniert hatten, nicht einschüchtern lassen. Ashton hätte es ihr nicht übel genommen, wenn sie ihren Gatten für die verzweifelte Lage, in die er sie gebracht hatte, von ganzem Herzen gehasst hätte. Zu seinem Erstaunen tat sie es nicht, hatte es nie getan. Es mochte keine Liebe zwischen ihnen gegeben haben – das hatte er bei dem erheblichen Altersunterschied auch nicht erwartet –, doch sie hatten einander mit Achtung und Verständnis behandelt. Die wenige Zeit, die Roger Ashton während seiner vierzehnjährigen Ehe mit seiner Gemahlin verbracht hatte, war das Beste, was ihm je passiert war. So war es ihm nicht schwergefallen, über Mariannas wenige Fehltritte hinwegzusehen. Er gab sich selbst die Schuld. Schließlich hatte er sie im Stich gelassen, um sich einer von vornherein zum Scheitern verurteilten Rebellion gegen die Königin von England und ihre Minister anzuschließen. Nun war es Marianna, die sich in ein gefährliches Vorhaben stürzte, und er brachte es nicht übers Herz, sie zurückzuhalten. Eine heimliche Reise nach England erforderte allerdings eine sorgfältige Planung. Die englischen Hafenstädte wimmelten von Spitzeln, denn die mächtigen Männer am Hof Elizabeths lebten in ständiger Angst vor Verschwörungen gegen ihre Königin. Roger Ashton selbst hätte es nicht wagen können, die Insel zu betreten, ohne Verhaftung, Kerker und eine barbarische Hinrichtung zu riskieren. Seine Gattin dagegen würde kaum Verdacht erregen. Mit einem gefälschten Pass ausgestattet, den sie von einem im Exil lebenden Engländer erstanden hatten, konnte sie sich sicher fühlen. Nun blieb Ashton nichts anderes übrig, als zu warten und zu beten.

Tief in Gedanken versunken ging er durch die schlecht beleuchteten Gassen des Küstenstädtchens. Die Geräusche des Hafens hinter ihm wurden vom Wind verweht, der einen Geschmack von Salz auf den Lippen zurückließ. Die Gasse, die zu der Herberge führte, in der er wohnte, stieg ein wenig an, und die leichte Anstrengung nahm ihm bereits den Atem. Ein Gefühl von Enge zog sich um seine Brust und strahlte in seinen linken Arm aus. Er musste stehen bleiben, um Luft zu schöpfen. Das Alter!, dachte er zerknirscht. Dabei hatte er gerade erst sein fünfzigstes Jahr vollendet. Vielleicht war es aber auch seine Schwäche für gutes Essen. Marianna hatte ihn stets wegen seines kräftigen Appetits geneckt. Nun rächte sich die sündige Völlerei. Er musste in Zukunft wohl oder übel kürzer treten!

Ashtons rasselnder Atem übertönte die Schritte der drei Männer, die sich ihm von hinten näherten. Er hörte sie nicht kommen. Plötzlich wurde er an beiden Armen gepackt und gegen eine Hauswand geschleudert. Ashtons Hand tastete nach dem Griff seines Degens. Es gelang ihm noch, die Waffe halb aus der Scheide zu ziehen, als ein Fausthieb in den Magen seine Gegenwehr im Keim erstickte. Röchelnd krümmte er sich zusammen und schnappte nach Luft. Sein Herz raste. Seine Arme wurden auf seinen Rücken gezwungen, ein Seil schnitt in das Fleisch seiner Handgelenke und schnürte sie zusammen. Nun war er völlig wehrlos. Mit schreckgeweiteten Augen nahm er die Gesichter der drei Männer in sich auf, die ihn umstanden. Eines von ihnen gehörte dem Exilanten, der den Pass für Marianna gefälscht hatte.

»Was wollt Ihr von mir?«, stieß Ashton hervor, obwohl er die Antwort bereits kannte. Sie waren einem englischen Spion auf den Leim gegangen!

Wortlos starrten die Männer ihren Gefangenen an.

»Ich bitte Euch, lasst mich gehen!«, flehte Ashton.

Einer der Männer stopfte ihm einen schmutzigen Lappen in den Mund, ein anderer holte einen Leinensack hervor und zog ihn dem vor Angst bebenden Gefangenen über den Kopf, damit er nicht sah, wohin man ihn brachte. Roger Ashton wusste es auch so. Allem Anschein nach war er dazu verdammt, in die Fußstapfen Dr. John Storys zu treten, der im Auftrag William Cecils, Lord Burghley, entführt und in England hingerichtet worden war. Und die ahnungslose Marianna lief in eine Falle!

Zweites Kapitel

Der Regen prasselte gegen die Glasrauten des Fensters. Gedankenverloren zeichnete Marianna die Bleiruten, die die Scheiben zusammenhielten, mit der Fingerspitze nach. Der Schemel, auf dem sie saß, war wie der Rest der spärlichen Einrichtung von langem Gebrauch abgenutzt, der Boden von zweifelhafter Sauberkeit und das Laken des Bettes grau und fleckig. Marianna störte sich nicht daran. Sie hatte die Herberge am Rande von Dover aufgrund ihrer Abgeschiedenheit gewählt, Reinlichkeit und Güte des Essens waren zweitrangig. Hier stiegen weitaus weniger Durchreisende ab als in dem Küstenstädtchen selbst, allerdings erschienen ihr einige der Gäste etwas anrüchig, so dass Marianna oder ihre Magd nur selten die Kammer verließen, in die sie sich eingemietet hatten. Sie lag im zweiten Stock des Fachwerkhauses und war über eine den Innenhof überschauende Galerie erreichbar.

Marianna war in Gedanken bei ihrem Diener. Während sie mit Judith in der Nähe von Dover zurückgeblieben war, hatte sich Christopher allein zum Anwesen Hugh Simpsons, dem Vetter ihres Gatten, begeben. Seine Herrin hatte ihm genug Geld mitgegeben, um einen Knecht oder eine Magd zu bestechen und so in Nathaniels Nähe zu gelangen. Wenn Christopher dem Knaben erklärte, dass seine Mutter ihn geschickt habe, würde dieser ihm sicher folgen, und sie würden beide auf dem schnellsten Weg nach Dover zurückkehren. In ein paar Tagen konnten sie alle bereits wieder auf einem Schiff nach Frankreich sein. Marianna betete für ein gutes Gelingen des gefährlichen Vorhabens.

Der Regen hatte nachgelassen. Auf dem Pflaster des Innenhofs erklang der Hufschlag mehrerer Pferde. Trotz der späten Stunde war offenbar noch eine Reisegruppe eingetroffen. Neugierig erhob sich Marianna, öffnete die Kammertür und trat auf die im Dunkeln liegende Galerie hinaus. Judith tat es ihr nach. Unten im Hof stiegen im Schein der Pechfackeln fünf Männer aus den Sätteln ihrer Pferde. Drei von ihnen waren, ihrer Kleidung nach zu urteilen, Gentlemen, die von zwei Dienern begleitet wurden. Pferdeknechte eilten pflichteifrig herbei, um die Tiere in Empfang zu nehmen, die infolge des Regens in ebenso traurigem Zustand waren wie ihre Reiter. Dennoch war die Laune der Männer ungetrübt, sie lachten und riefen sich grobe Scherze zu. Der Gastwirt bat sie mit einladender Geste in den Schankraum, damit sie sich vor dem Kaminfeuer aufwärmen konnten. Bald kehrte wieder Ruhe auf dem Innenhof der Herberge ein.
Mit einem besorgten Stirnrunzeln zog sich Marianna, gefolgt von Judith, in ihre Kammer zurück. Je mehr Leute sich in der Absteige einfanden, umso größer war die Gefahr, dass sie erkannt wurde. Es war sicherer für sie, wenn sie in dem kleinen Zimmer blieb, so unangenehm dies auch sein mochte.
»Judith, hilf mir aus den Kleidern. Wir gehen früh zu Bett.«
Noch während sie sprach, löste Marianna den bestickten Gürtel, an dem eine leinene Tasche hing, von ihrer Taille und reichte sie der Magd. Judith legte den Beutel auf dem Tisch ab, und ihre Herrin streckte ihr die Hände entgegen, damit die Magd die Nadeln aus den Manschetten ziehen konnte, mit denen diese an den wattierten Ärmeln befestigt waren. Die Ärmel wiederum waren durch Schnürbänder mit dem oberen Gewand verbunden, das in der Taille zusammengesteckt war. Darunter kam das Unterkleid aus rostbrauner Wolle zum Vorschein, das aus einem Mieder und einem gefütterten Rock bestand. Beides war von bürgerlicher Einfachheit und sollte verhindern, dass man der Trägerin zu viel Aufmerksamkeit schenkte.

Nach dem Unterkleid fielen die leinenen Unterröcke und das eng geschnürte, mit Fischbein verstärkte Korsett, bis Marianna schließlich nur noch mit Hemd und Wollstrümpfen bekleidet dastand. Sie setzte sich auf den Schemel, damit Judith ihr die Leinenhaube abnehmen und ihr Haar lösen konnte. Vorsichtig entwirrte die Magd die kupferroten Locken mit einem Kamm.

»Ich werde Euch Wasser zum Waschen holen, Madam.«

»Gut, aber komm gleich zurück«, mahnte Marianna.

Judith war ein junges Mädchen, das noch wenig von der Welt wusste und Fremden allzu leicht vertraute. Ihre Herrin ließ sie nur ungern aus den Augen, fühlte sie sich doch für sie verantwortlich.

In der Ferne schrie ein Nachtvogel. Ungeduldig erhob sich Marianna vom Bett und strich sich mit der Hand durchs Haar. Es war kalt in der Kammer, und während sie wartete, begann sie zu frösteln. Die Magd musste nur die Treppe zum Innenhof hinabsteigen und den Krug am Brunnen füllen. Weshalb brauchte sie so lange? Hatte sie sich etwa trotz des Verbots ihrer Herrin in ein Gespräch mit einem der Stallburschen verwickeln lassen? Marianna seufzte tief. Sie musste Judith unbedingt noch einmal streng ins Gebet nehmen!

Die Tür wurde aufgestoßen und krachte gegen die Holzwand der Kammer. Kalte Luft wehte herein und ließ Marianna erschaudern. Zwei Männer tauchten im Türrahmen auf und traten mit schweren, drohenden Schritten über die Schwelle. Die junge Frau war vor Schreck wie gelähmt.

»Mistress Ashton!«

Es war eine Feststellung, keine Frage.

Beide Männer boten eine düstere, ungepflegte Erscheinung sowohl in ihrem Äußeren wie in ihrer Kleidung. Doch der Schein trog. Die Tatsache, dass sie ihren Namen kannten, bewies, dass es sich keineswegs um gemeine Straßenräuber handelte, sondern um Handlanger der Regierung. Offenbar hatte man sie aber aus dem Gesindel der Unterwelt rekrutiert. Panik überflutete Marianna.

Wie war das möglich? Wie hatte man sie aufgespürt? Und dann noch so schnell? Natürlich hatte sie die Möglichkeit in Betracht gezogen und sich darauf vorzubereiten versucht. Doch die plötzliche Konfrontation und die Selbstsicherheit der Männer brachten sie völlig aus der Fassung.

»Mein Name ist nicht Ashton …«, stammelte sie, darum bemüht, ihrer Stimme Festigkeit zu verleihen. Es misslang ihr kläglich.

»Gebt Euch keine Mühe! Wir wissen genau, wer Ihr seid.«

Der vordere Mann trat auf sie zu, während der andere begann, sich in der Kammer umzusehen. Marianna wich vor dem Eindringling zurück und presste sich gegen die Wand hinter ihr. Ihr Blick glitt unauffällig zur Tür, die halb offen stand. Sie dachte nur noch an Flucht.

Der Mann blieb vor ihr stehen und musterte sie von oben bis unten. Seine Augen waren kalt, und sein Atem roch nach Wein. Ein farbloser, kümmerlicher Bart spross auf Wangen und Kinn. Unter seinem durchdringenden Blick wurde sich Marianna bewusst, dass sie nichts weiter als ihr Hemd trug, das ihren Körper kaum verhüllte, und sie fühlte sich nackt und wehrlos. Der Bärtige schien denselben Gedanken zu haben. Ein raubtiergleiches Lächeln teilte seine Lippen und entblößte zwei Reihen schadhafter Zähne.

»Hat man dir nicht gesagt, wie gefährlich es für eine Frau ist, allein zu reisen?«

Der jähe Wechsel zum vertraulichen Du ließ Marianna das Schlimmste befürchten. Von diesem Strolch durfte sie keinen Respekt erwarten. Im nächsten Moment packte er mit der Hand roh ihre Brust und presste sie so fest, dass Marianna vor Schmerz aufstöhnte. Er lachte, raffte mit der anderen Hand ihr Hemd und griff grob an ihre Scham. Doch im nächsten Moment krümmte er sich fluchend zusammen und taumelte durch die Kammer. In einem Reflex hatte Marianna ihm das Knie so kräftig zwischen die Beine gerammt, dass er nur noch Sterne sah.

Ehe sein Begleiter reagieren konnte, huschte ihr Opfer zur Tür hinaus und rannte die Galerie entlang zur Treppe, die in den Hof hinabführte. Ihre nur mit Strümpfen bekleideten Füße klatschten dumpf auf das nasse Pflaster, als sie ihn überquerte. Wohin sollte sie fliehen? Ihr Kopf war leer. Sie vermochte keinen klaren Gedanken zu fassen. Wie eine Motte, die blind dem Licht folgt, hielt sie auf die erleuchteten Fenster des Schankraums zu, aus dem Männerstimmen an ihr Ohr drangen. Die Reisenden, die vor kurzem angekommen waren! Aber würden sie ihr helfen? Sie hatte keine andere Wahl, als es zu versuchen!

Mit zitternden Händen riss Marianna die Tür auf und warf sich, mit wehendem Hemd und schlammbespritzt, zwischen die drei Gentlemen, die erstaunt mitten im Gespräch verstummten. Atemlos, wie sie war, brachte sie keinen Ton heraus. Eine Hand packte sie am Arm und zog sie an einen in Samt gekleideten Körper.

»Was haben wir denn hier?«, grölte eine nicht mehr allzu sichere Männerstimme. »Da fällt mir doch ein hübsches Vögelchen direkt in den Schoß!«

Marianna versuchte, sich aus der Umarmung zu winden, in der sie sich unvermutet wiederfand, als eine ebenfalls vom Wein beeinträchtigte Stimme hinter ihr sagte: »Lass sie los, Tom. Siehst du nicht, dass sich das arme Ding in Not befindet!«

Tatsächlich lockerte sich der Griff des jungen Mannes, der sie hielt, und Marianna machte sich energisch los.

»Wie könnt Ihr es wagen, Sir!«

Sie starrte ihm erbost ins Gesicht, das ihr mit einem Mal bekannt vorkam. Ihrem Gegenüber schien es ebenso zu gehen, denn seine Augenbrauen zogen sich ungläubig zusammen, während er sie eingehend musterte.

»Marianna Percy? Ist das möglich?« Seine Verwunderung machte einem breiten Lächeln Platz. »Erinnerst du dich nicht an mich, liebste Base? Ich bin's! Dein Vetter Tom … Thomas Fleetwood.«

Marianna blieb keine Zeit mehr, die Begrüßung zu erwidern. Erneut wurde die Tür zur Schankstube aufgestoßen, und die beiden Strolche stürmten herein.
Die junge Frau sah ihren Vetter flehentlich an. »Hilf mir! Sie haben mich überfallen!«
Tom Fleetwood zögerte nicht, der Bitte nachzukommen.
»Jimmy, pass auf sie auf!«
Er schob seine Base dem Mann in die Arme, der ihn zuvor zur Ordnung gerufen hatte, und stellte sich den Eindringlingen mit gezogenem Degen entgegen. Der dritte junge Mann kam ihm unaufgefordert zu Hilfe.
»Bleibt hinter mir, Madam«, sagte der mit Jimmy Angesprochene, während er kampfbereit die Hand auf den Griff seines Rapiers legte.
Es war ein kurzes Gefecht. Die beiden Halunken waren von der Gegenwehr der jungen Herbergsgäste völlig überrascht. Auch sie zogen ihre Degen und mussten unversehens um ihr Leben kämpfen. Unter den entsetzten Blicken des Gastwirts traf Tom Fleetwood einen von ihnen in den Bauch, woraufhin der andere seinen verletzten Kumpanen am Arm packte und mit ihm das Weite suchte.
Marianna überkam eine solche Erleichterung, dass sie spürte, wie ihre Beine unter ihr nachgaben. Sie taumelte und tastete nach einem Halt, als sich zwei warme Hände um ihre Arme legten und sie aufrecht hielten.
»Setzt Euch lieber, Madam«, ließ sich die Stimme des Mannes vernehmen, der sich vor sie gestellt hatte. Sie hob den Blick und sah ihn an. Er war mehr als einen Kopf größer als sie und sehr schlank, man konnte fast sagen, hager. Sein dunkelbraunes Haar war kurz geschnitten und gepflegt, sein Gesicht schmal und bleich. Entgegen der herrschenden Mode war es glatt rasiert, was ihn jünger erscheinen ließ als seine Freunde, die beide elegante Schnurr- und Spitzbärte trugen. Sein Lächeln war mitfühlend und übte eine beruhigende Wirkung auf sie aus.

»Ihr zittert ja«, sagte er sanft und schob sie in Richtung des Kamins, da sich ihre Füße nicht vom Fleck bewegen wollten. Marianna ließ sich auf eine Bank dirigieren, die vor dem prasselnden Holzfeuer stand. Ihre Erstarrung begann sich zu lösen, und das leichte Beben, das ihren Körper erfasst hatte, ließ langsam nach.
»Fühlt Ihr Euch ein wenig besser, Madam?« Ihr Beschützer setzte sich neben sie auf die Bank. »Vielleicht sollte ich mich erst einmal vorstellen. Mein Name ist James Danvers, aber meine Freunde nennen mich Jimmy.«
»Ich danke Euch für Euren Beistand, Master Danvers.«
Marianna rang sich ein Lächeln ab, während sie ihm in die Augen sah, deren Farbe zwischen Grün und Braun schwankte. Als er sich bewusst wurde, dass er sie anstarrte, wandte er verlegen den Blick ab.
Nachdem er den Gastwirt mit ein paar Münzen beruhigt hatte, trat Tom zu ihnen.
»Wer waren diese Kerle, Marianna?«
»Ich weiß nicht. Sie stürmten ohne Vorwarnung in meine Kammer und belästigten mich.«
»Ich erinnere mich, dass sie hier im Schankraum saßen, als wir ankamen«, warf Jimmy Danvers ein. »Dann gingen sie vor die Tür. Da hatte ich schon den Eindruck, dass sie etwas im Schilde führten.«
»Bist du allein hier?«, fragte Tom. »Wo ist Roger?«
Marianna wich dem Blick ihres Vetters aus. »Das ist eine lange Geschichte. Roger ist in Frankreich geblieben, da er es für zu gefährlich hielt, nach England zu kommen. Ich reise allein mit einer Magd und einem Diener.«
»Und weshalb hat dich dein Diener nicht verteidigt?«
»Er ist nicht hier. Ich habe ihn mit einem Auftrag fortgeschickt. Wie ich schon sagte, es ist eine lange Geschichte. Ich erzähle dir alles später. Im Augenblick mache ich mir ernsthafte Sorgen um

meine Magd Judith. Sie wollte Wasser holen, als die Strolche mich überfielen. Ich muss sie suchen.«

»Überlasst das mir und Harry, Madam«, erbot sich Danvers mit einer Kopfbewegung in Richtung des Mannes, der sich an Fleetwoods Seite mit den Eindringlingen geschlagen hatte.

Mariannas Vetter nickte zustimmend. »Ich geleite dich besser in deine Kammer, damit du dir ein Gewand überziehen kannst. Meine Freunde werden deine Magd suchen.«

Jimmy Danvers und Harry Cleaton traten in den Hof hinaus und sahen sich aufmerksam um. Es war alles ruhig. Aus einer Luke über den Ställen schaute ein junger Bursche heraus, zog sich jedoch gleich wieder zurück, als sich die Blicke der beiden Männer auf ihn richteten.

»Wo mag das Mädchen sein?«, sagte Danvers. »Sie wollte Wasser holen, meinte ihre Herrin. Lass uns also am Brunnen nachsehen.«

Doch dort war niemand. Aufmerksam sahen sich die Freunde um und entdeckten schließlich eine Zinnkanne, die nicht weit entfernt auf dem Pflaster lag.

»Sieht aus, als sei der Magd etwas zugestoßen. Trennen wir uns«, schlug Cleaton vor und entfernte sich. Jimmy Danvers wandte sich in Richtung der Ställe. Pferdeschnauben drang an sein Ohr, dann leises Weinen. Als er um eine Ecke bog, sah er ein junges Mädchen in einem mit Wasser gefüllten Pferdetrog knien. Das Haar hing ihr wirr ins Gesicht, und ihr Mieder war zerrissen. Schluchzend wusch sie sich wieder und wieder mit beiden Händen zwischen den Beinen, als versuche sie einen Schmutz loszuwerden, der sich nicht entfernen ließ. Jimmy blieb betroffen stehen. Es fiel dem jungen Mann nicht schwer, die Gesten des Mädchens zu deuten.

Sanft, aber bestimmt rief er: »Judith?«

Sie hob den Kopf und starrte ihn an wie ein Wild, das den Jäger vor sich sieht.

»Deine Herrin macht sich Sorgen um dich, Judith. Komm, ich bringe dich zu ihr.«
Mit vor Angst geweiteten Augen stieg die Magd aus dem Pferdetrog. Ihre mit Wasser vollgesogenen Röcke klatschten schwer um ihre Beine und brachten sie beinahe zu Fall. Danvers trat rasch auf sie zu, um sie zu stützen, doch sie begann zu schreien, noch bevor er sie berührt hatte.
»Schon gut, ich fasse dich nicht an, versprochen«, beeilte sich Jimmy zu versichern.
Die Schreie hatten Harry Cleaton herbeigelockt. »Hast du sie gefunden, Jimmy?«
»Ja, aber das arme Mädchen ist völlig verstört. Hol ihre Herrin. Eine Frau kann damit besser umgehen.«
Cleaton verstand und entfernte sich. Danvers blieb an seinem Platz und versuchte, das schluchzende Mädchen mit Worten zu beruhigen, ohne ihr zu nahe zu kommen. Es dauerte nicht lange, bis Marianna in Begleitung ihres Vetters eintraf. Ihr Blick glitt von Jimmy Danvers zu Judith, die wie ein fluchtbereites Reh vor ihm stand. Mittlerweile zitterte sie in ihren nassen Kleidern vor Kälte am ganzen Körper.
Marianna näherte sich ihr behutsam, aber unbeirrt, und nahm sie schließlich in die Arme.
»Es ist alles gut, arme Kleine. Hab keine Angst mehr.«
Das Schluchzen des Mädchens ging in ein ersticktes Wimmern über, während es seinen Kopf an Mariannas Übergewand schmiegte.
»Ich muss sie zu Bett bringen«, sagte Marianna, während sie sich zu den Männern umwandte.
»Ein Becher heißer Würzwein wird ihr guttun«, schlug Jimmy vor. »Ich werde dafür sorgen, dass Euch der Gastwirt welchen aufs Zimmer bringt.«
Kurz darauf erschien er mit einem Schankmädchen in der Kammer,

das für alle Würzwein mitbrachte. Marianna schenkte ihm für seine Fürsorglichkeit ein dankbares Lächeln, das ihn sichtlich erröten ließ.

»Wir sehen uns noch ein wenig in der Umgebung um«, sagte Tom. »Vielleicht sind die Strolche noch in der Nähe. Sie könnten zurückkehren. Verriegele die Tür gut, Base, wir sprechen uns dann morgen früh.«

Er wartete noch, bis er den Riegel einschnappen hörte, und nickte dann seinen Freunden zu. »Einer der Kerle ist verwundet. Ich glaube nicht, dass er weit gekommen ist.«

Harry Cleaton nahm eine brennende Fackel aus der Halterung und ging voraus. Nachdem sie den Innenhof und die Ställe gründlich durchsucht hatten, traten sie auf die Landstraße hinaus, die an der Herberge vorbeiführte, und gingen ein paar Schritte in jede Richtung. Schließlich machten sie noch eine Runde um das Gebäude.

»Ziemlich matschig hier«, bemerkte Jimmy naserümpfend und warf einen unglücklichen Blick auf seine schlammbespritzten Reitstiefel.

»Sag bloß, du bereust es schon, dich für die schöne Base deines Freundes eingesetzt zu haben«, spottete Harry.

Danvers vermied es, ihn anzusehen, und blickte stattdessen hoheitsvoll geradeaus. »Was ist das da vorn? Ein Misthaufen? Es stinkt erbärmlich!«

Cleaton senkte seine Fackel, damit sie besser sehen konnten. »Hast recht, Jimmy, ein Misthaufen oder vielmehr eine Mistgrube. Genau der richtige Ort für einen Mistkerl. Er muss auf der Flucht hineingefallen und stecken geblieben sein.«

Danvers und Fleetwood beugten sich über den Mann, dessen Leiche den Unrathaufen in der Grube zierte.

»Das ist der Kerl, den ich in den Bauch getroffen habe. Dachte mir schon, dass er nicht mehr lange leben würde.« Tom trat dem Toten in den Brustkorb. »Verdammtes Geschmeiß!«

»Glaubst du, er und seine Kumpane haben deine Base nur zufällig als Opfer gewählt?«, fragte Jimmy nachdenklich.
Tom blickte seinen Freund zurückhaltend an. »Was denkst du?«
»Nun, sagtest du nicht, sie und ihr Gatte leben im Exil? Weshalb ist sie hier? Und weiß die Regierung, dass sie hier ist?«
»Du meinst, die Strolche wurden geschickt, um sie zu verhaften?«
»Du nicht?«
Tom schüttelte zweifelnd den Kopf. »Ich weiß nicht.«
»Du solltest sie fragen. Falls es so ist, darf sie nicht hier bleiben!«
»Da hast du allerdings recht. Gehen wir!«
Tom kratzte behutsam an der Tür zur Kammer seiner Base. »Wir sind es, Marianna! Bitte mach auf.«
Sie brauchten nicht lange zu warten. Marianna öffnete die Tür einen Spalt, hinderte die Männer jedoch daran, einzutreten.
»Judith braucht Ruhe«, erklärte sie.
»Hat sie gesagt, wer ihr das angetan hat?«
»Nein. Ich habe sie gefragt, ob es einer der Stallknechte war, und das hat sie verneint. Mehr war nicht aus ihr herauszubringen. Vielleicht war es einer der Männer, die auch mich belästigten.«
»Ich muss dringend mit dir sprechen«, bat Tom eindringlich. »Das kann nicht bis morgen warten.«
Seine Base sah ihn beunruhigt an. »Gut, ich komme.«
Sie begaben sich in eine geräumige Kammer, die der Gastwirt den drei Männern für die Nacht zugewiesen hatte und in der die Diener geduldig auf ihre Herren gewartet hatten. Tom schickte sie hinaus und bot Marianna einen Sitzplatz an.
»Wir haben einen der Schurken gefunden – tot!«, berichtete Jimmy Danvers. »Der andere ist entkommen. Hier seid Ihr deshalb nicht mehr sicher, Madam.«
Mariannas Blick wanderte fragend von einem zum anderen. Ihre Mienen verrieten deutlich, dass sie etwas ahnten. Sollte sie sich ihnen anvertrauen? Nach den Ereignissen der Nacht, die sie noch

immer innerlich erzittern ließen, wurden die Angst vor dem Alleinsein und das Verlangen nach Beistand so übermächtig, dass sie sich entschied, das Wagnis einzugehen. Schließlich hatten diese drei jungen Männer sie ohne Zögern verteidigt. Nun hatten sie auch das Recht auf eine Erklärung.

»Weshalb bist du nach England zurückgekommen?«, fragte Tom. »Dein Gatte gilt noch immer als Hochverräter. Auch wenn du damals erst seit einem halben Jahr mit ihm verheiratet warst und keinen Anteil an seinem Verrat hattest, bist du dennoch seine Gemahlin.«

Marianna nickte schmerzlich. »Ich habe die Folgen nur zu deutlich am eigenen Leib erfahren. Als Roger damals nach der Niederschlagung des Aufstands der Grafen wie durch ein Wunder im Gefolge des Earl of Westmorland mit dem Leben davonkam und sich in den Schutz des Herzogs von Alba begab, wurden all seine Güter konfisziert. Mich verhörte man tagelang, um den Aufenthaltsort meines Gatten aus mir herauszupressen. Zu der Zeit war ich gerade sechzehn Jahre alt! Als sie endlich begriffen, dass ich nichts wusste, setzte man mich auf die Straße. Mittellos, wie ich war, blieb mir nichts anderes übrig, als mich zu meiner Familie zu flüchten. Aber ich wurde nur widerwillig geduldet. Der Platz einer Frau sei an der Seite ihres Gemahls, hieß es. Und so folgte ich Roger schließlich in die spanischen Niederlande.«

»Aber du bist doch einige Jahre später nach England zurückgekehrt«, erinnerte sich Tom. »Das muss so 74 oder 75 gewesen sein.«

Marianna lächelte bitter. »Ja, das stimmt. Roger brauchte Geld und schickte mich, damit ich mit Unterstützung meiner Familie Land verkaufen sollte, das bei der Konfiszierung übersehen worden war. Außerdem erwartete ich damals ein Kind. Mein Gemahl wünschte, dass es in England geboren wurde. Er glaubte, dass es so doch noch einen Teil seines Erbes antreten könnte.« Mariannas Stimme begann zu zittern. »Ich verfluche den Tag, an dem ich seinem Wunsch gefolgt bin!«

Tränen traten in ihre Augen, und sie wandte das Gesicht ab. Betretenes Schweigen trat ein.

»Ihr braucht nicht weiterzuerzählen, wenn es Euch zu schwer fällt, Madam«, sagte Jimmy Danvers sanft.

Sie hob den Kopf und sah ihn an. Wieder fühlte sie sich durch seine einfühlsame Art getröstet.

»Doch, ich bin Euch eine Erklärung schuldig!«

Mit der Hand wischte sie sich die Tränen ab.

»Vor einem Jahr nahm mir die Obrigkeit meinen Sohn Nathaniel weg und verbot mir, ihn zu sehen. Man sagte, die Frau eines Verräters würde auch ihr Kind zum Verräter erziehen. Ich habe die Verantwortlichen angefleht, ihn mir zurückzugeben, ich habe mich Hugh Simpson, dem man die Erziehung meines Sohnes anvertraut hat, zu Füßen geworfen, ich habe mich in jeder erdenklichen Weise erniedrigt … ohne Erfolg …« Ihre Stimme brach ab.

»Und dann bist du zu Roger zurückgekehrt?«, fragte Tom.

Marianna schluckte schwer. »Ja. Ich hoffte, er wüsste vielleicht einen Ausweg, aber er war ja so hilflos wie ich. Da entschied ich mich, heimlich nach England zu kommen und Nathaniel …«

»… zu entführen«, vervollständigte Jimmy den angefangenen Satz. »Euer Diener soll ihn herbringen, nicht wahr?«

Sie nickte.

»Und wie passen die Strolche, die dich überfallen haben, ins Bild?«, erkundigte sich Tom.

»Sie kannten meinen Namen, obwohl ich mit einem gefälschten Pass reise. Ich glaube, sie hatten die Absicht, mich zu verhaften. Aber wie sie von meiner Anwesenheit in England erfahren haben oder weshalb sie mich festnehmen wollten, weiß ich nicht.«

»Du hast recht. Das ist schon seltsam. Vielleicht denkt man, dass du im Auftrag deines Gatten handelst. Wenn sie wissen, dass du unter falschem Namen reist, macht dich das in den Augen Walsinghams oder Burghleys ziemlich verdächtig.«

»Aber wie haben sie herausgefunden, wer ich bin?«

»Keine Ahnung, Base. Auf jeden Fall solltest du dich nicht länger als nötig in diesem Land aufhalten«, sagte Tom beschwörend. »Am besten, du nimmst das erste Paketboot zurück nach Calais!«

Marianna fuhr von ihrem Stuhl auf. »Das kann ich nicht! Nicht ohne meinen Sohn!«

»Sei doch vernünftig!«

Sie schüttelte heftig den Kopf. »Nein! Dies ist wahrscheinlich meine einzige Chance, Nat zurückzuholen. Wenn ich jetzt das Land verlasse, sehe ich ihn vielleicht nie wieder. Man wird seinen Geist vergiften und ihn lehren, seine Mutter zu verachten. Das könnte ich nicht ertragen!«

Die drei Männer sahen einander ratlos an. Mariannas Argumente waren durchaus einleuchtend.

»Wo wohnt der Vetter Eures Gatten?«, fragte Danvers schließlich.

»Sein Anwesen liegt in der Nähe von Bossingham. Zu Pferd sind es nur ein paar Stunden.«

Jimmy Danvers begegnete den zweifelnden Blicken seiner Freunde. »Wir könnten sie dorthin begleiten.«

Tom hob protestierend die Hände. »Das ist doch Wahnsinn!«

»Der Ansicht bin ich auch«, ließ sich nun auch Harry Cleaton vernehmen.

»Ich brauche Eure Hilfe nicht!« Mariannas Miene zeigte eine Entschlossenheit, die nichts ins Wanken bringen konnte.

Tom seufzte tief. »Also gut, wir bringen dich hin. Sobald die Sonne aufgeht, reiten wir los.«

Drittes Kapitel

Der Rabe krächzte und schlug mit den seidig glänzenden, schwarzen Flügeln. Seine Krallen gruben sich erbarmungslos in Roger Ashtons Kopfhaut, und sein großer, kräftiger Schnabel hackte seine im Tode geöffneten Augen aus den Höhlen, um sie zu verspeisen …

Mit einem Schrei fuhr der Gefangene aus dem Schlaf. Vor dem schmalen vergitterten Fenster seiner Zelle im Tower huschte der Schatten eines der schwarzen Vögel vorüber, die von den Wächtern der Festung gehalten wurden. Ashton hörte sie in der Ferne krächzen. Es schien ihm, als lachten sie ihn aus. Mit zitternder Hand wischte er sich den Schweiß ab, der trotz der zwischen den steinernen Mauern herrschenden Kälte auf seiner Stirn stand. Seine Alpträume wurden von Nacht zu Nacht schlimmer. Seit seiner Entführung und Einkerkerung im Tower von London erwachte er jeden Tag in der Erwartung, dass man ihm den Prozess machte. Allerdings würde es sich dabei nur um eine Formalität handeln, denn das Urteil stand zweifellos bereits fest. Man würde ihn wegen Hochverrats hinrichten! Sein Körper würde verstümmelt und sein Kopf auf einem Pfahl aufgespießt auf der London Bridge zur Schau gestellt werden, um andere Missetäter abzuschrecken.

Roger Ashton wagte es nicht, sich der kühnen Hoffnung auf Begnadigung durch die Königin hinzugeben. Man hatte zu viel Mühe darauf verwandt, ihn nach England zurückzubringen, um nun Gnade walten zu lassen. Und obgleich er nicht der Erste war, den man aus einem fremden Land entführt hatte, um ihn der Justiz

seines Heimatlandes zuzuführen, verstand Ashton nicht, weshalb es gerade jetzt geschehen war. Sein Verrat lag dreizehn Jahre zurück. Während seines Daseins im Exil hatte er sich bemüht, sich aus den Ränkespielen der Mächtigen herauszuhalten und mehrmals Angebote der Spanier, für sie zu spionieren, ausgeschlagen. In dieser Hinsicht hatte er sich nichts vorzuwerfen – mit einer Ausnahme …
Mit Schrecken erinnerte sich Roger Ashton an das eine Mal, als er wider besseres Wissen wegen eines Bündels Papiere den Boten gespielt hatte. Und das nur, weil kein anderer zur Verfügung stand, der das Vertrauen des Generalstatthalters der Niederlande, Alessandro Farnese, genoss. Hatte man ihn deshalb entführt? Dieser einen Torheit wegen?
Den ganzen Tag ging Roger Ashton in seiner Zelle im Beauchamp-Turm im Westen der Festung auf und ab. An den Wänden waren überall Inschriften zu sehen, die seine unglücklichen Vorgänger in den Stein gekratzt hatten. Zu seinem Schrecken hatte er unter ihnen auch den Namen Dr. John Storys entdeckt. Ashton glaubte nicht, dass man ihn zufällig in dieser Zelle untergebracht hatte. Man wollte ihn an das Schicksal erinnern, das ihn erwartete, und ihn so in Angst und Schrecken versetzen.
Als sein Wächter ihn zum Verhör holte, war Roger Ashton beinahe erleichtert. In dem Gebäude, das der Lieutenant des Towers bewohnte, erwarteten ihn vier Männer. Abgesehen von Sir Owen Hopton, dem Lieutenant, waren sie dem Gefangenen unbekannt. Hopton stellte sie ihm der Reihe nach vor. Es waren der Kronanwalt, Sir John Popham, der Zweite Kronanwalt, Sir Thomas Egerton, und Thomas Phelippes, Sekretär von Sir Francis Walsingham.
»Master Ashton, Ihr habt Euch im Jahr des Herrn 1569 des Hochverrats schuldig gemacht, indem Ihr Euch der Rebellion der Grafen Northumberland und Westmorland gegen Eure rechtmäßige Königin angeschlossen habt«, konstatierte der Lieutenant. »Danach habt

Ihr Euch der gerechten Strafe durch Flucht entzogen und seid in die Dienste des Herzogs von Alba getreten, um als Spitzel gegen Eure Landsleute zu arbeiten.«

Ashton protestierte: »Ich schwöre, dass die letztere Anschuldigung nicht zutrifft. Ja, ich habe mich törichterweise der Rebellion der Grafen angeschlossen, und ich bereue es von ganzem Herzen, doch ich habe den Spaniern nie als Spion gedient!«

Für einen Moment trat gewichtiges Schweigen ein, dann ergriff Phelippes das Wort. »Wollt Ihr leugnen, dass Ihr im November vergangenen Jahres im Auftrag des Generalstatthalters Farnese in Antwerpen geheime Papiere in Empfang genommen habt?«

Roger Ashton wurde bleich. Sie wussten es also! Er hätte damit rechnen müssen. Schweigend starrte er zu Boden, auf die Ketten, die um seine Fußgelenke lagen, während Phelippes weitersprach: »Die Papiere, um die es ging, wurden einem meiner Kuriere entwendet, und zwar auf so raffinierte Weise, dass er es nicht einmal merkte, bevor es zu spät war.« Die Stimme des Sekretärs offenbarte deutliche Zerknirschung. »Inzwischen wissen wir, dass es sich bei dem Dieb um einen Spion handelt, der in dem von uns abgefangenen Schriftwechsel der Spanier unter der Bezeichnung ›El Grifon‹ – der Greif – auftaucht. Ihr wisst, wer dieser Verräter ist, Master Ashton. Sagt uns seinen Namen!«

Der Gefangene hob den Kopf und sah in das Gesicht des Sekretärs, der etwa im selben Alter war wie er. Gespannte Erwartung stand in Phelippes' Zügen geschrieben. In diesem Moment wurde Ashton alles klar. Man hatte ihn nicht entführt, um eine alte Rechnung zu begleichen, sondern weil er der Einzige war, von dem sie annahmen, dass er den Namen des Greif kannte. Beunruhigte dieser kleine Dieb die Mächtigen so sehr?

Roger Ashton spürte, wie eisige Kälte seine Glieder hinaufkroch und in seine Eingeweide wanderte. Er war verloren! Die winzige Hoffnung auf Gnade, die er bis zu diesem Moment gehegt hatte, zerbrach wie Glas. Er hatte ihnen nichts anzubieten. Angst und Verzweiflung wurden so übermächtig, dass er plötzlich lachen musste, wie ein Mensch, den das Entsetzen um den Verstand gebracht hatte.

Die Männer, die ihm gegenübersaßen, starrten ihn ungläubig an. Keiner von ihnen sagte ein Wort. So plötzlich, wie der Lachanfall aufgeflammt war, verschwand er auch wieder. Der Gefangene brach in ein trockenes Schluchzen aus und vergrub das Gesicht in den Händen.

»Sagt uns den Namen des Greif, Master Ashton, oder man wird Euch der Folter unterziehen und Euch zwingen, uns alles zu verraten, was Ihr wisst«, erklärte Phelippes drohend.

»Aber ich weiß nichts«, presste Ashton hervor. »Ich kenne seinen Namen nicht.«

»Ihr habt die Papiere von ihm entgegengenommen«, donnerte Sir Owen Hopton. »Ihr wisst, wer er ist.«

Der Gefangene schüttelte den Kopf. »Nein … nein …«

»Potztausend, Ihr habt dem Greif gegenübergestanden. Wenn Ihr seinen Namen nicht kennt, beschreibt ihn!«

Roger Ashton sah den Lieutenant hilflos an. »Es war eine Frau! Eine Frau hat mir die Papiere überreicht.«

Wieder herrschte einen Moment lang Schweigen.

»Ihr lügt!«, stieß Hopton schließlich hervor.

Ashton war nicht überrascht, dass sie ihm nicht glaubten. Sie hielten seine Behauptung für eine List, mit deren Hilfe er sich zu retten versuchte. Doch es war die Wahrheit.

»Es ist keine Lüge! Ich schwöre es Euch«, beteuerte er.

Der Lieutenant des Towers warf Thomas Phelippes einen fragenden Blick zu. Die Züge des Sekretärs verhärteten sich.

»Ich spreche mit Sir Francis. Er wird entscheiden, ob dem Kronrat der Folterbefehl zur Genehmigung vorgelegt werden soll.«

Hopton rief nach dem Wächter, der Ashton in seine Zelle zurückbrachte. Dort ließ sich der Gefangene auf die Knie sinken und betete zur Jungfrau Maria um Beistand.

Am folgenden Morgen brachte der Wächter ihn erneut in die Unterkunft des Lieutenants. Roger Ashton fühlte sich schwach und war übermüdet, denn er hatte fast die ganze Nacht im Gebet verbracht. Die vier Männer, die bereits am Vortag an seinem Verhör teilgenommen hatten, erwarteten ihn zusammen mit einem fünften, den Ashton nicht kannte. Man hieß ihn, sich auf einen Schemel zu setzen. Dann ergriff Thomas Phelippes das Wort.

»Wo befindet sich Eure Frau, Master Ashton?«

Der Gefangene hob erstaunt den Blick, ließ ihn aber sofort wieder sinken. Es hätte keinen Sinn, zu leugnen, dass sich Marianna in England aufhielt. Sie hatten es zweifellos von dem Mann erfahren, der den gefälschten Pass ausgestellt hatte. Und so schwieg Ashton.

»Ist Eure Gemahlin auf Euer Geheiß nach England gekommen?«, fragte der Sekretär. »Soll sie etwas für Euch überbringen? Habt Ihr ihr gar aufgetragen, sich mit dem Greif zu treffen?«

Ashton verzog angewidert das Gesicht. »Lasst meine Frau da raus! Sie weiß noch weniger als ich.«

»Weshalb ist sie dann unter falschem Namen ins Land gekommen?«

Der Gefangene zögerte, während er krampfhaft nach einer glaubwürdigen Erklärung suchte, ohne die Wahrheit preisgeben zu müssen. Doch aufgrund seiner Erschöpfung arbeitete sein Verstand nur langsam.

»Sie wollte ihre Familie besuchen«, log er schließlich.

Das abfällige Lächeln, das über Phelippes' dünne Lippen huschte, verriet, dass er seine Lüge durchschaute.

»Die Güter der Percys liegen im Norden. Weshalb hat Eure Gemahlin dann ein Schiff nach Dover genommen? Nein, Master Ashton, ich glaube, Eure Frau war auf dem Weg nach London, als …« Der Sekretär wurde sich plötzlich bewusst, dass er bereits mehr gesagt hatte als beabsichtigt, und verstummte. Dann änderte er seine Meinung und fuhr fort: »Sir Francis Walsingham hat drei Männer zur Verhaftung Eurer Frau losgeschickt, doch sie erhielt Hilfe von einigen Durchreisenden und ist entkommen. Wo ist sie?«

»Ich weiß es nicht«, erwiderte der Gefangene. Marianna war ihnen also durch die Finger geschlüpft. Tapferes Mädchen! Hoffentlich hatte sie daraufhin das einzig Vernünftige getan und das nächste Postboot nach Frankreich genommen. Doch er bezweifelte es!

Mehrmals forderten die anwesenden Männer Roger Ashton auf, die Wahrheit zu sagen, und drohten ihm mit Folter, doch ohne Erfolg. Der Gefangene blieb verstockt. Schließlich trat der Mann, dessen Name Ashton nicht kannte, vor und reichte ihm ein Blatt Papier.

»Lest das!«

Es war ein Folterbefehl, unterschrieben von den Mitgliedern des Kronrats. Da den englischen Gesetzen nach die Folter nicht rechtmäßig war, bedurfte es stets einer Ausnahmegenehmigung, die vom Monarchen oder vom Rat abgezeichnet werden musste.

»Ich befinde mich in Eurer Gewalt, Gentlemen«, sagte Ashton gepresst. »Ich kann Euch nicht hindern, Euch gegen Gott zu versündigen.«

»Master Norton, er gehört Euch«, erklärte Phelippes ungerührt, während er seine Notizen einpackte. »Bringt mir so bald wie möglich Ergebnisse!«

Roger Ashton spürte, wie sich sein Magen schmerzhaft zusammenzog. Das also war Thomas Norton, der Folterknecht der Königin, von Verrätern und Unschuldigen gleichermaßen gefürchtet und vom Volk verabscheut.

Der Wächter, der den Gefangenen hergebracht hatte, führte ihn nun durch einen unterirdischen Gang von der Unterkunft des Lieutenants zu den Gewölben unter dem Weißen Turm, wo die Folterwerkzeuge untergebracht waren. Thomas Norton und Sir Owen Hopton folgten ihnen. Nachdem der Wächter einige Fackeln entzündet hatte, um die Finsternis in dem Verlies zu verscheuchen, nahm er Ashton die Ketten ab, die dieser an Hand- und Fußgelenken trug. Norton ergriff ihn am Arm und führte ihn durch das Gewölbe.

»Hier finden sich die verschiedensten Werkzeuge, um den Widerstand eines Mannes zu brechen«, sagte der Foltermeister streng, als spräche er mit einem uneinsichtigen Kind. »Und Ihr werdet mit jedem einzelnen Bekanntschaft machen, wenn Ihr weiterhin so verstockt seid.«

Schaudernd betrachtete Roger Ashton die Daumenschrauben, die Stiefel, die Handschellen, den Storch – eine eiserne Konstruktion, die den Körper zusammenpresste – und die Streckbank, die man auch »Tochter des Herzogs von Exeter« nannte, weil dieser sie einst in England eingeführt hatte.

»Werdet Ihr uns nun sagen, was wir wissen wollen?«, fragte Norton, nachdem der Gefangene ausgiebig Gelegenheit gehabt hatte, sich darüber klar zu werden, was ihn erwartete.

»Ich habe Euch alles gesagt, was ich weiß«, erwiderte Ashton.

Sir Owen Hopton trat zu ihnen und blickte ihn eindringlich an.

»Seid vernünftig, Sir. Was schuldet Ihr einem Verräter? Weshalb wollt Ihr um seinetwillen solche Qualen auf Euch nehmen? Sagt uns, wer sich hinter dem ›Greif‹ verbirgt, und man wird Euch in Eure Zelle zurückbringen.«

Roger Ashton war aschfahl geworden. Schweißperlen traten auf seine Stirn. »Glaubt mir, ich würde Euch den Namen ohne Zögern preisgeben. Aber ich kenne ihn nicht. Der Überbringer der Papiere war eine Frau. Mehr weiß ich nicht!«

Thomas Norton seufzte tief, als sei seine Geduld erschöpft.

»Eure Starrsinnigkeit ist töricht, Sir. Ihr zwingt uns, Euch Schmerzen zuzufügen. Zieht Eure Schuhe und Euer Wams aus und bereitet

Euch darauf vor, ›mit der Tochter des Herzogs von Exeter vermählt‹ zu werden!«
Zitternd vor Angst folgte Ashton der Anweisung und ließ sich zu dem berüchtigten Reck führen. Der Wächter hatte sich zwei Männer zu Hilfe geholt, die die Winde der Streckbank bedienen sollten. Als man den Gefangenen aufforderte, sich auf das hölzerne Gerät zu legen, rührte sich dieser jedoch nicht von der Stelle. Das Grauen lähmte ihn. Auf Nortons Wink hin packten die Wächter daraufhin Ashtons Arme und drückten ihn mit Gewalt auf die Streckbank nieder. In jäher Panik begann sich ihr Opfer zu wehren. Die Männer mussten erhebliche Kraft aufwenden, um ihn niederzuhalten. Einer der Wächter fesselte Ashtons nackte Knöchel mit einem Strick an das Fußende der Bank. Der andere zwang dem Gefangenen die Arme über den Kopf und wand zwei feste Seile, die über eine Rolle am anderen Ende des Folterinstruments liefen, um seine Handgelenke. Schließlich stellten sich die beiden Männer an die Winde und sahen Norton fragend an. Dieser beugte sich über den Gefesselten und sagte hart:
»Dies ist Eure letzte Gelegenheit, die Wahrheit zu sagen und so die Tortur zu vermeiden, Master Ashton. Nutzt sie!«
»Ich weiß nichts!«, schrie der Gefangene, den längst der letzte Rest an Mut verlassen hatte. »Ich schwöre es!« Tränen rannen ihm aus den Augenwinkeln.
Hoptons Blick begegnete Nortons.
»Und wenn er die Wahrheit sagt?«
»Dann wird die Folter dies bestätigen«, war die ungerührte Antwort. »Fangt an!«
Die Männer an der Winde spuckten in die Hände und ergriffen die Hebel zu beiden Seiten, die die Rolle in Bewegung setzten. Knirschend begannen sich die Seile zu spannen. Der erste Schmerz, den Roger Ashton verspürte, war das Einschneiden der Stricke in seine Haut, als sie seinen Körper zur vollen Länge auf der Bank ausstreck-

ten. Bis dahin hatte das Umlegen der Hebel den Männern keine Mühe bereitet, doch nun mussten sie gegen den Widerstand von Muskeln und Sehnen ankämpfen. Quietschend drehte sich die Rolle, langsam, aber unaufhaltsam. Ashton presste die Zähne zusammen, als sich seine Muskeln überdehnten und zu brennen begannen. Zuerst waren es nur die Oberarme und die Brust, dann breitete sich der Schmerz in Schultern, Ellbogen, Knie und Knöchel aus. Seine Hände und Füße schwollen an. Stöhnend suchte Ashton den Blick seines Peinigers.

»Bitte … aufhören … hört auf … ich flehe Euch an …«

Thomas Norton gab den Männern ein Zeichen. Sie setzten die Hebel ab und lockerten die Stricke. Ashton spürte sein Herz angestrengt gegen seine Brust hämmern. Sein ganzer Körper schmerzte, und sein Atem ging keuchend.

»Hab Erbarmen mit mir, oh Herr!«

»Habt Ihr Euch entschlossen, zu reden?«, fragte Sir Owen Hopton.

»Ich weiß nichts … bitte, glaubt mir …« Wieder traten dem Gefolterten Tränen in die Augen. Er wusste, sein Flehen war vergeblich. Sie würden nicht aufhören, bis er ihnen gesagt hatte, was sie wissen wollten. Sie würden niemals aufhören!

»Weitermachen!«, befahl Norton, beeindruckt von der Standhaftigkeit seines Opfers.

Erneut packten die Männer die Hebel und begannen, sie umzulegen, um die Rolle zu drehen. Die Stricke spannten sich, schnitten in die frischen Wunden an Roger Ashtons Hand- und Fußgelenken. Ein Schluchzen tiefster Verzweiflung entrang sich ihm. Diesmal war die Wirkung auf seine bereits überdehnten Muskeln noch schmerzhafter als zuvor. Das Stöhnen des Gefolterten ging in Schreien über. Die Seile zerrten mit zunehmender Kraft an den Gliedern, bis mehr und mehr Muskelfasern und schließlich Sehnen rissen. Mit vor Anstrengung verzogenen Gesichtern legten sich die Männer an den Hebeln ins Zeug, in dem Bemühen, den letzten

Widerstand des gepeinigten Körpers zu überwinden, und hielten erst ein, als ein knöchernes Knacken, kurz darauf gefolgt von einem zweiten, verriet, dass es ihnen gelungen war, die Oberarmköpfe aus den Schulterpfannen zu reißen. Der Gefolterte stieß einen qualvollen Schrei aus, der in ein hilfloses Wimmern überging.
Wieder gab Norton den Männern Anweisung, die Seile zu lockern. Roger Ashton weinte wie ein Kind, halb betäubt von den Schmerzen seines geschundenen Körpers.
»Redet endlich«, knurrte der Foltermeister, ohne dass in seiner Stimme eine Spur von Mitgefühl zu erkennen war. »Sonst werdet Ihr noch mehr leiden.«
Die drohenden Worte erreichten den Gefangenen nur noch wie durch einen dichten Schleier. Plötzlich durchfuhr Ashton ein neuer, ungekannter Schmerz, als hätten sich die Stricke mit brutaler Gewalt um seine Brust geschlungen und drückten nun sein Herz erbarmungslos zusammen. Kalter Schweiß drang ihm aus allen Poren, das Atmen fiel ihm schwer. Der grausame Schmerz strahlte in seinen Kiefer und seinen linken Arm aus, verband sich mit der Qual seiner zerrissenen Glieder. Der Nachtmahr, der auf seiner Brust saß, wurde schwerer und schwerer, presste ihm die Luft aus den Lungen. Verzweifelt rang Roger Ashton nach Atem. Ein heftiger Schwindel erfasste ihn. Die Todesangst wurde übermächtig.
»Da stimmt etwas nicht! Macht ihn los!«, rief Sir Owen Hopton.
Der Gefolterte nahm kaum mehr wahr, wie die Stricke von seinen Hand- und Fußgelenken entfernt wurden. Jemand rief nach einem Arzt. Eine Hand ohrfeigte ihn mehrmals, dann traf ein Schwall kaltes Wasser sein Gesicht.
»Wo bleibt der Medikus?«
Dunkle Schatten breiteten sich vor Roger Ashtons weit geöffneten Augen aus. Sein rasselnder Atem ging in ein Husten über, und sein Mund füllte sich mit Schaum.
»Er stirbt! Tut etwas, verdammt!«

Doch Ashtons Geist war seinen Peinigern bereits entrückt. Ein letztes Mal noch rang er röchelnd nach Luft, dann lag er still da. Sein Herz hatte aufgehört zu schlagen.

Unbehaglich trat Thomas Norton in der Stube des Hauses auf der Seething Lane von einem Fuß auf den anderen. Eigentlich rechtfertigte die Wichtigkeit seiner Nachricht, dass er unverzüglich zu Sir Francis Walsingham vorgelassen wurde, doch er musste erst warten, bis dessen Leibarzt gegangen war. Der »Mohr«, wie die Königin ihren Minister aufgrund seiner ungewöhnlich dunklen Haut nannte, lag krank im Bett.

Endlich verließ der Medikus das Schlafgemach des Kranken, und Norton wurde vorgelassen.

»Wie fühlt Ihr Euch, Sir?«, fragte der Foltermeister, in dem Bestreben, seine unangenehme Pflicht noch ein wenig hinauszuschieben.

Walsingham saß, an Kissen gelehnt, aufrecht im Bett. Seine Augen glänzten fiebrig, und seine Züge offenbarten die Folgen einer von Schmerzen gestörten Nachtruhe. Er litt an der Steinkrankheit. Ein hartes Gebilde in seiner Blase löste immer wieder Fieberanfälle aus und verursachte ein qualvolles Stechen im Unterleib, was ihn mitunter tagelang ans Bett fesselte.

Sir Francis ließ die Frage nach seinem Befinden unbeantwortet. Der unbehagliche Gesichtsausdruck des Besuchers ließ ihn Schlimmes ahnen.

»Was ist passiert?«

Norton wich dem Blick des Ministers aus.

»Es tut mir leid … ich weiß nicht, wie das geschehen konnte …«

»Kommt zur Sache! Geht es um Roger Ashton?«

»Ja, Sir. Ich muss Euch leider mitteilen, dass er auf der Folter geblieben ist.«

»Er ist tot?« Walsinghams Züge verfinsterten sich. »Hat er Euch den Namen des Greif preisgegeben?«

»Nein, Sir, wir hatten ja gerade erst angefangen«, verteidigte sich Norton. »Plötzlich trat ihm Schaum vor den Mund, und er starb. Wenn er krank war, hätte er uns das sagen müssen. Uns trifft keine Schuld, wir sind in der üblichen Weise vorgegangen.«
Norton sprach im Plural, obwohl die Verantwortung ganz allein bei ihm lag.
»In Frankreich oder Spanien wird man das anders sehen«, belehrte ihn Walsingham. »Man wird sagen, wir haben einen Mann zu Tode gefoltert. Sorgt dafür, dass Euer Versagen nicht an die Öffentlichkeit dringt. Gebt Ashtons Tod als Selbstentleibung aus.«
»Ja, Sir.«
»Hat er auch unter der Folter weiterhin behauptet, dass der Überbringer der Papiere eine Frau gewesen sei?«
»Ja. Erstaunlich, dass er glaubte, wir würden ihm eine so dreiste Lüge abkaufen.«
»Vielleicht war es keine Lüge. Vielleicht hat der Greif eine Komplizin, die Botengänge für ihn erledigt«, spekulierte Walsingham. »Hat Ashton gesagt, wo sich seine Gemahlin befindet?«
»Nein, Sir. Er behauptete, sie sei auf dem Weg zu ihrer Familie.«
Sir Francis dachte angestrengt nach. »Hatte Ashton nicht ein Kind? Einen Sohn? Findet heraus, wo sich das Kind aufhält. Vermutlich werdet Ihr dort auch seine Frau finden. Nehmt sie fest und bringt sie zu mir. Aber schickt diesmal jemanden, der über etwas mehr Feingefühl verfügt als dieser Abschaum, der sich bei dem Versuch, sie zu verhaften, hat abstechen lassen – wahrscheinlich zu Recht! Mistress Ashton stammt aus einer einflussreichen Familie und verdient eine höfliche Behandlung. Beauftragt am besten John Kempe, er weiß mit Frauen umzugehen.«
»Aber Master Kempe ist mit der Suche nach Throckmortons Papieren beschäftigt«, widersprach Norton. »Und er untersucht das Verschwinden von Drakes Logbuch.«
»Er soll sich bemühen, beides beizubringen: Mistress Ashton *und*

die Papiere! Was das Logbuch betrifft, wissen wir nicht einmal genau, wann es gestohlen wurde. Es kann schon vor Monaten passiert sein. Da machen ein paar Tage mehr oder weniger auch keinen Unterschied mehr.«

Thomas Norton nickte gehorsam und wandte sich zum Gehen, als Walsingham ihn noch einmal zurückhielt: »Und seht zu, dass Euch mit Francis Throckmorton nicht ein ähnliches Missgeschick passiert, wenn Ihr ihn auf die Folter spannt!«

Der Sarkasmus in der Stimme seines Meisters ließ Norton zusammenzucken. Ohne ein Wort zu entgegnen, verbeugte er sich und verließ das Schlafgemach.

Viertes Kapitel

Dankbar hatte Marianna das Angebot ihres Vetters und seiner Freunde angenommen und sich von ihnen bis zu einer kleinen Herberge in einem Dorf namens Kingston in der Nähe von Bossingham begleiten lassen. Doch nun bestand sie darauf, dass ihre Beschützer ihre Reise nach London fortsetzten. Natürlich protestierten die drei Männer empört und weigerten sich, sie mit ihrer verängstigten Magd allein zurückzulassen. Nur mit Mühe gelang es Marianna, ihnen klarzumachen, dass sie mit einer Eskorte aus drei Gentlemen, zwei Dienern und einer Magd zu viel Aufmerksamkeit auf sich ziehen und den Vetter ihres Gatten dadurch nur frühzeitig warnen würde. Lediglich von Judith begleitet, konnte sie dagegen unauffällig mit ihrem Diener in der Herberge zusammentreffen, in der er sich eingemietet hatte. Schließlich sahen Fleetwood, Danvers und Cleaton ein, dass sie recht hatte und dass sie sie mit ihrer Anwesenheit nur in Gefahr brachten. Marianna dankte ihnen noch einmal für ihren Beistand. Zum Abschied nahm Tom galant ihre Hand.

»Ich wünsche dir Glück, liebe Base, und ich hoffe sehr, dass deine Mission erfolgreich sein wird. Wenn du aber wider Erwarten in Schwierigkeiten geraten solltest, schick mir Nachricht in meines Vaters Stadthaus in London.«

»Ihr reist nicht nach Yorkshire weiter?«

»Nein, wir verbringen den Winter in London und kehren erst im Frühling nach Hause zurück. Wenn du also etwas brauchst, suche mich in Fleetwood House auf. Du kennst doch die Straße?«

»Ja«, bestätigte Marianna. »Danke für das Angebot.«

Jimmy Danvers schenkte ihr ein letztes, warmes Lächeln, bevor er sein Pferd wendete und seinen Freunden folgte. Marianna verspürte auf einmal Bedauern, als ihr bewusst wurde, dass sie ihn wahrscheinlich nie wiedersehen würde.

Christopher war überrascht, seine Herrin in der Herberge zu sehen, und ahnte gleich, dass etwas Unvorhergesehenes geschehen sein musste, noch bevor Marianna ihn ins Bild setzte.

»Aber das ist schrecklich, Madam! Ihr solltet sofort nach Frankreich zurückreisen, sonst besteht die Gefahr, dass Ihr doch noch in die Hände dieser Leute fallt.«

»Wir brechen auf, sobald du Nathaniel geholt hast! Ich gehe nicht ohne ihn, jetzt, da er mir so nah ist. Hast du mit ihm sprechen können?«

»Ja, ich habe eine Magd überredet, dem Jungen einen Brief zuzustecken, angeblich von Euch. Später überbrachte sie mir seine Antwort. Hinter dem Anwesen gibt es einen großen Garten, umgeben von einer Mauer, in dem man Nathaniel unbeaufsichtigt Lateinvokabeln lernen lässt.«

»Aber wie soll Nat über die Mauer kommen?«

»Er schrieb, dass er versuchen wird, den Schlüssel zu einer kleinen Pforte zu stehlen, die nach draußen führt. Ich werde ihn morgen Nachmittag auf der anderen Seite erwarten und ihn sofort herbringen.«

Marianna sah in das von Zuversicht erfüllte Gesicht des jungen Mannes. Es war offensichtlich, dass er fest an einen Erfolg ihres Vorhabens glaubte. War er sich überhaupt bewusst, was er riskierte, indem er sich zu ihrem Komplizen machte? Wenn die Entführung fehlschlug, musste er mit Kerker und einer schweren Leibstrafe rechnen. Doch als Marianna den kühnen Plan gefasst hatte, war Christopher sofort bereit gewesen, sich seiner Herrin anzuschließen. Als Sohn eines einfachen Bauern aus dem Norden war er der Meinung, dass ein Kind zu seiner Mutter gehörte. In ihrer Obhut

gedieh es am besten, wie das Lamm bei der Zibbe oder das Füllen bei der Stute. Aber das war nicht der einzige Grund, der Christopher bewogen hatte, sich auf dieses gefährliche Vorhaben einzulassen. Der andere war Dankbarkeit. Die Ashtons hatten den blonden Hünen mit der streitbaren Art davor bewahrt, das Schicksal so manches wilden Burschen zu teilen und auf Abwege zu geraten, wenn nicht gar am Galgen zu enden. In seiner Jugend hatte es kaum eine Prügelei gegeben, an der Christophers Fäuste nicht auch beteiligt gewesen waren. Roger Ashton hatte jedoch das Potenzial zu Treue und Verlässlichkeit in dem ungeschliffenen Raufbold gesehen und ihn zu dem geformt, der er heute war: ein aufrichtiger und mutiger Mann, der seinen Zorn zu meistern wusste, der aber nichtsdestotrotz vernichtend zuschlagen konnte, wenn es nötig war. Marianna war froh, ihn bei sich zu haben. Nat dagegen war aus ganz anderem Holz geschnitzt: eher klein und schmächtig für sein Alter, scheu und verschlossen – Eigenschaften, die sich durch die monatelange Trennung von seiner Mutter und von allem, was ihm während seines jungen Lebens vertraut gewesen war, vermutlich noch verstärkt hatten. Wie mochte die Erziehung des strengen Simpson das Wesen des Kindes geprägt haben? Sicher nicht zum Guten! Und nun hing alles davon ab, ob es dem schüchternen Nat gelang, sich den Schlüssel zur Freiheit zu beschaffen.
»Heilige Mutter Gottes, bitte hilf meinem Sohn!«, entfuhr es Marianna angesichts des Wagnisses, das der Junge eingehen musste. Was würde geschehen, wenn man ihn beim Entwenden des Schlüssels entdeckte? Sie mochte nicht daran denken.
Ohne sich dessen bewusst zu sein, vergrub sie das Gesicht in den Händen. Sie hatte große Angst vor dem, was der morgige Tag bringen würde.

Am folgenden Nachmittag bestieg Christopher sein Pferd und ritt ohne Umwege zum Anwesen Hugh Simpsons. Als er die Mauer des

Gartens erreicht hatte, ließ er sein Reittier langsamer gehen und zügelte es schließlich, als er die kleine Pforte entdeckte. Leise stieg der Diener aus dem Sattel und wartete. Der Himmel war bewölkt, aber zum Glück regnete es nicht, denn sonst würde man den Jungen sicherlich im Haus behalten. Der Pfad, der zwischen der Mauer und einem dichten Waldstück verlief, war verlassen. Sollte jemand des Weges kommen, würde Christopher einfach vorgeben, dass sein Pferd lahm sei, und prüfend seine Beine abtasten, bis der andere weiterritt. So würde er hoffentlich keinen Verdacht erregen. Die Zeit verging, ohne dass sich etwas rührte. Angespannt stand Christopher neben seinem Braunen und kraulte ihm die Oberlippe. Ein kühler Wind kam auf, fuhr durch die herbstlich verfärbten Kronen der Bäume, die den Pfad säumten, und ließ einige gelbe und braune Blätter zu Boden segeln. Auf einmal vernahm der Diener fernes Pferdeschnauben. Sofort versteifte sich sein Körper. Unruhig sah er sich um und lauschte angestrengt. Doch es war nichts zu sehen und auch nichts mehr zu hören. Hatte er sich getäuscht? Unbehaglich trat er von einem Fuß auf den anderen.

Endlich regte sich etwas an der Pforte. Ein Schlüssel wurde ins Schloss gesteckt und knarrend gedreht. Christophers Aufmerksamkeit konzentrierte sich ganz auf die kleine Holztür, die sich nun vorsichtig öffnete. Das Erste, was der Diener sah, war ein dunkler Haarschopf, dann hob sich ein schmales Kindergesicht zu ihm, und zwei braune Augen sahen ihn scheu an.

»Christopher«, flüsterte der Junge erleichtert, als er den großen blonden Mann erkannte.

»Zu Euren Diensten«, antwortete der Diener. »Kommt, junger Herr, ich bringe Euch zu Eurer Mutter.«

Die Augen des Knaben leuchteten auf, und ein erwartungsvolles Lächeln milderte seine kränkliche Blässe.

»Ist sie tatsächlich bei Euch?«

Der Diener nickte. »Sie wartet in einer nahen Herberge.«

Christopher beugte sich zu Nathaniel hinab, um ihn in den Sattel seines Pferdes zu heben, als das Tier erschrocken den Kopf hochriss und zu tänzeln begann. Da hörte auch der Diener das Rascheln der Blätter, die von Hufen aufgewirbelt wurden, und das Schnauben sich nähernder Pferde. Kurz darauf brachen mehrere Reiter zwischen den Bäumen hervor und zügelten ihre Pferde vor dem blonden Mann, der das Kind instinktiv hinter sich schob. Einer der Ankömmlinge zog seinen Degen und richtete die Spitze auf Christophers Brust.

»Da haben wir also den Lumpen, der meinen Neffen entführen wollte«, stellte Hugh Simpson grimmig fest. »Nathaniel, komm her!«

Nur zögernd trat der Knabe hinter dem schützenden Körper des blonden Hünen hervor.

»Und du wolltest dich ihm freiwillig anschließen! Du enttäuschst mich. Wie sagt man doch so treffend: Der Sohn eines Verräters wird eines Tages selbst zum Verräter! Das schlechte Blut schlägt früher oder später durch.«

Simpsons verächtlicher Blick kehrte zu dem Diener zurück, der ihn herausfordernd ansah.

»Schlag die Augen nieder, unverschämter Kerl«, knurrte er gereizt und holte mit dem Degen aus. Christopher zuckte geistesgegenwärtig zurück, doch die Klinge streifte seine Stirn und hinterließ eine stark blutende Wunde.

Nathaniel war entsetzt zusammengefahren und starrte mit tränenerfüllten Augen auf das viele Blut, das dem Diener seiner Mutter über das Gesicht rann. Sein Vormund hatte inzwischen den Degen in die Scheide zurückgesteckt und beugte sich nun zu dem Knaben hinunter.

»Gib mir deine Hand«, befahl er. Als Nat zitternd gehorchte, zog er den Jungen zu sich in den Sattel und nahm die Zügel auf. »Schafft den Strolch nach Bossingham in die Wachstube! Master Kempe will ihn vielleicht noch befragen.«

Zwei seiner Begleiter ließen sich daraufhin von ihren Pferden gleiten, banden Christopher die Hände auf den Rücken und legten ihm eine Schlinge um den Hals. Dann nahm einer von ihnen das andere Ende des Seils und bestieg wieder sein Pferd. So würde der Hüne ihnen trotz seiner körperlichen Kraft keine Schwierigkeiten machen.

Simpson hatte gewartet, bis sich seine Leute mit ihrem Gefangenen in Bewegung setzten, um seinem Neffen vor Augen zu führen, wie man mit Verrätern verfuhr. Schließlich legte er den Arm fest um Nathaniels Taille, gab seinem Pferd die Sporen und ritt zum Hauptportal seines Anwesens. Als Hugh Simpson den Jungen aus dem Sattel hob, sah er, dass dieser weinte. Wütend packte er ihn am Arm und schleifte ihn ins Haus.

»Dr. Reave! Wo seid Ihr?«, brüllte er.

Der Hauslehrer war umgehend zu Stelle und blickte Simpson fragend an.

»Holt meine Söhne her, Dr. Reave! Und die Birkenrute!«

»Ja, Sir!«

Wenn der Hausherr sich zu einem seiner Wutanfälle hinreißen ließ, stellte man besser keine Fragen.

Während Nat in der Schreibstube seines Onkels auf das Eintreffen des Lehrers und seiner Vettern wartete, liefen ihm unablässig die Tränen über das Gesicht. Er weinte nicht aus Angst vor der Züchtigung, die ihn erwartete – zu oft hatte er seit seiner Ankunft in Simpsons Haus die Rute zu spüren bekommen –, sondern aus Verzweiflung, weil seine Flucht missglückt war und er seine Mutter nun vielleicht nie wiedersehen würde. Ständig fragte er sich, ob es seine Schuld war, ob er etwas falsch gemacht, sich irgendwie verraten hatte. War Christopher seinetwegen misshandelt worden? Was würde nun mit dem Diener geschehen? Und was wurde aus seiner Mutter?

Als der Hauslehrer mit den beiden Jungen erschien, die dem harten

Regiment ihres Vaters ebenso ausgeliefert waren wie Nat, flossen die Tränen noch immer.
Simpson gewahrte dies mit einem abfälligen Naserümpfen. Sein Blick richtete sich streng auf seine Söhne, die gehorsam, mit gesenkten Köpfen, nebeneinanderstanden.
»Euer Vetter wollte sich heute wie ein gemeiner Dieb davonschleichen, aus diesem Haus, in das er großmütig aufgenommen worden ist, um sich zu meinem Vetter, dem Verräter, zu begeben. Ihr werdet zusehen, wie seine Undankbarkeit und sein Ungehorsam bestraft werden!«
Dr. Reave trat vor, das Instrument zur Züchtigung in den Händen wiegend. Es bestand aus vier Birkenruten, die in einem hölzernen Griff zusammenliefen. Nat kannte das Verfahren nur zu gut, ebenso wie seine um wenige Jahre älteren Vettern William und Richard. Zitternd kniete er sich vor die Bank, die an einer Wand stand, und beugte sich vor. Die beiden Knaben stellten sich zu beiden Seiten neben ihn und mussten ihm Wams und Hemd hochziehen, so dass sein Rücken entblößt wurde.
»Zwanzig Hiebe!«, befahl Simpson.
Während er die Schläge mitzählte, versuchte er das schmerzvolle Schreien des Knaben aus seinem Bewusstsein auszublenden. War es ihm in seiner Jugend nicht ebenso ergangen? Wie sollte man ein Kind erziehen, wenn nicht mit dem Stock? Schon bei Salomon hieß es: Wer seinen Sohn liebt, züchtigt ihn. Gab es denn einen anderen Weg, ein starrsinniges Kind zu einem frommen Menschen zu machen, es die Furcht vor Gott zu lehren? Wie sollte er es sonst davor bewahren, stolz und hochmütig zu werden und vom rechten Weg abzukommen? Sein Neffe war ein verzogener, störrischer Junge. Offenbar war seine Mutter zu nachsichtig mit ihm gewesen, hatte ihm zu viele Freiheiten gelassen. Nun lag es an ihm, den Jungen zu einem gottesfürchtigen Menschen zu erziehen, indem er jede Lüge, jeden Ungehorsam, jede Unaufmerksamkeit beim Unterricht und

jedes Zeichen von Faulheit mit der Rute oder der Ferula bestrafte. Der Wille eines Kindes musste mit Gewalt gebrochen werden! Nur so konnte man seine Seele retten!

Das Warten begann Marianna zu zermürben. Unzählige Male trat sie an das kleine Fenster der Kammer und sah hinaus, in der Hoffnung, auf der Landstraße endlich die hohe Gestalt ihres Dieners zu entdecken, der ihr Nat zurückbrachte. Doch die Stunden schlichen ereignislos dahin. Marianna pendelte zwischen dem Fenster und dem Bett hin und her, auf dem sich Judith wie ein Kind zusammengerollt hatte. Den ganzen Nachmittag lag sie da, ohne sich zu rühren. Besorgt setzte sich Marianna wieder zu ihr und streichelte sanft über ihr Haar. Sie fühlte sich hilflos, wusste nicht mehr, wie sie das arme Mädchen trösten sollte. Seit ihr Gewalt angetan worden war, war Judith ein anderer Mensch. Von dem fröhlichen, ein wenig leichtfertigen Mädchen, das jedem gut aussehenden Burschen schöne Augen gemacht hatte, war nichts zurückgeblieben. Sie erschien Marianna wie eine Fremde, ein verwundetes Tier, das sich in seine Höhle verkrochen hatte und sich nicht mehr ins Freie traute. Des Nachts zog Judith ihre Kleider nicht mehr aus, wenn sie sich zum Schlafen niederlegte. Sie behielt sogar ihre Schuhe an, so dass Marianna jedes Mal aufstand, sobald sie eingeschlafen war, und sie ihr heimlich auszog. Nur durch strenge Ermahnungen war die Magd dazu zu bringen, sich zu waschen, als fürchte sie sich davor, ihren Körper zu entblößen und so einem unerwarteten Angriff schutzlos ausgeliefert zu sein. Marianna hätte Judith am liebsten nach Hause geschickt, doch das war leider nicht möglich. Sie mussten warten, bis Christopher zurück war.
Die Sonne stand bereits tief, als jemand an die Tür zur Kammer kratzte. Marianna fuhr erschrocken von der Bettkante auf und lauschte gespannt. War es Christopher?
»Wer ist da?«, fragte sie.

»Mistress Ashton?«, antwortete eine Männerstimme. »Bitte öffnet die Tür!«
Marianna erstarrte. Woher kannte der Ankömmling ihren Namen? Sie spürte, wie ihre Hände kalt wurden und sich ihr Magen zusammenzog. Nein, das konnte, das durfte nicht sein!
»Madam, seid vernünftig. Lasst mich ein.«
»Wer seid Ihr?«, rief sie, unfähig, das Zittern ihrer Stimme zu beherrschen. Sie klang fast schrill.
»Mein Name ist John Kempe. Ich bin allein.«
Plötzlich verließ sie der Mut. Sie ging zur Tür und schob den Riegel zurück. Der Mann trat ohne Zögern in die Kammer. Er war wie ein Gentleman gekleidet und verbeugte sich höflich vor ihr.
»Mistress Ashton, bitte verzeiht mein rüdes Eindringen. Leider ist es meine Pflicht, Euch mitzuteilen, dass Ihr im Namen der Königin verhaftet seid. Ich habe den Auftrag, Euch nach London zu bringen.«
Für Marianna brach eine Welt zusammen. Trotzig versuchte sie Haltung zu bewahren und antwortete hochmütig: »Ihr müsst Euch irren, Master Kempe. Mein Name ist nicht Ashton, sondern Abbott. Mein Gatte ist Weinhändler in London.«
»Und weshalb seid Ihr allein unterwegs, Madam?«
»Mein Gatte ist vorausgeritten, um ein wichtiges Geschäft abzuschließen. Ich folge ihm, sobald es meiner Magd besser geht. Wie Ihr sehen könnt, ist sie krank.«
John Kempe warf einen prüfenden Blick auf das Mädchen, das auf dem Bett lag und sich nicht rührte. »Ihr lebt also mit Eurem Gatten in London? Auf welcher Straße?«
Marianna zögerte. Sie war noch nie in der Hauptstadt gewesen und kannte sich nicht aus. Sie wusste nur, dass einige Straßen im Stadtkern nach dem Gewerbe benannt waren, das dort ausgeübt wurde, und entschied sich, alles auf eine Karte zu setzen.
»Auf der Wine Street.«
Der Mann lächelte amüsiert und sagte dann sanft: »Es gibt keine

Wine Street in London.« Sein Gesicht wurde ernst. »Ein kühner Versuch, Madam. Meine Anerkennung. Aber nun solltet Ihr wirklich vernünftig sein. Sir Francis Walsingham hat mich hergeschickt, weil er wusste, dass sich Euer Sohn in der Obhut von Master Simpson befindet.«

Marianna wandte sich ruckartig zum Fenster, um ihr Gesicht vor ihm zu verbergen. Krampfhaft suchte sie nach einem Ausweg, fand jedoch keinen.

»Man hat Euren Diener festgenommen und in Ketten gelegt«, fuhr John Kempe fort. »Euer Sohn ist wieder bei Master Simpson.«

Marianna fuhr zu ihm herum und sah ihn verzweifelt an.

»Ich muss ihn sehen!«

»Ich fürchte, das geht nicht, Madam. Master Simpson ist der Ansicht, dass Ihr einen schädlichen Einfluss auf den Jungen ausübt.«

»Und mein Diener? Was wird mit ihm geschehen?«

»Vorerst bleibt er in Gewahrsam. Man wird ihn nach London bringen. Dort wird er so lange im Gefängnis bleiben, bis entschieden ist, ob er freigelassen oder vor Gericht gestellt werden soll.«

»Aber er hat in meinem Auftrag gehandelt. Er ist für seine Taten nicht verantwortlich!«

»Ich versichere Euch, man wird diesen Umstand berücksichtigen.«

Marianna kämpfte gegen die Tränen an, die ihr in die Augen stiegen. Sie wollte nicht, dass dieser Fremde sie besiegt sah. Das gesamte Vorhaben war kläglich missglückt. Nun hatte sie ihren Sohn für immer verloren. Kraftlos ließ sie sich auf die Bettkante sinken und starrte zum Fenster hinaus in die langsam herabsinkende Dunkelheit.

Kempe betrachtete sie nicht ohne Mitgefühl. Und auf einmal wurde ihm bewusst, dass sie nur nach dem Schicksal ihres Sohnes und des Dieners gefragt hatte, nicht aber nach ihrem eigenen.

Fünftes Kapitel

Die Nacht über hielt John Kempe vor der Kammertür der beiden Frauen Wache. Als Norton ihn davor gewarnt hatte, Mistress Ashton auch nur einen Moment aus den Augen zu lassen, da sie bereits einmal der Verhaftung entronnen war, hatte er die Ermahnung zuerst für einen Scherz gehalten. Doch die Tatsache, dass von den drei Männern, die sie in einer Herberge in der Nähe von Dover festnehmen sollten, nur zwei lebend und mit leeren Händen zurückgekehrt waren, hatte seine Meinung geändert. Diese Frau würde es ihm bestimmt nicht leichtmachen. Am Morgen ließ Kempe zwei Pferde satteln. Die Magd ritt auf einem Reitkissen hinter Marianna. Da Kempe darauf bestand, die Stute seiner Gefangenen am Zügel zu führen, kamen sie allerdings nur sehr langsam voran. Zum Glück war das Wetter gut. Nach den Regenfällen der letzten Tage schien nun die Sonne von einem wolkenlosen Himmel.

Während Marianna im Damensitz neben ihm ritt, betrachtete sie ihren Bewacher eingehend. Er trug ein dunkelbraunes Wams aus feinem Tuch mit einer dezenten Halskrause, die ein wenig unter der durchwachten Nacht gelitten hatte, aber aus teurer Spitze gefertigt war. Marianna fragte sich, ob er von derselben Person geschickt worden war wie die rohen Kerle, die sie in Dover angegriffen hatten. John Kempe war zweifellos von guter Geburt und nahm in der Hierarchie von Walsinghams Männern sicher eine wichtige Position ein. Bedeutete dies, dass sie der englischen Regierung wichtiger geworden war als noch vor ein paar Tagen?

Sie fasste sich ein Herz und fragte: »Was wird nun aus mir, Master Kempe?«

Er wandte den Kopf und sah sie prüfend an. »Ich dachte schon, Euer Schicksal interessiere Euch nicht.«

»Natürlich tut es das! Darf ich also erfahren, was man mir vorwirft?«

»Das fragt Ihr noch? Ihr habt versucht, ein Kind aus der Obhut seines rechtmäßigen Vormunds zu entführen.«

»Dieses ›Kind‹ ist immerhin mein Sohn!«

Er begegnete ihrem anklagenden Blick. »Es ist nicht an mir, die Entscheidungen der Regierung zu rechtfertigen, Madam. Ihr kamt unter falschem Namen in unser Land. Eure Absichten waren also verdächtig.«

»Haltet Ihr mich etwa für eine Spionin?«, fragte Marianna ungläubig.

»Eigentlich geht es nicht um Euch, sondern um Euren Gatten.«

»Mein Gatte lebt im Exil. Ich bin allein nach England gekommen.«

Sie sah, wie sich ihr Begleiter auf die Lippen biss, bevor er antwortete. »Das wissen wir, Madam.«

»Wirft man meinem Gemahl noch immer den Verrat vor, den er vor nun fast vierzehn Jahren begangen hat? Er hat ihn längst bereut, glaubt mir.«

»Weshalb hat er dann im Auftrag Farneses geheime Papiere überbracht?«, entgegnete Kempe scharf.

Sie sah ihn erstaunt an, dann senkte sie die Augen. Kempe beobachtete ihr Gesicht. Sie war ehrlich überrascht, fast ein wenig verärgert. Er kam zu dem Schluss, dass sie nichts von dem Auftrag ihres Gatten gewusst hatte.

»Dieser Narr …«, murmelte sie. »Warum hat er das getan?«

Eine Weile ritten sie schweigend nebeneinander her. Schließlich fragte sie leise, ohne ihn anzusehen: »Wann ist das gewesen?«

»Vor etwa einem Jahr im November.«
»Er hat mir nie davon erzählt.«
»Wenn das wahr ist, habt Ihr nichts zu befürchten.«
Sie hob den Kopf und sah ihn offen an. »Es ist wahr!«
Seine Kiefermuskeln zuckten, und seine Züge verfinsterten sich.
»Zu meinem Bedauern muss ich gestehen, dass ich Euch glaube, Madam.«
Seine offenkundige Enttäuschung verwunderte sie.
»Die Angelegenheit liegt aber schon ein Jahr zurück. Warum ist sie so wichtig?«
Doch er blieb ihr die Antwort schuldig. Walsingham hatte ihm untersagt, die Witwe über den Tod ihres Gatten aufzuklären. Zweifellos behielt er sich selbst dieses Privileg vor, um sie im Verhör umso leichter einschüchtern zu können.
Kempe war in nachdenkliches Schweigen verfallen. Marianna fragte sich unbehaglich, was sie in London erwarten mochte. Was hatte sie mit den Irrtümern ihres Gemahls zu schaffen? Ihr Interesse galt allein ihrem Sohn und ihrem Diener, der durch ihr Verschulden im Kerker saß. Sie musste versuchen, ihm die Freiheit zurückzugewinnen. Auch wenn dies bedeutete, sich Walsingham zu Füßen zu werfen!

Da sie nur langsam vorankamen, waren die Reisenden zu John Kempes Leidwesen gezwungen, eine weitere Nacht in einer Herberge zu verbringen. Marianna sah ihrem Bewacher an, dass ihn diese Verzögerung ärgerte. Am folgenden Morgen ließ er die beiden Frauen früh von der Wirtin wecken und trieb sie zur Eile an. Auf Mariannas fragenden Blick hin erklärte er widerwillig: »Wir müssen heute Abend in London sein! Ich habe noch eine wichtige Verabredung.«
»Was geschieht mit mir, wenn wir in London sind?«
»Ich habe den Auftrag, Euch dem Lieutenant des Towers zu übergeben.«

Marianna senkte bedrückt den Kopf. »Man wird mich also für unbestimmte Zeit einsperren.«
Er sah sie mitfühlend an. »Ich fürchte, ja.«
»Und wer entscheidet über mein weiteres Schicksal?«
»Wahrscheinlich Sir Francis Walsingham. Sollte er allerdings zu krank sein, um sich Eurer Angelegenheit anzunehmen, wird sich stattdessen wohl Lord Leicester oder Lord Treasurer Burghley mit Euch befassen, wenn nicht gar die Königin selbst.«
Marianna runzelte verwundert die Stirn. »Bin ich denn wirklich so wichtig, dass sich die Königin für mich interessieren könnte?«
»Wie ich schon sagte, es geht nicht um Euch, sondern um Euren Gatten«, erklärte John Kempe geduldig.
»Aber ich weiß nichts über die Papiere, die er für Farnese überbracht haben soll.«
»Überzeugt diejenigen, die Euch verhören werden, dass Ihr die Wahrheit sagt, und man wird Euch gegenüber Gnade walten lassen.«
»Ich weiß nicht, wen ich mehr fürchte, Euren Herrn Sir Francis Walsingham, Lord Burghley, Lord Leicester oder Ihre Majestät«, sagte Marianna sarkastisch. »Was ist, wenn man mir nicht glaubt?«
Kempe antwortete nicht. Er hätte sie gerne beruhigt, doch er wusste nur zu gut, wie unbarmherzig man zuweilen auch mit den Angehörigen von Verrätern umging.
Erst als sie sich am späten Nachmittag der Hauptstadt näherten, wurde John Kempe wieder gesprächiger.
»Gleich erreichen wir Southwark, berühmt für seine Herbergen und berüchtigt für seine Vergnügungsstätten. Die Leute kommen hierher, um sich Bärhatzen und Hahnenkämpfe anzusehen.«
Schon seit einer Weile kamen ihnen Karren und Reiter entgegen, Bauern und Händler, die auf einem der Londoner Märkte Vieh oder Waren verkauft hatten und sich nun auf den Heimweg bega-

ben. Von unzähligen Hufen und Wagenrädern durchpflügt, glich die ungepflasterte Straße einem sumpfigen Morast. Der Gestank des schmutzigen Wassers der nahen Themse lag in der Luft. Die Ruhe der Felder und Wiesen wich der Geschäftigkeit der großen Stadt.

Da sich die Sonne bereits dem Zenith näherte, mahnte John Kempe die Frauen zur Eile. Inzwischen verzichtete er darauf, Mariannas Pferd am Zügel zu führen. In dem Gedränge der Vorstadt waren sie ohnehin gezwungen, hintereinander zu reiten. Wohin sollte seine Gefangene auch fliehen? In London gab es so viele Spitzel im Sold der Regierung, dass man sie im Nu wieder eingefangen hätte. Marianna war sich über diesen Umstand durchaus im Klaren und hatte den Gedanken an Flucht längst aufgegeben.

Die Straße, der sie folgten, lief auf die einzige Brücke zu, die über den Fluss führte. Ein steinernes Tor tauchte in der Ferne vor ihnen auf. Bevor sie es erreichten, fiel Mariannas Blick auf einen Pranger, in den Kopf und Hände eines Verurteilten eingespannt waren. Man hatte ihn mit Schlamm und Unrat beworfen, doch er hatte die Demütigung des Pöbels mehr oder weniger unbeschadet überlebt und wartete nun sehnsüchtig darauf, dass man ihn aus seiner unbequemen Lage befreien würde.

Marianna sah mitleidig zu ihm hinüber, während sie an ihm vorbeiritten. Kurz bevor sie die Brücke erreichten, wandte sie sich ab und hob den Blick zu den Zinnen des Tores. Ein Schrei des Entsetzens entfuhr ihr. Ihr Pferd machte einen erschrockenen Sprung, und Judiths Finger krallten sich schmerzhaft in ihre Taille. Wie gebannt starrte Marianna auf die menschlichen Schädel, die sich, auf Holzpfähle gesteckt, auf dem Brückentor aneinanderreihten … die Augenhöhlen leer, das Fleisch schwarz verfärbt, in Verwesung begriffen, die Zähne wie zu einem spöttischen Grinsen entblößt. Der Wind fuhr durch das zerzauste Haar der Totenköpfe und ließ sie fast lebendig erscheinen.

Marianna war nicht fähig, den Blick abzuwenden. Als John Kempe ihr Zurückbleiben bemerkte, wendete er sein Pferd und dirigierte es neben das ihre.
»Seht nicht hin, Madam«, mahnte er.
»Wer sind diese armen Menschen?«, fragte sie mit zitternder Stimme.
»Verräter! Man hat sie gevierteilt und enthauptet. Ihr Beispiel soll andere davor warnen, es ihnen gleichzutun.«
»Das ist barbarisch!«, rief Marianna voller Abscheu.
»Ihr seid töricht, Madam«, erwiderte Kempe nachsichtig. Frauen neigten eben zur Rührseligkeit. »Und nun kommt! Wir haben schon zu viel Zeit verloren.«
Von Übelkeit geschüttelt, trieb sie ihr Pferd hinter ihm her. Sie durchquerten das Great Stone Gate und betraten die Brücke. Zu beiden Seiten erstreckten sich die Läden der Handwerker und Händler. Die Holzhäuser neigten sich über der Straße einander zu und trafen sich in der Mitte, so dass man das Gefühl hatte, in einen Tunnel einzutauchen. Nur hin und wieder öffnete sich zwischen den Gebäuden ein freier Platz, der den Blick auf die Kais am anderen Flussufer preisgab. Zur Rechten entdeckte Marianna die Türme einer Festung. Dies musste der Tower sein. Sie erschauderte. Dort erwartete sie eine Zelle mit vergittertem Fenster, vielleicht Schlimmeres. Angst breitete sich in ihrem Innern aus und brachte die Übelkeit zurück, die sie schon beim Anblick der Totenschädel überkommen hatte.
Als sie die andere Seite erreichten, lenkte John Kempe sein Pferd neben das seiner Gefangenen und nahm die Zügel, um es in eine Seitengasse zu führen. Die Straßen waren nun fast verlassen. Nur hin und wieder eilte noch ein Passant vorüber, auf dem Weg zu einem behaglichen Herdfeuer oder zu einer Schenke.
»Eigentlich wäre es nun meine Pflicht, Euch beim Lieutenant des Towers abzuliefern«, sagte er. »Doch dies würde eine Reihe von For-

malitäten mit sich bringen, für die ich im Augenblick keine Zeit habe. Die Sonne geht bereits unter, und ich muss dringend jemanden treffen, der mir etwas Wichtiges aushändigen soll. Wenn Ihr schwört, keinen Fluchtversuch zu unternehmen, während ich mit dem Mann spreche, werde ich mich im Gegenzug bei Walsingham für Euch verwenden.«

»Warum solltet Ihr das tun?«, fragte Marianna verwundert.

»Weil ich glaube, dass Ihr nichts über den Auftrag Eures Gatten wisst. Also, seid Ihr einverstanden? Schwört Ihr, nicht zu fliehen?«

Sie nickte. »Ich schwöre es.«

»Dann folgt mir.«

Er ließ die Zügel ihres Pferdes los und ritt voraus. Marianna trieb die Stute hinter ihm her. Es ging den Fluss entlang, an großen Lagerhäusern vorbei, die nun bei Einbruch der Dunkelheit verlassen wirkten. Am nächsten Morgen, bei Sonnenaufgang, würde hier erneut rege Geschäftigkeit herrschen, wenn Frachtschiffe aus den Provinzen an den Kais anlegten und ihre Ladung von den Arbeitern gelöscht wurde.

Vor einem baufälligen Haus, das im Gegensatz zu den Lagerhäusern nicht mehr in Gebrauch zu sein schien, hielt John Kempe an und ließ sich aus dem Sattel gleiten. Marianna und Judith taten es ihm nach. Ihr Begleiter reichte ihnen die Zügel.

»Bleibt bei den Pferden. Es wird nicht lange dauern.«

Marianna sah ihn besorgt an. »Ist es gefährlich?«

»Habt Ihr Sorge um Euch oder um mich?«, fragte er amüsiert.

»Ich weiß nicht. Dieser Ort ist mir unheimlich.«

»Spitzel scheuen nun einmal das Tageslicht. Verhaltet Euch ruhig. Ich bin bald zurück.«

Sie blickte ihm nach, als er durch die Tür im Dunkel des unbeleuchteten Hauses verschwand. Wen immer er dort zu treffen hoffte, musste sehr vorsichtig sein.

»Madam, ich habe Angst«, ließ sich Judiths zitternde Stimme vernehmen.
»Ich auch«, gab Marianna zu und legte tröstend den Arm um die Schultern der Magd.
Die beiden Pferde waren hungrig und stampften rastlos. Marianna versuchte, sie zu beruhigen, und hoffte, dass John Kempe bald zurückkehren würde. Während sie mit den Pferden beschäftigt war, fing sie aus dem Augenwinkel auf einmal eine Bewegung auf und wandte den Kopf in Richtung des Hauses. Trotz der Finsternis meinte sie eine Gestalt wahrzunehmen, die um eine Ecke schlich. Angestrengt starrte sie hinüber, konnte aber nichts mehr erkennen.
»Judith, da ist jemand.«
Die Magd zuckte zusammen und blickte sich ebenfalls ängstlich um.
»Da schau, ein Schatten«, flüsterte Marianna ihr zu.
Doch die Magd war zu aufgeregt, um etwas zu erkennen. Mit klappernden Zähnen zog sie ihren Reiseumhang enger um ihren Körper. »Madam, bitte lasst uns gehen!«
»Du weißt, das ist unmöglich. Ich habe Master Kempe geschworen, auf seine Rückkehr zu warten.«
Mit gespannten Sinnen standen die beiden Frauen da und warteten. Ihre Unruhe übertrug sich auf die Pferde, die nervös schnaubten. Plötzlich drang ein Schrei zu ihnen herüber. Marianna erstarrte.
»Das kam aus dem Haus«, raunte sie. »Heilige Mutter Gottes, da muss etwas passiert sein.«
Die Frauen lauschten angestrengt. Das Herz schlug ihnen bis zum Hals. Schließlich überwand sich Marianna und trat auf die Tür des Hauses zu.
»Madam, was habt Ihr vor?«, rief Judith verstört.
»Ich werde nachsehen. Bleib bei den Pferden. Ich bin gleich zurück.«

Ohne auf den Widerspruch der Magd zu hören, schob sie vorsichtig die unverschlossene Tür auf und trat in die Dunkelheit des Vorraums. Ihre tastenden Hände fanden das Holzgeländer einer Stiege. Von oben fiel ein schwacher Lichtschein zu ihr herunter. Offenbar befand sich die Lichtquelle in einer Kammer, die nach hinten hinausging. Marianna nahm allen Mut zusammen und erklomm so vorsichtig wie möglich die Stufen, konnte jedoch nicht vermeiden, dass die morschen Bohlen knarzten. Für einen Moment hielt sie inne und lauschte. Ein unheimliches Geräusch drang an ihr Ohr ... als wenn etwas Schweres über den Holzboden schleifte ..., begleitet von einem qualvollen Röcheln, das Marianna durch Mark und Bein ging. Sie überwand ihre Angst und stieg die restlichen Stufen hinauf. An der Tür zu der von einem Binsenlicht erhellten Kammer blieb sie stehen und starrte voller Entsetzen auf das grausige Bild, das sich ihr bot. In der Mitte des unmöblierten Raumes lag ein Toter mit blutüberströmter Brust. Nur wenige Schritte entfernt kauerte John Kempe. Mit verzweifelter Kraftanstrengung versuchte er sich kriechend auf die Tür zuzuschleppen. Immer wieder krallte sich seine rechte Hand in das morsche Holz der Bohlen, in dem Bemühen, seinen Körper ein kleines Stück weiter über den Boden zu ziehen. Vor Schreck war Marianna unfähig, sich zu rühren. Erst als Kempe sein schmerzverzerrtes Gesicht zu ihr hob, löste sich die Lähmung, die sie festgehalten hatte, und sie stürzte an seine Seite.
»Heilige Jungfrau, was ist passiert?«
Sie kniete sich neben ihn und wollte ihn aufrichten. Da sah sie die klaffende Wunde in seinem Bauch, die er mit der linken Hand verzweifelt zusammenzuhalten versuchte. Zwischen seinen blutgetränkten Fingern schimmerten die hervorquellenden Darmschlingen.
»Ich ... ich werde Hilfe holen«, stammelte sie, obwohl sie wusste, dass er im Sterben lag.

Er nahm seine letzten Kräfte zusammen, griff in seinen Stiefelschaft und drückte ihr ein Bündel Papiere in die Hand.
»Bringt das zu Walsingham ...«, sagte er röchelnd. »Throckmortons Papiere ... der Greif darf sie nicht ... schnell ... zu Walsingham ... Haus in der Seething Lane ... beim Tower ...«
»Ich kann Euch doch nicht so liegen lassen!«, rief sie, den Tränen nah.
»Geht ... der Greif ...«
»Der Greif? Was meint Ihr damit?«
»Ein Spion. Er ... ist gefährlich ...«
Siedend heiß fiel Marianna die Gestalt ein, die sie draußen vor dem Haus gesehen hatte. War das der Spion gewesen, von dem Kempe sprach? War er durch ein Fenster eingestiegen und hatte die beiden Männer umgebracht? War er noch hier? Panik stieg in ihr auf.
»Geht ...«, wiederholte John Kempe mit verlöschender Stimme. Und diesmal gehorchte sie.
Mit vor Angst rasendem Herzen stürzte sie aus der Kammer und stolperte die dunkle Treppe hinunter. Obwohl es zu finster war, um etwas zu sehen, meinte sie die Gegenwart einer weiteren Person zu spüren. Ohne sich umzudrehen, riss Marianna die Tür auf und hastete zu Judith und den Pferden. Von ihrer Panik angesteckt, starrte die Magd sie zitternd an.
»Was ist denn los, Madam?«
»Du kannst doch reiten, Judith. Steig auf mein Pferd! Wir müssen hier weg!«
Kempes Beispiel folgend, stopfte Marianna das blutbefleckte Bündel Papiere in ihren Stiefelschaft. Die Magd sah ihr verständnislos zu.
»Aber was ist mit Master Kempe?«, stammelte sie.
»Er ist tot! Und nun steig endlich in den Sattel, sonst werden wir sein Schicksal teilen.«
Weiß wie die Wand gehorchte Judith und ließ sich von ihrer Herrin

in den Damensattel helfen. Marianna bestieg Kempes Pferd. Zum Glück hatte sie als Kind von ihren Brüdern gelernt, wie man im Herrensitz ritt.
»Wohin wollt Ihr?«, fragte die Magd.
»Zum Tower. Folge mir einfach. Ich werde das richtige Haus schon irgendwie finden.«
Während sie ihr Pferd wendete, sah Marianna eine Gestalt aus dem baufälligen Haus treten. Das musste er sein, der Mörder, der Kempe und den anderen Mann getötet hatte … der Greif …
»Schnell, Judith, er hat uns gesehen!«
Marianna ließ ihr Pferd in Galopp fallen und sah zurück, ob Judith ihr folgte. Kurz darauf waren sie außer Sichtweite des Unbekannten. Doch Marianna zögerte, das Tempo zu verringern. Der Mörder besaß mit Sicherheit ein Pferd und würde die Verfolgung aufnehmen. Sie brauchten Hilfe! Ihnen blieb keine andere Wahl, als Kempes letzten Worten zu gehorchen und sich zu Sir Francis Walsingham zu flüchten. Wenn diese Papiere tatsächlich so wichtig waren und sie sie ihm brachte, würde er sich ihr gegenüber vielleicht gnädig erweisen. Es war ihre einzige Chance.
Entschlossen trieb Marianna ihr Pferd durch das Gewirr der Gassen, auf die hoch aufragenden Türme des Tower zu. Hin und wieder war eine Laterne vor einem Haus angebracht oder ein Fensterladen noch nicht geschlossen, so dass es trotz der nächtlichen Dunkelheit möglich war, sich zu orientieren. Nach einer Weile warf Marianna einen prüfenden Blick zurück und bemerkte, dass Judith nicht mehr hinter ihr war. Widerwillig zügelte sie ihr Reittier und hielt nach der Magd Ausschau. Nur wenige Augenblicke später trabte ein Pferd um die Ecke, um die Marianna kurz zuvor gebogen war, und fiel in Schritt. Seine Reiterin war aus dem Sattel gerutscht und hielt sich nur noch mit Mühe an seiner Seite. Marianna wendete ihren Braunen, um ihr zu Hilfe zu kommen.

»Halt dich fest. Ich bin gleich da.«
Doch schon verlor die Magd den Halt und stürzte zu Boden. Immerhin gelang es ihr, die Zügel des Pferdes festzuhalten, das sich in dem Bemühen, freizukommen, zwischen Marianna und die am Boden Liegende schob. Die junge Frau war gezwungen, abzusteigen und um das andere Pferd herumzugehen. Als sie sich zu Judith hinabbeugen wollte, die von ihrem Umhang fast völlig bedeckt war, bemerkte sie aus dem Augenwinkel, dass das Tier keinen Damensattel trug. Sie erstarrte in der Bewegung. Das war nicht Judith! Jäh wich sie zurück, drehte sich zu ihrem Pferd und wollte aufsteigen, doch es war bereits zu spät. Die Gestalt sprang auf die Beine, packte sie von hinten und riss sie zurück. Eine Hand legte sich um ihren Hals und drückte zu. Marianna wurde ohnmächtig.

»Madam, wacht auf … bitte, wacht auf!«
Judiths Flehen drang nur gedämpft in ihr Bewusstsein. Jemand schüttelte sie unsanft.
»Madam, seid Ihr in Ordnung?«, fragte eine Männerstimme.
Marianna schlug die Augen auf und sah in das Gesicht eines Greises, der sich mit einer Laterne in der Hand über sie beugte. Als sie den Kopf drehte, fiel ihr Blick auf Judiths wachsbleiches Gesicht.
»Es tut mir so leid, Madam. Das Pferd gehorchte mir nicht, und ich verlor Euch aus den Augen. Ein Reiter überholte mich und jagte Euch nach. Ich hatte solche Angst, dass er Euch umbringen würde.«
Da fielen Marianna die Papiere wieder ein, und sie schob die Hand in ihren Stiefelschaft. Mit Schrecken stellte sie fest, dass sie verschwunden waren.
»Man hat Euch überfallen, Madam«, sagte der alte Mann, der neben der Laterne auch eine Hellebarde trug, was ihn als Nachtwächter auswies.

»Habt Ihr ihn gesehen?«, fragte Marianna mit schwacher Stimme. Ihr Hals schmerzte. Als sie mit der Hand über die Würgemale rieb, bemerkte sie, dass man ihr auch die Halskette und den Ehering gestohlen hatte. Das brachte das Fass zum Überlaufen. Tränen schossen ihr in die Augen und rannen über ihr Gesicht.
»Ich habe den Kerl verscheucht«, erklärte der Nachtwächter beschwichtigend. »Er ist so schnell fort, dass er sogar sein Pferd stehen lassen hat. Wahrscheinlich ist er zum Fluss runter und hat ein Boot genommen.«
Marianna hörte ihn nicht. Es war ihr gleich, was aus dem Dieb und Mörder geworden war. Er hatte bekommen, was er wollte. Er hatte sie um die einzige Möglichkeit gebracht, ihrem ungewissen Schicksal zu entrinnen. Ohne die Geheimpapiere und ohne John Kempes Fürsprache war sie verloren. Sie würde ihre Tage im Tower beschließen und ihren Sohn nie wiedersehen.
»Ich bringe Euch zum Konstabler, Madam«, schlug der Nachtwächter vor. »In Eurem Zustand könnt Ihr nicht allein weiter.«
Mit Judiths Hilfe kam Marianna auf die Beine.
»Nein, danke. Das ist sehr freundlich. Aber ich komme schon zurecht. Es ist nicht weit bis zum Haus meines Gatten«, log sie.
»Soll ich Euch begleiten?«
»Nein, wirklich, es geht schon.«
Sie bat ihn noch, Judith in den Sattel zu helfen, und stieg wieder auf John Kempes Pferd. Der Nachtwächter nahm das Reittier des Greif am Zügel und entfernte sich. Als er außer Hörweite war, fragte die Magd: »Was sollen wir jetzt tun?«
Marianna biss die Zähne zusammen. »Wir reiten zurück nach Bossingham. Ich muss meinen Sohn sehen.«
»Aber … wie wollt Ihr zu dieser Stunde aus der Stadt kommen? Wir haben nichts zu essen. Und man wird doch bestimmt nach Euch suchen.«
»Wir warten an der Brücke, bis der Morgen graut. Ich habe noch

genug Geld bei mir. Zum Glück hat der Dieb sich nicht die Mühe gemacht, meine Unterröcke zu durchsuchen. Simpson rechnet nicht damit, dass ich zurückkehre. Vielleicht gelingt es mir, Nat zu sehen … vielleicht …«
Sie wollte nicht weiter darüber nachdenken.

Sechstes Kapitel

Judith sollte recht behalten. Die beiden Frauen waren noch nicht weit von Southwark nach Süden gelangt, als zwei Reiter sie einholten und im Namen der Königin verhafteten. Nur wenige Stunden später wurden sie vom Lieutenant des Towers empfangen und in eine Zelle im Gartenturm gebracht. Judith brach in Tränen aus und hörte nicht mehr auf zu schluchzen. Ihr Zusammenbruch bewahrte Marianna vor einer ähnlichen Reaktion. Sie allein trug die Schuld an der Verzweiflung des armen Mädchens. Während der vergangenen Tage war Judith regelrecht durch die Hölle gegangen. Nun war es Mariannas Pflicht, sich zusammenzureißen und der Magd beizustehen. Sie tröstete sie, bis sie auf der mit Wolle gefüllten Matratze des Baldachinbetts eingeschlafen war. Die Zelle, in die man sie gesperrt hatte, war geräumig und mit den nötigsten Möbelstücken ausgestattet. Im Kamin brannte ein wärmendes Feuer, und die Holzbohlen des Bodens waren mit Binsen bedeckt, die zwar nicht mehr frisch, aber sicherlich in einem besseren Zustand waren als das Stroh in den Verliesen, über die man so schreckliche Dinge hörte.

Durch das schmale vergitterte Fenster drang ein unablässiger Lärm herein. Im Tower befand sich neben dem Feldzeugamt und der Waffenschmiede auch die Königliche Münze. Den ganzen Tag über wurde auf Stahl gehämmert, wurden Münzen geschlagen und Feueröfen mit Blasebälgen angefacht. Pulverfässer und Waffen wurden auf Karren geladen und fortgeschafft, andere Waren wurden geliefert. Marianna beobachtete das Treiben vom

Fenster aus. Gegenüber erhob sich der Weiße Turm mit seinen vier aufragenden Ecktürmen, die von Zwiebeldächern gekrönt wurden. Zur Linken lag der Tower-Anger, dahinter die Kapelle von St. Peter ad Vincula, in der die im Tower Hingerichteten ihre letzte Ruhestätte fanden. Dort lagen die Königin Anne Boleyn, Königin Katherine Howard, Lady Jane Grey, die für nur neun Tage Königin gewesen war, und Margaret Plantagenet, Countess of Salisbury, die Henry VIII. trotz ihres hohen Alters von siebzig Jahren hatte enthaupten lassen, nur weil königliches Blut in ihren Adern floss.

Bei dem Gedanken an diese Ereignisse der Vergangenheit erschauderte Marianna. Kein Menschenleben lag dies zurück. Hieß es nicht, dass Elizabeth ebenso hart und grausam sein konnte wie ihr Vater Henry, obwohl sie eine Frau war?

Man brachte den beiden Gefangenen das Spätmahl, ließ sie jedoch im Unklaren über ihr Schicksal. Würde man sie zu John Kempes Tod befragen, ihr vielleicht sogar die Schuld geben? Marianna seufzte tief. Ihre Lage war hoffnungslos! Hätte sie doch nur auf Rogers Warnungen gehört und sich dieses waghalsige Unternehmen ausreden lassen.

Die Nacht über fand sie kaum Schlaf, und als bei Morgengrauen ein Wächter erschien, um sie zu holen, hatte sie das Gefühl, bereits auf dem Weg zu ihrer eigenen Hinrichtung zu sein. Judith, die allein zurückblieb, begann wieder zu schluchzen. Hungrig, übermüdet, schmutzig und mit aufgelösten Haaren folgte Marianna dem Schließer. Man hatte ihr nicht einmal die Zeit gelassen, sich zu waschen. Sie vermutete, dass dies nicht aus Nachlässigkeit geschehen war, sondern in der Absicht, sie vor dem Verhör zu zermürben. Ein zweiter Wächter erwartete die Gefangene in einer Kutsche, die im Hof des Towers bereitstand.

»Wohin bringt Ihr mich?«, fragte sie beunruhigt.

Der Schließer blieb stumm. Nervös stieg Marianna in die Kutsche.

Der Schlag fiel hinter ihr zu, und das schwerfällige Gefährt setzte sich rumpelnd in Bewegung. Die Fahrt dauerte nicht lange. Vor einem Haus in der Seething Lane zügelte der Kutscher die Pferde, und der Wachmann bedeutete Marianna, auszusteigen. Eine Magd ließ Wächter und Gefangene in das Haus eintreten und führte sie die Treppe hinauf vor eine geschlossene Tür, die kurz darauf von einem Mann geöffnet wurde.

»Ich übernehme sie jetzt«, sagte er, und der Wächter entfernte sich.

»Mistress Ashton, mein Name ist Thomas Phelippes. Ich bin Sir Francis Walsinghams Sekretär. Sir Francis hat einige Fragen an Euch.«

Marianna nickte und folgte ihm ins Innere der getäfelten Kammer. Es war eine Schreibstube. Am Fenster saß ein bärtiger Mann an einem Tisch aus dunkel gebeizter Eiche. Das musste Walsingham sein, der puritanische Staatssekretär der Königin, der es sich zur Aufgabe gemacht hatte, ein dichtes Netzwerk von Spitzeln im Dienste des Protestantismus aufzubauen, wenn nötig auch auf eigene Kosten. Zu seinem Leidwesen war Königin Elizabeth so sparsam wie ihr Großvater und ließ sich nur selten dazu überreden, Geldmittel selbst für dringende Staatsgeschäfte zur Verfügung zu stellen. Auf diese Weise versuchte sie sich eine gewisse Unabhängigkeit von den puritanischen Einflüssen des Parlaments zu bewahren, welches das alleinige Recht besaß, dem Monarchen Geld zu bewilligen, ohne das er nicht regieren konnte.

Es war ein trüber, regnerischer Morgen, so dass nur wenig Licht durch die Fenster in die Kammer fiel. An der Wand hingen ein paar Kerzenhalter, und auf dem Tisch, an dem Walsingham saß, stand ein Talglicht, dessen Flamme sein Gesicht aus dem Schatten hob. Es war schmal und knochig, mit durchdringenden braunen Augen, einer starken, langen Nase und einem spitz zulaufenden Kinn, auf dem ein dunkler Bart spross. Auf dem kurz geschnittenen Haar saß ein Scheitelkäppchen. Eine breite weiße Halskrause, die den Kopf des Trägers vom Körper zu trennen schien, setzte als Einziges einen lichten Akzent, verstärkte dadurch allerdings noch die Strenge der düsteren bürgerlichen Aufmachung.

»Tretet näher«, forderte Sir Francis sie auf.

Marianna hörte, wie die Tür in ihrem Rücken geschlossen wurde. Der Sekretär hatte die Studierstube verlassen. Zögernd folgte sie der Anweisung und setzte sich auf den Schemel, auf den Walsingham mit ausgestreckter Hand deutete.

Schweigend musterte er sie. Marianna hatte das Gefühl, als durchbohre sein Blick sie wie eine Messerklinge. Sie registrierte die kränkliche Blässe seiner Haut und die dunklen Schatten unter den Augen. Auf seiner Stirn glänzten Schweißperlen. Marianna erinnerte sich, dass John Kempe erwähnt hatte, der Staatssekretär sei krank, doch das machte ihn in ihren Augen nicht weniger furchteinflößend. Sie wäre überrascht gewesen, hätte sie die Gedanken lesen können, die Walsingham in diesem Moment durch den Kopf gingen.

Das war sie also, Marianna Ashton, geborene Percy, Gemahlin eines Verräters, Angehörige einer Familie von Verrätern! Den Percys lag es im Blut, sich gegen die Krone aufzulehnen. Angefangen mit Sir Thomas Percy, der sich vor gut fünfzig Jahren der sogenannten Gnadenwallfahrt, einer Revolte gegen Henry VIII., angeschlossen hatte und dafür hingerichtet worden war, waren insgesamt schon drei Mitglieder dieser Familie an Verschwörungen beteiligt gewesen. Auch der siebte Earl of Northumberland, Thomas Percy, war nach der Niederschlagung der Rebellion des Nordens im Jahre 1572 auf dem Schafott geendet, und der achte Earl, Henry Percy, hatte für seine Teilnahme an der Verschwörung des Herzogs von Norfolk zugunsten von Mary Stuart bereits einige Jahre im Tower verbracht. Nun sah es so aus, als habe er auch etwas mit den Machenschaften Throckmortons zu tun, der den geheimen Briefwechsel zwischen der Schottenkönigin und den Franzosen, aber auch den Spaniern verwaltete. Die Tatsache, dass Roger Ashtons Frau eine Percy war, hatte ihn in Walsinghams Augen noch verdächtiger gemacht.

Abschätzend betrachtete er sie. Rotes Haar, grüne Augen ... so stellte man sich eine Hexe vor, eine Buhlin des Teufels. Ihr aufgelöster Zustand verstärkte noch diesen Eindruck. Das Haar fiel ihr in wirren, kupferfarbenen Locken bis zur Taille hinab, und die Schatten der Erschöpfung um ihre Augen ließen diese noch größer erscheinen. Als habe sie seine Gedanken erraten, senkte sie den Blick. Walsingham erschauderte. Um seine jähe Verunsicherung zu überspielen, fragte er barsch:

»Was wisst Ihr über John Kempes Tod?«

Marianna zuckte zusammen. Sie hatte geahnt, dass er seine schwere Verletzung nicht überlebt hatte, doch nun traten ihr, ohne dass sie sich dessen bewusst wurde, Tränen in die Augen.

Verwirrt und misstrauisch beobachtete der Staatssekretär die überraschenden Zeichen der Trauer. Waren sie aufrichtig oder Teil eines begabten Komödienspiels, um ihn zu täuschen?

»Was ist passiert?«

Wieder ließ sein schroffer Ton sie zusammenfahren. »Master Kempe sagte, er müsse jemanden in einem Haus bei den Kais treffen. Es sei sehr wichtig. Es ging um eine Übergabe.«

»Warum nahm er Euch mit dorthin? Er hatte Befehl, Euch im Tower abzuliefern.«

»Ja, das sagte er. Aber es war schon spät am Abend, als wir London erreichten, und er fürchtete, dass der Mann, den er treffen wollte, nicht lange auf ihn warten würde.«

»All das hat er Euch anvertraut? Der Narr!«, stieß Walsingham ärgerlich hervor.

»Er nahm mir das Versprechen ab, nicht zu fliehen.«

»Das Ihr gebrochen habt!«

»Erst als ich annehmen musste, dass er tot sei. Ich hatte dieses Versprechen ihm allein gegeben, und ich hätte es auch gehalten.«

Der Stolz in ihrer Stimme missfiel dem Staatssekretär. Frauen hatten demütig und bescheiden zu sein. Die Dummheit ihres Geschlechts machte jeglichen Ausdruck von Eigensinn von vornherein gefährlich. Hatte nicht Evas Ungehorsam die gesamte Menschheit ins Unglück gestürzt?

»Erzählt mir, was passiert ist!«, befahl Sir Francis.

»Ich wartete mit meiner Magd draußen bei den Pferden. Auf einmal sah ich eine Gestalt um das Haus herumschleichen.«

Walsingham horchte auf. »Eine Gestalt? Könnt Ihr sie beschreiben?«

Marianna schüttelte den Kopf. »Es war dunkel, und der Unbekannte trug einen Umhang.«

»War es ein Mann, oder könnte es auch eine Frau gewesen sein?«

Marianna stutzte. »Ich kann es nicht sagen. Sicher hätte es auch eine Frau sein können.«

»Was geschah dann?«

»Ich hörte einen Schrei und ging ins Haus, um nachzusehen. Ich fürchtete, Master Kempe könnte etwas zugestoßen sein.«

»Tatsächlich?«, fragte ihr Gegenüber sarkastisch.

»Master Kempe hat mich höflich und mit Respekt behandelt«, gab sie zurück. »Ich hatte keinen Grund, ihm Schaden zu wünschen.«

»Fahrt fort!«

»Ich ging die Stiege hinauf. In einer Kammer, die nach hinten hinaussah, fand ich ihn, verwundet, und einen zweiten Mann, tot.«

»Weiter! Hat Master Kempe noch etwas gesagt?«

»Ja, er drückte mir ein Bündel Papiere in die Hand und bat mich, sie Euch zu übergeben.«

Walsinghams magerer Körper spannte sich in seinem Lehnstuhl.

»Er hat sie also aufgespürt! Und er gab sie Euch. Was habt Ihr mit den Papieren gemacht?«

»Ich war auf dem Weg zu Eurem Haus, Sir, als man mich überfiel und mir die Papiere raubte.«
Marianna berichtete ihm in allen Einzelheiten von der List, mit der der Dieb sie in die Falle gelockt hatte.
»Dumme Frau!«, entfuhr es Walsingham. Doch er musste sich eingestehen, dass er ihr Unrecht tat. Der Dieb war gerissen und verstand es, die Schwächen der Menschen auszunutzen, in diesem Fall die Sorge der Herrin um das Wohlergehen der Magd.
»Ihr habt ihn also nicht gesehen, als er Euch überfiel«, wiederholte er.
»Nein. Er trug einen Umhang wie meine Magd, und da er sein Pferd so geschickt zwischen uns dirigierte, merkte ich nicht einmal, dass es nicht Judith war. Als ich sah, dass das Pferd einen anderen Sattel trug, wandte ich mich zur Flucht, doch er ergriff mich und drückte mir die Kehle zu. Ich wurde sofort ohnmächtig.«
»Verstehe.« Der Staatssekretär seufzte enttäuscht. »Nun versucht Euch zu erinnern, ob Master Kempe sonst noch etwas sagte. Erwähnte er, wer ihn und den anderen Mann überfallen hatte?«
»Er sagte: ›der Greif‹. Ich glaube, er meinte einen Spion.«
Walsingham knirschte mit den Zähnen. »Dachte ich's mir doch.«
Marianna sah ihn fragend an, als erwarte sie eine Erklärung. Ihre mangelnde Demut reizte Sir Francis. Es war an der Zeit, das Weib in seine Schranken zu verweisen.
»Weshalb seid Ihr nach England gekommen, Mistress Ashton?«
Da er ihre Beweggründe bereits kannte, sah Marianna keinen Sinn darin, sie zu verheimlichen. »Ich wollte meinen Sohn sehen.«
»Ihr meint, Ihr wolltet ihn entführen!«
Marianna witterte die Falle und schwieg. Sie wusste, dass es strafbar war, die eigenen Kinder auf den Kontinent zu schicken, damit sie dort eine katholische Erziehung genossen. Ihre Absicht, Nat zu sich zu holen, konnte leicht auf diese Weise ausgelegt werden.
»Ihr wisst nicht, was es für eine Mutter bedeutet, von ihrem Kind

getrennt zu sein«, sagte sie leise. »Ich habe meinen Sohn über ein Jahr nicht mehr gesehen.«
Walsingham musterte sie prüfend. Die mütterlichen Gefühle erschienen ihm echt, doch noch war er nicht vollkommen überzeugt, dass sie die Wahrheit sagte.
»Hat Euer Gatte Euch aufgefordert, Euch hier in England mit jemandem zu treffen?«, fragte er übergangslos.
Sie blickte ihn verwundert an. »Nein. Er riet mir davon ab, die Reise zu unternehmen.«
»Aber er hat Euch doch einen gefälschten Pass besorgt.«
Marianna verspürte auf einmal leichte Übelkeit. Wie konnte er das wissen? Die Gedanken jagten sich in ihrem Kopf. Nur drei Personen hatten von dem gefälschten Pass gewusst: ihr Gatte, sie selbst und der Mann, der ihn ausgestellt hatte. Hatte er sie verraten? Aber warum? Auf einmal wurde Marianna alles klar. Der Fälscher war ein englischer Spitzel, der auf ahnungslose Landsleute lauerte und sie dann an Walsingham auslieferte. Marianna fühlte, dass sie erblasste. Ihre Kehle wurde trocken.
»Was wisst Ihr über die Arbeit Eures Gemahls für Alessandro Farnese?«, fragte Walsingham scharf.
Sie hob ihr Gesicht zu ihm. »Gar nichts. Er hat mir nichts darüber erzählt. Das sagte ich bereits Master Kempe.«
»Ihr lügt!«, fuhr Walsingham sie an.
»Ich schwöre es Euch!«
Wieder durchbohrte sie sein unbarmherziger Blick. »Es gibt Mittel und Wege, Euch zum Reden zu zwingen!«
Allerdings war sich Walsingham nur zu bewusst, wie begrenzt diese Mittel in ihrem Fall waren. Einen Mann hätte er ohne Zögern foltern lassen, doch was tat man mit einer Frau, wie brachte man die Wahrheit aus ihr heraus? Frauen folterte man nicht! Man peitschte sie aus, wenn sie einen Bastard zur Welt brachten, oder man verbrannte sie auf dem Scheiterhaufen, wenn sie das abscheuliche Ver-

brechen des Gattenmords begingen und damit die göttliche Ordnung der Dinge in Frage stellten. Aber Folter? Es wäre ein gefundenes Fressen für die katholischen Mächte, wenn herauskäme, dass man in England Frauen auf die Streckbank spannte, um die Wahrheit aus ihnen herauszupressen oder gar um sie zu zwingen, ihrem Glauben abzuschwören. Es war schon schlimm genug, dass man die Engländer auf dem Kontinent als Barbaren beschimpfte, weil sie Priester folterten. Hatten nicht die Führer der Katholischen Liga in Frankreich die Nachrichten von der Misshandlung katholischer Missionare in England benutzt, um den Franzosen vor Augen zu führen, welche Greuel sie unter der Herrschaft eines protestantischen Königs zu erwarten hätten? Nein, er konnte Marianna Ashton nicht mit Folter drohen wie ihrem Gemahl, aber vielleicht gab es noch ein anderes Mittel, ihren Stolz zu brechen.

Walsinghams Gesicht nahm mit einem Mal einen gütigen Zug an. »Ich könnte dafür sorgen, dass Ihr Euren Sohn seht … sofern Ihr mir die Wahrheit sagt.«

Die Wirkung seiner Worte überraschte ihn dennoch. Der Blick ihrer grünen Augen, der ihm so berechnend erschienen war, wurde flehentlich.

»Bitte … bitte, lasst mich ihn sehen. Ich habe Euch alles gesagt. Mein Gemahl hat mir gegenüber nie erwähnt, dass er für Farnese gearbeitet hat!«

Halb befriedigt, halb enttäuscht lehnte der Staatssekretär den Kopf zurück. Befriedigt, weil er ihren schwachen Punkt entdeckt und dadurch Macht über sie gewonnen hatte, enttäuscht, weil er einsah, dass sie tatsächlich nichts wusste, was ihm bei der Suche nach dem Greif weiterhelfen konnte.

»In diesem Punkt hat Euer Gatte also nicht gelogen«, sagte er wie zu sich selbst.

Es dauerte einen Moment, bevor Marianna der verborgene Sinn hinter seinen Worten klar wurde.

»Ihr habt mit meinem Gemahl gesprochen? Aber … aber er blieb doch in Frankreich …«
Ihre Miene offenbarte völlige Verwirrung.
»Man hat Master Ashton deutlich gemacht, dass seine Anwesenheit in England gewünscht wurde«, erklärte Sir Francis zynisch.
Marianna begriff, was er meinte. »Ihr habt ihn entführen lassen«, murmelte sie fassungslos. »Ihr habt meine Reisepläne benutzt, um meinen Gatten in die Falle zu locken. Es ist alles meine Schuld!« Erschüttert sah sie ihn an. »Wo ist er? Kann ich ihn sprechen? Befindet er sich im Tower?«
Walsingham hob die Hand, um der Flut an Fragen Einhalt zu gebieten. »Euer Gemahl ist tot«, sagte er hart. »Er weigerte sich, über seine Zusammenarbeit mit Farnese Auskunft zu geben, und als man ihm mit Folter drohte, erhängte er sich in seiner Zelle.«
Entsetzt starrte Marianna den Staatssekretär an. Roger war tot? Er sollte sich das Leben genommen haben? Das konnte nicht sein! Roger war ein frommer Katholik, der seine unsterbliche Seele durch eine solch unverzeihliche Sünde niemals der ewigen Verdammnis preisgegeben hätte. Nein, das würde sie nie glauben!
Die Worte des Protests fluteten an die Oberfläche, doch Marianna kämpfte gegen den Drang an, sie auszusprechen. Wenn Roger nicht Selbstmord begangen hatte, dann mussten Walsinghams Leute ihn getötet haben. Ihr Entsetzen über die Nachricht schlug in Angst um. Also schwieg sie. Stille Tränen sammelten sich in ihren Augen und liefen über ihr Gesicht. Sie mochte Roger nicht geliebt haben, wie es ihre Pflicht als Ehefrau gewesen wäre, aber sie waren gute Freunde gewesen und hatten einander vertraut, und so trauerte sie um ihn wie um einen Freund, der ihr Halt gegeben hatte und ohne den sie sich nun schwach und verloren fühlte.
Ungeduldig wartete der Staatssekretär, dass ihre Tränen versiegten, doch Mariannas Schmerz war tief und wurde noch verstärkt durch die Erkenntnis, dass sie nun ganz auf sich allein gestellt war. Sie

vergrub das Gesicht in den Händen, wie um eine Barriere zwischen sich und dem Mann vor ihr zu errichten, der ihr Schicksal, vielleicht sogar ihr Leben in der Hand hielt.

»Nehmt Euch zusammen, Madam«, sagte Walsingham schließlich. »Ich habe Euch ein Angebot zu machen.«

Marianna bemühte sich, ihre Beherrschung zurückzugewinnen. Wiederholt strich sie sich über die Augen, um die Tränen fortzuwischen.

»Ich glaube Euch, dass Ihr nichts von der Verschwörung Eures Gatten mit Farnese wusstet. Dennoch könnt Ihr Eurem Land und Eurer Königin einen Dienst erweisen. Ich bin sogar bereit, Eure Mitarbeit großzügig zu belohnen, indem ich dafür sorgen werde, dass Ihr Euren Sohn zurückbekommt.«

Ungläubig riss Marianna die Augen auf. Noch ehe sie antworten konnte, fuhr Sir Francis in strengem Ton fort: »Über eines müsst Ihr Euch jedoch im Klaren sein, Madam! Wenn Ihr Euch auf den Handel, den ich Euch anbiete, einlasst, gibt es kein Zurück mehr. Ihr werdet meine Anweisungen buchstabengetreu befolgen und über alles, was Ihr von mir erfahrt, absolutes Stillschweigen bewahren. Habt Ihr verstanden?«

Sie nickte. »Ja, ich habe verstanden.«

Auch wenn ihm nicht wohl dabei war, einem schwatzhaften Weib Staatsgeheimnisse anzuvertrauen, sah Walsingham zu seinem Leidwesen ein, dass er nicht darum herumkam, sie in gewisse Einzelheiten einzuweihen, die nur wenigen Personen bekannt waren.

»Hört also genau zu, denn ich werde Euch diese Erklärung nur einmal geben«, begann er. »Die Papiere, die Euch John Kempe übergab, stammen aus dem Besitz von Francis Throckmorton, der vor einer Woche auf meinen Befehl hin verhaftet wurde. Sie wurden von einem Komplizen aus dem Haus geschmuggelt, bevor meine Leute sie entdeckten.«

Er verschwieg ihr, dass es sich bei diesem »Komplizen« in Wahrheit um eine Magd gehandelt hatte, die aufgeweckt genug gewesen war, um die Papiere unter den Augen seiner Spitzel in Sicherheit zu bringen.

»Der Mann, den John Kempe in dem Haus treffen sollte, war in den Besitz der Papiere gekommen und wollte sie ihm übergeben. Da Kempe Euch gegenüber vor seinem Tod den Namen ›Greif‹ nannte, nehme ich an, dass er es war, der den Mann und Kempe umgebracht hat, um an die Papiere zu kommen. Er ist ein gefährlicher Spion. Euer Gatte kannte ihn. Deshalb wurde er nach England gebracht. Er sollte uns helfen, diesen Verbrecher zu entlarven.«

Marianna schüttelte verwirrt den Kopf. »Woher sollte mein Gemahl diesen Greif gekannt haben?«

»Er nahm im Auftrag Farneses Geheimpapiere von ihm entgegen. Leider wollte er uns nicht sagen, wer der Greif ist oder wie er aussieht. Er behauptete, eine Frau habe ihm die Papiere gegeben.«

Marianna begann zu verstehen. »Deshalb habt Ihr mich gefragt, ob die Gestalt, die ich sah, eine Frau gewesen sein könnte.«

Walsingham nickte. »Throckmortons Papiere, die der Greif Euch gestohlen hat, sind außerordentlich wichtig für uns. Wir müssen sie unbedingt wiederbeschaffen. Ihr seid die einzige noch lebende Person, die sie in Händen gehalten hat.«

Der Verlust dieser Papiere war allerdings sehr ärgerlich. Vermutlich handelte es sich um einen Briefwechsel der Königin der Schotten mit dem spanischen Gesandten Don Bernardino de Mendoza und dem französischen Gesandten Michel de Castelnau. Die Papiere, die Walsinghams Leute in Throckmortons Haus gefunden hatten, waren bereits alarmierend genug. Besonders die Liste von Häfen, die sich für eine Invasion eigneten, beunruhigte die Königin und ihre Minister. Throckmorton war in den Tower gesperrt worden, doch bisher hatte sich Elizabeth noch nicht dazu durchringen können, seine Folterung zu genehmigen, nachdem vor wenigen Tagen erst ein Mann auf der Streckbank sein Leben gelassen hatte. Die

verschwundenen Papiere hätten sie vielleicht überzeugt, ihre Zurückhaltung aufzugeben und den Folterbefehl zu unterzeichnen. Wenn nur eine winzige Chance bestand, sie wiederzubeschaffen, musste Walsingham sie nutzen, egal, zu welchem Preis.
»Ihr sagtet, ich soll Euch einen Dienst erweisen«, erinnerte Marianna den Staatssekretär, der mit seinen Gedanken in weiter Ferne zu sein schien. Sein Blick kehrte zu ihr zurück.
»Der Greif hat bereits großen Schaden angerichtet. Wir müssen ihn unbedingt aufspüren!«
»Aber wie könnte ich dabei helfen?«
»Als der Greif Euch überfallen hat, ließ er sein Pferd zurück.«
»Ja, das ist richtig.«
»Dieses Pferd stammt aus den Ställen Eures Onkels Henry Fleetwood. Der Mörder könnte also aus seinem Haus gekommen sein.«
Marianna schüttelte abwehrend den Kopf. »Aber das kann nicht sein!« Sie dachte an ihren Vetter Thomas. Man konnte doch nicht ihn oder gar seinen Vater verdächtigen.
»Alles deutet darauf hin, dass der Greif zumindest Zugang zu Fleetwoods Haus hat«, bekräftigte Sir Francis.
»Ihr wollt, dass ich für Euch spioniere?«
»So ist es!«
»Aber Ihr habt doch überall Eure Spitzel. Wozu braucht Ihr mich?«
Zähneknirschend musste der Staatssekretär zugeben, dass es ihm bisher nicht gelungen war, einen seiner Leute in Fleetwoods nähere Umgebung einzuschleusen. Wie viele Adelige des Nordens zog Fleetwood es vor, seine eigene Dienerschaft von seinem Grundbesitz in Yorkshire mitzubringen, wenn er den Winter in London verbrachte. Diese Leute waren verschlossen und dickköpfig und kaum zu bestechen.
»Ich kann doch meine Verwandten, die mir vertrauen, nicht verraten«, protestierte Marianna, der der Gedanke zuwider war.

»Überlegt es Euch, Madam. Es ist Eure einzige Möglichkeit, Euren Sohn zurückzubekommen, den Ihr, wie ich gesehen habe, sehr liebt. Ihr erhaltet sogar die Erlaubnis, mit ihm das Land zu verlassen, wenn Ihr das wünscht. Außerdem kann man in diesem Fall wohl kaum von Verrat sprechen. Ich bin nur an dem Greif interessiert. Ihr habt selbst gesehen, dass dieser Kerl ein gewalttätiger Mörder ist. Wollt Ihr denn nicht auch, dass er bestraft wird?«

»Doch, Sir!«, antwortete Marianna ohne Zögern. Das schreckliche Bild in der Kammer des Hauses trat ihr wieder vor Augen: John Kempe, der sich, bereits sterbend, verzweifelt über den Boden zog, die Hand auf der klaffenden Wunde in seinem Bauch. Welch furchtbarer Tod! Der Mann, der das getan hatte, konnte nur ein Ungeheuer sein. Walsingham hatte recht, der Greif musste gefasst werden, bevor er noch jemanden umbrachte.

»Ich gehe auf das Angebot ein«, sagte Marianna.

»Eine kluge Entscheidung, Madam.«

»Was wird aus meinem Diener, Sir? Werdet Ihr ihn freilassen?«

»Alles zu seiner Zeit. Wenn Ihr Euren Auftrag erfüllt habt, bekommt Ihr Euren Sohn und Euren Diener zurück.«

»Wo befindet sich mein Diener?«

»Hier in London, im Clink-Gefängnis. Es wird ihm nichts geschehen, aber er muss in Gewahrsam bleiben.«

Marianna verkrampfte die Hände ineinander. »Und wenn es mir nicht gelingt, den Greif zu entlarven?«

»Es muss Euch gelingen! Denkt an Euren Sohn und tut alles, was nötig ist, um das Geheimnis zu lüften. Nutzt Eure weiblichen Talente. Eure notorische Neugier macht Euch Frauen zu geborenen Spitzeln. Lauscht an Türen, horcht das Gesinde aus, durchsucht Kammern! Ich bin sicher, Ihr werdet etwas finden!«

Es schien den Staatssekretär nicht zu kümmern, dass sie dabei womöglich ihr Leben aufs Spiel setzte. Ein brutaler Mörder wie der

Greif würde sicher nicht davor zurückschrecken, auch eine Frau kaltblütig zu beseitigen, wenn er sich durch sie bedroht fühlte.
»Beschafft mir Throckmortons Papiere!«, forderte Walsingham. »Vielleicht sind sie noch im Besitz des Greif.«
Seine Stimme war rauh geworden und ließ seine zunehmende Erschöpfung erkennen. Seine Augen glänzten noch fiebriger als zuvor, und sein Gesicht war kalkweiß. In seinen Eingeweiden wühlte der Schmerz. Er sehnte sich danach, das Gespräch zu beenden und sich wieder ins Bett zu legen.
»Ihr dürft den Tower verlassen und Euch in der Stadt frei bewegen, Madam. Aber unternehmt keinen Fluchtversuch, oder Ihr findet Euch umgehend in einer Zelle wieder. Ihr werdet Euch einmal am Tag mit einem meiner Leute in Verbindung setzen und ihm alles berichten, was Ihr herausgefunden habt. Er heißt Buskell und wird sich bei Euch melden. Gehorcht seinen Anweisungen. Das wäre alles. Ihr könnt jetzt gehen.«
Marianna fasste sich ein Herz und sagte höflich, aber bestimmt: »Ich habe noch eine Bitte. Überlasst mir den Leichnam meines Gatten. Ich möchte ihn beisetzen lassen.«
»Euer Gemahl ist ein Selbstmörder. Er verdient kein Begräbnis, sondern einen Pfahl durchs Herz«, knurrte Walsingham ablehnend.
Marianna fuhr zusammen, war jedoch nicht bereit, so leicht aufzugeben.
»Er war mein Gatte, und ich bin ihm diese letzte Geste schuldig.«
Sir Francis antwortete nicht sofort. Der Leichnam von Roger Ashton war bisher nicht begraben worden, da der Staatssekretär sich die Möglichkeit offen gehalten hatte, die Witwe mit seinem Anblick zu konfrontieren, um Druck auf sie auszuüben, falls sie eine Zusammenarbeit verweigert hätte. Der Tote lag daher noch aufgebahrt in einem der Verliese des Towers. Es würde keine Mühe bereiten, ihn der Witwe zu übergeben.

»Ich bitte Euch, Sir, seid barmherzig!«, flehte sie.
Walsinghams Erschöpfung verleitete ihn zum Nachgeben, auch wenn es klüger gewesen wäre, es nicht zu tun.
»Also gut, lasst ihn meinetwegen begraben.«
Marianna dankte ihm und erhob sich von dem Schemel. Bevor sie zur Tür ging, wandte sie sich noch einmal zu ihm um und fragte: »Warum nennt Ihr ihn eigentlich den ›Greif‹?«
Sir Francis sah sie zögernd an. Warum nicht?, entschied er. Sollte sie ein wenig über die Arbeit eines Spions erfahren. Umso neugieriger würde sie sich auf die Suche machen.
»Solange wir den Namen des Mannes nicht kennen, behelfen wir uns mit der Bezeichnung, unter der er in dem spanischen Schriftwechsel auftaucht, den wir vor einiger Zeit abfangen konnten. Geheime Nachrichten sind gewöhnlich verschlüsselt, aber manchmal gelingt es meinen Leuten, den Code zu enträtseln. Personen werden nicht mit ihrem richtigen Namen benannt, sondern mit Nummern oder Bezeichnungen versehen, deren Bedeutung nur der Schreiber und der Empfänger des verschlüsselten Briefes kennen, wie zum Beispiel Sternzeichen: Skorpion für den König von Spanien, Widder für unsere Königin, Löwe für Farnese. Die Spanier benutzen zuweilen phantastische Wesen wie Kerberos, Leviathan, Charon oder eben den Greif.«
Marianna lauschte ihm fasziniert. Als er geendet hatte, winkte er sie ohne einen Gruß hinaus. Wie auf ein Stichwort hin wurde die Tür geöffnet, und Thomas Phelippes geleitete die junge Witwe aus dem Haus zu der Kutsche, die sie zurück in den Tower brachte.

Siebtes Kapitel

Noch am selben Vormittag verließ Marianna im Sattel ihrer Stute den Tower durch das Löwentor. Judith saß auf dem Reitkissen hinter ihr. Das Brüllen der Raubkatzen, die im Löwenturm untergebracht waren, ließ die Magd erschrocken zusammenzucken. Die königliche Menagerie, der die Katzen und ein alter magerer Wolf angehörten, zog viele Schaulustige an, vor allem Reisende, die während ihres Besuchs in London auch stets den Tower besichtigten.

Hinter den beiden Frauen rumpelte ein Karren über die Zugbrücke, der einen Sarg auf der Ladefläche beförderte. Als der Fuhrmann des Wagens Anstalten machte, von der Tower Street links abzubiegen, rief Marianna ihn an:

»Wo wollt Ihr hin?«

»Zum Kirchhof von St. Dunstan. Dort soll der Tote beigesetzt werden.«

»Ich möchte, dass Ihr den Sarg zur Bishopsgate Street schafft, zum Haus der Familie Fleetwood«, widersprach Marianna.

»Aber ich habe Anweisung, den Sarg dem Pfarrer von St. Dunstan zu übergeben.«

»Es wird Euer Schaden nicht sein. Man wird Euch für Eure Mühe großzügig entlohnen«, versicherte ihm Marianna.

Der Mann überlegte kurz, dann lenkte er sein Gefährt in die gewünschte Richtung. »Also gut, Madam. Wie Ihr wollt.«

Das Fuhrwerk folgte den Frauen den Little East Cheap entlang, dann rechts in die Gracechurch Street. Einige Häuserblocks weiter ging diese in die Bishopsgate Street über. Marianna fragte einen livrierten Diener nach dem Haus der Familie Fleetwood und erhielt bereitwillig Auskunft. Wenig später lenkte sie ihr Pferd durch die Toreinfahrt in den Hof des Hauses. Der Fuhrknecht tat es ihr nach, zügelte sein Gespann und verschränkte abwartend die Arme vor der Brust.

»Und was nun, Madam?«

Marianna ließ sich von einem der herbeieilenden Stallburschen aus dem Sattel helfen.

»Wartet hier!«, befahl sie dem Fuhrmann und wandte sich an den Stallknecht, der die Zügel ihrer Stute hielt, während ein anderer Judith den Arm bot, so dass diese sich bequem vom Reitkissen auf den Boden gleiten lassen konnte.

»Ist Euer Herr zu Hause?«

»Ja, Madam«, antwortete der blonde Bursche, während er unsicher auf die Ladefläche des Fuhrwerks blickte.

»Und sein Sohn Thomas?«, fragte Marianna.

Doch eine Antwort erübrigte sich. Ihre Ankunft war nicht unbemerkt geblieben. Zu ihrer Erleichterung sah die junge Frau ihren Vetter und seine beiden Freunde mit neugierigen Mienen auf sich zukommen. Als die Männer den Karren mit dem Sarg entdeckten, blickten sie Marianna überrascht und beunruhigt an.

»Meine liebe Base, geht es dir gut?«, fragte Tom fürsorglich.

Sie nickte nur, auf einmal unfähig, zu sprechen. Ihr Vetter machte eine Kopfbewegung in Richtung des Fuhrwerks.

»Wer ist das?«

»Roger«, presste sie mühsam hervor.

»Vielleicht sollten wir sie erst einmal hereinbitten«, schlug Jimmy Danvers vor, der Mariannas aufgelösten Zustand mit Besorgnis zur Kenntnis genommen hatte.

»Ja, du hast recht, Jimmy, wie dumm von mir«, stimmte Tom zu.

»Ich weise den Haushofmeister an, dass er den Sarg in einer geeigneten Kammer aufbahren lässt.«
Zuvorkommend nahm Jimmy die junge Witwe am Arm und geleitete sie, gefolgt von Tom, Harry Cleaton und Judith, ins Haus. Wie schon bei ihrer ersten Begegnung fühlte sich Marianna durch seine unaufdringliche Unterstützung getröstet und warf ihm ein kurzes, dankbares Lächeln zu.
Im großen Saal kam ihnen der Haushofmeister entgegen.
»Thomson, wo ist mein Vater?«, erkundigte sich der junge Fleetwood.
»In seiner Studierstube, Sir.«
»Holt Euch ein paar Lakaien und sorgt dafür, dass der Sarg draußen im Hof in eine Kammer gebracht wird, damit man dem Toten die letzte Ehre erweisen kann.«
Thomson verbeugte sich und verschwand. Um zur Schreibstube des Hausherrn zu gelangen, mussten sie an der prachtvollen Eichenholztreppe vorbei, die in vielen herrschaftlichen Häusern die steinernen Wendeltreppen ablöste. Angelockt vom Stimmengewirr, erschien eine junge Frau in einem aufwendig gearbeiteten Kleid oben auf dem Treppenabsatz. Ihr reich mit Blumenmustern besticktes Mieder war bis zum Hals geschlossen und in der Taille tief geschnürt, während der Rock aus rotem Samt wie ein Kegel geschnitten und vorn offen war, so dass man den mit Goldfäden durchwebten Brokat des unteren Rocks sehen konnte. Der mit Weidenruten abgesteifte spanische Unterrock, der sogenannte *vertugado*, gab dem Gewand die erwünschte Form und wippte wie eine Glocke um ihre Beine, als die junge Frau die Stufen herunterschritt. Ihr kleines energisches Kinn ruhte auf einer mit Reismehl gestärkten Halskrause aus feiner Spitze, und auf dem hoch gebauschten braunen Haar trug sie einen schmalkrempigen Hut mit einer rot gefärbten Straußenfeder.
»Meine Schwester Katherine«, stellte Tom vor. »Kate, du erinnerst dich sicher noch an Marianna Percy.«

»Aber ja, natürlich«, antwortete Katherine strahlend. »Was ist denn mit dir passiert, liebe Base? Du siehst ganz aufgelöst aus.«
Weder ihr Bruder noch Marianna geruhten, ihre Neugier zu befriedigen, und so folgte sie der kleinen Gruppe unaufgefordert in die Schreibstube ihres Vaters, um zu hören, was geschehen war.
Henry Fleetwood erhob sich entgeistert vom Stuhl, als sich sein Refugium so unvermittelt mit Menschen füllte. Auch er erkannte Marianna sofort und starrte sie, überrascht über ihren mitgenommenen Zustand, einen Moment mit großen Augen an, bevor er sich fasste und das Wort an sie richtete.
»Madam, es ist mir eine Freude, Euch in meinem Haus willkommen zu heißen, auch wenn Euer Besuch unerwartet kommt.«
»Ich danke Euch, Sir. Zu meinem Bedauern muss ich gestehen, dass ich als arme Bittstellerin komme«, antwortete Marianna bescheiden. »Ich habe nichts mehr auf der Welt als den Leichnam meines Gatten.«
Betroffen bot der Hausherr seiner Nichte einen Stuhl an und schickte einen Lakaien nach einem Krug Wein. Als er die anderen Anwesenden zum Gehen aufforderte, unterbrach ihn Marianna.
»Sie können alle hören, was ich zu sagen habe, Sir. Vor ein paar Tagen bin ich gegen den Rat meines Gemahls nach England gekommen, um meinen Sohn, der in der Obhut von Rogers Vetter aufwächst, zu mir zu holen. Leider schlug mein Vorhaben fehl. Ich wurde verhaftet und in den Tower gesperrt. Dort erfuhr ich, dass man meinen Gemahl, der in Frankreich zurückgeblieben war, gegen seinen Willen nach London gebracht hatte, um ihn wegen seiner Arbeit für den Statthalter der Niederlande zu verhören. Man sagte mir, Roger habe sich in seiner Zelle erhängt.«
»Bei Christi Blut, das ist schrecklich!«, stieß Fleetwood hervor.
»Ich kann nicht glauben, dass mein Gatte das Heil seiner unsterblichen Seele gefährdet hätte, selbst in einem Moment der Schwäche«, sagte Marianna überzeugt.

»Man wird ihn unter Druck gesetzt haben«, gab der Hausherr zu bedenken.
»Es muss doch eine Möglichkeit geben, festzustellen, ob er sich tatsächlich das Leben genommen hat.«
Tom schaltete sich ein. »Vielleicht kann Dr. Fraser etwas dazu sagen. Man könnte ihn bitten, sich den Leichnam anzusehen.« An Marianna gewandt, fügte er hinzu: »Dr. Fraser ist Medikus und Astrologe. Meine Schwester sucht ihn häufig auf.«
Nachdenklich strich sich Henry Fleetwood über den kurz gestutzten, grauen Kinnbart.
»Wenn es Euch hilft, Madam, dann fragt Dr. Fraser um Rat. Schaden kann es nichts. Natürlich seid Ihr willkommen in meinem Haus, solange Ihr wollt. Man wird Euch ein Gemach herrichten. Meine Gemahlin wird sich darum kümmern.«
Marianna dankte ihm demütig. Sie sah ihrem Onkel an, dass ihre Anwesenheit ihm ungelegen kam. Sein Ehrgefühl und die Verpflichtung gegenüber der Familie zwangen ihn jedoch, ihr in der Notlage, in der sie sich befand, beizustehen.
»Ihr solltet Euch nun ausruhen, Madam«, schlug Jimmy Danvers vor.
Doch Marianna schüttelte den Kopf. Sie nahm einen kräftigen Schluck von dem Wein, den eine Magd gebracht hatte, und sagte entschlossen: »Ich möchte Klarheit gewinnen. Bitte bringt den Leichnam meines Gatten zu diesem Arzt.«
»Wenn Ihr darauf besteht.«
»Gibt es jemanden, der sich um Judith kümmern kann? Ihr wisst, was sie durchgemacht hat.«
Tom, der zu ihnen getreten war, nickte. »Natürlich.« Er wandte sich an die Magd, die den Wein gebracht hatte, und trug ihr auf, sich des Mädchens anzunehmen. Dann legte er Marianna die Hand auf den Arm. »Machen wir uns also auf den Weg zu Dr. Fraser.«
Jimmy Danvers und Harry Cleaton schlossen sich ihnen an. Als sie

den großen Saal durchquerten, rief Katherine hinter ihnen her: »Ich komme auch mit!«
Tom wandte sich mit ernster Miene zu ihr um. »Kate, das ist kein Vergnügungsausflug.«
»Ich weiß, aber ich möchte trotzdem mitkommen, und sei es nur, um unserer armen Base beizustehen.«
Ihre Stimme war schmeichelnd und zuckersüß. Katherine war eine Frau, die es gewöhnt war, dass ihre Wünsche erfüllt wurden. Mit einem Schulterzucken gab Tom nach. Marianna hätte es allerdings vorgezogen, wenn ihre Base sich ihnen nicht angeschlossen hätte. Da Katherine einige Jahre jünger war als ihr Bruder, war sie ihr weit weniger vertraut als Thomas, mit dem Marianna als Kind gespielt hatte. Es war nur allzu offensichtlich, dass Kate den Besuch bei dem Astrologen als willkommene Abwechslung betrachtete und für den Ernst der Angelegenheit keinerlei Sinn hatte.
Im Hof wartete der Fuhrmann noch immer geduldig auf seine versprochene Bezahlung. Tom gab ihm einige Münzen und ließ den Sarg, der auf Geheiß des Haushofmeisters ins Haus gebracht worden war, wieder auf den Karren laden. Derweil hatten die Stallknechte die Pferde gesattelt. Jimmy Danvers ließ es sich nicht nehmen, Marianna in den Damensattel ihrer Stute zu helfen, bevor er sein eigenes Pferd bestieg. Katherines Miene verriet recht deutlich, wie sehr es ihr missfiel, dass eine andere Frau im Mittelpunkt des Interesses stand. Das vorwitzige Kinn noch höher erhoben als sonst, setzte sie sich unaufgefordert an die Spitze und lenkte ihr Pferd durch das Tor auf die Bishopsgate Street hinaus.
Marianna sah Danvers, der neben ihr ritt, ironisch lächeln.
»Ihr habt offenbar ihr Missfallen erregt, Madam«, spöttelte er. »Nehmt Euch vor ihr in Acht. Sie kann mitunter reizbar sein wie die Königin, und dann ist es nicht leicht, mit ihr umzugehen.«
»Ist Katherine noch nicht verheiratet?«
»Nein. Bisher ist es ihr sehr geschickt gelungen, jeden Bewerber

zu vergraulen, da sie ihrer nicht würdig seien. Sie hat sehr hohe Ansprüche. Allerdings bezweifle ich, dass sie sie je erfüllt finden wird.«
Nachdenklich beobachtete Marianna die hochmütige Gestalt der jungen Frau, die vor ihr ritt. Die rote Straußenfeder an ihrem Hut wippte im Takt des Pferdeschritts auf und ab. Die leuchtende Farbe, die auf den ebenfalls roten Rock abgestimmt war, stand für Verwegenheit und Mut. Es war nicht schwer zu erraten, weshalb Katherine sie gewählt hatte.
Inzwischen näherten sie sich dem Bishopsgate, das aus dem Stadtkern hinaus zu den Wiesen und Feldern von Moorfields und Finsbury Fields mit ihren weithin sichtbaren Windmühlen führte. Bevor sie den Torbogen erreichten, bogen sie nach links ab und ritten die Stadtmauer entlang in die Wormwood Street. Vor einem Haus, dessen Schild einen goldenen Globus zeigte, zügelte Katherine ihr Reittier und saß ab, noch bevor einer der Männer ihr zu Hilfe kommen konnte. Marianna sah sich aufmerksam um. Das Fachwerkhaus war recht groß und schmiegte sich ein wenig windschief an die Mauer. Die Gasse, in der es sich befand, war so schmal, dass die fünf Reiter und das Fuhrwerk sie hoffnungslos verstopften.
Tom ging mit Katherine zur Haustür und klopfte. Ein Knabe von etwa zwölf Jahren öffnete ihnen und ließ die Besucher eintreten. Dem Fuhrknecht wurde aufgetragen, den Sarg zu bewachen.
Neugierig folgte Marianna Vetter und Base ins Innere des Hauses. Das Gemach, in dem der Arzt seine Patienten empfing, war geräumig und mit verschiedenen Möbeln eingerichtet. Es gab einen massiven Tisch, an dem Dr. Fraser offenbar seine Studien betrieb, denn ein dicker Foliant lag aufgeschlagen auf der Tischplatte, daneben standen ein Globus, ein Stundenglas und ein Sextant. An einer Wand des Raumes waren weitere Bücher auf einem Bord aufgereiht, an einer anderen befanden sich ein Regal mit Salbentiegeln

und ein Arzneischrank. Ein seltsamer Geruch nach Kräutern, Kohlenruß und Schwefel wehte aus einer der hinteren Kammern zu den Besuchern herüber.

Vor einem mit Schnitzereien verzierten Tisch stand Dr. Augustine Fraser und unterhielt sich mit zwei Kundinnen, deren Gesichter hinter schwarzen Samtmasken verborgen waren. Der Medikus war in eine lange pelzbesetzte Robe gekleidet. Dazu trug er die Halskrause und auf dem Kopf das Barett des Arztes. Sein kurzes Haar war sandfarben, ebenso sein Schnurr- und Kinnbart, der in dünnen Strähnen zwischen den Falten der Kröse verschwand. Mit deutlicher Konzentration hielt Dr. Fraser ein bauchiges Uringlas ins Tageslicht und begutachtete mit Kennerblick den darin befindlichen Harn. Die Frauen beobachteten ihn erwartungsvoll. Auf dem Tisch stand der Weidenkorb, in dem sie das Uringlas lichtgeschützt hergebracht hatten. Der Arzt prüfte die Dichte und Farbe des Harns. Dann roch er daran und schmeckte schließlich eine Probe auf der Zunge.

»Die Farbe und das Sentiment verraten mir, dass es noch einmal gutgegangen ist, Madam«, verkündete der Medikus. »Ihr seid nicht schwanger.«

Die Frauen atmeten auf.

»Das nächste Mal solltet Ihr vorsichtiger sein. In der *De materia medica* von Dioskurides findet Ihr ein Mittel, das Euch vor Unannehmlichkeiten bewahren wird. Führt etwas Pfeffer in den Hals des Uterus ein. Und zur Kräftigung nehmt etwas von meiner Mondtinktur. Es ist eine Silberlösung, deren Rezept nur mir bekannt ist.«

Er reichte ihnen ein kleines Fläschchen. Die Frauen dankten dem Arzt, bezahlten ihn mit klingender Münze und verabschiedeten sich. Als sie gegangen waren, beugte sich Jimmy Danvers zu Marianna vor und raunte ihr zu: »Das war eine berüchtigte Kurtisane mit ihrer Dienerin. Sie lässt sich von Dr. Fraser auch regelmäßig

Horoskope erstellen. Er ist tatsächlich sehr gefragt. Dr. Dee, der Alchemist der Königin, ist sein häufiger Gast.«

»Ich dachte, das Betreiben alchemistischer Studien sei in England verboten«, bemerkte Marianna verwundert.

»Das ist es auch. Aber Ihre Majestät hält ihre schützende Hand über Dr. Dee. Sofern es ihm gelingen sollte, den Stein der Weisen zu finden, will sie die Erste sein, die daraus Nutzen zieht.«

Die Ironie in Jimmys Stimme entlockte Marianna ein Lächeln. Offenbar gehörte er zu den Menschen, die kein Blatt vor den Mund nahmen.

Dr. Augustine Fraser begrüßte seine Gäste und ließ sich der jungen Witwe vorstellen.

»Was kann ich für Euch tun, Mistress Ashton?«

»Es geht um meinen Gatten. Ich möchte Euch bitten, seine Leiche anzusehen und mir zu sagen, woran er gestorben ist.«

Dr. Frasers Augenbrauen wanderten in die Höhe. »Ich bin mir nicht sicher, ob ich Euch da helfen kann. Vielleicht solltet Ihr Euch lieber an einen Wundarzt wenden.«

»Bitte, Doktor, werft zumindest einen Blick auf ihn und sagt mir, was Ihr denkt.«

»Nun ja.« Der Medikus kratzte sich nachdenklich den Kopf.

»Nehmt das als Vorschuss«, mischte sich Jimmy Danvers ein und ließ dem Arzt einen Engel in die Hand gleiten. Die Goldmünze verschwand umgehend in Dr. Frasers Tasche.

»Also gut. Lasst den Leichnam hereinbringen.«

Ein Knecht des Arztes und der Fuhrmann schleppten den Sarg zur Tür herein und warteten dann mit vor Anstrengung zitternden Knien auf die Anweisung, wohin sie ihn stellen sollten. Dr. Fraser blickte sich ratlos um und entschied dann, den Sarg in einen Nebenraum zu bringen und auf den Boden zu stellen. Der Knecht stemmte den Deckel auf, und der Medikus beugte sich mit forschender Miene über den Toten. Der Leichnam wies noch kaum

Verwesungsspuren auf, da er in einem kühlen Verlies des Towers aufgebahrt worden war. Er trug die dunkle bürgerliche Kleidung, in der Marianna ihn beim Abschied in Calais zuletzt gesehen hatte. Bei seinem Anblick schnürte sich ihr die Kehle zusammen, und Tränen traten ihr in die Augen.

»Schwer zu sagen, woran er gestorben ist«, murmelte Dr. Fraser. »Ich sehe keine Verletzungen. Hat man Euch die Todesursache nicht mitgeteilt, Madam?«

»Man sagte mir, er habe sich erhängt.«

»Nun, ich kann Euch versichern, dass sich dieser Mann weder erhängt hat, noch erdrosselt wurde! Seht Euch seinen Hals an. Ein Strick hätte eine Strangfurche hinterlassen.«

Die anderen Anwesenden warfen nun ebenfalls einen Blick auf den Leichnam.

»Ihr habt recht«, bestätigte Harry Cleaton.

Dr. Fraser ergriff erneut das Wort. »Allerdings hat er Striemen an den Handgelenken. Er muss gefesselt worden sein.« Nun selbst neugierig geworden, zog er die Wollstrümpfe des Toten über die Knöchel herunter. »Auch hier sind Striemen zu sehen. Er wurde also allem Anschein nach gefangen gehalten. Woran er gestorben ist, kann ich jedoch nicht sagen.«

Als alle betroffen schwiegen, erkundigte sich Jimmy Danvers: »Kennt Ihr einen Wundarzt, den Ihr herbitten könntet, Doktor?«

»Meister Jones wohnt gleich um die Ecke. Wenn Ihr wollt, schicke ich meinen Jungen zu ihm.«

»Ja, tut das«, bat Jimmy.

Der Wundarzt erschien wenig später. Wieder ließ Danvers ein paar Münzen springen, um ihn zur Mitarbeit anzuregen.

»Ich sehe ihn mir gerne an«, erklärte Meister Jones. »Aber ich brauche einen großen Tisch, um ihn aufzubahren. Außerdem muss ich ihm die Kleider ausziehen. Ich meine, alle, versteht Ihr?«, fügte er mit einem Blick auf die Frauen hinzu.

Tom nickte. »Er hat recht. Ihr müsst draußen warten«, sagte er zu Marianna und Katherine.
Die junge Witwe wollte protestieren, denn immerhin handelte es sich um ihren Gemahl. Doch ein Gefühl der Schwäche warnte sie, dass sie es nicht ertragen würde, Misshandlungen an Rogers Körper zu sehen.
Dr. Fraser führte sie und ihre Base zurück in seine Studierstube und wies den Knecht an, im Nebenraum zwei Böcke aufzustellen und eine Tür darüberzulegen. Tom, Jimmy und Harry wohnten der Untersuchung bei. Einige Zeit später trat der Wundarzt zu Marianna.
»Madam, es tut mir leid, dass ich Euch das sagen muss, aber es besteht wohl kein Zweifel, dass Euer Gemahl gefoltert wurde. Das Fleisch an seinen Hand- und Fußgelenken war von Stricken zerschnitten, was nicht durch einfaches Fesseln geschehen sein kann. Außerdem waren beide Schultern ausgerenkt. Da die Wunden an Händen und Knöcheln frisch waren und niemand sich die Mühe machte, die Oberarmknochen wieder einzurenken, wie nach Anwendung der Tortur üblich, vermute ich, dass dieser arme Mann auf der Folter geblieben ist. Seinen Verletzungen nach zu urteilen, war er auf die Streckbank gespannt worden.«
Marianna starrte den Wundarzt ungläubig an. »Aber ... das kann doch nicht wahr sein ...«
»Doch, Madam, es ist wahr. Es tut mir sehr leid. Was immer Euer Gatte getan hat, ein solches Ende hat niemand verdient. Es gehen schreckliche Dinge im Tower vor, Dinge, die totgeschwiegen werden. Unsere gute Königin sollte endlich etwas dagegen unternehmen!«
Mehr sagte er nicht. Eigentlich hatte er schon zu viel gesagt. Es war gefährlich, gegen die Mächtigen am Hof zu sprechen, die am liebsten in die Herzen der Menschen sehen wollten, um jeden geheimen Gedanken zu erfahren und so jeden Verrat im Keim zu ersticken.

Elizabeth hatte sich einem derartigen Machtmissbrauch stets widersetzt. Sie wollte keine »Fenster in die Seelen der Menschen machen«.

Marianna war vor Entsetzen wie gelähmt. Vor ihren Augen verschwamm alles. Etwas in ihrem Innern verwehrte der Wahrheit den Zugang zu ihrem Bewusstsein.

Jimmy, der bemerkt hatte, wie bleich sie geworden war, bat den Medikus um Wein und drückte ihr selbst den Zinnbecher mit dem roten Bordeaux in die Hand.

»Na los, trinkt schon«, drängte er, als sie ihn mit leerem Blick ansah. Willenlos gehorchte sie der Aufforderung und trank den Wein aus.

Ihre blassen Lippen pressten sich fest aufeinander, als Bitterkeit in ihrem Herzen aufstieg. Sie schluckte ihre Tränen hinunter und murmelte, ohne sich dessen bewusst zu sein: »Ihr habt mich belogen ...«

Tom trat zu ihr und sagte sanft: »Wir werden ihn noch heute Abend in unserem Sprengel beisetzen lassen. Es lässt sich leider nicht vermeiden, dass der Pfarrer das Begräbnis nach anglikanischem Ritus durchführt, aber ich kenne einen katholischen Priester, der heute Nacht die eigentliche Zeremonie durchführen kann.«

Marianna nickte, ohne ein Wort zu sagen.

Achtes Kapitel

Während der geheimen nächtlichen Bestattung, die ein im Untergrund lebender Seminarpriester vornahm, befand sich Marianna noch immer in einem Zustand der Betäubung. Um unnötiges Aufsehen zu vermeiden, hatte nur Tom sie zum Kirchhof begleitet. Den Namen des Priesters erfuhr sie nicht. Nachdem die Gebete gesprochen worden waren und Marianna den Geistlichen gebeten hatte, Seelenmessen für ihren Gatten zu lesen, verschwand der junge Priester wie ein Geist in der Nacht.

Ebenso unauffällig, wie sie gekommen waren, kehrten Vetter und Base zum Haus der Fleetwoods zurück. Marianna fiel in einen unruhigen Schlaf. Den folgenden Vormittag über verließ sie das Gemach nicht, das man ihr überlassen hatte. Man brachte ihr das Frühmahl, das sie kaum anrührte. Eine Magd entführte ihr Judith, ohne dass sie Notiz davon nahm. Mariannas Gedanken drehten sich im Kreis. Ihr Leben war schlagartig aus den Fugen geraten. Es fiel ihr schwer, zu begreifen, dass sie nun Witwe war, dass Roger, ihr liebender Gemahl, der sie beschützt und getröstet hatte, nicht mehr da war, um ihr Halt zu geben. Er war tot! In ihren Träumen hörte sie seine Schreie, als man ihn auf das Reck spannte und ihm die Arme aus den Gelenken riss. Hatten Angst und Schrecken ihn umgebracht? Oder die Qualen der Tortur? Trotz seines fülligen Körperbaus war Roger kein kräftiger Mensch gewesen. Anstrengung hatte ihn stets rasch ermüdet und ihn nach Luft schnappen lassen. Sie hätten doch sehen müssen, dass er die Folter nicht überleben würde! Sie mussten wissen, dass es Unrecht gewe-

sen war, sonst hätten sie seinen Tod nicht als Selbstmord hingestellt.
»Ihr habt mich belogen, Walsingham!«, wiederholte sie immer wieder.
Es war ein Fehler gewesen, ihr den Leichnam ihres Gatten zu überlassen. Doch sicher hatte der Staatsmann nicht damit gerechnet, dass eine Frau sein Wort anzweifeln und der Todesursache auf den Grund gehen würde.
»Warum sollte ich Euch helfen?«, fragte sie trotzig, als könnte er sie hören.
Doch dann dachte sie an ihren Sohn, und ihr Herz zog sich schmerzhaft zusammen. Nat war alles, was ihr geblieben war. Wenn es auch nur die geringste Möglichkeit gab, ihn zurückzubekommen, dann musste sie sie ergreifen. Wenn sie Walsingham gab, was er wollte, würde sie damit auch Christopher aus dem Kerker holen und zudem den grausamen Tod John Kempes rächen. So groß ihr Zorn auf Walsingham auch war, an der Dringlichkeit ihrer Mission im Haus ihrer Verwandten hatte sich nichts geändert. Sie musste den Spitzel spielen und den Greif entlarven!
Als es auf Mittag zuging, erhielt Marianna überraschenden Besuch. Katherine rauschte mit ihrer Zofe und Judith in das Gemach wie ein unaufhaltsamer Wirbelsturm.
»Ich bin der Meinung, du hast dich nun lang genug in deinem Schmerz vergraben, liebe Base. Das Leben geht weiter, und eine Frau muss sich der Welt zeigen!«
Sie winkte ihre Zofe und die Magd energisch näher. Da sah Marianna, dass die beiden Frauen mit Kleidungsstücken und modischem Zubehör beladen waren.
»Bedauerlicherweise bleibt dir nun als Witwe nicht viel Freiheit der Wahl. Aber alles ist besser als diese im Übermaß beanspruchte Reiserobe, in der du hier angekommen bist«, fügte Kate ironisch hinzu.

Unter dem abfälligen Blick ihrer Base begann sich Marianna ihrer heruntergekommenen Erscheinung zu schämen. Katherine hatte recht. Das Kleid hatte während der Reise und ihres, wenn auch kurzen, Aufenthalts im Tower ziemlich gelitten. Über die Sünde der Eitelkeit war sie offenbar noch nicht hinaus, eine Tatsache, die sich mit ihrem Status als Witwe kaum vertrug, denn von nun an war sie dazu verpflichtet, Trauer zu tragen, sofern sie nicht wieder heiratete.

»Ich werde morgen meinen Schneider herbitten, damit er dir ein paar Kleider anfertigt«, versprach Katherine. »Bis dahin werden wir uns eben anderweitig behelfen müssen. Ich habe noch die Trauerrobe, die ich anlässlich des Todes einer entfernten Tante habe tragen müssen. Ich denke, sie wird dir passen.«

Katherine stellte ihrer Base zudem zwei Hemden, Unterröcke und Strümpfe zum Wechseln zur Verfügung. Unter- und Oberkleid waren aus schwarzem Satin und hatten die richtige Länge, da Marianna und Kate etwa gleich groß waren. Die Zofe probierte mehrere Ärmel aus, bis sie passende fand, und legte der jungen Witwe schließlich noch eine schmale weiße Halskrause um.

»Ich denke, so kannst du dich sehen lassen«, erklärte Kate, nachdem sie das Ergebnis ihrer Bemühungen begutachtet hatte. »Meine Zofe wird sich jetzt um dein Haar kümmern. Ich erwarte dich unten.«

Marianna musste lächeln. Was mochte dieses eitle Geschöpf dazu veranlasst haben, einer Geschlechtsgenossin unaufgefordert Beistand zu gewähren? Vielleicht verbarg sich hinter dem arroganten Gehabe doch eine mögliche Freundin.

Während die Zofe ihr Haar aufsteckte und ihr dann eine sogenannte französische Haube aufsetzte, saß Marianna still auf einer Truhe. Nun war sie also bereit, wieder am Leben teilzunehmen.

Die Familie hatte sich im Großen Gemach zum Essen versammelt. Marianna war kaum überrascht, zu sehen, dass Gäste anwesend waren. War die Familie allein, speiste sie gewöhnlich im Wintersalon, während das Gesinde sich im Saal niederließ. Wie erwartet, waren Jimmy Danvers und Harry Cleaton eingeladen, doch zu Mariannas Erstaunen saß auch Dr. Augustine Fraser mit am Tisch. Offenbar war Katherine nicht die Einzige im Hause Fleetwood, die den Medikus und Astrologen zu Rate zog. Aus Achtung vor Mariannas Gatten trugen sie alle an diesem Tag Schwarz.

Die junge Witwe nutzte die Gelegenheit, die Anwesenden beim ausgiebigen Mahl zu begutachten. Der Hausherr saß in der Mitte der langen Seite des Tisches. Jedes Mal, wenn die Diener in Livree ihn oder seine Gemahlin Elizabeth bedienten, beugten sie das Knie. Henry Fleetwood war ein großer, kräftiger Mann mit bereits ergrauendem Haar. Sein Standesbewusstsein zeigte sich in einer hochmütigen, selbstsicheren Miene. Er duldete keinen Ungehorsam, war aber dafür bekannt, dass er seine Tochter Katherine vergötterte und ihr so manches durchgehen ließ, was er bei anderen Familienmitgliedern nie geduldet hätte.

Seine Gattin hätte kaum gegensätzlicher sein können. Elizabeth war eine mütterliche, zurückhaltende Frau mit molligen Rundungen und naivem Blick. Auch sie war eine Percy, entsprach dem schlechten Ruf der Familie jedoch in keinster Weise. In ihrem schwarzen Kleid mit der weißen Halskrause wirkte sie unscheinbar. Der einzige Schmuck, den sie sich gestattete, war ein Saum aus Perlen und gefältetem Batist an ihrer Haube.

Neben Katherine saß Harry Cleaton, den Marianna nun einer eingehenden Betrachtung unterzog. Erst jetzt fiel ihr auf, wie gut er aussah mit seinem hellblonden Haar und den graublauen Augen. Zwischen Kate und ihm herrschte eine gewisse Spannung, die Marianna noch nicht so recht deuten konnte. Die beiden verspürten offenbar Interesse aneinander. Doch Katherines Blicke hatten etwas Herausforderndes, auf das Harry wiederum mit leichter Gereiztheit reagierte. Sie mussten sich recht lange – und gut – kennen.

Kate war ohne Zweifel der Mittelpunkt der Gesellschaft. Ihr Vater versäumte nie, sie am Gespräch teilhaben zu lassen, Harry Cleaton unterhielt sich fast unablässig mit ihr, und Dr. Augustine Fraser bemühte sich eifrig, ihr jede Frage zu beantworten.

Marianna versuchte, sich durch ihre heimlichen Betrachtungen von der Trauer um Roger abzulenken. Sie musterte Gesichter, lauschte auf Andeutungen, versuchte Gesten zu deuten, während sie mit den Fingern winzige Stücke eines Kapauns in Orangensauce zum Mund führte. Das gebratene Rindfleisch, den Lachs und die Kalbspastete ließ sie dagegen unberührt. Die bereitliegenden Messer dienten dazu, das Essen von den angerichteten Tellern zu nehmen oder sich beim Salz zu bedienen, mit den Löffeln aß man lediglich Suppen. Ein über die linke Schulter gelegtes Leintuch diente zum Säubern der Finger. In regelmäßigen Abständen bot ein Diener den Gästen eine Schale und einen Krug Wasser zum Händewaschen an oder füllte die Gläser mit Wein auf.

Obwohl das Essen köstlich war, musste Marianna sich zwingen, etwas zu sich zu nehmen. Auch von den zum Nachtisch aufgetragenen Fruchttörtchen, dem Marzipankuchen, den kandierten Früchten und dem Käse rührte sie kaum etwas an. Jimmy Danvers, der zu ihrer Linken saß, beobachtete sie mit besorgtem Blick.

»Ihr werdet noch vor Entkräftung zusammenbrechen, wenn Ihr weiter wie eine Nonne esst«, mahnte er.

Sie rang sich ein Lächeln ab und bemühte sich, das Thema zu wechseln. »Ist Dr. Fraser oft Gast hier im Haus?«

»Ja, recht häufig. Euer Onkel interessiert sich für Dr. Frasers alchemistische Studien. Manchmal sitzen sie bis spät in die Nacht zusammen und diskutieren das Große Werk.«

Marianna sah interessiert zu ihrem Onkel hinüber. »Das hätte ich nicht gedacht.«

Jimmy nahm einen kräftigen Schluck von dem Malvasier und winkte einem Diener, ihm mehr Wein zu bringen. Der Hausherr streifte den jungen Mann mit einem missbilligenden Blick. Es galt als unhöflich, sich während des Essens mehr als zweimal das Glas auffüllen zu lassen. Doch Jimmy nahm die Rüge mit Gelassenheit zur Kenntnis.

»Euer ehrenwerter Onkel hält mich für einen Trunkenbold und Müßiggänger«, sagte er mit einem Anflug von Sarkasmus. »Und ich kann ihm da nicht widersprechen. Ich schätze die Bequemlichkeit sehr und lehne mich am liebsten mit einem Glas Wein vor dem Kaminfeuer zurück.«

Nachdem sich alle die Hände gewaschen hatten, zog man sich in den Wintersalon zurück. In einer Ecke stand ein schönes Clavicytherium, ein Tasteninstrument, dessen Verwandtschaft zur Harfe nicht zu übersehen war. Katherine schickte sich an, ein wenig zu spielen, wie sie es gewöhnlich nach dem Mittagsmahl tat, doch ihr Vater hielt sie zurück. Aus Respekt vor Mariannas Witwenschaft wollte er zumindest heute auf jegliche Art von Unterhaltung verzichten. Kates Miene verbarg nur unzureichend ihre Verstimmung. Während sich der Hausherr und der Medikus vor den Kamin zurückzogen, bemühte sich Harry, Kate ein wenig aufzuheitern.

Marianna hielt sich abseits. Sie ließ sich in einer Fensternische nieder und starrte in den trüben Novembertag hinaus. Dunkle Wolken hingen tief am Himmel, und bald prasselte ihre schwere Last auf den Garten nieder. Marianna fröstelte. Die Tatkraft, die sie nach Katherines Aufmunterung verspürt hatte, versickerte ungenutzt und ließ sie leer und ausgebrannt zurück. Die Bilder von Rogers Tod, die ihre Phantasie ihr vorgaukelte, nahmen ihr allen Mut. Es war, als laste ein schweres Gewicht auf ihrer Brust und hindere sie am Atmen. Auch die Hoffnung, etwas an ihrem Schicksal ändern zu können, indem sie Walsinghams Forderung erfüllte, begann zu schwinden. Es war verrückt, anzunehmen, einer der Menschen, mit denen sie soeben am Tisch gesessen hatte, könne ein kaltblütiger Mörder sein. Sie waren Gentlemen, gebildete Männer, denen es an nichts mangelte. Keiner von ihnen hatte einen Grund, nachts durch die Gassen zu reiten und geheimen Papieren nachzujagen. Walsinghams Welt war eine schmutzige, brutale Welt, in die keiner der Anwesenden hineinpasste. Nein, sie mochte sich noch so sehr anstrengen, es würde ihr nicht gelingen, den Greif zu entlarven … und sie würde Nat nie wiedersehen!

In ihrer Kehle brannte es, und sie spürte, dass sie ihre Tränen nicht mehr lange zurückhalten konnte. Gerade als sie sich erheben und in ihr Gemach zurückziehen wollte, tauchte Jimmy vor ihr auf.

»Ihr müsst versuchen, zu vergessen«, sagte er sanft.

»Ich kann nicht«, presste Marianna hervor. Ihre Hände verkrampften sich in ihrem Oberkleid. »Bitte entschuldigt mich bei meinem Onkel.«

»Das werde ich. Aber erlaubt mir zunächst, Euch zu Eurem Gemach zu geleiten.« Ohne ihre Antwort abzuwarten, bot er ihr den Arm. Widerspruchslos legte sie ihre Hand darauf. Es war ihr egal, was man von ihr denken würde. Noch nie hatte sie einen Halt so nötig gehabt wie in diesem Moment.

Schweigend stiegen sie die breite Treppe in den zweiten Stock hinauf. Vor der Tür zu ihrem Gemach wandte Marianna sich noch einmal zu dem jungen Mann um und sah in sein schmales Gesicht. Der Blick seiner braungrünen Augen war so mitfühlend, dass sie plötzlich die Fassung verlor.

»Ich kann nicht mehr«, stöhnte sie und brach in Tränen aus.

Im nächsten Moment fand sie sich in einer Umarmung wieder und ließ den Kopf gegen seine Brust sinken. Die Goldstickereien des Wamses schürften leicht die Haut ihrer Stirn auf, als sie ihren Schluchzern freien Lauf ließ, ungeachtet des Ortes, an dem sie sich befand, und des Eindrucks, den ihr Begleiter von ihr haben mochte.

Während er sie in den Armen hielt, sah sich Jimmy aufmerksam um, ob sie unbeobachtet waren, dann öffnete er die Tür und schob sie behutsam ins Innere des Gemachs. Es war verlassen. Jimmy

drückte die Tür ins Schloss und wiegte sie wie ein Kind, während sie sich ausweinte.
Ihr Zusammenbruch überraschte ihn nicht. Sie hatte Schreckliches durchgemacht. Obwohl er nicht wusste, was geschehen war, nachdem er, Tom und Harry sie in der Herberge zurückgelassen hatten, ahnte Jimmy doch, dass es schlimm für sie gewesen sein musste. Sie hatte vom Tod ihres Gatten erfahren, und da ihr Sohn, den sie zu sich hatte holen wollen, nicht bei ihr war, musste ihr Vorhaben missglückt sein. Was mochte man ihr daraufhin angetan haben?
Er drückte diesen zierlichen, bebenden Körper an sich, ohne recht zu wissen, wie er sie trösten sollte. Als Gentleman behandelte er Frauen mit Achtung und Respekt, hatte aber wenig Erfahrung mit ihrem Gefühlswesen. Wie jedem jungen Mann waren ihm heulende Mädchen immer ein Greuel gewesen, doch seit seinem ersten Zusammentreffen mit ihr und der Vergewaltigung der Magd fand er leichter Zugang zu dem Schmerz der Frauen, den diese nicht in sich hineinfraßen, wie es von den Männern erwartet wurde. Von dem Moment an, als sie sich auf der Flucht vor ihren Verfolgern in Panik im Schankraum der Herberge zwischen ihn und seine Freunde geworfen hatte, nur mit einem dünnen Leinenhemd bekleidet, mit wehendem rotem Haar, so zerbrechlich und doch wehrhaft, hatte er das Verlangen verspürt, sie zu beschützen. Als Höfling kannte er die schönsten Frauen des Landes, doch an jenem Abend war ihm Marianna Ashton trotz ihres gehetzten Aussehens – oder vielleicht gerade deswegen – bezaubernder erschienen als jede einzelne der großen Damen unter ihrer dick aufgetragenen Schminke, mit ihrem straff aus dem Gesicht gezogenen Haar und den steifen Krägen, die sich bis unter das Kinn schlossen und den Frauen etwas puppenhaft Lebloses gaben. Mit dem fliegenden Haar, den weit aufgerissenen Augen und den geröteten Wangen war Marianna damals die Verkörperung des Lebens, der Leidenschaft gewesen, und dieser Anblick hatte die ihm eigene Trägheit und den über die Jahre

empfundenen Überdruss des übersättigten Höflings zutiefst erschüttert. Seitdem zog es ihn unwiderstehlich zu dieser Frau, auch wenn er sich nicht so recht im Klaren darüber war, was er bei ihr zu finden hoffte.

Mariannas ganze Verzweiflung und die durchstandenen Ängste der letzten Tage machten sich Luft und ließen sie schließlich kraftlos und ermattet zurück. Als die Tränen endlich versiegten, schob Jimmy sie auf Armeslänge von sich, legte die Hand unter ihr Kinn und hob ihr verweintes Gesicht zu sich hoch.

»Geht es wieder, Madam?«

Sie nickte stumm.

»Was quält Euch so sehr, meine Liebe? Es ist nicht allein der Tod Eures Gatten, nicht wahr?«

Sie sah in seine Augen und verspürte den Drang, sich ihm anzuvertrauen, sich alles von der Seele zu reden, damit sie die Last nicht mehr allein tragen musste. Hilflos suchte sie nach einem Anfang.

»Mein Sohn …«, begann sie.

»Ihr wolltet ihn holen, als wir Euch in Kingston verließen.«

»Ja, aber man ahnte, was ich vorhatte. Das Unternehmen schlug fehl. Mein Diener wurde verhaftet und mein Sohn zum Vetter meines Mannes zurückgebracht.«

»Das tut mir sehr leid.«

»Ein Mann namens John Kempe verhaftete mich und geleitete mich nach London. Er sollte mich im Tower abliefern, doch bevor es dazu kam, wurden er und ein Mann, den er treffen sollte, ermordet … von einem Spion, den Walsingham ›der Greif‹ nennt.«

Jimmys Augen wurden groß. »Ihr habt einen Mord mitangesehen?«

»Nein. Ich fand die Opfer. Bevor er starb, nannte John Kempe den Namen ›Greif‹ und gab mir ein Bündel Papiere, das ich zu Walsingham bringen sollte.« Marianna fuhr sich mit der Hand über die Stirn und ließ sich auf eine Truhe sinken. »Auf dem Weg dorthin überfiel mich der Greif und würgte mich, bis ich ohnmächtig wur-

de. Er stahl mir die Papiere und meinen Schmuck, meinen Ehering und eine Halskette mit einem goldenen Kreuz. Es war alles, was mir von Roger geblieben war. Wieso musste er mir meinen Schmuck stehlen? Waren ihm diese verwünschten Papiere nicht genug?«
Jimmy lauschte ihr mit zunehmendem Entsetzen. »Er würgte Euch? Ein Wunder, dass Ihr noch lebt!« Er wartete geduldig, bis sie sich beruhigt hatte und fortfahren konnte.
»Nach dem Raub unternahm ich einen weiteren Versuch, zu meinem Sohn zu kommen. Aber man verhaftete mich und brachte mich in den Tower. Im Verhör eröffnete mir Walsingham, dass seine Agenten meinen Gemahl entführt und nach England geschafft hatten. Er soll den Greif gekannt haben. Aus Angst vor der Folter habe er sich erhängt. Aber Walsingham hat gelogen! Roger hat nicht Selbstmord begangen. Sie haben ihn gefoltert und getötet.«
Wieder verlor sie die Fassung und barg schluchzend das Gesicht in den Händen.
»Sie haben meinen Gemahl umgebracht! Und ich bin schuld! Er fiel in ihre Hände, weil ich unbedingt nach England reisen wollte. Ich habe ihn, meinen Diener und meine Magd ins Unglück gestürzt. Und nun verlangt Walsingham, dass ich ihm helfe, den Greif zu entlarven, sonst sehe ich meinen Sohn nie wieder …«
»Aber wie könntet Ihr dabei helfen?«, fragte Jimmy verwundert.
»Ich soll meine Familie für Walsingham bespitzeln. Er glaubt, der Greif habe Zugang zu diesem Haus.«
»Und wie kommt er darauf?«
»Derjenige, der mir die Papiere raubte, ließ sein Pferd zurück. Walsinghams Leute haben herausgefunden, dass es aus den Ställen meines Onkels stammt.«
Jimmy senkte nachdenklich den Blick. »Verstehe!«
Sie sah ihn bittend an, als erhoffe sie sich von ihm eine Antwort auf ihre Fragen. »Was soll ich nur tun?«
»Ihr solltet Eurem Onkel alles erzählen«, riet er.

»Aber das kann ich nicht. Er würde mich fortschicken, weil ich unter falschem Vorwand hergekommen bin. Und dann würde ich jede Möglichkeit verlieren, meinen Sohn zurückzubekommen.«
Jimmy ließ sich neben ihr auf der Truhe nieder. »Ihr liebt ihn sehr!«
Sie nickte. »Nat ist mein Ein und Alles!«
»Seid Ihr Euch überhaupt bewusst, worauf Ihr Euch da eingelassen habt? Dieser Greif scheint verdammt gefährlich zu sein!«
»Ich weiß. Aber ich muss es trotzdem versuchen.«
»Seid Ihr sicher, dass Ihr Euren Onkel oder doch zumindest Tom nicht ins Vertrauen ziehen wollt?«
Marianna zögerte, doch dann schüttelte sie den Kopf. »Tom würde sich verpflichtet fühlen, es seinem Vater zu erzählen, oder er sagt es Katherine. Mein Onkel würde so oder so davon erfahren.« Sie warf Jimmy einen flehentlichen Blick zu. »Ihr seid nur Gast in diesem Haus. Bitte behaltet für Euch, was ich Euch anvertraut habe.«
»Natürlich, Madam, ich verspreche es.« Er überdachte die Einzelheiten ihres Berichts. »Soweit ich verstanden habe, glaubt Walsingham, dass der Greif ein Mitglied der Familie Fleetwood ist, weil das Pferd, das man am Ort des Überfalls auf Euch fand, aus ihren Ställen stammt. Aber im Grunde könnte es sich jeder ausgeliehen haben, der hier im Haus ein und aus geht. Ich eingeschlossen! Das muss Euch doch klar sein. Warum habt Ihr gerade mir gegenüber Euer Schweigen gebrochen?«
»Weil ich Euch vertraue«, erwiderte sie. Vielleicht war es töricht, ihm alles zu offenbaren, aber sie verließ sich wie sooft auf ihr Gefühl.
»Euer Vertrauen schmeichelt mir, Madam.« Sein Gesichtsausdruck wurde verlegen. »Natürlich werde ich gerne alles tun, um Euch in dieser Sache zu helfen. Allerdings habe ich keine Ahnung, wie wir diesem Greif auf die Spur kommen sollen. Sicher ist er mit allen Wassern gewaschen.«

Marianna runzelte nachdenklich die Stirn. »Walsingham hat mir geraten, Zimmer zu durchsuchen und Dienstboten auszuhorchen. Vielleicht sollte ich die Stallknechte befragen. Sie müssten doch wissen, wer das Pferd genommen hat.«
Jimmy lächelte beeindruckt. »Ihr seid eine kluge Frau, Mistress Ashton.«
»Was haltet Ihr eigentlich von Dr. Fraser?«
»Dr. Fraser? Er ist ein Scharlatan, der allerlei zweifelhafte Mittelchen verkauft. Lasst Euch nur nicht dazu verleiten, eine seiner Arzneien zu nehmen, wenn Ihr gesund bleiben wollt.«
»Er ist doch sicher nicht schlimmer als andere Ärzte.«
»Nun, die Ärztekammer sieht das nicht so. Da Dr. Fraser kein Universitätsstudium vorweisen kann, ist er bereits mehrmals vor das Komitee der Kammer in der Knightrider Street zitiert worden. Man hat eine Geldstrafe gegen ihn erlassen und ihm verboten, zu praktizieren. Natürlich hielt er sich nicht daran. Daraufhin ließ die Ärztekammer ihn festnehmen, und er verbrachte achtzehn Tage im Wood Street Compter.«
»Aber er praktiziert doch immer noch«, warf Marianna ein.
»Offenbar schickte er eine Bittschrift an Lord Burghley, der seine Entlassung anordnete. Vielleicht hat sich Dr. Dee oder sogar die Königin für ihn eingesetzt.«
»Das macht ihn jedoch nicht über allen Verdacht erhaben«, meinte Marianna.
Jimmy sah sie lächelnd an. »Ihr würdet es lieber sehen, wenn sich herausstellte, dass der Greif kein Mitglied der Familie ist, nicht wahr?«
Sie nickte. »Ich will meine Verwandten nicht bespitzeln. Sie haben mich großzügig aufgenommen. Oh, ich hasse Walsingham dafür, dass er mich zwingt, zur Verräterin zu werden!«
»Ganz zu schweigen davon, dass Ihr womöglich Euer Leben aufs Spiel setzt«, erinnerte Jimmy sie.
»Dessen bin ich mir durchaus bewusst.« Sie wechselte das Thema.

»Wisst Ihr etwas über das Clink-Gefängnis? Man hat meinen Diener dort eingesperrt.«
»Es liegt in Southwark und untersteht dem Bischof von Winchester. Ich glaube, man hält dort hauptsächlich Schuldner und Katholiken gefangen.«
»Wie sind die Zustände dort?«, fragte Marianna mit deutlicher Sorge.
»Vermutlich so wie in anderen Gefängnissen. Euer Diener wird es dort nicht sehr angenehm haben.«
Ein entschlossenes Funkeln trat in Mariannas Augen. »Gleich morgen werde ich nach ihm sehen.«
»Madam, das Clink ist kein Ort für eine anständige Frau«, sagte Jimmy missbilligend.
»Mag sein. Aber ich muss mich einfach vergewissern, dass es Christopher gut geht.«
»Dann lasst mich Euch begleiten«, bat er. »Wann wollt Ihr aufbrechen? Ich hole Euch ab.«
»Um neun Uhr. Gleich nach dem Frühmahl.«
Jimmy verzog das Gesicht. »Oh weh, gewöhnlich stehe ich nicht so früh auf. Aber ich werde da sein, versprochen.«
»Ich hoffe, ich halte Euch nicht von etwas Wichtigem ab.«
»Nein, keineswegs«, versicherte Jimmy. »Jede Abwechslung in diesem öden Erdendasein kommt einem Gottesgeschenk gleich! Das Leben ist so schrecklich langweilig, wisst Ihr!«
Marianna lächelte über sein leidendes Mienenspiel. Die Ausdruckskraft seines Gesichts war faszinierend.
»Ist das Hofleben denn nicht unterhaltsam?«, fragte sie.
»Es ist jeden Tag dasselbe, Madam. Ihr habt keine Vorstellung, wie eintönig selbst die rauschendsten Feste sein können.«
Marianna strich sich mit dem Handrücken über die Stirn.
»Ihr seid müde«, bemerkte der junge Mann. »Ruht Euch aus. Schließlich braucht Ihr Eure Kräfte für die bevorstehende Jagd auf den Greif.«

Er erhob sich von der Truhe. »Ich gehe jetzt besser, bevor jemand kommt. Soll ich Eure Magd zu Euch schicken?«
»Ja, danke.«
Bevor er ging, verbeugte er sich vor ihr. Sie lächelte noch, nachdem sich die Tür längst hinter ihm geschlossen hatte.
Auf der Treppe lief Jimmy ein Lakai über den Weg.
»Weißt du, wo Mistress Ashtons Magd ist?«
Der Lakai schüttelte den Kopf. »Nein, Sir. Vielleicht unten in der Küche.«
Jimmy durchquerte den Saal und betrat den Gesindetrakt. Er hätte auch den Diener auf die Suche schicken können, wollte aber vermeiden, dass Marianna zu lange auf die Magd warten musste. In der Küche traf er auf zwei Jungen, die einen großen Kessel schrubbten, und fragte sie nach Judith.
»Die Neue? Die sitzt heulend in der Speisekammer«, meinte einer der Knaben verächtlich.
»Aus welchem Grund?«, fragte Jimmy in strengem Ton. »Hat man sie schlecht behandelt?«
Der zweite Küchenjunge zuckte die Schultern. »Keine Ahnung, Sir. Ist halt ein Mädchen. Die heulen doch ohne Anlass.«
Noch vor wenigen Tagen hätte Jimmy dem Buben gedankenlos zugestimmt, doch was Judith betraf, war ihm durchaus bewusst, was dem Schmerz der Magd zugrunde lag. Sie hatte also das schreckliche Erlebnis in den Ställen der Herberge noch nicht überwunden. Jimmy stieß einen Seufzer aus. Es wurde ihm klar, dass er als Mann überhaupt keine Vorstellung davon hatte, wie sich eine Frau nach einer solchen Gewalttat fühlen mochte. Gemeinhin galt die Ansicht, sie solle schnellstens vergessen und sich glücklich schätzen, dass sie noch am Leben sei. Aber war es tatsächlich so einfach? Musste nicht wie bei einer Fleischwunde eine Narbe zurückbleiben, die womöglich ein Leben lang schmerzte?
An der Tür zur Speisekammer vernahm Jimmy herzzerreißendes

Schluchzen. Unschlüssig blieb er stehen. Sollte er streng sein und die Kleine zur Ordnung rufen? Manch anderer hätte sie daran erinnert, dass sie dem Herrn Dankbarkeit schulde und ihre Verzweiflung gotteslästerlich sei. Jimmy war jedoch kein religiöser Eiferer. Je länger er darüber nachdachte, desto mehr Verständnis regte sich in ihm. Schließlich war eine Frau so viel zerbrechlicher als ein Mann. Behutsam zog er die Tür auf und blickte ins Innere der Speisekammer. Judith saß in einer Ecke zusammengekauert auf dem Boden. Als er sie beim Namen rief, zuckte die Magd zusammen und starrte ihn aus geröteten Augen an.

»Judith, deine Herrin braucht dich«, sagte Jimmy ohne Strenge.

Wortlos wischte sich die Magd mit der Schürze über das verweinte Gesicht. Er wartete geduldig, bis sie die Kraft fand, sich zu erheben und die Kammer zu verlassen. Nachdenklich sah er ihr nach, wie sie mit hängenden Schultern in Richtung der Gesindestiege verschwand. Wenn er jemals Verzweiflung gesehen hatte, dann hier. Doch wer alle Hoffnung verlor, leugnete Gott und beging damit eine unverzeihliche Sünde.

Neuntes Kapitel

Leichter Nebel hing in den Straßen von London, als Marianna am nächsten Morgen in Jimmy Danvers' Begleitung den Hof von Fleetwood House verließ. In dicke Wollmäntel gehüllt, die die Kälte und Feuchtigkeit der Luft abhielten, ritten sie die Bishopsgate Street entlang, die bald in die Gracechurch Street und schließlich in die Fish Street überging. Zur Linken erhoben sich die grauen Mauern des Towers zwischen den sich lichtenden Nebelschleiern. Bei seinem Anblick spürte Marianna eine Gänsehaut über ihren Körper wandern. Wenn sie bei dem Versuch, den Greif zu entlarven, versagte, würde man sie dann wieder in eine seiner Zellen sperren? Diesmal vielleicht für unbestimmte Zeit? Walsingham hatte ihr nichts dergleichen angedroht, doch sie würde ihm auch das zutrauen. Sie war nur ein Spielball in seinen Händen und würde nur so lange in Freiheit bleiben, wie sie ihm nützlich war.

Jimmy bemerkte ihre gedrückte Stimmung und folgte ihrem Blick, der immer wieder zu der steinernen Festung zurückkehrte.

»Es muss furchtbar für Euch gewesen sein«, sagte er mitfühlend.

Sie zuckte zusammen. »Ja, das war es. Ich hatte keine Ahnung, ob ich den Tower jemals wieder verlassen würde.«

Die Überquerung der Brücke kostete sie fast eine Stunde, so dicht war das Gedränge auf der schmalen Brückenstraße. Als sie das Great Stone Gate mit den verwesenden menschlichen Schädeln auf den Zinnen hinter sich gelassen hatten, deutete Jimmy nach rechts.

»Seht Ihr das prächtige Gebäude dort am Ufer? Das ist Winchester House. Das Clink befindet sich unmittelbar daneben.«

Beherzt trieb Marianna ihre Stute an die Seite seines Braunen. Hinter dem Palast des Bischofs von Winchester tauchte ein aus Stein errichtetes zweistöckiges Gebäude mit vergitterten Fenstern auf. Nicht weit entfernt hatte sich eine grölende Menschenmenge am Flussufer versammelt und ergötzte sich offenbar an einem interessanten Schauspiel.

»Was geht da vor sich?«, fragte Marianna mit zusammengezogenen Augenbrauen.

»Keine Ahnung. Wenn Ihr wollt, reiten wir näher.«

Die Menge teilte sich nur widerwillig vor den Reitern. Kurz darauf bereute Marianna, ihrer Neugier nachgegeben zu haben. Das Schauspiel, das den Leuten zur Unterhaltung diente, veranlasste sie, ihr Pferd zu zügeln und Jimmy einen gequälten Blick zuzuwerfen.

Am Ufer stand ein Tauchstuhl, in dem eine Frau in mittlerem Alter festgebunden war. Ihre Kleidung war durchnässt, und das Haar klebte ihr wirr im Gesicht. Krampfhaft klammerte sie sich an die Lehnen des Stuhls, der an einem kranähnlichen Gebilde hing und über dem Fluss schwebte. Im nächsten Moment ließ ein Mann das Seil los, das am anderen Ende der Waage befestigt war, und der Stuhl fiel nach unten. Unter dem Jubel der Umstehenden klatschte er auf das Wasser und versank.

»Was hat die Unglückliche getan?«, fragte Marianna.

Eine Frau in der Menge rief höhnisch: »Verschwendet nicht Euer Mitgefühl an die Gevatterin Whittle! Sie ist ein streitsüchtiges Weib und verleumdet ihre Nachbarn.«

Jimmy berührte auffordernd den Arm seiner Begleiterin. »Kommt, lasst uns weiterreiten.«

Marianna gehorchte, blickte jedoch noch einmal zurück, als man die Frau wieder hochzog. Prustend und röchelnd schnappte die Gevatterin nach Luft. Diese Lektion würde sie bestimmt nicht so schnell vergessen.

Vor dem Gefängnis ließ sich Jimmy von seinem Pferd gleiten und half dann Marianna aus dem Sattel.
»Seid Ihr sicher, dass Ihr da reingehen wollt?«, fragte er. Seine Miene verriet deutlich, dass er am liebsten wieder umgekehrt wäre.
»Ich muss«, erwiderte Marianna entschlossen.
Seufzend folgte er ihr, als sie energisch vorausschritt. Der Schließer, der sie am Eingang empfing, weigerte sich, ohne Trinkgeld eine Auskunft zu geben. Jimmy gab ihm einen Shilling, den der Mann mit einem zufriedenen Grinsen einsteckte.
»Nun redet schon. Habt Ihr hier einen Diener namens Christopher Stevenson?«
Der Schließer kratzte sich den Kopf. »Ein großer blonder Kerl aus dem Norden? Spricht nicht viel, lässt aber gern die Fäuste fliegen?«
Marianna nickte bestätigend.
»Den mussten wir ins ›Loch‹ stecken! Hatte keinen Penny bei sich, als sie ihn herbrachten. Wollt Ihr für ihn bezahlen, Madam?«
Marianna warf Jimmy einen fragenden Blick zu.
»Gefangene, die kein Geld haben, um die Wachen zu schmieren, werden ins tiefste Verlies geworfen und bekommen nichts zu essen«, erklärte er mit ernster Miene.
»Ihr habt ihn hungern lassen?«, rief Marianna erschüttert. »Hat man Euch denn kein Geld für seine Unterbringung gegeben?«
Der Schließer begann zu lachen. »Wer denn? Walsingham, der alte Pfennigfuchser? Ihr seid ganz schön naiv, Madam!«
Jimmy sah, dass Marianna blass geworden war, und erbot sich, für den Diener zu bezahlen. Erleichtert nahm sie an.
»Wie soll ich Euch nur danken?« Inzwischen ahnte die junge Frau, weshalb er ihr davon abgeraten hatte, herzukommen.
Jimmy bestand darauf, das Geld für die Verköstigung des Gefangenen dem Kerkermeister des Clink persönlich auszuhändigen, denn er kannte die sprichwörtliche Unehrlichkeit der Wärter. Ent-

täuscht murrend führte der Schließer sie zum Kerkermeister, der sich beim Anblick der gut gekleideten Besucher eifrig die Hände rieb.
»Was kann ich für Euch tun, Sir?«
»Ihr habt unter Euren Gefangenen einen Mann namens Christopher Stevenson. Ich möchte, dass er von nun an gut untergebracht und verköstigt wird.«
Jimmy griff in seinen Geldbeutel und ließ eine großzügige Summe in die Hand des Kerkermeisters gleiten.
»Alles, was Seine Lordschaft wünschen«, versicherte der Mann mit einer servilen Verbeugung.
»Wir möchten ihn sprechen.«
»Aber sicher, Sir!«
Der Kerkermeister gab dem Schließer einen Wink, und dieser ging den Besuchern beflissen voraus. Der Gang, durch den er sie führte, wurde lediglich von ein paar Fackeln erhellt. Ein schwerer Geruch nach Ruß, fauligen Binsen und Kloake hing in der Luft. Marianna sah, wie ihr Begleiter angewidert die Nase rümpfte und sich ein parfümiertes Schnupftuch vor das Gesicht hielt.
Der Schließer kicherte höhnisch. »Kein Rosengarten, Sir! Ich würde Euch raten, nichts anzufassen, sonst habt Ihr bald Gesellschaft in Eurem feinen Wams.«
Jimmy brummte etwas Unverständliches und vermied es, einen Blick auf den Boden zu werfen, der im Fackelschein verdächtig lebendig wirkte.
Vor einer eisenbeschlagenen Holztür blieb der Wächter stehen und schloss auf. Im Innern der recht geräumigen Zelle befanden sich einige Männer und Frauen in abgerissener Kleidung, die Ketten an Hand- und Fußgelenken trugen. Einfache, mit Strohsäcken bedeckte Pritschen dienten als Betten.
»Schuldner«, sagte der Schließer. »Mit dem bisschen Geld, das sie noch haben, können sie sich diese recht bequeme Zelle leisten. Im

Loch gibt's weder Betten noch Brot. Wartet hier, ich bring den Gefangenen her.«

Die Schuldner beachteten die Besucher nicht. Man sah ihrer mitgenommenen, aber aus gutem Material gefertigten Kleidung an, dass sie sich einst eines gewissen Wohlstands erfreut hatten und nur durch unglückliche Umstände an diesen Ort geraten waren.

Es dauerte nicht lange, bis der Wächter mit Christopher zurückkehrte. Auch er trug Ketten. Über das Gesicht des Dieners ging ein Strahlen, als seine Herrin gesund und wohlauf vor ihm stand.

»Mistress Ashton, ich bin so froh, Euch zu sehen!«

Mariannas Lächeln erstarb auf ihren Lippen, als sie sah, in welch beklagenswertem Zustand er sich befand. Seine Haut und seine Kleidung starrten vor Dreck, und sein blondes Haar klebte in graubraunen Strähnen an seiner Stirn, auf der noch der Schorf einer kaum verheilten Wunde zu erkennen war.

»Was hat man dir angetan?«, rief sie bestürzt.

»Das ist nur Schmutz, Madam. Mir geht es gut. Ich bin vielleicht etwas hungrig, aber das ist alles.«

»Und was ist mit der Wunde auf deiner Stirn?«

Christopher tastete mit den Fingerspitzen über den Schorf. »Ach das! Die Wunde verdanke ich dem Vormund Eures Sohnes. Er und seine Leute haben mich gestellt, als ich Nathaniel an der Gartenpforte erwartete.«

»Wie geht es Nat?«, hakte Marianna sofort nach.

»Er ist gesund. Doch er vermisst seine Mutter. Ich fürchte, sein Fluchtversuch hat ihm eine schwere Tracht Prügel eingebracht. Hugh Simpson soll den Stock auch bei seinen eigenen Söhnen recht freizügig gebrauchen.«

»Heilige Jungfrau!« Marianna wurde noch bleicher. Sie wandte sich ab und begegnete dabei Jimmys Blick.

»Es tut mir leid, dass es mir nicht gelungen ist, ihn zu Euch zu bringen«, sagte Christopher zerknirscht.

»Schon gut, es ist nicht deine Schuld«, antwortete Marianna leise. »Sie wussten, was ich vorhatte. Wir sind in eine Falle gelaufen.«
»Wer wusste, was Ihr vorhattet, Madam?«
»Das ist eine lange Geschichte. Ich kann dir hier und jetzt keine Einzelheiten erzählen. Nur eines musst du wissen, Christopher. Mein Gemahl ist tot. Ich bin jetzt Witwe.«
Die Augen des Dieners weiteten sich ungläubig. »Mein Herr ist tot? Aber wie …«
»Bitte, Christopher! Ich kann hier nicht darüber sprechen. Du musst Geduld haben. Mein Begleiter, Master Danvers, hat dafür bezahlt, dass du besser untergebracht wirst. Mit ein bisschen Glück wird es mir hoffentlich bald gelingen, dich hier herauszuholen.«
Der Diener warf einen misstrauischen Blick auf Danvers, der mit unglücklicher Miene seine dreckverschmierten Stiefelspitzen betrachtete und sich unablässig mit dem duftenden Schnupftuch vor der Nase herumwedelte.
»Wer ist dieser eitle Geck?«, fragte Christopher respektlos.
»Er ist ein Freund, der mir bereits mehrfach beigestanden hat«, antwortete Marianna streng.
Doch die Ablehnung im Gesicht des blonden Hünen schwand nicht. »Euer Gemahl ist erst wenige Tage tot, Madam!«
Überrascht über die Vorwürfe, rief sie ihn in schärferem Ton zur Ordnung, als er es von ihr gewöhnt war.
»Was fällt dir ein, über mich zu richten! Ich habe mir nichts vorzuwerfen. Master Danvers hat großzügig für deine bessere Unterbringung bezahlt, weil ich kein Geld habe, obwohl ihn nichts dazu verpflichtet hätte.«
Christopher sah sich hochmütig in der Zelle um. »Ich ziehe es vor, im Loch zu bleiben, Madam.«
»Bist du noch bei Trost?«
»Madam, es ist ein dunkles Verlies mit verfaulten Binsen und einer offenen Kloake, und ich möchte nichts lieber, als aus diesem Höl-

lenloch herauskommen. Aber die Gefangenen da unten sind meine Glaubensgenossen. Es gibt dort einen Priester, der täglich die Messe liest. Ich will es nicht besser haben als sie, nur weil ein Galan ein Auge auf Euch geworfen hat.«

Mariannas Wangen färbten sich rot. »Jetzt gehst du wirklich zu weit. Ich verbiete dir, so mit mir zu reden!«

»Verzeiht, Madam, aber ich war Eurem Gatten immer treu ergeben. Und Ihr solltet es auch sein.«

Er wandte sich ab und schlug mit der Faust gegen die Tür. Als der Schließer ihm öffnete, bat er: »Bringt mich zu den anderen.«

Der Wächter sah Marianna erstaunt an. Jimmy antwortete an ihrer Stelle: »Lasst ihm seinen Willen.«

Marianna war noch immer sprachlos vor Zorn.

»Ein rechter Sturkopf, Euer Diener«, meinte Jimmy spöttisch.

»Er kann doch nicht wirklich in diesem Loch bleiben wollen«, murmelte sie hilflos. »Er wird dort verhungern.«

»Ich werde dem Kerkermeister sagen, er soll auch die anderen Gefangenen ausreichend verköstigen.«

»Ich kann nicht verlangen, dass Ihr meinetwegen so viel Geld aufwendet.«

»Meine Liebe, nur keine Sorge, mir bleibt trotzdem noch genug zum Leben«, sagte er ironisch. »Und nun lasst uns diesen unwirtlichen Ort verlassen. Ich habe nämlich das unangenehme Gefühl, dass bereits kleine Füßchen meine Beine hinaufklettern.«

Marianna warf ihm einen entschuldigenden Blick zu und nickte.

Draußen vor dem Gefängnis war noch immer eine Menschenmenge versammelt. Inzwischen hatte man die Gevatterin Whittle aus dem Tauchstuhl befreit. Ein Büttel war nun dabei, ihr einen eisernen Maulkorb um den Kopf zu legen. Diese Schandmaske war mit einer Zunge versehen, die in den Mund der Trägerin ragte und sie auf schmerzhafte Weise knebelte. An einem Seil, das an dem Maulkorb befestigt war, führte der Büttel die Gevatterin dann in

ihrem Sprengel herum, damit jeder sah, wie es einem zänkischen Weib erging.
Jimmy half Marianna in den Sattel ihrer Stute und drängte dann sein eigenes Pferd neben sie, um ihren Blick von dem unerfreulichen Schauspiel zu lösen.
»Kommt, Madam. Ihr habt genug Aufregung für heute gehabt.«
Stumm folgte sie ihm den Weg zurück, am Winchester-Palast vorbei zur Brücke.
»Ihr solltet Euch die Worte Eures Dieners nicht so zu Herzen nehmen«, redete Jimmy ihr zu. »Er hat Euch Unrecht getan. Es gibt nichts, was man Euch vorwerfen könnte.«
Gerne hätte sie ihm zugestimmt, doch je länger sie über Christophers Worte nachdachte, desto unsicherer wurde sie. Der junge Mann war kein geborener Diener, er war ein einfacher Bauernbursche, der nicht heucheln konnte und seine Meinung unverblümt kundtat. Dabei würde er allerdings nie etwas aussprechen, von dem er nicht völlig überzeugt war. Hatte der junge Mann vom Land auf den ersten Blick bemerkt, dass sie Jimmy Danvers mehr als nur Dankbarkeit entgegenbrachte? Sie hätte es am liebsten geleugnet, aus Achtung vor Roger, doch sie brachte es nicht über sich. In diesem Moment war dieser junge »Geck« an ihrer Seite das Einzige, was sie noch aufrecht hielt. Was war es nur, was sie zu ihm hinzog und sie dazu brachte, ihm Vertrauen zu schenken? Vielleicht war er gar nicht das, wofür er sich ausgab, vielleicht steckte in dem übersättigten Müßiggänger, für den alle ihn hielten, etwas ganz anderes: ein verantwortungsvoller Mann, ein treuer, verlässlicher Freund…
Jimmy hatte sie ihren Grübeleien überlassen und sprach erst wieder, als sie das Haus der Fleetwoods fast erreicht hatten.
»Ich bedauere sehr, dass ich Euch nun nicht länger Gesellschaft leisten kann, Madam. Leider muss ich mich in meinem Haus am Strand einigen wichtigen Angelegenheiten widmen, die keinen Aufschub dulden.«

»Wann werdet Ihr wieder bei meinem Onkel zu Gast sein?«, fragte Marianna, ohne ihre Enttäuschung verbergen zu können.
»Ich werde dafür sorgen, dass Tom mich morgen zum Mittagsmahl einlädt«, versprach Jimmy. »Wie gedenkt Ihr den heutigen Tag zu verbringen?«
»Ich versuche Katherine zu überreden, mich zu Dr. Fraser mitzunehmen. Vielleicht erfahre ich etwas Nützliches.«
»Viel Glück, Madam.«
Vor der Toreinfahrt von Fleetwood House wendete Jimmy sein Pferd und ritt die Bishopsgate Street zurück in Richtung Themse. Marianna hatte ihre Stute gezügelt, um ihm nachzublicken. Dabei bemerkte sie einen Mann, der an der Wand des gegenüberliegenden Hauses lehnte und sie beobachtete. Sein abschätzender Blick war ihr unangenehm. Gerade als sie sich anschickte, ihr Pferd anzutreiben, gab der Unbekannte ihr ein unmissverständliches Zeichen, dass sie sich ihm nähern sollte. Da wurde ihr klar, wen sie vor sich hatte: Walsinghams Spitzel!
Widerwillig gehorchte Marianna und lenkte ihre Stute auf den Mann zu. Er war wie ein einfacher Handwerker gekleidet und wirkte so ungepflegt wie die üblen Gesellen, die sie damals in der Herberge überfallen hatten.
»Seid Ihr Master Buskell?«, fragte sie, ohne Anstalten zu machen, vom Pferd zu steigen.
»So ist es«, antwortete er mit einem kalten Lächeln. »Ich werde die nächsten Tage Euer Schatten sein, Madam. Versucht keine Spielchen mit mir. Ich erstatte Walsingham jeden Tag Bericht. Wenn Ihr Euren Sohn wiedersehen wollt, tut, was ich sage.«
Ergeben nickte sie.
»Habt Ihr schon etwas herausgefunden?«
Ja, dachte Marianna. Ich weiß jetzt, dass mich Walsingham belogen hat, als er behauptete, mein Gemahl habe sich erhängt. In Wahrheit wurde er von seinen Leuten zu Tode gefoltert!

Die Worte lagen ihr auf der Zunge, doch sie biss sich auf die Lippe, um sie zurückzuhalten. Alles hing davon ab, dass sie die gehorsame Witwe spielte, die keinem anderen Herrn diente als dem mächtigen Staatssekretär.

»Bedenkt bitte, dass ich gerade erst in das Haus meines Onkels aufgenommen worden bin«, sagte sie trocken. »Wenn ich gleich am ersten Tag zu viele Fragen stelle, errege ich dadurch nur unnötig Verdacht.«

Buskell betrachtete sie lauernd. »Also gut, Madam. Wie ich sehe, seid Ihr weder dumm noch leichtsinnig. Aber wartet nicht zu lange. Wir haben nicht viel Zeit.«

»Das ist mir bewusst.«

»Kennt Ihr die Glockenherberge auf der Gracechurch Street?«

»Ja, ich bin eben daran vorbeigeritten.«

»Wenn Ihr mich hier vor dem Haus nicht seht, findet Ihr mich dort. Ihr werdet mir einmal am Tag Bericht erstatten. Wenn nicht, mache ich Euch Schwierigkeiten und Ihr seht Euren Sohn nie wieder!«

Er wandte sich ab und entfernte sich die Straße hinunter. Schaudernd nahm Marianna die Zügel auf und ritt in den Hof von Fleetwood House.

Zehntes Kapitel

Katherine ließ sich ohne weiteres dazu überreden, ihre Base zu Dr. Fraser zu begleiten. Jede Abwechslung war der temperamentvollen jungen Frau willkommen, die sich von ihrer Mutter nur selten zu einer Stickarbeit überreden ließ.

»Was willst du denn bei Dr. Fraser?«, fragte sie neugierig und musterte Marianna mit ihren eisgrauen Augen. »Du siehst nicht krank aus, nur ein wenig blass.«

»Ich habe Kopfschmerzen«, log Marianna. »Außerdem würde ich mir gerne ein Horoskop erstellen lassen.«

»Verstehe. Es geht um dein weiteres Schicksal, nun, da du Witwe geworden bist.«

»Ja. Ich weiß nicht, was ich tun soll. Was soll nach dem Tod meines Gemahls aus mir werden? Ich fühle mich einsam und verloren.« Sie blickte Katherine unschuldig an. »Du weißt nicht, wie es ist, wenn man den Gatten verliert. Du warst nie verheiratet.«

»Das stimmt.«

»Gibt es denn keine Anwärter, die dir gefallen würden?«

Kate zuckte kühl die Schultern. »Nein. Die Männer, die bisher um meine Hand angehalten haben, langweilten mich. Ich habe sie abgewiesen. Mein Vater würde mich nie gegen meinen Willen verheiraten.«

Sie wandte sich so abrupt ab, dass Marianna keine Gelegenheit hatte, zu fragen, ob es nicht doch jemanden gab, dem ihr Herz gehörte. So entschied sie sich, es auf später zu verschieben.

Die beiden Frauen machten sich zu Pferd auf den Weg in die

Wormwood Street. Katherine hatte die Gelegenheit ergriffen, sich in einem neuen Gewand zu zeigen. Ihr an den Seiten gekräuseltes Haar wurde von einer reich mit Perlen besetzten französischen Haube gekrönt. Sie ritt in geradezu königlicher Haltung auf ihrer weißen Stute, gefolgt von einem Diener. Marianna hatte Judiths Bitten nachgegeben, die ihre Herrin unbedingt zum Arzt begleiten wollte.

»Fühlst du dich nicht wohl?«, fragte die junge Witwe besorgt.

Die Magd schlug die Augen nieder. »Doch, Madam.« Mehr sagte sie nicht, und Marianna entschied, dass es besser war, sie in Ruhe zu lassen.

Als die Besucher Dr. Frasers Haus betraten, verkaufte der Medikus gerade der Frau eines Bettlägerigen eine Flasche »Bleiwasser«, das diese über ihren Gatten spritzen sollte.

»Was ist das für eine Arznei?«, raunte Marianna neugierig ihrer Base zu.

»Regenwasser, das vom Bleidach einer Kirche getropft ist. Es soll Kranke wieder zu Kräften bringen«, antwortete Kate.

Nachdem der Arzt die Kundin verabschiedet hatte, begrüßte er die Ankömmlinge herzlich.

»Wie ich sehe, habt Ihr Euch von dem Schrecken erholt, in den Euch die Wahrheit über den Tod Eures Gatten zweifellos versetzt hat, Mistress Ashton.«

»Unglücklicherweise noch nicht ganz, Doktor. Ich leide seit Tagen an Kopfschmerzen. Habt Ihr vielleicht ein Mittel dagegen?«

»Aber natürlich, meine Liebe«, versicherte ihr der Medikus. »John Hollybushe empfiehlt in seiner ›Heimapotheke‹ ein Gewinde aus Eisenkraut. Lasst es Euch beim Apotheker anfertigen und tragt es Tag und Nacht, bis die Schmerzen abgeklungen sind.«

Marianna dankte ihm für den Rat. »Ich habe noch ein weiteres Anliegen. Würdet Ihr mir ein Horoskop erstellen?«

»Gerne. Was möchtet Ihr denn wissen?«

Marianna überlegte kurz. »Werde ich den Menschen, den ich liebe, verlieren?«
Sie dachte an ihren Sohn, wollte aber in Katherines Beisein keine näheren Angaben machen. Dr. Fraser, der bereits für viele Kundinnen Horoskope erstellt hatte, lächelte verständnisvoll.
»Kommt mit, Madam. Ich werde mich bemühen, Eure Neugier zu befriedigen.«
Er führte sie zu einem Schrank am Fenster, auf dem Ephemeridentafeln und Darstellungen der zwölf Tierkreiszeichen ausgebreitet waren, und bot ihr einen Platz an. Sie nannte ihm den Zeitpunkt ihrer Geburt, und er machte sich daraufhin mit konzentrierter Miene an seine Berechnungen. Neugierig beobachtete sie ihn, während er seine überlangen Fingernägel über die Tafeln gleiten ließ, die die Planetenbahnen aufzeigten. Seine Hände waren schmal und hätten ohne die seltsamen Flecken, die die Haut entstellten, fast weiblich gewirkt. Marianna vermutete, dass sie von Säureverbrennungen herrührten, die er sich bei seinen alchemistischen Experimenten zugezogen hatte.
Während sie wartete, zeigten Katherines Gesten und Blicke sehr deutlich, wie sehr sie sich langweilte. Ihr Diener war draußen bei den Pferden geblieben, und Judith stand nervös an der Tür, als sei sie sich nicht sicher, ob sie in der Studierstube des Arztes warten oder sie verlassen sollte.
Als Dr. Fraser seine Berechnungen beendet hatte, runzelte er unbefriedigt die Stirn. »Das Ergebnis ist nicht eindeutig. Vielleicht gibt es mehr als einen Menschen, dem Euer Herz gehört, Madam, denn ich sehe sowohl ein Wiedersehen, Freude und Glück, als auch den Schatten des Todes.«
Marianna erschauderte, doch dann kam sie zu dem Schluss, dass sich das Horoskop wohl auf ihren verstorbenen Gatten bezog.
»Ich danke Euch trotzdem, Doktor. Sicher werde ich Eure Dienste in Zukunft noch öfter in Anspruch nehmen.«

Der Rest Geld, den sie noch besaß, reichte gerade, den Arzt und Astrologen zu bezahlen. Befriedigt steckte Dr. Fraser die Münzen ein.
Mit einem Blick auf Katherine erklärte Marianna: »Man sagt, Ihr befasst Euch mit der verbotenen Kunst der Alchemie und steht wie der berühmte Dr. Dee unter dem Schutz der Königin.«
Ein wenig beunruhigt sah der Arzt sie an, doch ihre Miene war so naiv und unschuldig, dass er hinter ihrer Frage keinerlei Hintergedanken vermutete.
»Wie Ihr selbst sagt, Madam, es ist verboten, sich mit der Alchemie zu befassen. Aber im Grunde hegen all jene mit Einfluss am Hof ein reges Interesse am Magisterium, der höchsten Stufe des Wissens, die es zu erreichen gibt.«
»Das klingt faszinierend«, schmeichelte Marianna, um ihn zum Weiterreden zu bewegen.
»Nun, das ist eine Kunst, die eine Frau nicht durchschauen würde«, meinte Dr. Fraser zurückhaltend.
»Ihre Majestät ist auch eine Frau. Glaubt Ihr nicht, dass sie imstande ist, die Erklärungen zu verstehen, die Dr. Dee ihr gibt?«
Er lächelte großmütig. »Da habt Ihr natürlich recht. Ihre Majestät ist eine außerordentlich gebildete Frau und, wie ich sehe, seid Ihr das auch.«
Katherine hatte sich neugierig zu ihnen gesellt. »Meine Base ist vertrauenswürdig, Doktor. Sie möchte sicherlich einmal einen Blick in Euer Laboratorium werfen«, sagte sie mit einem komplizenhaften Seitenblick auf Marianna.
Kates Versicherung genügte Dr. Fraser. Im Grunde liebte er es, im Mittelpunkt des weiblichen Interesses zu stehen und mit seinem Wissen glänzen zu können. Die Aussicht, eine weitere Verehrerin seiner Kunstfertigkeit zu gewinnen, ließ ihn schließlich jegliche Vorsicht vergessen.
Mit einer schwungvollen Handbewegung lud er die Besucherinnen

in sein Allerheiligstes ein. Das Laboratorium war in einer geräumigen Kammer im hinteren Teil des Hauses untergebracht. Es gab keine Fenster, da sich die Rückseite des Gebäudes unmittelbar an die Stadtmauer schmiegte, so dass niemand von außen Einsicht in das Alchemistenlabor hatte. Der düstere Raum war vollgestopft mit den verschiedensten Gerätschaften. Auf Regalen und einem großen Tisch waren Krüge, Becher, Schalen, Phiolen, Mörser, Scheidebecher, Trichter, Kupellen, Zangen, Löffel, Muffeln, Gießkellen und Dreifüße zu sehen. Es herrschte ein heilloses Durcheinander. An der Wand stand ein turmartiges Gebilde, das oben offen war und von unten befeuert wurde.

»Was ist das hier?«, fragte Marianna wissbegierig. »Es sieht aus wie ein Ofen.«

Dr. Fraser nickte gnädig. »Es handelt sich um einen Destillationsofen, in den ein Wasser- oder Aschebad gehängt wird. Darin kann man Substanzen schonender erwärmen als über dem offenen Feuer.«

Neben dem Ofen befanden sich noch weitere Gerätschaften: ein Glashelm mit einem Hahn, ein metallener Kegel, der als Rosenhut bezeichnet wurde, und eine Destillierpfanne. Schließlich gab es noch einen Ofen in Form eines dreistufigen Turms mit mehreren Schloten. Dr. Fraser wies Marianna auf eine Phiole mit zugeschmolzenem Hals hin, die im Inneren des Ofens in einem Sandbad stand.

»Das ist das wichtigste Werkzeug des Alchemisten, der *Athanor*, der kosmische Ofen. Darin befindet sich das Philosophische Ei, die Retorte, in der das ›alchemistische Küken‹ ausgebrütet wird.«

»Ist damit der legendäre Stein der Weisen gemeint?«

»Der *Lapis philosophorum*, ja.«

»Ist es wirklich wahr, dass der Stein, als Elixier eingenommen, den Menschen verjüngt und ihm sogar Unsterblichkeit verleiht?«, fragte Marianna ehrfürchtig.

»Aber natürlich, Madam.«
»Und er verwandelt unedles Metall in Gold?«
»Er befreit es von Unreinheit, wie er auch die Verderbnisse des menschlichen Körpers beseitigt, wie Roger Bacon sagt. Er verleiht sogar die Fähigkeit, mit den Tieren zu sprechen.«
»Aber wie erlangt man den Stein?«
»Das ist ein Geheimnis, das jeder Alchemist für sich behält, Madam.«
Man sah deutlich, dass Dr. Fraser nicht bereit war, tiefergehende Fragen zu seiner Arbeit zu beantworten.
»Bitte entschuldigt mich jetzt«, bat er und geleitete die beiden Frauen in seine Schreibstube zurück. Marianna und Katherine verabschiedeten sich. Vor dem Haus bemerkte die junge Witwe, dass Judith nicht bei ihnen war, und blickte sich suchend nach ihr um.
»Hast du meine Magd gesehen?«, wandte sie sich an ihre Base.
Kate zuckte die Schultern. »Nein.«
»Vielleicht ist sie noch drinnen.«
Als Marianna die Tür zur Schreibstube des Arztes öffnete, sah sie Judith mit Dr. Fraser sprechen. Der Medikus schüttelte mit bedauernder Miene den Kopf, und die Schultern der Magd sackten nach vorn.
»Judith, komm, wir reiten zurück.«
Das Mädchen schlich an die Seite ihrer Herrin, ohne sie anzusehen.
»Was ist mit dir? Bist du krank?«, erkundigte sich Marianna.
»Nein, Madam. Es ist nichts«, war die Antwort. Judith hatte sich an ihr vorbeigedrückt, bevor Marianna nachhaken konnte. Verwundert sah sie ihr nach. Sie nahm sich vor, bei nächster Gelegenheit Dr. Fraser zu fragen, was die Magd von ihm gewollt hatte.
Auf dem Weg zurück zur Bishopsgate Street lenkte Marianna ihre Stute neben Katherines Pferd.
»Dr. Fraser ist ein sehr interessanter Mensch«, bemerkte sie schein-

bar beiläufig. »Es wundert mich nicht, dass er oft in eurem Haus zu Gast ist.«

»Da stimme ich dir zu«, erklärte Kate mit einem Lächeln. »Er ist einer der wenigen Männer, die ein unterhaltsames Gespräch zu führen wissen.«

»Erinnerst du dich, ob Dr. Fraser vor sechs Tagen bei euch war?«

Kate wandte den Kopf und sah ihre Base erstaunt an. »Warum willst du das wissen?«

Marianna biss sich auf die Lippen. Es war töricht gewesen, so unverblümt zu fragen. »Oh, ich meine, Tom hätte etwas dergleichen erwähnt«, versuchte sie abzulenken.

Doch Katherines Blick blieb forschend auf ihr Gesicht gerichtet. »Ich erinnere mich nicht, ob er da war«, sagte sie. »Er ist so oft bei uns, dass ich mich nicht auf den Tag festlegen kann.«

Marianna gab sich die größte Mühe, möglichst uninteressiert zu wirken. Vor Katherine musste sie sich in Acht nehmen. Ihrem scharfen Auge entging nichts.

Im Hof von Fleetwood House angekommen, wartete Marianna, bis ihre Base sich entfernt hatte, und folgte dem Burschen, der sich ihrer Stute annahm, in den Stall. Während er das Pferd absattelte und mit Stroh abrieb, kraulte Marianna dem Tier die Oberlippe.

»Mein Onkel hat einige gute Pferde«, sagte sie anerkennend. »Ich hoffe, sie werden gut bewacht. In London soll es so viel Diebesgesindel geben.«

Der Stallbursche nahm keinerlei Notiz von ihr, sondern ging weiterhin schweigend seiner Arbeit nach.

»Ist nicht vor einigen Tagen ein Pferd gestohlen worden?«, versuchte es Marianna noch einmal.

»Wie Ihr schon sagtet, Madam«, antwortete der Bursche. »Es gibt hier viel Diebesgesindel.«

Die junge Frau biss enttäuscht die Zähne zusammen. Sie hatte ver-

gessen, wie schwer es war, diese Leute aus dem Norden zum Reden zu bringen.
Unverrichteter Dinge ging sie ins Haus. Es war Zeit für das Spätmahl. An diesem Tag aß die Familie im kleinen Kreis. Die Stimmung erschien Marianna ein wenig gedrückt, ohne dass sie sich erklären konnte, wieso. War Katherine stiller als gewöhnlich, oder bildete sie sich das nur ein? Auf einmal wurde sich Marianna bewusst, dass sie Jimmy Danvers vermisste. Sie brauchte jemanden, mit dem sie über die Eindrücke des Tages reden konnte. Es blieb ihr nichts anderes übrig, als sich bis morgen zu gedulden.
Nach dem Essen wurde wie gewöhnlich musiziert. Marianna ertappte sich dabei, wie ihr Blick des Öfteren an Kate hängen blieb, die mit viel Begabung auf dem Clavicytherium spielte. Ihr Vater begleitete sie mit dem Schwegel, einer Einhandflöte. Wenn man Vater und Tochter betrachtete, sah man sehr deutlich, wie nah sich die beiden standen. Die Mutter wirkte dagegen eher wie eine Außenseiterin, und auch Tom schien in den Augen seines Vaters nur wenig Gnade zu finden.
»Sie sind schon ein seltsames Paar, die beiden«, ließ sich plötzlich die Stimme ihres Vetters an Mariannas Seite vernehmen.
Aus ihren Gedanken gerissen, sah sie ihn neugierig an. »Hat Katherine deshalb noch keinen Gatten gefunden? Weil sie zu sehr an ihrem Vater hängt?«
Tom nickte. »Wenn sie könnte, würde sie ihn heiraten.«
»Ich hatte den Eindruck, dass Harry Cleaton eine Schwäche für Kate hegt.«
»Das stimmt. Harry war immer ein wenig in sie verliebt, schon seit wir Kinder waren.«
»Aber Kate erwidert sein Interesse nicht?«
»So würde ich das nicht sagen. Unser Vater hat die beiden einmal erwischt, als sie sich küssten. Daraufhin durfte Harry monatelang keinen Fuß mehr in unser Haus setzen.«

Marianna warf einen nachdenklichen Blick auf die junge Frau, die ganz im Spiel mit ihrem Vater aufging.
»Warum hat Harry nicht um ihre Hand angehalten?«
Tom lächelte bitter. »Er ist bettelarm. Die Geldstrafen, die seine Familie für das Fernbleiben vom anglikanischen Gottesdienst zahlen muss, hat sie fast völlig ruiniert. Harry könnte sich nicht einmal mehr anständige Kleider leisten, wenn Jimmy ihm nicht hin und wieder unter die Arme greifen würde. Natürlich betrachtet Harry das Geld als Darlehen, doch Jimmy weiß genau, dass er es vermutlich nie wiedersehen wird.«
»Master Danvers ist ein großzügiger Mann«, bemerkte Marianna, ohne ihre Rührung verbergen zu können.
»Er kann es sich leisten. Schließlich ist er stinkreich. Er stammt zwar aus einer Familie niederen Landadels, doch sein Vater hat ein Vermögen mit Handelsgeschäften gemacht und nach der Auflösung der Klöster riesige Ländereien erworben. Jimmy hat alles geerbt, als sein Vater vor drei Jahren starb. Seine Mutter ist schon eine ganze Weile tot.«
»Zahlt er keine Geldstrafen?«, fragte Marianna verwundert.
»Ich dachte, du wüsstest, dass Jimmy Anglikaner ist. Zwar drückt auch er sich gewöhnlich vor dem Besuch des Gottesdienstes, aber der Grund dafür liegt wohl eher darin, dass ihn Predigten langweilen. Man hat versucht, ihm Geldstrafen aufzuerlegen, aber er schaffte sich die Blutsauger vom Hals, indem er den Suprematseid schwor. Ich glaube, er interessiert sich nicht sehr für kirchliche Lehren, und es liegt ihm nicht, einen Glauben zu heucheln, den er nicht hat.« Tom lachte, als er die bestürzte Miene seiner Base sah. »Schau nicht so missbilligend drein, Marianna. Man muss nicht fromm sein, um ein anständiges Leben zu führen. Jimmy ist eben ein Freigeist, aber trotzdem ein verlässlicherer Freund als so mancher bigotter Betbruder.«
Diese unerwartete Eröffnung ließ Marianna keine Ruhe. Als Jimmy Danvers am folgenden Tag wie versprochen zum Mittagsmahl er-

schien, ergriff die junge Witwe die erste Gelegenheit, die sich nach dem Essen bot, und verwickelte ihn in ein Gespräch. Allerdings wusste sie nicht so recht, wie sie ihre Neugier befriedigen sollte, ohne ihn womöglich zu beleidigen. Jimmy, der ihr Unbehagen spürte, fragte galant: »Fühlt Ihr Euch nicht wohl, Madam? Möchtet Ihr lieber ungestört sein?«

Sie schüttelte den Kopf. »Ich bin nur ein wenig verwirrt.«

»Darf man fragen, weshalb?«

»Es ist nichts, Sir.« Sie kam sich auf einmal töricht vor.

Verwundert musterte Jimmy ihr Gesicht, in dem widersprüchliche Gefühle stritten. »Spielt Ihr Schach, Madam?«, erkundigte er sich nach einer kurzen Pause.

»Ja, ein wenig.«

»Darf ich Euch dann zu einem Spiel einladen? Es wird Euch von Euren Sorgen ablenken.«

Sie nahm an. Im Wintersalon stand jederzeit ein Schachbrett auf einem Tisch bereit. Die Holzfiguren waren kunstvoll in der Mode der Zeit Henrys VIII. geschnitzt. Schweigend spielten sie eine Partie, die Marianna verlor, weil ihre Gedanken immer wieder abschweiften.

»Gibt es vielleicht etwas, das Ihr mich fragen wollt?«, vermutete Jimmy und warf ihr ein aufforderndes Lächeln zu.

Da konnte sie sich nicht mehr zurückhalten und platzte heraus: »Stimmt es … dass Ihr Atheist seid?«

Jimmy zog erstaunt die Brauen hoch. »Wer hat Euch das erzählt? Tom?«

»Ja«, gab Marianna zu.

»Verstehe! Und nun seid Ihr schockiert.« Er lachte, doch in seiner Stimme lag kein Spott. »Um Eure Frage, die Euch so sehr am Herzen liegt, zu beantworten: Nein, ich bin kein Atheist. Ein Atheist leugnet Gott. Er will beweisen, dass Gott nicht existiert. Ich dagegen bin mir einfach nur nicht sicher, ob es Ihn wirklich gibt. Ich

weiß, in Euren Augen ist das eine Sünde, aber ich kann nun einmal nicht anders.«
Sie blickte ihm in die Augen, die einen ernsten Ausdruck angenommen hatten. »Ich verstehe, was Ihr meint«, sagte sie. »Angesichts all der schrecklichen Dinge, die passieren, können dem Frommsten Zweifel an Gottes Barmherzigkeit kommen.«
Sie konnte ihn nicht verurteilen. Während sie ihn betrachtete, verspürte sie auf einmal Mitgefühl. Er musste sehr einsam sein, ohne Familie, ohne festen Glauben an Gott, der ihm Trost und Halt bot, ohne einen Sinn im Leben.
»Ich hoffe, Ihr werdet mir armem Sünder dennoch die Ehre einer weiteren Partie geben«, sagte er freundlich.
»Ja, gerne.«
Diesmal spielte Marianna aufmerksamer und gewann.
»Ich hätte es wissen müssen«, erklärte Jimmy mit gespielter Betrübnis. »Ich war noch nie besonders gut in Schach.«
Mariannas Stimmung hob sich. Sie genoss seine Gesellschaft mehr, als sie zugeben wollte. Und so wagte sie es, ihn um einen weiteren Gefallen zu bitten.
»Master Danvers, wäre es wohl möglich, dass Ihr hin und wieder einen Diener zum Clink schickt, der sich nach Christophers Befinden erkundigt? Es würde mich sehr beruhigen, wenn ich wüsste, dass er bei guter Gesundheit ist.«
»Aber natürlich, Madam, was immer Ihr wünscht«, versicherte er.
Während er die Figuren für eine neue Partie aufstellte, erinnerte er sich mit einem Mal: »Ihr sagtet doch, Ihr wolltet Katherine überreden, Euch zu Dr. Fraser mitzunehmen.«
»Ja, und es ist mir auch gelungen. Ich habe mir ein Horoskop erstellen lassen.«
Einem Anflug von abergläubischer Furcht nachgebend, verschwieg sie ihm, was das Horoskop ergeben hatte. Doch er zeigte keinerlei Neugier.

»Ich glaube nicht an solche Vorhersagen«, erwiderte er. »Habt Ihr irgendetwas herausfinden können, was Euch der Entlarvung des Greif näherbringt?«

Marianna nagte an ihrer Unterlippe. »Nicht wirklich. Aber Dr. Fraser hat mir Einblick in sein Laboratorium gewährt. Er scheint viel Zeit mit alchemistischen Studien zu verbringen. Ich kann mir gut vorstellen, dass diese Arbeit und all das Gerät, das er dazu braucht, Unsummen verschlingen. Woher nimmt er das Geld? Auch wenn er wohlhabende Patienten hat, glaube ich nicht, dass seine Einnahmen als Medikus ausreichen.«

»Da könntet Ihr allerdings durchaus recht haben«, stimmte Jimmy ihr zu.

»Wisst Ihr, ob mein Onkel Dr. Frasers Experimente mit Geld unterstützt?«

Er schüttelte leicht den Kopf. »Es wäre möglich, aber ich kann mir nicht vorstellen, dass Master Fleetwood sein Geld in etwas steckt, ohne gewisse Ergebnisse zu fordern.«

»Das ist wahr. Lange könnte Dr. Fraser ihn nicht hinhalten, ohne Erfolge vorzulegen.«

Jimmy überlegte eine Weile schweigend, bevor er seinen Eröffnungszug machte.

»Denkt Ihr, dass es dem Greif um Geld geht?«

Marianna zuckte die Schultern. »Ich sehe nur zwei Möglichkeiten. Entweder er arbeitet gegen Bezahlung oder aus Überzeugung. Die Spanier entlohnen ihre Spione sicher großzügig.«

»Eine gefährliche Art, um an Geld zu kommen«, kommentierte Jimmy zweifelnd.

»Haltet Ihr es für wahrscheinlicher, dass es dem Greif darum geht, die Königin der Schotten in ihrem Anspruch auf den englischen Thron zu unterstützen?«

»Hm, ich habe mich nie mit derartigen Dingen beschäftigt. Warum fragt Ihr nicht diesen Abgesandten Walsinghams? Vielleicht weiß er

Einzelheiten über den Greif, die Euch bei Euren Nachforschungen weiterhelfen könnten.«
»Das werde ich tun«, erwiderte Marianna. Ihre Züge verdüsterten sich. »Dieser Kerl ist mir unheimlich. Der Gedanke, mich allein mit ihm treffen zu müssen, macht mir Angst.«
»Möchtet Ihr, dass ich Euch begleite?«, erbot sich Jimmy ohne Zögern.
Marianna schüttelte den Kopf. »Nein, er darf nicht wissen, dass ich mich Euch anvertraut habe. Ich fürchte, ich muss diese unangenehme Pflicht auf mich nehmen, so schwer es mir fällt.«
Als sie die Schachpartie beendet hatten, entschuldigte sich Jimmy bei ihr und machte sich auf die Suche nach einem Diener, der ihnen ein Glas Wein bringen sollte. Als habe er nur auf eine solche Gelegenheit gewartet, tauchte auf einmal Henry Fleetwood an der Seite seiner Nichte auf und sah sie missbilligend an.
»Madam, ich muss mich sehr über Euch wundern. Euer Benehmen ist unerhört. Ihr seid gerade erst Witwe geworden. Im Umgang mit Männern solltet Ihr Euch daher einer größeren Zurückhaltung befleißigen. Dieser Danvers ist ein Höfling, wie er im Buche steht, ein reicher Grünschnabel von niederer Herkunft und ohne Glauben, der gerne in Samt und Seide herumtänzelt, aber nicht einmal den Degen zu führen weiß. Haltet Euch von ihm fern!«
Marianna hatte der überraschenden Strafpredigt verdutzt gelauscht. Dies war nun schon das zweite Mal, dass man ihr ein unangemessenes Interesse an Jimmy Danvers unterstellte. Hatte sie im Umgang mit dem jungen Mann tatsächlich die nötige Zurückhaltung vermissen lassen? Eigentlich war sie sich keinerlei Schuld bewusst. Man konnte doch nicht verlangen, dass sie, nur weil sie Witwe war, den Rest ihrer Tage allein in ihrem Gemach verbrachte!
»Ich versichere Euch, Sir«, antwortete sie entschieden, »dass ich mir hinsichtlich meines Verhaltens gegenüber Master Danvers nichts

vorzuwerfen habe. Er hat lediglich versucht, mich ein wenig zu zerstreuen, und sich dabei stets tadellos benommen.«

Fleetwood nahm Mariannas Beteuerung kommentarlos zur Kenntnis. Seine Miene ließ sie jedoch unmissverständlich wissen, dass er keineswegs beruhigt war. Als er sich entfernte, stieß Marianna einen tiefen Seufzer aus. Wenig später kehrte Jimmy mit einem Diener zurück, der ihnen Wein brachte.

»Weshalb dieses betrübte Gesicht, Madam?«, fragte er. »Ihr habt doch die letzte Partie gewonnen.«

»Ach, mein Onkel meint, Ihr macht mir den Hof. Und er wirft mir vor, Euch zu ermutigen.«

»Nun, er hat eine gute Beobachtungsgabe«, sagte Jimmy mit einem Augenzwinkern.

Marianna sah ihn erschrocken an. »Dann ist es wahr? Ich … ich wollte nicht den Eindruck erwecken, dass …« Sie verstummte aus Angst, etwas preiszugeben, was besser ungesagt bleiben sollte. Inzwischen konnte sie nicht mehr leugnen, dass sie sich zu ihm hingezogen fühlte. Die Bemerkung ihres Onkels kam ihr wieder in den Sinn, dass Danvers nicht einmal den Degen zu führen wisse. Tatsächlich erinnerte sie sich, dass damals in der Schenke nur Tom und Harry ihre Waffen gezogen hatten, um sie zu verteidigen, während Jimmy sich zwar schützend vor sie gestellt, sich aber am Kampf nicht beteiligt hatte. Im Gegensatz zu den meisten jungen Männern seines Alters schien er es nicht unnötig auf Streit anzulegen und allzu rasch die Waffe zu ziehen, ein Charakterzug, den Marianna auch an ihrem Gatten sehr geschätzt hatte.

Mit einem verlegenen Lächeln wies sie auf das Schachbrett, das zwischen ihnen stand.

»Lasst uns nicht mehr davon reden. Spielen wir noch eine Partie, Master Danvers.«

Elftes Kapitel

Mit tiefem Unbehagen betrat Marianna die Glockenherberge und sah sich aufmerksam um. Doch ihre Unsicherheit legte sich, als sie bemerkte, dass sie nicht die einzige Frau war. Da der Hof der Herberge von einer Schauspieltruppe als Bühne genutzt wurde, fanden sich sogar eine ganze Reihe Bürgers- und Handwerksfrauen ein, wenn sie sich ein paar Stunden von ihren Haushaltspflichten entfernen konnten. Aber auch Männer und Frauen in Lumpen, die ihren letzten Penny für eine Aufführung ausgaben, waren im Hof anzutreffen.

Marianna überwand sich, den Schankraum zu betreten, und ließ suchend den Blick schweifen. Da legte sich plötzlich ein Arm um ihre Taille, und sie wurde gegen einen Männerkörper gezogen. Wütend machte sie sich los.

»Na, ziert Euch doch nicht so, Liebchen«, höhnte Buskell mit einem Grinsen.

»Ich bin nicht Euer Liebchen, Sir!«, gab sie gereizt zurück.

Das Lächeln des Spions blieb spöttisch. »Wie Ihr wollt. Wenn ich Euch also bitten dürfte, Euch zu mir zu setzen, Euer Ladyschaft!« Er wies auf einen der Schanktische, und sie setzte sich zähneknirschend auf die Bank.

»Nun, was habt Ihr herausgefunden?«, fragte Buskell gespannt.

»Nicht viel. Ich habe versucht, einen der Stallburschen auszufragen, doch er behauptete, dass das Pferd aus den Ställen meines Onkels gestohlen worden sei.«

»Hm, sieht aus, als habe tatsächlich jemand im Haus etwas zu verbergen«, sagte Buskell nachdenklich. »Vermutlich wurden die Stallknechte bestochen … oder sie dienen ihrem Herrn, ohne Fragen zu stellen.«

Marianna sah den Mann zweifelnd an. »Ihr verdächtigt doch nicht meinen Onkel!«

»Warum nicht? Er ist ein Mann des Nordens. Der Norden hat viele Verräter hervorgebracht, aber daran muss ich eine Percy wohl nicht erinnern.«

Marianna presste die Lippen aufeinander. Wie oft musste sie sich ihre Herkunft noch vorwerfen lassen?

»Mehr habt Ihr nicht herausgefunden?«, fragte Buskell ungeduldig.

»Nichts Eindeutiges. Aber ich weiß nun, dass nicht nur Familienmitglieder Zugang zu den Ställen meines Onkels haben. Er empfängt regelmäßig Gäste, die bis spät in die Nacht bleiben.«

»Ja, ich weiß. Zum Beispiel James Danvers, mit dem ich Euch kürzlich gesehen habe. Es ist klug von Euch, ihm schöne Augen zu machen. Vielleicht erfahrt Ihr auf diese Weise etwas Nützliches.«

»Soll ich etwa auch meinem Vetter oder meinem Onkel schöne Augen machen?«, brauste Marianna auf. »Ich verbitte mir diese Unterstellungen!«

Ein süffisantes Lächeln glitt über Buskells schmale Lippen. »Spielt nur die züchtige Witwe. Ich bin sicher, Ihr würdet alles Nötige tun, um Euren Sohn zurückzubekommen.«

Marianna antwortete nicht. Sie wusste selbst nicht so recht, wie weit sie für Nathaniel gehen würde.

Der Spitzel deutete ihr Schweigen richtig und grinste wieder. »Nun, wer kommt noch in Frage? Vielleicht der sehr fromme und sehr verarmte Henry Cleaton? Er ist ebenfalls häufig zu Gast in Fleetwoods Haus und könnte sich durchaus ein Pferd ausgeliehen haben.«

Marianna nickte. »Es gibt noch jemanden: den Arzt und Astrologen Dr. Augustine Fraser.«

»Ja, ich habe ihn schon oft bei Eurem Onkel ein und aus gehen sehen. Was wisst Ihr über ihn?«
»Er widmet sich der verbotenen Kunst der Alchemie.«
Buskell machte eine wegwerfende Handbewegung. »Das tun viele, obwohl es verboten ist. Aber Ihr solltet ihn im Auge behalten und versuchen, so viel wie möglich über ihn zu erfahren.«
Bisher war Marianna dem unangenehmen Blick des Spitzels ausgewichen. Nun sah sie ihm direkt in die Augen. »Ich habe keine Ahnung, wie ich weiter vorgehen soll. Ich weiß gar nichts über den Greif. Könnt Ihr mir nicht mehr über ihn erzählen?«
Buskell musterte sie nachdenklich, das Für und Wider abwägend. Schließlich entschied er, dass es sinnvoller war, ihr einige Einzelheiten zu offenbaren. »Was wollt Ihr wissen?«
»Aus welchen Beweggründen handelt er?«
Der Spitzel zog erstaunt die Augenbrauen hoch. Eine derartig treffende Frage hätte er von ihr nicht erwartet. »Ihr meint, welchem Herrn er dient? Bedauerlicherweise wissen wir das nicht so genau.«
Marianna runzelte die Stirn. »Das verstehe ich nicht.«
»Lasst es mich Euch erklären. Jedes Land hat seine Spione, wir haben unsere, die Spanier und Franzosen ihre. Es gibt eine Reihe unzufriedener englischer Katholiken wie Euer Gatte, die ihr Land verraten und für den Spanier arbeiten. Dann gibt es welche, die den Verrat nur vorgeben und weiterhin in unserem Sold stehen. Wir haben Spione in der französischen Gesandtschaft in London, und sie haben welche in unseren Gesandtschaften auf dem Kontinent. Leider ist es uns bisher nicht gelungen, jemanden in der spanischen Gesandtschaft für uns zu gewinnen. Dann gibt es natürlich auch Spione, die sich auf ein gefährliches Spiel einlassen und zur gleichen Zeit zwei Herren dienen. Der Greif passt in keine dieser Gruppen. Wir wissen, dass er einmal einen Auftrag für Mendoza, den spanischen Gesandten, erledigt hat. Ein anderes Mal hat er einen Briefwechsel zwischen der Königin der Schotten

und dem französischen Gesandten Castelnau überbracht. Wie Ihr wisst, lebt Königin Mary als Gefangene in Sheffield Castle und wird dort gut bewacht. Dennoch gelang es dem Greif, sie aufzusuchen und einige Briefe herauszuschmuggeln. Ihre Bewacher wissen bis heute nicht, wie er das geschafft hat. Trotzdem hat er es anscheinend nie wieder versucht. Man hätte eigentlich erwartet, dass er aufgrund seines Erfolges regelmäßig Marys Briefwechsel überbringen würde, aber dies scheint nicht zuzutreffen. Wir wissen also nicht, in wessen Diensten er steht: in denen der Spanier, der Franzosen, Königin Marys oder ihrer Freunde, vielleicht sogar der Guisen.«

»Mary Stuarts Mutter war eine Guise, nicht wahr?«

»Ja. Die Guisen sind gefährliche Fanatiker, die von Spanien unterstützt werden und nach mehr Macht streben. Wenn Henri de Guise könnte, würde er alle Hugenotten in Frankreich umbringen lassen, wie es in der Bartholomäusnacht beinahe geschehen wäre.«

»Aber was haben die Machtkämpfe in Frankreich mit England zu tun?«

»Wir unterstützen unsere Glaubensgenossen, die Hugenotten, wie wir auch den Holländern Hilfe gegen das katholische Spanien leisten.«

»Und wie passt die Schottenkönigin ins Bild?«, fragte Marianna naiv.

»Solange diese teuflische Hure am Leben ist, kann sich unsere Königin nicht ihrer Krone sicher sein. Mary Stuart erhebt Anspruch auf den englischen Thron. Vor sechs Jahren fassten die Spanier mit dem Herzog von Guise den Plan, Truppen in England zu landen und die Schottenkönigin zu befreien. Zum Glück hat Sir Francis die Verschwörung früh genug aufgedeckt. Aber Ihre Majestät weigert sich noch immer, das Weib vor Gericht zu stellen, damit sie verurteilt und hingerichtet werden kann.«

Eine dicke Zornesader schwoll auf Buskells Stirn, so sehr hatte er sich in Rage geredet. Marianna hütete sich davor, eine Bemerkung zu machen, aus Angst, die Wut dieses unberechenbaren Mannes noch zu schüren.

»Versteht Ihr nun, wie wichtig es ist, den Briefwechsel der Schottenkönigin in die Hände zu bekommen?«, fuhr Buskell mit heiserer Stimme fort. »Egal, für wen der Greif arbeitet – die Franzosen, die Spanier oder Mary Stuart –, er ist ein Verräter, der unschädlich gemacht werden muss. Versucht herauszufinden, welcher Gesinnung die Menschen im Haus Eures Onkels sind. Die meisten Katholiken unter ihnen würden wahrscheinlich eine papistische Königin auf dem englischen Thron vorziehen.«

»Was nicht heißt, dass sie sich die Herrschaft Spaniens über ihr Heimatland wünschen«, erwiderte Marianna leidenschaftlich.

Buskell zog eine abfällige Grimasse.

»Die Königin denkt ebenso. Sie zweifelt nicht an der Treue ihrer katholischen Untertanen. Vielleicht wird ihr das eines Tages zum Verhängnis.«

Er winkte einem Schankmädchen und ließ sich Bier bringen. Als die junge Frau Krug und Becher vor ihm auf den Tisch stellte, zwickte Buskell ihr ungeniert in den Hintern. Sie stieß einen Schmerzenslaut aus und zog sich schleunigst zurück.

»Ihr seid ein Schwein!«, entfuhr es Marianna, die das Manöver angewidert beobachtet hatte.

»Was kümmert's Euch! Bemüht Euch lieber, mir Ergebnisse zu bringen. Am siebzehnten findet das Turnier anlässlich des Jahrestages der Thronbesteigung Ihrer Majestät statt. Ich nehme an, Euer Onkel und seine Familie werden dort anwesend sein.«

»Ja, er sagte etwas dergleichen«, erinnerte sich Marianna.

»Der französische und der spanische Gesandte werden sicher auch zu Gast sein. Eine gute Gelegenheit für Euch, aufschlussreiche Beobachtungen zu machen.«

Marianna sah ihn verblüfft an. »Ich bin doch gar nicht geladen.«

»Bittet James Danvers, Euch mitzunehmen. Er ist weder verheiratet noch verlobt und wird weibliche Begleitung brauchen.«
»Was würde man von mir denken, wenn ich so kurz nach dem Tod meines Gemahls einen Vergnügungsausflug machte? Mein Onkel würde das nie gestatten.«
»Das ist Euer Problem«, sagte Buskell mit einem kalten Lächeln. »Sorgt dafür, dass Ihr beim Turnier anwesend seid. Sir Francis will es so. Horcht auf alles, was gesprochen wird. Vielleicht macht der Greif einen Versuch, mit dem Spanier oder dem Franzosen Verbindung aufzunehmen.«
»Wie könnt Ihr eigentlich sicher sein, dass er die Papiere nicht bereits in einer der Gesandtschaften abgeliefert hat?«, fragte Marianna.
»Wir haben beide unter Beobachtung und zudem einen Spitzel in der französischen Gesandtschaft. Wir hätten es erfahren, wenn die Briefe dort eingetroffen wären«, belehrte sie Buskell.
»Also gut. Ich versuche mein Bestes«, versprach sie.

Zwölftes Kapitel

Jimmy Danvers' Kammerdiener Simon goss heißes Wasser in die Schüssel, die auf einem Tisch vor dem Kamin stand. Ein Duft von Rosmarin stieg mit dem Wasserdampf auf und mischte sich mit dem Geruch des Holzfeuers. Nachdem sein Herr sich gewaschen hatte, reichte Simon ihm ein Leintuch zum Abtrocknen und gab einem Lakaien die Anweisung, das Wasser hinauszutragen. Jimmy ließ sich von dem Kammerdiener in ein frisches Hemd aus feinem, mit Seide besticktem Linnen helfen und setzte sich auf einen Stuhl, damit der bereitstehende Barbier ihn rasieren konnte. Meister Green kam jeden Morgen mit seinen Utensilien unter dem Arm aus seiner Barbierstube ins Haus. Wie stets konnte er sich nicht enthalten, seinen Kunden darauf hinzuweisen, dass alle Welt Kinn- und Schnurrbart trug, denn Jimmy zog es vor, sich mit glattrasiertem Gesicht zu zeigen und das Haar kurz zu tragen.

Ein Lakai meldete die Ankunft von Thomas Fleetwood. Mit einer flüchtigen Geste winkte Jimmy ihn herein. Tom trug bereits Hofkleidung und runzelte die Stirn, als er sah, dass sein Freund noch bei der morgendlichen Reinigung war.

»Noch nicht fertig? Bist du sogar an einem so wichtigen Tag nicht früh genug aus dem Bett gekommen?«

»Ich habe wohl gestern Abend zu viel getrunken«, versuchte Jimmy sich zu rechtfertigen.

Meister Green brummte warnend, um seinen Kunden am Sprechen zu hindern, und dieser gehorchte ergeben.

Nachdem der Barbier sein Werk vollendet und sich verabschiedet hatte, zog Jimmy ein Wams aus cremefarbenem Satin über, das mit goldenen Litzen und mit einer Reihe kleiner goldener Knöpfe verziert war. Sie dienten nur als Schmuck. Das Gewand wurde seitlich mit Haken und Ösen geschlossen, eine Prozedur, die von Herrn und Kammerdiener gleichermaßen einiges an Geduld erforderte. Vorn lief das Wams in einer verlängerten Spitze aus, die bis unterhalb der Taille reichte und mit Fischbeinstäben versteift und ausgepolstert war.

»Eigentlich verabscheue ich diesen ›Gänsebauch‹«, gestand Jimmy missmutig. »Eine scheußliche Mode! Bedauerlicherweise ist mein Schneider ihr sklavisch verpflichtet. Er fürchtet, sein Ruf könne leiden, wenn er sich nicht an die gängige Mode hält.«

Tom lachte. »Du hast recht, der Gänsebauch ist ebenso furchtbar wie die Kröse. Wir mögen Spanien und Frankreich als Feinde betrachten, lassen uns aber ohne Murren von ihrer Mode regieren. Auch bedaure ich es, dass der Gänsebauch die Schamkapsel verdrängt hat. Nicht, dass ich es als besonders sinnlich erachte, mit der Nachbildung eines steifen Glieds herumzulaufen, aber sie eignete sich vorzüglich zur Unterbringung nützlicher Kleinigkeiten. Mein Vater hatte immer ein paar Nadeln darin stecken, für den Fall, dass sich eine aus seiner Halskrause löste.«

Jimmy nickte zustimmend. Mit geübter Fingerfertigkeit begann Simon nun die keulenförmig wattierten Ärmel am Wams seines Herrn anzunesteln. Der Ansatz wurde dann mit einem verzierten Schulterwulst verdeckt. Am Handgelenk endeten die Ärmel in einem Kranz von in Rüschen gelegter Spitze.

»Es ist sehr aufmerksam von dir, mir beim Ankleiden Gesellschaft zu leisten, Tom«, meinte Jimmy ironisch. »Weshalb bist du wirklich hergekommen?«

Tom seufzte. »Mein Vater bestand darauf, dass ich dich aufsuche. Ich soll dir ausreden, Marianna mit zum Turnier zu nehmen.«

Jimmys Züge wurden ernst. »Ich habe es deiner Base versprochen. Außerdem war es nicht meine Idee, sondern ihre.«
»Ich weiß. Und ich bin auch der Meinung, dass ihr ein wenig Abwechslung guttun würde, nach allem, was sie durchgemacht hat. Aber mein Vater findet es anstößig, dass sie als Witwe an einer Vergnügung teilnehmen will, bei der jede Person von Rang sie sehen wird. Er fürchtet wohl, man könne ihm Vorhaltungen machen.«
»Ich verstehe sein Dilemma, aber ich kann unmöglich von meinem Wort zurücktreten«, erwiderte Jimmy entschieden.
»Ich werde deine Antwort ausrichten, aber Vater wird nicht erfreut sein.«
Tom sah nachdenklich zu, während sich der Kammerdiener vor Jimmy kniete und ihm in die Hose mit den daran angenähten seidenen Strümpfen half. Das Beinkleid, die sogenannte spanische Heerpauke, reichte nicht einmal bis zur Hälfte des Oberschenkels und war mit Werg und Rosshaar so fest ausgestopft, dass sie die Form von einem Paar zwiebelförmiger Kugeln annahm. Der obere cremefarbene Stoff war geschlitzt und ließ so den goldenen Satin des darunterliegenden Futters sehen. Die seidenen Strickstrümpfe waren mit Goldfäden bestickt.
»Ich beneide dich, dass du so wohlgeformte Beine hast, Jimmy, und diese eng anliegenden Strümpfe tragen kannst, ohne deine Waden ausstopfen zu müssen«, sagte Tom. »Ich kann leider auf eine gewisse Wattierung nicht verzichten.«
Jimmy lachte. »Jeder hat sein Kreuz zu tragen, alter Knabe. So, einen Moment Geduld noch, dann können wir gehen«, verkündete er fröhlich.
Tom blickte seinen Freund verwundert an. »Ich habe dich vor einem Fest noch nie so erwartungsvoll gesehen.«
Leichte Röte stieg in die Wangen des jungen Mannes. »Tom, kann ich dir etwas anvertrauen?«
»Natürlich. Jederzeit.«

»Ich glaube, ich bin verliebt.«
»Schon wieder? Welche der Hofdamen ist es diesmal?«
»Spotte nicht, Tom! Dieses Mal ist es ernst.«
»So?«
»Ja, unglücklicherweise.«
Tom runzelte verständnislos die Stirn. »Wieso unglücklicherweise?«
»Weil die Dame vor einem unbedarften Taugenichts wie mir sicher keine Achtung hat.«
»Von wem redest du eigentlich? Doch nicht von Marianna?«
Jimmy stieß einen tiefen Seufzer aus.
»Sie ist mit den schnatternden Gänsen, denen man am Hof begegnet, einfach nicht zu vergleichen. Glaub mir, Tom, wenn ich den Mut dazu hätte, ich würde sie um ihre Hand bitten.«
Dieses überraschende Geständnis aus dem Munde eines eingefleischten Junggesellen brachte den jungen Fleetwood erheblich aus der Fassung, so dass er seinen Freund sprachlos und mit großen Augen anstarrte.
Jimmy missdeutete das Schweigen seines Besuchers und fuhr kopfschüttelnd fort. »Du hast recht, sie würde mich nur auslachen. Sie stammt aus einer einflussreichen Familie des Nordens, während mein Vater nur ein Kaufmann vom Rang eines Gentleman war. Und ich glaube nicht, dass ein großes Vermögen sie in Versuchung führen könnte. Vielleicht sollte ich am nächsten Feldzug des Earl of Leicester teilnehmen und mir meine Sporen verdienen, aber im Grunde denke ich nicht, dass sie das beeindrucken würde. Außerdem bin ich für den Kriegsdienst nicht geeignet.«
Tom starrte seinen Freund noch immer schweigend an, während dieser weitersprach.
»Ich stelle es mir gar nicht so übel vor, eine Familie zu haben. Es wäre eine ganz neue Erfahrung für mich, für sie und ihren Sohn zu sorgen. Sag mal, Tom, könntest du dir mich als Vater eines achtjährigen Knaben vorstellen?«

Tom brachte keinen Ton heraus. Jimmy schnitt eine Grimasse und schlüpfte in die mit goldenen Schleifen geschmückten flachen Lederschuhe, die sein Kammerdiener ihm hinhielt. Dann ließ er sich noch einen einfachen Kragen aus durchscheinendem Batist umlegen.
»Du trägst nicht die Krause?«, fragte Tom, der sich ein wenig von seiner Überraschung erholt hatte.
»Nein, ich finde einen Kragen wie diesen schöner und bequemer. Du wirst sehen, in ein paar Jahren ist ein solcher Kragen auch bei Hof eingeführt.«
Tom entschuldigte sich kurz bei seinem Freund und begab sich zum Abort. Als er zurückkehrte, reichte Simon seinem Herrn gerade den Degen und einen spanischen Mantel aus schwarzem Samt, der aufwendig mit Gold bestickt war und knapp über die Heerpauke reichte. Jimmy setzte sich selbst das Barett aus Samt auf, das mit in Gold gefassten Saphiren und sandfarbenen Reiherfedern verziert war.
Der Kammerdiener öffnete den beiden Männern geflissentlich die Tür.
Als sie auf ihre Pferde stiegen und in Begleitung eines Dieners zur Bishopsgate Street aufbrachen, kam Tom noch einmal auf seine Base zu sprechen.
»Stört es dich nicht, dass Marianna fünf Jahre älter ist als du?«
Jimmy wandte überrascht den Kopf. »Nicht im Geringsten. Und es macht mir auch nichts aus, dass sie bereits einen Sohn hat. Wenn sie von ihm spricht, leuchtet in ihrem Gesicht eine Wärme und Zuneigung, wie man sie bei Hof nur selten … nun, eigentlich überhaupt nicht sieht. Es muss wundervoll sein, von einer solchen Frau geliebt zu werden!«
Tom runzelte noch immer zweifelnd die Stirn. »Selbst wenn Marianna auf dein Angebot einginge, müsstest du als Höfling die Königin um Erlaubnis bitten. Und ehrlich gesagt, halte ich es für frag-

lich, dass sie zustimmen würde. Marianna ist die Witwe eines Verräters. Ich fand es ziemlich verwunderlich, dass man sie so ohne weiteres gehen ließ. Und nun diese Kühnheit, sich bei Hof zu zeigen! Sicher wird sie durch ihre Anwesenheit das Missfallen Ihrer Majestät erregen. Im Grunde hat Vater recht. Sie sollte vernünftig sein und zu Hause bleiben.«

Jimmy antwortete nicht. Marianna hatte ihm erzählt, dass sie auf Wunsch von Walsingham handelte, so dass sie zumindest von Seiten der Königin und ihren Ministern keine Schwierigkeiten zu erwarten haben würde. Doch in einem hatte Tom zweifellos recht. Es war allgemein bekannt, dass Elizabeth es nur ungern sah, wenn die jungen Männer des Hofes Heiratspläne äußerten, denn obwohl sie sich als jungfräuliche Königin präsentierte, betrachtete sie jeden Höfling als ihren persönlichen Verehrer und ließ die Hofdame, die sich mit einem von ihnen einließ, nur allzu deutlich ihre Eifersucht spüren. Um ihrem Zorn zu entgehen, trafen sich Verliebte heimlich, aber wie im Fall von Ann Vavasour, die vor zwei Jahren in der Kammer der Hofdamen einen Sohn zur Welt brachte, waren die Folgen dieser Liebschaften nur schwer zu verbergen. Trotz seines niederen Ranges hatte sich Jimmy bisher der Gunst der Königin erfreut, weil er vermögend war und Ihrer Majestät großzügige Geschenke machte und weil er als überzeugter Junggeselle auftrat, der keine Neigung zum Heiraten zeigte. Nein, Elizabeth würde es ihm sicher nicht leichtmachen, in den heiligen Stand der Ehe zu treten!

Tief in Gedanken versunken, bemerkte Jimmy nicht, dass sie das Haus der Fleetwoods erreicht hatten, bis Tom ihn aus seinen Grübeleien riss. Marianna erwartete sie bereits ungeduldig. Ihr Onkel und Katherine waren vor einiger Zeit in der Kutsche vorausgefahren, und Harry Cleaton würde in Whitehall zu ihnen stoßen.

»Mein Pferd ist bereits gesattelt«, erklärte Marianna. Ihre Vorfreude war nicht gespielt. Einerseits fühlte sie sich ein wenig unwohl angesichts der Aufgabe, die vor ihr lag, andererseits hatte sie in ihrem Leben nicht oft Gelegenheit gehabt, an Vergnügungen teilzunehmen, schon gar nicht an einem Spektakel wie dem Turnier anlässlich der Thronbesteigung der Königin, bei dem der ganze Hof anwesend sein würde.

Zu Mariannas Überraschung schlugen ihre Begleiter den Weg zu Jimmys Stadthaus ein und ließen sich im Hof aus dem Sattel gleiten.

»Wir nehmen mein Prachtboot«, sagte der junge Danvers. »Das macht mehr Eindruck.«

Das Boot lag an der Anlegestelle am Ende des Gartens bereit. Nachdem Jimmy Marianna beim Einsteigen geholfen und sie es sich alle auf der gepolsterten Sitzbank unter dem Baldachin bequem gemacht hatten, legten sich die vier Ruderer in der Livree ihres Herrn ins Zeug. Marianna saß, geschützt vor aufspritzenden Wassertropfen, zwischen den beiden Männern. Sie genoss es, wenigstens für eine kurze Zeit einmal im Mittelpunkt zu stehen, und beantwortete Jimmys Lächeln mit einem glücklichen Strahlen.

Das Prachtboot glitt an Frachtseglern, Leichtern und kleinen Schiffen vorbei flussaufwärts. Mariannas Begleiter wurden nicht müde, sie auf die wichtigen Gebäude am Ufer aufmerksam zu machen und ihr die Namen ihrer Eigentümer zu nennen.

»Rechts kommt jetzt Arundel House, in dem der Earl of Arundel residiert … dann Somerset House, wo Lord Hunsdon wohnt«, erklärte Tom.

»… und das Nächste dort, Durham House, ist vor kurzem erst Sir Walter Raleigh übertragen worden«, fügte Jimmy hinzu.

Nur wenige Ruderschläge später erreichten sie die Anlegestelle von Whitehall. Der Palast diente erst seit fünfzig Jahren als königliche Residenz und war von Henry VIII. umfangreich ausgebaut worden. Ehrfurchtsvoll folgte Marianna Jimmy und Tom ins Innere und bestaunte Gemälde, Tapisserien, mit schweren Schnitzereien verzierte

Möbel und prachtvolle Kassettendecken. Als Höflinge bewegten sich ihre Begleiter zielstrebig durch das Gewirr von Gemächern und Korridoren, in denen ein reges Kommen und Gehen herrschte. Der ganze Hof war auf den Beinen und schickte sich an, den Jahrestag der Thronbesteigung Elizabeths zu feiern. Viele der Anwesenden hatten sich in Schulden gestürzt, um sich angemessen kleiden und die anderen in der Pracht des Gewandes möglichst noch übertrumpfen zu können. Marianna sah die kostbarsten Seiden, die feinsten Spitzen, Samte in allen Farben, schimmernde Perlen, funkelnde Edelsteine, glänzendes Gold. Angesichts dieser Herrlichkeit kam sie sich in ihrer Witwenrobe aus schwarzem Satin unscheinbar vor. Einzig die Halskrause aus weißer Spitze, die Haube aus feinem weißen Batist mit Spitzensaum und die in Rüschen gelegten Manschetten hellten ihre Erscheinung ein wenig auf. Katherine hatte sich gnädig gezeigt und ihren Vater überredet, für die Kosten von Mariannas Garderobe aufzukommen, was diese zugleich erfreute und beschämte.

Jimmy, der sie am Arm führte, bemerkte ihr Unbehagen und warf ihr einen aufmunternden Blick zu.

»Ihr braucht Euch vor den aufgeputzten Damen des Hofes nicht zu verstecken, Madam. Auch ohne Schmuck seid Ihr viel schöner als sie«, sagte er sanft.

Sie lächelte verlegen und drückte dankbar seinen Arm. Seine schmeichelnden Worte, sein liebevoller Blick hatten genügt, ihr die Freude an dem Fest zurückzugeben. Ein ungekanntes Gefühl der Leichtigkeit überkam sie und ließ sie schneller atmen. Auf einmal empfand sie ihr eng geschnürtes Mieder als erstickend und hätte es sich am liebsten vom Leib gerissen. In ihrer Aufregung nahm Marianna kaum wahr, dass sie mittlerweile durch einen Gang, der über das Holbein-Tor führte, den Turnierplatz erreicht hatten. Jimmy führte sie an einer Galerie entlang, die die Südseite des Kampfplatzes einnahm und als Tribüne diente. Hier trennte sich Tom von

ihnen und gesellte sich zu seiner Familie, die aufgrund ihres höheren Ranges näher an der königlichen Loge Platz fand als James Danvers. Für das gemeine Volk, das einen Shilling Eintritt bezahlen musste, waren erhöhte Gerüste aufgebaut worden, die bereits vor Menschen wimmelten. Marianna sah sich neugierig um. Noch war kein Zuschauer von Rang anwesend, und erst wenn jeder Gast seinen Platz eingenommen hatte, würde die Königin erscheinen. Von der Galerie hatte man einen guten Blick auf die Stechbahn. Allerdings war es von Nachteil, dass sie sich an einem Ende der Barriere befand, an der die Ritter beim Lanzenstechen entlangreiten würden, statt an einer der Seiten, was eine bessere Übersicht über das Geschehen gestattet hätte. Die Holzschranke war hundert Yards lang und sechs Fuß hoch, so dass sie etwa bis zu den Ohren der Pferde reichte. Beide Enden knickten leicht nach außen, so dass die Barriere einem langgezogenen S glich. Der Boden der Bahn war mit Sand bedeckt, der den Hufen der Pferde sicheren Halt geben sollte. An einem Gebäude entlang der Mauer lehnte bereits eine ganze Reihe Lanzen. Ein sechs Fuß hoher, schwarz-weiß gestrichener Zaun, an dem Wachen aufgestellt waren, trennte die Zuschauertribüne von der Stechbahn und sollte Unfälle verhindern.
Die Galerie, in der Marianna und ihr Begleiter saßen, war mit Tapisserien, Seidenbannern und Wimpeln geschmückt, doch die königliche Loge war besonders prachtvoll ausgestattet. Marianna blickte zu den Fleetwoods hinüber und begegnete dem strengen, missbilligenden Blick ihres Onkels. Jimmy sah sie zusammenzucken und sagte aufmunternd: »Sein Groll richtet sich in erster Linie gegen mich. Er glaubt, ich hätte Euch überredet, mich zum Turnier zu begleiten.«
»Aber das ist nicht wahr«, protestierte Marianna mit gesenkter Stimme. »Dieser schreckliche Mensch, den Walsingham mir auf den Hals gehetzt hat, bestand darauf, dass ich meine Familie im Auge behalte.«

»Nun, das werdet Ihr Eurem Onkel kaum erklären können. Lasst mich also die Schuld auf mich nehmen«, schlug Jimmy vor. »Ihr habt es schon schwer genug im Haus Eurer Verwandten.«
Eine Weile beobachteten sie schweigend das Treiben auf den Zuschauertribünen.
»Seht einmal dort hinten«, rief Marianna auf einmal aus. »Ist das nicht Dr. Fraser?«
Jimmy kniff die Augen zusammen und spähte in die Richtung, in die seine Begleiterin wies.
»Ja, Ihr habt recht, Madam. Aber es überrascht mich nicht, dass er hier ist. Er pflegt seine Verbindungen zum Hof, auch wenn er nicht so angesehen ist wie Dr. Dee.«
Allmählich begann sich die Galerie zu füllen, als sich auch der Adel und die ausländischen Gesandten einfanden. Jimmy zeigte Marianna den Spanier Don Bernadino de Mendoza und den Franzosen Michel de Castelnau, Seigneur de Mauvissière.
»Glaubt Ihr, der Greif wird die Gelegenheit nutzen und einem von beiden die Briefe aushändigen?«, fragte Marianna leise.
»Es wäre möglich. Allerdings halte ich es nicht für ungefährlich«, erwiderte Jimmy. »Die Gesandten werden doch sicher von Walsinghams Spionen überwacht. Ist dieser unangenehme Kerl, mit dem Ihr Euch getroffen habt, hier?«
Marianna ließ suchend den Blick schweifen. »Ich habe ihn noch nicht gesehen, aber es würde mich nicht wundern. Sicher lässt er mich keinen Moment aus den Augen.«
Inzwischen war es Mittag geworden. Mit einem Mal breitete sich ehrfurchtsvolle Stille unter den Zuschauern der Galerie aus. Marianna reckte neugierig den Kopf, um besser sehen zu können, und Jimmy tat es ihr nach.
In eine Robe aus weiß-goldener Seide gekleidet, betrat Elizabeth die königliche Loge. Ihr energisches spitzes Kinn ruhte auf einer gestärkten Halskrause, die es ihr kaum erlaubte, den Kopf zu bewe-

gen. In einem hageren Gesicht, weiß wie Marmor, blickten ihre dunklen Augen klug und aufmerksam. Katherine hatte ihrer Base die Mischung verraten, aus der die weiße Schminke der Königin bestand. Man verrührte gemahlene Eierschalen, Eiweiß, Borax, Mohnsamen und Alaun miteinander und sprühte ein paar Tropfen Mühlenwasser darüber. Das rot gefärbte Haar krönte ein mit Perlen und Edelsteinen besetztes, goldenes Diadem, eine Anfertigung von Meister Spilman, einem deutschen Goldschmied. Elizabeths aufrechte und stolze Haltung wirkte Respekt gebietend, fast einschüchternd. Man sagte auch, dass ihre Wutanfälle denen ihres Vaters in nichts nachstanden.

»Ihr seid der Königin bei Hof begegnet, Master Danvers. Wie ist sie?«, fragte Marianna wissbegierig.

»Eine großartige Königin«, erwiderte Jimmy, »und eine schwierige Frau.« Er lächelte. »Sie strahlt keine Herzlichkeit aus wie Ihr, Madam.«

Leichte Röte färbte Mariannas Wangen. Ihr Pflichtgefühl sagte ihr, dass sie ihn zur Ordnung rufen sollte, doch sie konnte es nicht. Wenn er bei ihr war, überkam sie ein wunderliches Gefühl der Wärme, vermischt mit einer Spur Mitleid, das sein argloser Gesichtsausdruck in ihr weckte. Zum ersten Mal in ihrem Leben gab ihr ein anderer Mensch als ihr Sohn das Gefühl, gebraucht zu werden. Sie ertappte sich dabei, wie sie sein Gesicht studierte und seine Eigenheiten in sich aufnahm, die Grübchen neben seinen Mundwinkeln, die kleinen Fältchen unter den Augen, die jedes Lächeln begleiteten, der stets ironische Zug um seine schmalen Lippen. Mit seiner selbstgefälligen Behäbigkeit und geckenhaften Art war Jimmy Danvers der geborene Höfling. Doch dies war nur eine Facette des vergnügungssüchtigen und nichtsnutzigen jungen Mannes. Marianna spürte, dass sich unter der glatten Oberfläche etwas verbarg, das er nicht preisgab, und gerade dieses Unbekannte weckte ihre Neugier. Sie nahm sich vor, das Geheimnis zu ergründen.

Nur mühsam riss Marianna sich von seinem Anblick los und wandte ihre Aufmerksamkeit wieder ihren Verwandten zu. Sie bemerkte, dass Katherines Interesse im Gegensatz zu allen anderen Anwesenden nicht dem Erscheinen der Königin galt. Sie sah in eine andere Richtung, mit gespannten Zügen und einem nachdenklichen Ausdruck in den Augen. Marianna folgte dem Blick ihrer Base und erkannte den französischen Gesandten Castelnau, der sich nun Elizabeth näherte, um sie zu begrüßen. Der Franzose war ein gut aussehender Mann mit großen Augen, einer hohen Stirn und einer etwas zu breiten Nase. Sein lockiges braunes Haar war kurz geschnitten, und ein gepflegter spitzer Bart umrahmte das schmale Kinn. Castelnaus Auftreten war von tadelloser Galanterie, aber auch vorsichtiger Zurückhaltung gekennzeichnet.
Ob er wusste, dass in seiner Gesandtschaft ein Maulwurf saß, der Abschriften geheimer Briefe anfertigte und den Inhalt vertraulicher Gespräche an Walsingham weitergab? Vermutlich nicht. Doch man sah ihm an, dass er sich als Gesandter seines Herrn, des Königs von Frankreich und Schwagers von Mary Stuart, nicht allzu wohl fühlte. Waren die verschwundenen Briefe der Schottenkönigin für ihn bestimmt gewesen? War dieser Throckmorton Castelnaus Bote? Marianna nahm sich vor, ihre Base mit zusätzlicher Aufmerksamkeit zu beobachten.

Dreizehntes Kapitel

Man erwartete nun mit Spannung den Beginn des Turniers. Tom schob sich zwischen den hochrangigen Zuschauern der Galerie hindurch und gesellte sich zu Marianna und Jimmy.

»Es wird nicht mehr lange dauern«, erklärte der junge Fleetwood, als er die Ungeduld auf dem Gesicht seiner Base sah. »Der Jahrestag der Thronbesteigung unserer Königin ist stets der Höhepunkt des Kalenders. Elizabeth hat erkannt, dass sie dem Volk und auch dem Hof einen Ersatz für die Festtage der Heiligen und das dazugehörige Schauspiel bieten musste, und fällte die weise Entscheidung, stattdessen ihre Thronbesteigung und damit sich selbst feiern zu lassen. Du hast doch auf unserem Weg zu Jimmys Haus die Freudenfeuer gesehen und die Kirchenglocken läuten hören, Marianna. Das alles gehört zu dem Bild, das sie von sich schafft. Elizabeth wird als Bewahrerin des protestantischen Glaubens gefeiert, die dem Papst die Stirn bietet. Dieses ganze Fest ist ein Meisterstück der Selbstdarstellung.«

Marianna entging der bittere Unterton in der Stimme ihres Vetters nicht. Als Katholik fiel es ihm leicht, die versteckte Absicht hinter den so gut durchdachten Festlichkeiten zu erkennen. Wie alle Tudors verstand es Elizabeth meisterhaft, ihre Gegner in die Schranken zu verweisen. Sie ging dabei nur um einiges raffinierter vor als ihr Vater und Großvater und selbst ihre ungeliebte katholische Schwester Mary.

Auf dem Turnierplatz waren mittlerweile sechs zu Pferd sitzende Herolde mit langen silberglänzenden Trompeten erschienen, die gleichzeitig ihre Instrumente zum Mund hoben und ein schmetterndes Signal ertönen ließen. Das Kampfspiel begann. Am gegenüberliegenden Ende der Stechbahn befand sich ein großes Tor in der Mauer, die den Platz umgab. Auf der anderen Seite erstreckten sich die Stallungen, von wo sich die Teilnehmer am Lanzenstechen näherten.

Das farbenfrohe Gepränge, das nun folgte, überraschte Marianna. Trotz des festlich geschmückten Schauplatzes hatte sie sich das Turnier als eine erhabene Angelegenheit vorgestellt. Der Einzug der Ritter glich jedoch eher einem bunten Mummenschanz, bei dem der Phantasie der Teilnehmenden keine Grenzen gesetzt waren. Einige der noblen Kämpfer erschienen zu Pferd, andere in aufwendig verzierten und beflaggten Streitwagen, die kaum durch das Tor passten. Nacheinander hielten sie kurz vor der Treppe, die außen zu der Loge der Königin hinaufführte. Ein Page des ebenso farbenfreudig aufgeputzten Gefolges trat jeweils vor, rezitierte ein Lobgedicht auf Elizabeth und präsentierte das Impresa-Schild seines Herrn. Im Unterschied zum Wappenschild zeigte dies ein Bildnis und ein Motto, das die Ziele oder den Gemütszustand des Trägers wiedergeben sollte. Auf dem Impresa-Schild von Robert Dudley, Earl of Leicester, Favorit der Königin, war eine von Efeu umschlungene Pyramide dargestellt, darüber war der Spruch: »*Te stante virebo* – Solange du stehst, werde ich blühen« zu lesen, offenbar eine Anspielung auf Elizabeth, denn an diesem Tag geschah alles zu Ehren der Königin. Einer der Ritter ließ sich von Musikanten begleiten, die Ihrer Majestät ein für den Anlass komponiertes Lied sangen. Es waren erlauchte Namen unter den Teilnehmern: Sir Henry Lee, der Earl of Arundel, Lord Windsor, der Earl of Oxford, Sir Fulke Greville und noch eine Reihe in Elizabeths Gunst stehende Höflinge.

»Wie gut, dass ich kein Ritter bin«, bemerkte Jimmy ironisch. »Wie leicht kann man sich bei diesen Kampfspielen die Knochen brechen!«

Marianna bemerkte den abfälligen Zug um seinen Mund, der seine Ansicht über das Spektakel recht unverblümt kundtat. Und je länger sie zusah, desto mehr verstand sie seine verächtliche Haltung.

Das Schaugepränge der Höflinge ließ das Turnier mehr und mehr wie ein aufwendiges Theaterstück erscheinen. In ihren bunten Verkleidungen spielten die Ritter einstudierte Rollen wie Schauspieler auf der Bühne einer Herberge. Es gab einen schwarzen Ritter, einen blinden Ritter, einen in Lumpen gekleideten Einsiedler, einen indischen Fürsten, einen Schäfer, einen zu Eis erstarrten Ritter, der sich an der Sonne wärmen wollte, die von Elizabeth repräsentiert wurde. Der Ritter des Baumes hatte seine Rüstung mit Rinde und Moos verzieren lassen, zwei andere Kämpfer erschienen als Adam und Eva verkleidet.

Auf dem Turnierplatz waren Zelte aus kostbarer Seide aufgebaut, in die sich die Ritter zurückziehen konnten, bis sie an der Reihe waren. Ein Waffenschmied stand bereit, ihnen beim An- und Ablegen der Rüstungen zu helfen, und Pagen kümmerten sich um ihre Bedürfnisse, brachten ihnen Wein und stellten die Lanzen zurecht.

Der Earl of Leicester und Lord Windsor bereiteten sich auf das erste Stechen vor. Gekämpft wurde mit stumpfen Lanzen. Im Gegensatz zu den Turnieren der vergangenen Jahrhunderte, die regelmäßig Todesopfer gefordert hatten, sollten bei den gegenwärtigen Kampfspielen Verletzungen nach Möglichkeit vermieden werden. Die beiden Ritter lenkten ihre mit seidenen Schabracken geschmückten Pferde zu den gegenüberliegenden Enden der Bahn, schlossen die Visiere ihrer Helme und warteten auf die Aufforderung des Herolds. Wieder erschallten die Trompeten. Mit donnernden Hufen stürmten die Pferde an der Barriere entlang aufeinander zu. Mit eingelegten Lanzen, die Schilder zum Schutz vor dem Leib, trieben die Ritter ihre Streitrosse vorwärts. Ein Krachen ertönte, als die Lanze des Earl of Leicester den Schild seines Gegners traf und zerbrach. Der Herold notierte einen Punkt für den Favoriten der Königin, die Leicester wohlwollend zulächelte. Dann ritten die nächsten Kämpfer auf den Platz, bereit, ihre Lanzen zu brechen. Da jeder Teilnehmer sechs Stechen reiten musste, dauerte ein Turnier gewöhnlich den ganzen Nachmittag.

Während einer Pause, in der sich die nächsten Kontrahenten vorbereiteten, ließ Marianna den Blick zu der Tribüne hinübergleiten, in der sie vor dem Turnier Dr. Fraser entdeckt hatte. Er saß noch immer an seinem Platz, schien das Spektakel jedoch nur mit mäßigem Interesse zu verfolgen. Sein Gesicht drückte ungeduldige Erwartung aus, als ersehne er geradezu das Ende des Schauspiels. Während Marianna über ihre Beobachtung nachdachte, betrachtete sie die Gesichter der Menschen auf der Tribüne und stieß, mit einem Mal unangenehm berührt, die Luft durch die Nase aus.

»Ist alles in Ordnung, Madam?«, fragte Jimmy leise.

Überrascht über sein Einfühlungsvermögen, sah sie ihn an. Doch dann wurde ihr klar, dass er die ganze Zeit über den Blick nicht von ihr gewendet hatte. Ein Lächeln glitt über ihre Lippen.

»Einige Plätze rechts von Dr. Fraser sitzt dieser Buskell, Walsinghams Spion«, antwortete sie im Flüsterton. »Nein, seht nicht hin! Er darf nicht wissen, das ich Euch eingeweiht habe.«

Jimmy gehorchte und wandte seine Aufmerksamkeit den Rittern zu, die ihre Pferde auf die Stechbahn lenkten.

»Wie sieht der Kerl aus?«, erkundigte er sich neugierig.

»Grünes Wams, weiße Halskrause, strähniges braunes Haar, grobe Züge, Spitzbart. Er sitzt etwa sechs Plätze von Dr. Fraser entfernt.«

Flüchtig warf Jimmy einen Blick in Richtung des Arztes und betrachtete den Bezeichneten kurz aus den Augenwinkeln.

»Das ist er also«, murmelte der junge Mann. »Nun weiß ich, wie er aussieht, und kann ihn zur Rede stellen, wenn er sich Euch gegenüber noch einmal ungebührlich benimmt.«

»Um Christi willen, nein!«, stieß Marianna entsetzt hervor. »Der Mann ist gefährlich.«
»Er würde es nicht wagen, sich mit einem Höfling anzulegen, der in der Gunst der Königin steht.«
»Ich würde ihm ohne weiteres zutrauen, dass er Euch bei seinem Herrn anschwärzt, nur um Euch zu schaden. Überlasst ihn bitte mir. Ich fürchte mich nicht vor ihm.«
»Nun gut, Madam, wie Ihr wollt. Aber sagt mir Bescheid, wenn Ihr Eure Meinung ändert. Dieser Kerl hat kein Recht, Euch schlecht zu behandeln.«
Marianna wusste Jimmys Angebot zu schätzen, doch sie wollte Buskell so weit wie möglich von ihm fernhalten, solange der Greif nicht entlarvt war. Sie fürchtete, der eifrige Spitzel könne einen Unschuldigen zum Sündenbock machen, falls es Marianna nicht gelang, ihm den wahren Täter zu liefern.
Buskells Anwesenheit raubte ihr die Freude an dem Turnier, und es fiel ihr schwer, sich auf die restlichen Stechen zu konzentrieren. Schließlich war das Spektakel vorüber, und die Königin zog sich unter dem Jubel der Menge zurück. Marianna erinnerte sich plötzlich ihres Auftrags und hielt nach Katherine Ausschau. Ihre Base unterhielt sich mit ihrem Vater, der sich kurz darauf mit Tom entfernte. Kate blieb mit Harry Cleaton zurück. Inzwischen gerieten die Zuschauer in der Galerie in Bewegung, und bald konnte Marianna die beiden nicht mehr sehen. Hastig suchte sie in der Menge der in Samt und Seide gekleideten Höflinge den französischen Gesandten. Auch Castelnau hatte seinen Platz verlassen und begab sich in Richtung des Holbein-Tors.
»Ich muss Monseigneur Castelnau im Auge behalten«, sagte Marianna entschlossen.
Jimmy hielt sie am Arm zurück. »Warum den Franzosen? Was ist mit dem Spanier?«

Sie blickte ihn bittend an. »Übernehmt Ihr den Spanier. Aber haltet Abstand, damit man Euch nicht sieht.«
Ohne weiteren Widerspruch gehorchte er und trennte sich von ihr. Marianna schob sich durch das Menschengewirr zum Ende der Galerie, von wo eine Tür in den Gang über dem Holbein-Tor führte. In der Angst, den französischen Gesandten zu verlieren, hastete sie den Korridor entlang, ohne auf die empörten Bemerkungen der Höflinge zu achten, die sie im Vorbeieilen streifte. Die Menge verteilte sich in den Räumen des Palastes. Marianna blieb stehen und sah sich um, doch Castelnau war nirgends zu entdecken. In welche Richtung war er gegangen? Wie sollte sie ihn wiederfinden? Sie wusste nicht einmal, wo sie sich befand. Plötzlich erblickte Marianna ihre Base, die eilig durch eine Tür schritt. Hoffnungsvoll heftete sie sich an Kates Fersen. Ihr Verdacht bestätigte sich. Im anliegenden Saal befand sich Castelnau im Gespräch mit einem Mann aus seinem Gefolge. Katherine machte eine Referenz und sprach den Gesandten an. Marianna, die Abstand hielt, konnte jedoch nicht verstehen, was sie sagte. Als Castelnau Kate zur Seite nahm und sich mit ihr in eine Ecke des Saals zurückzog, versuchte Marianna, sich unauffällig zu nähern. Ihr Blick hing wie gebannt an dem Franzosen und ihrer Base, als Katherine etwas aus ihrem Beutel zog und Castelnau in die Hand legte. Er lächelte und steckte den Gegenstand in seine Gürteltasche. So sehr Marianna auch ihre Augen anstrengte, sie konnte nicht erkennen, worum es sich handelte, nur dass es hell und in etwa so groß wie ein Bündel Briefe war. Die Erregung ließ das Blut heiß in ihre Wangen steigen. Im nächsten Moment hatte sie das Gefühl, in kalten Schweiß gebadet zu sein. Was hatte Katherine dem französischen Gesandten zugesteckt? Die gesuchten Briefe? Aber das war doch nicht möglich! Katherine konnte doch nicht der Greif sein! Nein, das war undenkbar! Sie musste herausfinden, was ihre Base Castelnau übergeben hatte. Nur wie?

Marianna wartete, bis Kate sich entfernt hatte, und näherte sich dann vorsichtig dem Franzosen, der sich wieder zu seinem Gefolge gesellte.
Heilige Jungfrau Maria, sag mir, was ich tun soll!, flehte die junge Frau in Gedanken.
Ihre Beine fühlten sich kraftlos an und wollten ihr nicht gehorchen. Erst als sich die Franzosen in Bewegung setzten, erlangte Marianna die Gewalt über ihren Körper zurück und zwang sich vorwärts. Sie hatte keine Ahnung, wie sie vorgehen sollte. Als sie hinter Castelnau eine Treppe betrat, stieß sie einen kleinen Schrei aus – laut genug, dass der Gesandte ihn hörte und sich zu ihr umdrehte –, und dann ließ sie sich einfach fallen. Castelnau reagierte augenblicklich und fing sie in seinen Armen auf. Halt suchend krallte sie ihre Hand in die Falten seiner Heerpauke, an der Stelle, wo die Gürteltasche hing, in die er das Bündel gesteckt hatte. Ihre Finger berührten einen weichen Stoff, und als sie ihre Hand zurückzog, segelte ein mit Spitzen besetztes, feines Schnupftuch leicht wie eine Schneeflocke auf die Treppe hinab.
»Madame, ist Euch nicht gut?«, sagte Castelnau sanft auf Französisch. An einen seiner Begleiter gewandt, befahl er: »Bringt ein Riechfläschchen, Monsieur.«
Doch Marianna gelang es, sich ohne seine Hilfe aufzurichten. Erschrocken über ihre eigene Kühnheit, war sie so blass, dass er nicht daran zweifelte, dass ihr Zusammenstoß tatsächlich ein Unfall gewesen war.
Sie zitterte am ganzen Körper und brachte keinen Ton heraus. Das Fläschchen Essig, das man ihr unter die Nase hielt, belebte sie schließlich wieder.
»Es tut mir leid, Monseigneur. Ich weiß nicht, wie das passieren konnte«, murmelte sie mit schwacher Stimme.
»Vermutlich die schwüle Wärme hier in den Sälen«, erklärte der Franzose. Bevor einer der Umstehenden ihm zuvorkam, beugte sich

Castelnau vor und hob das Schnupftuch auf, das sich beim Herabfallen entfaltet hatte.
»Ein schönes Stück«, sagte Marianna spontan. Mochte er sie nur für zudringlich halten, sie musste wissen, ob er das Schnupftuch von Katherine bekommen hatte.
»Ja, das ist es, und ich bin froh, es wiederzuhaben«, erwiderte Castelnau. »Ich habe nur zwei von diesen spitzenbesetzten Tüchern. Dieses hier muss ich bei meinem letzten Besuch am Hof verloren haben. Zum Glück hat Monsieur Fleetwood es gefunden und seine Tochter geschickt, es mir zurückzubringen.«
Während er sprach, hatte er Marianna geholfen, die restlichen Stufen hinabzusteigen.
»Kommt Ihr zurecht, Madame?«
»Ja, vielen Dank für Euren Beistand, Monseigneur.«
Sie ließ sich mit dem Rücken gegen die Wand sinken und sah ihm und seinem Gefolge nach. Verwirrt versuchte sie Klarheit in ihre Gedanken zu bringen. Sie hatte sich geirrt. Ihr Verdacht Kate gegenüber war unbegründet gewesen.
Im nächsten Moment legte sich eine Hand wie eine Eisenfessel um ihr Handgelenk und presste es zusammen. Nur mühsam unterdrückte Marianna einen Aufschrei. Buskell stand vor ihr und blickte sie streng an.
»Was sollte das eben? Warum habt Ihr Euch Castelnau an den Hals geworfen?«
»Ich habe versucht, an seine Tasche zu kommen! Lasst los, bitte, Ihr tut mir weh.«
Er verstärkte den Druck seiner Finger, bis sie aufstöhnte. »Was ist vorgefallen?«
»Lasst mich los!«
»Weshalb wolltet Ihr an Castelnaus Gürteltasche? Hat ihm jemand etwas übergeben? Wer war es?«
Marianna scheute davor zurück, ihm von ihrer Beobachtung zu be-

richten, nachdem sich herausgestellt hatte, dass Katherines Unterhaltung mit dem Franzosen nicht im Zusammenhang mit den verschwundenen Papieren stand. Doch der Schmerz in ihrem Handgelenk wurde stärker, und schließlich hatte sie Angst, er würde es ihr brechen, wenn sie ihm nicht die Wahrheit sagte.
»Ich habe gesehen, wie meine Base dem Gesandten etwas übergab, und wollte herausfinden, was es war. Aber es war nur ein Schnupftuch, das Castelnau verloren hatte, keine Briefe!«
Der Griff seiner Hand lockerte sich ein wenig. »Was ist mit Mendoza? Hat jemand aus Eurer Familie versucht, sich ihm zu nähern?«
»Nicht während des Turniers. Als sich die Galerie leerte, folgte ich Katherine und Castelnau. Wie sollte ich alle gleichzeitig im Auge behalten?«
Verärgert knirschte Buskell mit den Zähnen. »Verdammt! Das gefällt mir nicht.«
Er ließ sie ohne ein weiteres Wort stehen und entfernte sich. Stöhnend rieb Marianna ihr wundes Handgelenk. Sie hatte von Seiten ihres Gemahls niemals körperliche Gewalt erdulden müssen und war eine so brutale Behandlung nicht gewöhnt. Die neue Erfahrung demütigte und ängstigte sie. Würde sie nun für den Rest ihres Lebens solchen Flegeln ausgeliefert sein?
Als jemand neben ihr stehen blieb, zuckte sie erschrocken zusammen.
»Was ist mit Euch, Madam?«, fragte Jimmy sorgenvoll.
»Ach, Ihr seid es! Der Jungfrau sei Dank.«
Seine Finger berührten leicht ihr gerötetes Handgelenk. »Was ist passiert? Wer hat Euch das angetan?«
Sie seufzte. »Buskell war nicht erfreut über meinen Misserfolg.« In kurzen Worten berichtete sie ihm von ihren Beobachtungen und ihrer Unterhaltung mit dem Spitzel.
»Das wird dieser Hundesohn büßen«, verkündete der junge Dan-

vers kampflustig. »Ich nehme ihn mir vor und bringe ihm Manieren bei!«
»Nein, bitte tut das nicht«, bat Marianna. »Ich will nicht, dass Ihr Euch meinetwegen in Gefahr bringt.«
Gerührt lächelte er sie an. »Ihr macht Euch Sorgen um mich?«
Vor ihrem inneren Auge entstand eine Vision, in der Jimmy Buskell zur Rede stellte und dieser mit dem Degen auf ihn losging. Ein Zittern durchlief sie.
»Ja, das tue ich. Versprecht mir, Euch von Walsinghams Spitzel fernzuhalten.«
»Und wenn er Euch wieder misshandelt?«
»Versprecht es mir!«
Jimmy presste unwillig die Lippen zusammen. Ihr flehender Blick ließ ihn schließlich einlenken.
»Also gut. Aber wohl ist mir nicht dabei.«
Er nahm sie unaufgefordert am Arm, führte sie in ein abgelegenes kleines Gemach, in dem eine mit Kissen gepolsterte Bank stand, und nötigte sie, sich zu setzen.
»Warum seid Ihr Katherine gefolgt?«, fragte er nach einer Weile.
»Während des Turniers bemerkte ich, dass sie immer wieder zu Castelnau hinübersah. Ich hatte den Eindruck, als warte sie nur auf eine Gelegenheit, mit ihm zu sprechen.«
»Habt Ihr geglaubt, sie wollte ihm die Papiere übergeben?«
»Ich hielt es für möglich.«
»Aber … Katherine kann doch nichts mit diesem Greif zu tun haben!«
»Es scheint ebenso abwegig, ein anderes Mitglied meiner Familie zu verdächtigen. Und doch stammte das Pferd, das der Greif ritt, als er mich überfiel, aus den Ställen meines Onkels. Und ich glaube nicht, dass es ein Dienstbote war, der es sich ausgeliehen hat. Für Katherine wäre es dagegen ein Leichtes gewesen, das Pferd zu nehmen und den Stallknechten Schweigen zu gebieten. Zudem soll mein

Gemahl gesagt haben, dass ihm damals eine Frau die geheimen Dokumente aushändigte, die er dem Generalstatthalter der Niederlande überbringen sollte.«
»Ich kann nur schwer glauben, dass der Greif eine Frau sein soll.«
»Dieser Ansicht schien auch Walsingham zu sein. Aber vielleicht liegt gerade darin sein … oder *ihr* Erfolg.«
Jimmy runzelte verwirrt und nachdenklich die Stirn. »Nun, die nötige Kühnheit besitzt Kate … und doch … ich kenne sie seit Jahren. Sie hat sich nie sehr für die Ziele der Regierung interessiert. Und besonders fromm ist sie – soweit ich weiß – auch nicht. Allerdings hegt sie eine gewisse Bewunderung für Mary Stuart.«
»Das könnte ein möglicher Beweggrund sein«, vermutete Marianna.
Jimmy warf ihr einen zweifelnden Blick zu. »Was wollt Ihr tun? Sie zur Rede stellen?«
»Nein, sie würde nur alles abstreiten. Ich muss sie genau im Auge behalten und sehen, was sie als Nächstes tut.« Plötzlich kam ihr ein Gedanke, und sie sah den jungen Mann fragend an. »Ihr seid doch dem spanischen Gesandten gefolgt. Habt Ihr etwas Verdächtiges bemerkt?«
Jimmy wich ihrem Blick aus und gestand unbehaglich: »Ich habe den Spanier im Gewühl verloren. Als ich nach ihm suchte, traf ich auf Tom. Ihr wisst ja, wie er ist, manchmal kann er reden wie ein Wasserfall. Ich kam einfach nicht mehr weg. Tut mir wirklich leid! Aber wenigstens kann ich beschwören, dass Tom keine Gelegenheit hatte, mit Mendoza zu sprechen.«
Marianna versuchte, ihre Enttäuschung zu verbergen. »Was ist mit Dr. Fraser? Habt Ihr ihn noch einmal gesehen?«
»Allerdings. Er gesellte sich schließlich zu Tom und mir. Ich nutzte die Gelegenheit, mich davonzumachen und nach Mendoza Ausschau zu halten. Eine der Wachen sagte mir, dass der Spanier den Palast bereits wieder verlassen hatte. Daraufhin machte ich mich

auf die Suche nach Euch. Leider kam ich zu spät, um Euch vor diesem Mistkerl zu beschützen.«

Marianna seufzte tief. »Wenn die Papiere heute übergeben wurden, ohne dass ich es verhindern konnte, was wird dann aus mir? Was wird aus meinem Sohn? Ich werde ihn vielleicht nie wiedersehen!«

Vierzehntes Kapitel

Während der folgenden Tage wurde das Zusammentreffen mit Buskell in der Glockenherberge für Marianna immer mehr zur Qual. Der Spitzel gab sich nicht mehr die geringste Mühe, höflich zu ihr zu sein. Drei Tage nach dem Turnier empfing er sie mit noch düsterer Miene als sonst. Und bevor sie sich auf der Bank ihm gegenüber niedergelassen hatte, zischte er: »Ihr habt versagt! Mendoza hat die Papiere erhalten!«

Marianna spürte, wie das Blut aus ihrem Gesicht wich. »Woher … wisst Ihr das?«

»Er hat es Castelnau mitgeteilt.«

Wie in dem Moment, als er die niederschmetternde Nachricht von Walsingham erfahren hatte, schnürte sich Buskell bei dem Gedanken an den Misserfolg erneut vor Wut die Kehle zusammen, und er presste seine Zähne knirschend aufeinander. Vor wenigen Stunden erst hatte Fagot, der Maulwurf in der französischen Gesandtschaft, dem Staatssekretär bestätigt, dass Mary Stuarts Korrespondenz sich nun in der Hand des Spaniers befand und somit für Elizabeths Minister unerreichbar war. Ausgerechnet jetzt musste das geschehen, da sie eindeutige Beweise in Händen hielten, dass der Herzog von Guise ein Unternehmen plante, welches die Absetzung und Ermordung Elizabeths zum Ziel hatte. Die Liste der Häfen, die bei Throckmortons Verhaftung gefunden worden war, sollte ausländischen Truppen die Landung an der englischen Küste erleichtern.

Unbehaglich beobachtete Marianna das grobe Gesicht des Spions. Die Sorgenfalten, die sich in seine Stirn kerbten, wurden immer tiefer und seine Augen starrer, je länger er schweigend vor sich hinbrütete. Auf einmal hob Buskell den Blick und bemerkte, dass sie ihn ansah. Ein höhnisches Lächeln zog seine Mundwinkel leicht nach oben.

»Vielleicht interessiert es Euch, dass Ihre Majestät angesichts der bedrohlichen Lage endlich den Folterbefehl für dieses Schwein Throckmorton unterzeichnet hat. Er ist bereits zweimal auf die Streckbank gespannt worden. Beim ersten Mal hat er die Schmerzen ertragen und alles abgestritten – nicht wie Euer Gemahl, der schon beim Anblick des Recks geflennt hat wie ein altes Weib …«

Mariannas Abscheu vor diesem Mann wurde unerträglich. Am liebsten hätte sie ihm ins Gesicht gespuckt. Die Erinnerung an den Leichnam ihres Gatten, der noch die Spuren der grausamen Fesseln gezeigt hatte, ließ ihre Augen feucht werden. Zornig wehrte sie sich gegen das Bedürfnis, in Tränen auszubrechen.

»Ihr und Euresgleichen widern mich an!«

Sie erwartete eine heftige Erwiderung, wilde Beschimpfungen oder gar eine gewalttätige Reaktion seinerseits, doch er verzog nur abfällig das Gesicht.

»Beim zweiten Mal hat Throckmorton gestanden. Ihr seht also, Madam, dass die Anwendung der Folter gerechtfertigt ist«, antwortete er mit tödlicher Ruhe.

Da Marianna nichts erwiderte, fuhr er genüsslich fort: »Throckmorton hat auch das Oberhaupt Eurer Familie, den Earl of Northumberland, belastet. Er wurde bereits verhaftet und in den Tower überführt. Und Ihr werdet ihm dort Gesellschaft leisten.«

Mariannas Augen weiteten sich vor Schreck. »Ihr bringt mich zurück in den Tower? Aber … Euer Herr hat mir versprochen, mich gehen zu lassen, wenn ich ihm bei der Suche nach dem Greif helfe!«

»Sir Francis wollte die Briefe. Sie wiederzubeschaffen, ist Euch nicht gelungen! Die Abmachung ist daher nichtig.«

Für Marianna brach eine Welt zusammen. Trotz ihres Versagens während des Turniers hätte sie es nicht für möglich gehalten, dass man sie erneut in den Tower sperren könnte, ohne Hoffnung, ihn je wieder zu verlassen. Der Gedanke, dass sie Nat nun für immer verloren hatte, war so quälend, dass sie jeglichen Stolz verlor und sich vor dem Mann, den sie verabscheute, demütigte.

»Ich flehe Euch an, habt Erbarmen! Bringt mich nicht in den Tower. Ich werde alles tun, was Ihr verlangt.«

»Wirklich alles?«, fragte er mit boshafter Ironie.

Sie wurde noch blasser. Würde er tatsächlich von ihr verlangen, dass sie …? Aber noch bevor sie den Gedanken zu Ende gedacht hatte, erhob sich Buskell.

»Ich habe den Auftrag, Euch zu verhaften. So gern ich's einmal mit Euch treiben würde, es würde Euch nicht helfen.«

Sie sprang auf und starrte ihn an wie ein Kaninchen den Jagdhund.

»Aber wollt Ihr dem Greif denn nicht das Handwerk legen?«, rief sie verzweifelt. »Ich kann Euch helfen, ihn zu entlarven!«

Buskell trat neben sie, packte sie unsanft am Arm und drückte sie auf die Bank nieder. »Sprecht leise! Was fällt Euch ein, Staatsgeheimnisse auszuposaunen?«

»Ich bitte Euch, gebt mir noch eine Chance! Wenn ich weiterhin im Haus meiner Verwandten bleibe, werde ich bestimmt einen Hinweis finden.«

Sein versteinertes Gesicht verriet, dass er nicht zu den Männern gehörte, die das Flehen einer Frau anrührte. Doch er machte keinerlei Anstalten mehr, mit ihr die Schenke zu verlassen, sondern blieb neben ihr auf der Bank sitzen. Sein Blick irrte ins Leere, als er nachdachte.

Es war bedauerlich, dass die Übergabe der geheimen Briefe nicht hatte verhindert werden können, aber es wäre noch bedauerlicher, ja, geradezu sträflich, einen so gefährlichen Spion wie den Greif unbehelligt davonkommen zu lassen. Er hatte ein weiteres Mal triumphiert, der verdammte Bastard, und sicherlich ein hübsches Sümmchen vom spanischen Gesandten eingestrichen. Verflucht sollte er sein! In Buskells Herz kochte es, als er an die eine Gelegenheit dachte, da er selbst dem Greif auf den Leim gegangen war, er, einer der gewieftesten Spitzel seines Meisters Sir Francis Walsingham. Ein Jahr war es nun her, dass Thomas Phelippes ihn als Kurier für einige geheime Papiere eingesetzt hatte, weil Buskell bisher bei der Erledigung seiner Aufträge stets erfolgreich gewesen war. Wie oft hatte er die Ereignisse jener Reise in Gedanken durchgespielt, auf der Suche nach dem verhängnisvollen Fehler, der ihn die Papiere gekostet hatte! Wo und wann war es passiert? Er war allein gereist, auf einem Pferd aus den Ställen des Staatssekretärs. Unterwegs hatte er vermieden, dass sich ihm ein anderer Reisender anschloss. Folglich konnte man ihm die Papiere nur in einer der Herbergen entwendet haben, in denen er übernachtet hatte. Es hatte lange gedauert, bis er dem Geheimnis auf die Spur gekommen war. Nur zu einer Gelegenheit konnte der Diebstahl passiert sein. Buskell erinnerte sich noch genau. In der Herberge, in der er die erste Nacht verbracht hatte, musste es geschehen sein! Eine andere Erklärung gab es nicht. Vom ersten Moment an hatte er es bereut, die Absteige betreten zu haben. Das Essen war schlecht gewesen und der Wein noch schlechter. In der Nacht war er mit rumorenden Gedärmen aufgewacht und hatte sich zum Abort begeben müssen. Danach war es ihm besser gegangen, doch Schlaf hatte er keinen mehr gefunden. Eine Ratte, so groß wie eine Katze, hatte ihn bis in die frühen Morgenstunden auf Trab gehalten. Mit einem Binsenlicht hatte er auf sie Jagd gemacht, sie jedoch nicht erwischt. Und als das Licht erloschen war, hatte er es nicht mehr gewagt, sich wieder hinzulegen, aus Angst, das Mistvieh würde ihm im Dunkeln über die Brust laufen. Stattdessen hatte er bis Sonnenaufgang aufrecht auf der Bettkante gesessen. Im Nachhinein zog er die

Möglichkeit in Betracht, dass der Greif nicht nur sein Essen vergiftet, sondern auch die Ratte in seiner Kammer ausgesetzt hatte, um ihn um den Schlaf zu bringen und seine Wachsamkeit zu beeinträchtigen. Tatsächlich war Buskell ziemlich angeschlagen in den Schankraum gewankt, hatte dort das Frühmahl eingenommen und sich zu seinem Pferd in den Stall begeben. Ein Stallknecht, den er nicht weiter beachtete, hatte das Tier gesattelt und ihm die Zügel übergeben. Normalerweise hätte er jeden in seiner Umgebung mit prüfendem Blick abgeschätzt, doch an diesem Morgen war einfach der Wurm drin gewesen. Sein Brauner, von Natur aus lammfromm und nicht aus der Ruhe zu bringen, hatte einen Tanz aufgeführt, als hätte er den Duft einer rossigen Stute in den Nüstern gehabt. Buskell war zu beschäftigt, sein Pferd zu halten, um den Stallknecht eingehender zu begutachten. Der blöde Gaul hatte ihn schließlich fast von den Beinen gerissen, so dass Buskell sogar dankbar war, als der Bursche ihm mit einem kräftigen Stoß in den Sattel half. Dieser Stallknecht war der einzige Mensch, der ihn während seiner Reise körperlich berührt hatte. Bei seiner Ankunft am Abgabeort hatte Buskell dann festgestellt, dass die Papiere verschwunden waren. Damals hatte er sich nicht erklären können, wie oder zu welcher Zeit der Diebstahl geschehen war. Doch nach vielen Wochen und Monaten angestrengten Grübelns kam er zu dem Schluss, dass es nur der Stallbursche gewesen sein konnte, ein Mann, an dessen Aussehen er sich nicht im Mindesten erinnerte. Jung war er gewesen und schlank, aber das war auch schon alles, was er über ihn sagen konnte. Und doch wusste er genau, dass er an jenem Tag dem Greif gegenübergestanden hatte, einem gesichtslosen Phantom, das ihn nach allen Regeln der Kunst aufs Kreuz gelegt und vor seinem Herrn und – was noch schlimmer war – der Königin lächerlich gemacht hatte. Seitdem gärte das Verlangen nach Rache in seinen Eingeweiden. Und dann war da noch die Sache mit Sir Francis Drakes Logbuch, das aus den königlichen Gemächern gestohlen worden war. Ein Streich von unerhörter Dreistigkeit, für den der Greif ebenfalls verantwortlich sein mochte.

Abschätzend musterte er die Frau, die vor Anspannung zitternd neben ihm saß. Sie war vielleicht die Einzige, die den verdammten Verräter entlarven konnte. Es wäre ein Jammer, eine solche Gelegenheit ungenutzt zu lassen. Sir Francis hatte ihn zwar beauftragt, Mistress Ashton zu verhaften, doch Buskell war sicher, dass er diesem Argument zustimmen würde. Schließlich blieb der Greif weiterhin eine Gefahr für jedes Unternehmen der Regierung. Wer konnte vorhersagen, was er noch alles anrichten würde. Und was machte es schon, wenn Mistress Ashton ein paar Wochen länger in Freiheit blieb? Entkommen konnte sie nicht. Er würde immer in ihrer Nähe sein und konnte sie jederzeit in Gewahrsam nehmen.

»Also gut«, sagte er feierlich, »Ihr habt mich überzeugt. Kehrt in das Haus Eures Onkels zurück und forscht weiter nach dem Greif.«

Marianna atmete sichtlich auf. »Ich danke Euch.«

»Aber gebt Euch mehr Mühe! Bisher habt Ihr noch nichts Brauchbares herausgefunden.«

»Ich werde mein Bestes tun, das schwöre ich.« Marianna blickte ihn unsicher an. In dem Bemühen, ihn von ihrem Wert als Spitzel zu überzeugen, fügte sie noch hinzu: »Ihr sagtet doch, der Greif habe die Papiere, die Ihr suchtet, dem spanischen Gesandten übergeben. Findet Ihr es nicht auch merkwürdig, dass meine Base sich dem Franzosen so auffällig näherte und ihm etwas übergab, das aus der Entfernung große Ähnlichkeit mit Briefen oder Papieren hatte? Es war, als wenn sie es darauf anlegte, Aufmerksamkeit auf ihr Zusammentreffen mit Castelnau zu lenken.«

»Ihr meint, sie wollte es so aussehen lassen, als seien die Papiere dem französischen Gesandten übergeben worden?«

»Möglich wäre es doch. Nachdem sie den Verdacht auf Castelnau gelenkt hatte, ist sie vielleicht zu Mendoza gegangen und hat ihm die Briefe ausgehändigt.«

Buskell warf ihr einen anerkennenden Blick zu. »Das klingt durchaus einleuchtend. Wollt Ihr damit etwa sagen, Ihr verdächtigt Eure Base?«

»Meinem Gemahl sollen damals die Dokumente für den Generalstatthalter der Niederlande von einer Frau übergeben worden sein. Er kannte meine Base nicht von Angesicht und hätte sie daher auch nicht verraten können.«

Ein bitteres Lächeln huschte über die Lippen des Spions. »Ich gebe zu, Eure Vermutung ist verlockend. Aber leider gibt es da ein Problem. Eure Base kann nicht der Greif sein!«

»Weil sie eine Frau ist?«

»Genau. Nicht, dass ich einer Frau keinen Verrat zutraue oder Eurem Geschlecht eine gewisse Verschlagenheit absprechen möchte, aber ich bin ziemlich sicher, dass der Greif ein Mann ist. Ein junger, schlanker Mann.«

Marianna runzelte verwundert die Stirn. »Wie kommt Ihr zu dieser Überzeugung?«

»Das geht Euch nichts an!«, brauste er auf. Die Demütigung saß auch nach einem Jahr noch tief.

Schweigend senkte Marianna den Blick. Besser, sie vermied es, diesen Mann zu reizen.

Buskell kämpfte gegen den aufwallenden Zorn in seinem Innern an und sagte schließlich: »Das muss nicht heißen, dass Eure Base unschuldig ist. Vielleicht ist sie die Komplizin des Greif und sollte uns ablenken, während er Mendoza die Papiere übergab.«

»Aber wenn Ihr sagt, der Greif sei ein junger Mann, würden mein Onkel und Dr. Fraser als Verdächtige ausscheiden«, gab Marianna zu bedenken.

»So scheint es. Blieben noch Euer Vetter Thomas, Henry Cleaton und Euer Verehrer James Danvers.«

Er bemerkte ihren zweifelnden Blick und hob wie ein Schulmeister warnend den Zeigefinger. »Ich weiß, Danvers macht Euch den Hof, und das schmeichelt Euch. Aber er ist wie die anderen verdächtig. Lasst Euch nicht von ihm täuschen. Ihr dürft niemandem im Haus Eures Onkels trauen, auch nicht Fleetwood selbst. Immerhin ist es möglich, dass er mit dem Greif zusammenarbeitet oder ihn zumindest durch sein Schweigen unterstützt. Das Gleiche gilt für Dr. Fraser. Also haltet die Augen offen und seid jedem einzelnen gegenüber misstrauisch.«

Marianna hätte gerne widersprochen und ihm erklärt, dass Jimmy weder den Ehrgeiz noch die Tollkühnheit besaß, die der Greif bei seinen Eskapaden an den Tag gelegt hatte, doch sie hielt es für klüger, zu schweigen. Buskell sollte nicht glauben, dass sie dem jungen Danvers gegenüber voreingenommen war.

Der Spitzel händigte ihr noch eine gut gefüllte Geldbörse aus. »Das ist für Eure Nachforschungen. Besucht Dr. Fraser noch einmal und lasst Euch ein Horoskop erstellen oder eine Arznei verschreiben. Vielleicht fällt Euch etwas auf. Und nun geht, Madam! Es könnte auffallen, wenn Ihr zu lange fortbleibt.«

Wortlos erhob sie sich und verließ den Schankraum. Um weniger Aufsehen zu erregen, ging sie stets den Weg vom Haus der Fleetwoods zur Glockenherberge zu Fuß. Als Marianna den Hof durchschritt, streifte ihr Blick einen jungen Mann in der Kleidung eines Knechts, der die Hufe eines Braunen mit weißer Blesse auskratzte. Ein speckiger Hut beschattete sein Gesicht und verbarg seine Augen, und doch hatte Marianna das unangenehme Gefühl, dass er sie beobachtete. Misstrauisch sah sie ihn an. Er schien ihr recht jung und von schlanker Statur. Wie groß er war, konnte sie nicht abschätzen, da er über den Huf des Pferdes gebeugt dastand. Hände und Gesicht waren mit einer Staubschicht bedeckt, ebenso der spärliche Bart, der auf Kinn und Wangen wuchs.

Marianna wandte sich noch einige Male nach ihm um, bis die Toreinfahrt ihr die Sicht nahm. Während sie die Gracechurch Street und dann die Bishopsgate Street entlangging, hatte sie das beängstigende Gefühl, verfolgt zu werden. Immer wieder warf sie einen Blick zurück, suchte zwischen dem Gewirr an Tagelöhnern, Bürgerfrauen und Handwerksburschen nach dem Mann mit dem Braunen. Als sie ihn jedoch nirgendwo entdecken konnte, legte sich schließlich ihre Unruhe.

In Fleetwood House angekommen, begab sie sich in ihr Gemach, um sich vor dem Mittagsmahl ein wenig auszuruhen. Während sie auf die Geräusche des Hauses und der Menschen auf der Straße lauschte, kehrten ihre Gedanken zu dem seltsamen Mann zurück. Sie hatte seinen Blick wie ein Brennen auf der Haut gespürt. Nichts sprach dafür, dass er etwas anderes war als ein lüsterner Stallknecht, der nach einer möglichen Gespielin Ausschau hielt. Und doch ließ Marianna der Verdacht nicht los, dass sein Blick nur ihr allein gegolten hatte. Das Unbehagen, das sie empfand, wurde so stark, dass sie sich entschied, der Sache auf den Grund zu gehen. Es gab einen ganz einfachen Weg, ihre Ahnung zu überprüfen. Entschlossen warf sie sich ihren Mantel über, eilte hinaus in den Hof und begab sich zu den Ställen. Der warme Duft der Pferde und des frischen Strohs, das die Knechte gerade aufgeschüttet hatten, schlug ihr entgegen, als sie die Stallungen betrat. Das ein oder andere Reittier wandte ihr neugierig den Kopf zu, um sich sodann wieder dem Heu in der Raufe zuzuwenden. Marianna ging von Stand zu Stand und betrachtete ein Pferd nach dem anderen. Als sie am Ende des Gangs angekommen war, sah das letzte Tier auf der rechten Seite sie an. Es war ein Brauner mit einer weißen Blesse. Marianna blieb wie angewurzelt stehen. Es bereitete ihr keine Mühe, die Stirnzeichnung wiederzuerkennen. Dies war das Pferd, das sie im Hof der Glockenherberge gesehen hatte.

»Kann ich Euch helfen, Madam?«

Marianna zuckte zusammen und wandte sich um. Einer der Stallburschen näherte sich ihr.

»Soll ich Euch ein Pferd satteln, Madam?«

»Nein. Ich hätte nur gern gewusst, wem dieser Braune dort gehört.« Marianna deutete auf das betreffende Tier.
»Der Wallach da? Master Fleetwood natürlich«, antwortete der Bursche verdutzt.
»Und wer reitet ihn gewöhnlich?«
»Nun, es ist ein schwieriges Pferd, daher bewegt es meist einer von uns, oder wir benutzen es für Botengänge.«
»Sonst niemand?«, fragte Marianna weiter.
»Mistress Fleetwood nimmt den Wallach manchmal, wenn sie ihre Stute schonen will.«
Marianna dankte dem Knecht und ging eilig in ihr Gemach. Das ungute Gefühl, das sie beim Anblick des Fremden im Hof der Glockenherberge überkommen hatte, kehrte zurück und verursachte ihr Magenkrämpfe. Der Greif war ihr also gefolgt und hatte sie wahrscheinlich mit Buskell sprechen sehen. Nun wusste er, dass ihr Auftauchen im Haus ihrer Verwandten kein Zufall war!

Fünfzehntes Kapitel

Ich habe ihn gesehen«, flüsterte Marianna Jimmy zu, als sie nach dem Mittagsmahl bei einer Partie Schach zusammensaßen.
Der junge Mann zog fragend die Augenbrauen hoch. »Wen?«
»Den Greif!«
In seiner Verblüffung fegte Jimmy zwei seiner Bauern von den Beinen. »Wie … wo …?«
»Heute Morgen in der Glockenherberge, in der ich mich mit Walsinghams Spitzel treffe«, erklärte Marianna. »Er war als Stallknecht verkleidet. Das beweist seine Gewitztheit. Niemand sieht einem Pferdeburschen ins Gesicht.«
Sie berichtete ihm die Einzelheiten. »Wenn ich doch nur geahnt hätte, wer er war, hätte ich Buskell zu Hilfe rufen können. Der Greif wäre festgenommen worden, und ich könnte nun mit meinem Sohn das Land verlassen«, schloss sie. »Aber leider habe ich ihn mir nicht näher angesehen.«
»Ihr wollt fort?«, fragte Jimmy betroffen.
Der plötzliche Themenwechsel überraschte sie. »Was bleibt mir anderes übrig? Ich bin die Witwe eines Verräters.«
»Bitte versprecht mir, noch einmal darüber nachzudenken«, bat er.
Marianna lächelte, als sie den rosigen Hauch auf seinen gewöhnlich blassen Wangen sah. Um ihm Zeit zu geben, sich zu fangen, machte sie ihren nächsten Zug.
»Das ist Eurer nicht würdig«, protestierte er.
»Was denn?«, fragte sie erstaunt.
»Dieser Zug. Selbst ein so mittelmäßiger Spieler wie ich kann

sehen, dass er Euch die Königin und damit das Spiel kosten wird. Lasst Ihr mich armen Tunichtgut etwa gewinnen?«

Schuldbewusst sah sie ihn an. »Es tut mir leid. Ich konnte es nur einfach nicht mehr mit ansehen …«

»… dass ich dauernd verliere? Ach, ich bin es gewöhnt. Und es macht mir auch nichts aus, gegen Euch zu verlieren.«

Sie spielten die Partie zu Ende.

»Glaubt Ihr, dass der Greif Euch mit diesem Buskell gesehen hat?«, fragte Jimmy besorgt.

»Ich nehme es zumindest an. Er hatte die Gelegenheit dazu.«

»Dann solltet Ihr Walsingham mitteilen, dass Eure Mission gescheitert ist. Der Grund, weshalb man Euch auswählte, war doch, dass Ihr Euch unverdächtig Zugang in dieses Haus verschaffen konntet. Jetzt, da der Verräter ahnt, dass Ihr für die Regierung arbeitet, wird er sehr auf der Hut sein und Euch nicht aus den Augen lassen.« Er blickte sie eindringlich an. »Er ist gefährlich! Wenn er sich nun entschließen sollte, Euch etwas anzutun!«

»Ich verstehe Eure Sorge«, erwiderte Marianna mit einem gezwungenen Lächeln. »Und ich muss zugeben, dass ich Angst davor habe, so zu enden wie der arme Master Kempe. Aber ich habe keine andere Wahl, als weiterzumachen.«

»Ihr riskiert sehr viel für Euren Sohn.« Jimmys Stimme verriet deutlich die Achtung, die ihr Mut ihm einflößte.

»Ich liebe ihn. Nat war schon immer ein empfindsamer und feinfühliger Knabe. Der Vetter meines Gatten dagegen ist für seine Härte und Unnachgiebigkeit bekannt. Früher oder später wird seine Erziehung meinen Sohn zerbrechen, wenn es nicht schon geschehen ist. Nennt mich meinetwegen eine schwache, rührselige Frau, die ihr Kind verweichlicht, aber ich will nicht, dass Nat so wird wie sein Vormund, dessen Herz hart wie Stein ist. Ich habe ihn nie übermäßig verwöhnt, doch ich habe ihn immer in den Arm genommen und ihn getröstet, wenn er Angst hatte. Ich habe mich bemüht, in ihm die Liebe zu Gott unserem Herrn zu wecken und ihn Respekt vor Höherstehenden und Mitgefühl für die Unglückseligen beizubringen, wie unser Glaube es lehrt.«

Jimmy hatte ihr schweigend zugehört. Es war das erste Mal, dass er einen Menschen mit so viel Einfühlungsvermögen über ein Kind hatte sprechen hören. Erneut wurde ihm bewusst, dass er in Marianna Ashton einer ungewöhnlichen Frau begegnet war. Und es überkam ihn ein solch schmerzhaftes Gefühl der Leere, dass er es kaum ertragen konnte.

»Euer Sohn ist zu beneiden«, sagte er mit leichter Bitterkeit. »Nicht allen ist das Glück vergönnt, eine solche Mutter zu haben.«

Marianna ahnte, dass er über sich selbst sprach, und versuchte, seine Gedanken zu lesen. Doch wie stets, wenn sie in Jimmys Gesicht sah, verirrte sie sich in der Vielgestaltigkeit dieser nie in einem Ausdruck verharrenden Mimik. Sein Mienenspiel gab gegen seinen Willen nichts preis. Da er nichts hinzufügte, widerstand sie dem Wunsch, weiter in ihn zu dringen. Sie wusste nur zu gut, dass es kaum ein Kind gab, das im Verlauf seiner Erziehung nicht geschlagen wurde. Knaben bestrafte man besonders hart, wenn sie ungehorsam waren. Und so wurde manche empfindsame Seele für immer gebrochen, und Menschen, die Großes hätten vollbringen können, verwandelten sich in verhärtete Despoten.

»Ich bedaure es sehr, dass ich Euch nicht helfen kann, Euren Sohn wiederzubekommen«, sagte Jimmy.

»Aber das könnt Ihr! Helft mir, den Greif zu entlarven.« Marianna berichtete ihm, was Buskell ihr am Vormittag mitgeteilt hatte. »Er ist überzeugt, dass der Greif ein Mann sei. Ich weiß nicht, woher er diese Gewissheit nimmt, aber wenn es so ist, dann kann es nicht Kate sein.«

»Was ich übrigens nie geglaubt habe!«

»Ihr müsst aber doch zugeben, dass Ihr Benehmen verdächtig ist.

Sie verbirgt etwas. Vielleicht arbeitet sie mit dem Verräter zusammen.«
»Falls dies zutrifft, dann weiß sie jetzt, dass Ihr für die Regierung spioniert. Nehmt Euch vor ihr in Acht.«
»Das werde ich«, versicherte Marianna.

Als sich Jimmy und die anderen Gäste am späten Nachmittag verabschiedeten, zog sich Marianna in ihr Gemach zurück, um in Ruhe nachzudenken. Sie hatte noch eine Galgenfrist bekommen, die sie unbedingt nutzen musste, auch wenn ihr noch nicht klar war, wie.
Als sie die Tür zu ihrer Schlafkammer öffnete, hörte sie ein Schluchzen, das sofort abbrach. Seufzend trat sie ein und ließ den Riegel zuschnappen. Schuldbewusst erhob sich Judith von der gepolsterten Fensterbank und huschte an die Seite ihrer Herrin. Der Gemütszustand des Mädchens hatte sich noch immer nicht gebessert. Sie hatte fast jede Nacht Alpträume. Tagsüber saß sie oft teilnahmslos in Mariannas Gemach und starrte aus dem Fenster. Jeden Abend, nachdem Judith eingeschlafen war, stand ihre Herrin auf und zog ihr die Schuhe aus. Es hatte keinen Sinn, der Magd gut zuzureden. Die Angst widerstand jedem Wort der Vernunft. Sie brauchte die Illusion einer Fluchtmöglichkeit, um überhaupt die Augen schließen zu können. Marianna hatte sie gefragt, wie der Mann ausgesehen habe, der ihr Gewalt angetan hatte, doch Judith konnte oder wollte sich nicht erinnern. Er habe sie im Stall der Herberge gepackt, sie zu Boden geworfen und ihr die Röcke über das Gesicht gezogen. Das Einzige, was ihr im Gedächtnis geblieben war, war sein Körpergeruch. Im Schlaf stieg er ihr manchmal wieder in die Nase, und sie erwachte schreiend, weil sie seine brutalen Hände auf ihrem Körper spürte und den grausamen Schmerz zwischen den Beinen, der sie auseinanderriss.

»Wenn ich doch nur vergessen könnte«, schluchzte sie verzweifelt. »Aber er ist immer da, jede Nacht ... und quält mich ...«
Marianna nahm sie in die Arme und wiegte sie wie ein Kind. »Es tut mir so leid. Ich hätte dich auf diese gefährliche Reise nicht mitnehmen dürfen. Es ist alles meine Schuld.«
Eine Weile saßen sie stumm da. Als sich die Magd ein wenig beruhigt hatte, kam Marianna ein Gedanke. »Du hast damals Dr. Fraser gebeten, dich zu untersuchen, nicht wahr? Befürchtest du, schwanger zu sein?«
Judith hob ihre vom Weinen geröteten Augen zu ihr. »Ja, Madam.«
»Und was hat er gesagt?«
»Dass er ohne Bezahlung keine Untersuchung machen könnte.«
»Ich werde dafür bezahlen«, erklärte Marianna ohne Zögern. Die Gelegenheit, Dr. Fraser noch einmal aufzusuchen, bot sich ihr nun. »Gleich morgen früh reiten wir zu ihm.«

Da es am Tage auf den Straßen sicher genug war, hatte Marianna auf die Begleitung eines Dieners verzichtet. Dr. Fraser zeigte sich nicht sonderlich überrascht, als er die beiden Frauen sein Haus betreten sah. Und als Marianna ihr Anliegen vorbrachte, nickte er verständnisvoll.
»Bald werdet Ihr Klarheit über den Zustand Eurer Magd haben, Madam.« Er runzelte die Stirn. »Aber Ihr habt keine Probe ihres Wassers mitgebracht, wie ich sehe.«
»Nein, ich wollte nicht, dass sich die Dienerschaft im Haus meiner Verwandten das Maul zerreißt«, erklärte Marianna. »Daher habe ich darauf verzichtet, eine der Mägde um ein geeignetes Gefäß zu bitten. Es gibt doch sicher eine Möglichkeit, dass Judith hier bei Euch ...« Sie ließ den Satz unvollendet.
»Aber natürlich, Madam.« Der Arzt nahm ein bauchiges Gefäß aus Glas vom Regal und reichte es Judith. »Der Abort ist hinten links in einem kleinen Anbau.«

»Ich werde ihr zur Hand gehen«, sagte Marianna und folgte der Magd.

Als sie den Abort erreicht hatten, murmelte Marianna: »Kommst du allein zurecht?«

»Ja, Madam.«

»Gut. Halt die Augen offen, falls Dr. Fraser nach hinten kommt. Ich muss mich in den oberen Kammern umsehen.«

»Aber, Madam, das könnt Ihr doch nicht tun!«

»Judith, ich kann dir den Grund nicht nennen, aber ich versichere dir, dass es notwendig ist! Wirst du mir helfen?«

»Ja, Madam.«

»Wenn du fertig bist, bring Dr. Fraser das Gefäß und beschäftige ihn ein wenig.«

»Aber wie denn?«

»Stell ihm Fragen. Es gibt doch sicher einiges, was du schon immer mal wissen wolltest. Ich komme so schnell wie möglich zurück.«

»Und wenn er fragt, wo Ihr seid?«

»Dann sag ihm, ich musste den Abort benutzen. Es wird schon alles gutgehen.«

Marianna warf der Magd noch einen aufmunternden Blick zu, bevor sie die schmale Stiege erklomm, die in den ersten Stock führte. Zum Glück war der Lärm ratternder Wagenräder, trappelnder Hufe und menschlicher Stimmen, der von draußen hereindrang, laut genug, um das Knarren der Holzbohlen zu übertönen. Oben befanden sich zwei Kammern. Marianna wählte das Schlafgemach des Medikus und trat ein. So vorsichtig wie möglich bewegte sie sich über den mit Binsen bedeckten Bretterboden. Ihr Herz schlug schnell vor Furcht, entdeckt zu werden. Sie hatte etwas Derartiges noch nie getan, und eigentlich war es ihr zuwider, in den Angelegenheiten anderer Leute herumzuschnüffeln. Der Gedanke an Nathaniel gab ihr jedoch neuen Antrieb. Sie wusste nicht, wie viel Zeit ihr blieb, und versuchte zu entscheiden, wo sie suchen sollte. Wo würde ein Arzt ein Geheimnis verbergen? Auf gut Glück öffnete sie eine Truhe und sah zwischen die darin befindlichen Kleidungsstücke. Es war nicht viel, ein Wams, eine Kniehose, zwei Hemden und ein Mantel. Obenauf lagen eine zerknitterte Halskrause und ein Paar Handschuhe. Marianna schob die Finger zwischen die untersten Stoffschichten und stieß an ein Ledersäckchen. Rasch holte sie es hervor und wog es in der Hand. Es war mit Münzen gefüllt. Neugierig öffnete sie es und fasste hinein. Ein durchs Fenster hereinfallender Sonnenstrahl traf auf Gold. Marianna besah sich die Münze näher. Spanisches Gold! Woher hatte der Medikus so viel Geld? Nach kurzem Zögern entschied sie, eine Goldmünze mitzunehmen und sie Buskell zu zeigen. Sofern Dr. Fraser das Geld nicht nachzählte, würde er das Fehlen eines einzelnen Dukatens nicht einmal bemerken. Nachdem sie die Börse sorgfältig zurückgelegt hatte, schloss Marianna die Truhe und schlich vorsichtig die Stufen hinunter. Als sie zu Dr. Fraser und Judith stieß, hörte sie den Arzt mit einem salbungsvollen Lächeln sagen: »Du kannst ganz beruhigt sein. Du bist nicht in Hoffnung.«

Judiths Gesicht entspannte sich vor Erleichterung.

»Ah, Madam, da seid Ihr ja. Es ist alles in Ordnung mit der Kleinen«, erklärte Dr. Fraser, als er Marianna bemerkte.

»Ich danke Euch für diese glückliche Nachricht, Doktor.«

Sie war gerade dabei, den Arzt zu bezahlen, als Katherine in der Tür erschien. Überrascht begrüßte sie Marianna, doch diese hatte das Gefühl, als sei Kates Erstaunen nur gespielt.

Ob sie mir gefolgt ist, um zu sehen, was ich mit Dr. Fraser zu schaffen habe?, überlegte die junge Witwe.

»Was kann ich für Euch tun, Mistress Fleetwood?«, erkundigte sich der Medikus.

»Ich habe wieder diese leichten Zahnschmerzen und brauche ein wenig von Eurem Wundermittel, Doktor.«

»Wenn der Wurm, der die Schmerzen verursacht, durch die bisherigen Räucherungen nicht herausgefallen ist, solltet Ihr Euch wirklich entschließen, einen Wundarzt aufzusuchen und den betreffenden Zahn entfernen zu lassen.«

»Das werde ich auch tun, wenn es nötig ist«, versicherte Kate. »Aber noch ist es ja nicht so schlimm.«

»Also gut.« Dr. Fraser trat an einen Schrank mit vielen kleinen Schubladen und nahm aus einer der oberen ein kleines Leinensäckchen heraus. Katherine bezahlte ihn und steckte die Kräuter ein.

Als sie gemeinsam zur Bishopsgate Street zurückritten, fragte Marianna neugierig: »Was ist das für ein Wundermittel, das Dr. Fraser dir gegeben hat?«

»Bilsenkraut, auch Apollonienkraut genannt. Man wirft es aufs Feuer und atmet den Rauch ein. Die Zahnschmerzen sind im Nu verschwunden.«

»Ja, ich habe von diesem Kraut gehört. Es soll tatsächlich sehr gut sein.« Allerdings erzählte man sich auch, dass eine zu hohe Dosis seltsame Erscheinungen auslöste und man unter Umständen erschreckende Dämonen und Geister sah. Marianna verkniff sich die Frage, ob Kate einmal ein derartiges Erlebnis gehabt habe.

»Was hast du eigentlich bei Dr. Fraser gewollt?«, fragte Katherine schließlich mit einem abschätzenden Seitenblick auf ihre Base.

»Judith fühlte sich nicht wohl. Er hat sie untersucht und ihr ein paar Ratschläge gegeben«, antwortete Marianna wahrheitsgemäß.

Kate sah zu der Magd hinüber. Angesichts von Judiths Blässe konnte sie die Worte ihrer Base nicht bezweifeln. Und doch kehrte ihr Blick immer wieder nachdenklich zu Marianna zurück, als sei sie sich nicht klar darüber, was sie von ihr halten sollte.

Buskell drehte den Golddukaten zwischen den Fingern und nickte dann Marianna anerkennend zu.

»Gut gemacht! Endlich haben wir einen Hinweis, dem wir nachgehen können.«

Sie saßen im Schankraum der Glockenherberge zusammen. In einem Anflug von Großzügigkeit gab der Spitzel der jungen Frau ein Bier aus.

»Glaubt Ihr, die Goldmünzen könnten die Bezahlung für die Geheimpapiere sein?«, fragte Marianna unsicher.

»Das ist gut möglich«, erwiderte der Spitzel. »Zwar sind ausländische Münzen wie französische Kronen, spanische Dukaten oder holländische Gulden hier in London durchaus im Umlauf, aber eine ganze Börse voll spanischen Goldes ist verdächtig.«

»Was werdet Ihr jetzt tun? Dr. Fraser verhaften?«

»Nein, dazu ist es zu früh. Ich muss erst weitere Beweise sammeln, um ihn entsprechend unter Druck setzen zu können. Dazu muss ich sein Haus gründlich durchsuchen.«

»Und wie wollt Ihr das anstellen, ohne dass er Verdacht schöpft und sich davonmacht?«

»Dr. Fraser hat ständig Ärger mit der Ärztekammer. Sir Francis kann es einrichten, dass er wieder einmal vor das Komitee beordert wird und ein paar Tage im Wood Street Compter verbringen muss. Das gibt mir die Zeit, mich bei ihm umzusehen.«

Marianna presste die Lippen zusammen. »Mir ist nicht wohl dabei, dass ich der Grund für Dr. Frasers Unglück bin.«

Buskell zog die Augenbrauen hoch. »Habt Ihr etwa Gewissensbisse? Denkt an Euren Sohn. Wenn ich Beweise finde, dass Dr. Fraser der Greif ist oder dass er mich zu ihm führen kann, ist Eure Mission erledigt und Ihr bekommt Euren Sohn zurück.«

»Vor zwei Tagen sagtet Ihr noch, dass der Greif ein junger Mann sei und dass der Medikus deshalb als Verdächtiger ausscheide«, erinnerte Marianna den Spitzel.

»Ich sagte auch, dass der Greif einen Komplizen haben könnte, der ihn schützt«, erwiderte Buskell gereizt. »Dr. Fraser könnte durchaus der Kopf hinter dem Ganzen sein und der junge Mann nichts weiter als ein begabter Taschendieb, der ihm zur Hand geht.«

Marianna verschränkte die Hände ineinander. »Es gibt da noch etwas, das ich Euch sagen muss. Als wir uns beim letzten Mal trennten, bemerkte ich hier im Hof einen jungen Stallknecht, der einem Pferd die Hufe auskratzte. Er fiel mir auf, weil er mich beobachtete. Später sah ich dasselbe Pferd in den Ställen meines Onkels.«

Buskell riss die Augen auf. »Und das sagt Ihr mir erst jetzt? Wie sah der Bursche aus? Beschreibt ihn mir!«

»Da ist nicht viel zu beschreiben. Er war schlank und trug einen kurzen Bart. Mehr kann ich nicht sagen. Sein Gesicht war vom Rand des Hutes bedeckt.«

»Das ist der Kerl!«, knurrte Buskell. »Das ist der verdammte Hundesohn. Teufel noch mal, warum habt Ihr ihn Euch nicht genauer angeschaut?«

»Zu der Zeit wusste ich doch nicht ...«

»Schon gut! Hat er uns zusammen gesehen?«

»Gut möglich. Er könnte uns durchs Fenster beobachtet haben.«

»Dann weiß er über Eure Absichten Bescheid. Wir dürfen uns nicht mehr hier treffen.« Er blickte sie prüfend an. »Von nun an kann es sehr gefährlich für Euch werden. Falls Ihr Euch fürchtet, weiterzumachen ...«

»Ich will meinen Sohn zurück!«, bekräftigte Marianna.

»Also gut. Ihr habt Mut, Kindchen, das rechne ich Euch an.« Buskell beugte sich vor und zog etwas aus seinem Stiefelschaft. Es war ein Stilett mit einer dünnen dreikantigen Klinge. Der Griff war aus Elfenbein geschnitzt und bildete die Form zweier sich kreuzender Knochen mit einem kleinen Totenkopf am Ende.

»Nehmt das zur Verteidigung.«

Marianna wollte erst ablehnen, da sie beim Anblick des Dolchs ein Schaudern überlief, doch dann hatte sie wieder den Mann mit dem Pferd vor Augen, der sie so abschätzend beobachtet hatte. Schweigend steckte sie die Waffe in ihren Gürtel.

»Kommt nicht mehr hierher«, wies Buskell sie an. »Ich werde mich bei Euch melden. Wenn es etwas Dringendes gibt, findet Ihr mich vor dem Haus der Fleetwoods.«

Marianna nickte, zog die Kapuze ihres Umhangs über den Kopf und trat in den Hof der Herberge hinaus. Es regnete schon den ganzen Tag. Nachdem sie sich flüchtig umgesehen hatte, machte sie sich auf den Weg zur Bishopsgate Street. Mensch und Tier verschwanden hinter grauen Regenschleiern, und obwohl es noch nicht Mittag war, lagen die Straßen unter dicken schwarzen Wolken im Halbdunkel.

Ein paarmal hielt Marianna inne und warf einen Blick zurück, auf der Suche nach dem unbekannten jungen Mann. Was würde sie tun, wenn sie ihn entdeckte? Zu ihm gehen und ihm den Hut vom Kopf reißen, um zu sehen, wer er war? Sie hätte nicht den Mut dazu! Der Greif hatte zwei Männer auf barbarische Weise umgebracht. Was würde er mit ihr tun, wenn sie versuchte, ihn zu entlarven? Unwillkürlich tastete ihre Hand nach dem Totenkopfgriff des Stiletts an ihrer Taille. Wenigstens war sie nun nicht mehr völlig wehrlos. Wenn sie damals, als der Greif ihr die Papiere und den Schmuck geraubt hatte, bewaffnet gewesen wäre, hätte sie es vielleicht geschafft, ihn auf Abstand zu halten, bis der Nachtwächter ihr zu Hilfe gekommen wäre. Andererseits hätte er sie unter diesen Umständen womöglich nicht am Leben gelassen.

In Gedanken versunken, den Blick auf die schlammige Straße gerichtet, um nicht in ein Wasserloch zu treten und ihre Schuhe zu durchweichen, schritt sie an einer schmalen Seitengasse vorbei, als sie aus dem Augenwinkel eine Bewegung neben ihrer linken Schulter wahrnahm. Instinktiv wandte sie den Kopf, doch die Kapuze nahm ihr die Sicht. Im nächsten Moment legte sich eine Hand auf ihren Mund, ein Arm glitt um ihren Oberkörper und riss sie rückwärts in die im Zwielicht liegende Gasse hinein. Ein Gefühl von Panik überschwemmte sie und ließ sie erstarren. Die Hand auf ihrem Gesicht brachte sie an den Rand des Erstickens. Niemand hörte ihr Wimmern. Die Gasse war verlassen. Verzweifelt schlug sie mit den Händen nach dem Angreifer, streifte ihn jedoch nur, da er sie noch immer von hinten umschlungen hielt. Sie bekam keine Luft mehr, und ihre Kräfte erlahmten rasch. Sie zwang sich, ihren Körper zu entspannen und ließ sich plötzlich fallen, als habe sie das Bewusstsein verloren. Tatsächlich lockerte sich der Druck der Hand auf Mund und Nase, und sie rang krampfhaft nach Atem. Ihre rechte Hand glitt an ihre Taille und legte sich um den Griff des Stiletts. Mit letzter Kraft zog sie es hervor und rammte es dem Angreifer in den Arm. Ein Schmerzensschrei ertönte, dann war Marianna auf einmal frei. Ihre Beine gaben nach, und sie stürzte zu Boden. Als sie sich wieder aufraffte, sah sie den Unbekannten die Gasse entlanglaufen und um eine Ecke verschwinden. An allen Gliedern bebend, klammerte sie sich an die nächste Hauswand und brach in Schluchzen aus. Noch nie zuvor in ihrem Leben hatte sie solche Todesangst durchlebt. Und das erste Mal, seit sie ihn kannte, verspürte sie Buskell gegenüber ein tiefes Gefühl der Dankbarkeit. Hätte er sich nicht um ihre Sicherheit gesorgt und ihr den Dolch gegeben, dann wäre sie jetzt vielleicht tot.

Als es ihr endlich gelang, auf die Beine zu kommen, wurde ihr erneut schwarz vor Augen, und ein starker Brechreiz überkam sie. Ihre Kehle fühlte sich rauh und trocken an. Auf einmal hatte sie Angst, in das Haus der Fleetwoods zurückzukehren. Vielleicht lauerte der Angreifer dort auf sie.

Am liebsten hätte sie sich zu Jimmy geflüchtet, doch sie wusste, dass er an diesem Tag bei Hof war und vermutlich erst spät heimkommen würde. Für einen Moment spielte Marianna mit dem Gedanken, zur Glockenherberge zu gehen und Buskell zu sagen, dass sie aufgab. Doch die Furcht davor, ihren Sohn zu verlieren und im Tower eingekerkert zu werden, war größer als die Angst vor dem Greif. Sie hatte ihn ein Mal in die Flucht geschlagen, sie würde es auch ein zweites Mal schaffen, sich gegen ihn zu verteidigen!

Mit weichen Knien verließ Marianna die Gasse und trat auf die Gracechurch Street hinaus. Als sie Fleetwood House erreichte, hatte sie sich wieder in der Gewalt.

Sechzehntes Kapitel

Als ein paar Tage später die Familie Fleetwood beim Frühmahl saß, erschien ein Lakai und raunte dem Hausherrn etwas ins Ohr. Nach kurzem Zögern erhob sich Henry Fleetwood und verließ den Wintersalon. Marianna, die trotz des Flüstertons den Namen »Dr. Fraser« vernommen hatte, saß wie auf glühenden Kohlen.

Nach einer Weile kehrte Fleetwood mit dem Medikus zurück, der sich in recht aufgelöstem Zustand befand. Er trug keinen Hut, und sein sandfarbenes Haar war zerzaust, die Halskrause zerknittert und der rechte Ärmel seiner Robe zerrissen. Mit der Linken stützte der Arzt seinen rechten Arm, der offenbar schmerzte. Marianna bemerkte, dass der Daumennagel seiner linken Hand teilweise abgerissen und der Finger von dickem Schorf bedeckt war. Beschämt senkte sie den Blick.

»Doktor, was ist denn mit Euch passiert?«, rief Katherine entgeistert.

Dr. Fraser ließ sich auf einen Stuhl fallen. »Gestern erhielt ich eine Vorladung vor das Komitee der Ärztekammer. Wie sooft will man mir untersagen, als Arzt zu praktizieren, nur weil ich kein Universitätsstudium vorweisen kann.«

»Die Ärztekammer ist eifersüchtig auf den Erhalt ihrer Privilegien bedacht«, bestätigte Henry Fleetwood.

»Die Vorladung kam so kurzfristig, dass ich ihr beim besten Willen nicht nachkommen konnte. Und heute Morgen standen bereits zwei Büttel vor meiner Tür und wollten mich ins Gefängnis schaf-

fen. Da bin ich zum Fenster rausgestiegen. Dabei habe ich mir die Hand verstaucht. Tut verflucht weh!«
»Dr. Fraser, das ist noch kein Grund, in Verwünschungen auszubrechen«, tadelte die Hausherrin.
»Ich gewähre Euch gerne Unterschlupf, bis das Interesse der Ärztekammer an Euch eingeschlafen ist, Doktor«, erklärte Fleetwood.
»Vielen Dank, Sir. Es ist mir sehr peinlich, doch ich wusste nicht, an wen ich mich sonst wenden sollte.«
»Meine Gemahlin wird sich um Eure Verletzung kümmern und Euch ein Gemach herrichten lassen. In ein paar Tagen kehren wir auf den Familiensitz in Yorkshire zurück. Eigentlich wollte ich bis zum Frühling hier in London bleiben, aber mein Verwalter hatte einen Unfall, so dass ich nach dem Rechten sehen muss. Ihr könnt uns begleiten, wenn Ihr es wünscht.«

Fleetwood hatte Marianna angeboten, sie mitzunehmen und von Kirkby Hall, dem Herrensitz der Fleetwoods, zu ihrer Familie nach Beverley bringen zu lassen. Sie hatte ihm mit gespielter Herzlichkeit gedankt, innerlich jedoch wurde sie von Panik ergriffen. Ihr blieb nicht mehr viel Zeit, dem Greif auf die Spur zu kommen.
Nach dem Frühmahl am nächsten Morgen warf sich Marianna ihren Mantel über und verließ das Haus, auf der Suche nach Buskell. Sie war bereits ein Stück die Bishopsgate Street entlanggegangen, als der Spitzel wie aus dem Nichts an ihrer Seite auftauchte und sie in eine Seitengasse zog.
»Da vorn ist eine Schenke, dort können wir reden«, sagte er.
Sie zogen sich in eine Ecke des Schankraums zurück, und Buskell bestellte Ale.
»Was gibt es, meine Süße?«
Marianna widerstand dem Verlangen, ihn zurechtzuweisen. »Mein Onkel hat beschlossen, nach Yorkshire zurückzureisen. Die Familie

will übermorgen aufbrechen. Dr. Fraser, der bei ihnen Schutz gesucht hat, soll sie begleiten.«
»Eine überraschende Entscheidung«, bemerkte Buskell.
»Der Verwalter meines Onkels hatte einen Unfall.«
»Seid Ihr sicher, dass nichts anderes dahintersteckt? Vielleicht versucht man Euch nun, da der Anschlag misslungen ist, auf diese Weise loszuwerden.«
»Das ist natürlich möglich. Mein Onkel will mich zu meiner Familie nach Beverley bringen lassen.«
Als sie Buskell vor ein paar Tagen von dem Überfall erzählt hatte, war er von ihrer Tapferkeit beeindruckt gewesen und hatte dies auch offen gezeigt. Seitdem behandelte er sie mit einer gewissen Achtung, aber auch größerer Vertraulichkeit, die Marianna unangenehm war.
»Habt Ihr inzwischen eine Ahnung, wer Euch angegriffen hat?«, fragte Buskell.
»Nein, aber als Dr. Fraser heute Morgen im Haus meines Onkels Zuflucht suchte, hielt er sich den rechten Arm. Er sagte, er hätte sich auf der Flucht die Hand verstaucht, aber es ist natürlich möglich, dass er es war, den ich am Arm verletzt habe.«
»Eure Base kann es wohl nicht gewesen sein?«
»Ich glaube nicht, dass sie so viel Kraft hat. Der Angreifer war stark! Es war bestimmt ein Mann.«
Buskell nickte und rieb sich nachdenklich den Kinnbart. »Eine sehr verzwickte Angelegenheit.«
»Wird Euer Herr mir erlauben, mit meinen Verwandten nach Yorkshire zu reisen?«, fragte Marianna.
»Das werde ich mit Sir Francis besprechen müssen. Ich sage Euch morgen Bescheid.«
Er leerte seinen Humpen Ale und wollte sich erheben. Doch Marianna hielt ihn zurück.
»Wenn ich nach Yorkshire gehe, bin ich meinem Sohn noch ferner

als jetzt. Bitte fragt Euren Herrn, ob ich ihn vor der Abreise sehen darf. Auch werde ich einen Diener brauchen. Könnte er Christopher nicht freilassen?«
Buskell begegnete ihrem flehenden Blick, und sein grobes Gesicht offenbarte unerwartet Verständnis.
»Ich werde ihn fragen«, versprach er.

Am folgenden Morgen fand sich Marianna erneut in der Schenke ein. Sie hatte darauf geachtet, dass ihr niemand folgte, und wartete an dem Tisch in der Ecke auf Buskell. Der Spitzel erschien wenig später und setzte sich zu ihr.
»Ihr dürft die Fleetwoods nach Yorkshire begleiten«, erklärte er. »Und Ihr werdet mich als Diener mitnehmen. Ich trete als ehemaliger Lakai des Earl of Northumberland auf. Schließlich braucht Ihr für die Weiterreise zu Eurer Familie jemanden, der sich um die Pferde kümmert.«
»Heißt das, ich bekomme Christopher nicht zurück?«
»Nein, leider nicht.«
»Und was ist mit meinem Sohn? Kann ich ihn sehen?«
Buskell schüttelte bedauernd den Kopf. »Es tut mir leid. Sir Francis hat zwar Verständnis für Euren Wunsch, aber …«
»Er traut mir nicht. Er glaubt, ich würde mich mit meinem Sohn davonmachen.«
»So ist es. Ihr werdet Euch gedulden müssen, bis die Sache erledigt ist.«
Enttäuscht senkte Marianna den Kopf und kämpfte die aufsteigenden Tränen nieder.
»Nehmt Euch zusammen«, tadelte Buskell sie. »Denkt an Eure Aufgabe. Wenn Ihr mir helft, den Greif auf dieser Reise zu entlarven, bekommt Ihr Euren Sohn bald zurück.«
»Aber der Greif hat uns doch zusammen gesehen. Er wird Euch wiedererkennen«, wandte Marianna ein.

»Ich weiß. Aber vielleicht bringt ihn gerade das dazu, sich zu verraten. Es ist ein gefährliches Spiel, aber ich gehe jedes Risiko ein, um diesen Kerl zu erwischen!«

»Habt Ihr eigentlich bei der Durchsuchung von Dr. Frasers Haus etwas gefunden?«

»Nein«, antwortete Buskell zähneknirschend. »Unser Freund war geistesgegenwärtig genug, das spanische Gold einzustecken, bevor er zum Fenster hinausstieg, denn die Geldkatze war nicht mehr in der Truhe in seiner Schlafkammer. Vielleicht hat er auch andere verfängliche Gegenstände, Papiere und dergleichen, mitgenommen. Soll er nur mit nach Yorkshire reisen! Ihr könnt unterwegs seine Sachen durchsuchen.«

Marianna spürte, wie sich ihr bei dem Gedanken der Magen zusammenkrampfte. Seit dem Überfall fehlte ihr für derartige Abenteuer der Mut. In gedrückter Stimmung machte sie sich auf den Rückweg.

Das Mittagsmahl nahm die Familie allein ein. Auch Dr. Fraser blieb in seinem Gemach, um sich von den Aufregungen seiner Flucht zu erholen. Katherine würdigte ihre Base keines Blickes mehr, doch auch Henry Fleetwood behandelte sie seit ein paar Tagen mit deutlicher Kühle.

Marianna vermisste Jimmy fast schmerzhaft. Wie sollte sie ihre Mission ohne seine Unterstützung weiterführen? Schließlich hielt sie die Ungewissheit nicht mehr aus und zog Tom nach dem Mahl in eine Ecke des Wintersalons.

»Wird Master Danvers vor unserer Abreise noch einmal hier zu Gast sein?«, fragte sie unverblümt.

Tom grinste breit. »Ich wollte es dir ja eigentlich gar nicht sagen, liebe Base, aber dich weiter im Ungewissen zu lassen, wäre grausam. Ich habe Jimmy gestern bei Hof gesehen und ihn von unserer Abreise unterrichtet. Er hat mich gebeten, ihn auf unseren Landsitz einzuladen, angeblich zur Jagd. Doch zufällig weiß ich, dass es ihm nur darum geht, dir den Hof zu machen. Er wird uns also begleiten. Harry schließt sich uns ebenfalls an. Es ist auch nötig, dass er auf dem Familiensitz nach dem Rechten sieht, sonst geht noch alles vor die Hunde. Sein Vater ist alt und kann sich nicht mehr richtig darum kümmern.«

Marianna war so erleichtert, dass sie ihrem Vetter nicht mehr zuhörte. Jimmy würde sie also begleiten. Mit ihm an ihrer Seite konnte sie auch die Ablehnung ihrer Verwandten ertragen.

Siebzehntes Kapitel

Nathaniel Ashton starrte geistesabwesend zum Fenster hinaus. Die graue Wolkendecke, die den ganzen Tag schon den Himmel verdunkelt hatte, brach endlich auf. Einige Sonnenstrahlen erreichten die Erde und ließen auf den Blättern der Sträucher und Blumen unzählige Regentropfen wie Diamanten funkeln. Doch Nat hatte keine Freude an dem Schauspiel. Er nahm es nicht einmal wahr. Wie sooft in den letzten Wochen kreisten seine Gedanken ständig um die verpasste Gelegenheit, dem Dasein im Haus seines Vormunds zu entgehen und seine Mutter wiederzusehen. Ihr Diener Christopher hatte ihm erklärt, dass sie nur seinetwegen nach England gekommen waren. Auch wenn er es nicht erwähnt hatte, so wusste Nat doch, dass eine solche Reise mit gewissen Risiken verbunden war. Nach dem missglückten Fluchtversuch hatte Hugh Simpson ihm mitgeteilt, dass seine Mutter verhaftet und nach London in den Tower gebracht worden sei. Ihren Diener habe man ebenfalls in den Kerker gesperrt. Und sein Vater, der eines weiteren Verrats überführt worden sei, habe sich in seiner Zelle das Leben genommen.
Noch immer gab Nat sich die Schuld an dem Unglück, auch wenn ihm nicht klar war, was er falsch gemacht hatte. Sein Vormund ließ ihn unerbittlich fühlen, dass er ihn für einen ebensolchen Verräter hielt wie seine Eltern und ihm nur aus Großmut erlaubte, am Unterricht seiner Vettern teilzunehmen. Nat gab sich die größte Mühe, gehorsam zu lernen, schon allein, um der Birkenrute zu entgehen, doch es fiel ihm von Tag zu Tag schwerer. Er fühlte

einen Druck auf der Brust, der ihn hinderte, sich längere Zeit zu konzentrieren. Bald begannen die lateinischen Vokabeln vor seinen Augen zu tanzen, und er gab es auf, ihr Geheimnis entschlüsseln zu wollen.

»Nathaniel!«, dröhnte die Stimme von Master Reave. »Ich habe dich etwas gefragt!«

Erschrocken wandte der Junge den Kopf und blickte den Hauslehrer hilflos an.

»Du hast wieder nicht zugehört!«

Nat antwortete nicht. Seine Vettern, die mit ihm auf der Schulbank saßen, hielten den Atem an und vermieden es, den Hauslehrer anzusehen.

»Komm her!«, befahl Master Reave und griff nach der Ferula auf seinem Schreibpult. Mit gesenktem Blick gehorchte Nat und trat vor den Lehrer.

»Deine Hände!«

Zitternd streckte der Knabe beide Handflächen vor. Reave holte aus und schlug dreimal kräftig zu. Nat gab keinen Ton von sich, doch seine Augen füllten sich mit Tränen, die ihm über die blassen Wangen rollten.

»Setz dich«, sagte der Hauslehrer mit einem Seufzen. Bei diesem Jungen waren Hopfen und Malz verloren.

Die Tür zur Kammer, in der der Unterricht stattfand, wurde geöffnet, und ein Lakai sah herein.

»Der Herr schickt mich, den kleinen Ashton zu holen, Master Reave.«

Nat zuckte zusammen und streifte seine Vettern mit ängstlichem Blick.

»Na geh schon, Junge«, befahl der Hauslehrer.

Schicksalsergeben folgte Nat dem Lakaien, der ihn in Hugh Simpsons Studierstube führte. Sein Vormund stand mit zusammengezogenen Augenbrauen neben dem Schreibpult am Fenster und hielt

ein entfaltetes Dokument in der Hand. Er war nicht allein. Ein schlanker Mann mit roten Haaren und einem ebensolchen Bart sah sich interessiert in der Schreibstube um.
Schüchtern trat Nat näher. Der Blick des Fremden fiel auf ihn, und als der Junge den Kopf hob, bemerkte er ein freundliches Lächeln auf seinem Gesicht. Reitermantel und Stiefel, selbst der Hut, den er in der Hand hielt, waren schlammbespritzt. Er musste eine beträchtliche Strecke durch den Regen zurückgelegt haben.
»Nathaniel, Master Edwards ist gekommen, um dich abzuholen«, sagte Simpson, ohne seine Missbilligung verbergen zu können. »Er wird dich zu deiner Mutter bringen.«
Die Augen des Knaben wurden groß, und sein Blick wanderte zu dem Fremden, der ihn noch immer anlächelte.
Mit einer gereizten Bewegung faltete der Hausherr das Schreiben zusammen und gab es dem Boten zurück. »Ich kann nicht verstehen, was sich Mylord Burghley davon verspricht«, knurrte er. »Dieses Weib wird das Kind endgültig verderben.«
An Nat gewandt, befahl er: »Na los, steh nicht rum! Hol deine Sachen.«
Verunsichert blickte Nat den Rothaarigen an. »Ist das wirklich wahr? Ihr bringt mich zu meiner Mutter?«
Das Lächeln wurde zu einem breiten Grinsen, das gelbe Zähne und eine Zahnlücke in der oberen Reihe offenbarte.
»So lautet mein Auftrag, Kleiner«, antwortete der Mann mit starkem walisischem Akzent.
Da gestattete sich auch der Junge ein Lächeln der Erleichterung. Eilig verließ er die Studierstube und rannte die Treppen in den zweiten Stock hinauf. In der Kammer, die er mit seinen Vettern teilte, raffte er seine wenigen Habseligkeiten zusammen: ein Hemd, ein Wams, Hosen und Strümpfe zum Wechseln. Mehr besaß er nicht. Als man ihn von seiner Mutter getrennt und in das Haus

seines Vormunds gebracht hatte, war es ihm nicht erlaubt gewesen, eine Erinnerung an sie mitzunehmen.
Ohne einen Blick zurückzuwerfen, verließ er die Kammer, die über ein Jahr lang sein Heim gewesen war. Hugh Simpson und der rothaarige Mann erwarteten ihn am Fuß der Treppe.
»Darf ich mich noch von William und Richard verabschieden?«, fragte Nat. Seine Stimme zitterte vor Freude über seine Abreise.
»Nein!«, erwiderte Simpson hart. »Du wirst den Unterricht nicht stören!«
»Aber …«
»Geh jetzt. Dein Einfluss hat meinen Söhnen nur geschadet.«
Ohne ein weiteres Wort wandte sich Simpson um und ging zurück in seine Schreibstube.
Schmerzlich blickte Nat die Treppe hinauf, wo hinter einer der Türen die beiden Jungen, die ihm während seines Aufenthalts gute Freunde gewesen waren, über ihren Büchern saßen. Eine Hand legte sich tröstend auf seine Schulter.
»Deine Vettern können einem leidtun«, sagte die freundliche walisische Stimme.
Nat ließ sich von Master Edwards aus dem Haus führen. Ein Stallknecht brachte das Pferd des Boten, nachdem es gefüttert und getränkt worden war.
»Kannst du reiten, mein Junge?«
»Ja.«
»Du wirst auf dem Reitkissen hinter mir Platz nehmen. Und wenn du dich gut festhältst, kommen wir schneller voran. Dann wirst du deine Mutter noch heute Abend wiedersehen.«
»Wo ist sie, Sir?«
»In London. Und nun steig auf.«
Nat gehorchte und legte vertrauensvoll die Hände um die Taille des Mannes. Edwards trieb das Pferd durch das Tor der Einfahrt auf die Landstraße hinaus und ließ es in Galopp fallen.

Unterwegs hielten sie zweimal an, um in einer Herberge etwas zu essen und das Pferd zu wechseln. Nat genoss den Ritt, obwohl er sehr anstrengend war. Als die Dämmerung hereinbrach, erreichten sie Southwark.

»Nun müssen wir nur noch über die Brücke dort, dann sind wir in London. Vorher machen wir aber noch einen kleinen Abstecher den Fluss entlang«, erklärte Edwards.

Sie passierten ein palastähnliches Haus und hielten vor einem zweistöckigen Gebäude mit vergitterten Fenstern. Der Rothaarige half Nat vom Reitkissen herunter, stieg aus dem Sattel und band das Pferd an.

»Warte hier! Ich bin gleich zurück.«

Der Junge sah ihm nach, wie er an die eisenbeschlagene Tür klopfte und dann im Innern des Gebäudes verschwand. Es war kalt, und Nat schmiegte sich an das Fell des Pferdes, um sich zu wärmen. Nicht weit entfernt rauschte das Wasser der Themse. Nat blickte zum anderen Ufer hinüber, wo noch vereinzelt Lichter blinkten. Das also war London, die große Stadt. Irgendwo in einem der vielen Häuser befand sich seine Mutter. Er konnte es kaum erwarten, sie wiederzusehen. Alles würde wieder gut werden … nun, nicht alles! Sein Vater war tot. Er war als Verräter an seiner Königin und seinem Land gestorben, eine Schmach, die nun für immer auf seiner Familie lasten würde. Und sein großer Freund Christopher war auch nicht mehr da.

»Nathaniel!«, rief eine Stimme hinter ihm.

Der Junge wandte sich vom Anblick des Flusses ab und starrte entgeistert den jungen Mann an, der an der Seite des rothaarigen Walisers aus dem Gefängnis trat.

»Christopher!«

Mit einem Freudenschrei warf sich Nat in die Arme des blonden Hünen, der ihn hochhob und kräftig an sich drückte. Edwards sah

der überschwenglichen Begrüßung einen Moment ungerührt zu und mahnte dann zur Eile.
»Wir haben noch ein gutes Stück Weg vor uns«, sagte er, stieg auf und zog den Knaben wieder auf das Reitkissen hinter sich.
Christopher folgte dem Pferd zu Fuß.
Der wochenlange Aufenthalt im Kerker hatte ihn einiges an Kraft gekostet, doch er zwang sich, mit den Schritten des Reittiers mitzuhalten.
Es war dunkel geworden, und die Straßen waren frei. Am Brückentor zeigte Edwards ein Papier vor, und sie wurden ohne weitere Fragen durchgelassen. Schweigend überquerten sie die London Bridge, folgten der Fish Street, der Gracechurch Street und schließlich der Bishopsgate Street. Vor einem großen Fachwerkhaus zügelte Edwards sein Pferd und half Nat beim Absteigen.
»Dies ist das Haus der Familie Fleetwood, Verwandte deiner Mutter. Sie wohnt hier«, erklärte der Bote. Dann holte er das zusammengefaltete Schreiben hervor, das er Hugh Simpson vorgelegt hatte, und gab es Christopher. »Übergib dieses Dokument Mistress Ashton. Ich muss gleich weiter.«
»Ja, Sir. Und danke für alles.«
Der Mann zuckte die Schultern. »Ich habe nur einen Auftrag ausgeführt.«
Er wendete sein Pferd und ritt davon.
Christopher nahm Nat an die Hand und klopfte kräftig an die Dienstbotentür. Es dauerte eine Weile, bevor eine Magd öffnete und die Ankömmlinge mit kritischem Blick von Kopf bis Fuß begutachtete.
»Bitte führ mich zu Mistress Ashton. Ich bin ihr Diener und bringe ihren Sohn.«
Die Magd rümpfte angewidert die Nase. »Du stinkst, als hättest du in einer Kloake geschlafen, Bursche. So kommst du mir nicht ins

Haus. Ich werd dir einen Zuber in der Waschküche füllen, damit du den Dreck abschrubben kannst.«
Christopher nickte dankbar und reichte Nat das Schreiben. »Hier, gib das deiner Mutter.«
Die Magd führte den Jungen vom Dienstbotentrakt die große Treppe hinauf zum Gemach seiner Mutter. Marianna ließ sich gerade von Judith aus ihrem Kleid helfen. Auf das unerwartete Klopfen hin öffnete das Mädchen die Tür. Als Marianna die Magd mit ihrem Sohn auf der Schwelle stehen sah, traute sie ihren Augen nicht.
»Nat!«
Ihre Beine wollten ihr nicht gehorchen, als sie durch das Gemach auf den Jungen zustolperte, der ihr strahlend entgegeneilte. Auf halbem Weg fiel sie auf die Knie und empfing ihn in ihren Armen, drückte ihn mit einem tiefen Seufzer an sich und wollte ihn nie mehr loslassen.
Die Magd, die sich an dem tränenreichen Wiedersehen von Mutter und Sohn erfreute, unterbrach das Glück der beiden nur ungern.
»Madam, da war ein großer junger Mann bei dem Knaben.«
Marianna blickte hoffnungsvoll auf. »Hat er vielleicht blonde Haare?«
»Schwer zu sagen, Madam. Er ist so entsetzlich schmutzig. Ich stecke ihn gleich in ein heißes Bad.«
»Es ist Christopher, Mama. Wir haben ihn unterwegs abgeholt«, erklärte Nat.
»Wer ist ›wir‹?«
»Ein Mann mit roten Haaren hat mich hergebracht. Er gab uns diesen Brief für dich.«
Verwundert nahm Marianna das Papier entgegen und entfaltete es. Darin wurde verfügt, dass Mistress Marianna Ashton die Vormundschaft für ihren Sohn Nathaniel Ashton zurückerhielt. In einem

weiteren Absatz wurde die Entlassung des Gefangenen Christopher Stevenson aus dem Clink angeordnet. Die Unterschrift stammte von Lord Burghley.

Marianna konnte ihr Glück kaum fassen. Es war ihr gleichgültig, wem sie es verdankte. Sie hatte ihren Sohn zurück, und Christopher war wieder frei.

»Soll ich Euch heißes Wasser bringen, Madam?«, fragte die Magd.

»Ja, bitte. Und etwas Warmes zu essen.«

Sie nahm Nats kalte Hände in die ihren. »Du bist ja ganz durchgefroren, mein Schatz.«

Doch der Junge war so überglücklich, dass er die Kälte gar nicht spürte. Die Wiedersehensfreude hatte seinem blassen Gesicht ein wenig Farbe gegeben, Marianna bemerkte dennoch, dass es seit ihrer Trennung vor einem guten Jahr deutlich schmaler geworden war. Die großen braunen Augen beherrschten es völlig. Für sein Alter war Nat ein schmächtiges Kind. Sein Körper war schon immer zierlich gewesen, jetzt aber wirkte er dünn und kränklich.

Die Magd brachte eine heiße Suppe, die der Junge hungrig hinunterschlang. Die warme Mahlzeit machte ihn bald müde. Marianna half ihm beim Entkleiden, doch als sie ihm schließlich das Hemd ausziehen wollte, wich Nat plötzlich mit einer flehenden Grimasse vor ihr zurück.

»Nein, Mama, bitte nicht!«

»Aber warum denn nicht? Nach der langen Reise musst du dich gründlich waschen.«

Er schüttelte mit einem so verzweifelten Ausdruck in den Augen den Kopf, dass sie stutzig wurde. Zuerst vermutete sie, er sei nun in dem Alter, in dem sich Knaben selbst vor ihrer Mutter schämten, doch dann überkam Marianna ein schrecklicher Verdacht. Ohne auf seine Proteste Rücksicht zu nehmen, zog sie ihm das Hemd hoch und hätte beim Anblick der Striemen auf seinem Rücken beinahe aufgeschrien. Frische Hiebwunden überkreuzten sich mit alten Narben.

»Was haben sie dir angetan, mein Sohn?«

Ihre Kehle zog sich zusammen, und sie brachte kein weiteres Wort heraus. Mühsam erstickte sie ein Schluchzen, nahm Nat in die Arme und drückte ihn fest an sich.

Achtzehntes Kapitel

Am nächsten Morgen erwachte Fleetwood House schon früh zum Leben. Die letzten Vorbereitungen für die Reise wurden getroffen, Pferde wurden vor Wagen gespannt, Möbelstücke, Truhen und Bündel aufgeladen, Reitpferde gesattelt.

Marianna fand kaum Zeit, vor dem Frühmahl hinauszuschlüpfen und in den Stallungen nach Christopher zu sehen, der bei den Knechten übernachtet hatte. Sie wäre dem jungen Mann am liebsten um den Hals gefallen, so erleichtert war sie, ihn unversehrt wiederzusehen, doch die Erinnerung an den Streit bei ihrem letzten Zusammentreffen hielt sie zurück.

Seit dem vergangenen Tag gehörte nun auch Buskell zu ihrer Dienerschaft. Er hatte in der Kleidung eines Pferdeknechts im Haus der Fleetwoods vorgesprochen und erklärt, er habe fünf Jahre für den Earl of Northumberland gearbeitet, doch da dieser sich jetzt im Tower befinde, habe sein Verwalter einige Diener entlassen. Man habe Buskell gesagt, Marianna Percy wohne bei den Fleetwoods und habe vielleicht Verwendung für einen verlässlichen Pferdeburschen. Wie verabredet nahm Marianna ihn in Lohn, mit der Auflage, dass er auf die Bezahlung warten müsse, bis sie bei ihrer Familie eingetroffen seien. So konnte Henry Fleetwood keine Einwände erheben.

Christophers Auftauchen war Buskell nicht entgangen, und als er Marianna bei den Ställen bemerkte, machte er ihr ein Zeichen, zu ihm zu kommen. Sie folgte der Aufforderung nur widerwillig. Während der Nacht, als Nat sich auf der Suche nach Geborgenheit im Bett an sie schmiegte, hatte sie ernsthaft erwogen, mit ihm,

Christopher und Judith unverzüglich aufzubrechen und auf den Kontinent zu fliehen. Aber dann hätte sie sich von Jimmy trennen müssen. Zudem war die Angst, von den Spitzeln Walsinghams und Lord Burghleys aufgegriffen zu werden, zu groß. Sie wusste nicht, weshalb Lord Treasurer sich eingemischt und entschieden hatte, ihr Nathaniel zurückzugeben, aber aus reiner Großzügigkeit hatte er es sicher nicht getan.
Als Marianna Buskell das Schreiben vorlegte, war dieser ebenso überrascht wie sie.
»Merkwürdig«, murmelte er. Dennoch zweifelte er nicht an der Echtheit des Dokuments. Die drei mächtigsten Männer am Hof, Lord Burgley, der Earl of Leicester und Sir Francis Walsingham, unterhielten jeder seine eigenen Spione. Da blieb ein gewisser Konkurrenzkampf nicht aus, und Burghley und Walsingham waren von jeher Rivalen gewesen. Vielleicht verbarg sich hinter Burghleys Unterschrift auch der Wille der Königin, die die Tatsache missbilligen mochte, dass Walsingham ein Kind als Druckmittel gegen die Mutter benutzte.
Buskell gab ihr das Dokument zurück. »Es gefällt mir nicht, aber ich kann nichts dagegen unternehmen. Ich hoffe, Ihr steht trotzdem zu Eurem Wort und werdet weiter nach dem Greif forschen, Madam.«
»Mir liegt ebenso daran, ihn unschädlich zu machen, wie Euch«, versicherte sie ihm. »Er ist ein brutaler Mörder und hätte auch mich um ein Haar getötet.«
Marianna ging ins Haus zurück und holte Nat zum Frühmahl. Die Ankunft ihres Sohnes und des Dieners am vergangenen Abend war dem Hausherrn von einem Lakaien gemeldet worden, bisher hatte Fleetwood sie aber noch nicht zur Rede gestellt. Nach dem Essen bat er seine Nichte jedoch mit kühler Höflichkeit in seine Studierstube und verlangte eine Erklärung. Marianna zeigte ihm das von Lord Burghley unterzeichnete Dokument.
»Man hat Euch also Euren Sohn zurückgegeben, Madam«, konsta-

tierte er, während er das Schreiben überflog. »Wem verdankt Ihr diese großzügige Geste?«
»Ich weiß es nicht, Sir«, antwortete Marianna wahrheitsgemäß.
Fleetwood warf ihr einen misstrauischen Blick zu. »Hat sich etwa dieser Milchbart Danvers für Euch eingesetzt? Es heißt, die Königin schlage ihm keinen Wunsch ab.«
Dieser Gedanke war Marianna noch nicht gekommen. Gleichwohl war sie der Meinung, dass ihr Onkel Jimmys Einfluss bei Hof um einiges überschätzte. Da sie nicht antwortete, fuhr Fleetwood missbilligend fort: »Habt Ihr gedacht, Eure häufige Abwesenheit ist mir nicht zu Ohren gekommen, Madam? Da Ihr kein Geld besitzt, haben Eure Ausflüge Euch sicher nicht zum Einkaufen in die Königliche Börse geführt, wie Ihr der Dienerschaft glauben machen wolltet. Ihr habt Euch mit Danvers getroffen, nicht wahr? Ihr seid eine Schande für Eure Familie!«
Marianna antwortete nicht. Sie war viel zu überrascht über diesen Vorwurf, um etwas zu erwidern.
»Ihr seid Witwe, Madam, und benehmt Euch wie eine Hure«, sagte Fleetwood bitter. »Aber es ist nicht an mir, über Euch zu richten, das überlasse ich Eurer Familie. Ich nehme Euch also mit nach Yorkshire. Lasst Euch meinetwegen von Eurem Liebhaber nach Beverley begleiten. Wenn ich gewusst hätte, dass mein Sohn Danvers zur Jagd einladen würde, hätte ich es ihm untersagt. Nun ist es leider zu spät. Ich hoffe allerdings, dass Ihr Euch wenigstens so lange, wie Ihr unter meinem Schutz reist, benehmen werdet, wie es sich einer Witwe geziemt.«
»Sir, ich versichere Euch, Master Danvers ist nicht mein Liebhaber«, verteidigte sich Marianna.
»Geht jetzt, Madam! Wir brechen in Kürze auf.«
Seufzend begab sich die junge Frau in ihr Gemach und machte sich und Nat reisefertig. Judith, die aus Yorkshire stammte, freute sich darauf, ihre Heimat wiederzusehen.

Im Hof des Hauses warteten Mariannas Stute und ein Pferd für Christopher, der Judith auf das Reitkissen hinter sich nahm, während Nat mit seiner Mutter reiten würde. Alles war bereit zum Aufbruch. Nervös sah Marianna sich nach Jimmy um, konnte ihn jedoch nirgendwo entdecken. Katherine hatte sich zu Dr. Fraser gesellt. Buskell fuhr auf einem der Planwagen mit, die den Hausrat transportierten. Eben traf auch Harry Cleaton ein, der allerdings nur einen Diener und wenig Gepäck auf einem zusätzlichen Pferd mitführte. Beunruhigt lenkte Marianna ihre Stute neben Toms Reittier.

»Wo ist Master Danvers?«, fragte sie.

»Nur keine Sorge. Er ist wahrscheinlich mal wieder nicht rechtzeitig aus den Federn gekommen.«

Henry Fleetwood entschied, nicht länger zu warten, und gab den Befehl zum Aufbruch. Pferde und Wagen setzten sich in Bewegung, verließen den Hof und zogen die Gasse entlang zur Stadtmauer. Dann ging es durch das Bishopsgate, das Tor zum Norden, vorbei am Bethlehem Hospital, dem Londoner Narrenhaus. Als sie auf der Höhe der beiden vor wenigen Jahren gegründeten Theater waren, wurde Marianna auf eine kleine Reisegruppe aufmerksam, die ihnen folgte. Es war Jimmy, begleitet von seinem Kammerdiener Simon und einem Pferdeknecht. Ein Wagen beförderte Jimmys Gepäck.

Tom wendete sein Pferd und ritt seinem Freund entgegen. Kurz darauf waren sie an Mariannas Seite. Jimmy lüftete den Hut vor ihr und musterte dann interessiert den dunkelhaarigen Knaben, der hinter ihr saß.

»Das ist mein Sohn Nathaniel«, verkündete Marianna glücklich. »Nat, begrüße Master James Danvers. Er hat mir in den letzten Tagen beigestanden, als ich Hilfe brauchte.«

»Euer Diener, Sir«, sagte der Junge artig.

»Ihr habt ihn also wieder«, stellte Jimmy fest.

»Ja, ich kann Euch nicht sagen, wie erleichtert ich bin.« Marianna reichte ihm das Dokument. »Habt Ihr vielleicht eine Erklärung dafür?«

Er überflog es und schüttelte den Kopf. »Nein. Aber als ich am Hof war, erkundigte sich die Königin nach Euch. Sie hat Euch beim Turnier bemerkt und wollte wissen, wie es Euch ergeht. Vielleicht verdankt Ihr dieses Glück Ihrer Majestät.«

»Wie soll ich Euch nur danken?«, fragte sie strahlend.

»Dankt mir nicht, Madam. Elizabeth tut, was sie will. Man kann sie nicht beeinflussen.«

Marianna war so glückselig, dass sie nicht bemerkte, wie ernst Jimmy an diesem Morgen war. Sein Blick kehrte immer wieder zu Nat zurück, dann irrte er in die Ferne, als vergleiche er das Gesicht des Jungen mit einem Bild in seiner Erinnerung. Seine Augenbrauen zogen sich zusammen, und seine Stirn legte sich in Falten. Erst nach einer Weile begann sich Marianna über seine Schweigsamkeit zu wundern und sah einige Male zu ihm hinüber, doch er war so tief in seine Grübeleien versunken, dass sie sich entschied, ihn nicht zu stören.

Es war kalt, obwohl die Sonne schien, doch solange das Wetter hielt, würden sie gut vorankommen. Nat hatte die Arme um die Taille seiner Mutter gelegt und schmiegte sich an sie. Die Reise strengte ihn an, und Marianna hätte ihm am liebsten öfter eine Pause gegönnt, doch ihr Onkel hatte es eilig, nach Hause zu kommen. Jetzt, Ende November, konnte im Norden das Wetter plötzlich umschlagen und heftige Stürme oder sogar schon den ersten Schnee bringen.

Tom ritt neben seiner Base und erzählte ihr von den Umbauten auf Kirkby Hall, dem Familiensitz der Fleetwoods.

»Weder dein Vater noch deine Schwester werden mich dort haben wollen«, sagte Marianna. »Sie lassen mich deutlich spüren, dass meine Anwesenheit nicht willkommen ist.«

»Ach, Kate ist nur eifersüchtig, weil du trotz der Witwentracht die Blicke auf dich ziehst, und Vater glaubt, du treibst Unzucht mit Jimmy«, wehrte Tom ab.

Marianna blickte ihn entrüstet an. »Du weißt, dass das nicht stimmt!«

»Natürlich nicht! Das würde ich nie von dir denken. Und Jimmy ist auch viel zu anständig, um den Ruf einer Witwe zu ruinieren. Seit ich ihn kenne, hat er nur zwei Liebschaften gehabt, und auch das ist Jahre her. Eigentlich merkwürdig, denn die Frauen umschwärmen ihn.«

Mariannas Blick glitt zu dem jungen Danvers hinüber, der an Kates Seite ritt. »Ich frage mich, ob ich ihn verärgert habe. Seit wir aufgebrochen sind, hat er kaum ein Wort mit mir gesprochen.«

Tom machte ein ratloses Gesicht. »Ich weiß auch nicht, was er hat. Soll ich ihn darauf ansprechen?«

»Nein, lieber nicht.«

Jimmys veränderte Haltung ihr gegenüber schmerzte sie, besonders da sie sich den Grund dafür nicht erklären konnte. Sie sehnte sich nach seiner Nähe, seiner einfühlsamen Unterhaltung, seinen Scherzen, mit denen er sie stets aufzuheitern verstand. Und je länger sie ihn aus der Ferne beobachtete, desto mehr wurde ihr bewusst, dass sie sich verliebt hatte. Noch nie zuvor hatte sie so tief für jemanden empfunden, nicht einmal für Nathaniels Vater. Es machte ihr ein wenig Angst, denn es war wie ein Weinrausch, der alle Zweifel, alle Hemmungen fortspülte und dazu verführte, närrische Dinge zu tun, die Anstand und Tugend widersprachen. Marianna biss die Zähne zusammen und zwang sich, ihren Blick von Jimmy zu lösen. Sie sah sich nach Christopher und Judith um, die hinter ihr ritten. Tom hatte sich zu Harry Cleaton gesellt. Die beiden scherzten miteinander. Marianna konnte nicht verstehen, worum es ging, doch es machte ihr Freude, sie bei ihrem Schabernack zu beobachten. Auf einmal legte Tom die Hand ohne Vorwarnung auf Harrys rechten Unterarm. Cleaton stöhnte auf und verzerrte das Gesicht vor Schmerz, doch kurz darauf hatte er sich wieder in der Gewalt und rang sich ein Lächeln ab.

Mariannas Körper versteifte sich im Sattel. Das war doch nicht möglich! Leichte Übelkeit überkam sie, als sie an den Überfall zurückdachte, an die Hand auf ihrem Mund, die sie beinahe erstickte, den kräftigen Arm um ihre Taille, der sie in die dunkle Gasse riss. Mariannas Hand fuhr an ihren Gürtel, in dem noch immer das Stilett steckte, mit dem sie den Angreifer in den rechten Arm gestochen hatte. Die letzten Tage über hatte sie jeden um sich herum genauestens beobachtet, um festzustellen, ob jemand darunter war, der eine Verletzung an ebenjener Stelle hatte. Doch außer Dr. Fraser, der seinen verstauchten Arm in der Schlinge trug, war ihr nichts Verdächtiges aufgefallen – bis jetzt! Tatsächlich hatte sie Harry Cleaton seit einiger Zeit nicht mehr zu Gesicht bekommen.

»Was habt Ihr gesehen, Madam?«, fragte eine Stimme an ihrer Seite. Sie wandte den Kopf und sah Buskell neben ihrem Pferd hergehen.

»Ich denke, ich weiß jetzt, wer mich angegriffen hat«, erwiderte sie. »Harry Cleaton hat eine Verletzung am Arm. Ich habe gerade gesehen, wie er zusammengezuckt ist, als mein Vetter ihn berührte.«

»Cleaton also! Nun, das überrascht mich nicht. Ich habe ihn von Anfang an verdächtigt. Er ist ein Katholik aus dem Norden und damit wahrscheinlich ein Anhänger Mary Stuarts. Eine Armverletzung reicht jedoch nicht, ihn zu überführen. Wir brauchen Beweise! Ich werde heute Nacht sein Gepäck durchsuchen.«

»Nichts«, raunte Buskell Marianna am folgenden Morgen zu. »Ich habe Cleatons Sachen durchgesehen, als der Diener schlief. Es war nichts Verdächtiges darunter. Sofern er etwas bei sich hat, das ihn überführen könnte, so trägt er es vermutlich am Körper.«

»Was wollt Ihr jetzt tun?«, fragte Marianna.

»Ihn beobachten, bis er sich verrät. Während der Reise kann ich nichts anderes machen.«
»Und in der Zwischenzeit versucht er vielleicht noch einmal, mich umzubringen. Ich habe Angst, schreckliche Angst, dass es mir so ergehen könnte wie Master Kempe!«
»Beruhigt Euch«, sagte Buskell eindringlich. »Ich behalte ihn im Auge. Euch wird nichts geschehen.«
»Und wenn er stattdessen Euch umbringt?«
Er warf ihr einen strafenden Blick zu. »Haltet Ihr mich für einen Weichling? Ich werde schon mit ihm fertig, verlasst Euch darauf!«

Neunzehntes Kapitel

Der Hof der Herberge in der Nähe von Leicester füllte sich mit Pferden, Wagen und Menschen. Dankbar ließ sich Marianna von einem Stallknecht aus dem Damensattel helfen und gab Nathaniel in Judiths Obhut.

»Geht schon vor. Ich komme gleich nach.«

Den ganzen Tag suchte sie bereits nach einer Möglichkeit, mit Jimmy allein zu sprechen. Sie ertrug es nicht mehr, dass er keine Anstrengung machte, ein wenig Zeit mit ihr zu verbringen, und nur noch gelegentlich das Wort an sie richtete. Sie musste wissen, ob sie ihn auf irgendeine Weise gekränkt hatte, und es wiedergutmachen, mochte es kosten, was es wollte.

Als er neben ihr aus dem Sattel stieg, übergab sie die Stute eilig dem Stallknecht und trat zu ihm.

»Kann ich einen Moment mit Euch unter vier Augen sprechen, Master Danvers?«

Als er ihrem bittenden Blick begegnete, lächelte er gezwungen. »Natürlich, Madam.«

Er schaute sich um und wies dann auf eine offen stehende Pforte, durch die man zu einer Scheune hinter den Stallungen gelangte. »Dort sind wir ungestört.«

Marianna folgte ihm durch die Pforte. Er bemerkte, wie sie unbehaglich die Hände ineinander verkrampfte und von einem Fuß auf den anderen trat. In ihren grünen Augen stand Ratlosigkeit. Der Wind hatte ihr Haar aus der strengen Witwenhaube gelöst und wehte einige lockige Strähnen in ihr Gesicht. In den letzten Strahlen der untergehenden Sonne glänzte es wie Kupfer. Jimmy durchlief ein Schauer. Unfähig, das Schweigen länger zu ertragen, fragte er: »Was kann ich für Euch tun, Madam?«

»Ihr könntet mir sagen, ob ich etwas getan habe, das Euch verärgert hat«, platzte Marianna heraus.

»Eigentlich geht es um etwas, das Ihr nicht getan habt.«

»Das müsst Ihr mir erklären.«

»Ich habe geglaubt, Ihr vertraut mir.«

»Aber das tue ich doch«, beteuerte sie.

»Warum wart Ihr dann nicht offen zu mir?«, fragte er anklagend. »Ihr hättet mir doch sagen können, dass Nathaniel nicht der Sohn Eures Gatten ist.«

Marianna wurde bleich. »Wie könnt Ihr so etwas behaupten?«

»Glaubt Ihr, ich sei blind? Ich habe die Leiche Eures Gemahls gesehen. Es gibt keinerlei Ähnlichkeit zwischen ihm und Eurem Sohn, und dies nicht allein, was die Gesichtszüge oder den Körperbau betrifft. Das Haar Eures Gatten war braun, das Eure ist rot, das Eures Sohnes aber fast schwarz. Seine Augen sind dunkelbraun, die Euren grün und die Eures Gemahls waren blau. Roger Ashton war nicht Nathaniels Vater. Welche anderen wohlgehüteten Geheimnisse habt Ihr noch, Madam?«

Als sie nicht antwortete, zuckte ein schmerzlicher Zug um seine Lippen. »Es gibt einen Mann, den Ihr liebt, so sehr, dass Ihr die Sünde des Ehebruchs begangen habt. Sicher wartet er sehnsüchtig auf Eure Rückkehr, irgendwo in Flandern oder Frankreich, und nun, da Ihr Witwe seid, könnt Ihr Euch endlich zu ihm bekennen. Deshalb wart Ihr so erpicht darauf, mit Eurem Sohn auf den Kontinent zurückzukehren!«

Die ihm eigene Fröhlichkeit und der unwiderstehliche Charme waren völlig von Jimmys Zügen verschwunden. Unversehens erschien er der jungen Witwe wie entrückt hinter einer Mauer, einer glatten, undurchdringlichen Maske der Arroganz.

»Es tut mir leid, wenn ich Euch mit meiner Aufmerksamkeit lästig gefallen bin, Madam«, sagte er hochmütig.
Die Bitterkeit in seiner Stimme traf Marianna tief. Sie wollte ihm widersprechen, ihn über die wahren Umstände aufklären, doch die Erinnerung an die Geschehnisse von damals war so schmerzhaft, dass sie nicht mehr denken konnte. Stumm, wie gelähmt stand sie da und sah ihn nur hilflos an. Sein aschfahles, versteinertes Gesicht verriet, wie verletzt er war. Ihr Schweigen musste ihm wie ein Geständnis erscheinen. Bevor sie sich wieder gefasst hatte, senkte er den Kopf und entfernte sich, ohne noch einmal zurückzublicken.
Marianna spürte, wie ihre Augen sich mit Tränen füllten und ihr ein Schluchzen in die Kehle stieg.
Christophers Stimme in ihrem Rücken ließ sie zusammenfahren. »Vergesst ihn, Madam!«
Als sie sich zu ihm umdrehte und er sie weinen sah, verdüsterte sich sein Gesicht. »Madam, es tut mir leid, wenn ich im Clink schroff zu Euch war, aber ich habe Euren Gemahl geachtet. Ich bin sicher, der Herr hätte gewollt, dass Ihr wieder heiratet. Außer ihm habt Ihr ja niemanden. Aber was wollt Ihr mit so einem, einem Mann aus dem Süden, einem Höfling, dem die Heuchelei im Gesicht geschrieben steht? Eitel und selbstgefällig, das ist er, und keine Träne wert!«
Wie gewöhnlich ließ es Christopher an der nötigen Demut fehlen, zu der er als Diener verpflichtet gewesen wäre, aber er konnte einfach nicht anders, als seine Meinung offen auszusprechen.
»Vergesst ihn«, wiederholte er noch einmal.
Marianna sah ihn schmerzvoll an. »Das kann ich nicht! Ich liebe ihn! Hörst du, Christopher, ich liebe ihn. Ich werde ihm alles erklären. Vielleicht kann er mir vergeben.«

Doch so bald sollte sich keine geeignete Gelegenheit ergeben. Stets hatte Marianna das Gefühl, dass die Blicke ihrer Base und ihres Onkels ihr überallhin folgten. Und da Jimmy von sich aus keine

Anstrengung unternahm, ein Gespräch mit ihr anzufangen, wurde ihre Geduld auf eine harte Probe gestellt.

Eine halbe Tagesreise vor Nottingham begann sich der Himmel zuzuziehen. Die Wolken färbten sich zuerst grau und dann schwarz, so dass die jungen Leute sich entschieden, die langsam dahinzuckelnden Wagen hinter sich zu lassen und zur nächsten Herberge vorauszureiten. Henry Fleetwood allerdings sah es als seine Pflicht, trotz des drohenden Regenschauers bei Gepäck und Dienerschaft zu bleiben, zumal seine Gattin sich nicht mehr gut auf einem Pferderücken hielt und es vorzog, in einem der Wagen mitzufahren.

Marianna schloss sich Tom, Jimmy, Harry und Kate an, weil sie fürchtete, der zarte Nat könne sich eine Erkältung holen, wenn er in durchnässten Kleidern durch die Kälte reisen musste. Tom blieb an ihrer Seite, während die anderen die Gelegenheit nutzten, ihre Pferde einmal richtig ausgreifen zu lassen, und Marianna dankte ihm für seine Rücksichtnahme.

Sie durchquerten gerade ein düsteres Wäldchen, als der Überfall geschah. Aus dem Gehölz am Rande der Landstraße sprangen zwei verwildert aussehende Burschen und versperrten Marianna und ihrem Vetter den Weg. Der eine griff in die Zügel von Toms Pferd und schlug mit einem Knüppel auf den Kopf des Tieres ein. Mit einem Schrei brach es in die Knie und warf seinen Reiter aus dem Sattel. Ein Schlag mit dem Prügel machte Toms Gegenwehr ein Ende, bevor er überhaupt den Degen ziehen konnte.

Marianna stieß einen Schreckensschrei aus und grub die Fersen in die Flanken ihrer Stute, doch da hatte der zweite Strauchdieb bereits die Zügel gepackt. Die junge Frau sah noch, wie sein Kumpane mit einem Messer die Geldkatze von Toms Gürtel schnitt, bevor der Mann die Hände um ihre Taille legte und sie aus dem Sattel zerrte. So laut sie konnte, schrie sie um Hilfe, doch dann spürte sie auf einmal eine eisige Klinge am Hals.

»Hör auf zu schreien, Weib, sonst schneid ich dir die Kehle durch«, knurrte der Räuber.

Sein Spießgeselle hatte inzwischen den vor Schreck wie gelähmten Nat vom Pferd gezogen, musste den Jungen aber loslassen, da die Stute in ihrer Angst zu steigen und zu tänzeln begann und er Mühe hatte, sie festzuhalten.

»Nehmt mein Geld, aber lasst meinen Sohn am Leben, ich bitte Euch«, presste Marianna hervor.

»Mit deinem Geld allein werden wir uns nicht zufrieden geben, Schätzchen!«

Marianna zitterte am ganzen Leib. Verzweifelt versuchte sie einen klaren Gedanken zu fassen. Wo war ihr Dolch? Konnte sie ihn erreichen? Doch schon spürte sie eine grobe Berührung an ihrer Taille.

»Sieh mal an, was haben wir denn da. Du bist nicht schlecht bewaffnet, Kleine«, höhnte der Straßenräuber.

Im nächsten Moment verschwand das spöttische Grinsen von seinem Gesicht. Der Hufschlag galoppierender Pferde näherte sich, und dann kamen drei Reiter um eine Biegung. Trotz ihres Vorsprungs hatten sie Mariannas Rufe gehört. Jimmy und Harry zogen ihre Degen und trieben ihre Pferde auf die Strolche zu, die einige Augenblicke brauchten, um sich von dem Schreck zu erholen. Derweil blieb Kate auf Abstand. Ungeachtet seines verletzten Arms, ging Harry auf den Strauchdieb los, der Tom niedergeschlagen hatte, während Jimmy sein Reittier in Mariannas Richtung lenkte. Der Räuber, der sie umfangen hielt, stieß sie von sich, ließ das Messer fallen und zog einen Degen, den er vermutlich einem anderen Reisenden gestohlen hatte.

Mit wutverzerrtem Gesicht zügelte Jimmy sein Pferd und sprang aus dem Sattel. Marianna hatte ihn noch nie so zornig gesehen. Angstvoll beobachtete sie den kurzen wilden Kampf zwischen den beiden ungleichen Männern. Mit einer Geschmeidigkeit, die sie ihm nicht zugetraut hatte, wich der junge Höfling den Angriffen des grobschlächtigen Strauchdiebes immer wieder aus. Als dieser sich schließlich eine Blöße gab, stieß Jimmy zu. Sein Degen durchbohrte die Brust des Mannes und trat auf seinem Rücken wieder aus. Mit einem leisen, kaum hörbaren Stöhnen erstarrte der Strolch in der Bewegung, dann sackten seine Beine unter ihm weg, und er brach zusammen.

In einer Art Lähmung gefangen, hatte Marianna dem tödlichen Duell zugesehen. Erst als der Straßenräuber tot vor ihr lag, war sie wieder fähig, sich zu rühren. Am ganzen Körper bebend, blickte sie sich nach ihrem Sohn um, und als sie ihn verängstigt, aber unversehrt hinter sich auf dem Boden hocken sah, riss sie ihn erleichtert in die Arme.

Keuchend, in Schweiß gebadet, stand Jimmy vor dem Toten und starrte auf ihn hinab. Sein Gesicht war aschfahl. Ihren Sohn fest an sich gedrückt, trat Marianna an seine Seite und berührte leicht seinen Arm, um ihn von dem Anblick zu lösen.

Erschüttert sah er sie an. »Ich habe noch nie einen Menschen getötet«, sagte er.

Der verständnisvolle Ausdruck auf ihrem Gesicht brachte ihn wieder zu sich. Erleichtert schlang er die Arme um sie und drückte sie an seine Brust.

»Bei Christi Blut, ich hatte solche Angst um Euch!«

Sie schmiegte sich an ihn. Die Beklemmung, die der durchlebte Schrecken zurückgelassen hatte, löste sich, und für wenige Augenblicke war sie glücklich. Doch bald kehrte die Erinnerung zurück, und sie sah sorgenvoll zu ihrem Vetter hinüber.

»Was ist mit Tom? Ist er schwer verletzt?«

Harry hatte sich über ihn gebeugt, nachdem der zweite Straßenräuber die Flucht ergriffen hatte, und Kate ließ sich eben an der Seite ihres Bruders aus dem Sattel gleiten. Gemeinsam brachten sie ihn wieder zur Besinnung.

»Heilige Jungfrau, mir brummt der Schädel«, stöhnte er. »Was ist passiert?«

»Wir wurden überfallen«, erklärte Marianna. »Ein Straßenräuber hat dich niedergeschlagen und dir den Geldbeutel gestohlen.«

Sich mit den Händen den Kopf haltend, sah Tom sich um. Sein Blick fiel auf sein Pferd, das am ganzen Leib zitternd wieder auf die Beine kam. Erleichtert tätschelte Tom ihm den Hals.

»Das wird schon wieder, Junge! Bist ein ebensolcher Dickschädel wie ich.«

Marianna bemerkte, dass Jimmys Blick zu dem Toten zurückgekehrt war. Sein Degen steckte noch immer in dessen Brust. Es kostete ihn Überwindung, sich von Marianna zu lösen und die Waffe aus der Leiche zu ziehen. Da er kein Tuch zur Hand hatte, um die Klinge vom Blut zu säubern, beugte er sich widerwillig über den Toten und wischte sie an dessen Kleidern sauber. Kate, die ihn mit gerunzelter Stirn beobachtet hatte, trat an seine Seite und zog ihn von dem Leichnam weg.

»Seht nicht hin! Ihr hattet keine andere Wahl.«

Harry ließ Tom auf sein Pferd steigen und führte das verletzte Reittier am Zügel. Diesmal blieben sie eng beieinander, für den Fall, dass noch mehr Straßenräuber im Wald lauerten. Der Himmel zeigte sich gnädig und öffnete erst dann seine Schleusen, als sie die nächste Herberge erreicht hatten.

Den ganzen Abend gab es kein anderes Gesprächsthema als den Überfall. Jimmy wurde wie ein Held gefeiert, und selbst Henry Fleetwood sprach ihm für seinen Mut und sein Geschick mit dem Degen die größte Hochachtung aus.

Dr. Fraser hatte Toms Kopfverletzung untersucht und ein Kräuterpflaster aufgelegt. Die anhaltenden Schmerzen hatten den jungen Mann gezwungen, sich früh zu Bett zu begeben. Inzwischen war allerdings jeder so erschöpft von der langen Reise, dass niemand nach dem Spätmahl noch Lust verspürte, in den durchfeuchteten Kleidern im Schankraum zu sitzen.

Marianna bemerkte, dass Jimmy in den Hof hinausging, um vor dem Schlafengehen noch etwas Luft zu schnappen. Und da sie Nat bereits mit Judith ins Bett geschickt hatte, folgte sie ihm ins Freie. Der Regen hatte aufgehört. Zuerst konnte sie ihn in dem von Fackeln erleuchteten Innenhof nicht entdecken. So schritt sie langsam zu den Ställen hinüber und sah ihn schließlich bei seinem Pferd stehen und ihm die Nüstern streicheln.

»Master Danvers«, rief sie leise.

Er wandte den Kopf. Sein Gesicht war ernst und verschlossen.

»Es war ein seltsames Gefühl«, murmelte er.

Verwundert runzelte sie die Stirn. »Was meint Ihr?«

»Als die Klinge in den Körper fuhr. Ich habe es mir nicht so vorgestellt. Ich dachte …«

»Was dachtet Ihr?«, fragte sie sanft, um ihn zum Weiterreden zu ermuntern.

Er zuckte die Schultern. »Ich weiß nicht. Es war so einfach, einen Menschen zu töten … ich musste nur mit dem Degen zustoßen … es war so erschreckend einfach …«

Marianna trat näher und berührte seinen Arm. »Grämt Euch nicht. Ihr habt mir das Leben gerettet! Mir und meinem Sohn und vermutlich auch Tom.«

Ein Schauder schüttelte ihn. Sein Blick begegnete dem ihren, und als er die Bewunderung und Zärtlichkeit darin sah, empfand er Trost.

»Ich schulde Euch eine Erklärung, das heißt, wenn Ihr sie hören wollt«, sagte sie scheu.

Sein Körper versteifte sich, und er wandte sich wieder dem Pferd zu. »Ihr braucht mir nichts zu erklären.«

»Ich möchte aber. Ihr hattet recht. Nat ist nicht Rogers Sohn. Es gab tatsächlich einen Mann, mit dem ich für kurze Zeit eine Liebschaft eingegangen war, ein spanischer Offizier, den ich in Flandern kennenlernte. Er besaß einen verführerischen Charme, und da mein Gatte nicht oft … auf seine ehelichen Rechte bestand, fühlte ich mich einsam. Natürlich fand Roger es heraus. Und er war sehr verletzt, als ihm klar wurde, dass ich nicht von ihm schwanger war.«

»Deshalb schickte er Euch nach England zurück.«

»Ja. Es dauerte lange, bis er mir vergeben hatte, aber am Ende tat er es. Ich war ihm keine gute Ehefrau, und ich mache mir schwere Vorwürfe, dass Roger wegen eines Kindes, das nicht das seine war, in die Hände seiner Mörder fiel.«

Jimmy hörte ihr aufmerksam zu. »Warum habt Ihr mir das nicht schon viel früher erzählt?«

Über ihr Gesicht glitt ein Ausdruck des Schmerzes. »Weil ich nicht mehr an Nats Vater denken wollte.«

»Er wartet also nicht auf Euch?«

»Nein, er ist tot. Kurz nachdem ich bemerkte, dass ich schwanger war, starb er an der Pest. Ich habe ihn gepflegt. Ich habe seine Qualen mit angesehen. Es war furchtbar.« Ihre Augen schimmerten feucht. »Deshalb habe ich nicht über ihn gesprochen. Die Erinnerung an seinen Tod ist zu schrecklich!«

»Ihr müsst ihn sehr geliebt haben«, sagte Jimmy tonlos.

»Ich hatte ihn gern, das ist wahr, aber ich habe ihn nicht geliebt. Ich wusste nicht, was es heißt, zu lieben … bis ich Euch traf.«

Mit einem rührenden Ausdruck kindlicher Freude sah er sie an. »Meint Ihr das ernst?«

Sie legte ihre Hände in die seinen. »Ja, Jimmy, ich liebe Euch. Ich kann es kaum ertragen, wenn Ihr fern von mir seid.«

Seine Augen leuchteten auf. Irgendwo in seinem Bauch begann etwas herumzuflattern, ein Gefühl, das er nicht kannte. Er hob die Hand und streichelte sanft ihre Schläfe, ihre Wange, den Hals, so weit ihr Reiseumhang es zuließ. Die Kälte und der scharfe Wind der letzten Tage hatten ihre Haut rauh werden lassen, doch ihm erschien sie wie Seide. Behutsam zog er sie an sich, senkte den Kopf und fand mit den Lippen ihren warmen Mund. Marianna ließ es geschehen. Der zärtliche Kuss löste Empfindungen in ihrem Körper aus, wie sie sie seit vielen Jahren nicht mehr erlebt hatte. Es war, als wenn sie aus einem lähmenden Todesschlaf wieder zum Leben erwachte. Und je länger seine Lippen und seine Zunge sie liebkosten, desto stärker wurde das warme Fluten, das sich in ihren Gliedern ausbreitete. Es war ein überraschend erfahrener Mund, der so kunstfertig lang entbehrte Lustgefühle in ihr zu wecken verstand. Doch dieser Gedanke streifte sie nur kurz. Seine Lippen lösten sich von ihr und ließen sie unbefriedigt zurück.

»Mehr«, flüsterte sie.

Er musste lachen. »Wer hätte gedacht, dass sich in der strengen Witwenrobe so viel Leidenschaft verbirgt.«

Ihre Lippen fanden sich erneut. Sie spürte seine Hände um ihre Taille gleiten, in dem Bemühen, sie enger an sich zu ziehen, doch die dicken Stoffe, die sie beide gegen die Kälte trugen, verhinderten jegliche Nähe. Draußen auf dem Pflaster des Innenhofs waren Schritte zu hören. Nur widerwillig löste Jimmy seine Arme von ihr.

»Es ist besser, wenn wir jetzt wieder hineingehen«, sagte er, ohne seine Enttäuschung verbergen zu können. »Man wird uns bereits vermissen.«

Marianna nickte schweigend. Es fiel ihr schwer, sich von ihm zu trennen, nun, da sie zueinander gefunden hatten. In der Kammer, die sie mit den anderen Frauen teilte, fand sie lange keinen Schlaf. Die Erinnerung an Jimmys Küsse verscheuchte jede Spur von Müdigkeit.

Zwanzigstes Kapitel

Am Tag der heiligen Barbara erreichten sie endlich das Ziel ihrer Reise. Kirkby Hall, der Familiensitz der Fleetwoods, lag vor ihnen. Geschäftigkeit setzte ein, als das Gesinde, das in Yorkshire verblieben war, heraneilte, um den von der Reise erschöpften Dienern beim Abladen des Gepäcks und der Möbel zu helfen. Marianna brachte ihren Sohn so rasch wie möglich ins Haus und setzte ihn vor den Kamin im Großen Saal, der die Mitte des Gebäudes einnahm und über den sich eine prächtige Stichbalkendecke breitete. Dort wartete Marianna, dass man ihr ein Gemach zuweisen würde. Sie hatte ihren Onkel überredet, ihr vor der Weiterreise ein paar Tage lang Gastfreundschaft zu gewähren, damit Nathaniel sich von den Strapazen des tagelangen Rittes erholen konnte. Die Blässe des Jungen und die dunklen Schatten unter seinen Augen bereiteten ihr Sorge. Sie hatte Angst, er könne krank werden, wenn sie ihm nicht ein wenig Ruhe gönnte. Katharine hatte sich über die großzügige Geste ihres Vaters wenig erfreut gezeigt. Die Kühle, mit der sie ihre Base behandelte, hatte sich inzwischen zu eisiger Feindseligkeit gewandelt. Tom gab sich die größte Mühe, die Wogen zu glätten, musste jedoch einsehen, dass der Groll seiner Schwester gegenüber Marianna zu tief saß, als dass sein gutmütiges Zureden sie zur Vernunft bringen konnte.

»Ich weiß nicht, was sie gegen dich hat«, seufzte er, am Ende seiner Weisheit angekommen. »Verstehe einer die Weiber! Anwesende natürlich ausgenommen, Marianna.«

Der Einzige, der Gefallen am Verhalten der Tochter des Hauses

fand, war Buskell. »Sie fühlt sich von Euch in die Enge getrieben. Was immer ihre Verbindung zum Greif ist, ich denke, sie wird sich früher oder später verraten«, erklärte er erwartungsvoll.
Marianna nahm es gelassen. Seit sie die Grafschaft Yorkshire mit ihrer rauhen Moorlandschaft, ihrer unendlichen grünen Weite erreicht hatten, fühlte sie sich wie zu Hause. Hier hatte sie ihre Kindheit verbracht. Das fruchtbare Weideland der Moore hatte seit Jahrhunderten die Schafe fett und die Menschen reich und selbstbewusst gemacht. Man misstraute allem, was aus dem Süden kam, ganz besonders der »neuen« Religion. Die Anordnungen der Regierung in London, in den Kirchen die Altäre, Kruzifixe und Lettner abzureißen oder Statuen, Messgewänder, Weihrauchfässer und Messbücher zu vernichten, wurden nur halbherzig oder gar nicht ausgeführt. In dem Verlangen, ihre religiösen Gebräuche zu erhalten, hatten sich die Menschen des Nordens zwei großen Rebellionen gegen die Tyrannei des Südens angeschlossen: der Gnadenwallfahrt und dem Aufstand der Grafen Northumberlands und Westmorlands vor etwas mehr als zehn Jahren. Sie hatten es teuer bezahlt. Hunderte von ihnen wurden gehängt, so dass die Bäume voller Leichen hingen.
Hier im Norden hatte der Name Percy ein besonderes Gewicht. Thomas Percy, der siebte Earl of Northumberland, war der letzte große Fürst des Grenzlands zwischen England und Schottland gewesen. Die Menschen hatten ihn geliebt und verehrt. Als er im Jahre 1572 ohne Prozess in York hingerichtet wurde, tauchten viele der Zuschauer Tücher in sein Blut, um es als Reliquie zu bewahren. Sie taten dies nicht, weil er eine katholische Rebellion gegen die Königin angeführt, sondern weil er das Angebot ausgeschlagen hatte, seinem Glauben abzuschwören und damit sein Leben zu retten.
Nach seinem Tod waren Elizabeths Minister umso mehr entschlossen, den Eigensinn der Leute des Nordens zu brechen. Fortan

herrschten Henry Hastings, Earl of Huntingdon, als Lord Lieutenant und Lord President des königlichen Rates im Norden, und Erzbischof Edmund Grindal, beide Puritaner, mit eiserner Hand in York. Ihr Ziel war es, die noch bestehenden Bräuche der alten Religion auszumerzen, und bald schon begannen sich die Gefängnisse mit »starrsinnigen Rekusanten« zu füllen, wie man diejenigen nannte, die sich weigerten, den anglikanischen Gottesdienst zu besuchen.

Auch wenn die Veränderungen der letzten Jahre, die den Norden unter die Herrschaft des Südens zwingen sollten, Marianna traurig machten, fühlte sie sich hier doch weniger hilflos und ausgeliefert als in London. Alles, was sie noch mit dem Alptraum der letzten Wochen verband, war Buskell. Marianna kannte ihre Landsleute gut genug, um zu wissen, dass die Lüge des Spitzels, er sei ein ehemaliger Diener des Earl of Northumberland, nicht lange vorhalten würde. Irgendwann würden sie ihn durchschauen, vielleicht taten sie es auch längst.

Nach dem Spätmahl teilte Fleetwood seiner Nichte mit, dass er am nächsten Morgen einen Boten zu ihrer Familie nach Beverley schicken würde. Wenn er zurückkehrte, würde man Mariannas Weiterreise planen.

Nach dem Gespräch schlüpfte die junge Witwe aus dem Haus und begab sich zu den Ställen, um nach ihrer Stute zu sehen. Sie brauchte nicht lange zu warten. Bald gesellte sich wie zufällig Buskell zu ihr.

»Gibt es etwas Neues, Madam?«, fragte er im Flüsterton.

»Ja, mein Onkel will einen Boten zu meiner Familie schicken. Bei nächster Gelegenheit wird er mich nach Beverley bringen lassen.«

»Das ist nicht gut. Wir brauchen mehr Zeit. Ihr müsst Euch einen Vorwand einfallen lassen, weshalb Ihr noch nicht reisen könnt.«

»Was soll ich tun? Vorgeben, ich sei krank?«

»Nein, das hilft uns nicht weiter. Wenn Ihr krank seid, wird man erwarten, dass Ihr in Eurem Gemach bleibt. Ihr müsst aber im Haus Augen und Ohren offen halten. Sagt Eurer Magd, sie soll die Kranke spielen.«

Marianna antwortete nicht. Es erschien ihr makaber, dass er diesen Vorschlag machte, denn Judith war tatsächlich krank – allerdings litt nicht ihr Körper, sondern ihre Seele. Vor zwei Tagen hatte sie sich das erste Mal übergeben, und da sie sich am nächsten Morgen wieder unwohl fühlte, war sie nun überzeugt davon, schwanger zu sein. Der gemeine Überfall damals in der Herberge hatte eine verderbte Frucht hervorgebracht.

»Vielleicht könnt Ihr Eurem Onkel vorschlagen, mich als Boten zu schicken«, meinte Buskell. »Das würde uns helfen, Zeit zu gewinnen.«

»Ich werde mich darum kümmern«, versprach Marianna.

Zu ihrer Erleichterung ging Fleetwood auf den Vorschlag ein. Er brauchte seine Leute für die anstehende Arbeit im Haus und auf den Ländereien. Nachdem er einen Brief verfasst und Buskell ausgehändigt hatte, machte sich dieser in aller Frühe auf den Weg.

Marianna begab sich zurück in ihr Gemach, um nach Nat zu sehen, der noch friedlich geschlafen hatte, als sie vor dem Frühmahl zu ihrem Onkel gegangen war. Judith war dabei, die Kleider des Jungen zurechtzulegen, und Nat wusch sich an der Zinnschüssel, die auf einer Truhe stand. Wie stets, wenn sie seinen malträtierten Rücken sah, krampfte sich Marianna das Herz zusammen. Sie würde niemals zulassen, dass er zu Hugh Simpson zurückkehrte, was immer es sie auch kosten mochte!

»Wie fühlst du dich, mein Schatz?«, fragte sie und blickte forschend in sein noch immer blasses Gesicht mit den schmalen Wangen und den übergroßen Augen.

»Gut, Mutter«, versicherte er mit feierlichem Ernst. »Werden wir hier bei Master Fleetwood bleiben?«

»Nein, mein Liebling, nicht für lange. Unsere Reise ist leider noch nicht zu Ende.«

Sie betrachtete ihn, während er sich Hemd, Wams und Hosen überzog. Er hatte gelernt, selbstständig zu sein, und ließ sich nicht gerne helfen. Nur das Binden der venezianischen Hosen unterhalb des Knies bereitete ihm noch Schwierigkeiten, und so musste Judith ihm dabei zur Hand gehen.

»Können wir uns vor dem Essen das Haus ansehen?«, fragte er mit unternehmungslustig leuchtenden Augen.

»Das ist eine gute Idee«, stimmte seine Mutter zu. Wenn sie Glück hatte, würden sie auf Jimmy treffen. Vielleicht ergab sich eine Gelegenheit, ein paar Worte mit ihm allein zu wechseln.

Nachdem sie sich vergewissert hatte, dass es Judith gut ging, verließ Marianna mit ihrem Sohn die Schlafkammer. Um zur Treppe zu gelangen, mussten sie die Gemächer ihres Vetters und ihres Onkels durchqueren. Hier in Kirkby Hall gab es noch keine breite Holztreppe wie im Fleetwood House in London, sondern nur steinerne Wendeltreppen aus dem vergangenen Jahrhundert. Unten mündeten die Stufen in einen Gang, der in den Großen Saal führte. Bevor man den Korridor betrat, ermöglichte ein Erkerfenster einen schönen Ausblick auf den Kräutergarten im Innenhof des Hauses. Marianna hielt auf der untersten Stufe inne, als sie Jimmy in dem Erker stehen und auf den mit Rauhreif überpuderten Garten hinausblicken sah. Unwillkürlich wurde ihr bewusst, wie viel gelassene Eleganz in seiner Haltung lag. Im Gegensatz zu Toms etwas linkischer Art wohnte jeder seiner Gesten eine Geschmeidigkeit inne, die an einen Tänzer erinnerte. Marianna konnte gut verstehen, weshalb er in der Gunst der Königin stand. Es hieß, Elizabeth schätze es sehr, wenn ein Höfling beim Tanz eine gute Figur machte. Wie stets war Jimmy tadellos gekleidet, in ein weißes, mit Perlen besticktes Wams, eine schwarze Heerpauke und einen ebenfalls mit Perlen verzierten Umhang aus schwarzem Samt über der linken Schulter, viel zu fein

für Tageszeit und Umgebung. Jimmy Danvers ließ sich nie gehen. Er spielte stets dieselbe Rolle – den vornehmen, stets beherrschten Galan –, und er spielte sie, ohne sich eine Blöße zu geben und ohne jemals zu ermüden.
Marianna wünschte sich leidenschaftlich, hinter seine Stirn sehen zu können. Was ging dahinter vor? Liebte er sie wirklich?
Als habe er ihren Blick gespürt, wandte er sich um. Seine Augen begannen zu strahlen.
»Mistress Ashton ... Marianna ... ich befürchtete schon, Euch erst beim Frühmahl zu sehen, unter dem strengen Blick Eures Onkels.«
»Habt Ihr auf mich gewartet?«
Er nickte, dann grüßte er Nat und lud sie ein, mit ihm ein paar Schritte durch den Kräutergarten zu gehen. Es war kalt, und der Garten bot zu dieser Jahreszeit einen traurigen Anblick, doch hier waren sie ungestört.
»Was geschieht nun, meine Liebe? Werdet Ihr weiter nach dem Greif forschen?«
»Habe ich eine andere Wahl? Wenn ich mich weigere, werden sie mir meinen Sohn wieder wegnehmen. Leider läuft mir die Zeit davon. Mein Onkel hat einen Boten zu meiner Familie geschickt, um sie von meiner Ankunft zu unterrichten. Trotzdem habe ich nicht den Eindruck, dass er mich loswerden will, weil er in mir einen Spitzel der Regierung sieht. Sofern Katherine über meine Absichten im Bilde ist, hat sie es offenbar ihrem Vater nicht mitgeteilt.«
»Vielleicht verdächtigt Ihr sie zu Unrecht«, gab Jimmy zu bedenken.
»Aber wie erklärt Ihr Euch dann ihr seltsames Benehmen bei dem Turnier?«
»Sie könnte dem französischen Gesandten doch tatsächlich nur ein verlorenes Schnupftuch zurückgebracht haben.«
»Und die Tatsache, dass ich das Pferd jenes Mannes, der mich in der Glockenherberge beobachtete, im Stall meines Onkels fand und sie außer den Knechten die Einzige sein soll, die es reitet?«

»Möglicherweise war es einer der Pferdeburschen, der Euch in der Glockenherberge wiedererkannte und einfach neugierig wurde.«

»Und was ist mit Katherines abweisender Haltung mir gegenüber? Sie benimmt sich, als ob sie schuldig wäre.«

»Ihre Kühle mag nicht mehr sein als die Eifersüchtelei einer Frau, die das Gefühl hat, nicht mehr im Mittelpunkt zu stehen.«

Marianna wollte widersprechen, doch dann bemerkte sie, dass ihr die Argumente ausgingen.

»Vielleicht habt Ihr recht«, räumte sie mit einem Seufzen ein.

Jimmy lächelte über ihr enttäuschtes Gesicht. »Ich wollte Euch nur anregen, noch einmal über Euren Verdacht nachzudenken.«

Marianna begegnete Nats fragendem Blick. In ihrem Eifer, Kate zu überführen, hatte sie seine Anwesenheit fast vergessen.

»Nat, versprich mir, dass du niemandem etwas über dieses Gespräch sagst.«

»Gewiss, Mama«, erwiderte er.

»Nun geh wieder rein und warte im Großen Saal auf uns. Ich muss noch etwas mit Master Danvers besprechen.«

Sie sah ihm nach, wie er langsam und gesittet zwischen den Kräuterbeeten davonging. Bevor man ihn ihr weggenommen hatte, wäre er wie ein kleiner Wildfang über den Gartenweg gestürmt, fröhlich und unbeschwert. Es war bedrückend, mit ansehen zu müssen, dass er diese Unbekümmertheit verloren hatte. Simpson musste sie regelrecht aus ihm herausgeprügelt haben.

»Man hat seinen Willen gebrochen«, bemerkte Jimmy, der ihrem Blick gefolgt war. »Aber bei Euch wird er bald wieder der Alte sein.«

Sein Einfühlungsvermögen tröstete Marianna. Wie schon einmal hatte sie das Gefühl, dass er eigentlich über sich selbst sprach. Sie widerstand dem Verlangen, ihn in die Arme zu nehmen und an sich zu drücken, um ihn zu ermutigen, sich ihr anzuvertrauen. Wenn sie doch nur die Gelegenheit bekäme, allein und ungestört mit ihm zu sein, fern der missbilligenden, sie ständig beobachtenden Blicke ihres Onkels.

Es missfiel Marianna, den Zauber des Augenblicks zu zerstören, aber sie wollte ihm noch etwas mitteilen, bevor sie vielleicht unterbrochen wurden.

»Ich bin noch nicht dazu gekommen, Euch zu erzählen, was ein paar Tage vor unserem Aufbruch geschehen ist. Ihr wart zu der Zeit bei Hof.«

Er sah ihrem Gesichtsausdruck an, dass es sich um etwas Schwerwiegendes handelte.

»Als ich mich nach einem Treffen mit Buskell von der Glockenherberge zurück in die Bishopsgate Street begab, wurde ich überfallen –«

Jimmy starrte sie entsetzt an. »Was? Und das sagt Ihr mir erst jetzt? Was ist passiert?«

»Jemand packte mich von hinten und zog mich in eine Gasse. Zum Glück hatte Buskell mir zuvor einen Dolch gegeben. Es gelang mir, den Angreifer am Arm zu verletzen und ihn in die Flucht zu schlagen.«

Jimmys Hände legten sich auf ihre Schultern, als wollte er sie an sich ziehen, doch er beherrschte sich. »Hat er Euch irgendetwas getan?«

»Nein, ich hatte Glück. Mir ist nichts geschehen. Er hat mir nur einen Schrecken eingejagt. Und ich weiß auch, wer der Angreifer war. Zuerst verdächtigte ich Dr. Fraser, weil er seinen Arm in der Schlinge trägt, doch dann sah ich, dass Cleaton Schmerzen im rechten Unterarm hat.«

»Cleaton? Harry, meint Ihr? Aber das ist unmöglich!«

»Ich bin sicher, dass er am Arm eine Stichwunde hat. Er muss es gewesen sein!«

»Aber … ich kenne ihn seit Jahren. Er könnte keiner Fliege etwas zuleide tun.«

»Wie erklärt Ihr Euch dann die Verletzung am Arm?«
In Jimmys Gesicht stritten Unglauben und Wut. »Ich gebe zu, das spricht gegen ihn.« Auf einmal gewann sein Zorn die Oberhand. »Ich werde eine Erklärung von ihm fordern!«
Er wollte schon losstürmen, doch Marianna hielt ihn zurück.
»Wenn Ihr ihn zur Rede stellt, werdet Ihr alles verderben. Ich habe Buskell meinen Verdacht mitgeteilt, und er hat daraufhin Cleatons Gepäck durchsucht, aber nichts Verfängliches gefunden.«
»Ich werde ihn schon zum Sprechen bringen!«, rief Jimmy aufgebracht.
»Nein, tut das nicht! Wenn er der Greif ist, wird er sich davonmachen … oder er könnte Euch etwas antun!«
»Wenn er wirklich der Greif sein sollte, so unglaublich mir das erscheint, wäre er auch für Euch eine Gefahr, Marianna.«
»Hier im Haus fühle ich mich sicher. Und falls er mir doch wieder auflauert, werde ich mich zu verteidigen wissen!«, fügte sie entschlossen hinzu.
Jimmys Miene blieb skeptisch. »Ich weiß nicht, ob ich Harry gegenübertreten kann, ohne auch nur den Versuch zu unternehmen, die Wahrheit zu erfahren.«
»Bitte lasst Harry Cleaton gegenüber nichts von dem verlauten, was ich Euch anvertraut habe. Buskell wird sicher einen Weg finden, ihn zu überführen.«
»Und falls er allein nicht weiterkommt, wird er Euch noch größerer Gefahr aussetzen.«
»Ich bin vorsichtig, das verspreche ich Euch«, beteuerte Marianna.
»Also gut. Aber Ihr müsst mir erlauben, über Euch zu wachen.« Er sah sie fordernd an, bis sie schließlich nickte.

Am Nachmittag des folgenden Tages kehrte Buskell zurück und teilte Fleetwood mit, dass er den Brief wie gewünscht abgeliefert habe. Daraufhin ließ Fleetwood Marianna zu sich rufen und schlug

ihr vor, sie nach Beverley geleiten zu lassen. In zwei Tagen, wenn ihr Sohn sich genügend erholt haben würde, sollte sie aufbrechen.
Nach der Unterredung begab sich Marianna in den Stall und wartete bei ihrer Stute auf Buskell. Es dauerte eine Weile, bis der Spitzel erschien. Offenbar hatte er sich nach dem langen Ritt eine seltene Wäsche gegönnt. Als er sich ihr näherte, trug er sein durchschwitztes Hemd unter dem Arm und war noch damit beschäftigt, die Knöpfe seines Wamses über dem nackten Oberkörper zu schließen.
»Nun, wie hat Euer Onkel entschieden?«
»Er will mich in zwei Tagen nach Beverley schicken.«
»Das dachte ich mir. Versucht also, Eure Abreise zu verzögern. Habt Ihr Eure Magd unterrichtet, dass sie die Kranke spielen muss?«
»Noch nicht, aber ich werde es ihr erklären.«
»Gut.« Buskell zeigte sich befriedigt. »Bis dahin kann sie sich noch auf andere Weise nützlich machen. Gebt ihr dieses Hemd und sagt ihr, sie soll es für mich flicken. Ein Ärmel ist eingerissen. Ich bin unterwegs an einem Ast hängen geblieben.«
Marianna traute ihren Ohren nicht. Die Dreistigkeit dieses Mannes kannte keine Grenzen.
»Vielleicht wisst Ihr das nicht, Master Buskell, aber Stallknechte flicken ihre Kleider gewöhnlich selbst«, erwiderte sie spitz.
Seine Augen verengten sich böse. »Muss ich Euch daran erinnern, dass Eure Freiheit und die Eures Sohnes allein von meinem guten Willen abhängen? Man kann Euch das Bürschchen ganz schnell wieder wegnehmen und Euch in den Tower zurückbringen, wenn Ihr nicht mit mir zusammenarbeitet! Und gebt Euch nicht der Illusion hin, dass ich hier im rebellischen Norden keine Macht hätte. Ich habe unterwegs in York Halt gemacht und Seine Lordschaft, den Earl of Huntingdon, aufgesucht, um ihn von meinem Auftrag zu unterrichten. Wenn mir etwas zustoßen sollte, wird er jeden Einzelnen hier einem strengen Verhör unterziehen, Euch eingeschlossen.«

Marianna wurde blass. Wie stets hatte sie den Fehler begangen, die Gefährlichkeit eines anderen Menschen zu unterschätzen. Buskell bemerkte, dass seine Worte sie getroffen hatten, und reichte ihr triumphierend das schmutzige Hemd.

»Ziert Euch nicht so, meine Liebe. Ich habe mir in York von einer Magd Seiner Lordschaft bereits ein paar lose Knöpfe annähen lassen, hatte aber keine Zeit, ihr auch noch mein Hemd zum Flicken zu geben.« Er deutete auf zwei Knöpfe an seinem Wams.

Mit zusammengepressten Lippen nahm Marianna das Hemd entgegen und ließ ihn stehen. Sie konnte seine Gegenwart nicht länger ertragen. In ihrem Gemach brachte Judith gerade Nat zu Bett. Marianna nahm die Magd zur Seite und zeigte ihr das Hemd.

»Dieser unerträgliche Mensch Buskell lässt dich bitten, sein Hemd zu flicken«, sagte sie, seine tatsächlichen Worte etwas abmildernd. »Angesichts seines Zustands wirst du es wohl auch waschen müssen.«

Judith nickte gehorsam, nahm das Leinenhemd entgegen und wandte sich zur Tür. Sie hatte die Hand schon auf dem Riegel, als sie plötzlich zur Salzsäure erstarrte. Ihr Blick ging ins Leere, als sehe sie etwas, das sich in ihrer Erinnerung abspielte. Dann verdrehte sie die Augen und sackte mit einem herzzerreißenden Stöhnen nach vorn. Marianna eilte zu ihr, erreichte sie jedoch nicht mehr, bevor sie mit Oberkörper und Gesicht auf den Holzboden schlug. Nur mühsam gelang es ihr, den schlaffen Körper der Magd auf den Rücken zu drehen.

Mit vor Entsetzen geweiteten Augen trat Nat an die Seite seiner Mutter. »Was ist mit ihr, Mama?«

»Sie ist ohnmächtig geworden. Tauch eines der Leintücher in das Wasser in der Kanne und bring es mir.«

Marianna holte ein Kissen vom Bett und legte es der Magd unter den Kopf. Dann betupfte sie Stirn und Wangen des Mädchens mit dem feuchten Leintuch. Doch es verging eine ganze Weile, bevor Judith sich zu rühren begann.

»Der Geruch …«, murmelte sie schwach. »Er … er hat mich gepackt und mir die Röcke über das Gesicht gezogen …« Ihr Blick irrte ruhelos umher, wie auf der Suche nach dem, der ihr Angst machte.
Marianna, die sie an den Schultern festhielt, spürte, dass sie am ganzen Körper zitterte.
»Beruhige dich doch, Judith. Du bist in Sicherheit.«
Das Mädchen brach in Tränen aus. »Er war da! Ich hab seine Gegenwart gespürt. Er war da!«
Verständnislos runzelte Marianna die Stirn. Doch dann fiel ihr Blick auf das Hemd, das die Magd hatte fallen lassen, und ihr wurde mit einem Mal alles klar.
»Buskell!«, stieß sie hervor. »Er war es! Er hat dich vergewaltigt!«
Also war Buskell einer der Männer gewesen, die Walsingham damals geschickt hatte, um sie zu verhaften. Während seine Kumpane sie in der Kammer überfallen hatten, war Buskell der Magd zum Brunnen gefolgt und hatte sie vergewaltigt! Als die anderen Männer dann vor den gezückten Degen der Reisenden geflohen waren, hatte er sich ebenfalls aus dem Staub gemacht. Marianna spürte im wahrsten Sinne des Wortes, wie ihr die Galle hochkam. Dieses Schwein! Dieses verfluchte Schwein! Das Verlangen, ihn zur Rede zu stellen, ihm ihre Abscheu ins Gesicht zu schleudern, wurde so stark, dass sie ebenfalls zu zittern begann.
»Mama, hat der neue Reitknecht Judith Gewalt angetan?«, fragte Nat mit dünner Stimme.
Marianna sah ihn erschrocken an. Verstand er, was er da sagte? Am liebsten hätte sie die furchtbare Angelegenheit von ihm ferngehalten. Da er es nun aber wusste, wollte sie ihn auch nicht belügen.
»Ja, mein Sohn«, bestätigte sie mit gepresster Stimme. »Judith hat Schreckliches durchgemacht und braucht jetzt unser aller Trost. Aber du darfst mit niemandem darüber sprechen, hörst du?«

Marianna warf sich ihren Mantel über und verließ das Gemach. Sie konnte die Sache nicht auf sich beruhen lassen.

Draußen war bereits die Dämmerung hereingebrochen, und im Hof vor dem Haus, der von den Stallungen, Scheunen und dem Hundezwinger umschlossen wurde, herrschte Zwielicht. Marianna betrat die Stallungen und sah sich um. Doch Buskell war nicht da. Daraufhin suchte sie ihn in der Scheune und im Hof. Wo war dieser Mistkerl?

Schließlich fragte Marianna einen Jungen, der sich gerade zu den Stallungen begab, nach ihrem Reitknecht.

»Ich glaube, er ist in die Küche gegangen, um etwas zu essen«, erklärte der Knabe, der etwa im selben Alter war wie Nat.

Marianna dankte ihm und ging ins Haus zurück. Vom Großen Saal aus führte eine Passage durch die Speisekammer in die geräumige Küche, den wärmsten Ort im ganzen Gebäude. Ein riesiger offener Kamin diente als Feuerstelle, in der Fleisch an Spießen geröstet und verschiedene Gerichte in großen Kesseln geschmort oder gekocht wurden. Die köstlichsten Düfte erfüllten die Küche, denn der Koch und seine Gehilfen waren gerade dabei, das Spätmahl zuzubereiten. Die Wände waren weiß getüncht, und der Steinboden wurde peinlich sauber gehalten. Auf zwei groben Tischen standen Schüsseln und Krüge aus Ton, lagen Bretter zum Bearbeiten der Zutaten, Holzteller und Messer in allen Größen. Auf halber Höhe des Raumes hatte man einen Holzboden eingezogen, der über eine Leiter erreichbar war und auf dem Getreidesäcke gelagert wurden. Im hinteren Bereich der Küche befand sich ein Tisch für das Gesinde, wenn es sich aufwärmen wollte. Gewöhnlich speisten die Bediensteten im Großen Saal, doch nicht jeder hatte Zeit, sich in Ruhe zu den anderen zu setzen. Marianna hielt Ausschau nach Buskell, konnte ihn aber nicht entdecken. Auf einer Bank saß Christopher und nippte an einem Becher Warmbier. Als er seine Herrin sah, stand er auf und kam ihr entgegen.

»Madam, sucht Ihr jemanden?«
»Buskell. Hast du ihn gesehen?«
»Er war eben noch hier. Hat sich aufgespielt, als sei er etwas Besseres, und wollte von den Küchenjungen bedient werden«, erzählte Christopher abfällig.
»Weißt du, wo er jetzt ist?«
»Nein, wahrscheinlich in der Kammer, die wir uns teilen.«
Christopher bemerkte ihr angespanntes Gesicht und fragte besorgt: »Was hat er getan?«
Marianna berührte ihn am Arm und dirigierte ihn zu der Bank zurück, auf der er gesessen hatte.
»Ich habe dir doch erzählt, dass damals, als wir uns in der Nähe von Dover trennten, zwei von Walsinghams Männern versuchten, mich zu verhaften. Ein dritter überfiel Judith und vergewaltigte sie. Dieser dritte Mann war Buskell.«
Wutentbrannt fuhr Christopher von der Bank auf. »Dieser Bastard! Dieses verdammte Schwein!«
»Ich habe es eben erst erfahren«, fuhr Marianna fort. »Und ich kann das nicht einfach hinnehmen. Aus diesem Grunde suche ich ihn.«
»Dann lasst mich Euch begleiten!«
Marianna stimmte zu, froh darüber, Buskell nicht allein gegenübertreten zu müssen. Im Hof führte eine Holztreppe zu den Gesindekammern über den Ställen. Christopher bat seine Herrin zu warten. »Ich werde nachsehen, ob er oben ist.«
Um sich ein wenig vor der Kälte des Abends zu schützen, zog sich Marianna durch eine Tür ins Innere der Stallungen zurück. Die Gerüche der Pferde und ihr entspanntes Schnauben beruhigten sie.
Auf einmal sah sie eine Gestalt aus dem Haus treten. Im Schein der Fackeln, die an den Mauern angebracht waren, konnte Marianna nicht gleich erkennen, wer es war. Doch dann wandte die Gestalt den Kopf in Mariannas Richtung, und der Feuerschein fiel auf ihr

Gesicht. Es war Katherine. Verwundert überlegte die junge Witwe, wohin ihre Base wohl zu so später Stunde eilen mochte, als sie eine zweite Person bemerkte, die in dieselbe Richtung ging. Ihre Kehle schnürte sich zusammen, als sie Buskell erkannte.

Sie war nicht fähig, den Stall zu verlassen und ihm entgegenzutreten. Ihre Füße waren wie am Boden festgenagelt. Als sie sich endlich wieder in der Gewalt hatte, hatte Katherine den Vorhof durch die Toreinfahrt verlassen, und Buskell folgte ihr. Vermutlich war es dem Spitzel verdächtig erschienen, dass Kate nach Einbruch der Dämmerung das Haus verließ, noch dazu ohne Laterne, und nun wollte er herausfinden, wohin sie ging.

»Er ist nicht in der Kammer«, erklärte der Diener, als er sie im Stall gefunden hatte.

»Ich weiß. Eben habe ich ihn durch die Toreinfahrt gehen sehen.«

Bevor Christopher etwas erwidern konnte, blieb der Junge, den Marianna kurz vorher nach Buskell gefragt hatte, vor ihr stehen.

»Madam, falls Ihr Eure Magd sucht … Ich habe sie aus dem Haus kommen sehen, als Ihr in der Küche wart. Auf halbem Weg ist sie von Eurem Pferdeknecht angesprochen worden.«

»Bist du sicher?«

»Ja, ganz sicher. Auf einmal schien sie sehr erregt. Euer Knecht versuchte sie festzuhalten, aber sie riss sich los und rannte davon.«

»Wohin ist sie gelaufen?«, fragte Marianna besorgt.

»Durch die Toreinfahrt. Ich wollte hinterher, aber einer der Stallburschen rief mich, und da konnte ich nicht weg.«

Der Junge verbeugte sich und verschwand im Haus. Unschlüssig blickte Marianna ihren Diener an.

»Wir müssen Judith suchen«, entschied sie.

Christopher folgte ihr zur Toreinfahrt. Die Wachstube war unbesetzt und das Tor noch nicht für die Nacht verriegelt. Das Land war ruhig, und die Zeiten, als marodierende Schotten in Yorkshire eingefallen waren, lagen schon eine ganze Weile zurück. Vor dem Tor ließ Marianna ratlos den Blick schweifen. Wohin konnte sich Judith gewendet haben? Wahrscheinlich war sie in ihrer Panik einfach blind davongerannt. Wo aber sollten sie die Magd suchen?

»Wir brauchen eine Laterne«, sagte Marianna.

Gehorsam ging Christopher in den Hof zurück und nahm eine Fackel aus ihrer schmiedeeisernen Fassung.

Marianna zog ihren Umhang enger um die Schultern. »Hoffentlich ist sie nicht ins Moor hinausgelaufen, das dumme Ding. Sie würde sich in der Dunkelheit verirren.«

Sie gingen ein Stück die Auffahrt entlang. Weit und breit war keine Menschenseele zu sehen.

»Ich habe keine Ahnung, wo wir suchen sollen«, murmelte Marianna.

»Gehen wir noch ein wenig weiter«, schlug Christopher vor.

Sie folgten der Auffahrt bis zur Einmündung in die Landstraße. Da sahen sie eine zusammengekauerte Gestalt auf einem Grenzstein sitzen.

»Judith!«, rief Marianna erleichtert. »Der Jungfrau sei Dank!«

Das Mädchen erhob sich und kam ihnen mit gesenktem Kopf entgegen.

»Bist du in Ordnung?«, fragte ihre Herrin besorgt.

»Ja, Madam.«

»Du hast uns einen schönen Schrecken eingejagt. Warum bist du nicht in der Kammer geblieben?«

»Ich hatte das Gefühl, zu ersticken, und brauchte frische Luft.«

»Wo ist mein Sohn?«

»In Eurem Gemach, Madam. Ich wollte nicht, dass er mich in diesem Zustand sieht.«

»Also gut. Gehen wir zum Haus zurück.«

Judith zögerte. Da nahm Christopher ihre Hand und zog sie sanft mit sich. »Nur keine Sorge! Wenn mir der Kerl über den Weg läuft, bekommt er die Abreibung, die er verdient!«

Judith blickte den blonden Burschen scheu an, als ihr klar wurde, dass er über ihr Unglück Bescheid wusste, und er lächelte ihr tröstend zu.

Vor der Toreinfahrt trafen sie auf Nathaniel.

»Warum bist du nicht im Haus? Es ist bald Zeit für das Spätmahl«, tadelte Marianna ihn.

»Ich habe mir Sorgen um Judith gemacht, Mama.«

Sein Mitgefühl rührte Marianna, und sie strich ihm übers Haar. Nachdem sie Christopher eine geruhsame Nacht gewünscht hatte, nahm sie ihren Sohn und die Magd am Arm und führte sie ins Haus.

Einundzwanzigstes Kapitel

Keiner von ihnen fand in dieser Nacht viel Schlaf. Nat schmiegte sich wie immer hinter den Vorhängen des Baldachinbetts an seine Mutter, zappelte aber ständig unruhig herum. Judith lag auf dem Rollbett viele Stunden wach, und wenn sie doch zwischendurch einschlummerte, fuhr sie kurze Zeit später von Alpträumen heimgesucht aus dem Schlaf.

So standen sie schon früh auf, erleichtert, die Nacht hinter sich zu haben. Marianna wusch sich mit kaltem Wasser, da sie nicht auf das Mädchen warten wollte, das morgens heißes Wasser aus der Küche auf die Zimmer brachte, und Nat und Judith taten es ihr gleich.

»Warum ruhst du dich nicht aus?«, bot Marianna der Magd an, die blass wie der Tod war. »Ich kann heute ohne weiteres auf deine Dienste verzichten.«

Doch Judith schüttelte den Kopf. »Danke, Madam, aber ich könnte es nicht ertragen, ganz allein in der Kammer zu bleiben. Unten in der Küche wird man Hilfe brauchen. Die Arbeit lenkt mich vielleicht ein wenig ab.«

Nachdem die Magd ihr und Nat beim Ankleiden geholfen hatte, entließ Marianna sie mit einem unguten Gefühl.

»Mama, können wir nicht ein wenig spazieren gehen?«, fragte Nat, der sich langweilte.

Marianna nickte zustimmend. »Ja, mein Schatz, das machen wir.«

Nat hatte seinen Mantel bereits in der Hand und reichte seiner Mutter galant den ihren. Als sie sich durch Toms Gemach schlichen, hörten sie ihn noch hinter den zugezogenen Vorhängen schnarchen. Seine Eltern waren allerdings schon fertig angekleidet und verließen gerade ihre Schlafkammer in Richtung der Wendeltreppe. Marianna wünschte ihnen einen gesegneten Morgen. Unten im Großen Saal trennten sich ihre Wege. Henry und Elizabeth Fleetwood gingen zum Gebet in die Kapelle im Südflügel, während Marianna und Nat durch die Eingangstür in den Hof hinaustraten.

»Kann ich mir die Jagdhunde ansehen?«, bat der Junge.

»Also gut, aber geh nicht zu nah ran. Die Hunde kennen dich nicht.«

Nat zog eine beleidigte Grimasse, weil er sich für erwachsen genug hielt, um zu wissen, wie man mit Jagdhunden umging. Marianna lächelte, als sie sein Mienenspiel sah. Sie würde sich daran gewöhnen müssen, dass er trotz seiner schlechten Erfahrungen bei Hugh Simpson im Verlauf des vergangenen Jahres reifer geworden war.

Marianna wollte gerade wieder hineingehen, als Judith mit fliegenden Röcken und verrutschter Leinenhaube durch die Toreinfahrt in den Hof rannte. Sie war so kopflos, dass sie beinahe an ihrer Herrin vorbeigelaufen wäre.

»Judith!«, rief Marianna und packte die Magd am Arm, um sie aufzuhalten. »Judith, bleib stehen.«

Keuchend, mit schreckgeweiteten Augen gehorchte sie und starrte Marianna an.

»Was ist mit dir? Was hast du da draußen gemacht?«

»Ich … ich sollte einem der Stallburschen sagen, dass in der Küche noch Feuerholz gebraucht wird.«

»Du wirkst richtig aufgelöst. Komm, ich bringe dich rein.«

Sie legte den Arm um Judiths Schultern und führte sie zum Haus zurück. Die Magd ließ alles mit sich geschehen. Sie erschien Marianna noch aufgelöster als am vergangenen Abend.

Als sie ihr Gemach erreicht hatten, nötigte Marianna das Mädchen, sich auf eine Truhe zu setzen. Dabei fiel ihr Blick auf Judiths Schür-

ze. Es befanden sich seltsame Flecken darauf, die nicht nach Schlammspritzern aussahen.
»Judith, was ist das für eine klebrige Masse auf deiner Schürze?«, fragte sie.
Die Magd antwortete nicht. Stattdessen begann sie am ganzen Körper zu zittern. Marianna hörte ihre Zähne aufeinanderschlagen.
»Judith, was ist passiert?«
In diesem Moment war draußen eine Männerstimme zu vernehmen. »Kommt schnell! Da hinten liegt ein Toter!«
Marianna zuckte zusammen. Hastig lief sie zum Fenster und sah hinaus. Ein junger Bursche rannte durch die Toreinfahrt in den Hof und rief immer wieder: »Ein Toter! Beim Holzschuppen liegt ein Toter.«
Marianna wurde abwechselnd heiß und kalt. Sie musste nachsehen, um wen es sich handelte. Von einer bösen Ahnung erfüllt, betrachtete sie Judith, die zusammengesunken auf der Truhe saß und sich nicht rührte.
»Du darfst auf keinen Fall die Kammer verlassen, Judith!«, befahl Marianna dem Mädchen. »Hast du verstanden?«
Die Magd sah sie nicht an. Ihre Herrin konnte nur hoffen, dass sie begriffen hatte. Marianna schloss die Tür hinter sich und eilte in den Hof. Um den Burschen hatten sich bereits etliche Diener geschart und überschütteten ihn mit Fragen. Nur mit Mühe gelang es Marianna, sich Gehör zu verschaffen.
»Wer ist der Tote?«, fragte sie.
»Ich weiß nicht, Madam, sein Gesicht …« Der Bursche verstummte und schluckte schwer.
»Führ mich hin!«
»Aber, Madam, das ist kein Anblick für Euch!«
»Führ mich hin!«, wiederholte Marianna. »Und ihr anderen, unterrichtet Master Fleetwood.«
Der Bursche ging zögernd voraus, unsicher, ob er ihr gehorchen

sollte oder nicht. Doch ihr Gesichtsausdruck wirkte so entschlossen, dass er kein weiteres Mal zu widersprechen wagte.
»Wo liegt der Tote?«, fragte Marianna, als sie sich dem Holzverschlag näherten.
»Auf der anderen Seite, Madam.«
Marianna verlangsamte unwillkürlich ihren Schritt und musste sich dazu überwinden, um den Verschlag herumzugehen. Als ihr Blick auf den Leichnam fiel, erstarrte sie in der Bewegung. Ein grauenhaftes Bild bot sich ihr dar! Der Tote lag auf dem Rücken. Dort, wo sich einmal sein Gesicht befunden hatte, war nur noch eine zerschlagene Masse von Fleisch und Knochen zu sehen. Mariannas Magen rebellierte, und ihre Knie wurden weich, so dass sie sich an einem Pfosten des Holzverschlags festhalten musste.
»Ich sagte doch, das ist kein Anblick für Euch, Madam!«, erinnerte sie der Stallbursche.
»Was hat ihn so zugerichtet?«, stieß Marianna hervor, während sie tief die feuchte kalte Luft einatmete.
»Ich nehme an, der Mörder hat die Axt benutzt, mit der wir das Holz schlagen.«
Er deutete auf einen Holzblock, der von tiefen Kerben zerschnitten war. Daneben lag ein Beil.
Marianna zwang sich, die Leiche näher zu betrachten. Trotz des zerstörten Gesichts war ihr sofort klar, um wen es sich handelte. Es war Buskell. Marianna erkannte ihn an seinem Wams.
Sie empfand kein Mitleid, keine Trauer um ihn, nur Abscheu vor der Brutalität der Tat und Furcht vor den Folgen seines Todes. Die Ermordung eines Spitzels der Regierung würde nicht ungesühnt bleiben. Und wenn der wahre Täter nicht entlarvt werden konnte, würden Unschuldige dafür bezahlen müssen. Wer aber war zu einer solchen Tat fähig? Marianna fixierte den Leichnam, als wolle sie ihn zwingen, ihr den Namen des Mörders preiszugeben. Dabei bemerkte sie, dass an Buskells Wams in Bauchhöhe ein Knopf fehlte. Es

war einer der Knöpfe, die er sich im Haus des Earl of Huntingdon hatte annähen lassen. Die Magd hatte keinen passenden Faden zur Hand gehabt und daher einen deutlich helleren benutzt.
»An seinem Wams fehlt ein Knopf«, sagte Marianna zu dem Pferdeburschen. »Vielleicht hat der Mörder ihn abgerissen.«
Gemeinsam suchten sie die matschige Erde um den Leichnam bis hin zu den Holzwänden des Verschlags ab, und der Stallbursche überwand sich schließlich, den Körper anzuheben, um zu sehen, ob der fehlende Knopf unter ihn gerollt war.
»Nichts! Er ist nicht hier, Madam.«
»Das ist merkwürdig«, murmelte die junge Frau.
Vom Haus her waren Stimmen zu hören. Marianna wandte sich um und sah, dass sich eine Gruppe Menschen näherte, angeführt von Henry Fleetwood. Bald war der Ermordete von Schaulustigen umringt. Jimmy trat an Mariannas Seite.
»Wer ist das?«, fragte er mit einem betroffenen Blick auf das entstellte Gesicht.
»Buskell.« Sie hatte leise gesprochen, denn schon blickte sie der Hausherr forschend an.
»Was geht hier vor, Madam?«
»Sir, erlaubt mir, Euch einen Moment unter vier Augen zu sprechen. Es ist äußerst wichtig.«
Die Stunde der Wahrheit war gekommen. Es blieb ihr nun nichts anderes mehr übrig, als ihren Onkel ins Vertrauen zu ziehen.
Ohne ein Wort zu erwidern, schritt Fleetwood voraus. Marianna folgte ihm mit klopfendem Herzen ins Innere des Hauses. Nachdem er die Magd, die im Kamin das Feuer anfachte, aus dem Wintersalon gescheucht hatte, schloss er die Tür hinter ihnen und verschränkte mit gewichtiger Miene die Arme vor der Brust.
»Nun, Madam, was habt Ihr mir zu sagen?«
»Ich muss Euch in aller Demut um Verzeihung bitten, dass ich unter einem falschen Vorwand Eure Gastfreundschaft erbeten habe«,

begann Marianna. Die Finger unbehaglich ineinander verschlungen, erzählte sie ihm von dem Handel, den sie mit Walsingham eingegangen war.

»Ihr seid ein Spitzel!«, rief Fleetwood aufgebracht. »Wie konntet Ihr es wagen ...«

»Man ließ mir keine andere Wahl! Nachdem mein Gatte auf der Folter geblieben war, drohte Walsingham mir mit Einkerkerung, wenn ich mich nicht einverstanden erklärte, mit ihm zusammenzuarbeiten.«

»Seid Ihr sicher, dass es ihm nicht darum ging, herauszufinden, ob in meinem Haus heimlich die Messe gelesen wird?«, fragte er zähneknirschend.

»Darüber hätte ich nie gesprochen, das müsst Ihr mir glauben, Sir. Ich bin eine gute Katholikin! Walsingham verlangte nur, dass ich ihm helfe, einen Spion zu entlarven, den er den Greif nennt und den er in Eurem Haus vermutet.«

Sie erklärte ihrem Onkel, wie der Staatssekretär zu diesem Schluss gekommen war. »Ich selbst habe gesehen, wozu der Greif fähig ist, mit welcher Grausamkeit er tötet! Deshalb nahm ich nicht an, dass es ein Mitglied der Familie sein könnte, sondern dachte, es sei vielleicht ein Diener oder ein Gast, der das Pferd aus Eurem Stall gestohlen hatte.«

Ihre Beteuerungen besänftigten Fleetwood ein wenig, und er bemühte sich, seinen Ärger zu beherrschen.

»Ich glaube Euch, dass Ihr nichts über die Besuche von Priestern in meinem Haus weitergegeben habt«, sagte er. »Trotzdem hättet Ihr Euch mir sofort anvertrauen müssen.«

Schuldbewusst senkte Marianna den Kopf. »Es war ein Fehler, das gebe ich zu.«

»Dieser Pferdeknecht, der angeblich in Northumberlands Diensten gestanden hat, ist also in Wahrheit einer von Walsinghams Spitzeln?«

»Ja. Und jetzt ist er tot. Gestern Nachmittag teilte er mir mit, dass er Mylord Huntingdon in York von seiner Mission unterrichtet habe. Wenn Buskell nun nichts mehr von sich hören lässt, wird man früher oder später Fragen stellen.«

»Ich bin also gezwungen, Seine Lordschaft über den Mord aufzuklären«, schloss Fleetwood zähneknirschend. »Das kommt sehr ungelegen.«

Marianna wusste, was er meinte. Solange der Haushalt ihres Onkels Gegenstand einer Untersuchung durch den königlichen Rat war, konnte kein katholischer Priester es wagen, sein Haus aufzusuchen. Dies bedeutete, dass keine Messen gelesen und keine Beichten abgenommen werden konnten, bis wieder Ruhe eingekehrt war.

»Ich werde also meinen guten Willen zeigen und Seine Lordschaft unverzüglich benachrichtigen. In einem habt Ihr recht, Madam. Ein Spion, der unsere Glaubensgenossen in Verruf bringt und unser Land an den Spanier verrät, muss unschädlich gemacht werden.«

Die Leiche wurde in die Kapelle gebracht und dort aufgebahrt. Noch während ein Bote sich auf den Weg nach York machte, sorgte Fleetwood dafür, dass alle Gegenstände der alten Religion verschwanden. So wurden die in einen blauen Seidenmantel gekleidete Marienstatue, Messgewänder, Messgerät und liturgische Bücher bis hin zu den Kerzenständern auf dem Altar in ein Versteck gebracht, das eigens zu diesem Zweck angefertigt worden war, als Königin Elizabeth den Thron bestiegen hatte.

Erst dann ließ man sich zum Frühmahl nieder, das in verhaltener Stimmung eingenommen wurde. Marianna musterte das Gesicht jedes Einzelnen und stellte sich zum wiederholten Mal die Frage, wer von ihnen Buskell auf so brutale Weise umgebracht haben mochte. Doch dann erinnerte sie sich an die Flecken auf Judiths Schürze und wagte nicht, weiter darüber nachzudenken, um was es sich dabei handeln könnte.

Als Marianna in ihr Gemach zurückkehrte, saß Judith noch immer in unveränderter Haltung auf der Truhe, so wie ihre Herrin sie zurückgelassen hatte. Sie hatte Nat zu Christopher geschickt, um ungestört mit der Magd reden zu können.
»Judith, man hat Buskell hinter dem Holzverschlag gefunden«, begann Marianna geduldig. »Du warst dort. Was ist passiert? Hat er dich angegriffen?«
Die Magd rührte sich nicht.
»Hör zu, wenn du dich nur verteidigt hast, dann wird man das verstehen. Ich werde bezeugen, dass er dir schon einmal Gewalt angetan hat. Außerdem hat ein Junge gesehen, wie er dich gestern Abend im Hof bedrängte. Aber ich muss wissen, was sich genau abgespielt hat.«
Langsam wandte Judith den Kopf und sah ihre Herrin an. Ihr Blick war stumpf.
»Er war schon tot«, flüsterte sie.
Marianna atmete tief ein und ließ sich neben dem Mädchen auf die Truhe sinken. Geduldig wartete sie, bis Judith fortfuhr.
»Im Hof fand ich keinen Stallburschen, dem ich ausrichten konnte, dass in der Küche noch Brennholz gebraucht wurde. Also ging ich zu dem Holzverschlag, um selbst welches zu holen. Da sah ich ihn auf dem Boden liegen, gleich neben dem Baumstumpf, in dem eine Axt steckte. Seine Augen standen offen und starrten mich an. Ich weiß nicht, was dann geschah, ich … ich trat mit den Füßen auf ihn ein … aber es war, als wenn ich nur dabeistünde und zusähe. Dann lag auf einmal die Axt in meinen Händen, und ich schlug damit zu … immer wieder …«
Sie sprach, als rede sie nicht über sich selbst, als habe sie tatsächlich nur einen anderen beobachtet, als sei es nicht ihre Wut und ihr Schmerz gewesen, die sich wie eine uneindämmbare Flutwelle entladen hatte.
Ein Schauder durchlief Marianna, während sie ihr zuhörte. In der

Stimme des Mädchens lag kein Gefühl, kein Zorn, keine Abscheu, gar nichts. Sie war nur noch eine leere Hülle.
»Judith, versuch, dich zu erinnern! Hast du irgendjemanden in der Nähe des Verschlags gesehen?«
Die Magd schüttelte abwesend den Kopf. »Nein, niemand.«
»Hast du etwas gehört? Schritte, Stimmen?«
»Nein.«
Marianna stieß einen Seufzer der Enttäuschung aus. »Leg dich hin und ruh dich aus.« Tröstend drückte sie Judiths Arm. »Dich trifft keine Schuld.«

Zweiundzwanzigstes Kapitel

Der Präsident des Rates im Norden, Lord Huntingdon, erschien nicht selbst, sondern ließ sich von seinem Sekretär George Sutton und dem Friedensrichter der Gegend, David Langdale, vertreten – einem strengen Anglikaner, der mit den Fleetwoods aber in guter Nachbarschaft lebte. Der Hausherr führte die Besucher in den Wintersalon und unterrichtete sie von dem Geschehen. Nach einer Weile wurde Marianna dazugebeten. George Sutton, ein etwa fünfzigjähriger Mann mit schmalem Gesicht, grauem Haar und klugen blauen Augen, richtete das Wort an sie.

»Euer Onkel hat uns mitgeteilt, dass Ihr im Auftrag von Sir Francis Walsingham nach einem Spion und Verräter forscht, Madam. Der Ermordete sollte Euch bei dieser Mission zur Hand gehen.«

Marianna sah dem Sekretär offen ins Gesicht. Sie spürte, dass sie einen Mann vor sich hatte, der sich nicht leicht täuschen ließ.

»So ist es, Sir.«

»Wer, glaubt Ihr, ist für den Tod von Master Buskell verantwortlich?«

»Der Greif zweifellos.«

»Hatte er denn einen Verdacht, um wen es sich bei diesem Verräter handeln könnte?«

»Es gibt da mehrere Möglichkeiten«, antwortete Marianna vage.

»Master Buskell hat uns gestern über seine Nachforschungen Bericht erstattet. Vielleicht könntet Ihr uns nun mitteilen, was Ihr über die Angelegenheit wisst.«

Marianna warf einen unsicheren Blick zu ihrem Onkel hinüber. Sutton verstand.

»Master Fleetwood, sofern es nicht zu viel Mühe macht, wäre ich Euch dankbar, wenn Ihr sämtliche Bewohner des Hauses darauf vorbereiten könntet, dass sie ein paar Fragen beantworten müssen. Außerdem möchten wir die Leiche begutachten.«

»Ich werde mich darum kümmern«, antwortete Fleetwood und zog sich zurück.

»Meine Liebe, wollt Ihr Euch nicht setzen?«, sagte Sutton freundlich, ergriff Mariannas Hand und geleitete sie zu einem Lehnstuhl. Nachdem er und Langdale ihr gegenüber Platz genommen hatten, fuhr der Sekretär fort. »Nun sind wir ungestört, Madam. Bitte berichtet uns von Eurem ersten Zusammentreffen mit dem Greif, als er Euch die Papiere stahl.«

Marianna bemühte sich, nichts auszulassen. Sie erzählte von dem grausamen Mord an John Kempe und dem Mann, der ihm die Papiere übergeben hatte, ihrer Flucht vor dem Greif durch die Gassen um den Tower, dem Überfall und dem Raub der Briefe und ihres Schmucks.

»Master Buskell hat in seinem Bericht dargelegt, weshalb Sir Francis Walsingham den Greif im Haus Eures Onkels vermutete«, erklärte George Sutton. »Habt Ihr erfahren können, wer das Pferd an dem besagten Abend geritten hat?«

»Nein. Einer der Stallburschen sagte, es sei gestohlen worden.«

»Habt Ihr das geglaubt?«

»Nein. Eine Antwort wie diese war zu erwarten.«

Sutton nickte zustimmend. »Erzählt von dem Turnier, Madam.«

Marianna berichtete wahrheitsgemäß, wie sie dem französischen Gesandten Castelnau gefolgt war und gesehen hatte, dass ihre Base ihm ein verlorenes Schnupftuch zurückbrachte.

»Es war ganz sicher ein Schnupftuch und nicht die Briefe?«, hakte der Friedensrichter nach.

»Ganz sicher. Später sagte Master Buskell, dass die Papiere an jenem Tag dem spanischen Gesandten übergeben worden waren«, ergänzte Marianna.
»Fandet Ihr es nicht verdächtig, dass Eure Base sich Castelnau so auffällig näherte?«, fragte Sutton.
Marianna zögerte. Obgleich ihr Katherines Verhalten nicht ganz geheuer war, schreckte sie doch davor zurück, sie vor diesen Fremden so unmittelbar zu beschuldigen.
»Ich weiß nicht recht«, meinte sie ausweichend.
Der Sekretär sah sie mit durchdringendem Blick an. »Master Buskell hat erklärt, dass Ihr das Benehmen Eurer Base nicht nur als verdächtig bezeichnet habt, Ihr zogt sogar die Möglichkeit in Betracht, dass sie selbst der Greif sein könnte. Stimmt das nicht, Madam?«
Marianna senkte den Blick. »Master Buskell war davon überzeugt, dass der Greif ein Mann sei, auch wenn ich nicht weiß, wie er zu dieser Gewissheit kam.«
Sutton dachte eine Weile nach. »Hat er Euch nicht erzählt, dass er einmal mit dem Greif zu tun hatte?«
Überrascht hob Marianna den Kopf. »Nein, das hat er nicht.«
»Master Buskell sollte vor etwa einem Jahr wichtige Papiere überbringen. Der Greif hat sie ihm unterwegs gestohlen, verkleidet als Reitknecht. Es war ihm sehr peinlich, vermutlich hat er es deshalb Euch gegenüber nicht erwähnt. In seinem Bericht konnte er es natürlich nicht auslassen.«
»Es ist verständlich, dass Ihr Eure Base schützen wollt«, mischte sich Langdale ein. »Aber es hat keinen Zweck, uns Einzelheiten zu verschweigen. Master Buskell war in seinem Bericht sehr genau. Wir wissen auch, dass Ihr bei einem Eurer Treffen mit ihm von einem Stallburschen beobachtet wurdet, der der Greif gewesen sein könnte, und dass Ihr später dessen Pferd in den Ställen Eures Onkels wiedererkanntet. Sagte einer der Knechte nicht, dass Eure Base

dieses Pferd zuweilen reite? Es ist also gut möglich, dass sie den Greif kennt oder sogar seine Komplizin ist.«

Als Langdale geendet hatte, ergriff Sutton wieder das Wort. »Erläutert nun bitte, was vor Master Buskells Tod geschehen ist.«

Marianna verschwieg Judiths Zusammenbruch am Abend zuvor und berichtete nur, dass sie Buskell den Vorhof des Hauses durch die Toreinfahrt hatte verlassen sehen.

»War er allein?«, fragte Sutton.

»Ja … das heißt, kurz vorher war meine Base ebenfalls durch das Tor gegangen. Ich hatte das Gefühl, dass er ihr folgte.«

»Er hoffte wohl, dass sie sich mit ihrem Komplizen treffen würde und er sie zusammen überraschen könne«, überlegte Langdale.

»Das ergibt Sinn«, meinte auch der Sekretär.

»Dann hat vielleicht Eure Base oder ihr Komplize Master Buskell umgebracht«, vermutete Langdale. »Ich frage mich nur, wie es einer Frau gelungen sein soll, einen erfahrenen Spitzel zu überwältigen, der mit Sicherheit nicht unbewaffnet war.«

»Das stimmt«, erinnerte sich Marianna. »Er hatte immer einen Dolch im Gürtel stecken. Als ich seine Leiche fand, war der Dolch aber nicht mehr da.«

»Wir werden den Leichnam nach Stichwunden untersuchen lassen«, bekräftigte der Friedensrichter. »Gibt es sonst noch etwas, das Ihr uns mitteilen möchtet, Madam?«

Marianna erwähnte noch den Überfall, bei dem sie den Angreifer am Arm verwundet hatte.

»Habt Ihr eine Ahnung, wer Euch aufgelauert haben könnte?«

»Ich habe einen starken Verdacht, aber keine Beweise«, gestand Marianna. »Zufällig sah ich, dass Henry Cleaton Schmerzen im rechten Unterarm hat, dort, wo ich den Angreifer verwundete. Master Buskell durchsuchte daraufhin Cleatons Gepäck, fand aber nichts, was darauf hindeutete, dass er der Greif sein könnte.«

Der Friedensrichter Langdale stützte nachdenklich das Kinn in die

Hand. »Ich kenne die Familie gut. Sie ist hoch verschuldet. Einer von Henrys jüngeren Brüdern besucht ein Priesterseminar auf dem Kontinent und hat daher sehr wahrscheinlich auch Verbindungen zu Spanien. Wir werden ihn befragen müssen.«

Der Sekretär Lord Huntingdons ergriff wieder das Wort. »Wie steht es um Dr. Frasers Angelegenheiten? Master Buskell berichtete, Ihr hättet spanische Goldmünzen in seinem Haus entdeckt. Könnte er die Goldmünzen durch seine Arbeit als Medikus verdient haben?«

Marianna zuckte leicht die Schultern. »Das kann ich nicht beurteilen.«

»Und Euer Onkel? Vor kurzem erst musste er Land verkaufen, um die Strafen für seine Familie und die Dienerschaft wegen Abwesenheit vom Gottesdienst zu bezahlen.«

»Davon weiß ich nichts, Sir. Über derartige Dinge hat mein Onkel nicht mit mir gesprochen«, erklärte Marianna zurückhaltend.

George Sutton betrachtete sie nachdenklich. Er wusste nicht so recht, was er von ihr halten sollte. War sie vertrauenswürdig? War es nicht wahrscheinlich, dass sie versuchen würde, ihre Familie zu schützen und den Verdacht auf einen Außenstehenden zu lenken?

»Falls Eure Base tatsächlich die Komplizin des Greif ist, dürfen wir auch Euren Vetter Thomas nicht außer Acht lassen«, gab Sutton zu bedenken.

Marianna fuhr zusammen. Tom war nun wirklich der Letzte, dem sie derartige Verbrechen zutrauen würde.

»Ich halte es für unwahrscheinlich, dass mein Vetter etwas mit dieser Sache zu tun hat«, wehrte sie ab.

»Wir werden sehen. Gibt es sonst noch jemanden, der Zugang zu den Stallungen Eures Onkels in London hatte und sich nun hier im Haus befindet?«

Marianna zögerte, sah aber ein, dass es keinen Sinn hatte, zu schweigen.

»Wir haben, abgesehen von Dr. Fraser, noch einen Gast«, gab sie

zu. »Master James Danvers. Mein Vetter hat ihn zur Jagd eingeladen.«
»Was wisst Ihr über ihn?«, hakte der Sekretär nach.
»Er verkehrt am Hof und hat Ländereien in Sussex, glaube ich.«
»Ich werde Erkundigungen über ihn einziehen«, sagte Langdale.
Sutton erhob sich. »Wenn es sonst nichts gibt, was Ihr uns mitteilen könnt, sollten wir uns nun die Leiche ansehen.«
»Eine Einzelheit wäre noch erwähnenswert«, bemerkte Marianna. »Als ich mir den Toten ansah, fiel mir auf, dass an seinem Wams ein Knopf fehlt. Gestern Nachmittag war er noch da, das kann ich bezeugen. Vielleicht hat Master Buskell mit seinem Mörder gekämpft, und dabei ist der Knopf abgerissen. Ich habe den Stallburschen, der bei mir war, danach suchen lassen, aber er war nirgendwo zu finden.«
»Ich werde selbst noch einmal nachsehen«, erwiderte der Sekretär. »Danke für den Hinweis, Madam.«
Marianna ging den beiden Männern voraus, an der zweiten Wendeltreppe und der Kammer des Verwalters vorbei zur Kapelle, in der die Familie und einige der Dienstboten bereits versammelt waren. Man warf verstohlene Blicke auf den mit einem großen Leintuch bedeckten Leichnam. Eine gespenstische Stille herrschte in der Kapelle. Niemand sprach ein Wort.
Henry Fleetwood stellte die Ankömmlinge vor und erklärte, dass sie gekommen seien, den Tod des Pferdeknechts zu untersuchen, verschwieg aber, dass Buskell ein Spitzel der Regierung gewesen war. Die Abscheulichkeit des Verbrechens würde als Grund herhalten müssen, weshalb der Präsident des Rates im Norden der Ermordung eines Bediensteten so viel Bedeutung beimaß.
Der Sekretär des Earl of Huntingdon trat an den aufgebahrten Leichnam, hob das Leintuch und betrachtete das zerschmetterte Gesicht. Langdale, der neben ihn getreten war, besaß einen weniger starken Magen und wandte sich mit angewiderter Miene ab.

»Eine böse Angelegenheit«, sagte Sutton. »Es scheint, als wenn wir es hier mit einem grausamen Monster zu tun hätten.« Er warf einen prüfenden Blick in die Runde. »Master Langdale und ich werden jeden Einzelnen verhören müssen. Falls jemand etwas gesehen hat, was Licht in die Angelegenheit bringen könnte, sollte er oder sie nicht zögern, uns davon zu berichten.«

»Ich kann Euch sagen, wer diesen Mann umgebracht hat«, ließ sich Katherine vernehmen.

Die Blicke aller Anwesenden wandten sich ihr zu, als sie mit ungerührter Miene vortrat.

»Tatsächlich, Madam?«, fragte Sutton überrascht. »Und wer seid Ihr?«

»Meine Tochter Katherine«, erklärte Fleetwood.

»Nun, Madam, was könnt Ihr uns über den Mord erzählen?«

»Ich ging gestern Abend vor dem Spätmahl in den Stall, um nach einer kranken Stute zu sehen. Da beobachtete ich, wie die Magd meiner Base von dem Ermordeten bedrängt wurde und den Hof durch die Toreinfahrt verließ. Er folgte ihr. Ich sah keinen von beiden zurückkehren.«

Der Blick des Sekretärs richtete sich auf Marianna. »Wo ist Eure Magd, Madam?«

»In meinem Gemach. Aber es ist doch unsinnig, zu vermuten, dass sie …«

»Lasst die Magd unverzüglich herbringen!«, befahl Sutton unbeirrt.

Fleetwood gab einem Lakaien ein Zeichen. Kurz darauf kehrte dieser mit Judith zurück, die noch immer aufgelöst und verängstigt wirkte.

»Seht sie Euch doch an, Sir«, bemerkte Kate. »Ihre Erscheinung und ihr Gesicht sprechen für sich selbst.«

Der Sekretär musterte das Mädchen eingehend von Kopf bis Fuß. »Was sind das für Flecken auf deiner Schürze?« Auffordernd streckte er die Hand aus. »Gib sie mir!«

Judith gehorchte und band die Schürze ab. Als Sutton die Flecken eingehend begutachtet hatte, meinte er: »Sieht aus wie Schleim und geronnenes Blut. Ich denke, es ist Hirnschleim.«
Marianna machte sich Vorwürfe, dass sie die Schürze nicht gleich ins Feuer geworfen hatte. Nun war es zu spät.
Langdale war neben Sutton getreten und betrachtete die Flecken. »Was hast du dazu zu sagen, Mädchen?«
Judith starrte die beiden Männer mit angstvoll geweiteten Augen an. Sie wirkte so erschrocken, dass Marianna das Wort ergriff.
»Sie hat mit dem Mord nichts zu tun!«
»Und woher stammen dann diese verräterischen Flecken?«, fragte Sutton höhnisch. »Es sieht ganz so aus, als habe sie Master Buskells Schädel eingeschlagen, und dabei ist Hirnschleim auf ihre Schürze gespitzt. Ich werde die Flecken einem Wundarzt zeigen, der meine Annahme sicherlich bestätigen wird.«
Da beide Frauen schwiegen, entschied der Friedensrichter: »Die Magd wird uns nach York begleiten müssen. Dort wird sie verhört, und falls sich keine andere Erklärung findet, vor Gericht gestellt!«
Judith stieß einen Schrei aus. »Nein! Ich habe Master Buskell nicht umgebracht. Er war schon tot, als ich auf ihn einschlug. Er war schon tot!«
Marianna trat an ihre Seite und legte den Arm um die Schultern der Magd, um sie zu beruhigen.
»Es ist wahr! Buskell hat sie am Abend bedrängt. Als sie ihn am nächsten Morgen tot hinter dem Holzverschlag fand, schlug sie mit der Axt auf ihn ein.«
»Hat sie Euch das erzählt?«, fragte Langdale abfällig.
»Ja, das hat sie. Und ich glaube ihr. Wie hätte sie Buskell überwältigen sollen, wenn er noch gelebt hätte? Er war ein kräftiger Mann und ein erfahrener Kämpfer.«
»Sie könnte ihn überrascht haben. Ich sehe nicht, wie sie uns überzeugen will, dass sie auf einen Toten eingeschlagen hat. Aus wel-

chem Grund hat sie es überhaupt getan? Wenn ein Mann einer Magd gegenüber ein wenig zu forsch ist, rechtfertigt das noch lange nicht, dass sie ihm mit einer Axt das Gesicht zertrümmert.«

Marianna presste in einem Gefühl der Hilflosigkeit die Lippen zusammen. Die Wahrheit würde Judith sowohl nützen als auch schaden.

»Buskell hat meiner Magd brutal Gewalt angetan«, überwand sie sich schließlich zu sagen. »Als sie ihren Peiniger tot vorfand, verlor sie den Kopf.«

»Nun, dann hat sie ihn möglicherweise aus Rache ermordet«, entgegnete der Friedensrichter streng.

Für einen Moment herrschte Schweigen. Marianna suchte verzweifelt nach Argumenten, die Judith retten könnten, doch ihre Gedanken drehten sich im Kreis.

»Dürfte ich auch etwas in die Diskussion einbringen?«, fragte eine höfliche Stimme.

Der Sekretär und der Friedensrichter wandten erstaunt die Köpfe und sahen den elegant gekleideten jungen Mann fragend an.

»Euer Name, Sir?«, erkundigte sich Langdale.

»James Danvers. Ich bin in diesem Haus zu Gast und mische mich nur ungern in Eure Untersuchungen ein, aber ich konnte nicht umhin, zu bemerken, dass sich nur sehr wenig Blut auf der Schürze des Mädchens befindet. Nun, natürlich verstehe ich nicht viel von Wunden, aber man hört doch so einiges von anderen, die das Glück besaßen, sich auf dem Schlachtfeld mit Ruhm zu bekleckern.«

»Worauf wollt Ihr hinaus, Sir?«, fragte Sutton nicht ohne Interesse.

»Man sagt doch, dass gerade Kopfwunden besonders stark bluten. Wenn die Magd dem bedauernswerten Opfer die schrecklichen Verletzungen tatsächlich beigebracht hat, als es noch lebte, müsste sie dann nicht über und über mit Blut bespritzt sein? Dr. Fraser, vielleicht wisst Ihr da besser Bescheid?«

Der Medikus räusperte sich, überrascht, so unvermutet in die Debatte hineingezogen zu werden, und antwortete dann zögernd: »Ich bin zwar kein Wundarzt, aber ich kann diesen Umstand durchaus bestätigen. Wenn man einem lebenden Menschen Wunden wie diese zufügt, würde sehr viel Blut fließen und den Mörder bespritzen. Dagegen kann man auf einen Toten so viel einprügeln, wie man will, es würde nicht mehr viel Blut austreten.«
Der Sekretär, der dem Arzt aufmerksam gelauscht hatte, nickte zustimmend. »Er hat recht. Das habe ich auch schon beobachtet. Wenn das Herz nicht mehr schlägt, fließt kein Blut mehr.«
Sutton richtete seinen intelligenten Blick auf die Magd. »Ich denke, sie sagt die Wahrheit.«
»Aber wenn sie sich nun das Blut abgewaschen und sich umgezogen hat?«, gab Langdale zu bedenken.
»In dem Fall hätte sie die blutbespritzte Schürze doch gegen eine saubere ausgewechselt. Die Sache erscheint mir eindeutig. Jemand anderes hat Master Buskell getötet. Die Magd ist erst später dazugekommen.«
Marianna atmete auf. Sie bemerkte, dass Katherine Jimmy zornig anstarrte, weil er es gewagt hatte, ihre boshafte Verleumdung zu vereiteln. Wenn Blicke hätten töten können, wäre er auf der Stelle umgefallen. Was hatte Judith getan, dass Kate sie eiskalt dem Henker ausliefern wollte? Was ging in dieser verwöhnten, selbstsüchtigen Frau vor? In diesem Moment erschien Marianna die Möglichkeit, dass Kate damals John Kempe und seinen Begleiter umgebracht haben könnte, nicht mehr ganz so abwegig. Wenn Buskell nur nicht so überzeugt gewesen wäre, dass der Greif ein Mann war!
»Was geschieht nun mit Judith?«, fragte Marianna.
»Vorläufig kann sie in Eurer Obhut bleiben«, beschloss der Friedensrichter. »Aber sie soll das Anwesen nicht verlassen. Dasselbe gilt für Euch, Madam, und alle anderen.«

Er wandte sich an den Hausherrn. »Macht auch dem Rest Eures Gesindes klar, dass sich ein jeder zur Verfügung halten muss, bis der Mord aufgeklärt ist!«

Fleetwood nickte ergeben.

»Wir werden nun alle einzeln befragen«, erklärte Sutton. »Master Fleetwood, Ihr werdet Master Langdale Rede und Antwort stehen, Eure Tochter kommt mit mir!«

Marianna brachte Judith zurück in ihr Gemach, wo ihr Sohn ungeduldig wartete. Während der letzten Tage war so viel passiert, was das Gemüt eines Kindes aufwühlen musste – die lange Reise, der Schrecken des Überfalls, Judiths Unglück und nun der grausame Mord. Nat nahm all das mit einer erstaunlichen Tapferkeit hin, die er allein aus dem Vertrauen zu seiner Mutter schöpfte. Solange sie da war, konnte ihm nichts geschehen. Sie würde ihn beschützen. Am schlimmsten war für ihn der Überfall der beiden Straßenräuber gewesen, die seine Mutter bedroht hatten. Um ein Haar hätte er sie erneut verloren, wenn der junge Mann nicht gewesen wäre, der sie gerettet hatte. Seit jenem Tag verspürte Nat eine tiefe Bewunderung für James Danvers.

»Ich muss noch einmal in den Großen Saal, mein Liebling«, sagte Marianna zu ihrem Sohn.

»Kann ich nicht mitkommen, Mama?«

Eigentlich wollte sie nicht, dass er Einzelheiten über den Mord zu hören bekam, doch nach kurzem Zögern gab sie nach. »Natürlich kannst du.«

Wie sie gehofft hatte, trafen sie im Großen Saal auf Jimmy, der in Gedanken versunken vor dem gewaltigen Kamin stand, die Hände den wärmenden Flammen entgegengestreckt. Er war allein. Und so schlug Marianna alle Bedenken in den Wind und fiel dem jungen Mann um den Hals.

»Ihr habt Judith vor einem furchtbaren Schicksal bewahrt. Wie soll ich Euch nur danken?«

Er lächelte und tauchte den Blick seiner Augen tief in den ihren. »Ich wüsste schon, wie …«
Sie spürte seine bebenden Hände auf ihrer Taille, als er sie fordernd an sich zog.
»Aber wo … wann …?«, flüsterte sie, damit Nat sie nicht hörte.
»Heute Nacht«, antwortete er ebenso leise. »Lasst Euren Sohn bei Eurer Magd und kommt in mein Gemach … bitte …«
Sein Blick wurde fast flehentlich. Sie nickte stumm, wie gebannt von der Leidenschaft in seinen Augen, in seinen Zügen, seiner Stimme. Das Blut stieg ihr in die Wangen, als sie sich von ihm löste und an die Seite ihres Sohnes trat.
Eine Magd näherte sich mit einem Korb Feuerholz unter dem Arm, kniete sich vor den Kamin und legte einige Scheite nach. Verlegen warf Marianna Jimmy noch einen zärtlichen Blick zu und schlenderte mit ihrem Sohn durch den Saal. Sie wollte sich nicht weit entfernen, für den Fall, dass man noch Fragen an sie hatte.
»Mama, Ihr mögt Master Danvers sehr, nicht wahr?«, fragte Nat.
»Ja, das tue ich.« Sie zögerte, sprach dann aber weiter, in dem plötzlichen Bedürfnis, sich zu rechtfertigen. »Aber das heißt nicht, dass ich deinen Vater vergessen habe. Ich werde sein Andenken immer bewahren.«
»Ich mag Master Danvers auch«, sagte Nat, der die Verunsicherung seiner Mutter spürte. »Obwohl er mir ein wenig Angst machte, als er diesen Mann getötet hat.«
Marianna ließ sich auf eine an der Wand aufgestellte Bank sinken und ergriff die Hände ihres Sohnes.
»Das muss schrecklich für dich gewesen sein, aber ihm blieb keine andere Wahl. Er wollte mich doch nur beschützen und dich auch! Es freut mich, dass du ihn magst. Wer weiß, vielleicht … es ist noch zu früh, daran zu denken, aber vielleicht können wir eines Tages eine Familie sein.«
Das Gesicht des Knaben hellte sich auf. »Eine richtige Familie?«

»Ja, wäre das nicht schön? Niemand könnte dich mir dann noch wegnehmen, und wir bräuchten auch nie wieder zu fliehen. Doch vorerst ist das nur ein Traum. Erst müssen wir diese grausige Angelegenheit überstehen.«

»Ihr meint den Mord an dem Mann, der Judith wehgetan hat?«, fragte der Junge ernst.

Marianna nickte. Es widerstrebte ihr, Nat in Einzelheiten einzuweihen, und sie wog sorgfältig ab, wie viel sie ihm anvertrauen konnte.

»Weißt du, mein Schatz, weil er Judith wehgetan hat, glaubte man zuerst, dass sie für Buskells Tod verantwortlich ist. Das hätte ihr zum Verhängnis werden können.«

»Aber er hat es doch verdient!«, erwiderte Nat leidenschaftlich.

»Mag sein. Der Richter wird das jedoch anders sehen und den Mörder hart bestrafen.«

»Wie denn?«

»Das brauchst du nicht zu wissen.«

»Mama, Master Simpson hat mir gezeigt, was mit Taugenichtsen und Verrätern geschieht.«

»Er hat dich zu einer Hinrichtung mitgenommen?«, fragte Marianna bestürzt.

Der Junge nickte stumm. Entsetzt nahm Marianna ihren Sohn in die Arme und drückte ihn an sich. Er hatte in der Obhut seines Vormunds tatsächlich den letzten Rest seiner Unschuld verloren.

»Denk nicht mehr daran. Judith wird schon nichts geschehen. Master Danvers hat für sie gesprochen und sie damit hoffentlich von dieser furchtbaren Anschuldigung befreit. Trotzdem möchte ich, dass du weiterhin für dich behältst, was gestern geschehen ist. Sprich mit niemandem darüber.«

Auch wenn sie hatte zugeben müssen, dass Buskell Judith vergewaltigt hatte, hielt es Marianna für sicherer, die Tatsache geheim zu halten, dass sie es am Tag seiner Ermordung erfahren hatte. Es war besser, alle im Glauben zu lassen, dass die Magd es schon länger gewusst hatte. Wenn Sutton den wahren Mörder nicht finden konnte, mochte er sich auf der Suche nach einem Sündenbock an Judith erinnern und seine Meinung über ihre Unschuld ändern.

Marianna schob Nat ein wenig von sich und sah in sein blasses Gesicht. »Manchmal ist es notwendig, die Wahrheit zu verschweigen, um jemanden, der in Gefahr ist, zu schützen. Verstehst du?«

»Ja, Mama, ich verstehe.«

Dreiundzwanzigstes Kapitel

Der Sekretär des Earl of Huntingdon trat neben Marianna. »Madam, ich werde jetzt Master Cleaton befragen. Ich denke, Ihr solltet dabei sein.«

»Ja, Sir.«

Marianna strich ihrem Sohn über das dunkle Haar. »Ich komme gleich wieder.«

»Kann ich zu Christopher in den Stall gehen, Mama?«

»Natürlich. Aber zieh dir einen Mantel über.«

Sutton ging voraus in den Wintersalon.

»Was hat denn die Befragung meiner Base ergeben?«, fragte Marianna neugierig.

Der Sekretär lächelte ein wenig abfällig. »Sie spielt die Unwissende und weist jegliche Anschuldigung von sich. Auf dem Turnier habe sie dem französischen Gesandten tatsächlich nur ein verlorenes Schnupftuch überbracht. Das Pferd, das Ihr bei dem Stallburschen saht, der Euch in der Glockenherberge beobachtete, habe sie schon eine ganze Weile nicht mehr geritten. Und was sie da eben über Eure Magd sagte, sei eben ihre Überzeugung gewesen. Sie habe sie mit dem Ermordeten zusammen gesehen. Leider kann man ihr nicht das Gegenteil beweisen.«

»Glaubt Ihr, ich habe mir das alles nur eingebildet?«

»Nein, ich glaube Euch jedes Wort. Eure Base hat sich sehr leidenschaftlich gerechtfertigt. Für mich zeigt das deutlich, dass sie keineswegs so unschuldig ist, wie sie tut. Es fällt mir allerdings noch schwer, zu durchschauen, inwieweit sie in die Sache verwickelt ist.«

»Ihr seid also auch der Meinung, dass der Greif ein Mann sein muss«, stellte Marianna fest.
»Master Buskell war davon überzeugt. Schließlich hat er ihn gesehen, auch wenn er nicht auf sein Gesicht geachtet hat. Gleich morgen früh werde ich einen Boten nach London schicken, um Sir Francis Walsingham zu bitten, uns sein Wissen über den Greif zur Verfügung zu stellen. Gleichzeitig lasse ich Erkundigungen über Dr. Fraser und Master Danvers einholen.«
Marianna überkam ein Gefühl des Unbehagens. »Weshalb?«, fragte sie, bemüht, möglichst unbefangen zu klingen.
»Sie sind die Einzigen, die nicht aus dieser Gegend stammen, sondern aus dem Süden. Der Hintergrund aller anderen, Eurer Familie und Master Cleatons, ist mir bekannt. Ich weiß, welcher religiösen Gesinnung sie sind und wie es um ihren Besitz steht. Um mir jedoch ein Bild von Master Danvers und Dr. Fraser zu machen, muss ich mehr über sie wissen.«
In der Tür des Wintersalons erschien ein Lakai in Begleitung Harry Cleatons. Sutton bat ihn herein.
»Wo wart Ihr gestern Abend, als der Reitknecht ermordet wurde?«, fragte er ohne Überleitung.
Harry sah ihn verwirrt an. Dann glitt sein Blick zu Marianna hinüber, die mit gefalteten Händen am Fenster stand.
»Ich habe mich in meinem Gemach zum Spätmahl umgezogen und bin dann noch in die Kapelle gegangen.«
»Kann das jemand bezeugen?«
»Mein Kammerdiener.«
»Sonst niemand? Ihr werdet Euren Kammerdiener wohl kaum mit in die Kapelle genommen haben.«
»Natürlich nicht«, antwortete Harry hochmütig. »Was sollen all diese Fragen? Was habe ich überhaupt mit dem Tod dieses Pferdeburschen zu tun?«
»Das wird sich noch zeigen«, erwiderte der Sekretär, während er

den blonden jungen Mann prüfend musterte. »Wenn Ihr so freundlich wärt, Euren rechten Ärmel hochzuschlagen, Sir!«
»Wie bitte?« Auf Harry Cleatons Zügen malte sich Empörung ab.
»Ich möchte sehen, ob Ihr am rechten Unterarm eine Stichwunde habt.«
Das Gesicht des jungen Höflings wurde eine Schattierung heller. »Ich denke nicht daran, mich hier verhören zu lassen wie ein Verbrecher!«
Suttons Blick wurde unnachgiebig. »Ihr habt keine Wahl. Wenn Ihr Euren Arm nicht freiwillig entblößt, werde ich nachhelfen. Habt Ihr verstanden?«
Cleaton sah ein, dass es unklug wäre, sich zu weigern, und verlegte sich auf Ausflüchte.
»Der Ärmel ist zu eng. Ich werde meinen Kammerdiener bitten, die Knöpfe zu öffnen …«
»Das wird nicht nötig sein«, gab Sutton zurück. »Madam, würdet Ihr ihm helfen, den Ärmel aufzuknöpfen!«
Marianna gehorchte nur zögernd. Seit sie überzeugt war, dass er sie damals aus dem Hinterhalt angegriffen hatte, machte ihr der so harmlos aussehende junge Mann Angst. Mit starrem Gesicht ließ Harry es zu, dass sie die Knöpfe an der Manschette seines Wamses öffnete und den Ärmel bis zum Ellbogen hochschob. Im Fleisch des Unterarms war deutlich eine mit Schorf bedeckte schmale Wunde zu sehen. Schaudernd wich Marianna vor ihm zurück.
Sutton besah sich die Wunde und bat dann die junge Frau um das Stilett, das sie am Gürtel trug.
»Die Breite der Klinge stimmt mit der Verletzung überein«, bestätigte er. »Sir, Ihr habt Mistress Ashton vor der Abreise in London überfallen! Sie wehrte sich und brachte Euch mit ihrem Dolch diese Wunde bei.«
»Das ist doch alles nur ein Missverständnis.« Ein Zucken lief über Harrys Gesicht, und er schluckte schwer.

»Es hat keinen Zweck, zu leugnen, Sir. Ihr habt Mistress Ashton überfallen und beinahe getötet.«

Harry hob abwehrend die Hände. »Das ist nicht wahr!« Er war kreidebleich geworden, und der Blick seiner Augen irrte unruhig hin und her. »Ich wollte Euch nichts tun, Madam«, beteuerte er schließlich. »Ich wollte Euch nur einen Schreck einjagen, Euch ein wenig Angst machen.«

Marianna funkelte ihn empört an. »Ihr habt mich beinahe erstickt. Ich bekam keine Luft mehr und wäre vor Angst fast gestorben.«

Er senkte schuldbewusst den Kopf. »Es tut mir leid! Ich habe so etwas noch nie gemacht und wusste nicht, wie ich Euch sonst am Schreien hindern sollte. Ihr habt Euch so erbittert gewehrt. Es tut mir leid, das müsst Ihr mir glauben!«

Der Sekretär konnte seine Ungeduld nicht länger verbergen. »Wollt Ihr uns nicht erklären, warum Ihr es getan habt?«

Harry wagte nicht, den Blick zu heben. Beschämt murmelte er: »Kate hat mich darum gebeten.«

Für einen Moment war Sutton zu überrascht, um etwas zu erwidern. Seine Augenbrauen zogen sich zusammen, und seine Züge spannten sich an.

»Hat sie gesagt, weshalb sie wollte, dass Ihr Mistress Ashton Angst einjagt?«

Harry schüttelte den Kopf. »Sie wollte sie aus dem Haus ihres Vaters vertreiben. Warum, weiß ich nicht.«

»Tut Ihr immer so bereitwillig, worum man Euch bittet, ohne Fragen zu stellen?«

»Kate fühlte sich von Mistress Ashton beobachtet und verfolgt. Sie war der Meinung, sie sei ein Spitzel, der Familiengeheimnisse weitergibt.«

Suttons Blick begegnete Mariannas. »Und das habt Ihr so einfach geglaubt?«

»Ich liebe sie«, gestand Harry mit wehleidiger Stimme. »Ich würde alles für sie tun.«
Sutton legte die Hände auf dem Rücken ineinander und ging im Wintersalon auf und ab. Schließlich hielt er inne und wandte sich an den jungen Höfling. »Ihr könnt Euch zurückziehen. Vorläufig! Verlasst aber nicht das Anwesen.«
Harry nickte stumm, machte eine Verbeugung und huschte hinaus.
»Ich gestehe, dass ich ein Problem habe, Madam«, sagte der Sekretär. »Auch wenn es offensichtlich ist, dass Eure Base etwas weiß, halte ich es doch nicht für ratsam, sie verhaften zu lassen.«
»Aber warum denn nicht?«, fragte Marianna, der bei dem Gedanken, Kate wiederzusehen, übel wurde.
»Weil ich nicht glaube, dass ein Aufenthalt im Kerker sie zum Sprechen bringen würde. Sie scheint mir ein sehr starrsinniger Mensch zu sein.«
Ein bitteres Lächeln glitt über Mariannas Lippen. »Und da sie kein Kind hat wie ich, könnt Ihr sie auch nicht erpressen!«
Suttons Gesichtsausdruck verdüsterte sich. »Sir Francis tut nur, was nötig ist, um das Königreich vor Feinden zu schützen.«
»Was werdet Ihr nun unternehmen, Sir?«
»Ich muss mich zuerst mit Master Langdale besprechen. Dann werden wir die Befragungen fortsetzen. Behaltet vorläufig für Euch, was Cleaton gesagt hat. Ich werde mir den Ort, an dem der Mord geschah, und den Toten noch einmal genauer ansehen. Wenn Eure Magd Master Buskell nicht mit dem Beil umgebracht hat, müssen wir feststellen, woran er tatsächlich gestorben ist.«

Marianna begegnete dem Sekretär erst am späten Nachmittag wieder. Er hatte Dr. Fraser gebeten, den Leichnam zu untersuchen, und mit dem Friedensrichter der Begutachtung beigewohnt.
»Es war nicht leicht, die Todesursache herauszufinden«, berichtete

Sutton. »Am Körper waren keinerlei Wunden zu sehen. Schließlich entdeckte der Medikus eine leichte Einbuchtung am Hinterkopf. Der Schädel war eingedrückt. Vermutlich ist er an der Kopfwunde gestorben.«

»Jemand hat Master Buskell von hinten niedergeschlagen?«, vermutete Marianna.

»Das dachte ich zuerst auch. Aber in dem Fall wäre er sofort zusammengebrochen und hätte sich nicht mehr wehren können. Der abgerissene Knopf deutet aber darauf hin, dass er mit seinem Mörder gekämpft hat.«

»Ihr habt recht!«

»Ich denke, wir können davon ausgehen, dass Master Buskell während des Streits seinem Gegner keinesfalls den Rücken zugewandt hätte. Daher glaube ich, dass er gestoßen wurde und mit dem Hinterkopf auf etwas Hartes schlug. Ihr erinnert Euch doch an den Baumstumpf neben dem Holzverschlag. Als ich ihn mir genauer ansah, fand ich an der Kante Blut. Alles spricht dafür, dass ein Sturz auf den Holzstumpf Master Buskell tötete.«

Marianna senkte die Lider. »Dann hat es wohl nicht viel Kraft gebraucht, ihn zu ermorden.«

»Nein, durchaus nicht«, bestätigte Sutton. »Ein Stoß, als das Opfer gerade nicht sicher auf den Beinen stand, vielleicht, als es stolperte, wäre ausreichend gewesen.«

»Hätte eine Frau das tun können?«

Sutton lächelte sarkastisch. »Ihr denkt an Eure Base.«

Marianna nickte. »Wisst Ihr, wann Buskell getötet wurde?«

»Dr. Fraser vermutet, dass es gestern Abend geschah. Deshalb ist auch kein Blut mehr geflossen, als Eure Magd heute Morgen auf ihn einschlug.«

»Das heißt, es könnte passiert sein, als er Katherine durch die Toreinfahrt folgte. Vielleicht hat sie Streit mit ihm gehabt.«

»Ich kann Eure Vermutung nachvollziehen, halte es aber noch immer für voreilig, sie zu verhaften. Wenn sie einen Komplizen hat, wie ich glaube, wird er augenblicklich das Weite suchen. Versteht Ihr?«

»Ja.«

»Lasst uns also noch eine Weile abwarten. Ich kehre heute Abend nach York zurück, komme aber morgen früh wieder, sobald ich einen Boten zu Sir Francis Walsingham geschickt habe. Dann sehen wir weiter.«

Vierundzwanzigstes Kapitel

Beim Spätmahl wurde nur wenig gesprochen. Man beobachtete einander misstrauisch und fragte sich, wer wohl den Pferdeknecht ermordet haben mochte. Elizabeth und Tom schienen die Einzigen zu sein, die mit Appetit aßen und sich um das schreckliche Verbrechen keine Gedanken machten. Marianna bemerkte, dass Harry hin und wieder Katherine einen flehenden Blick zuwarf, als sehne er sich nach einer Gelegenheit, mit ihr unter vier Augen zu sprechen. Doch Kate beachtete ihn nicht. Marianna erschauderte, als sie den hochmütigen Ausdruck auf Katherines Gesicht sah. Welche Gemeinheit würde ihr als Nächstes einfallen?

Als man sich von der Tafel erhob, ging Marianna in den Großen Saal hinüber, um sich der Gegenwart ihrer Base zu entziehen. Kurz darauf gesellte sich Jimmy zu ihr.

»Werdet Ihr heute Nacht zu mir kommen?«, fragte er mit leiser, schmeichelnder Stimme.

Marianna spürte ein Kribbeln im Magen. Sie wusste, es war verrückt, jetzt noch mehr als zu jeder anderen Zeit, doch sie hatte auf einmal das Gefühl, dass sie diese Gelegenheit nicht ungenutzt vorübergehen lassen durfte. Wer wusste, welche Verirrungen ihrem Dasein noch bevorstanden? Sie wollte glücklich sein, und sei es nur für eine einzige Nacht.

»Ja, ich komme«, antwortete sie.

»Zieht Euch früh zurück und bringt Euren Sohn zu Bett. Ich erwarte Euch in meiner Kammer.«

Er lächelte ihr zärtlich zu, wagte es aber nicht, sie zu berühren, aus Angst, gesehen zu werden.
Als die Familie im Wintersalon musizierte, gab Jimmy nach einer Weile vor, er habe die vergangene Nacht schlecht geschlafen und sei daher sehr müde. Nachdem er gegangen war, wartete Marianna noch etwa eine halbe Stunde, dann entschuldigte sie sich bei ihrem Onkel mit der Begründung, sie müsse ihren Sohn zu Bett bringen. Henry Fleetwood entließ sie mit einem Nicken.
Als Marianna in ihr Gemach ging, beschleunigte sie ihre Schritte vor Ungeduld. Nathaniel war bereits unter die Bettdecke geschlüpft, und Judith zog die Vorhänge des Baldachins zu.
Liebevoll strich Marianna ihrem Sohn über die Wange. »Kann ich dich die Nacht über allein lassen, Nat?«
»Aber ja, Mama«, versicherte er tapfer. »Bleibst du bei Master Danvers?«
Sanft legte sie ihren Finger über seine Lippen. »Sch! Niemand darf das wissen.«
»Von mir erfährt niemand etwas«, versprach er im Flüsterton.
Marianna küsste ihn auf die Stirn und wandte sich Judith zu. »Pass gut auf ihn auf. Wirst du zurechtkommen?«
»Sicher, Madam.«
»Dann schließ die Tür hinter mir und lass den Riegel einschnappen. Öffne niemandem, bis ich wieder da bin.«
Vorsichtig verließ Marianna das Gemach. Da das ihre das letzte der Zimmerflucht war, musste keiner der anderen Bewohner hindurch, um zu seiner Schlafkammer zu gelangen. Die restlichen Familienmitglieder befanden sich noch im Wintersalon. Marianna beeilte sich dennoch, um unterwegs niemandem zu begegnen. Ihre Wangen brannten, und ihr Herz schlug schnell, als sie die Wendeltreppe hinuntereilte. Unten trat sie in den Kräutergarten hinaus, ging an Küche, Backhaus und Brauhaus vorbei und stieg schließlich die hintere Wendeltreppe wieder hinauf. Da keine Kinder mehr im

Haus waren, nutzte man die Kinderstuben als zusätzliche Schlafkammern, wenn Gäste kamen. Jimmys Gemach lag gleich an der Treppe. Aufgeregt wie ein kleines Mädchen kratzte Marianna an der Tür. Der Kammerdiener Simon öffnete ihr, ließ sie ein und schloss beim Verlassen der Kammer die Tür hinter sich.
Jimmy trat bei ihrem Erscheinen vom Fenster zurück, vor dem er offenbar ungeduldig hin und her gelaufen war. Mit ernster Miene nahm er ihre Hand und führte sie zu einem Stuhl.
»Simon wird draußen vor der Tür schlafen, damit wir nicht gestört werden.«
Auf einem Tisch brannte eine Kerze und malte bewegte Schatten auf sein schmales Gesicht. Sie war neben dem Kaminfeuer die einzige Lichtquelle.
»Ich muss gestehen, dass ich bis zum Ende gezweifelt habe, ob Ihr kommen würdet, Marianna. Insgeheim fürchtete ich, dass Ihr Skrupel haben könntet, Euch mit einem Tunichtgut wie mir einzulassen. Ich versichere Euch jedoch, dass meine Absichten ehrbar sind. Bitte erlaubt mir, bei Eurem Onkel um Eure Hand anzuhalten.«
Marianna hatte im Stillen gehofft, dass er sie bitten würde, seine Frau zu werden. Dennoch war sie nun, da er es ausgesprochen hatte, geradezu sprachlos vor Glück. Erwartungsvoll sah er sie an.
»Wenn Ihr mich abweist, werde ich unverheiratet bleiben«, erklärte er. »Euer Anblick lässt mich nicht mehr los, Marianna. Ihr seid die Einzige, die mich je gefesselt hat. Ihr weckt Gefühle in mir, die mir fremd sind, die mich aus der Fassung bringen. Ihr verändert mein ganzes Wesen, mein Denken, mein Fühlen. Es ist beängstigend und herrlich zugleich.«
Marianna erriet, dass dieses leidenschaftliche Geständnis ihn Überwindung gekostet hatte. Es fiel ihm nicht leicht, aus sich herauszugehen und sich einem anderen Menschen zu offenbaren.
Als er ihre Hände berührte, sprang ein Funke zwischen ihren Fingerspitzen über. Marianna erzitterte. Es zog sie mit einer Macht zu

ihm hin, gegen die anzukämpfen zwecklos gewesen wäre, selbst wenn sie es gewollt hätte.

»Ich erlaube Euch gerne, mit meinem Onkel zu sprechen«, hauchte sie.

Seine Finger krampften sich um die ihren, und ein triumphierendes Lächeln verwandelte sein Gesicht. Im nächsten Moment zog er sie vom Stuhl hoch und in seine Arme. Sie sah seinen schmeichelnden Blick, dessen begehrliches Funkeln die Erregung verriet, die ihre Nähe in ihm entfachte. Sie fühlte, dass ihre Wangen, ihre Stirn, ihre Lippen glühten. Er küsste sie auf die Lider, die Schläfen, bis er sie erschauern spürte. Als sein Mund den ihren streifte, ermunterte sie ihn durch eine leichte Bewegung und erwiderte seinen Kuss ungestüm und gierig wie eine Verhungernde. Wie beim ersten Mal überkam sie das Gefühl, einen erfahrenen Meister seiner Kunst vor sich zu haben. Hatte Tom nicht gesagt, Jimmy habe nur zwei Liebschaften gehabt, seit sie sich kannten? Offenbar hütete der junge Höfling mehr als nur ein Geheimnis.

Er begann, sie mit der Fingerfertigkeit einer Zofe zu entkleiden. Auf seinen Zügen mischten sich Genuss und Ungeduld, während er sie von den einzelnen Lagen ihrer Kleidung befreite. Als das dünne Leinenhemd fiel, ließ sie die kühle Luft frösteln, die trotz des Kaminfeuers die Kammer erfüllte. Sofort legten sich seine warmen Hände um ihre Schulter und unter ihre Knie, hoben sie hoch und trugen sie zum Alkoven. Nachdem er sie auf die Laken gebettet hatte, betrachtete er sie lange, ohne ein Wort zu sagen ... die marmorweiße Haut ihres Körpers, die schlanken Glieder, die kleinen, festen Brüste. Unter seinem Blick verging Marianna vor Scham. Erleichtert sah sie ihn schließlich die Kerze ausblasen, obwohl ihr dadurch der Anblick seines Körpers verwehrt wurde, denn das Feuer im Kamin begann zu verlöschen. Im roten Licht der Glut konnte sie seine Bewegungen, als er sich entkleidete, nur noch erahnen. Scham und Neugier stritten in ihr, und auf einmal bedauerte sie es, ihn nicht nackt sehen zu können.

Ungeduldig streckte sie die Hände nach ihm aus und zog ihn zu sich, als er zu ihr in den Alkoven stieg und die Türen gegen die Kälte schloss.

»Gemach, Liebste«, spöttelte er, »wir haben die ganze Nacht für uns.«

Seine Hände waren überall an ihrem Leib. Und da sie nicht sehen konnte, wo er sie als Nächstes streicheln würde, durchfuhr es sie jedes Mal umso stärker, wenn seine Finger zärtlich über ihre Haut strichen. Bald ging er dazu über, sie mit der Zunge an Stellen ihres Körpers zu liebkosen, die noch nie ein Mann auf diese Weise berührt hatte, nicht einmal Nathaniels Vater, der den Konventionen stets verpflichtet geblieben war. Wo hatte Jimmy diese sündhaften Liebespraktiken gelernt? Gefährdete sie das Heil ihrer unsterblichen Seele, wenn sie ihm solche Dinge gestattete? Doch das Lustgefühl, das Marianna empfand, ließ sie ihre Bedenken vergessen. Sie war längst bereit, sich mit ihm zu vereinen. Er wusste es und machte sich einen Spaß daraus, sie zappeln zu lassen, bis sie um Gnade flehte. Als er in sie drang, beherrschte er seine eigene Lust, um ihr nicht wehzutun. Seine behutsamen Bewegungen brachten sie fast zur gleichen Zeit zur Erfüllung.

Keuchend und tief befriedigt ließ er sich auf sie fallen, zog sich aber nicht aus ihr zurück. Marianna hatte das Gefühl, als versuche er alles, damit diese Nacht Folgen haben würde, und sie fragte sich, weshalb er es so eilig hatte. Doch es war ihr recht. Wenn sie erst seine Frau war, wollte sie auch seine Kinder zur Welt bringen.

Dicht an sie geschmiegt, blieb er liegen, die Hand in ihrem kupferroten Haar, die Lippen auf der Rundung ihrer linken Brust. Liebevoll streichelte sie seine glatte Schulter. Sein Gewicht lastete auf ihr. Auf einmal überkam sie ein dumpfes Angstgefühl. Noch nie in ihrem Leben war sie so glücklich gewesen wie in dieser Nacht. Nun fürchtete sie sich davor, dieses Glück wieder zu verlieren.

Mit einem wohligen Seufzen räkelte sich Marianna zwischen den Laken. Ein Sonnenstrahl traf ihr Gesicht. Verwirrt öffnete sie die Augen. Sie war allein. Das Bett war verlassen. Wo war Jimmy? Beunruhigt rief sie seinen Namen.

»Was ist denn, mein Herz?«, fragte er gut gelaunt und beugte sich lächelnd über sie.

Er war bereits angekleidet. »Ich wollte dich nicht wecken. Aber wenn wir nicht zu spät zum Frühmahl kommen wollen, musst du dich jetzt anziehen.«

Er reichte ihr das Hemd. Marianna fühlte sich wie in einem Traum und wollte noch nicht in die Wirklichkeit zurückkehren. Das vertrauliche Du, zu dem er übergegangen war, gab ihr die Gewissheit, dass sie die Zärtlichkeiten der letzten Nacht nicht geträumt hatte. Noch immer trunken, gab sie sich seinen Händen hin, die ihr beim Anlegen des Korsetts, der Unterröcke und schließlich des Unter- und Oberkleides halfen. Sorgfältig befestigte Jimmy die wattierten Ärmel und die Manschetten.

»Setz dich, damit ich dir die Strümpfe anziehen kann.«

»Das brauchst du nicht. Ich schaffe das schon.«

Er lächelte. »Ich weiß. Aber ich möchte es!«

Ein wenig beschämt ließ sie es zu, dass er sich vor sie kniete und langsam die Wollstrümpfe über ihre Waden nach oben rollte. Nachdem er die Strumpfbänder geknüpft hatte, zog er ihr die Schuhe über und half ihr beim Aufstehen.

»Ich gehe zuerst. Warte noch eine Weile, bevor du mir folgst, damit niemand Verdacht schöpft.«

Er gab ihr noch einen Kuss, bevor er zur Tür hinausschlüpfte. Mit einem Wohlgefühl, das sich in ihrem Körper ausbreitete, blieb Marianna zurück. Abwesend strich sie sich durch das Haar, das offen bis zu ihrer Taille hinabfiel. Da erinnerte sie sich ihrer Witwenhaube, die ihr Jimmy am Abend abgenommen hatte, und blickte sich in der Kammer um. Wenn das Stubenmädchen sie in seinem Gemach fand, wusste bald das ganze Haus Bescheid. Endlich entdeckte Marianna die Haube unter einem von Jimmys Hemden auf einer Truhe. Ein Stoffzipfel ragte unter dem Deckel hervor. Wie es sich für eine ordentliche Hausfrau gehörte, öffnete sie die Truhe, um das Kleidungsstück zurechtzulegen. Dabei streiften ihre Finger eine dünne Kette, die darunterlag, und zogen sie hervor. Ihr Herz setzte einen Schlag aus, und ihre Hände und Füße wurden plötzlich eiskalt. Einige Augenblicke rang sie nach Luft wie eine Ertrinkende, während sie wie gebannt das goldene Kreuz betrachtete, das an der Kette hing. Es war ihr Anhänger, ihre Kette, die ihr der Greif damals zusammen mit den Papieren gestohlen hatte. Ungläubig starrte sie das Schmuckstück an, ließ es im Sonnenlicht funkeln. Dann beugte sie sich erneut über die Truhe und schob das obere Kleidungsstück zur Seite. Ein Stöhnen entrang sich ihr, und sie sank kraftlos auf die Knie. Da lag auch ihr Ehering, der ihr ebenfalls geraubt worden war. Mit zitternder Hand nahm sie den schmalen Goldreif und zog ihn über den Ringfinger der linken Hand. Er passte! Kein Zweifel, es war ihr Ehering! Aber wie war das möglich?

Ihre Gedanken verirrten sich. Ohne sich dessen bewusst zu sein, legte sie sich die Kette um den Hals und verließ das Gemach. Wie eine Schlafwandlerin durchschritt sie den Kräutergarten, stieg die Wendeltreppe hinauf und ging zu ihrer Schlafkammer. Judith öffnete ihr. Marianna sah sie nicht. Als Nat sie fröhlich begrüßte, schloss sie ihn in die Arme und brach in Tränen aus.

»Mama, was ist denn?«, fragte der Junge erschrocken.

Marianna streichelte zärtlich sein Haar, weniger, um ihn zu trösten, als sich selbst. »Es ist nichts, mein Liebling. Ich muss nur über etwas nachdenken.«

Sie brauchte frische Luft und Zeit für sich allein, um ihre Gedanken zu ordnen.
»Achte auf Nat, bis ich wieder da bin, Judith.«
»Aber, Madam, soll ich mich nicht um Euer Haar kümmern ...«
Doch das Verlangen, davonzulaufen, wurde unerträglich. Marianna griff nach ihrem Mantel. Mit offenem Haar hastete sie aus der Kammer, die Wendeltreppe hinunter in den Vorhof. Im Stall waren Christopher und einige andere Burschen damit beschäftigt, Stroh auszumisten, als die junge Witwe hereinstürmte.
»Christopher, sattle meine Stute«, befahl sie.
Der blonde Hüne bemerkte ihr tränenüberströmtes Gesicht und trat mit betroffener Miene zu ihr.
»Was ist geschehen, Madam?«
»Nichts! Ich will nur ein wenig ausreiten!«
»Ganz allein, Madam? Lasst mich mitkommen.«
»Nein, ich will allein sein. Ich muss nachdenken!«
»Madam, hat es etwas mit diesem Danvers zu tun?«
Sie schüttelte den Kopf, doch der Klang dieses Namens löste eine neue Flut von Tränen aus.
»Was hat er getan, Madam? Ich habe Euch vor ihm gewarnt. Ich wusste, dass er Euch wehtun würde. Vom ersten Augenblick an habe ich die Heuchelei und Eitelkeit in seinem Wesen gespürt. Ihr dürft ihm nicht trauen ...«
»Hör auf«, rief sie. »Hast du nicht gehört, was ich sagte? Sattle mein Pferd!«
Mit düsterem Blick gehorchte er. Ungeduldig wartete sie, dass er ihr die Stute brachte, und ließ sich von ihm in den Sattel helfen. Kaum hatte sie den Hof durch die Toreinfahrt verlassen, trieb sie ihr Pferd zum Galopp. Ziellos ritt sie über die grünen Wiesen hinaus in die Einsamkeit des Moors. Sie wollte nur fort, weit fort von Jimmy! Am liebsten wäre sie immer so weitergaloppiert, ohne umzukehren, um alles hinter sich zu lassen. Für einen Moment gab sie sich der

Illusion hin, dass sie genau das tun könnte und ihm nie wieder ins Gesicht sehen musste. Doch dann dachte sie an Nat. So sehr sie es sich wünschte, sie konnte nicht weglaufen. Sie musste sich den Tatsachen stellen!

Außer Atem zügelte sie die Stute am Rande eines felsigen Steilhangs und blickte über die unendliche Weite, die sich vor ihr auftat. Noch immer rannen Tränen über ihre Wangen, und ihre Augen brannten vom kalten Wind. Mit einem Schluchzen ließ sie sich aus dem Sattel gleiten.

»Oh Herr, was soll ich tun, was soll ich glauben? Es kann nicht wahr sein! Es muss eine Erklärung dafür geben, dass Jimmy meinen Schmuck hatte. Aber warum hat er ihn versteckt?«

Blind vor Tränen wankte sie zum Rand des Felshangs und wäre beinahe ins Leere getreten. Erschrocken blieb sie stehen.

Der Greif hatte ihr damals nach dem Mord an John Kempe Kette und Ring gestohlen, nachdem er sie fast erwürgt hatte. Und doch konnte Marianna nicht glauben, dass Jimmy der Greif sein sollte. Das war einfach undenkbar! Er hätte ihr doch nie etwas getan. Aber woher hatte er den Schmuck, wenn er an jenem Abend nicht dort gewesen war?

Ihr Herz krampfte sich schmerzhaft zusammen. In der vergangenen Nacht erst hatte er um ihre Hand angehalten. Sie spürte, dass er sie aufrichtig liebte. Der Greif aber war ein kaltblütiger Mörder, der nicht lieben konnte. Das einzig Vernünftige wäre, Jimmy um eine Erklärung zu bitten. Doch im Augenblick besaß sie nicht den Mut dazu.

In ihre quälenden Überlegungen versunken, starrte Marianna den Felsvorsprung hinab. Es ging recht tief hinunter. Ein Sturz wäre zweifellos tödlich gewesen. Von einem jähen Schwindelgefühl befallen, trat sie ein paar Schritte zurück.

Ihre Stute stupste sie an, und Marianna begann mechanisch, sie am Kopf zu kraulen. Sie hatte das Frühmahl verpasst. Sicher würde

man sich über ihren Verbleib Gedanken machen. Vielleicht war Jimmy in diesem Moment dabei, ihren Onkel in aller Form um ihre Hand zu bitten.
Ihre Verzweiflung war so groß, dass sie es nicht über sich brachte, wieder in den Sattel zu steigen und nach Kirkby Hall zurückzureiten.

Fünfundzwanzigstes Kapitel

Madam, da seid Ihr ja. Ich wollte schon nach Euch suchen lassen!«

George Sutton trat Marianna entgegen, als sie im Vorhof die Stute zügelte. Prüfend betrachtete er ihr Gesicht, das noch von Tränenspuren gezeichnet war.

»Was ist geschehen, Madam?«

Seinen Blick vermeidend, ließ sich Marianna aus dem Sattel gleiten.

»Der Wind ist sehr kalt«, antwortete sie ausweichend.

Seine Augenbrauen zogen sich enger zusammen. »Irgendetwas ist vorgefallen. Das sehe ich Euch an.«

»Da irrt Ihr Euch.«

Doch ihr Leugnen erregte erst recht sein Interesse. »Ihr habt etwas herausgefunden, nicht wahr? Etwas, das Euch beunruhigt.« Er musterte sie neugierig von Kopf bis Fuß. »Ihr verlasst das Haus mit aufgelöstem Haar? Und Ihr habt geweint. Eure Augen sind geschwollen. Dafür ist wohl kaum der Wind verantwortlich.«

»Ich sagte Euch doch, es ist nichts geschehen!«

»Tatsächlich? Zufällig weiß ich, dass etwas sehr Wichtiges passiert ist. Als ich eben mein Gespräch mit Master Fleetwood beendet hatte, sprach dieser Danvers vor. Er hat formell um Eure Hand angehalten.«

»Ihr habt gelauscht?«, empörte sich Marianna.

»Es gehört zu meinen Aufgaben, alles zu wissen, was in diesem Haus vor sich geht. Es könnte mich schließlich zum Greif führen.

Ich frage mich nur, weshalb dieser Heiratsantrag Euch so sehr aus der Fassung bringt. Master Danvers mag nicht von Stand sein, aber Ihr sagtet selbst, dass er reich ist und bei Hof verkehrt. Warum seid Ihr nicht glücklich?«

Sutton stocherte grausam in einer tiefen Wunde, und Marianna litt unsäglich.

»Das geht Euch gar nichts an, Sir. Was versteht Ihr von den Gefühlen einer Frau!«

»Madam, Ihr habt bisher nicht den Eindruck eines von Gemütsschwankungen gebeutelten Frauenzimmers gemacht«, antwortete der Sekretär ungerührt. »Wenn Ihr etwas über Master Danvers erfahren habt, was den Mord an Master Buskell betrifft, seid Ihr verpflichtet, es mir zu sagen.«

»Ich schwöre Euch, mein früher Ausritt hat nichts damit zu tun«, gab Marianna zurück.

»Bedauerlicherweise muss ich auf einer Antwort bestehen.«

Einem rettenden Engel gleich tauchte plötzlich Nathaniel im Hof auf. Als er seine Mutter sah, kam er aufgeregt herbeigerannt.

»Mama! Mama!«

Erleichtert über die Ablenkung, wandte sich Marianna von Sutton ab und trat ihrem Sohn entgegen.

»Was ist denn, mein Liebling?«

»Judith!«, rief der Junge. »Sie ist weggelaufen.«

»Weggelaufen?«

Nat kam vor Marianna zum Stehen und sah sie mit großen Augen an. »Irgendetwas stimmt nicht mit ihr!«

»Hat sie etwas gesagt?«, mischte sich der Sekretär ein.

»Sie lief an mir vorbei, als ich die Wendeltreppe hinaufging. Sie sah so ängstlich aus. Ich hab sie gefragt, wo sie hingeht, und sie antwortete: ›Sie kommen, um mich zu holen. Sie werden mich hängen!‹«

»Was?«, stießen Marianna und Sutton wie aus einem Mund hervor.

»Ist das wahr?«, wandte sich die junge Witwe an den Sekretär. »Wollt Ihr Judith nun doch verhaften lassen? Ich dachte, Ihr glaubt nicht, dass sie Buskell umgebracht hat.«
»So ist es auch«, verteidigte sich Sutton. »Ich habe Eure Magd an diesem Morgen noch gar nicht gesehen.«
»Und der Friedensrichter Langdale? Könnte er ihr einen Schrecken eingejagt haben?«
»Nein. Er ist noch gar nicht eingetroffen. Madam, ich habe keine Ahnung, wer Eurer Magd weisgemacht hat, dass sie verhaftet werden sollte.«
Marianna sah ihm in die Augen und entschied sich, ihm zu glauben. Warum sollte er lügen? Ohne Zögern trat sie an die Seite ihrer Stute.
»Helft mir in den Sattel, Sir. Ich muss Judith suchen.«
»Erlaubt mir, Euch zu begleiten«, erwiderte Sutton, der ihre Sorge verstand. »Auch sollten sich einige Bedienstete der Suche anschließen. Dann finden wir sie schneller. Die Wolken sehen nach Regen aus.«
Er deutete nach oben, und Marianna sah, dass sich der Himmel in der Tat zugezogen hatte. Ungeduldig wartete sie, bis er die Stallburschen aufgeklärt hatte und sein Reittier gesattelt worden war. Er war noch nicht ganz aufgesessen, da hatte Marianna ihr Pferd schon durch die Toreinfahrt getrieben.
Zuerst suchten sie die nähere Umgebung ab. Ein scharfer Wind war aufgekommen, der Marianna bis in die Knochen erzittern ließ, trotz des Wollumhangs, den sie eng um sich geschlungen hatte. Ihre Gedanken drehten sich um Judith. Die Arme war kopflos davongerannt, weil jemand ihr gesagt hatte, dass man sie verhaften und hängen würde. Eine grausame Lüge! Wer war so boshaft, Judith auf diese Weise Angst zu machen? Dieselbe Person, die sie vor allen Anwesenden des Mordes an Buskell bezichtigt hatte? Steckte Kate dahinter? Zuzutrauen wäre es ihr! Sobald sie die Magd gefunden hatten, würden sie es erfahren!

Die beiden Reiter lenkten ihre Pferde ins Moor hinaus, während die Burschen sich gen Süden wandten. Das Land war menschenleer. Der Wind trieb dunkle Wolken über den Himmel, und bald fielen die ersten Tropfen.

»Wir sollten umkehren, sonst geraten wir in einen schweren Regenguss«, warnte der Sekretär.

»Ich kann Judith nicht allein hier draußen herumirren lassen«, widersprach Marianna. »Auch wenn es für die Jahreszeit ungewöhnlich mild ist und wir wohl keinen Schnee befürchten müssen, wird sie sich den Tod holen.«

»Ich verstehe Euch ja, aber wollt Ihr Eure eigene Gesundheit gefährden?«

»Ich bin hart im Nehmen, Sir.«

Marianna hatte ihre Stute gezügelt und sah sich aufmerksam um. Die Gegend war ihr bekannt. Vor wenigen Stunden war sie diesen Weg schon einmal geritten, als sie törichterweise versucht hatte, ihrer beunruhigenden Entdeckung zu entkommen. Nun, da die Sorge um Judith sie erfüllte, konnte sie gelassener darüber nachdenken. Bei nächster Gelegenheit würde sie Jimmy fragen, wie er in den Besitz ihres Schmucks gekommen war. Und sie würde es ihm ansehen, ob er die Wahrheit sagte oder nicht.

Die Hufeisen der Pferde klirrten auf den glatten Felsen, die zum Steilhang führten. Auf einmal überkam Marianna ein ungutes Gefühl. Wie unter einem Zwang lenkte sie die Stute an den Rand der Felsen.

»Seht Euch vor, Madam«, rief Sutton. »Ein Fehltritt und …«

Er verstummte, als er sah, wie sie die Hand vor den Mund schlug. Im nächsten Moment war sie abgestiegen und trat ganz nah an den Rand des Steilhangs. Sutton hörte sie aufschreien, dann sank sie auf die Knie. Hastig sprang er aus dem Sattel und trat an ihre Seite. Sein Blick glitt in die Tiefe. Unten am Fuße des Felshangs lag eine Gestalt, ein unnatürlich verrenkter Körper. Es war eine Frau. Trös-

tend legte er die Hände auf Mariannas Schultern, die schluchzend das Gesicht in den Handflächen barg.
»Es tut mir sehr leid, Madam!«
»Warum? Warum hat sie das getan?«, rief Marianna. »Warum nur?«
»Lasst uns Hilfe holen«, schlug Sutton vor, da der Regen immer stärker wurde.
»Nein!« Sie schüttelte seine Hände ab und kam auf die Beine. »Ich muss nachsehen, ob sie noch lebt.«
»Das ist doch zwecklos. Seid vernünftig, Madam!«
»Ich muss zu ihr«, rief sie.
Vergeblich bemühte sie sich, allein in den Sattel zu kommen, doch ihre Kräfte hatten sie verlassen. Mit einem ergebenen Seufzen half Sutton ihr auf den Rücken der Stute und stieg dann selbst wieder auf. Da er sie nicht allein lassen wollte, folgte er ihr, als sie einen großen Bogen schlug, der um die Felsen herum nach unten führte. Am Fuß des Steilhangs angekommen, sprang Marianna vom Pferd und kniete sich neben die bemitleidenswerte Gestalt, die wie ein zerbrochener Hampelmann vor ihr lag. Die Arme schienen gebrochen und aus den Gelenken gerissen. Zögernd drehte Marianna den Körper um. Die rechte Seite des Gesichts war vom Aufprall zerstört, dennoch bereitete es keine Mühe, die kleine Magd zu erkennen.
Sutton ließ Marianna einen Moment Zeit, den Tod des Mädchens zu akzeptieren.
»Wie konnte sie das tun? Die Barmherzigkeit Gottes leugnen und ihre unsterbliche Seele dem Teufel überantworten?«, fragte sie schmerzvoll.
»Ihre Angst muss sehr groß gewesen sein.«
»Warum hat sie mir nicht vertraut? Ich hätte sie doch beschützt.«
»Sie wusste, dass Ihr sie nicht hättet schützen können, wenn sie tatsächlich verhaftet worden wäre. Die Tragödie liegt darin, dass sie gar nicht in Gefahr war.«

Marianna hob den Kopf und sah den Sekretär mit zornfunkelnden Augen an. »Derjenige, der ihr die Lüge erzählt hat, hat sie umgebracht!«
»Madam, für Selbstmord gibt es keine Entschuldigung. Es ist Gotteslästerung!«
»Nein, sie wurde ermordet. Man hat sich ihre Angst zunutze gemacht und ihr die Lüge wie einen Dolch ins Herz gestoßen.«
»Es wird sehr schwierig, den Übeltäter zu bestrafen, Madam, auch wenn wir ihn ausfindig machen können.«
»Ich habe bereits einen sehr starken Verdacht.«
»Eure Base?«
»Ja! Sie ist eine heimtückische Schlange.«
»Aber warum sollte sie den Tod Eurer Magd wollen?«
Marianna fuhr sich mit der Hand über das Gesicht, um den Regen abzuwischen. Hilflos schüttelte sie den Kopf.
»Ich weiß es nicht.«
Sanft berührte George Sutton ihre Hand. »Lasst uns zurückreiten. Wir sind beide durchnässt.«
»Aber ich kann sie doch nicht einfach so liegen lassen«, protestierte Marianna.
»Die Burschen werden sie zum Haus bringen.«

Es war bereits Mittag, als Christopher mit der Leiche im Vorhof von Kirkby Hall eintraf. Die anderen Stallknechte hatten sich geweigert, ihm zu helfen, denn es brachte Unglück, den Leichnam eines Selbstmörders zu berühren. Als Christopher die tote Magd in die Kapelle tragen wollte, verstellte der Hausherr ihm den Weg.
»Es tut mir leid, Madam«, rechtfertigte er sich seiner Nichte gegenüber. »Ich kann nicht dulden, dass sie in der Kapelle aufgebahrt wird. Sie ist verflucht!«
So musste Christopher mit Judiths Leiche das Haus wieder verlas-

sen. Fleetwood gab Anweisung, in der Scheune einige Bretter auf zwei Böcke zu stellen und die Tote darauf zu betten.
Marianna hatte ihrem Sohn verboten, Judith zu sehen, weil ihr Gesicht so schlimm zugerichtet war. Ohne etwas gegessen zu haben, saß die junge Witwe an der Seite der toten Magd und wachte über sie. Mit eigener Hand hatte sie dem Mädchen die Augen geschlossen und zwei Kerzen zu beiden Seiten ihres Kopfes entzündet.
Als George Sutton nach ihr sah, weinte sie leise vor sich hin.
»Master Danvers hat nach Euch gefragt. Ich sagte ihm, Ihr braucht ein wenig Zeit für Euch allein. Ich hoffe, das war in Eurem Sinne.«
Sie nickte, ohne den Kopf zu heben.
»Als Friedensrichter hat Master Langdale entschieden, dass das Mädchen noch heute Nacht an der nächsten Wegkreuzung beerdigt wird, wie es Selbstmördern zukommt«, fügte Sutton hinzu.
Marianna blickte ihn entsetzt an. »Muss das wirklich sein?«
»Ihr wisst sehr gut, dass die Leute Euch nicht erlauben werden, sie auf einem Kirchhof zu begraben. So ist es nun einmal Brauch. Es tut mir sehr leid.«
Marianna wandte das Gesicht ab und schloss die Augen. Sie bemerkte nicht, dass er sich leise zurückzog.
Die Kerzen brannten allmählich nieder, und die Kälte kroch unbarmherzig in Mariannas Glieder. Sie konnte nicht mehr klar denken. War es ihre Schuld, dass Judith ein so schlimmes Ende gefunden hatte? Schließlich hatte sie die Magd auf die gefährliche Reise mitgenommen und damit im Grunde ihrem bedauernswerten Schicksal ausgeliefert. Schuldgefühle lasteten wie ein Stein auf ihrer Brust und machten ihr das Atmen schwer.
Den Kopf in den Händen vergraben, hörte sie die Schritte nicht, die sich ihr näherten. Und als sie plötzlich Jimmys Stimme vernahm, erschrak sie bis ins Mark.

»Ich habe dir heißen Würzwein mitgebracht. Du musst bis auf die Knochen durchgefroren sein.«
Mit weit aufgerissenen Augen starrte Marianna ihn an.
»Was ist mir dir?«, fragte er besorgt. »Du siehst mich so seltsam an.«
Sie wusste nicht, was sie ihm antworten sollte, und senkte unbehaglich den Blick.
»Was ist geschehen? Warum warst du nicht beim Frühmahl? Wolltest du mir nicht begegnen?«
Er musterte sie mit ratlosem Blick. Doch dann bemerkte er mit einem Mal den Ring an ihrem Finger und die Kette an ihrem Hals.
»Ah ... ich verstehe ...« Er seufzte. »Du hast den Schmuck gefunden, und nun fragst du dich, ob du womöglich die Nacht mit einem Verräter und Mörder verbracht hast.«
Marianna nahm all ihren Mut zusammen. »Und? ... Habe ich das?«
»Ich gebe zu, ich bin dir eine Erklärung schuldig.«
»Bei Gott, das bist du«, brauste sie auf. »Wie kommst du in den Besitz meines Schmucks? Der Greif hat ihn mir gestohlen! Welche andere Schlussfolgerung soll ich daraus ziehen, als dass du der Greif sein musst!« Wild ballte sie die Hände zu Fäusten. »Und doch kann ich es nicht glauben!«
Geduldig hatte Jimmy sie aussprechen lassen. »Lass mich erklären«, bat er. Und als sie ihn auffordernd ansah, fuhr er fort: »Als du mir von dem Überfall erzähltest, fand ich es merkwürdig, dass der Greif, als er die Papiere bei dir gefunden hatte, sich damit aufhalten sollte, dir den Schmuck abzunehmen. Zumal du erwähntest, dass ein Nachtwächter auftauchte, der ihn in die Flucht schlug. Du warst so traurig wegen des Verlusts, dass ich mich entschied, einen Versuch zu unternehmen, den Schmuck zurückzuerlangen. Ich schickte also Simon zu den Pfandleihern in der Nähe des Towers und ließ ihn ein

wenig herumfragen. Mit Erfolg, wie sich herausstellte! Der Ring und die Kette waren tatsächlich versetzt worden. Ich löste sie aus und wollte sie dir zurückgeben. Nur leider ergab sich nie der rechte Moment. Ich weiß, ich hätte nicht so lange warten dürfen …«

Seine Worte erschienen Marianna aufrichtig. Entweder er sagte die Wahrheit, oder er war ein vollendeter Lügner. Allerdings hatte sie nicht das Gefühl, dass er ihr etwas vormachte.

»Aber wie ist mein Schmuck in die Hände des Pfandleihers gelangt?«

»Simon erkundigte sich nach der Person, die ihn versetzt hatte. Der Pfandleiher sagte, es sei ein älterer Mann gewesen, der in der Gegend als Nachtwächter arbeitete.«

Da wurde Marianna alles klar. Der Nachtwächter hatte die Gelegenheit genutzt, als er sie bewusstlos vorfand. Leider war es nichts Ungewöhnliches, dass sich unter den Ordnungshütern das ein oder andere schwarze Schaf befand. Viele von ihnen waren arme Leute.

Je länger Marianna über Jimmys Erklärung nachdachte, desto einleuchtender fand sie sie. Und schließlich ertappte sie sich dabei, dass sie ihm glauben *wollte!*

»Trink! Der heiße Würzwein wird dir guttun«, forderte er sie auf, und diesmal nahm sie den Zinnbecher entgegen. Er behielt recht. Als sie das warme Getränk wohltuend durch ihre Kehle in ihren Magen rinnen spürte, fühlte sie sich sogleich besser. Ihre eisigen Finger erwärmten sich langsam an dem Metall des Gefäßes.

»Es tut mir sehr leid um Judith«, sagte er mitfühlend.

Marianna blickte ihn schmerzlich an. »Sie wurde ermordet!«

»Ermordet?«, wiederholte er betroffen. »Ich dachte, sie …«

»Sie hat sich das Leben genommen, weil sie glaubte, man würde sie wegen Mordes verhaften und einsperren. Die Angst vor dem Galgen trieb sie in den Tod.«

»Aber der Friedensrichter hat sie doch gehen lassen.«

»Judith wurde belogen.«

»Wer würde so etwas tun?«, fragte er entsetzt.
Seine Stirn legte sich nachdenklich in Falten, dann begegnete sein Blick dem ihren. »Kate? Glaubst du, sie war es?«
»Sie hat schon einmal versucht, Judith zu beschuldigen. Wer sollte es sonst gewesen sein?«
»Allerdings verstehe ich nicht, weshalb sie das tun sollte. Was hat sie gegen deine Magd?«
»Ich bin sicher, dass sie mich treffen wollte. Schließlich hat sie auch Harry angestiftet, mich zu überfallen. Zumindest behauptet er das!«
»Davon hast du mir noch gar nichts erzählt«, sagte Jimmy vorwurfsvoll.
»Er hat es zugegeben, als Master Sutton ihn befragte. Ich weiß nur nicht so recht, ob ich ihm glauben soll, dass er es aus blinder Liebe zu ihr getan hat.« Sie dachte kurz nach. »Vielleicht versucht er auch, alles auf Katherine zu schieben, um sich selbst zu schützen.«
»Du meinst, er könnte der Greif sein.«
Marianna griff sich hilflos an die Stirn. »Ich weiß nicht mehr, was ich glauben soll. Jeder erscheint verdächtig. Womöglich stellt sich am Ende heraus, dass mein Onkel hinter allem steckt. Immerhin stehen er und Katherine sich sehr nahe. Überraschen würde mich jedenfalls nichts mehr.«
Zögernd ergriff Jimmy ihre Hand. »Ich würde es verstehen, wenn du unter diesen Umständen Zeit brauchst, um über meinen Antrag nachzudenken.«
Sie lächelte dankbar. »Es ist nicht so, dass ich dir nicht glaube. Aber es wäre nicht recht, zu diesem Zeitpunkt Pläne zu schmieden …«
Sie warf einen vielsagenden Blick auf den Leichnam der Magd.
»Dann lasse ich dich jetzt allein«, sagte Jimmy. Bevor er sich erhob, küsste er ihr die Hand.

Sechsundzwanzigstes Kapitel

Der bleiche Mond lugte hinter den zerfasernden Wolken hervor, als die Prozession den Vorhof von Kirkby Hall verließ und sich die Auffahrt hinunterbewegte. Es war kurz vor Mitternacht. Niemand sprach ein Wort. Den Kopf gegen den kalten Wind gesenkt, schritt Langdale dem Zug voran. Hinter ihm folgten George Sutton, zwei Männer mit Schaufeln über der Schulter und schließlich Christopher und ein zweiter Stallknecht, die die Leiche trugen. Man hatte sie in ein Leintuch gewickelt und auf eine ausgehängte Tür gelegt. Marianna bildete den Schluss der Prozession. Sie hatte keine Tränen mehr und starrte abwesend auf den schlammigen Boden hinab, der bei jedem Schritt ein schmatzendes Geräusch von sich gab.

Die Auffahrt mündete in eine Landstraße, der sie bis zur nächsten Wegkreuzung folgten. Der Friedensrichter gab den anderen ein Zeichen, dass sie anhalten sollten, und die beiden Leichenträger legten die Tür am Wegrand ab.

»Fangt an zu graben!«, befahl Langdale.

Während die Männer sich mit ihren Schaufeln an die Arbeit machten, wich der Friedensrichter Mariannas vorwurfsvollem Blick aus und unterhielt sich mit dem Sekretär. Die anderen schwiegen. Nach einer Weile übernahmen Christopher und der zweite Leichenträger die Schaufeln und gruben weiter.

Marianna ging auf und ab, um die Durchblutung in ihren eisigen Füßen aufrechtzuerhalten. Als der gefürchtete Moment kam, verspürte sie Übelkeit. Stumm sah sie zu, wie Judiths Leich-

nam in dem Loch verschwand. Da kein Priester da war, sprach sie selbst ein Gebet.
»Ihr solltet jetzt zurücktreten, Madam«, ermahnte Langdale sie. Dann nickte er einem der Schaufelträger zu, der einen angespitzten Holzpfahl und einen Hammer aus seinem Gürtel zog.
»Muss ich das tun?«, fragte der Mann. Das Grauen stand ihm im Gesicht.
Der Friedensrichter warf ihm einen strengen Blick zu. »Falls sich kein anderer freiwillig meldet …«
Hoffnungsvoll sah der Mann in die Runde, doch die anderen vermieden seinen Blick.
»Also los, Bursche! Nimm den Hammer und schlag ihr den Pfahl durchs Herz!«, befahl Langdale.
Der Mann zuckte zusammen, fügte sich dann aber der Anordnung. Zögernd trat er an den Rand der Grube, kniete nieder und setzte die Spitze des Pfahls auf die Brust des Leichnams.
»Ist es so richtig?«, fragte er unsicher.
Langdale sah sich gezwungen, sich ebenfalls hinabzubeugen und die Stelle zu begutachten.
»Was meint Ihr, Sir?«, wandte er sich schließlich an Sutton.
Widerwillig trat der Sekretär an Langdales Seite. »Ein wenig höher, würde ich sagen«, meinte er.
Marianna hätte vor Qual schreien können. »Macht endlich ein Ende!«, rief sie. »Hat das arme Mädchen nicht schon genug gelitten?«
Der Mann mit dem Hammer erschrak so sehr, dass ihm der Pfahl entglitt und er mit der Hand in der Grube danach tasten musste.
Marianna wandte sich ab. Sie hörte, wie der Hammer auf den Pfahl traf und die Holzspitze zwischen die Rippen der Toten fuhr. Es folgten noch zwei weitere Schläge, dann war der Pfahl weit genug versenkt. Diese Prozedur sollte sicherstellen, dass die Selbstmörderin nicht als Wiedergänger die Gegend heimsuchte.

Die Männer nahmen ihre Schaufeln wieder zur Hand und warfen die Erde in die Grube zurück. Kein Kreuz, kein Gedenkstein würde fortan an die Tote gemahnen. Sie war aus der Gemeinschaft der Gläubigen ausgestoßen.

Als Marianna am Morgen vor dem Frühmahl im Großen Saal ihrer Base begegnete, konnte sie nicht mehr an sich halten. Schmerz und Wut waren so stark, dass sie Katherine ohne Vorwarnung ohrfeigte.

»Du hast Judith auf dem Gewissen! Was hat die arme Kleine dir getan?«, schrie Marianna.

Kate wich vor ihr zurück und legte die Hand auf ihre brennende Wange. »Du bist verrückt! Was habe ich mit deiner Magd zu schaffen?«

»Du hast ihr vorgegaukelt, dass sie verhaftet werden sollte.«

»Ich habe deine Magd an dem Morgen gar nicht gesehen!«

»Du meinst, du hattest Glück, dass dich niemand gesehen hat.«

»Ich schwöre dir, liebe Base, mit dem Tod des Mädchens habe ich nichts zu tun!«

»Wer sollte es sonst gewesen sein?«

Harry Cleaton, der die erregten Stimmen der Frauen vernommen hatte, trat hinzu und bemühte sich, den Streit zu schlichten.

»Aber, meine Damen, beruhigt Euch doch.«

Kurz darauf trat auch George Sutton, der in Kirkby Hall übernachtet hatte, dazu.

»Madam, es gibt keine Beweise dafür, dass Eure Base den Tod Eurer Magd verschuldet hat«, sagte er zu Marianna.

»Sie hat versucht, Judith zu beschuldigen«, gab die junge Witwe zurück. »Und als sie sah, dass sie damit keinen Erfolg hatte, erzählte sie ihr, man wolle sie wegen Mordes einsperren.«

Sutton nahm Marianna am Arm und führte sie aus dem Großen Saal hinaus in den Kräutergarten, auf dem der Rauhreif glitzerte.

»Ich habe alle Bediensteten befragt, Madam. Keiner hat Eure Base an jenem Morgen in der Nähe Eurer Kammer gesehen. Wenn sie es tatsächlich war, die Eurer Magd die Lüge erzählte, hat sie sehr genau darauf geachtet, dass es keine Zeugen gibt.«

Marianna fuhr sich mit der Hand über die Stirn. »Wer weiß, welche Gemeinheit sie als Nächstes ausheckt. Ihr müsst etwas unternehmen!«

Sutton senkte den Blick. »Ich habe Euch doch erklärt, dass ich sie nicht verhaften lassen kann, solange ihr Komplize nicht entlarvt ist. Leider ist es so, dass es mehrere Verdächtige gibt. Master Cleaton zum Beispiel hat selbst zugegeben, dass er Euch überfallen hat. Er behauptet zwar, dass er es getan hat, weil er in Eure Base verliebt ist und sie ihn darum bat. Aber er könnte auch der Greif sein, und in dem Fall läge es in seinem Interesse, Euch an weiteren Nachforschungen zu hindern. Wenn er der Stallbursche war, der Euch in der Glockenherberge beobachtet und Euch mit Master Buskell gesehen hat, könnte er zu dem Schluss gekommen sein, dass Ihr ein Spitzel der Regierung seid.«

»Leider habe ich das Gesicht des Pferdeburschen nicht gesehen«, sagte Marianna. »Ich weiß nur, dass er schlank war. Es könnte Cleaton gewesen sein. Jeder kann sich verkleiden und in eine andere Rolle schlüpfen. Die Schauspieler auf der Bühne treten sogar als Frauen auf und sehen dabei täuschend echt aus.« Sie nagte an ihrer Unterlippe. »Wenn ich an dem Abend, als Katherine und Buskell den Hof verließen, den beiden gefolgt wäre, dann wüssten wir jetzt, wer der Greif ist. Ich mache mir Vorwürfe, dass ich nicht nachgesehen habe, aber ich war in Sorge um Judith.«

Sutton warf der jungen Frau einen düsteren Blick zu. »Es war ein Glück für Euch, dass Ihr ihnen nicht gefolgt seid, Madam. Jede Person, die sich zu nah an den Greif heranwagt, setzt ihr Leben aufs Spiel.«

»Ihr meint, er könnte einen weiteren Mord begehen?«

»Mit Sicherheit, wenn er keinen anderen Ausweg mehr sieht! Der Greif ist kaltblütig und berechnend. Anders hätte er seine gewagten Raubzüge nicht durchführen können. Wisst Ihr, dass er einmal sogar zu Mary Stuart vorgedrungen ist, ohne dass ihre Bewacher erklären konnten, wie er das geschafft hat?«

»Ja, Buskell hat es mir erzählt«, bestätigte Marianna. »Spricht dies nicht auch dafür, dass er ein Meister der Verkleidung ist?«

Suttons kluge Augen leuchteten auf. »Ihr habt recht. Deshalb weiß auch niemand, wie er aussieht. Er passt sich der Umgebung an, indem er als Stallknecht oder Diener auftritt. Wir suchen einen geborenen Schauspieler.«

Er verschränkte die Hände hinter dem Rücken und dachte nach.

»Man müsste überprüfen, ob einer der Verdächtigen viel Zeit im Theater verbringt, wo er die Kunst der Verkleidung hätte lernen können.«

Fragend blickte Sutton sie an, doch Marianna schüttelte vage den Kopf.

»Ich glaube nicht, dass mein Vetter oder meine Base öfter als andere Leute ins Theater gehen.«

»Und wie steht es mit Eurem Verehrer, Master Danvers?«

Sutton bemerkte ihr Zögern und richtete prüfend den Blick auf ihr Gesicht. Doch sie hatte sich rasch wieder in der Gewalt.

»Er hat mich nie ins Theater eingeladen«, antwortete sie.

»Ist Euch in seiner Gegenwart je etwas aufgefallen, was Euch verdächtig erschien?«

Wieder kostete es Marianna Überwindung, unbefangen zu bleiben.

»Ich würde ihm kaum erlauben, um meine Hand zu bitten, wenn ich ihn für einen Mörder halten würde.«

»Aber bisher habt Ihr seinen Antrag noch nicht angenommen, oder?«, fragte Sutton weiter.

»Angesichts des schrecklichen Todes meiner Magd schien es mir nicht passend.«

Der Sekretär lächelte sanft. »Nein, meine Liebe. Euer Zögern hat einen anderen Grund. Bis gestern Morgen mögt Ihr Master Danvers für unverdächtig gehalten haben, aber dann habt Ihr etwas entdeckt, was Euch beunruhigte. Und ich weiß auch, was!«

Er nahm ihre linke Hand in die seine und berührte ihren Ehering. Marianna erstarrte. Wie hatte sie nur so töricht sein können, den verräterischen Ring am Finger zu behalten? Jäh wurde sie sich bewusst, dass sich auch das Kreuz unübersehbar vom Schwarz ihrer Witwenrobe abhob.

»Habt Ihr nicht erzählt, dass der Greif Euren Schmuck gestohlen hat, als er Euch nahe des Towers überfiel?«, fragte Sutton streng. Als sie ihre Hand zurückziehen wollte, hielt er sie fest. »Wie also sind der Ring und die Kette wieder in Euren Besitz gelangt? Ihr habt sie gefunden, nicht wahr? In der Kammer Eures Verehrers? Wart Ihr deshalb an dem Morgen so aufgelöst? Nein, versucht nicht zu leugnen! Das alles ergibt Sinn! Ihr habt herausgefunden, dass der Mann, den Ihr heiraten wollt, im Besitz Eures Schmuckes war. Ihr müsst also annehmen, dass er der Greif ist. Deshalb seid Ihr allein fortgeritten und habt Euch irgendwo ausgeweint. Ich verstehe nur nicht, weshalb Ihr ihn schützt. Es wäre Eure Pflicht gewesen, mir sofort von Eurer Entdeckung zu berichten!«

»Master Danvers kann unmöglich der Greif sein, Sir!«, beteuerte Marianna leidenschaftlich und bat Jimmy innerlich um Verzeihung, als sie fortfuhr: »Er wäre nie zu solchen Verbrechen fähig. Ihr braucht nur jeden zu fragen, der ihn kennt. Er ist viel zu genügsam und auf seine Bequemlichkeit bedacht, um sich in derartige Abenteuer zu stürzen. Auch besitzt er weder die Kühnheit noch den Scharfsinn, die der Greif bei seinen Unternehmungen bewiesen hat.«

»Und doch hat Euch dieser Einfaltspinsel, als den Ihr Master Danvers darstellt, kurzentschlossen vor einem gefährlichen Straßenräuber gerettet, Madam«, erwiderte Sutton. »Nein, meine Liebe,

Danvers ist keineswegs der Dummkopf, als der er erscheinen will. Immerhin ist ihm als Erstem aufgefallen, dass Eure Magd Blutspritzer auf ihrem Kleid hätte haben müssen, wenn sie Buskell umgebracht hätte. Ganz gleich, was seine Freunde über ihn sagen, ich halte ihn durchaus für verdächtig. Seid aufrichtig, Madam«, mahnte er sie. »Ihr selbst habt doch bereits erkannt, dass Master Danvers nicht jedem sein wahres Gesicht zeigt. Ihr seid eine kluge Frau und zu anspruchsvoll, um Gefallen an einem Dummkopf zu finden.«

Marianna spürte, wie Furcht ihre Eingeweide zusammenpresste. »Als der Greif mir die Papiere raubte, hat er mich beinahe erwürgt. Master Danvers liebt mich. Er hätte mir nicht wehtun können. Da bin ich sicher!«

»Bleibt noch zu klären, woher er Euren Schmuck hatte«, erinnerte sie der Sekretär.

»Er hat ihn bei einem Pfandleiher entdeckt und für mich zurückgekauft. Nicht der Greif hatte ihn mir gestohlen, sondern der Nachtwächter, der mir zu Hilfe gekommen war. Er nutzte meine Ohnmacht aus.«

Sutton blickte sie durchdringend an. »Wo habt Ihr den Schmuck gefunden?«, hakte er nach.

»In einer Truhe in Master Danvers' Kammer.«

»Und wie seid Ihr dazu gekommen, diese Truhe zu durchsuchen?«

»Das habe ich gar nicht. Ich öffnete nur den Deckel, um ein Kleidungsstück zurechtzulegen. Dabei sah ich die Kette.«

Nachdenklich presste Sutton die Lippen aufeinander. »Er hatte den Schmuck also nicht sorgfältig versteckt. Nun, das spricht wiederum für ihn. Der Greif hätte einen derartigen Fehler sicher nicht begangen.« Ein beruhigendes Lächeln glitt über die Züge des Sekretärs. »Also gut, vorerst lasse ich Euren Verehrer unbehelligt. Zumindest bis ich Antwort auf meine Erkundigungen nach Master Danvers' Angelegenheiten habe. Dasselbe gilt für Dr. Fraser!«

Im Großen Saal kam Nat seiner Mutter entgegen.
»Mama, darf ich mit Jack ausreiten, wenn Christopher uns begleitet?«, fragte er.
Marianna blickte ihn verständnislos an. »Wer ist Jack?«
»Er arbeitet im Stall, Mama. Er ist der Sohn eines der Pächter und genauso alt wie ich. Ich habe mich mit ihm angefreundet.«
Marianna erinnerte sich an den Knaben, der ihr am Abend des Mordes an Buskell von dessen Zusammenstoß mit Judith erzählt hatte.
»Also gut, Nat. Aber tut, was Christopher euch sagt!«
Fröhlich sprang der Junge davon. Offenbar tat ihm die Freundschaft mit dem Sohn des Pächters gut. Er wirkte gelöster als noch vor wenigen Tagen, trotz der schrecklichen Dinge, die geschehen waren. Kinder vergaßen schnell.
Da sie Nat in guten Händen wusste, zog sich Marianna in ihr Gemach zurück. Sie wollte vermeiden, ihrer Base zu begegnen. Als es Zeit für das Mittagsmahl war, bat sie eine Magd, ihr eine Kleinigkeit in die Kammer zu bringen.
Nat kehrte erst nach Stunden von seinem Ausritt zurück.
»Hast du keinen Hunger?«, fragte seine Mutter. »Soll ich dir etwas bringen lassen?«
Seine Wangen waren rosig vom kalten Wind, und seine Augen leuchteten. »Ich habe mit Christopher und Jack in der Küche gegessen«, erklärte er. Dann wurde er sich mit einem Mal seiner Kühnheit bewusst und fügte schuldbewusst hinzu: »Es tut mir leid, Mama. Ich hätte Euch erst um Erlaubnis fragen müssen …«
»Schon gut, mein Schatz.« Marianna winkte ab. Im Grunde freute es sie, dass er neues Selbstvertrauen gewonnen hatte und unabhängiger wurde. Was die Freundschaft eines Gleichaltrigen ausmachen konnte, auch wenn dieser Jack nicht von Stand war.
»Kann ich noch ein wenig hinausgehen, Mama?«, fragte er, von unermüdlichem Eifer erfüllt.

»Natürlich kannst du. Aber übertreib es nicht. Ich möchte nicht, dass du dich erkältest!«
»Ich passe schon auf«, versprach er und war verschwunden.
Marianna sah ihm lächelnd nach. Sie hatte ihre Mahlzeit beendet und nippte an dem Wein, den die Magd ihr mit dem Essen gebracht hatte. Viel hatte sie nicht getrunken, denn er traf ihren Geschmack nicht, und schließlich ließ sie das noch halb gefüllte Glas stehen.
Ihre Gedanken kreisten wie sooft in den letzten Stunden um Judiths Tod. Nie würde sie die Schuldgefühle überwinden, die sie seitdem quälten. Hätte sie das Mädchen nicht auf diese Reise mitgenommen, wäre all das nicht passiert und die Kleine würde noch leben! Aber es war nicht mehr ungeschehen zu machen, und Marianna blieb nichts anderes übrig, als mit der Schuld fertig zu werden.
Während sie in ihre Überlegungen vertieft durchs Fenster auf den Vorhof hinausblickte, begann sie sich mit einem Mal unwohl zu fühlen. Ihr Mund wurde trocken, und sie schluckte, um ihre Kehle anzufeuchten, in der sich ein unangenehmes Kratzen ausbreitete. Sie hatte Nat gewarnt, sich nicht zu verkühlen, und nun war sie es, die sich eine Erkältung geholt hatte!
Die Trockenheit in ihrem Hals ließ sie husten. Um sich Erleichterung zu verschaffen, trat sie an den kleinen Tisch, auf dem der Rest des Mittagsmahls stand, und griff nach dem Weinglas. Doch anstatt den Stiel zu umfassen, stießen ihre Finger gegen den Kelch und kippten ihn um. Er rollte über den Rand des Tisches und zerbarst klirrend am Boden. Verwirrt blinzelte Marianna, um besser sehen zu können. Es half nichts. Vor ihren Augen verschwamm alles. Die Konturen wurden so unscharf, das sie gegen den Stuhl lief, der vor dem Tisch stand. Doch Marianna hatte keine Muße, über den Grund für ihre eingeschränkte Sehfähigkeit nachzudenken. Das Kratzen in ihrer Kehle wurde schlimmer, und dann überkam sie ein Hustenanfall, der nicht mehr aufhörte.

Während sie nach Luft rang, schlug ihr Herz schneller und schneller. Am ganzen Körper brach ihr der Schweiß aus, und ihre Haut begann zu glühen.
Was geschieht mit mir? Woher kommt dieses plötzliche Fieber?, dachte sie.
Halbblind tastete sie sich zur Tür und öffnete sie. Wenn sie nur einem Diener Bescheid sagen konnte, ihr etwas zu trinken zu bringen! Doch sie sah niemanden, und als sie zu rufen versuchte, stellte sie fest, dass sie keine Stimme mehr hatte.
Hilflos stolperte sie in die Kammer zurück. Ihre Hände zitterten, und in ihrem Innern breitete sich Übelkeit aus. Ihr Herz raste in ihrer Brust, hämmerte wie ein eingesperrtes Tier wild gegen ihre Rippen.
Da überkam Marianna Todesangst. Sie war nicht krank! Dies waren nicht die Zeichen einer Erkältung. Jemand hatte sie vergiftet!
Sie wollte schreien, weinen, um Hilfe rufen … doch sie war stumm, und ihre Augen hatten keine Tränen. Bald umgab sie nur noch Schwärze. Sie wusste nicht, ob sie ohnmächtig oder blind geworden war. Unter ihren Händen spürte sie harte, kalte Holzbohlen. Sie versuchte sich aufzuraffen, doch ihr Körper gehorchte ihr nicht mehr. Plötzlich spürte sie eine Berührung. Jemand war da, nahm sie in die Arme und hob sie hoch. Sie fühlte sich nackt. Männerhände streichelten ihre glühende Haut, wanderten über ihre Brüste, zwischen ihre Beine …
»Jimmy …«, glaubte sie zu flüstern, doch in Wirklichkeit brachte sie keinen Ton heraus. Ihre Lippen bewegten sich lautlos.
Sie zog ihn an sich, von einem verzehrenden Verlangen erfasst, ihn zu küssen, seine Nähe zu spüren. Jetzt konnte sie glücklich sterben!
Seine Finger berührten ihre trockenen Lippen, zwangen ihre Zähne auseinander, und dann fühlte sie etwas Hartes in ihrer Kehle. Ihr Magen zog sich zusammen, und sie erbrach sich.

»So ist gut ... noch einmal ... es muss alles raus ...«, sagte eine sanfte Stimme.
Sie übergab sich noch ein paar Mal und ließ sich dann zu Tode erschöpft in die Kissen zurücksinken. Verschwommen sah sie Jimmys Gesicht über dem ihren.
»Du musst dich jetzt ausruhen ...«
Eine zweite Stimme fragte: »Wird sie es überstehen, Doktor?« Sie gehörte George Sutton.
Dr. Fraser antwortete zögernd: »Wir müssen abwarten.«
Marianna schloss die Augen und schlief ein.

Siebenundzwanzigstes Kapitel

So gut ich Eure Sorge verstehe, Sir, kann ich doch weder Euch noch sie gehen lassen! In diesem Zustand könnte sie auch gar nicht reisen. Und das Wetter macht die Straßen ohnehin unpassierbar.«

Marianna bemühte sich, die Augen zu öffnen. Hinter den Bleirauten des Fensters fielen flaumige Schneeflocken, leicht wie Daunenfedern. Ein wohliges Gefühl breitete sich in Mariannas Körper aus. Sie streckte sich, um die Müdigkeit aus ihren Gliedern zu vertreiben, und wandte den Kopf.

»Wie schön, dass es Euch besser geht, Madam«, sagte George Sutton, der an ihrem Bett saß.

»Was ist geschehen?«, fragte sie.

»Man hat Euch vergiftet. Ihr wart einige Tage krank, aber jetzt scheint Ihr es überstanden zu haben.«

Er erhob sich von seinem Stuhl, trat an einen Tisch und füllte ein Glas Wein aus einer Karaffe, die daraufstand.

»Trinkt das!«, forderte er sie auf.

Er half ihr, sich aufzurichten und das Glas an die Lippen zu führen.

»Ihr habt einiges an Gewicht verloren und braucht Ruhe. Ich möchte Euch aber dennoch ein paar Fragen stellen, sofern Ihr Euch kräftig genug fühlt.«

»Es wird schon gehen«, versicherte Marianna.

»Warum habt Ihr an jenem Tag nicht das Mittagsmahl mit der Familie eingenommen?«

Marianna runzelte die Stirn, da es ihr schwerfiel, sich zu erinnern.
»Ich wollte meiner Base nicht begegnen.«
»Und wer brachte Euch das Essen?«
»Ich bat eine Magd darum. Ich glaube, sie heißt Beth.«
»Das Gift war entweder im Essen oder im Wein. Leider lässt sich das nicht feststellen. Dr. Fraser vermutet, dass es sich um Belladonna handelte, denn Eure Pupillen waren stark erweitert und Euer Herz schlug wie rasend. Ihr habt großes Glück gehabt, dass Ihr noch lebt. Als Ihr nicht zum Mittagsmahl erschienen wart, sah Master Danvers nach Euch und fand Euch auf dem Boden neben dem Bett. Er steckte Euch sofort einen Gänsekiel in den Hals und brachte Euch so zum Erbrechen. Übrigens ein weiterer Beweis dafür, dass er keineswegs ein Einfaltspinsel ist.«
Marianna fuhr sich mit der Hand über die Stirn. Die Müdigkeit steckte ihr noch immer in den Knochen.
»Mit wem habt Ihr gerade gesprochen?«, fragte sie.
»Ihr wart also schon wach! Master Danvers ersuchte mich um die Erlaubnis, mit Euch abzureisen. Er ist der Meinung, dass Ihr hier im Haus nicht mehr sicher seid. Ich gebe zu, dass er recht hat, aber solange ich nicht überzeugt bin, dass nicht er es ist, der Euch nach dem Leben trachtet, kann ich Euch nicht seiner Obhut überlassen. Außerdem macht der Wintereinbruch eine Reise unmöglich.«
Sutton machte eine Kopfbewegung in Richtung Fenster, hinter dem der Schnee unablässig fiel.
»Wo ist mein Sohn?«, fragte Marianna besorgt.
»Es geht ihm gut. Er hat die letzten fünf Tage an Eurem Bett gesessen, manchmal mit Master Danvers, manchmal mit mir. Als ich sah, dass es Euch besser ging, habe ich ihn ermuntert, im Schnee zu spielen.«
»Auch er könnte in Gefahr sein«, gab Marianna zu bedenken.
»Keine Sorge, ich achte auf ihn. Wenn ich nicht hier bin, passt Euer Diener auf ihn auf.«

»Fünf Tage war ich krank, sagtet Ihr? Dann haben wir ja schon bald …« Sie überlegte angestrengt.
»Den dritten Advent. In einer Woche ist Weihnachten.«
»Habt Ihr eine Ahnung, wer mich vergiften wollte?«
»Ich werde die Magd befragen, die Euch das Essen brachte. Aber ich denke, dass der Anschlag etwas mit unseren Nachforschungen zu tun hat. Der Greif fühlt sich vermutlich in die Enge getrieben.«
»Dabei sind wir seiner Entlarvung nicht näher gekommen«, meinte Marianna.
»Ich versichere Euch, Madam, dass ich nicht ruhen werde, bis ich ihn an den Galgen gebracht habe«, erwiderte Sutton, einen entschlossenen Ausdruck auf seinem schmalen Gesicht. »Der Greif ist ein skrupelloser Verbrecher, dem das Handwerk gelegt werden muss.«

Als Marianna das nächste Mal erwachte, saß Jimmy an ihrem Bett. Er lächelte. Da kehrte die Erinnerung an den Tag ihres Zusammenbruchs zurück und ließ sie erröten.
»Wie ich sehe, hast du schon wieder Farbe bekommen«, bemerkte Jimmy erfreut.
»Ich weiß nicht recht, ob ich mich bei dir entschuldigen muss«, begann sie unsicher. »Habe ich etwas Ungehöriges getan, als du mich fandest?«
Er runzelte verständnislos die Stirn. »Etwas Ungehöriges? Nein, wie solltest du? Du warst halb ohnmächtig und hast mir einen großen Schrecken eingejagt.« Er sah die Verwirrung auf ihren Zügen und lächelte wieder.
»Dr. Fraser sagte, dass das Gift, mit dem man dich töten wollte, unzüchtige Halluzinationen hervorrufen kann. Was immer du an jenem Tag getan zu haben glaubst, Marianna, du hast es nur geträumt – so bedauerlich dies für mich ist!«

Die Andeutung brachte sie in Verlegenheit. »Du hast Master Sutton gebeten, uns abreisen zu lassen?«
»So ist es! Wer immer dich umbringen wollte, wird es nun, da es dir besser geht, sicher wieder versuchen. Solange du hier bleibst, bis du in Lebensgefahr. Ich versuche, dich und deinen Sohn zu beschützen, aber man kann die Augen nicht überall haben. Und das macht mir Sorgen!«
»Sutton wird uns erst gehen lassen, wenn der Greif gefasst ist.« Sie warf ihm einen besorgten Blick zu. »Er verdächtigt auch dich. Es tut mir leid, Jimmy, aber er hat herausgefunden, dass du meinen Schmuck in deinem Besitz hattest. Ich habe ihm erklärt, dass du ihn von einem Pfandleiher zurückgekauft hast, doch ich bin nicht sicher, ob er mir glaubt.«
Jimmy nahm ihre Hand und drückte sie besänftigend. »Ich habe nichts zu verbergen. Aber es ist schön, zu sehen, dass du dich um mich sorgst.«
Er wollte seine Hand zurückziehen, doch Marianna hielt sie fest.
»Küss mich«, bat sie.
»Mit Vergnügen«, antwortete er leise und nahm sie in die Arme.

Es vergingen noch zwei Tage, bis Marianna sich stark genug fühlte, das Bett zu verlassen. Nat fasste sie aufmunternd an der Hand und stützte sie, als sie erste Gehversuche unternahm. Es überraschte sie, wie schwach sie war und wie schnell ihr schwindelig wurde.
»Du musst Geduld haben, Mama«, redete Nat ihr zu.
»Es muss sehr langweilig für dich gewesen sein, stundenlang an meinem Bett zu sitzen.«
»Ich hatte doch so große Angst um dich, Mama. Aber Master Danvers sagte immer wieder, du seiest eine Kämpfernatur und würdest es schon schaffen!«
»Erzähl mir von deinem Freund Jack«, bat sie neugierig.
»Er ist sehr nett, und es macht Spaß, mit ihm auszureiten.«

»Es freut mich, dass du jemanden hast, mit dem du dir die Zeit vertreiben kannst. Aber wenn die Angelegenheit hier überstanden ist, muss ich dafür sorgen, dass du wieder etwas lernst, mein Sohn.«

Nat zog eine Grimasse, antwortete dann aber gehorsam: »Ja, Mama.«

Bald war das ganze Land von einem dichten Schneeteppich bedeckt, und noch immer hingen dunkle Wolken am Himmel, bereit, die nächste Ladung Schnee abzuwerfen. Marianna stand am Fenster ihrer Kammer und erfreute sich an dem Anblick. Obwohl sie sich nun so weit erholt hatte, dass sie wieder Treppen steigen konnte, bestanden sowohl George Sutton als auch Jimmy darauf, dass sie ihre Mahlzeiten in ihrem Gemach einnahm. Der Sekretär hatte sich bei Friedensrichter Langdale in der Nachbarschaft einquartiert, verbrachte jedoch den ganzen Tag in Kirkby Hall, um über Marianna zu wachen. Er hatte die Magd Beth befragt, die ihr an jenem Tag das vergiftete Essen gebracht hatte. Das Mädchen hatte sich entsetzt gezeigt und schließlich zugegeben, dass sie das Tablett für einen Moment unbeaufsichtigt an der Treppe stehen lassen hatte, um den Wein zu holen. Jeder hätte das Gift ins Essen mischen können. Daraufhin ließ Sutton den Medikus nachprüfen, ob von seinen Medikamentenvorräten etwas fehlte, und Dr. Fraser hatte zähneknirschend eingestehen müssen, dass er tatsächlich ein Fläschchen Augentropfen vermisse, die Belladonna enthielten. Nun wusste man immerhin, wie der Anschlag vonstatten gegangen war, doch wer dahintersteckte, blieb weiterhin ein Rätsel.

Marianna dachte über all das nach, was Sutton ihr berichtet hatte, als sie draußen im Vorhof zwei Gestalten bemerkte, die unter ihrem Fenster standen. Da es noch hell war, bereitete es Marianna keine Mühe, die beiden zu erkennen. Es waren Dr. Fraser und Katherine! Die heimliche Beobachterin trat näher ans Fenster, um besser sehen zu können, wagte es aber nicht, den Flügel zu öffnen, was die unten Stehenden zweifellos gewarnt hätte. So konnte sie zwar nicht hören, was gesprochen wurde, doch anhand der heftig gestikulierenden Arme des Medikus war es nicht schwierig zu erraten, dass er und Kate heftig stritten. Ging es um sie? Um das Gift aus Dr. Frasers Arzneikasten?

Wie gebannt beobachtete Marianna die Streitenden, bis sich Katherine abrupt abwandte und sich mit schnellen Schritten zu den Ställen begab. Wenig später bestieg sie ein Pferd und verließ den Hof durch die Toreinfahrt. Sie ritt allein. Der Arzt sah ihr nach und ging schließlich ins Haus.

Einen Moment noch blieb Marianna auf ihrem Platz, um sicherzugehen, dass Kate nicht zurückkehrte. Dann öffnete sie kurz entschlossen die Kammertür und trat hinaus, durch die Gemächer von Vetter, Onkel und Tante in eine kleine Passage, die zur Schlafkammer ihrer Base führte.

Sir Francis Walsingham hatte ihr geraten, an Türen zu lauschen und Zimmer zu durchsuchen, aber bis auf das eine Mal in Dr. Frasers Haus war sie stets davor zurückgeschreckt. Nun war es Zeit, das Versäumte nachzuholen! Leise kratzte Marianna an der Tür und trat ein. Sie hatte Glück, es war kein Dienstbote anwesend. Nachdem sie die Kammertür wieder geschlossen hatte, sah sie sich aufmerksam um. Wieder stellte sich ihr die Frage, wo sie suchen sollte. Bei Dr. Fraser war es einfach gewesen. Marianna hatte jedoch das Gefühl, dass Katherine es ihr nicht gar so leicht machen würde. Auf jeden Fall musste sie sich beeilen!

In Ermangelung einer besseren Strategie begann sie mit den Kleidertruhen, die bis oben hin mit erlesenen Roben und Zubehör gefüllt waren. Kate liebte es, sich nach der letzten Mode zu kleiden, auch wenn dies hier in der Provinz nicht einfach war. Marianna durchsuchte sie, fand aber nichts Ungewöhnliches. Enttäuscht ließ sie den Blick von einer Ecke des Gemachs in eine andere schweifen.

Wo könnte Kate etwas Belastendes versteckt haben? Nach kurzer Überlegung wandte sich Marianna dem Bett zu. Es war aus dunkel gebeizter Eiche gefertigt und reich geschnitzt. Von dem massiven Baldachin hingen rot-gelb gestreifte Vorhänge herab, die in den kalten Monaten die Zugluft abhielten. Marianna zog die Überdecke zurück und tastete zwischen die Kissen. Schließlich schob sie die Hände zwischen die drei übereinanderliegenden Matratzen, die oberste, die mit Daunen gefüllt war, die mittlere, die ganze Federn enthielt und zuletzt die unterste, mit Wollabfällen ausgestopfte, die auf einem Netz aus straff gespannten Seilen lag. Doch auch hier war nichts zu finden. Ernüchtert ließ sich Marianna auf den Rand des Bettes sinken.

Vielleicht gab es irgendwo eine Priesterkammer, überlegte sie. Doch dann verwarf sie den Gedanken wieder. Katherines Gemach war zu weit von der Kapelle entfernt, und selbst wenn es ein Versteck gäbe, wäre es zu raffiniert angelegt, als dass Marianna hoffen könnte, es zu entdecken.

Doch sie wollte nicht so einfach aufgeben. Entschlossen wandte sie sich erneut den Kleidertruhen zu. Obwohl sie sich der Gefahr, entdeckt zu werden, bewusst war, nahm sie alle Kleidungsstücke aus der größeren Truhe und legte sie aufs Bett. Dann entzündete sie eine Kerze und besah sich das Innere. Auf einmal stutzte sie. Nachdem sie die Kerze abgestellt hatte, legte sie die eine Hand auf den Boden der Truhe und hielt die andere in gleicher Höhe an die Außenwand. Ihr Blick hatte sie nicht getrogen. Der Boden der Truhe war viel dicker, als er sein durfte. Dies konnte nur eins bedeuten: ein Geheimfach. Bei genauerer Begutachtung bemerkte Marianna, dass das Holz an einem Ende des Bodens leicht zerkratzt war, wie von Fingernägeln. Ein Gefühl der Erregung ergriff sie. Ihre Nägel waren lang genug, um in dem schmalen Spalt zwischen Boden und Innenwand Halt zu finden, und Marianna stellte rasch fest, wie leicht es war, das Fach zu öffnen. Ungeduldig griff sie mit der anderen Hand hinein und zog zu ihrer Überraschung ein Büschel Haare hervor. Verwundert zog sie das Büschel auseinander. Die Haare hingen an einer klebrigen Substanz, die ihnen die Form eines dürftigen Kinnbarts gaben. Mit fiebrigen Bewegungen griff Marianna erneut in das Geheimfach und holte alles heraus, was sich darin befand: eine abgewetzte Kniehose, ein Hemd, ein Wams, durchlöcherte Strümpfe – die Kluft eines Stallknechts. Marianna holte tief Luft. Ungläubig starrte sie die Sachen an. Alles zusammengenommen hatte sie die Verkleidung des Pferdeburschen vor sich, der sie damals in der Glockenherberge beobachtet hatte.

Achtundzwanzigstes Kapitel

Nachdem Marianna alles wieder an seinen Platz gelegt und sich davon überzeugt hatte, dass nichts mehr von ihrem Besuch in der Kammer zeugte, begab sie sich nachdenklich wieder in ihr Gemach.

Es dauerte eine ganze Weile, bis sie sich der Bedeutung ihrer Entdeckung vollkommen bewusst wurde. Sie alle waren so blind gewesen! Buskell, Sutton und Langdale hatten bei der Jagd auf den Greif verzweifelt nach einem Mann gesucht. Keiner von ihnen hatte bedacht, dass eine Frau sich als Mann verkleiden konnte, wie die Schauspieler auf der Bühne sich als Frauen ausgaben. Dennoch erschien ihr die Täuschung so gerissen, dass Marianna neben dem Grauen, das die Untaten ihrer Base ihr einflößten, auch so etwas wie Achtung vor ihrer Kühnheit empfand. Das übermächtige Netz von Spitzeln eines Sir Francis Walsingham herauszufordern, erforderte mehr als Mut! Es grenzte geradezu an Wahnsinn! War das die Erklärung für Katherines Verirrungen? Hatte der Irrsinn von ihr Besitz ergriffen? Oder war es der Teufel?

Ein Schauder durchlief Marianna. Um ein Haar wäre sie dem Gift der Schlange zum Opfer gefallen. Denn nun war sie überzeugt, dass Kate sie hatte ermorden wollen, um sich vor Entdeckung zu schützen.

Entschlossen trat Marianna zur Tür ihres Schlafgemachs und öffnete sie. Master Sutton musste unverzüglich von ihrem Fund erfahren. Diesmal würde er ihr zustimmen, dass nur Katherine der Greif sein konnte und dass sie verhaftet werden musste, bevor sie noch jemandem Schaden zufügte. Für ihre Eltern würde es ein schwerer Schlag sein, denn Marianna glaubte nicht, dass sie etwas von dem Geheimnis ihrer Tochter ahnten.

Einer Eingebung folgend, holte sie ihren Mantel aus der Kammer. Vielleicht ergab sich die Notwendigkeit, das Haus zu verlassen.

Es war noch Zeit bis zum Spätmahl, und im Großen Saal war nur ein Diener damit beschäftigt, einige Binsenlichter zu entzünden. Auf der Suche nach Sutton betrat Marianna den Wintersalon. An einem der Fenster stand Jimmy und sah in die dichter werdende Finsternis hinaus.

»Marianna, meine Liebe, du liest meine Gedanken«, sagte er erfreut. »Ich wollte dir gerade einen Besuch abstatten.«

Ohne dass sie sich dessen bewusst war, begann sie zu strahlen.

»Eigentlich suche ich Master Sutton«, antwortete sie verlegen.

»Verdirb es nicht, Liebes«, tadelte er. »Mein Rivale ist nicht mehr im Haus. Er ist heute Mittag zu Master Langdale zurückgekehrt, da wohl ein Bote aus London eingetroffen ist, den er dringend erwartet hat.«

Marianna war enttäuscht. »Zu dumm! Ich habe ihm etwas Wichtiges mitzuteilen. Jimmy, ich weiß jetzt, wer der Greif ist!«

Sie verstummte, als er eilig den Finger über die Lippen legte.

»Nicht hier«, mahnte er. »Die Wände haben Ohren.«

Er bemerkte den Mantel über ihrem Arm und führte sie kurz entschlossen aus dem Wintersalon.

»Gehen wir ein paar Schritte durch den Hof. Dort sind wir ungestört.«

Sie warf ihm einen zweifelnden Blick zu. »Du trägst nur diesen kurzen spanischen Mantel, und draußen ist es kalt.«

Doch er winkte ab. »Wir gehen nicht weit.«

Im Hof hatte man den Boden vom Schnee befreit, doch als Marianna zum Himmel hinaufblickte, segelten bereits wieder vereinzelte Schneeflocken aus den tief hängenden Wolken herab.

»Da wird noch einiges herunterkommen«, prophezeite sie.
Jimmy bot ihr den Arm, und sie hängte sich lächelnd bei ihm ein.
»Du hast also das Geheimnis gelöst, das den Mächtigen am Hof so großes Kopfzerbrechen bereitet?«, fragte er neckend.
Marianna knuffte ihn tadelnd in die Seite. »Spotte nicht! Das ist eine ernste Sache.«
In kurzen Worten erzählte sie ihm, was sie in Katherines Gemach entdeckt hatte. Auf Jimmys Zügen malte sich zuerst Unglauben und dann Ärger ab.
»Dieses dumme, verrückte Ding! Wie konnte sie nur? Was hat sie sich dabei gedacht?«
»Sie ist eine Mörderin und muss ihre gerechte Strafe erhalten! Sie hat John Kempe auf dem Gewissen … sowie Buskell und Judith! Und um ein Haar hätte sie auch mich umgebracht …«
Jimmy legte die Hände auf ihre Schultern und sah sie eindringlich an. »Sie wird dir nichts mehr tun, Marianna! Wenn Master Sutton von deiner Entdeckung erfährt, wird er sie verhaften!«
Er zog sie an sich, und sie schmiegte den Kopf an seine Schulter. Eine Weile blieben sie eng beieinander stehen, bis der stärker werdende Schneefall es geraten erscheinen ließ, im Haus Schutz zu suchen.
Marianna löste sich aus seiner Umarmung und zog die Kapuze ihres Mantels über den Kopf.
»Warte, Marianna«, sagte Jimmy auf einmal. »Das Tor steht einen Spalt offen. Sollte es nicht bei Anbruch der Dunkelheit verschlossen werden?«
Die junge Frau folgte seinem Blick.
»Vielleicht ist einer der Burschen Holz holen gegangen«, vermutete sie. »Sehen wir besser nach!«
Marianna nahm eine Laterne vom Haken und folgte Jimmy durch das Tor. Um sie herum herrschte gespenstische Stille. Fußspuren zeichneten sich im Schnee ab. Unschlüssig blieben sie stehen und

sahen sich um. Die Abdrücke verschwanden langsam unter dem dichter fallenden Pulverschnee. Marianna hätte nicht sagen können, wie frisch die Spuren waren. In Erinnerung an Buskells Ermordung ließ sie den Blick zu dem Holzverschlag zur Rechten gleiten, konnte aber nichts erkennen, da ihre Laterne nicht so weit reichte. Dennoch meinte sie hinter dem Schuppen einen schwachen Lichtschein wahrzunehmen. Sie überlegte noch, ob sie nachschauen sollten, als ein Angstschrei ertönte. Marianna und Jimmy erstarrten in der Bewegung. Kurz darauf hörten sie erneut einen Schrei. Es war die Stimme einer Frau in Not.
Jimmy berührte flüchtig Mariannas Arm. »Ich sehe mal nach! Wenn ich nach einer kurzen Weile nicht zurück bin, hol Hilfe!«
»Aber …«
Ihr Blick streifte seine Taille. Er trug keinen Degen, nicht einmal einen Dolch.
»Du bist unbewaffnet, Jimmy. Das ist zu gefährlich!«
»Ich bin vorsichtig«, versprach er.
Wie von einer unheilvollen Vorahnung befallen, klammerte sich Marianna an seinen Ärmel.
»Ich komme mit!«
Er warf ihr einen strengen Blick zu. »Auf keinen Fall! Warte hier! Ich muss sehen, ob jemand Hilfe braucht.«
Widerwillig ließ sie ihn gehen. Seine schmale, hohe Gestalt entzog sich dem Lichtkreis der Laterne und tauchte in die mit Schneeflocken getupfte Finsternis ein. Sein einziger Orientierungspunkt war der schwache Schimmer hinter dem Verschlag. Es war still geworden. Wer immer sich in Not befand, hatte zu schreien aufgehört. Vielleicht war eine Magd zum Holzholen gegangen und in der Dunkelheit gestolpert, versuchte Marianna sich zu beruhigen. Doch das Gefühl des Unbehagens schwand nicht. Unruhig trat sie von einem Fuß auf den anderen und stellte schließlich die Laterne neben sich auf den Boden.

Warum brauchte Jimmy so lange? Weshalb kam er nicht zurück? Es kam Marianna vor, als sei eine Ewigkeit vergangen, als warte sie bereits eine halbe Stunde, obwohl es in Wirklichkeit nur wenige Augenblicke waren.
Da erklang ein Schrei. Mariannas Herz setzte einen Schlag aus. Diesmal war es keine Frauenstimme, sondern die von Jimmy! Der Schrei erstarb und ging in ein Röcheln über. Marianna riss die Laterne vom Boden hoch und rannte los.
Der Schnee behinderte sie, und so war sie gezwungen, der Laufrinne zu folgen, die geradewegs zum Holzverschlag führte. Sie lief, so schnell es ihre gerade wiederhergestellten Kräfte erlaubten, und rief immer wieder Jimmys Namen. Auch wenn sie einen möglichen Angreifer dadurch auf sich aufmerksam machte, mochten ihre Rufe ihn vielleicht in die Flucht schlagen!
Atemlos erreichte sie den Verschlag und bog um die Ecke. Ihre wilden Bewegungen hatten die Laterne erlöschen lassen, doch neben dem Holzstumpf, in dem wie stets das Beil steckte, stand eine kleine Lampe auf dem Boden und verbreitete gerade genug Licht, dass sie die Tote erkennen konnte, die daneben im Schnee lag. Erschüttert blieb Marianna stehen und blickte in die starren Augen ihrer Base, die dem Himmel zugewandt waren. Doch der Schrecken über den grausigen Fund währte nur kurz. Die Angst um Jimmy schwemmte alle anderen Empfindungen fort, auch die Furcht um sich selbst. Mit zitternden Fingern hob sie die Lampe auf und leuchtete um sich herum. Und dann sah sie ihn, nur wenige Schritte entfernt, im Schnee liegen. Die klirrende Kälte griff nach ihrem Herzen und verwandelte ihr Innerstes in eine Eiswüste. Für einen Moment war sie überzeugt, er sei tot, doch dann hörte sie ihn stöhnen und sah, dass er sich bewegte. Ihre Beine gehorchten ihr wieder und trugen sie wie von selbst an seine Seite. Er lag auf dem Bauch. Im Schein der Lampe breitete sich ein großer Blutfleck auf seiner rechten Schulter aus, wuchs

unaufhörlich um das kleine Loch im weißen Satin seines Wamses und färbte ihn rot.

»Jimmy!«, rief Marianna angstvoll.

Sie nahm ihren Mantel ab und legte ihn um seine Schultern, um ihn warm zu halten. Unschlüssig ließ sie den Blick zwischen ihm und dem Haus hin und her gleiten. Sie musste Hilfe holen, auch wenn es ihr schwerfiel, ihn allein zu lassen. Doch als sie aufstehen wollte, tastete seine Hand nach der ihren und hielt sie fest.

»Bitte bleib!«, hauchte er.

Sie gehorchte. »Kannst du aufstehen?«

Sein Gesicht verzerrte sich, und er stöhnte vor Schmerz, als er sich mit ihrer Hilfe auf die Seite drehte, so dass sie seinen linken Arm um ihre Schultern legen und ihm aufhelfen konnte. Sobald er auf den Beinen stand, machte sie vorsichtig einen Schritt nach vorn, und er folgte ihr schwankend. Während sie sich ohne Lampe den Weg zum Haus zurückschleppten, wog sein Gewicht auf ihren Schultern schwerer und schwerer. Immer wieder geriet er ins Stolpern und drohte Marianna ebenfalls von den Füßen zu reißen, doch die Sorge um ihn verlieh ihr ungeahnte Kräfte.

Auf halbem Weg wurde sich Marianna plötzlich der Gefahr bewusst, in der sie schwebten.

»Wer hat dich verletzt?«, fragte sie. »Und wo ist er hin?«

»Ich habe nicht gesehen, wer es war«, antwortete Jimmy mühsam.

»Aber wo ist er?«

»Ich weiß es nicht …«

Als sie sich dem Holzverschlag genähert hatte, war niemand zu sehen gewesen. Entweder versteckte sich der Angreifer noch in der Nähe, oder er war geflohen, als sie sich über Jimmy gebeugt hatte. In diesem Fall mochte er ins Haus zurückgelaufen sein. Unruhig sah sie sich um.

Ihre Furcht ließ erst nach, als sie die Toreinfahrt erreicht hatten und ins Innere des Vorhofs stolperten. Noch bevor Marianna um

Hilfe rufen konnte, eilten Christopher und ein weiterer Stallbursche heran.
»Was ist passiert, Madam?«, fragte der Pferdeknecht, während Mariannas Diener ihr unaufgefordert den Verletzten abnahm.
»Hol den Herrn!«, keuchte sie, außer Atem von der Anstrengung. »Rasch!«
Der junge Mann gehorchte und rannte zum Haus. Marianna blickte in Jimmys aschfahles Gesicht, auf dem sich trotz der Kälte ein Schweißfilm abzeichnete. Christopher hatte seinen kraftvollen Arm um die Taille des Verletzten geschlungen und stützte ihn so mühelos, dass Jimmys Füße kaum mehr den Boden berührten.
»Er ist verwundet«, erklärte Marianna überflüssigerweise. »Hilf mir, ihn in seine Kammer zu bringen.«
Im Großen Saal kam ihnen Henry Fleetwood mit angespannter Miene entgegen. »Was ist geschehen?«
Marianna wagte kaum, ihm ins Gesicht zu sehen. »Eure Tochter … ich fürchte, sie ist tot …«
Er antwortete nicht, sondern starrte sie nur ungläubig an.
»Sie liegt hinter dem Holzverschlag vor dem Haus«, fuhr Marianna fort. »Wir hörten sie schreien … und Master Danvers lief zu ihr, um ihr zu helfen …« Sie wusste nicht weiter, denn sie hatte nicht gesehen, was passiert war.
Da richtete sich Fleetwoods Blick fordernd auf Jimmy. Dieser ergänzte mit sichtlicher Mühe: »… als ich sie erreichte, war sie schon tot … ich beugte mich über sie, sah aber, dass ich nichts mehr tun konnte … da hörte ich hinter mir ein Geräusch … aber bevor ich mich umdrehen konnte …«
Fleetwood hörte ihm mit versteinertem Gesicht zu, dann wandte er sich abrupt ab und eilte zur Hauptpforte. Die Diener, die den Wortwechsel mit angehört hatten, folgten ihm schweigend.
Jimmy verließen indessen die Kräfte. Als Christopher ihn aus dem Saal führen wollte, brach er zusammen, und sein Kopf sank nach

vorn. Er war ohnmächtig geworden. Marianna stieß einen Entsetzensschrei aus und rang verzweifelt die Hände. Mit Tränen in den Augen sah sie zu, wie sich Christopher den Bewusstlosen über die Schulter warf, als habe er kein Gewicht, und ihn mit schnellen Schritten in sein Schlafgemach im Ostflügel trug.

Unter den erschrockenen Blicken des Kammerdieners legte der blonde Hüne seine Last auf dem Bett ab und untersuchte die Wunde in Jimmys Schulter. Er hatte schon so manche Messerstecherei miterlebt und wusste die Schwere einer Verletzung einzuschätzen.

»Die Stichwunde ist nicht tief«, versicherte er seiner Herrin, die mit ängstlichem Blick an seinem Gesicht hing. »Die Spitze der Klinge hat das Schulterblatt getroffen. Er wird schon wieder, Madam!«

Marianna rang sich ein dankbares Lächeln ab, während sich Simon daranmachte, seinen Herrn zu entkleiden. Das feine Wams und das Leinenhemd fielen der Schere des Kammerdieners zum Opfer, während Marianna die angenestelten Ärmel abnahm.

Als Christopher bemerkte, dass er überflüssig geworden war, zog er sich wortlos zurück. An der Tür wäre er beinahe mit Dr. Fraser zusammengestoßen, der neugierig in die Kammer spähte.

»Ich hörte, Master Danvers wurde verwundet«, sagte der Medikus, um die Aufmerksamkeit der Anwesenden auf sich zu ziehen. »Ich bin gleich gekommen, um zu helfen, auch wenn ich kein Wundarzt bin. Aber zu dieser Stunde und bei diesem Wetter wird es nicht möglich sein, rechtzeitig einen herbeizuschaffen.«

Er begutachtete die Stichwunde mit ernstem Blick.

»Die Blutung muss gestillt werden. Ich habe das Richtige dafür in meinem Medikamentenkoffer.«

Marianna beobachtete ihn mit steigendem Unbehagen. Die mit Säureflecken bedeckten Hände des Medikus berührten die Wunde nicht, denn es war ihm zuwider, sich mit Blut zu beschmutzen. Als ein Diener den Kasten mit seinen Arzneien auf einer Truhe abgestellt hatte, holte er ein Tongefäß mit einem roten Pulver hervor und mischte Tierhaare aus einem zweiten Behälter darunter.

»Was ist das?«, fragte Marianna misstrauisch.

»Lanfranchis-Pulver und Hasenhaare, Madam«, erwiderte Dr. Fraser bereitwillig.

Auf einmal erinnerte sich Marianna des Streits zwischen dem Medikus und Katherine kurz vor ihrem Tod. War er ihr Komplize? Hatte er sie umgebracht, weil sie gedroht hatte, ihn zu verraten? Panik überfiel Marianna. Wenn es so war, würde er dann nicht die erste Gelegenheit ergreifen, einen möglichen Zeugen aus dem Weg zu räumen?

»Nein!«, rief sie bestimmt. »Ich würde es vorziehen, die Behandlung einem Wundarzt zu überlassen, Doktor!«

»Aber vor morgen früh werdet Ihr keinen erreichen, Madam.«

Marianna biss sich auf die Lippen, dass es wehtat. Sie war innerlich hin und her gerissen. Doch die Angst, dass der Medikus Jimmy mit seiner Arznei vergiften könnte, wie er vor einigen Tagen vielleicht auch sie vergiftet hatte, war stärker.

Simon, der damit begann, behutsam die Wunde mit Wasser zu säubern, las von ihren Zügen ab, welchen Kampf sie mit sich ausfocht, und sagte leise: »Die Wunde blutet nicht mehr, Madam.«

Seine Worte nahmen der Situation den Schrecken, und Marianna wagte es wieder, zu atmen.

»Ich danke Euch für das Angebot, Doktor, doch da die Versorgung von Wunden unter der Würde eines Arztes ist, möchte ich Euch nicht bemühen«, erklärte sie höflich.

Dr. Fraser zuckte die Schultern, packte seine Arzneien zusammen und verließ das Gemach. Marianna wechselte einen erleichterten Blick mit dem Kammerdiener und bemerkte, dass sie sich in ihrem Urteil über den Medikus einig waren.

Nachdem Simon die Wunde gesäubert hatte, brachte er das blutige Wasser hinaus. Marianna feuchtete ein Leintuch an und betupfte sanft Jimmys Stirn und Wangen. Seine anhaltende Ohnmacht beunruhigte sie. Nach einer Weile begann er endlich, sich zu regen, ein Zittern durchlief seinen Körper, und seine Lider flatterten leicht. Jäh riss er die Augen auf, und der Ausdruck des Schreckens, der darin stand, machte Marianna betroffen. Ziellos irrte sein Blick umher, als wisse er nicht, wo er sich befand oder was passiert war. Erst als er die zärtliche Berührung ihrer Hand auf seiner Wange fühlte und ihre Stimme Eingang in sein Bewusstsein fand, wandte er ihr den Blick zu, und der Ausdruck der Verlorenheit schwand daraus.

»Marianna«, flüsterte er. »Du bist da!«

»Es ist alles in Ordnung, Jimmy«, versuchte sie ihn zu beruhigen.

»Ich kann es nicht glauben ...«, murmelte er abwesend. »Katherine ... sie war immer so voller Leben ... auch wenn ihr Ehrgeiz sie vor nichts zurückschrecken ließ ... es war furchtbar, in diese erloschenen Augen zu sehen ...«

Er wollte sich aufrichten, doch die Bewegung löste einen stechenden Schmerz in seiner Schulter aus und ließ ihn aufstöhnen.

»Die Wunde tut höllisch weh ... als würde die Klinge noch drinstecken!«

Tröstend streichelte Marianna seinen Arm. »Bleib ruhig liegen. Ich werde morgen gleich nach einem Wundarzt schicken.«

Als der Kammerdiener zurückkehrte, wagte es Marianna, Jimmy für einige Augenblicke allein zu lassen, um nach ihrem Sohn zu sehen. Nat wartete bereits ungeduldig in ihrem Gemach. Als er seine Mutter durch die Tür treten sah, sprang er erleichtert von der Bettkante, auf der er mit unruhig zappelnden Beinen gesessen hatte, und stürzte ihr entgegen.

»Was ist passiert, Mama? Ich weiß, dass etwas Schreckliches geschehen sein muss, aber niemand wollte mir etwas sagen!«

Eine der Mägde habe ihn in die Schlafkammer geschickt und ihn angewiesen, dort auf seine Mutter zu warten.

Marianna nahm ihn in die Arme und streichelte zärtlich seinen dunklen Schopf. Sie hätte es vorgezogen, ihm die schrecklichen Ereignisse zu verschweigen. Doch das war nicht möglich, und so war es besser, er hörte es von ihr, anstatt von einem der Dienstboten. So behutsam wie möglich berichtete sie ihm von Katherines Tod und Jimmys Verwundung.
Nat blickte sie erschrocken an. »Ist Master Danvers tot?«, fragte er nach ängstlichem Zögern.
»Nein, mein Sohn, er ist nur verletzt. Die Heilige Jungfrau hat ihre schützende Hand über ihn gehalten. Master Danvers braucht jetzt Pflege, deshalb bleibe ich heute Nacht bei ihm. Nimm dein Nachthemd und komm mit. Ich lasse dich nicht allein hier schlafen.«
Nat nickte schweigend und tat wie geheißen. In Jimmys Gemach zurückgekehrt, eröffnete sie Simon ihr Dilemma. Der Kammerdiener zögerte nicht, dem Knaben sein Bett zu überlassen und stattdessen mit dem Rollbett vorliebzunehmen.
Kurze Zeit später kratzte es an der Tür, und Tom und Harry sahen herein. Beide waren bleich vor Entsetzen und Trauer über Katherines Tod und erkundigten sich nach Jimmys Zustand.
»Es tut mir so leid, Tom«, sagte Jimmy.
Er lag noch immer auf dem Bauch und wagte es nicht einmal, den Kopf zu heben, denn bei jeder Bewegung durchzuckte ihn heftiger Schmerz.
Tom war den Tränen nahe. »Wer kann so etwas Schreckliches getan haben? Wer bringt eine wehrlose Frau um? Hast du denn nicht sehen können, wer es war?«
Jimmy schloss schmerzlich die Augen. »Nein … es ging alles so schnell … ich sah nur einen Schatten weglaufen und wollte noch hinter ihm her, aber nach ein paar Schritten muss ich wohl zusammengebrochen sein …«
Tom presste die Lippen aufeinander und nickte. Harry stand stumm neben ihm und rang um Fassung.

»Wir haben sie in der Kapelle aufgebahrt«, sagte Tom. »Aber wenn ich sie ansehe, denke ich, sie schläft nur. Sie kann nicht tot sein! Und doch …«
Er vollendete den Satz nicht. Der Damm brach, und er wischte sich mit einer linkischen Bewegung über die Augen. Marianna sah den beiden Männern voller Mitgefühl nach, als sie das Gemach verließen. Wie würde es ihnen erst gehen, wenn sie die Wahrheit über Katherine erfuhren?

Neunundzwanzigstes Kapitel

Die Nacht über wich Marianna nicht von Jimmys Krankenlager. Sie hatte Angst, sich schlafen zu legen, denn sie wollte bereit sein, falls er etwas brauchte, zumal er aufgrund der starken Schmerzen lange keine Ruhe fand. Erst als die Erschöpfung übermächtig wurde, fiel er endlich in einen unruhigen Schlummer. Bald sank auch Mariannas Kopf auf ihre verschränkten Arme hinab, und sie schlief ein.

Bei Morgengrauen wurde sie von Simon geweckt, der sich auf dem Rollbett vor der Tür ausgestreckt hatte. Als langjähriger Kammerdiener wusste er, was sich gehörte, und hatte sich trotz Mariannas Bitten geweigert, mit einer Dame im selben Gemach zu schlafen.

Gemeinsam halfen sie Jimmy, sich aufzurichten, damit er ein wenig Warmbier und Weißbrötchen zu sich nehmen konnte. Doch seine Schmerzen waren noch immer so quälend, dass er nur ein paar Bissen hinunterbekam. Simon knüpfte eine Schlinge, die Jimmys rechten Arm stützte und es ihm ein wenig erträglicher machte, aufrecht zu sitzen. Er hatte gerade sein spärliches Frühmahl beendet, als George Sutton eintraf. Marianna war erleichtert, ihn zu sehen, denn sie hatte gelernt, der Klugheit und Unbestechlichkeit des grauhaarigen Sekretärs zu vertrauen.

»Eine schlimme Sache«, sagte er betroffen. Mit gerunzelter Stirn wandte er sich an Jimmy. »Wie geht es Euch, Sir? Ich hörte, die Wunde ist nicht tief, doch ich nehme an, sie bereitet Euch dennoch große Schmerzen.«

Jimmy richtete seine leicht fieberglänzenden Augen mit einem fragenden Ausdruck auf Sutton. »Allerdings, Sir! Aber wie kommt Ihr darauf?«

»Nun, das werde ich Euch gleich erläutern. Zunächst einmal möchte ich, dass Ihr mir in allen Einzelheiten berichtet, was gestern Abend vorgefallen ist.«

Marianna warf Simon einen kurzen Blick zu, den zu deuten dem geübten Diener nicht schwerfiel. Mit einem auffordernden Lächeln nahm er Nathaniels Hand und führte ihn aus der Kammer.

Nachdem Jimmy die Geschehnisse aus seiner Sicht erzählt hatte, wandte sich Sutton an Marianna.

»Könnt Ihr den Ablauf so weit bestätigen, Madam?«

»Ja, Sir, so ist es gewesen.«

»Habt Ihr den Angreifer gesehen?«

»Nein, er muss sich hinter dem Verschlag versteckt haben, als ich nach Jim – Master Danvers – sah. Vielleicht ist er danach ins Haus zurückgekehrt. Es ist aber auch möglich, dass er sich über die Wiesen davongeschlichen hat.«

Suttons Blick kehrte zu Jimmy zurück. »Ihr habt Euch also dem Holzverschlag genähert, obwohl Ihr unbewaffnet wart? Das war sehr leichtsinnig, findet Ihr nicht?«

»Ich hatte keine andere Wahl«, widersprach der junge Mann. »Jemand befand sich in Not! Wäre ich erst zum Haus zurückgelaufen, um eine Waffe oder Hilfe zu holen, wäre es mit Sicherheit zu spät gewesen.« Er biss sich auf die Lippen. »Wenn ich doch nur schneller reagiert hätte! Vielleicht hätte ich dann verhindern können …« Sein Blick richtete sich auf einen Punkt an der Wand und blieb daran hängen.

»Es hat keinen Sinn, sich zu fragen, was gewesen wäre, wenn …«, meinte der Sekretär philosophisch. »Nun kommt es darauf an, den Mörder zu fassen! Als Ihr den Verschlag erreicht hattet, war Mistress Fleetwood also schon tot?«

»Ja … ich sah es sofort … an ihren starren Augen …«, antwortete

Jimmy, den Blick noch immer auf die Wand gerichtet. »Ich beugte mich über sie, dann hörte ich ein Geräusch hinter mir. Ich weiß nicht mehr, was es war, vielleicht das Rascheln eines Stoffs. Ich wandte mich um, und in dem Moment fühlte ich den Stoß und den Schmerz in der Schulter.«
»Vermutlich hat diese Bewegung Euch das Leben gerettet. Der Mörder muss auf Euer Herz gezielt haben.«
Sutton bemerkte, dass Marianna bleich wurde. Offenbar wurde sie sich erst jetzt bewusst, wie knapp ihr Verlobter dem Tod entronnen war. Nachdenklich legte der Sekretär die Hände auf dem Rücken ineinander, eine Angewohnheit, die Marianna schon öfter bei ihm beobachtet hatte. Während sie ihn ansah, erinnerte sie sich ihrer Entdeckung in Katherines Kammer.
»Sir, wenn Ihr mir einen Moment Eurer Zeit schenken könntet, würde ich Euch gerne etwas zeigen«, bat sie.
Sutton blickte sie fragend an und nickte. Ihr Gesichtsausdruck sagte ihm, dass es sich um etwas Wichtiges handeln musste.
Als sich Marianna vom Bett erhob, streifte ihre Hand leicht Jimmys Arm, eine Geste der Vertrautheit, die dem Sekretär nicht entging. Offenbar hatte Danvers das Vertrauen der jungen Frau zurückgewonnen. Nachdenklich folgte er Marianna in die Kammer, die Katherine bewohnt hatte.
»Gestern Nachmittag beobachtete ich zufällig einen Streit zwischen meiner Base und Dr. Fraser«, berichtete sie. »Leider konnte ich nicht hören, worum es ging. Ich erinnerte mich jedoch, dass das Gift, mit dem man mich zu töten versuchte, aus Dr. Frasers Arzneikoffer stammte, und hielt es deshalb nicht für unwahrscheinlich, dass sich der Streit darum drehte. Vielleicht wollte Katherine den Medikus überreden, ihr noch mehr Gift zu geben.«
Suttons Stirn legte sich in Falten. »Ihr glaubt also, dass Eure Base Euch töten wollte?«
»So ist es! Und ich weiß auch, warum«, antwortete Marianna über-

zeugt. »Als ich meine Base fortreiten sah, entschloss ich mich, ihr Gemach zu durchsuchen. Es kostete mich einiges an Geduld, aber schließlich wurde ich fündig. Seht her!«

Verblüfft beobachtete Sutton, wie sie die große Kleidertruhe leerte und dann mit geschickter Hand den doppelten Boden öffnete. Die Verkleidung eines Stallburschen kam zum Vorschein. Für einen Moment war der Sekretär sprachlos und musste sich auf einen Stuhl setzen.

»Wenn ich es nicht mit eigenen Augen sehen würde …«, murmelte er. »Das ist einfach unfassbar! Dass eine Frau sich so etwas ausdenken und schließlich sogar in die Tat umsetzen könnte, hätte ich nie gedacht.«

»Ich bin sicher, dass meine Base mich damals in dieser Verkleidung in der Glockenherberge mit Buskell beobachtet hat«, sagte Marianna. »Ergibt nun nicht alles einen Sinn? Die Behauptung meines Gemahls, eine Frau habe ihm die Geheimpapiere ausgehändigt, die er dem Generalstatthalter der Niederlande übergeben sollte? Die Anschläge auf mein Leben, zuerst durch Henry Cleaton, der selbst zugab, von Katherine angestiftet worden zu sein, und dann das Gift in meinem Essen? Beweist dies nicht, dass meine Base der Greif war?«

Um ihre Worte zu unterstreichen, hob Marianna demonstrativ den falschen Bart.

Sutton blickte sie amüsiert an. In diesem Moment erschien sie ihm wie ein Jagdhund, der Blut gerochen hatte. Anfangs mochte sie die Suche nach dem Greif als ein Mittel betrachtet haben, ihren Sohn zurückzuerhalten und die Einkerkerung im Tower zu vermeiden, doch nun, da sie die Auflösung des Rätsels vor Augen hatte, wollte sie es sein, die den Greif entlarvte.

»Ich kann Eurer Argumentation ohne weiteres folgen, Madam. Hättet Ihr mir diese Verkleidung gestern gezeigt, hätte ich Euch zugestimmt, dass Eure Base die gesuchte Verräterin sein muss.

Aber heute liegt die Sache anders. Mistress Fleetwood ist tot! Oh, es besteht kein Zweifel, dass sie in die Sache verwickelt war. Dennoch glaube ich nicht, dass sie allein gehandelt hat. Sie muss einen Komplizen gehabt haben. Wir können nur vermuten, was sich gestern Abend hinter dem Holzschuppen abgespielt hat. Vielleicht wollte sie sich von ihrem Komplizen trennen, ihn möglicherweise sogar verraten. Es könnte auch sein, dass er sie einfach nur loswerden wollte, weil sie zu viel über ihn wusste. So leid es mir tut, Madam, ich denke nicht, dass die Jagd auf den Greif vorüber ist.«

Ärgerlich sah sie ihn an. Sie wollte, dass es vorbei war. Sie wollte frei sein und mit Jimmy und Nat ein neues Leben anfangen! Wie lange würde man noch über sie bestimmen, sie gängeln wie eine Verbrecherin, nur weil sie die Witwe eines Verräters war?

Mit gesenktem Kopf ließ sich Marianna von dem Sekretär in Jimmys Gemach zurückgeleiten.

Er saß noch immer in unveränderter Haltung im Bett und blickte Sutton und Marianna entgegen, als sie die Kammer betraten. »Es gibt da noch etwas, das ich Euch mitteilen muss, Master Danvers«, sagte der Sekretär. »Ich habe mir Mistress Fleetwoods Leiche in der Kapelle angesehen. Ihr wurde mit einer schmalen Klinge in die Brust gestochen. Daraufhin ließ ich die Stallburschen um den Holzverschlag herum nach der Waffe suchen. Der Schnee machte es ihnen nicht gerade leicht, doch nach einer Weile wurden sie fündig.«

Er griff in seinen Gürtel und zog einen Dolch hervor, der Marianna bisher nicht aufgefallen war.

»Ich kenne diese Waffe«, rief sie entgeistert aus. »Sie gehörte Master Buskell, da bin ich sicher!«

Sutton lächelte flüchtig. »Ich hatte es mir fast gedacht.« Mit einer auffordernden Geste reichte er ihr den Dolch, doch sie nahm ihn nur zögernd entgegen.

»Die Spitze ist abgebrochen«, sagte sie überrascht.
»So ist es«, bestätigte der Sekretär. »Als ich bemerkte, dass die Spitze der Klinge fehlte, untersuchte ich die Stichwunde in Mistress Fleetwoods Brust, fand sie jedoch nicht.«
Marianna schluckte, als sie sich vorstellte, wie er eigenhändig in der Wunde nach der Dolchspitze getastet hatte. Es dauerte allerdings einen Moment, bis ihr klar wurde, welcher Sinn hinter seinen Worten lag.
»Soll das bedeuten …«, begann sie erschrocken.
Sutton blickte Jimmy an, der unbehaglich die Augen schloss.
»Ich befürchte, die Spitze steckt noch in Eurer Schulter, Sir. Aus diesem Grund habe ich mir die Freiheit genommen, nach einem Wundarzt zu schicken. Meister Slaiter müsste bald eintreffen.«
Der junge Mann war noch blasser geworden, als er es schon war.
»Ich danke Euch, Sir.«
Die Vorstellung, dass er sich einer schmerzvollen Operation unterziehen musste, bereitete Marianna leichte Übelkeit. Um ihm Halt zu geben, aber auch, um selbst Halt zu finden, ließ sie sich neben Jimmy auf den Bettrand sinken und legte ihre Hand in die seine. Er wandte den Kopf und sah sie gerührt und glücklich an.
Sutton beobachtete die beiden einen Moment lang mit gerunzelter Stirn, dann hoben sich seine Mundwinkel zu einem kleinen ironischen Lächeln.
»Ich werde Meister Slaiter zu Euch schicken, sobald er da ist. Wenn Ihr mich nun entschuldigen wollt, ich muss noch die Dienstboten befragen.«
Doch er hatte das Gefühl, dass sie ihn gar nicht hörten.

Meister Slaiter war ein Barbier-Chirurg aus York, der sich eines gewissen Ruhmes brüsten konnte. Die meisten seiner Patienten waren bisher mit dem Leben davongekommen, ein Großteil hatte sogar alle Glieder behalten. Er war ein stämmiger Mann mit strohblondem Haar und schalkhaften blauen Augen. Seine Hände wirkten im Vergleich zu seinem Körperbau überraschend klein und schmal, was Marianna auf den ersten Blick für ihn einnahm, denn die feingliedrigen Finger ließen auf eine gewisse Geschicklichkeit hoffen.

»Master Sutton hat mir schon erklärt, wo das Problem liegt, Sir«, sagte Slaiter gut gelaunt. »Nun macht Euch mal keine Sorgen. Bei mir seid Ihr gut aufgehoben. Ihr wurdet gestern Abend verwundet?«

Jimmy und auch Marianna nickten.

»Gut, gut … und wie wurde die Wunde versorgt?«

»Master Danvers' Kammerdiener hat sie nur ein wenig mit Wasser gesäubert«, antwortete die junge Frau. »Dr. Fraser, ein Medikus, der hier im Haus zu Gast ist, erbot sich, ein Pulver, vermischt mit Hasenhaaren, aufzulegen, aber ich wollte die Behandlung lieber einem Wundarzt überlassen.«

»Hasenhaare, eh?«, wiederholte Meister Slaiter kopfschüttelnd. »Es war klug von Euch, dieses Mittel abzulehnen, Madam, sonst wäre der junge Herr vermutlich schon so gut wie tot.«

Seine beiden Zuhörer starrten den Barbier-Chirurgen mit entsetztem Blick an, während dieser ungerührt fortfuhr.

»Nun, natürlich hat das Auflegen von Hasenhaaren auf offene Wunden seit Jahrhunderten Tradition. John von Aderne hat diese Behandlung bereits angewandt. Allerdings habe ich schon oft beobachtet, dass Patienten danach selbst an geringfügigen Verletzungen starben. Ich bin überzeugt, dass es an den Hasenhaaren liegt, auch wenn ich nicht erklären kann, weshalb! Und es ist wirklich kein schöner Tod, das kann ich Euch versichern. Vor kurzem erst hatte ich einen jungen Burschen, der sich nur beim Obstschneiden eine Fingerkuppe abgehackt hatte. Seine Mutter bedeckte die Wunde mit Hasenhaaren, um die Blutung zu stillen. Eine Woche später bekam der Junge Kieferkrämpfe, so dass er weder essen noch trinken konnte. Von Tag zu Tag breiteten sich die Krämpfe über Brust und Rücken aus, und er starb schließlich unter furchtbaren Qualen …«

Mit einer leidenden Grimasse hob Jimmy die Hand, um den Bericht des Barbier-Chirurgen zu unterbrechen.

»Ich glaube, wir haben eine ziemlich genaue Vorstellung, worauf Ihr hinauswollt, Meister Slaiter. Wenn Ihr nun so freundlich wärt, mich von der Stahlspitze in meiner Schulter zu befreien!«

Slaiter grinste breit. »Natürlich, Sir!«

Er gab seinem Lehrjungen, der schweigend an der Seite des Meisters gewartet hatte, einen Wink, und dieser legte die nötigen Utensilien auf einem Tisch zurecht. Nachdem der Wundarzt das Wams ausgezogen und die Ärmel seines Hemdes hochgekrempelt hatte, wusch er sich zu Mariannas Erleichterung die Hände in der Waschschüssel und trat an den Rand des Bettes.

»Wenn Ihr Euch freundlichst auf den Bauch legen würdet, Sir«, bat er.

Mit zusammengebissenen Zähnen kam Jimmy der Aufforderung nach.

»Madam, das ist kein Anblick für Euch«, wandte sich Slaiter daraufhin an Marianna. »Ihr solltet besser gehen.«

Doch die junge Witwe schüttelte den Kopf. »Ich möchte bleiben. Vielleicht kann ich helfen.«

Der Barbier-Chirurg runzelte zweifelnd die Stirn, zuckte dann aber die Schultern. »Ihr könntet die Kerze für mich halten, Madam.«

Sie nickte, nahm die Kerze vom Tisch und hielt sie über die Wunde. Slaiter nickte befriedigt und löste dann behutsam das Leintuch, das die Wunde bedeckte. Jimmy zuckte leicht zusammen, als der Schorf abriss, und schloss die Augen. Er wusste, dies war erst der Anfang.

»Ich denke, wir brauchen Eure Hilfe«, sagte Slaiter zu Simon, der ein wenig abseits stand. Man sah dem Kammerdiener an, dass er mit seinem Herrn litt.

»Setzt Euch auf seine Beine, damit er ruhig liegen bleibt«, wies der Wundarzt ihn an.
Simon protestierte. Er fand es undenkbar, seinen Herrn in eine derart demütigende Lage zu versetzen. Doch Jimmy befahl ihm, zu gehorchen und alles zu tun, was der Barbier-Chirurg von ihm verlangte. Seufzend näherte sich der Kammerdiener dem Bett und stand zögernd da, als wisse er nicht, wie er es anstellen solle. Am Ende seiner Geduld gab Slaiter ihm schließlich einen groben Stoß in den Rücken, der ihn quer über Jimmys Beine beförderte.
»Da bleibt Ihr liegen, bis ich Euch erlaube, aufzustehen!«
Da es während der Operation keine Möglichkeit gab, die Schmerzen des Patienten zu lindern, arbeitete Meister Slaiter mit einer Geschwindigkeit, die Marianna fast schwindelig machte. Der Lehrknabe reichte ihm ein scharfes Messer. Mit einem geschickt ausgeführten Schnitt erweiterte Slaiter die Wunde, tupfte das austretende Blut ab und tastete mit dem Zeigefinger nach der Dolchspitze. Als er sie gefunden hatte, rief er nach der Pfeilzange, führte die gezähnten Enden in die Wunde ein und zog die Feststellschraube oberhalb des Gelenks fest, um die Spitze einzuspannen. Ein kraftvoller Ruck und schon war der Fremdkörper entfernt.
Jimmy hatte zuerst mit den Zähnen geknirscht, dann immer lauter gestöhnt und schließlich geschrien. Beschämt drückte er nun das Gesicht in die Kissen, erleichtert, dass es vorbei war.
»Da haben wir den Übeltäter«, meinte der Wundarzt und hielt die Zange mit der eingespannten Dolchspitze triumphierend ins Licht. »Hatte sich ins Schulterblatt gebohrt. Ihr hattet wirklich Glück, Sir, dass der Knochen die Klinge aufgehalten hat.«
Nachdem der Lehrjunge das Blut abgewaschen hatte, bestrich Meister Slaiter die Wunde mit einer Salbe aus Eigelb, Rosenöl und Terpentin und legte einen Verband an.
Als sein Blick das kreidebleiche Gesicht der jungen Frau streifte, sagte er besorgt: »Setzt Euch lieber, Madam, bevor Ihr mir hier

noch aus den Schuhen kippt. Ich hatte Euch gewarnt. Eine Frau sollte so etwas nicht mitansehen.«
Er bot ihr seinen kräftigen Arm und führte sie zu einem Stuhl. Unaufgefordert reichte der Lehrknabe ihr ein Glas Wein.
»Es geht schon wieder, Meister Slaiter«, versicherte Marianna. Verstohlen wischte sie sich den kalten Schweiß von der Stirn. Der Anblick des Blutes und Jimmys Stöhnen und Schreien hatten sie doch sehr mitgenommen.
»Ihr müsst jeden Tag den Verband wechseln«, wies der Barbier-Chirurg sie an. »Wenn Ihr das nicht könnt, lasst es den Kammerdiener machen. In ein paar Tagen komme ich noch einmal her, um nach der Wunde zu sehen.«
Simon bezahlte ihn großzügig, und Meister Slaiter verabschiedete sich mit einem zufriedenen Grinsen.

Wenig später kratzte George Sutton an der Tür, um sich nach dem Ausgang der Operation zu erkundigen. Jimmy saß aufrecht im Bett. Seine Schulter brannte wie Feuer, aber zumindest spürte er die Klinge nicht mehr im Fleisch.
Marianna reichte dem Sekretär die kleine Stahlspitze, die dieser befriedigt entgegennahm.
»Ich hatte also recht«, meinte Sutton. »Nun, dies beweist übrigens auch, dass Euer Bericht über das Geschehen der letzten Nacht der Wahrheit entspricht, Sir. Mistress Fleetwood wurde zuerst getötet. Danach hat der Mörder Euch die Klinge in die Schulter gestoßen, und sie ist am Knochen abgebrochen. Offenbar hat er das Missgeschick bemerkt und warf den nutzlos gewordenen Dolch fort.« Sutton strich sich über das glattrasierte Kinn. »Leider hilft uns diese Erkenntnis bei der Suche nach dem Täter nicht wesentlich weiter.«
»Hat denn die Befragung der Dienstboten nichts ergeben?«, fragte Marianna.

Sutton streifte den jungen Mann mit einem flüchtigen Blick und wies dann einladend zur Tür. »Vielleicht sollten wir uns an einem anderen Ort unterhalten, Madam. Master Danvers möchte sich jetzt bestimmt ausruhen!«
Marianna begriff, dass er in Jimmys Gegenwart nicht zu viel preisgeben wollte, und folgte ihm hinaus. Sutton lud sie ein, ein paar Schritte durch den schneebedeckten Kräutergarten zu gehen. Marianna stimmte zu und schickte einen vorbeikommenden Lakaien nach ihrem Mantel. Als der Diener zurückkehrte, nahm Sutton ihm den Umhang ab und legte ihn um Mariannas Schultern.
»Weshalb wolltet Ihr vor Master Danvers nicht sprechen, Sir?«, fragte sie. »Inzwischen dürfte doch klar sein, dass er nicht der Greif sein kann.«
Der Sekretär stieß ein kurzes Lachen aus. »Ich habe mich bereits gefragt, wann Ihr mich darauf aufmerksam machen würdet. Ihr habt ganz recht! Master Danvers kann unmöglich Mistress Fleetwood umgebracht haben. Die abgebrochene Spitze beweist dies. Es muss eine dritte Person dort gewesen sein! Allerdings muss ich zugeben, dass mir diese Entwicklung ungelegen kommt. Denn ich hatte ihn stärker in Verdacht, als Ihr glaubt, Madam.«
Marianna sah ihn erschrocken an. »Aber warum denn nur?«
Sutton zuckte vage die Schultern. »Nur so ein Gefühl! Master Danvers hat etwas Undurchschaubares an sich, das mich beunruhigt. Er ist nicht ehrlich, und er verbirgt etwas. Warum spielt er den törichten Nichtsnutz, obwohl er doch offensichtlich über einen gewissen Scharfsinn verfügt und immerhin furchtlos genug war, unbewaffnet einer Frau in Not zu Hilfe zu eilen? Ich weiß, Ihr wollt ihn heiraten, doch ich würde Euch raten, einen derartigen Schritt genau zu überdenken. Ich kann nicht sagen, was mit Master Danvers nicht stimmt, dazu kenne ich ihn viel zu wenig, aber seine Doppelgesichtigkeit wird vermutlich noch zu mancher Ernüchterung führen.«

Marianna funkelte ihn herausfordernd an. »Ihr habt es selbst zugegeben, Sir, dass Ihr Master Danvers nicht wirklich kennt. Er mag sein wahres Wesen nicht jedem offenbaren, aber das hindert mich nicht, ihm zu vertrauen … und ihn zu lieben.«
Angesichts ihrer leidenschaftlichen Erklärung hob Sutton beschwichtigend die Hände. »Ich sagte auch, dass ich ihn nicht mehr verdächtige. Nicht nur, weil er nicht der Mörder Eurer Base sein kann, sondern auch, weil seine Überprüfung nichts Verfängliches ergeben hat.«
»Demnach habt Ihr Nachricht von Sir Francis Walsingham bekommen?«
»Gestern, ja! Master Danvers hat weder heimliche Schulden, noch besteht der geringste Zweifel an seinem protestantischen Glauben. Zwar besucht er nur an hohen Feiertagen den anglikanischen Gottesdienst wie mancher junge Höfling, der sich lieber Vergnügungen hingibt, als eintönigen Predigten zu lauschen, doch er hat sich ohne Zögern bereit erklärt, den Suprematseid zu schwören. Es gibt also keinen offensichtlichen Grund, weshalb er seine Königin und sein Land an den Spanier verraten sollte.«
Marianna atmete sichtlich auf.
»Bei Dr. Fraser liegt die Sache allerdings anders«, fuhr Sutton fort. »Er hat fast ständig Schulden, aufgrund der Geldstrafen, die die Ärztekammer ihm regelmäßig auferlegt, und weil er in einen kostspieligen Rechtsstreit mit einem seiner Nachbarn verwickelt ist. Das spanische Gold, das Ihr damals in seiner Schlafkammer fandet, konnte er also gut gebrauchen. Die Frage ist nur, woher er es hatte? Könnte es sich um die Bezahlung für Throckmortons Papiere gehandelt haben?«
»Habt Ihr denn keine Verbindung zwischen Dr. Fraser und den Spaniern finden können?«, erkundigte sich Marianna.
»Nein. Zumindest nichts Offensichtliches«, antwortete Sutton enttäuscht. »Auch nicht zur Schottenkönigin. Allerdings …«

Sie warf ihm einen fragenden Blick zu, um ihn zum Fortfahren zu bewegen.
»Nun, Ihr wisst doch sicher, dass Fraser ein schottischer Name ist«, ergänzte der Sekretär.
»Natürlich! Ihr habt recht. Ich muss zugeben, daran habe ich gar nicht gedacht«, rief Marianna kopfschüttelnd aus.
»Dr. Frasers Loyalität könnte also durchaus Mary Stuart gehören. Damit hätte er einen Grund, den Briefwechsel der Schottenkönigin zu stehlen, um sie so vor denen zu schützen, die ihren Kopf wollen, wie Sir Francis Walsingham!«
»Aber wie wollt Ihr das beweisen?«
»Ich weiß es nicht. Heute Morgen habe ich mir die Kleidung jedes einzelnen Hausbewohners zeigen lassen, um sie nach Blutspritzern zu untersuchen.« Er hob hilflos die Arme. »Ohne Erfolg! Der Mörder muss seine Kleider versteckt oder verbrannt haben. Ich kann mir kaum vorstellen, dass er kein Blut abbekommen hat, als er Eure Base erstach. Die Dienstboten haben angeblich auch nichts gesehen. Ich bin am Ende meiner Weisheit!«
Marianna sah ihn verständnisvoll an. »Habt Ihr eigentlich noch einmal nach dem fehlenden Knopf von Buskells Wams gesucht, Sir?«
»Ich habe die Dienerschaft danach gefragt und den Boden um den Holzverschlag erneut gründlich absuchen lassen. Nichts! Wahrscheinlich hat der Mörder ihn mitgenommen.«
»Vermutlich habt Ihr recht«, meinte Marianna ernüchtert.
»Wenn ich etwas Neues herausfinde, lasse ich es Euch wissen, Madam«, versprach Sutton und verabschiedete sich.

Dreißigstes Kapitel

Das Land lag wie unter einem weißen Leichentuch. In Kirkby Hall hatte Katherines Tod jegliche Geschäftigkeit zum Erliegen gebracht. Henry Fleetwood war in seiner Trauer nicht mehr ansprechbar. Er verbrachte die Tage und einen Teil der Nächte in der Kapelle an der Seite seiner geliebten Tochter, starrte wie ein Verfluchter ins Leere und murmelte Unverständliches vor sich hin. Kate und ihre Mutter hatten sich dagegen weniger nahegestanden, und so sah sich Elizabeth zum ersten Mal in ihrem behüteten Leben gezwungen, die Verantwortung für den Besitz zu übernehmen. Sie war es, die die Dienerschaft zur Arbeit anhielt und jeden Morgen eine Gruppe von Männern auf die Weiden schickte, die nach den Schafen sehen und wenn nötig Tiere bergen sollten, die im Schnee gefangen waren. Als Tom erkannte, dass seine Mutter ihn brauchte, überwand er seine Trauer und nahm ihr einige der Pflichten ab, vor denen er sich in der Vergangenheit stets gedrückt hatte. Harry bot ihm seine Hilfe an. Er versuchte, sich durch Beschäftigung von seinem eigenen Schmerz abzulenken.

Die Weihnachtstage gingen vorüber. Für die Bewohner von Kirkby Hall wurde es ein trauriges Fest. Da Elizabeth die Verantwortung gegenüber der Dienerschaft sehr ernst nahm, hatte sie den Burschen erlaubt, traditionsgemäß den Weihnachtsscheit einzuholen – einen gewaltigen Baumstamm, der die Feiertage über im offenen Kamin in der Küche brannte. Und sie sorgte dafür, dass die Dienstboten am Weihnachtstag das übliche Festmahl genießen konnten. Die Familie feierte dagegen in bescheidenem Rahmen ohne die üp-

pigen Gerichte, die gewöhnlich in herrschaftlichen Haushalten zur Weihnachtszeit auf den Tisch kamen.
Henry Fleetwood war entschlossen, dafür zu sorgen, dass seine Tochter ein würdiges Begräbnis nach katholischem Ritus erhielt. Trotz der damit verbundenen Gefahren ließ er einen Seminarpriester, der sich gerade in der Gegend aufhielt, in sein Haus kommen. Der Priester erschien in der unauffälligen Kleidung eines Reisenden und blieb nur eine Nacht. Während er die verbotene Totenmesse las, standen an der Auffahrt des Anwesens, im Hof, an sämtlichen Türen und an den Wendeltreppen Diener Wache, um die Familie sofort zu warnen, falls ein Außenstehender auftauchte, der ihr Geheimnis entdecken und sie an die Obrigkeit verraten könnte.
Marianna erhielt die Anweisung, bei ihrem Verlobten zu bleiben und ihn, ebenso wie den gleichfalls protestantischen Diener, am Verlassen seiner Kammer zu hindern. Obwohl sie gerne an der Messe teilgenommen hätte, fügte sich die junge Frau. Es fiel Jimmy allerdings nicht schwer, zu erraten, was an jenem Abend in Kirkby Hall vor sich ging.
»Dein Onkel traut mir noch immer nicht«, stellte er mit einem schwachen Lächeln fest. »Auch wenn ich kein Katholik bin, würde ich doch niemandem etwas über die heimlichen Gottesdienste hier im Haus verraten! Meiner Meinung nach soll jeder auf seine Art selig werden.«
Die Wunde in Jimmys Schulter hatte nach der Operation geeitert und musste immer wieder gesäubert werden. Das begleitende Fieber fesselte ihn tagelang ans Bett, aber nach und nach ging es ihm besser, und die Wunde begann schließlich zu heilen. Am Dreikönigstag machte er, den rechten Arm in der Schlinge, seinen ersten Spaziergang im Kräutergarten. Es war ein wenig milder geworden. Die Sonne schien von einem wolkenlosen Himmel, der Schnee war teilweise geschmolzen, und die Landstraßen waren wieder passierbar.

»Ich kann es kaum erwarten, diesen Ort zu verlassen«, sagte Jimmy mit einem Schaudern. »Sobald ich wieder in der Lage bin, ein Pferd zu besteigen, werde ich Master Sutton bitten, uns abreisen zu lassen. Wir könnten uns auf meinen Landsitz zurückziehen und dort in der Pfarrkirche heiraten.« Er warf Marianna einen unsicheren Blick zu, der sie rührte. Es schien, als fürchte er, sie könne ihre Zusage im letzten Moment zurückziehen.

»Das wäre wunderbar«, versicherte sie lächelnd. »Ich will nichts lieber, als möglichst bald deine Frau werden. Und Nat wird auch glücklich sein. Er sehnt sich nach einem Heim und einer Familie.«

Jimmys Züge entspannten sich, und er seufzte leicht, aber sein Gesichtsausdruck hellte sich nicht auf. Seit Katherines Tod hatte er sich verändert. Die gelassene Unbekümmertheit des Höflings war einer grüblerischen Ernsthaftigkeit gewichen, die Marianna beunruhigte. Sie machte ihn verwundbar und weniger zugänglich als zuvor. Es war ihr noch nicht so recht gelungen, den Auslöser für diese Veränderung zu ergründen. Die Verwundung und das Fieber hatten sicher einen gewissen Anteil daran, doch es bestand kein Zweifel, dass Kates Ermordung Jimmy tief betroffen machte. Zuweilen sah Marianna ihn über längere Zeit in Gedanken versunken dasitzen und mit einem verlorenen Ausdruck vor sich hinstarren, wie sie ihn auch in den Augen von Henry Fleetwood beobachtet hatte. Es schien ihm schwerzufallen, den Anblick der Toten aus seinem Gedächtnis zu streichen. Immerhin hatte er Katherine seit langem gekannt. Vielleicht wollte er auch einfach nicht wahrhaben, dass sich hinter dem reinen Engelsgesicht eine verirrte Seele verborgen hatte, die dem Teufel verfallen war.

Die Pflege ihres Geliebten hatte Mariannas Tage so vollständig ausgefüllt, dass sie sich vorwarf, ihren Sohn zu vernachlässigen. Sie wollte ihm nicht zumuten, seine Zeit mit ihr am Krankenbett zu verbringen, und so war sie froh, dass sich seine Freundschaft mit dem Pächterjungen Jack vertiefte und die beiden sich mühelos über

Stunden beschäftigen konnten. Sobald das Wetter sich gebessert hatte, ritten sie jeden Tag in Christophers Begleitung aus und besuchten auch regelmäßig den Pachthof von Jacks Eltern.

Sir Francis Walsingham brütete über einem Stapel wichtiger Papiere in der Schreibstube seines Anwesens Barn Elms, als eine Magd die Ankunft von Sir William Cecil, Lord Burghley, ankündigte. Mit einem gezwungenen Lächeln legte Sir Francis die Feder nieder, mit der er den Bericht eines seiner Spione kommentiert hatte, drehte das Blatt um und erhob sich, um seinen Besucher zu begrüßen.

Der Lord Treasurer war vierzehn Jahre älter als Walsingham und hatte ebenso wie dieser sein Leben ganz in den Dienst Königin Elizabeths und des Protestantismus gestellt. Wie Sir Francis war auch Sir William in strenges Schwarz gekleidet, doch sein langes Gesicht mit dem am Kinn gespaltenen grauen Bart, der die schmale Halskrause bedeckte, wirkte weniger streng als die steifen, einschüchternden Züge des Staatssekretärs.

»Wie befindet Ihr Euch, Sir Francis?«, fragte Burghley höflich. »Wie ich sehe, geht es Euch bedeutend besser!«

Walsingham lächelte schwach. »Ja, zum Glück habe ich es endlich überstanden. Seit ein paar Tagen bin ich frei von Fieber. Aber Ihr habt sicherlich nicht den weiten Weg zurückgelegt, um Euch nach meinem Befinden zu erkundigen, Sir William.«

Lord Burghley blickte sein Gegenüber ernst an. »Ihr habt recht. Ich kam, um Euch etwas zu zeigen.« Ohne weitere Erklärung zog Sir William ein gefaltetes Papier aus seinem Gürtel und reichte es Walsingham. Dieser nahm es neugierig entgegen, bot seinem Besucher einen Stuhl an und setzte sich dann wieder an den Tisch. Im Schein der Kerze entfaltete er das Schriftstück und überflog es. Es war ein Brief von einem gewissen Hugh Simpson, in dem dieser sich – mit allem gebotenen Respekt natürlich – darüber beklagte, dass Seine Lordschaft entschieden habe, die Vormundschaft für Nathaniel

Ashton an Marianna Ashton zu übertragen. Es sei nicht klug, die Erziehung eines achtjährigen Jungen der Gemahlin eines Verräters anzuvertrauen, auch wenn sie seine Mutter sei. Eine Frau von derart zweifelhafter Moral würde das Kind zu einem Menschen erziehen, der weder Gott den Herrn noch seine Königin ehrte und womöglich eines Tages selbst zum Verräter wurde. Und in diesem Ton ging es über zwei eng beschriebene Seiten weiter.

Als Walsingham den Brief aus der Hand legte und Burghley fragend ansah, erklärte dieser: »Anfangs hielt ich das Schriftstück für einen dummen Scherz, denn dieser Hugh Simpson sagte mir nichts. Doch dann erinnerte ich mich, dass im Rahmen der Untersuchung von Throckmortons Verschwörung auch der Name Ashton gefallen war. Roger Ashton hat sich aus Angst vor der Folter in seiner Zelle erhängt. Und da Marianna Ashton, die in dem Brief erwähnt wird, auf Euren Befehl hin aus dem Tower entlassen wurde, dachte ich mir, dass dieses Schriftstück für Euch von Interesse sein dürfte.«

Walsingham hatte ihm aufmerksam und mit wachsendem Erstaunen zugehört.

»Ich nehme an, Ihr habt die in dem Brief angesprochene Verfügung nicht erlassen?«, fragte Sir Francis, obgleich er die Antwort bereits kannte.

»Keineswegs! Warum sollte ich dieser Frau ihren Sohn zurückgeben? Ihr wisst, wie ich über die Erziehung der Kinder papistischer Eltern denke. Ich bin nach wie vor der Meinung, dass man sie ihnen im Alter von sieben Jahren wegnehmen und so ihrem schädlichen Einfluss entziehen sollte, und wenn Ihre Majestät sich nicht geweigert hätte, ihre Zustimmung zu diesem Schritt zu geben, könnte es heute bereits Gesetz sein, und jedes Papistenkind befände sich in der Obhut eines Vormunds, der es dem wahren Glauben gemäß erzieht …«

Walsingham hob leicht die Hand, um die Tirade abzukürzen.

»Wenn Ihr diese Anordnung bezüglich des kleinen Ashton nicht erlassen habt, Sir William, wer dann?«
»Ich habe meinen Sekretär befragt«, antwortete Burghley gereizt. »Er weiß auch nichts über die Sache. Bleibt nur die Vermutung, dass jemand meine Unterschrift gefälscht hat. Aber wer und warum, kann ich nicht sagen. Deshalb bin ich zu Euch gekommen. Ihr habt Mistress Ashton verhört. Könnt Ihr Euch einen Reim auf die Sache machen?«
Tiefe Falten durchzogen Walsinghams Stirn, während er nachdachte. »Ich danke Euch, dass Ihr mir Kenntnis von dem Brief gegeben habt, Sir William. Und ich verspreche Euch, dass ich der Sache nachgehen werde!«
»Sorgt dafür, dass der Fälscher zur Rechenschaft gezogen wird! Wo kommen wir denn hin, wenn jemand ungestraft mit meiner Unterschrift Schindluder treiben kann? Welch verheerende Auswirkungen das auf die Sicherheit des ganzen Landes haben könnte – nicht auszudenken!«
Sir Francis nickte feierlich. Nachdem er seinen Gast verabschiedet hatte, setzte er sich wieder an den Tisch, holte ein frisches Blatt Papier hervor und begann, einen Brief zu schreiben.

Einunddreißigstes Kapitel

Marianna kniete in der kleinen Marienkapelle und betete zur Jungfrau Maria. Während der letzten zwei Wochen waren George Suttons Besuche in Kirkby Hall seltener geworden. Er hatte Marianna gegenüber zugegeben, dass er alles Erdenkliche getan habe, um seinen Auftrag zu erfüllen und den Greif zu entlarven, und dass er nun nicht mehr weiter wisse. Die Befragung der Hausbewohner und der Dienerschaft ergab keinen neuen Hinweis. Es schien, als habe Katherine das Geheimnis um den Greif mit ins Grab genommen. Vor ein paar Tagen hatte Sutton Harry Cleaton erlaubt, auf den Besitz seiner Familie zurückzukehren, der in der Nachbarschaft lag, und so bestand Grund zur Hoffnung, dass er auch die anderen Gäste des Hauses nicht länger daran hindern würde, Kirkby Hall zu verlassen. Marianna wusste, dass Dr. Fraser darauf brannte, nach London zurückzureisen und seine Arbeit als Medikus wieder aufzunehmen. Er rechnete damit, dass das Interesse der Ärztekammer inzwischen nachgelassen hatte und er zumindest für eine gewisse Zeit unbehelligt praktizieren konnte. Voller Hoffnung betete Marianna nun darum, dass Sutton sie endlich gehen lassen würde, denn Jimmy hatte sich inzwischen weit genug erholt, dass er wieder reisen konnte. Ihre Zuversicht war so groß, dass sie den Gedanken an ihre Abmachung mit Walsingham fast vollständig verdrängt hatte. Obwohl es ihr nicht gelungen war, den Greif zu entlarven, konnte sie sich kaum mehr vorstellen, dass man sie zwingen würde, Nat zu seinem Vormund zurückzuschicken. Schließlich würde sie bald die Gemahlin eines guten Anglikaners sein, der zu-

dem bei Hof verkehrte. Vielleicht würde sich Jimmy sogar entscheiden, den Jungen zu adoptieren und ihm seinen Namen zu geben. Niemand konnte ihr Nat dann noch wegnehmen!
Für Nat gab es dabei allerdings einen kleinen Wermutstropfen. Er musste sich von seinem Freund Jack trennen, der ihm inzwischen sehr ans Herz gewachsen war. Abends lauschten Marianna und Jimmy mit Freude Nats Erzählungen über ihre Ausritte ins Moor, wo sie die Tiere beobachteten, die dort lebten. Als der Junge sein Bedauern darüber äußerte, dass Jack im Gegensatz zu ihm ein richtiges Messer besaß, schenkte der junge Höfling ihm ohne Zögern seinen Prunkdolch, eine prächtige Waffe mit zweischneidiger Klinge und einer aufwendig verschnörkelten Parierstange in der Form zweier springender Widder. Griff und Scheide waren vergoldet und mit Edelsteinen besetzt. Marianna erhob Einspruch mit der Begründung, die Waffe sei viel zu wertvoll für einen Knaben in Nats Alter, doch Jimmy winkte ab. Es sei an der Zeit, dass der Junge lernte, Verantwortung zu übernehmen und sich auf seine zukünftige Rolle im Leben vorzubereiten. Schließlich lenkte Marianna ein. Wenn sie erst verheiratet waren, würde die Erziehung ihres Sohnes ohnehin in seine Zuständigkeit fallen, und es rührte sie, dass er sie schon jetzt so ernst nahm.
Auch an diesem Morgen hatten die beiden Jungen ausreiten wollen, doch eine der Zuchtstuten war erkrankt und benötigte ständige Aufsicht. Jack musste den Stallburschen beim Tränken und Füttern der anderen Pferde helfen. So war Nat diesmal allein mit Christopher ins Moor geritten.
Von tiefer Zufriedenheit erfüllt, bekreuzigte sich Marianna und erhob sich. George Sutton hatte für heute Vormittag seinen Besuch angekündigt. Während sie die Kapelle zum Gebet aufgesucht hatte, war Jimmy in den Großen Saal gegangen, um ihn abzufangen und mit ihm über ihre Abreise zu sprechen. Inzwischen war der Sekretär sicher schon eingetroffen. Marianna verließ die Kapelle, um ihn zu

begrüßen und zu hören, wie er entschieden hatte. Als sie den Saal betrat, verharrte sie beim Anblick der Szene, die sich ihr bot, in der Bewegung. Eine Magd war gerade dabei, mit einem schweren eisernen Haken das Feuer im Kamin zu schüren. Ein paar Schritte von ihr entfernt stand Jimmy und blickte mit leicht gerunzelter Stirn George Sutton nach, der mit Nats Freund Jack den Saal verließ. Zu Mariannas Erstaunen hatte der Sekretär dem Knaben den Arm um die Schulter gelegt, während er ihn fortführte, als wolle er ihn zur Eile treiben.

Marianna trat neben Jimmy und sah in sein Gesicht. Jäh überkam sie ein unerklärliches Gefühl von Unbehagen. Mit angespannten Zügen starrte er zur Tür, durch die Sutton mit dem Jungen verschwunden war. Unwillkürlich wünschte sich Marianna, seine Gedanken lesen zu können, so beunruhigend war der Bann, der ihn gefangen hielt. Auf einmal bemerkte sie den Angstschweiß, der an seinen Schläfen perlte.

Um seine Aufmerksamkeit auf sich zu ziehen, sagte Marianna mit gespielter Heiterkeit: »Wohin will Master Sutton denn so eilig? Und weshalb hat er Jack mitgenommen?«

Aus seiner Grübelei gerissen, wandte Jimmy langsam den Kopf. »Ich weiß es nicht.«

Sie wusste, dass er log, ohne zu begreifen, wie sie zu dieser Gewissheit kam.

Im nächsten Moment ließ er sie einfach stehen und verließ den Saal. Entgeistert blickte Marianna ihm nach.

»Aber … was ist denn los …?«, murmelte sie verwirrt.

In dem Verlangen, dem Geheimnis auf die Spur zu kommen, trat sie aus dem Saal in den Vorhof hinaus. Vor der Eingangspforte blieb sie stehen und blickte sich um. Weder Jimmy noch George Sutton oder Jack waren zu sehen. Unschlüssig wartete sie einen Moment und wollte eben wieder ins Haus gehen, als Jimmy aus den Ställen trat, gefolgt von einem Stallknecht, der ein gesatteltes Pferd am Zü-

gel führte. Ohne Marianna zu bemerken, schwang er sich in den Sattel und ritt durch die Toreinfahrt davon. Er hatte sich nicht einmal die Mühe gemacht, sich umzuziehen, sondern setzte ganz entgegen seiner Art seine aus Satin gefertigte Heerpauke der Gefahr aus, durch das Sattelzeug ruiniert zu werden.
Fröstelnd schlang Marianna die Arme um den Oberkörper, um sich zu wärmen, und presste die Lippen aufeinander. Sie musste herausfinden, was hier vor sich ging.
Als sich die Magd, die das Feuer im Saal geschürt hatte, mit einem Knicks an ihr vorbei ins Freie schob, hielt Marianna sie auf.
»Warte einen Moment, Mary! Ich möchte dich etwas fragen.«
»Ja, Madam.«
»Du warst doch im Saal, als Master Sutton mit Master Danvers sprach. Hast du gehört, was sie gesagt haben?«
»Nein, Madam, ich kam erst dazu, als sie sich voneinander verabschiedeten.«
Marianna dachte kurz nach. »Weißt du, was Jack von Master Sutton wollte?«, fragte sie.
»Es war Master Sutton, Madam, der Jack zur Seite nahm, nachdem der Junge mit Master Danvers gesprochen hatte.«
»Was hat er denn zu ihm gesagt?«
»Madam, es ist nicht meine Art zu lauschen, das müsst Ihr mir glauben! Aber ich habe ein paar Worte aufgeschnappt, weil mir das, was Jack erzählte, so seltsam vorkam.«
»Was meinst du damit? Worum ging es?«
»Um einen Dolch, den Master Danvers Eurem Sohn geschenkt hat, Madam. Offenbar hatte sich ein Knopf in einer Verzierung am Griff verklemmt, und Master Nathaniel hat ihn gefunden …«
»Ein Knopf?«, wiederholte Marianna stirnrunzelnd.
»Ich fand es auch merkwürdig, Madam. Wenn Master Danvers einen Knopf verloren hätte, hätte sein Kammerdiener dies doch sicher bemerkt. Master Danvers schien jedenfalls sehr verwundert,

als Jack ihn darauf ansprach. Dann mischte sich plötzlich Master Sutton ein und wies Jack an, ihn zu begleiten. Er schien es sehr eilig zu haben, dabei war er doch gerade erst eingetroffen!«
Eine graue Wolke schob sich vor die Sonne und verdunkelte den Himmel. Es war, als sei mit einem Mal ein Schatten über den kristallklaren Wintertag gefallen. Marianna wagte kaum, zu atmen. Es war die Ruhe vor dem Sturm.

Christopher zog aufmerksam die Augenbrauen zusammen, als er die beiden Reiter in schnellem Galopp auf sich zu kommen sah. Seine Neugier verwandelte sich in Verwunderung, als er Jack und George Sutton erkannte, die ihre schwitzenden Pferde vor ihm zum Stehen brachten. Niemand riskierte es zu dieser Jahreszeit, sein Pferd zu überhitzen, es sei denn, es gab einen gewichtigen Grund.
»Wo ist Nathaniel Ashton, Bursche?«, fragte Sutton. Sein Blick glitt über das Pferd, das der blonde Mann am Zügel führte, und richtete sich dann streng auf Christopher.
»Ist es nicht deine Pflicht, über den Jungen zu wachen? Wo ist er? Antworte!«
Christopher sah fragend zu Jack hinüber, dem die Sorge ins Gesicht geschrieben stand. Der blonde Hüne begann, sich unwohl zu fühlen.
»Ich habe Master Nathaniel erlaubt, nach Kirkby Hall vorauszureiten. Mein Pferd lahmt, nachdem es in ein Kaninchenloch getreten ist.«
»Wir kommen geradewegs von Kirkby Hall und sind dem Jungen nicht begegnet«, erwiderte Sutton in düsterem Ton. »Wo könnte er sein?«
Christopher war blass geworden. »Er hat versprochen, umgehend zurückzukehren. Ich hätte ihm nie erlaubt, allein zu reiten, wenn ich geahnt hätte …«

»Schon gut, Bursche. Es ist nicht deine Schuld«, meinte der Sekretär seufzend.
»Weshalb sucht Ihr ihn?«, fragte Christopher, der die Aufregung nicht verstand.
»Der Junge schwebt in Lebensgefahr. Wir müssen ihn unbedingt finden!«
»In Lebensgefahr?«, rief der Diener entsetzt. »Hat es etwas mit dem Verräter zu tun, den meine Herrin für Euch finden soll … diesem Spion, den man den Greif nennt?«
Sutton streifte den Burschen mit einem erstaunten und zugleich ärgerlichen Blick. Mistress Ashton war ihrem Diener gegenüber recht offenherzig! Doch angesichts der Gefahr, in der sich das Kind befand, entschied er sich, Christopher aufzuklären.
»Der Greif ist nicht nur ein Verräter, er hat auch vier Morde begangen. Wir müssen Nathaniel finden, bevor er dem Greif über den Weg läuft, sonst ist es um ihn geschehen!« Sutton presste die Lippen aufeinander und ballte die Hände zu Fäusten. »Ich hätte Mistress Ashton warnen sollen. Auch sie ist in Gefahr!«
»Sir, ich verstehe nicht …«
»Danvers ist der Greif! Und wenn er Nathaniel vor uns findet, ist der Junge verloren. Er ist im Besitz des einzigen Beweisstücks, das Danvers aufs Schafott bringen kann!«

Am Rande des Steilhangs, von dem Judith sich in den Tod gestürzt hatte, begegnete Nat dem Greif.
Entgegen seinem Versprechen, ohne Umweg nach Kirkby Hall zurückzureiten, hatte der Junge der Versuchung nachgegeben, einem am Himmel kreisenden Adler ins Moor zu folgen. An dem steil abfallenden Hang war er abgestiegen, um einen Blick hinabzuwerfen und zu sehen, wie weit es hinunterging.
Jimmy Danvers zügelte sein Pferd und ließ sich aus dem Sattel gleiten. Er konnte sein Glück kaum fassen. In sicherer Entfernung war

er Sutton und Jack gefolgt und hatte beobachtet, wie sie mit Christopher sprachen. Da Nat nicht bei ihm war, hatte sich Jimmy auf die Suche nach ihm gemacht und ihn schließlich in der Ferne auf seinem Pony übers Moor reiten sehen. Doch erst am Felssturz hatte er ihn eingeholt.
Er musterte den dunkelhaarigen Knaben, der mit kindlichem Leichtsinn ganz nah am Rand des Steilhangs stand und in die Tiefe sah.
»Nat!«, rief er. »Komm her!«
Artig gehorchte das Kind und blickte dem Mann voller Vertrauen ins Gesicht.
»Ich hörte, du hast etwas am Griff des Dolches gefunden, den ich dir geschenkt habe.«
»Ja, Sir, einen Knopf!«
»Wo ist er?«
»Ich habe ihn hier, Sir.«
Eifrig wühlte Nat in der kleinen Ledertasche an seinem Gürtel und streckte schließlich seine geöffnete Hand vor. Jimmys Blick fiel auf den dunklen Knopf in der rosigen Handfläche des Knaben, und seine Augen leuchteten auf. Er nahm ihn zwischen zwei Finger und betrachtete ihn wie eine Kostbarkeit. Der Rest eines hellen Fadens hing noch an dem Knopf.
»Hast du ihn jemandem gezeigt?«, fragte der junge Mann.
»Nein, Sir, ich habe nur Jack davon erzählt und ihn gebeten, Euch zu fragen, ob Ihr einen Knopf verloren habt. Wenn ich gewusst hätte, wie wichtig er für Euch ist, hätte ich ihn Euch sofort gebracht«, fügte Nat entschuldigend hinzu.
Ein düsterer Ausdruck legte sich über Jimmys Züge. »Du ahnst nicht einmal, wie wichtig dieser Knopf ist, Junge! Mein Leben hängt davon ab, dass niemand je von seiner Existenz erfährt!«
Neugierig sah Nat zu, wie Danvers den Knopf mit kraftvollem Schwung weit über die Steilwand hinauswarf.

»Da wird ihn bestimmt keiner finden, Sir«, bemerkte Nat überzeugt. »Warum ist es denn so wichtig, dass niemand von dem Knopf erfährt?«
Danvers antwortete nicht. Doch als der Junge weitersprach, zuckte er zusammen.
»Er gehörte Master Buskell, nicht wahr? Master Sutton würde Euch hängen, wenn er wüsste, dass Ihr Buskell getötet habt.«
Danvers streifte den Knaben mit einem erstaunten Blick.
Schüchtern fuhr Nat fort: »Meine Mutter hat gesagt, dass Master Sutton den Mörder von Buskell verhaften will. Aber Buskell hat Judith wehgetan. Deshalb habe ich Mama nicht gesagt, dass Ihr es wart.«
»Woher weißt du das?«
»Ich habe Euch gesehen! Judith war weggelaufen, und ich wollte sie suchen. Da habe ich beobachtet, wie Buskell Euch und Katherine gefolgt ist und Euch angegriffen hat. Ihr habt ihn gestoßen, und er ist auf den Baumstumpf gestürzt.«
Fassungslos starrte Jimmy Danvers das Kind an, das solch tollkühne Worte aussprach, ohne sich auch nur im Mindesten ihrer Tragweite bewusst zu sein.
»Du wusstest es die ganze Zeit! Und du hast nichts gesagt?«
»Ihr habt Euch doch nur gewehrt! Und nach allem, was er Judith antat, hat Master Buskell es nicht anders verdient. Ich wollte nicht, dass man Euch hängt!«
Danvers lächelte spöttisch. »Du hast keine Angst vor mir?«
Nat errötete leicht. »Es hat mir ein wenig Angst gemacht, als ich Euch den Straßenräuber töten sah, Sir. Aber meine Mutter liebt Euch. Sie ist so glücklich mit Euch!«
Der einfache, schlüssige Gedankengang eines Kindes, das seine Mutter verehrte! Der Mann, den sie liebte, würde ihm sicher nichts tun! Konnte sie sich denn irren? Allerdings wirkte James Danvers an diesem Tag verändert. Seine Züge waren bleich und gespannt, in

seinen Augen stand Angst … Angst vor dem Strick, den man ihm um den Hals legen wollte, vor der Klinge, die seinen Körper zerstückeln würde. Hugh Simpson hatte Nat einmal zu der Hinrichtung eines Verräters mitgenommen. Nie würde er die Schreie, das Blut, die nackte Verzweiflung vergessen! Er war ohnmächtig geworden, ein Geständnis der Schwäche, das ihm eine unvermeidliche Tracht Prügel eingebracht hatte. Niemand hatte einen so schrecklichen Tod verdient! Schon aus diesem Grund hätte Nat James Danvers nie verraten. Aber würde dieser sich mit dem Wort eines Kindes, das ihm zu schweigen versprach, zufrieden geben? Plötzlich kamen Nat Zweifel, und er trat mit einem jähen Gefühl der Furcht vom Rand des Steilhangs zurück.

Zweiunddreißigstes Kapitel

Wie behext starrte Marianna auf die Auffahrt hinaus. Sie bemerkte nicht, dass sie vor Kälte am ganzen Körper zitterte, dass ihre Füße zu Eis erstarrt waren und ihre Hände sich taub anfühlten. Ihre Gedanken flatterten in ihrem Kopf herum wie aufgescheuchte Fledermäuse. Der Knopf … Jimmys Prunkdolch … Buskells Wams … Nat … der Knopf … der Greif! Es gelang ihr nicht, die einzelnen Fakten in einen sinnvollen Zusammenhang zu bringen. Wer den Knopf von Buskells Wams besaß, war sein Mörder … musste der Greif sein! Der Knopf klemmte im Griff von Jimmys Dolch, hatte die Magd gesagt … Nat hatte ihn gefunden …

»Jimmy soll der Greif sein? Welch unsinnige Idee!«, brach es aus ihr hervor.

Sie begann zu lachen, doch es war ein halbherziges Lachen, das jäher Zweifel erstickte.

»Nat … wo bist du nur?«

Was würde sie tun, wenn Jimmy zurückkehrte? Sie verspürte das Verlangen, ihn an seinem feinen Batistkragen zu packen, ihn zu schütteln und zu schreien: »Wo ist mein Sohn? Was hast du mit meinem Sohn gemacht?«

Tränen traten in ihre Augen und machten sie blind. In der Ferne tauchten zwei Reiter auf. Doch Marianna sah nur zwei undeutliche Gestalten, die sich langsam näherten. Mit einer wilden Bewegung wischte sie sich über die Augen, und ihr Blick klärte sich. Ihre Erleichterung war so groß, dass ihre Füße sie nicht tragen wollten.

Erst als die beiden Reiter ihre Pferde vor ihr zügelten, gelang es ihr, ihnen entgegenzutreten.
»Nat! Oh, Nat, mein Liebling!«
Sie streckte die Hände nach ihm aus und riss ihn in die Arme, kaum dass er sich aus dem Sattel hatte gleiten lassen.
»Mama, es ist alles in Ordnung! Mir geht es gut«, sagte Nat, um sie zu beruhigen.
Jimmy war ebenfalls abgestiegen, nahm das Pony des Jungen und sein eigenes Pferd am Zügel und führte sie durch die Toreinfahrt in den Hof. Während er die Tiere einem Reitknecht übergab, schob Marianna ihren Sohn in Richtung Eingangspforte.
»Du musst durchgefroren sein, mein Schatz. Ich setze dich lieber gleich vor ein wärmendes Feuer.«
Ohne sich umzublicken, durchquerte sie mit Nat an der Hand den Großen Saal, stieg die Wendeltreppe hinauf und betrat ihr Schlafgemach.
»Bleib hier, bis ich zurück bin, hörst du?«
»Ja, Mama«, versprach Nat und setzte sich gehorsam vor den Kamin.
Marianna verließ die Kammer und kehrte in den Saal zurück. Durch ein Fenster sah sie Jimmy zu seinem Gemach im Ostflügel gehen, und nach kurzem Zögern folgte sie ihm.
Die Tür zur Kammer stand offen. Marianna hörte ihn zu Simon sagen: »Hol mir heißes Wasser zum Waschen. Und dann hilf mir beim Umziehen!«
Sie wartete, bis der Diener das Gemach verlassen hatte, und trat dann lautlos ein. Jimmy wandte ihr den Rücken zu. Er hatte sie nicht gehört. Eine ganze Weile stand Marianna nur da und sah ihn an, ohne zu wissen, was sie tun sollte. Schließlich drehte er den Kopf und bemerkte sie aus den Augenwinkeln. Er sagte nichts, wich ihrem anklagenden Blick aber auch nicht aus. Marianna erschien er wie ein Fremder. Er war nicht mehr der liebenswerte

Galan, in den sie sich verliebt hatte, er war der andere ... der unter der so gut einstudierten Maskerade lauernde Unbekannte ... Es war nicht das erste Mal, dass er sie hinter die Fassade hatte blicken lassen. Damals während der Reise in den Norden, als er auf Nats Vater eifersüchtig gewesen war, und während der letzten Wochen nach Katherines Tod hatte er bereits die Maske gelüftet, wenn auch nur für kurze Zeit. Doch diesmal hatte sie das Gefühl, als habe er das Komödienspiel endgültig aufgegeben. Was sie in diesem Moment vor sich sah, war sein wahres Gesicht ... und es machte ihr Angst.
Schwere Schritte näherten sich der Tür. Einem Blitze schleudernden Jupiter gleich erschien Christopher auf der Schwelle, und der wutverzerrte Ausdruck seiner Züge verhieß einen Gewittersturm. Ohne Marianna zu bemerken, die neben der Tür an der Wand stand, stürmte er auf Jimmy Danvers zu. Ehe dieser ausweichen konnte, hatte Christopher ihn mit einem Faustschlag ins Gesicht niedergestreckt.
»Wo ist Nat?«, brüllte der blonde Riese. »Was habt Ihr mit ihm gemacht?«
Vor Schreck stieß Marianna einen halb erstickten Schrei aus. Christopher vernahm ihn und wandte flüchtig den Kopf in ihre Richtung. Dieser kurze Moment gab Jimmy Zeit, sich von dem Faustschlag zu erholen. Er reagierte mit der ihm eigenen Geschmeidigkeit, warf sich zur Seite und riss das Degengehänge von der Truhe neben ihm. Im nächsten Moment hatte er das Rapier aus der Scheide gezogen und richtete die Spitze auf Christophers Brust.
Der Diener, der sich auf seinen Gegner hatte stürzen wollen, erstarrte in der Bewegung. Mit einem wütenden Knurren ballte er die Fäuste. Sein wilder Blick ließ Marianna erschaudern.
»Madam, dieser Mann ist der Greif, der Verräter, den Ihr im Auftrag der Regierung entlarven solltet! Ich habe Euch von Anfang an vor ihm gewarnt!«

»Christopher …«, hauchte sie, doch ihre Stimme versagte.
»Glaubt Ihr mir, Madam, oder muss ich mich erst von ihm abstechen lassen?«
Sie antwortete nicht. Ihr Blick suchte flehend das vertraute Gesicht Jimmy Danvers', das sich ihr zuwandte … und sie erkannte es nicht. Seine Züge waren erstarrt, wie aus Holz geschnitten. Verzweifelt schüttelte sie den Kopf, als wolle sie sich Christophers Worten verschließen, doch tief in ihrem Innern wusste sie, dass es die Wahrheit war.
Jimmy las es in ihren Augen, und in ihm zerbrach etwas. Er hatte verloren! Er hatte so hart darum gekämpft, sich ihr Vertrauen und damit auch ihre Liebe zu erhalten, und nun musste er erkennen, dass er versagt hatte. Seine Gesichtszüge erschlafften, und er wirkte auf einmal um Jahre gealtert. Ein letzter Rest von Stolz regte sich in ihm.
»Er hat recht«, sagte er fast ein wenig hochmütig. »Wozu noch leugnen? Ich bin der Greif!«
Die stumme Anklage in Mariannas Augen stach ihm ins Herz.
»Das hättest du mir nicht zugetraut, nicht wahr? Du hast mich für einen liebenswerten Trottel gehalten wie alle anderen auch. Du hast dich von meiner Schauspielkunst täuschen lassen. Dabei habe ich mir gewünscht, dass du fähig wärst, mich zu durchschauen. Ich hatte gehofft, dass du mich genug liebst, um zu sehen, wie ich wirklich bin! Aber es sollte wohl nicht sein. Und so musste ich weiter meine Rolle spielen …«
Leidvoll sah sie ihn an. »Oh, Jimmy! Warum? Warum tust du das?«
Die tiefe Enttäuschung, die aus ihren Worten sprach, ließ den Schmerz in seinem Innern unerträglich werden. Sein Gesicht war so bleich, dass es fast durchsichtig wirkte, als sei der letzte Blutstropfen aus ihm gewichen.
»Du verachtest mich jetzt, nicht wahr?«, sagte er, und seine Stimme

zitterte. »Aber das habe ich nicht anders erwartet. Im Grunde verachte ich mich selbst!«
Jimmy richtete den Blick auf Christopher, der mit glühenden Augen vor ihm stand.
»Lass mich vorbei, Bursche!«
Doch der Diener rührte sich nicht. »Ihr kommt nicht davon, Sir«, grollte er.
»Geh mir aus dem Weg!«
»Ich schwöre Euch, Sir, um an mir vorbeizukommen, müsst Ihr mich töten«, sagte Christopher, und seine Miene verriet unerschütterliche Entschlossenheit.
Jimmy zögerte. Seine Augen glitten durch das Gemach, auf der Suche nach einem Ausweg. In diesem Moment trat Simon mit der Wasserkanne über die Schwelle und zog die Tür hinter sich zu. Als er seinen Herrn mit dem Degen in der Hand dem blonden Hünen gegenüberstehen sah, starrte er die beiden mit offenem Mund an. Jimmys Blick blieb nur kurz an Simon hängen, doch Christopher nutzte die Ablenkung seines Gegners und ging zum Angriff über. Ohne Rücksicht auf seine Hände zu nehmen, packte er die Klinge und hebelte sie aus Danvers' Griff. Klirrend fiel der Degen zu Boden, und Christopher ging mit blanken Fäusten auf den Greif los. Es war ein ungleicher Kampf, den der schlanke, fast grazile Höfling nicht gewinnen konnte. Ein paar Mal gelang es ihm, zurückzuschlagen und seinem mächtigen Widersacher einige Prellungen zuzufügen, doch bald gewann die größere körperliche Kraft die Oberhand. Ein schwerer Fausthieb traf Jimmy in den Magen. Mit einem Stöhnen krümmte er sich zusammen und schnappte nach Luft. Noch ehe er sich fassen konnte, riss ein Schlag gegen das Kinn seinen Kopf zur Seite. Keuchend taumelte er an die Wand. Obwohl er begreifen musste, dass er keine Chance hatte, machte er keine Anstalten, sich zu ergeben, sondern fuhr fort, sich mit schon fast erschöpfter Kraft gegen den Angreifer zu wehren. Christopher prü-

gelte mit einer Wut auf ihn ein, die von der Sorge um Nat genährt wurde. Wenn dieser Verbrecher dem Jungen etwas angetan hatte, sollte er hier und jetzt dafür bezahlen!
Marianna verfolgte das furchtbare Geschehen, wie in einem lähmenden Alptraum gefangen. Als Jimmy zu Boden ging und Christopher weiter rücksichtslos auf ihn einschlug, verspürte sie auf einmal einen unerträglichen Schmerz in der Brust.
»Christopher! Hör auf«, rief sie.
Und als er nicht gleich gehorchte, trat sie neben ihn und hängte sich an seinen Arm, den er trotzig zum Schlag erhoben hatte.
»Du sollst aufhören, habe ich gesagt«, befahl sie.
Mit angewiderter Miene wich der Hüne vor seinem besiegten Gegner zurück. Marianna sah auf den am Boden vor Schmerz zusammengekrümmten Jimmy hinab, der röchelnd nach Luft rang. Das Blut, das aus seinem Mund und einer Wunde über dem rechten Auge sickerte, verstärkte das jammervolle Aussehen seines aschgrauen Gesichts. In diesem Moment glich er wieder dem rührenden Taugenichts, dem glücklosen Verlierer … und Marianna verspürte Mitleid mit ihm.
Ohne ihren Diener anzusehen, sagte sie: »Christopher, lass mich mit ihm allein! Geh vor die Tür und warte da. Wenn sich jemand nach dem Lärm erkundigt, sag, ein Möbelstück sei umgefallen.«
»Das kann nicht Euer Ernst sein, Madam«, protestierte der junge Mann. »Ich werde Euch nicht mit diesem Schurken allein lassen. Wer weiß, was er Nathaniel angetan hat!«
»Nein, Christopher, er hat ihn mir unversehrt zurückgebracht, bevor du kamst. Geh vor die Tür! Und erwähne niemandem gegenüber ein Wort von dem, was geschehen ist. Schwöre es mir!«
»Ja, Madam«, erklärte er widerwillig.
»Sag mir Bescheid, wenn Master Sutton eintrifft«, fügte Marianna noch hinzu.
Mit düsterem Blick verließ Christopher die Kammer. Marianna trat

wieder zu Jimmy. Nachdem Simon seinen Schrecken überwunden hatte, kniete er sich mit einem Leintuch und einer Schüssel mit Wasser neben seinen Herrn und wollte ihm das Blut abwaschen, doch seine Hände zitterten so sehr, dass er kaum das Tuch halten konnte. Marianna nahm es ihm aus der Hand, ließ sich neben Jimmy auf den Boden nieder und tauchte es ins Wasser.

»Simon, es ist wohl besser, wenn du vor die Tür gehst«, sagte sie zu dem Kammerdiener.

»Aber, Madam, ich muss meinen Herrn versorgen ...«, widersprach Simon mit bebender Stimme.

»Ich kümmere mich um ihn. Keine Sorge, Simon! Dein Herr hat von mir nichts zu befürchten.«

Er sah sie unsicher an, gehorchte dann aber.

Es war Jimmy gelungen, sich aus eigener Kraft aufzurichten, doch er traute seinen Beinen noch nicht zu, ihn zu tragen. An den Stellen, an denen Christophers Faustschläge sein Gesicht getroffen hatten, war die Haut gerötet und würde sich bald dunkel verfärben. Aus einer Platzwunde an der Unterlippe quoll Blut und rann über sein langsam anschwellendes Kinn. Der Riss über dem rechten Auge blutete nur leicht.

Behutsam wusch Marianna sein Gesicht ab und wunderte sich über das Gefühl der Zärtlichkeit, das sie dabei empfand. Sie spürte, dass sie ihn trotz allem, was er getan hatte, noch immer liebte, so töricht ihr dies auch erschien. Ihm zu verzeihen, das war jedoch eine ganz andere Sache.

Als sie bemerkte, dass er sie ansah, fragte sie hart: »Du wolltest Nathaniel töten, nicht wahr?«

Jimmy wich ihrem Blick nicht aus. »Ja, ich wollte ihn töten ... er kannte als Einziger mein Geheimnis ...« Die Worte kamen schleppend, als gehorche ihm seine Zunge nicht.

»Und warum hast du es nicht getan?«

Er schwieg eine Weile, wie um sich wieder in die Gewalt zu bekommen. Nie war er ihr so fern erschienen, zurückgezogen in die verborgenen Tiefen seiner Seele. Als er antwortete, sprach er wie zu sich selbst.

»Ich musste eine Entscheidung treffen: entweder sein Leben oder das meine! Es schien ganz einfach. Als ich den Knopf in Händen hielt, musste ich nur noch den einzigen Menschen zum Schweigen bringen, der ihn gesehen hatte: den Jungen. Dein Sohn, Marianna! Ich hatte panische Angst vor dem Schafott, vor dem Galgen, dem Schlachtmesser des Henkers, aber als ich Nat vor mir sah, dachte ich nur noch daran, dass ich dich verlieren würde, wenn ich ihm ein Leid zufügte! Mir wurde klar, dass ich nie zum Mörder geworden wäre, wenn ich diese Reise nicht angetreten hätte … wenn es dich nicht gegeben hätte … Wäre ich in London geblieben, hätte dieser Buskell mich nicht angegriffen, und ich hätte ihn nicht getötet. Aber ich konnte den Gedanken nicht ertragen, ohne dich zu sein … Es war mein Fehler, meine Schwäche, und Nat sollte nicht dafür bezahlen müssen!«

Jimmy runzelte die Stirn, als erwache er aus einem Traum, und schüttelte fassungslos den Kopf.

»Er hat gesehen, wie ich Buskell tötete! Er sagte, er habe geschwiegen, weil er glaubte, dass du mich liebst, und er dich glücklich sehen wollte. Bei Christi Blut, wie kühn er war, so zu mir zu sprechen, obwohl er wusste, dass ich zwei Menschen umgebracht hatte. Er vertraute so sehr darauf, dass der Mann, den seine Mutter liebte, ihm nichts antun würde.«

»Sie werden dich hinrichten«, prophezeite sie, und ein Schauder der Angst durchlief sie.

Er wandte ihr sein wundes Gesicht zu, über das ein höhnischer Ausdruck glitt.

»Ich wurde geboren, um gehängt zu werden.«

Der Ton, in dem er dies sagte, hatte etwas Endgültiges, und Mariannas Herz krampfte sich zusammen.

»Niemand kann beweisen, dass du der Greif bist, nicht einmal Master Sutton.«
Jimmy warf ihr einen spöttischen Blick zu. »Du kannst ihm die Beweise liefern. Du brauchst ihm nur zu erzählen, dass ich dir alles gestanden habe!«
Gereizt durch den Sarkasmus, den sie an ihm nicht kannte, erhob sie sich.
»Ich habe dich geliebt. Jetzt erkenne ich dich nicht mehr. Wie hast du mich nur so leicht täuschen können? Christopher hatte recht! Er hat dich von Anfang an durchschaut. Und ich Närrin habe dich ihm gegenüber verteidigt. Im Grunde hast du die Prügel verdient. Aber ich will nicht, dass du stirbst!«
»Dein Diener wird mich ans Messer liefern.«
»Nein ... er hätte dich am liebsten mit seinen eigenen Händen umgebracht, weil er glaubte, du hättest Nat etwas angetan. Aber nun, da er weiß, dass es meinem Sohn gut geht, wird er schweigen, wenn ich es ihm befehle.«
Ihre Worte schienen ihn zu überzeugen. Die durch die körperlichen Schmerzen und die Ausweglosigkeit seiner Lage hervorgerufene Gleichgültigkeit begann von ihm zu weichen. Der instinkthafte Selbsterhaltungstrieb des Tieres, das plötzlich begreift, dass es noch einmal davongekommen ist, flackerte in Jimmy Danvers auf.
Unsicher, ein wenig schwankend, erhob er sich und trat zu der jungen Frau, die seinen forschenden Blick stolz erwiderte.
»Du willst also wirklich schweigen?«, fragte er, und in seiner Stimme schwang eine Spur Hoffnung. Er suchte ihren Blick, doch sie wandte sich von ihm ab und starrte mit einem abweisenden Zug um den Mund auf den Boden. Seufzend straffte er sich, hob die Hand, als wolle er sie berühren, wagte es dann aber nicht.
»Du fragst dich sicher, warum? Was hat den netten jungen Mann zum Verbrecher gemacht? Das Gold der Spanier? Du weißt, dass ich reich genug bin, um mir alles zu leisten, was man sich nur

wünschen kann. Nein, das Geld war mir von Anfang an gleichgültig. Es war die Langeweile, die Sinnlosigkeit meines Daseins! Die Erkenntnis, dass kein Gott meine Existenz rechtfertigt … die plumpe Gewalt, die mich umgab, die Gier nach Macht und Geld, die Grausamkeit der Menschen, die mit der Faust zuschlagen, anstatt ihren Kopf zu gebrauchen … der Machtmissbrauch derer, die uns regieren. Ich tat es, weil ich es konnte! Es war eine Herausforderung, das Unmögliche zu versuchen und am Ende erfolgreich zu sein. Den Greif zu spielen, mich mit den klügsten Köpfen des Landes zu messen und sie zu überlisten, ohne Waffen, ohne Gewalt, allein mit Hilfe meines Verstandes, all das vertrieb mir die Langeweile und ließ mich die Angst vor der Leere in meinem Innern vergessen. Doch dann …« Er sah sie sehnsüchtig an. »Dann begegnete ich dir. Es hat mir Angst gemacht, wie leicht es dir fiel, mich aus der Fassung zu bringen. Du erzähltest mit so viel Liebe von deinem Sohn, dass ich auf einmal begriff, was mir fehlte. Du hast mich mit diesem zärtlichen Blick angesehen, den du sonst nur deinem Sohn schenkst. Auf einmal verspürte ich kein Verlangen mehr, der Greif zu sein. Von dir geliebt zu werden, mehr Sinn hätte mir das Leben nicht bieten können. Aber damit ist es jetzt wohl vorbei!«
Es war etwas Beängstigendes an der Art, wie sich ihr der wahre James Danvers offenbarte. Niemals hätte Marianna eine solche Bitterkeit in seinem Wesen vermutet. Doch sie verspürte weder Abscheu noch Furcht vor ihm, nur Angst vor den Konsequenzen, die seine Taten für ihn haben könnten.

Noch bevor sie das Gehörte verarbeiten konnte, wurde die Tür geöffnet, und Christopher sah herein.
»Master Sutton wünscht Euch zu sprechen, Madam.«
Ungeduldig drängte sich der Sekretär an dem Diener vorbei in die Kammer und musterte Danvers und die junge Witwe prüfend.

Beim Anblick der Schwellungen, die Jimmys Gesicht entstellten, glomm ein überraschter Ausdruck in Suttons Augen auf.
»Was ist denn mit Euch passiert, Master Danvers?«, fragte er mit einem Seitenblick auf den Diener, dessen Züge jedoch nichts preisgaben.
Jimmy rang sich ein Lächeln ab. »Ein tief hängender Ast! Hätte mich beinahe aus dem Sattel gehoben.«
Sutton runzelte zweifelnd die Stirn und wandte sich schließlich an Marianna.
»Wo ist Euer Sohn, Madam? Einer der Stallburschen sagte, er sei vom Ausritt zurück.«
»Mein Sohn ruht, Sir«, antwortete Marianna zurückhaltend. »Er hat sich zu viel zugemutet.«
Mit unheilvoller Miene trat Sutton näher. »Madam, ich weiß jetzt, wer der Greif ist.«
Die junge Frau sah ihn schweigend an. In ihrem Blick stand keine Neugier, sondern Angst. In diesem Moment betrachtete sie ihn nicht mehr als Freund.
»Wer ist es?«, fragte sie, als die Spannung unerträglich wurde.
Der Sekretär drehte sich zu Jimmy um, der ihn ruhig ansah.
»Ich habe Euch von Anfang an verdächtigt, Master Danvers. Es ist Euch gelungen, nach dem Mord an Mistress Fleetwood meinen Argwohn zu zerstreuen, aber nun bin ich sicher, dass ich recht hatte. Ihr seid der Greif! Ich weiß nicht, wie es Euch gelungen ist, all diese Verbrechen zu begehen, aber das ist jetzt nicht mehr wichtig. Ihr seid der ruchloseste Spion, der je in diesem Land sein Unwesen getrieben hat. Aber jetzt könnt Ihr kein Unheil mehr anrichten!«
»Sir, offenbar wisst Ihr nicht, dass ich in der Gunst unserer Königin stehe«, antwortete Jimmy empört. »Ich glaube kaum, dass Ihre Majestät über Eure unhaltbaren Anschuldigungen sehr erfreut sein wird.«
»Ihre Majestät wird den Beweisen Glauben schenken, die ich ihr

vorlegen werde.« Suttons Blick kehrte zu Marianna zurück. »Madam, ich würde gern Eurem Sohn ein paar Fragen stellen, wenn Ihr erlaubt.«

»Es wäre mir lieber, wenn Ihr seine Ruhe nicht stören würdet«, erwiderte Marianna abweisend. »Er war nach dem Ausritt unterkühlt, und ich fürchte, er könnte krank werden.«

»Es wird nicht lange dauern, Madam, das versichere ich Euch. Ihr erinnert Euch doch an den Knopf von Master Buskells Wams, den wir nicht finden konnten. Wir waren uns einig, dass der Mörder ihn mitgenommen haben musste!«

»So ist es«, gab Marianna zu.

»Nun, es ist mir gelungen, den fehlenden Knopf ausfindig zu machen. Euer Sohn hat ihn gefunden. Sobald ich mit ihm gesprochen habe, werdet Ihr einsehen müssen, dass Ihr einem, wie ich allerdings zugeben muss, überdurchschnittlich begabten Schauspieler auf den Leim gegangen seid.«

Marianna sah ein, dass sie nachgeben musste. Ehe Sutton der jungen Witwe in ihr Gemach folgte, wandte er sich mit abschätzendem Blick an Danvers und forderte ihn auf, der Befragung des Jungen beizuwohnen.

»Mit Vergnügen«, antwortete Jimmy.

Da der Ostflügel, in dem sich sein Gemach befand, um diese Tageszeit verlassen war, hatte niemand etwas von der Schlägerei mitbekommen. Als sich nun George Sutton mit Marianna und Jimmy durch den Kräutergarten zum vorderen Teil des Hauses begab, nahm kaum ein Dienstbote von der kleinen Gruppe Notiz. Mit einer flüchtigen Geste hatte Marianna Christopher fortgeschickt. Sie war sicher, dass er schweigen würde. Als sie die Wendeltreppe erreicht hatten, ließ der Sekretär die junge Frau vorangehen. Sie erklomm die Stufen mit einem seltsamen Gefühl der Entrückung. Was hier passierte, konnte nicht wahr sein! Der Mann, den sie liebte, hatte sie von Anfang an belogen und betrogen. Und nun drohte ihm dafür die Hinrichtung! Sofern ihr Sohn ihn verriet … Noch bevor sie die oberste Stufe erreicht hatte, verhielt sie im Schritt. Ihre Beine wollten ihr nicht mehr gehorchen. Wenn sie doch nur die Möglichkeit hätte, mit Nat zu sprechen, bevor Sutton ihn zur Rede stellte! Sie musste ihm sagen, dass er schweigen sollte, dass er auf keinen Fall etwas über den verfluchten Knopf preisgeben durfte! Mit zitternder Hand griff sich Marianna an die Stirn.

»Madam, ist Euch nicht gut?«, fragte der Sekretär, der hinter ihr stehen geblieben war.

»Ich fühle mich ein wenig schwach«, murmelte sie mit abgewandtem Blick.

»Ihr seid blass, Madam. Erlaubt mir, Euch zu stützen.«

Seine Hand legte sich gebieterisch unter ihren Ellbogen, und er führte sie unnachgiebig vor die Tür zu ihrer Kammer.

»Ihr braucht bei dem Gespräch nicht zugegen zu sein, wenn Ihr Euch nicht gut fühlt, Madam«, bot Sutton ihr an.

Panik durchfuhr sie und gab ihr neue Kraft. Ihr Blick begegnete dem seinen.

»Es geht schon, danke.«

Als sie die Tür öffnete, fand sie Nat vor dem Kamin vor, wie sie ihn zurückgelassen hatte. Fragend wandte er ihr sein schmales Gesicht zu.

Oh Nat!, dachte sie. Wenn ich doch nur mit dir allein sprechen könnte!

Sie suchte Jimmys Blick. Seine Selbstbeherrschung beeindruckte sie tief und flößte ihr Achtung ein. Dennoch bemerkte sie einen Anflug von Furcht in seinen Augen. In diesem Moment ging es für ihn um alles.

Nat, der sich bewusst wurde, dass er im Mittelpunkt des Interesses stand, blickte neugierig in die Runde. Er spürte die Angst seiner Mutter und sah sie fragend an, als sie ihm sanft die Hände auf die Schultern legte.

»Master Sutton möchte dir ein paar Fragen stellen«, erklärte sie. »Du weißt doch noch, was ich dir damals über das Lügen gesagt habe, als wir über Judith sprachen, mein Liebling?«
Sie gab ihm mit den Augen ein Zeichen, in der bangen Hoffnung, dass er begreifen würde. Dann zog sie sich zurück und trat neben Jimmy Danvers. Ohne ihn anzusehen, ergriff sie seine Hand, um ihm zu zeigen, dass sie zu ihm hielt. Nat, der ihr mit dem Blick gefolgt war, verstand.
»Du und Jack, ihr seid gute Freunde, nicht wahr?«, richtete Sutton einfühlsam das Wort an den Knaben.
»Ja, Sir«, antwortete Nat bereitwillig.
»Ich habe heute Morgen mit Jack gesprochen. Er erzählte, du hättest etwas im Griff des Dolches gefunden, den Master Danvers dir geschenkt hat. Stimmt das?«
Nat legte unwillkürlich die Hand auf den verzierten Griff des Dolches an seinem Gürtel.
»Ja, Sir«, sagte er mit offenherzigem Blick.
In Suttons Augen trat ein erregtes Funkeln. »Würdest du mir zeigen, was du gefunden hast?«
»Das geht nicht, Sir. Es ist ein Geheimnis.«
»Und wenn ich dir sage, dass es furchtbar wichtig ist, dass ich den Gegenstand sehe!« Suttons Blick wurde zwingend. »Äußerst wichtig!«, betonte er.
Nat schien unschlüssig. Das Auftreten des Sekretärs hatte etwas Einschüchterndes.
Marianna zitterte vor Angst, ihr Sohn könne sich doch noch bewegen lassen, die Wahrheit zu sagen. Jimmy, der sie von der Seite betrachtete, bemerkte ihre Blässe und erkannte zu seiner Freude, dass sie um ihn fürchtete.
Aller Augen waren wie gebannt auf den dunkelhaarigen Knaben gerichtet, der mit einem Seufzen in den Lederbeutel griff, der an seinem Gürtel befestigt war.

»Wenn es so wichtig ist, Sir, dann zeige ich es Euch natürlich«, sagte er höflich.

Er holte einen dunklen kleinen Gegenstand hervor und überreichte ihn Sutton. Die Enttäuschung, die sich augenblicklich auf dessen Zügen ausbreitete, war unübersehbar. Einen Moment lang starrte er schweigend auf den runden Stein auf seiner Handfläche, als wartete er auf dessen Verwandlung in den Knopf von Buskells Wams. Schließlich hob er den Blick und sah Nat scharf an. »Bist du sicher, dass du diesen Stein im Griff des Dolches gefunden hast, Junge? Jack sagte, es sei ein Knopf gewesen.«

Nat schüttelte leicht den Kopf. »Nein, Sir, es war dieser Stein.«

Marianna fiel ein wahrer Felsbrocken vom Herzen. Um ihren Sohn vor Sutton zu schützen, trat sie zwischen die beiden und legte Nat erneut die Hand auf die Schulter.

Die unerwartete Wendung hatte den Sekretär in höchste Verwirrung gestürzt. Er warf einen verstohlenen Blick auf James Danvers, dessen Mundwinkel sich kaum merklich zu einem Lächeln hoben.

Er ist schuldig, dachte Sutton. Er muss schuldig sein! Das Kind lügt für ihn, und ich kann es nicht beweisen. Ich kann nichts tun, um den Greif zur Rechenschaft zu ziehen.

Sein Blick wanderte zu Marianna.

Und sie? Weshalb schützt sie ihn? Verschließt sie sich vor der Wahrheit? Närrin! Sie weigert sich, an seine Schuld zu glauben, weil sie ihn liebt. Aber wen liebt sie mehr, ihn oder ihren Sohn?

Dreiunddreißigstes Kapitel

Später, nachdem Sutton sich etwas steif und mit vorwurfvoller Miene verabschiedet hatte, saßen Mutter und Sohn allein in der Schlafkammer vor dem Kamin. Nat warf Marianna hin und wieder einen fragenden Blick zu, doch sie reagierte nicht darauf. Ihre Augen starrten ins Feuer.

Erst nach einer ganzen Weile stieß sie ein Seufzen aus und sah ihn an. »Dieser Stein! Wessen Idee war das? Deine oder Master Danvers'?«

Nat hob das Gesicht zu ihr. »Master Danvers', Mama. Er meinte, ich müsste etwas zum Vorzeigen haben, wenn man mich nach dem Knopf fragt, sonst würde man mich nicht in Ruhe lassen.«

»Und du hast dich so ohne weiteres mit ihm verschworen, obwohl er ein Mörder ist?«, fragte sie verwundert.

»Er hat sich doch nur verteidigt, Mama«, widersprach Nat leidenschaftlich.

»Master Danvers sagte, du hast alles mit angesehen.«

»Ja, das stimmt. An dem Abend bin ich Judith gefolgt, als sie aus der Kammer lief. Sie verließ den Hof durch die Toreinfahrt. Draußen habe ich sie aber nicht mehr gesehen, weil es so dunkel war. Ich hörte Stimmen hinter dem Holzverschlag und sah ein Licht. Als ich näher kam, bemerkte ich Master Buskell, der an der Wand stand und lauschte. Da versteckte ich mich hinter einem Baum.«

»Hast du gesehen, wen Buskell belauscht hat?«

»Es waren Master Danvers und Katherine. Sie stritten sich. Und dann trat Buskell zwischen sie und stürzte sich mit einem Dolch in der Hand auf Master Danvers. Sie rangen um die Waffe.«

»Dabei muss der Knopf abgerissen sein«, sagte Marianna.
»Master Danvers gelang es, Buskell zurückzustoßen. Dabei fiel er mit dem Kopf auf den Baumstumpf. Ihr seht, Mama, Master Danvers hat ihn nicht mit Absicht getötet.«
Marianna fuhr ihrem Sohn durchs Haar und lächelte gezwungen.
»Du hättest mir davon erzählen müssen.«
Er senkte schuldbewusst den Kopf. »Ja, Mama. Aber ich hatte Angst, dass wir dann wieder hätten fliehen müssen. Dabei wünschte ich mir doch nur, dass Ihr mit Master Danvers glücklich werdet und wir eine richtige Familie sein können.«
»Ich weiß, mein Liebling.«
Sie nahm Nat in die Arme und wiegte ihn eine Weile. Schließlich ließ sie ihn los und erhob sich.
»Ich denke, es ist an der Zeit, dass ich mich mit Master Danvers ausspreche.«
Als sie zu Jimmys Gemach gelangte, öffnete ihr Simon die Tür, wollte sie aber nicht hineinlassen.
»Mein Herr ist noch nicht angekleidet, Madam«, protestierte er.
Das Pflichtbewusstsein des Kammerdieners belustigte Marianna. Schließlich hatte sie seinen Herrn bereits mehr als einmal unbekleidet gesehen.
»Simon, lass Mistress Ashton herein!«, ließ sich Jimmys Stimme aus dem Hintergrund vernehmen. »Und nun geh in die Küche und iss etwas.«
Der Diener gehorchte, und sie waren allein. Jimmy saß in Hemd und Heerpauke auf einem Stuhl. Galant wie stets, erhob er sich und wollte sich vor ihr verbeugen, richtete sich jedoch auf halbem Weg mit schmerzverzerrter Miene wieder auf.
Besorgt trat Marianna näher. »Wie es scheint, hat dich Christopher doch schwerer verletzt, als ich dachte. Lass mich sehen, wie schlimm es ist.«

Er schüttelte abwehrend den Kopf. »Es ist nichts! Nur ein paar blaue Flecken.«
Marianna ließ sich nicht beirren und hob sacht den Saum seines Hemdes an. Die linke Seite von Jimmys Brustkorb war rot angelaufen.
»Ein oder zwei Rippen sind gebrochen, schätze ich«, gab er zu. »Dein Diener schlägt zu wie ein Pferd. Das ist nun der Dank, dass ich ihn aus dem Kerker geholt habe!«
Mariannas Augen wurden groß. »Du? Du hast ihn aus dem Clink geholt? Aber wie …?«
Er schnitt eine Grimasse, die verriet, dass er eigentlich nicht über dieses Thema sprechen wollte. »Ich habe Lord Burghleys Unterschrift gefälscht. Eine meiner leichtesten Übungen!«
»Und Nat?«
»Du hast dich so sehr danach gesehnt, deinen Sohn wiederzusehen, dass ich mich entschloss, ihn dir zurückzugeben. Es war ganz einfach. Ich fälschte das Dokument, warf mich in die bunte Verkleidung eines walisischen Burschen und holte Nat bei seinem Vormund ab. Niemand schöpfte den geringsten Verdacht. Und Nat war so glücklich, von dort wegzukommen!«
Sprachlos sah sie ihn an. Er hatte ihr den Sohn zurückgebracht! Und er hatte Christopher aus der Kerkerhaft befreit, obwohl er wusste, wie der Diener zu ihm stand. Er hatte all das getan, um sie glücklich zu sehen. Sie war ihm unendlich dankbar, doch in diese Dankbarkeit mischte sich der bittere Beigeschmack seiner Schuld.
»Ich wünschte, ich hätte es nie herausgefunden«, sagte sie leise. »Ich wünschte, ich könnte weiterhin glauben, dass du nicht der Greif bist.«
Sein Gesicht verdüsterte sich. »Und ich wünsche nichts sehnlicher, als dass du mir vergibst!«
Plötzlich stieg Wut in ihr auf. »Wie könnte ich? Buskells Tod mag ein Unfall gewesen sein, aber die Morde an John Kempe und sei-

nem Begleiter waren grausam und unmenschlich! Wie konntest du so tief sinken? Master Kempe war ein Gentleman, der mich mit Achtung und Freundlichkeit behandelt hat, und du hast ihn abgeschlachtet wie ein Vieh!«

Jimmy war kreidebleich geworden. »Glaubst du das wirklich?«, fragte er, und seine Stimme klang heiser. »Traust du mir eine solche Tat zu? Ich habe diese beiden Männer nicht umgebracht, Marianna, das musst du mir glauben!«

Verwirrt starrte sie ihn an. »Aber … Master Kempe sagte doch … er erwähnte den Greif …«

»Ich weiß! Und ich leugne auch nicht, dass ich dort war. Bitte, Marianna, setz dich, und ich werde dir alles der Reihe nach erzählen.«

Widerspruchslos ließ sie sich zu einem Stuhl führen und nahm Platz. Jimmy setzte sich auf einen Schemel neben sie.

»Der Mann, der sich mit John Kempe am Hafen traf, war in den Besitz der Papiere aus Throckmortons Haus gekommen. Dem spanischen Gesandten Mendoza waren diese Briefe wichtig genug, um den Greif mit ihrer Beschaffung zu beauftragen. Er schickte mir Nachricht über Katherine, die als Einzige von meinem Doppelleben wusste …«

Marianna wandte den Kopf und sah ihn an. In ihren Augen standen Wut und verletzter Stolz.

»Sie war also tatsächlich deine Komplizin!«, rief sie gereizt. »Und deine Geliebte, wie ich annehme!«

Ihre unverhohlene Eifersucht weckte ein Gefühl der Befriedigung in Jimmy.

»Etwa drei Jahre lang, ja«, antwortete er. »Wir begegneten uns bei Hof. Vom ersten Moment an hatte Kate sich in den Kopf gesetzt, mich zu verführen, vermutlich nur deswegen, weil ich im Gegensatz zu den anderen Höflingen kein Interesse an ihr hatte. Aber sie war sehr hartnäckig, und schließlich ließ ich mich mit ihr ein, allerdings sollte niemand davon erfahren. Anfangs genoss Kate die

Heimlichtuerei, aber in letzter Zeit drängte sie mich immer öfter dazu, sie zu heiraten – vielleicht weil sie spürte, dass ich ihrer allmählich überdrüssig wurde.«

»Hast du sie geliebt?«

»Eine Weile glaubte ich das. Aber es war nur eine flüchtige Neigung. Ich habe nie wirklich jemanden geliebt – bis ich dich traf. Das ist die Wahrheit, Marianna. Kate hat es von Anfang an gespürt. Sie wurde fast verrückt vor Eifersucht. Deshalb hat sie dich so feindselig behandelt. Sie wusste, dass sie mich verloren hatte, wollte es aber nicht wahrhaben. Ich vermute, sie hat uns während der Reise im Stall der Herberge gesehen, als wir uns küssten.«

Es widerstrebte Marianna, an den Moment des Glücks erinnert zu werden. Mit verschlossener Miene sagte sie: »Du wolltest mir erzählen, was mit John Kempe passiert ist.«

Er presste enttäuscht die Lippen aufeinander und nickte ergeben. »Mendozas Bote gab mir den Namen des Mannes, der die Papiere in Besitz hatte. Ich spürte ihn auf und folgte ihm an jenem Abend zu dem Haus bei den Kais. Katherine begleitete mich in ihrer Verkleidung als Reitknecht. Sie liebte solche Abenteuer, aber wie sich herausstellte, war es ein Fehler gewesen, sie mitzunehmen. Als du dann später mit den Papieren davongeritten bist, gab sie mir die Zügel ihres Pferdes, da sie meinte, es sei schneller als das meine. Leider trug es ein Brandzeichen, und so fand Walsingham heraus, dass es aus dem Stall ihres Vaters stammte.« Er machte eine kurze Pause. »Wir folgten also dem Besitzer der Briefe zum Hafen. Es ergab sich aber für mich keine Gelegenheit, ihm die Briefe zu entwenden, bevor Master Kempe das Haus betrat. Trotzdem stieg ich durchs Fenster ein, um zu sehen, ob die Papiere auch übergeben wurden. Schon von unten hörte ich beide Männer heftig streiten. Es ging um Geld. Der Besitzer der Briefe wollte mehr als abgesprochen, aber Kempe hatte nicht mehr bei sich. Schließlich gab es einen Kampf, ich hörte einen Schrei und lief die Treppe hinauf.

Kempe war schwer verwundet und der andere Mann tot. Kempe sah mich, als ich in der Tür auftauchte, und ahnte, wer ich war, zumal der andere zuvor erwähnt hatte, man habe ihn vor dem Greif gewarnt. Dann hörte ich jemanden kommen und zog mich in die Dunkelheit der Treppe zurück. Den Rest kennst du! Kempe wollte dir zu verstehen geben, dass du dich vor dem Greif in Acht nehmen solltest, aber er hatte nicht mehr die Zeit, dir zu erklären, was zwischen ihm und dem anderen Mann vorgefallen war.« Jimmy sah sie eindringlich an. »Ich schwöre dir, Marianna, ich habe Kempe nicht umgebracht!«

Sie begegnete seinem Blick. Spielte er ihr etwas vor? Doch dann trat ihr auf einmal ein Bild aus der Erinnerung vor die Augen: Jimmy, der mit entsetztem Gesicht über dem Straßenräuber stand, nachdem er ihn mit dem Degen durchbohrt hatte. Sie hörte ihn sagen: »Ich habe noch nie einen Menschen getötet!« Die Erschütterung und Abscheu auf seinen Zügen waren echt gewesen, da war sie sich ganz sicher! An jenem Tag erst hatte er seine Unschuld verloren! Er sagte die Wahrheit, zumindest in diesem Punkt. Ein schweres Gewicht löste sich von ihrer Brust, und sie atmete tief ein.

»Ich glaube dir«, sagte sie, doch kurz darauf fiel erneut ein Schatten über ihr Gesicht.

»Aber ich habe mich geirrt, als ich Master Sutton gegenüber beteuerte, dass du mir nicht hättest wehtun können. Du hast mich überfallen und beinahe erwürgt«, rief sie vorwurfsvoll.

Seine Züge wurden ernst und schuldbewusst. »Es tut mir leid! Ich konnte nicht riskieren, dass du mich erkennst. Ich wollte nicht, dass du weißt, wer und was ich bin! Du musst mir glauben, dass ich nicht die Absicht hatte, dir wehzutun. Ein leichter Druck auf den Hals genügte, um dich bewusstlos zu machen. Ich blieb bei dir und wollte über dich wachen, bis deine Magd kommen würde. Aber dann tauchte der Nachtwächter auf, und ich musste fliehen.«

Ihre Augen funkelten. »Und mein Schmuck? Als du mir erzähltest, dass der Nachtwächter ihn mir gestohlen hatte, hast du mich da wie so oft belogen?«
»Nein. Als du sagtest, der Greif habe dir die Papiere und den Schmuck gestohlen, wusste ich, dass dies nicht stimmte. Ich verdächtigte sofort den Nachtwächter, denn er war als Einziger am Ort gewesen, und kaufte die Kette und den Ring von einem Pfandleiher zurück, wie ich es dir erzählt hatte.«
Marianna fühlte sich auf einmal sehr müde. »Und an dem Tag des Turniers hast du mich benutzt, um dem spanischen Gesandten unbemerkt die Papiere zu übergeben«, sagte sie in bitterem Ton. »Du hast deiner Komplizin aufgetragen, sich möglichst auffällig zu benehmen, weil du wusstest, dass ich mich an ihre Fersen heften würde. Und ich selbst habe dich zu Mendoza geschickt, ich dumme Närrin!«
Jimmy antwortete nicht.
»Aber trotzdem muss es doch ein sehr gefährliches Unterfangen gewesen sein, die Papiere inmitten einer Menschenmenge zu übergeben. Man hätte dich dabei beobachten können«, spann sie den Gedanken weiter.
»Ich habe beim Theater ein paar Taschenspielerkniffe gelernt«, entgegnete er. »Dort ließen Kate und ich uns auch in die Kunst der Verkleidung einweihen, ohne die meine Unternehmungen nicht möglich gewesen wären.«
Marianna nickte anerkennend. »Katherine zumindest beherrschte diese Kunst bis zur Vollkommenheit. Auch jetzt noch fällt es mir schwer, zu begreifen, dass der Pferdebursche in der Glockenherberge tatsächlich Kate war!«
»Es machte ihr Freude, in die Rolle eines Mannes zu schlüpfen«, sagte Jimmy. »Seit deinem Besuch bei Dr. Fraser fing sie an, dir gegenüber misstrauisch zu werden, und folgte dir in dieser Verkleidung, um herauszufinden, wohin du dich so häufig begabst. Als sie

dich mit Buskell sprechen sah, schöpfte sie Verdacht und warnte mich eindringlich vor dir.«

»Du hast ihr also nie gesagt, dass ich mich dir anvertraut hatte?«

»Nein, natürlich nicht. Als ich Mendoza die Papiere übergeben hatte, dachte ich ernsthaft daran, dem Greif für immer den Rücken zu kehren. Ich wollte nichts anderes mehr, als mit dir glücklich sein. Kate hat diese Hoffnung zerschlagen.« Er senkte den Kopf und schlang die Finger ineinander. »Sie brannte vor Eifersucht. Am Abend von Buskells Tod erzwang sie eine Aussprache. Wider besseres Wissen willigte ich ein, mich mit ihr hinter dem Holzverschlag zu treffen. Kate überschüttete mich mit Vorwürfen, verlangte, dass ich mich von dir fernhalten sollte. Buskell hörte alles mit an. Als Kate wutentbrannt davonstürmte, lief sie ihm geradewegs in die Arme. Er stieß sie zur Seite, zog seinen Dolch und ging auf mich los. Dabei schrie er etwas von einer Herberge, vergiftetem Essen und einer Ratte. Ihm war aufgegangen, dass ich ihn ein Jahr zuvor um wichtige Papiere erleichtert hatte, und er schäumte geradezu vor Wut. Sein blinder Jähzorn wurde ihm schließlich zum Verhängnis. Als ich ihn zurückstieß, verlor er das Gleichgewicht und schlug sich an dem Holzstumpf den Schädel ein.«

Sein Blick kehrte zu ihr zurück. »Ich wollte nie zum Mörder werden«, sagte er bitter. »Ich bildete mir so viel darauf ein, dass es mir stets gelungen war, meine Gegenspieler zu überlisten. Plumpe Gewalt habe ich schon immer verabscheut! Aber wenn man sich unvermutet in einer Situation wiederfindet, in der es um Leben oder Tod geht, tut man Dinge, deren man sich nicht für fähig gehalten hätte.«

Während Marianna seinen Worten lauschte, regte sich Verständnis in ihr. Es war schwer, ein Urteil über ihn zu fällen. Wie hätte er in jenem Moment anders handeln können? Jeder hätte sich gegen einen Angreifer verteidigt. Marianna wich Jimmys Blick nicht aus. Er las in ihren Augen, dass ihr Groll schwand, doch er verspürte keinen Triumph. Ein letztes Geständnis stand ihm noch bevor.

»Nun verstehe ich, weshalb Nat dich nicht verraten wollte«, sagte Marianna. »Buskell war ein widerliches Schwein! Er hat Judith vergewaltigt und sie damit zerstört. An ihrem Tod trägt er ebenso viel Schuld wie Katherine.«

Sie stieß ein tiefes Seufzen aus. »Da ist nur eins, was ich nicht verstehe! Wenn du der Greif bist, wer hat dann Kate umgebracht?«

Jimmys Lider senkten sich über seine Augen, und seine Lippen wurden zu einem schmalen Strich. Ungläubig starrte Marianna ihn an.

»Du? Aber … das ist doch nicht möglich … Der Mörder hat dich verwundet …«

Er schüttelte leicht den Kopf. »Ich habe sie getötet!«

Marianna erwartete, dass er einen Versuch machen würde, sich zu rechtfertigen, doch er machte keine Anstalten dazu. Stattdessen erhob er sich und trat ans Fenster.

Unversehens kehrten ihre Gedanken zu jenem schrecklichen Tag zurück, als das Gift in ihrem Körper gewütet und sie an den Rand des Todes gebracht hatte.

»Katherine hat mich vergiftet, nicht wahr?«

Jimmy sah sie schmerzerfüllt an. »Ja!«

»Und sie hat damit gedroht, mir weiter nach dem Leben zu trachten!«

Er nickte.

Marianna versuchte, sich vorzustellen, wie sie gehandelt hätte, wenn Katherine Nat etwas angetan hätte. Und sie verstand die ohnmächtige Wut, die Jimmy erfüllt haben musste. Es gab so viele Möglichkeiten, einem Menschen unbemerkt Schaden zuzufügen, wenn nicht durch Gift, dann durch ein scheuendes Pferd, einen Stoß von der Treppe oder aus einem Fenster. Man konnte einen anderen auch vernichtend treffen, indem man diejenigen angriff, die er liebte. Trotz aller Wachsamkeit hätte Jimmy sie und Nat nicht schützen können. Als Sutton sich geweigert hatte, sie abreisen zu lassen, hatte er keinen anderen Weg mehr gesehen, um Katherine aufzuhalten, als sie zu töten.

»Sie hat dir keine Wahl gelassen«, sagte Marianna.

Jimmy wandte sich vom Fenster ab und trat wieder zu ihr.

»Nein! Sie sagte, dass sie dich töten würde und dass ich nichts tun könnte, um das zu verhindern. Ich war mir schmerzhaft bewusst, dass sie recht hatte. Also versprach ich Kate, dich zu verlassen und zu ihr zurückzukehren. Sie ließ mich schwören, dass du mir nichts bedeutest. Aber auch das reichte ihr nicht. Sie wollte deinen Tod, und sie verlangte, dass ich ihr helfe, dich zu ermorden. Sie war wie besessen! Vielleicht hatten sie die Kräuter, die sie sich immer öfter bei Dr. Fraser besorgte, um den Verstand gebracht. Ich willigte also ein, an jenem Abend mit dir unter einem Vorwand das Haus zu verlassen. Sie wollte hinter dem Holzverschlag auf dich warten. Ich sagte ihr, sie solle einen Schrei ausstoßen, wenn sie uns vor der Toreinfahrt sah, um dich zum Verschlag zu locken. Als sie mich stattdessen um die Ecke kommen sah, war sie einen Moment völlig verwirrt. Ich nahm ihr den Dolch aus der Hand und erstach sie.«

Während er sprach, verriet seine Stimme kein Gefühl, und sein Gesicht blieb starr. In den vergangenen Wochen hatte Marianna bemerkt, dass ihn etwas tief bedrückt hatte. Nun begriff sie, dass er mit der Abscheu vor seiner Tat und seinen Schuldgefühlen gekämpft hatte. Dieses Ringen mit sich selbst hatte ihn ausgehöhlt und für immer verändert. Doch nun, da er mit ihr über seine Beweggründe sprechen konnte, schien er seine Tat akzeptiert zu haben und war bereit, damit zu leben.

Da Marianna stumm blieb, fuhr er nach einigem Zögern fort: »Mir war natürlich klar, dass man mich verdächtigen würde, und ich wollte mich nicht dem Henker ausliefern wie ein Schaf dem Schlachter. Also musste ich den Anschein erwecken, dass eine dritte

Person dort gewesen war, und so kam mir der Gedanke, mir selbst eine Wunde zuzufügen. Ein paar Stunden zuvor untersuchte ich die Außenwand des Verschlags, bis ich eine Lücke zwischen zwei Brettern fand, in die der Griff des Dolches passte. Als ich Katherine getötet hatte, klemmte ich den Griff zwischen die Bretter und ließ mich mit der Schulter hineinfallen.« Er atmete tief ein, als fühle er den Schmerz ein zweites Mal. »Ich wollte mich nicht so schwer verletzen, aber als mir bewusst wurde, was ich getan hatte, war ich für einen Moment wie von Sinnen. Ich wurde beinahe ohnmächtig, aber es gelang mir noch, den Dolch aus der Holzwand zu ziehen und wegzuwerfen, bevor du mich fandest.«

Der Blick ihrer grünen Augen richtete sich auf ihn. Den Mord an John Kempe hätte sie ihm nicht vergeben können, aber gegen Katherine hatte sich allein schon wegen Judith eine solche Wut in ihr angestaut, dass sie angesichts ihres Todes nichts anderes als Erleichterung empfand. Ihre Gefühle waren selbstsüchtig, doch sie verspürte weder Scham noch Schuld. Später vielleicht, wenn die Erinnerung an Judiths Schicksal und ihre eigene Todesangst allmählich verblasste, mochte sie anders fühlen.

»Was wirst du jetzt tun, Marianna?«, fragte Jimmy, und in seiner Stimme schwang tiefe Unsicherheit.

»Ich muss über all das nachdenken«, antwortete sie vage.

Ohne ein weiteres Wort erhob sie sich und verließ das Gemach.

Vierunddreißigstes Kapitel

Als Marianna mit ihrem Sohn am nächsten Morgen auf dem Weg zum Frühmahl den Großen Saal durchquerte, bemerkte sie die Ankunft dreier Besucher, die gerade durch die Hauptpforte traten. Beunruhigt blieb sie stehen und sah ihnen entgegen. Es waren der Friedensrichter Langdale, George Sutton und ein dritter Mann, den sie nicht kannte. Die Ankömmlinge eilten zielstrebig auf sie zu. Da ergriff sie eine jähe Ahnung drohenden Unheils.

»Mistress Ashton, ich wünsche Euch einen gesegneten Morgen«, begrüßte sie der Friedensrichter höflich, doch sein Gesicht wirkte streng und angespannt. »Es ist günstig, dass wir uns hier treffen, denn ich habe etwas sehr Wichtiges mit Euch zu besprechen, Madam.«

Marianna spürte, wie Kälte ihre Finger und Zehen hinaufkroch. Nat, der an ihrer Seite stand, bemerkte ihre Furcht und blickte sie fragend an.

»Natürlich, Sir«, antwortete sie gezwungen. Ihr Blick wanderte zu Sutton, der sich im Hintergrund hielt. Auch seine Züge waren hart, doch in seinen Augen meinte sie fast so etwas wie Mitgefühl zu lesen.

»Master Hoad ist gerade aus London eingetroffen«, stellte Langdale seinen Begleiter vor, der tatsächlich recht erschöpft und übernächtigt wirkte, als habe er einen tagelangen Gewaltritt hinter sich. »Er hat dem Präsidenten des Rates einen Brief von Sir Francis Walsingham überbracht, der einige Fragen aufwirft. Seine Lordschaft hat

mich beauftragt, diese Fragen zu klären. Es geht um ein Dokument, das von Lord Burghley unterzeichnet wurde und in dem Euch die Vormundschaft für Euren Sohn übertragen wird.«
Mariannas Körper erstarrte. Stumm hielt sie dem forschenden Blick des Friedensrichters stand, während sie gegen die Panik ankämpfte, die in ihr aufstieg.
»Ich würde das fragliche Dokument gerne sehen, Madam«, fuhr Langdale fort.
»Es befindet sich in meiner Kammer, Sir«, erwiderte Marianna. »Ich werde es Euch holen.«
»Es wäre mir lieber, wenn Ihr einen Diener schicken würdet.«
Sie nickte ergeben und gab einer der neugierig sich nähernden Mägde die Anweisung, in ihr Gemach zu eilen und ihr das Dokument zu bringen. Während sie warteten, kamen der Hausherr und Tom hinzu.
»Was geht hier vor, meine Herren?«, fragte Henry Fleetwood.
»Ich habe einige Fragen an Eure Nichte, Sir«, erklärte Langdale. »Es geht um ein Dokument, das angeblich von Lord Burghley ausgestellt wurde.«
»Angeblich?«
»Ich hoffe, dass sich alles aufklären wird, Sir, allerdings befürchte ich, dass sich Eure Nichte in Schwierigkeiten befindet.«
»In welcher Weise?«, hakte Fleetwood nach.
»Das werden wir gleich sehen!«
Durchs Fenster sah Marianna, wie Jimmy den Kräutergarten durchquerte. Kurz darauf betrat er den Saal. Der flehende Blick, den sie ihm zuwarf, ließ ihn sofort Böses ahnen. Mit gerunzelter Stirn trat er näher. In diesem Moment kehrte die Magd mit einem zusammengefalteten Papier zurück und reichte es mit einem Knicks dem Friedensrichter. Langdale entfaltete es und las es sorgfältig.
»Es ist kaum zu glauben«, rief er aus. »Seht selbst, Sir.«
Er reichte das Dokument an Sutton weiter, der es ebenfalls genau

begutachtete. Dann richtete sich der Blick des Sekretärs auf Jimmy. Es lag unverhohlene Anerkennung darin.
»Ich kenne Lord Burghleys Unterschrift«, sagte er. »Aber ich hätte nicht bemerkt, dass dies hier eine Fälschung ist.«
Unruhe breitete sich unter den Zuhörern aus. Fleetwood verlangte eine Erklärung, und Tom wandte sich fragend an seine Base. Schließlich hob Langdale energisch die Hand und bat um Ruhe.
»In seinem Brief erklärt Sir Francis ausdrücklich, dass Lord Burghley nie eine derartige Verfügung erlassen habe. Dieses Dokument wurde gefälscht und ist damit ungültig. Es tut mir sehr leid, Madam, aber da wir nicht wissen, inwieweit Ihr von dem Betrug Kenntnis habt, muss ich Euch vorläufig verhaften. Euer Sohn wird bei nächster Gelegenheit in die Obhut seines rechtmäßigen Vormunds übergeben, wo er verbleiben wird, bis Sir Francis eine Entscheidung über Euer weiteres Schicksal gefällt hat.«
»Nein, das dürft Ihr nicht!«, stieß Marianna bestürzt hervor. Sie legte schützend ihren Arm um Nats Schultern und drückte ihn an sich.
»Ich bedaure es sehr, Madam, aber mir bleibt keine andere Wahl. Die Anweisungen von Sir Francis sind eindeutig.«
Der Junge sagte nichts. Er war sehr blass geworden, und in seinen dunklen Augen standen Tränen, doch er schluckte sie tapfer hinunter. Ein Zittern durchlief Nats schmalen Körper, als er sich näher an seine Mutter schmiegte.
Jimmy beobachtete die beiden betroffen. Angesichts seiner Schuld zog sich sein Magen schmerzhaft zusammen. Sein Blick richtete sich auf Sutton, und für einen Moment führten die beiden Männer ein stummes Zwiegespräch. Tut etwas!, schienen Danvers' Augen zu sagen.
Sutton räusperte sich. »Einen Moment noch, Langdale!«
Alle Anwesenden blickten den Sekretär an, als dieser mit gewichtiger Miene vortrat.

»Eigentlich wollte ich zuerst unter vier Augen mit Euch sprechen, aber da die Angelegenheit nun schon so weit gediehen ist, sehe ich es in meiner Pflicht, darauf hinzuweisen, dass dieses Dokument inzwischen nicht mehr von Wichtigkeit ist. Sir Francis hat Mistress Ashton zugesagt, dass sie ihren Sohn zurückerhält, wenn sie zur Verhaftung des Greif beiträgt – und das hat sie getan!«
Verwirrung und Unverständnis spiegelten sich auf den Gesichtern der Umstehenden. Nur Marianna begriff, was Sutton vorhatte, und verspürte einen leichten Schwindel.
»Ich verstehe nicht, worauf Ihr hinauswollt, Sir«, wunderte sich Langdale.
»Bitte vergebt mir, dass ich es versäumte, Euch vor unserem Aufbruch ins Bild zu setzen«, beschwichtigte Sutton. »Aber Ihr wart so in Eile, hierherzukommen, dass ich keine Gelegenheit hatte, Euch mitzuteilen, dass Mistress Ashton den Greif entlarvt hat. Nun ist es an der Zeit, ihn zu verhaften und möglichst bald an Sir Francis zu übergeben, damit er verhört werden kann.«
»Von wem sprecht Ihr, in drei Teufels Namen?«, platzte der Friedensrichter ungeduldig heraus.
Sutton wusste, dass sein Vorhaben gewagt war. Er hatte nur seine unerschütterliche Überzeugung, aber keine Beweise. Seine Anschuldigung mochte zu nichts führen, dennoch musste er sie aussprechen. Wenn der Greif erst in Haft war, mochten sich weitere Hinweise ergeben. Entschlossen trat der Sekretär auf Jimmy zu und sagte: »Master Danvers ist der Greif!«
»Seid Ihr sicher?«, fragte Langdale erstaunt.
»Absolut sicher!«
Ein wenig unentschlossen musterte der Friedensrichter den jungen Höfling, der gelassen dastand und keinerlei Anstalten machte, sich zu verteidigen.
»Sir, seid Ihr Euch bewusst, dass schwere Anschuldigungen gegen Euch erhoben werden?«

»Dazu habe ich nichts zu sagen«, entgegnete Jimmy.
»Dann bleibt mir nichts anderes übrig, als Euch in Haft zu nehmen und nach York zu überführen.«
Marianna starrte Jimmy entsetzt an. Sie meinte zu begreifen, was er vorhatte. Er glaubte, wenn er nur weiterhin schwieg, wäre niemand in der Lage, ihm etwas zu beweisen. Doch sie wusste, dass er sich einer gefährlichen Illusion hingab. Sie hatte gesehen, was man ihrem Gatten angetan hatte, und sie zweifelte nicht daran, dass sie dasselbe auch Jimmy antun würden. Sie wollte sein Opfer nicht! Sie fürchtete sich davor, Nat zu verlieren und ihn in der Obhut Hugh Simpsons zu wissen, aber wenigstens würde er leben!
Ihre Augen schwammen in Tränen. Als sie Jimmys Blick begegnete, schüttelte sie hilflos den Kopf und hauchte: »Bitte, tu das nicht …«
Gerührt lächelte er ihr zu, bevor er Langdale entgegentrat. »Ich stehe zu Eurer Verfügung, Sir.«
»Wenn Ihr mir Euer Wort gebt, dass Ihr keinen Fluchtversuch unternehmen werdet, können wir auf Fesseln verzichten, denke ich«, schlug der Friedensrichter vor, und Sutton nickte zustimmend.
»Darf ich Mistress Ashton noch kurz meine Ehre erweisen?«, bat Jimmy unschuldig.
Nach kurzem Zögern gab Langdale seine Erlaubnis. Der junge Mann wandte sich zu Marianna um, nahm ihre Hand und beugte sich über ihre eisigen Finger. Ganz leise, so dass nur sie es hören konnte, flüsterte er: »Warne Simon!«
Henry Fleetwood hatte sichtlich Mühe, dem Geschehen zu folgen. »Meine Herren, ich verlange eine Erklärung«, forderte er. »Ist dieser Mann, dem ich Gastfreundschaft gewährt habe, tatsächlich ein Spion?«
»So ist es, Sir«, antwortete Sutton.
»Dann hat er diesen Pferdeburschen auf dem Gewissen?« In Fleet-

woods Gesicht arbeitete es, als er den Gedanken weiterverfolgte. »Und meine Tochter …?«
Sein Gesicht färbte sich schlagartig krebsrot, und er ging mit einem Schrei auf Jimmy los.
»Mörder … verfluchter Bastard … ich breche dir das Genick …«
Tom und Langdale hatten große Mühe, ihn von seinem Opfer zu trennen, bevor er es mit einem Faustschlag zu Boden strecken konnte. Er tobte wie ein Verrückter gegen die Arme an, die ihn hielten, doch plötzlich verließen ihn die Kräfte, und er sackte in sich zusammen. Trockenes Schluchzen schüttelte ihn. Sein Sohn und ein Diener mussten ihn aufrecht halten und führten ihn schließlich fort.
Marianna nutzte den Ausbruch ihres Onkels, um sich unauffällig, Nat an der Hand, zurückzuziehen. Am Fuß der Wendeltreppe drückte sie ihrem Sohn die Schulter und sagte: »Geh in meine Schlafkammer und warte dort auf mich! Hast du verstanden?«
Der Junge nickte und erklomm die Wendeltreppe. Marianna warf einen kurzen Blick zurück, um zu sehen, ob ihr jemand folgte. Als sie sicher war, dass niemand sie beobachtete, huschte sie durch eine kleine Pforte, durchquerte Back- und Brauhaus und rannte die Treppe zu den ehemaligen Kinderstuben hinauf.
Simon saß auf einem Hocker am Fenster und polierte den Degen seines Herrn, als Marianna atemlos in die Kammer stürmte.
»Madam, Ihr habt mich erschreckt«, stammelte der Kammerdiener.
»Simon, dein Herr ist gerade verhaftet worden!«
Sein Gesicht wurde weiß wie ein Laken. »Was …?«
»Master Danvers hat mir aufgetragen, dich zu warnen«, fuhr Marianna energisch fort. »Gibt es hier irgendetwas, das der Friedensrichter nicht finden darf?«
Simon starrte sie noch immer mit schreckgeweiteten Augen an. Dann fasste er sich jedoch und nickte.

»Der Herr hat mir Anweisungen gegeben, falls ein solcher Fall eintritt, Madam.«
Rasch trat der Diener an Jimmys Kleidertruhe, griff hinein und zog eine prall gefüllte Geldkatze hervor.
»Nehmt das, Madam. Sie werden es sonst konfiszieren.«
Mariannas Finger schlossen sich um den Geldbeutel. Er war schwer.
»Denk nach, Simon. Ist da sonst noch etwas?«
Doch der Diener hatte bereits begonnen, das Futter eines Mantels aufzutrennen, der seinem Herrn gehörte. Ein gefaltetes Stück Papier kam zum Vorschein. Simon drückte es Marianna in die Hand und sagte beschwörend: »Achtet gut darauf, Madam! Es kann über Leben oder Tod entscheiden. Und nun geht!«
Ohne einen Augenblick zu verlieren, nahm Simon Nadel und Faden und schloss mit zitternden Fingern die aufgetrennte Naht. Nach einem letzten mitleidigen Blick auf den Diener verließ Marianna das Gemach. Er war nicht zu beneiden. Er würde ebenfalls verhaftet und verhört werden, wenn ihn nicht gar Schlimmeres erwartete.
Unten an der Wendeltreppe sah Marianna Sutton und Langdale mit ihrem Gefangenen durch den Kräutergarten auf sich zukommen. Hastig nahm sie den Weg durch Brau- und Backhaus zurück zu ihrer Kammer. Sie wusste nicht, wie viel Zeit ihr blieb, darum handelte sie ohne Zögern.
»Nat, weißt du, wo Judith das kleine Nähkästchen aufbewahrt hat?«
Der Junge brachte ihr das Verlangte und sah mit großen Augen zu, wie seine Mutter sich vor ihm zu entkleiden begann.
»Du musst mir helfen, diese Münzen in mein Mieder einzunähen«, sagte sie, während sie die Geldkatze auf dem Bett ausleerte. Sie enthielt einige Silbermünzen wie Kronen, Shillings und Groats sowie Goldsovereigns. Neugierig entfaltete Marianna das geheimnis-

volle Blatt Papier und überflog, was darauf geschrieben stand. Verblüfft las sie die Worte ein zweites und ein drittes Mal. Es handelte sich um einen Wechselbrief über eine beträchtliche Summe, unterzeichnet von einem florentinischen Kaufmann. Jimmy musste einen Teil seines Vermögens in Sicherheit gebracht haben, für den Fall, dass er gefasst und sein Besitz konfisziert wurde. Er hatte an alles gedacht!

Mit flinken Fingern machte sich Marianna an die Arbeit. Nach und nach verschwanden der Wechsel und die Münzen im Futter ihres Mieders. Als sie fertig waren, half Nat seiner Mutter beim Ankleiden.

»Was passiert jetzt, Mama?«, fragte der Junge ängstlich. »Muss ich wieder zurück zu Master Simpson?«

Sie zog ihn in ihre Arme, und er barg sein Gesicht im Samt ihres Kleides.

»Nein, mein Liebling. Du musst nie wieder zu ihm zurück.«

»Und was wird aus Master Danvers, Mama?«

Marianna spürte einen Stich ins Herz. »Ich weiß es nicht, Nat. Ich weiß es nicht.«

Ihren Sohn im Arm, blieb sie auf dem Rand des Bettes sitzen und wartete, dass man sie holen würde.

Fünfunddreißigstes Kapitel

In Gedanken versunken, lauschte Marianna auf das Klappern der Pferdehufe, das Knirschen von Wagenrädern und das metallene Hämmern, das von der Königlichen Münze herüberschallte. Sie saß mit ihrem Sohn auf einer Bank in den Gemächern von Sir Owen Hopton, Lieutenant des Towers. Ein Wächter hatte sie in einen kleinen Empfangsraum geführt und sie angewiesen, auf Hoptons Erscheinen zu warten.

Durch ein Spitzbogenfenster warf die Sonne ihre goldenen Pfeile auf den Boden aus hellem Sandstein. Der Frühling kündigte sich an. Nach der Dunkelheit, der Kälte und dem Schnee der letzten Wochen fühlte Marianna ihre Sinne neu erwachen. Der Winter, der bereits auf dem Rückzug schien, war noch einmal mit aller Härte über das Land hereingebrochen und hatte die Überführung des Gefangenen von York nach London verzögert. Da Walsingham darauf bestanden hatte, dass Mistress Ashton ebenfalls in die Hauptstadt zurückkehrte, hatte George Sutton sie und ihren Sohn bei der Witwe eines Ratsherrn untergebracht, während sich Christopher sein Logis als Pferdebursche verdiente. Hin und wieder hatte Sutton sie besucht, um ihr gut zuzureden und ihr zu versichern, dass er in seinem Bericht für den Staatssekretär ihren Beitrag zur Entlarvung des Greif lobend herausstreichen würde. Walsingham würde sicher nicht zögern, ihr den Sohn zurückzugeben und sie nach einem kurzen Verhör gehen zu lassen.

Die Güte und Freundlichkeit, die er ihr bezeigte, beschämte sie zutiefst. Marianna war sich nur zu bewusst, dass sie sie nicht verdient hatte. Immerhin hatte sie nicht gezögert, Sutton zu täuschen, um Jimmy zu schützen. Doch der Sekretär nahm ihr dies offenbar nicht übel, sondern schien sie zu bedauern, weil sie auf den falschen Mann hereingefallen war. Um sie zu beruhigen, teilte er ihr sogar mit, dass Master Danvers in seiner Zelle in der Burg von York seinem Stand gemäß behandelt wurde.

Als sich das Wetter endlich besserte, wurden der Gefangene und sein Diener sowie Marianna, Nathaniel und Christopher mit einer bewaffneten Eskorte nach London geleitet. Während der Reise hatte sie mehrmals Gelegenheit, mit Jimmy zu sprechen. Die wochenlange Haft hatte kaum Spuren bei ihm hinterlassen. Seine Gesichtsfarbe war aufgrund des Mangels an Sonne und frischer Luft zwar noch blasser als gewöhnlich, aber sein Körper wirkte gut genährt, und die Verletzungen, die Christopher ihm zugefügt hatte, waren verheilt. Als Marianna in Jimmys Augen blickte, begegnete sie darin der tiefen Liebe, die er für sie empfand, und einer schmerzhaften Sehnsucht nach ihrer Nähe. Nur mit Mühe zwangen sie sich, die Reise über nicht allzu auffällige Blicke zu wechseln. Doch sie waren sich bewusst, dass sie einander vielleicht nie wiedersehen würden, wenn sie London erst erreicht hatten. Jeder Moment des Zusammenseins, der ihnen noch blieb, war unendlich kostbar.

Als die Hufe der Pferde schließlich die Holzbohlen der Zugbrücke betraten, die über den Wassergraben um den Tower führte, und der Löwenturm sich zu ihrer Rechten erstreckte, begann Mariannas Herz schwer in ihrer Brust zu hämmern. Der Augenblick der Trennung stand bevor. Nahe des Weißen Turms stiegen sie ab. Der Gefangene wurde von dem Sergeant, der die Eskorte angeführt hatte, dem Lieutenant des Towers übergeben und von einem Schließer zum östlichen Teil der Festung geleitet. Jimmy streichelte Marianna mit einem letzten zärtlichen Blick, dann verschwand er in einem der Festungstürme. Ein anderer Wächter brachte die junge Witwe

und ihren Sohn in die Gemächer des Lieutenants und ließ sie in dem Empfangsraum zurück.
Stunden vergingen, bevor man sich an sie erinnerte. Mit entschuldigender Miene erschien endlich Sir Owen Hopton und verbeugte sich vor ihr.
»Es tut mir leid, dass Ihr so lange warten musstet, Madam. Ich versichere Euch jedoch, dass ich in Eurem Sinne handelte. Ihr solltet nicht länger als nötig auf Sir Francis' Entscheidung warten müssen.«
Marianna blickte ihn scheu an.
Sir Owen räusperte sich. »Sir Francis hat den Bericht von Master Sutton genau geprüft. Auch wenn Ihr keine eindeutigen Beweise liefern konntet, dass James Danvers der gesuchte Spion ist, wird es Euch freuen, zu hören, dass er dennoch zu Euren Gunsten entschieden hat. Er geht davon aus, dass Ihr nicht wusstet, dass der Greif Lord Burghleys Unterschrift gefälscht hatte. Ihr erhaltet daher die Vormundschaft für Euren Sohn zurück und dürft mit ihm und Eurem Diener das Land verlassen, wenn Ihr dies wünscht. Hier habe ich die notwendigen Pässe, die Ihr für die Ausreise benötigt.«
Für einen Moment breitete sich Erstaunen auf ihren Zügen aus, als habe sie einen so leichten Sieg nicht erwartet. Erleichtert legte sie den Arm um die Schultern ihres Sohnes, dessen Lippen sich zu einem glücklichen Lächeln teilten.
»Ich danke Euch, Sir«, sagte sie leise. Ihr Blick kehrte unsicher zu Sir Owen zurück. »Was geschieht nun mit Master Danvers?«
»Da er so beharrlich schweigt, wird Sir Francis einen Folterbefehl ausstellen lassen. Und angesichts der Gefahr, die sich durch Throckmortons verschwörerische Tätigkeit ergeben hat, zweifle ich nicht, dass Ihre Majestät ihn ohne Zögern unterzeichnen wird.«
Marianna zuckte zusammen. »Ich verstehe.«
»Verschwendet kein Mitgefühl an einen Verräter, Madam. Er bekommt, was er verdient!«

Sie nahm allen Mut zusammen. »Ob es wohl möglich wäre, dass ich Master Danvers noch ein letztes Mal sehen könnte, Sir?«
Hopton zog überrascht die Augenbrauen hoch. »Weshalb wollt Ihr ihn sehen, Madam? Hat er nicht auch Euch auf infame Weise getäuscht?«
»Das ist wahr«, bestätigte sie und sah ihm geradewegs in die Augen. Sie wusste, dies war die wirkungsvollste Art, eine Lüge zu kaschieren. »Ich möchte ihn fragen, weshalb er Verrat begangen hat.«
Sir Owens Hand legte sich nachdenklich unter sein Kinn. Er war Zeuge der Feigheit ihres Gatten gewesen und bemerkte anerkennend, dass Mistress Ashton mehr Format besaß als er.
»Kommt morgen wieder her, Madam, dann werde ich Euch mitteilen, ob es möglich ist«, sagte er.
Sie dankte ihm noch einmal, nahm Nat an der Hand und trat in den Märzsonnenschein hinaus. Am Tower-Anger wartete Christopher mit ihrer Stute.
»Ist alles in Ordnung, Madam?«, fragte er betroffen, als er Mariannas bleiches Gesicht sah.
»Ja, wir haben die Erlaubnis zu gehen«, antwortete sie.
Erleichtert hob Christopher sie in den Sattel und setzte Nat hinter sie auf das Reitkissen. Dann ging er neben der Stute her am Gartenturm vorbei den Torweg entlang, über den man zum Ausgang gelangte. Schmerzlich sah Marianna zurück. In einem der Türme erwartete Jimmy ein furchtbares Schicksal – Verhöre, Folter und am Ende des Leidenswegs die Hinrichtung. Bald würde auch sein Kopf auf einen Pfahl gespießt auf dem Great Stone Gate der London Bridge die Reisenden vor der Härte der Obrigkeit warnen.
Wütend biss sich Marianna auf die Lippen. Sie wollte sich nicht mit dem Unvermeidlichen abfinden. Wenn sie doch nur etwas tun könnte, um ihm zu helfen!
Als sie die Zugbrücke hinter sich gelassen hatten, sah Christopher fragend zu ihr auf.

»Wohin gehen wir, Madam!«
»Auf der Gracechurch Street ist die Herberge ›Zu den Kreuzschlüsseln‹. Dort werden wir übernachten. Morgen früh wirst du mit Nat nach Dover aufbrechen und das erste Paketboot nach Calais nehmen. Bring meinen Sohn nach Hause. Unsere Nachbarn sind vertrauenswürdige Leute. Bei ihnen ist er sicher.«
Christopher starrte sie verständnislos an. »Aber, Madam, Ihr wollt doch nicht etwa bleiben?«
»Ich kann ihn nicht verlassen, solange noch eine Spur Hoffnung besteht, ihn zu retten«, erwiderte sie.
»Madam, Ihr könnt ihm nicht mehr helfen. Er ist verdammt!«
»Ich muss es versuchen! Vielleicht können meine Glaubensgenossen etwas für ihn tun. Sie wissen, wie man jemanden unbemerkt aus dem Land schmuggelt.«
»Und wie wollt Ihr an diese Leute herankommen? Sie leben im Untergrund und vertrauen keinem Fremden.«
»Als mein Gatte beigesetzt wurde, schickte mein Vetter einen seiner Diener nach einem Seminarpriester, der die Totenmesse las. Dieser Diener kennt mich und weiß, dass ich vertrauenswürdig bin. Er wird mich sicher mit jemandem bekannt machen, der mir weiterhelfen kann.«
»Madam, das ist viel zu gefährlich«, protestierte Christopher, doch er wusste, dass es vergeblich war.
»Du hast recht, es ist gefährlich«, sagte Marianna hart. »Deshalb musst du Nat außer Landes bringen. Ich befehle es dir, hörst du! Du bekommst genug Geld, um für ihn zu sorgen. Und nun will ich keinen Widerspruch mehr hören. Da vorn ist die Herberge!«

Sechsunddreißigstes Kapitel

»... kraft dieser Vollmacht sollt Ihr veranlassen, dass der besagte James Danvers der Tortur der Handschellen unterzogen wird sowie anderer Formen der Folter, die an jenem Ort angewendet werden. Elizabeth R.«

Ungläubig las Jimmy den Folterbefehl noch einmal durch. Niemals hätte er damit gerechnet, dass die Königin sich so leicht dazu überreden lassen würde, ihn den Folterknechten auszuliefern – auf einen bloßen Verdacht hin, ohne den geringsten Beweis! Er war fast ein wenig in seinem Stolz verletzt. Andererseits konnte er sie sogar verstehen. Wie oft war sie von denen verraten worden, die ihr am nächsten standen und ihr bei Hof gedient hatten. Norfolk, Northumberland – wer mochte noch folgen? Ihre Minister schürten eine Angst vor Verrat in ihr, ohne die sie eine milde und gerechte Herrscherin hätte sein können, die dieses schreckliche Instrument des Machtmissbrauchs, die Folter, nicht nötig gehabt hätte.

»Wenn Ihr weiterhin zu den Anschuldigungen schweigt, Master Danvers, wird man Euch noch heute der Folter unterziehen«, belehrte Sir Owen Hopton den Gefangenen. »Heute und jeden folgenden Tag, bis Euer Widerstand gebrochen ist! Seid also vernünftig und sagt uns alles, was wir wissen wollen!«

Jimmy ließ den Blick über die Gesichter der Männer gleiten, die ihm gegenübersaßen. Hopton hatte sie ihm vorgestellt, als man ihn in die Gemächer des Lieutenants geführt hatte. Es waren die Kronanwälte Sir John Popham und Sir Thomas Egerton und Walsinghams Sekretär Thomas Phelippes, der nun das Wort ergriff.

»Ihr habt Master Kempe umgebracht und geheime Briefe gestohlen! Stammten diese Briefe aus der Hand der Schottenkönigin? Wie lautete ihr Inhalt? Gibt die Hure darin ihre Zustimmung zu einer Invasion Englands?«

»Das sind eine Menge Fragen, die ich nicht beantworten kann«, erwiderte Jimmy.

»Oder auf die Ihr nicht antworten wollt«, gab Phelippes sarkastisch zurück. »Nennt uns die Namen Eurer Komplizen! Ihr habt doch sicher nicht allein gearbeitet.«

Phelippes beugte sich ein wenig vor und blickte den Gefangenen drohend an. »Wir werden Euch schon zum Sprechen bringen, Sir. Ihr werdet das Schafott als Krüppel betreten, wenn wir mit Euch fertig sind.«

Jimmy erwiderte Phelippes' Blick, ohne mit der Wimper zu zucken, doch in seinem Kopf arbeitete es angestrengt. Seine Lage hatte sich erheblich verschlechtert. Es bestand kein Zweifel, dass diese Männer den Folterbefehl ausführen würden. Was sollte er also tun? Wenn er gestand, der Greif zu sein, war ihm der Tod sicher. Schwieg er jedoch, würden sie ihre Drohung wahr machen und seinen Körper malträtieren, bis er nur noch ein erbärmliches Wrack war.

»Denkt genau nach, Sir«, sagte Phelippes, der den angestrengten Ausdruck auf dem Gesicht des Gefangenen zu deuten wusste. »Gesteht und erspart Euch die Tortur! Beantwortet meine Fragen, und man wird Euch kein Leid zufügen.«

»Bis zu meiner Hinrichtung«, widersprach Jimmy zynisch.

»Ihr werdet verstehen, Sir, dass ein Spion und Verräter keine Gnade verdient.«

»Selbst wenn ich all Eure Fragen beantworte, werdet Ihr mich foltern lassen, um sicherzugehen, dass ich die Wahrheit sage«, wandte Jimmy ein. »Ist es nicht so?«

Phelippes schwieg, und die Kronanwälte warfen einander beredte Blicke zu.

Der Gefangene zog abfällig die Mundwinkel nach unten. »Ich habe Euch nichts zu sagen, meine Herren!«
Hopton sah ihn ernst an. »Dann können wir Euch nicht schonen, Sir. Folgt mir!«
Jimmy erhob sich. »Ich nehme an, Ihr werdet mich nun mit dem berüchtigten Thomas Norton bekannt machen.«
Die Augenbrauen des Lieutenants schoben sich zusammen. »Master Norton ist vor ein paar Tagen gestorben. Davor war er selbst für einige Wochen mein Gast, da er sich zu unverblümt gegen die Macht der Bischöfe ausgesprochen hatte.«
Diese Worte waren wohl als Ermahnung gedacht, dass niemand, der sich gegen die Staatsordnung wandte, ungestraft davonkam. Auffordernd streckte der Lieutenant nun die Hand in Richtung einer kleinen Tür aus, an der Jimmys Wächter mit einer brennenden Kerze in der Hand wartete. Mit unglücklicher Miene ging der Mann ihnen voraus. Jimmy hatte bereits festgestellt, dass sein Schließer ein sanftmütiger Kerl war, der seine Frau liebte und andere Menschen ungern leiden sah. Vielleicht würde sich dieser lobenswerte Charakterzug eines Tages für den Gefangenen als nützlich erweisen. Denn von dem Moment an, als man ihm den von der Königin unterschriebenen Folterbefehl gezeigt hatte, war Jimmy klar geworden, dass er sein Gefängnis nur auf eine Art lebend verlassen konnte – durch Flucht!
Der Schließer leuchtete ihnen mit der Kerze den Weg, der durch einen unterirdischen Gang führte. Aufmerksam sah Jimmy sich um und bemerkte, dass ihm sowohl Sir Owen Hopton, als auch Thomas Phelippes und die Kronanwälte folgten. Hoptons Blick verriet Anerkennung für die gelassene Haltung des Gefangenen. Tatsächlich verspürte Jimmy keine Angst, dazu war die Entscheidung, ihn der Folter zu unterziehen, zu plötzlich gekommen. Seine Phantasie reichte nicht aus, sich die körperlichen Qualen vorzustellen, die ihn erwarteten, und so ging er seinem Schicksal eher wie einer Heraus-

forderung entgegen, der er sich stellen musste und die zu meistern er entschlossen war. Losgelöst von seinen Gefühlen, analysierte Jimmys Verstand das Vorgehen seiner Inquisitoren. Es war ein Fehler, ihn sofort in die Folterkammer zu führen. Ihn mit der Drohung vor Augen eine oder zwei Nächte schmoren zu lassen, damit er sich die Schmerzen der Tortur ausmalen konnte, wäre bei weitem wirkungsvoller gewesen, aber das würde er ihnen nicht auf die Nase binden.

Eine weitere Pforte führte schließlich in ein großes unterirdisches Gewölbe, das sich, wie Jimmy wusste, unter dem Weißen Turm befand. Zwei Männer waren dabei, in eisernen Haltern an den Wänden angebrachte Fackeln zu entzünden.

Phelippes wandte sich an den jungen Höfling, der sich scheinbar ungerührt umsah. »Ihr habt keine Vorstellung, was Euch erwartet, Sir. Lasst mich Euch also herumführen.«

Er deutete auf einen groben Tisch, auf dem kleinere Folterwerkzeuge lagen. »Mit den Daumenschrauben werden die Fingerknochen langsam zerquetscht, bis nur noch rohes Fleisch und Knochensplitter übrig sind. Die Schmerzen sind grauenvoll!« Phelippes wies auf ein Paar eiserne Stiefel. »Dasselbe Prinzip kommt auch hier zur Anwendung. Fuß und Wadenknochen werden so fest zusammengepresst, bis sie brechen. Danach werdet Ihr Euch nur noch kriechend fortbewegen können. Oder hier, der Storch –« Walsinghams Sekretär rüttelte an dem eisernen Instrument, das ein schmales Dreieck bildete und über Ringe für Hals, Hand- und Fußgelenke verfügte. »Man wird Euren Körper in dieses Gerät schmieden, das Euch in eine hockende Stellung zwingt. Bald stellen sich Krämpfe in den Bauch- und Brustmuskeln und dann in den Gliedmaßen ein, die unerträgliche Schmerzen verursachen. Man kann Euch über Stunden in diesem Folterwerkzeug leiden lassen, wenn es nötig ist.«

Jimmy sagte nichts. Die Vorführung ließ ihn nicht kalt, doch er bemühte sich, seine wachsende Furcht nicht zu zeigen. Schließlich

blieben sie vor dem schrecklichsten Folterinstrument stehen – der Streckbank.
»Man wird Euch auf das Reck spannen und Euren Leib strecken, bis die Gelenke ausreißen. Ihr werdet diese Kammer als erbärmlicher Krüppel verlassen. Wollt Ihr tatsächlich so aufs Schafott steigen, vor den Augen Eurer Familie, Eurer Freunde und Ihrer Majestät der Königin? Wäre es Euch nicht lieber, in aufrechter Haltung und mit unversehrten Gliedern vor sie hinzutreten?«
Für einen Moment geriet Jimmys Entschlossenheit ins Wanken. Hatte Phelippes nicht recht? War es nicht unsinnig, an Flucht zu denken? Sein Tod stand bereits fest. Sollte er ihn nicht so wenig qualvoll wie möglich hinter sich bringen?
Phelippes missdeutete das Zögern des Gefangenen und wechselte einen unsicheren Blick mit Hopton und den Kronanwälten. Jimmy beobachtete diesen Blick und versuchte zu verstehen, was sich dahinter verbarg. War es möglich, dass diese Vorführung nur eine leere Drohung war, dass sie gar nicht vorhatten, ihn mit all diesem Teufelswerkzeug zu malträtieren? Plötzlich erinnerte er sich, dass es Anfang des Jahres in der Londoner Bevölkerung einen Aufschrei gegen die Grausamkeiten im Tower gegeben hatte. Niemand wollte einen Menschen mit ausgerenkten Gliedern und gebrochenen Knochen zur Hinrichtung gehen sehen, auch wenn es sich um einen Verräter handelte.
»Gesteht Ihr, ein Spion zu sein, Sir?«, fragte Phelippes. »Erzählt uns alles, oder Ihr werdet auf der Stelle der Tortur unterzogen!«
»Ich habe nichts zu gestehen«, antwortete Jimmy.
Wieder flog ein scharfer Blick zwischen Phelippes und den Kronanwälten hin und her.
»Ihr seid ein Narr! Ihr habt Euch Euer Unglück selbst zuzuschreiben«, zischte Phelippes.
Er gab den Männern, die in der Folterkammer auf sie gewartet hatten, einen Wink. Schweigend traten sie neben Jimmy und führten

ihn von der Streckbank weg zu einem der hölzernen Pfeiler, die das Gewölbe stützten.

»Streckt Eure Hände vor!«, befahl einer von ihnen.

Der Gefangene tat, wie geheißen. Er trug keine Ketten – zumindest eine Gnade, die er seiner Stellung am Hof verdankte. Die Männer forderten ihn nicht auf, sich auszuziehen, sondern schoben nur seine Ärmel ein Stück nach oben und legten Eisenringe um seine Handgelenke.

»Steigt die Stufen hinauf!«

Jimmy senkte den Blick und sah ein paar übereinandergestapelte Strohballen unter dem Pfeiler stehen. Gehorsam stieg er hinauf. Einer der Folterknechte erklomm ebenfalls die Ballen, stellte sich neben ihn und ließ sich eine Eisenstange reichen, die er durch den Ring an einer der Handschellen führte. Unsanft zwang der Mann nun Jimmys Arme in die Höhe, steckte die Stange durch einen Ring, der in den Pfosten eingelassen war, und dann durch einen weiteren an der zweiten Handschelle, bevor er die Stange sicherte, damit sie nicht abrutschen konnte. Da begriff Jimmy, was ihn erwartete. Der andere Folterknecht entfernte die Strohballen unter seinen Füßen, bis er mit seinem gesamten Gewicht an seinen Handgelenken hing.

»Master Danvers, werdet Ihr nun gestehen?«, fragte Sir John Popham, der Kronanwalt.

»Nein«, war die Antwort.

Zuerst waren das Ziehen in Jimmys Armen und der Druck auf seine Handgelenke erträglich. Doch schon bald begannen auch Brust und Bauch zu schmerzen. Das Atmen wurde schwieriger. Seine Fingerspitzen begannen zu kribbeln, als der Blutfluss durch die tief ins Fleisch schneidenden Kanten der Eisenringe unterbrochen wurde. Es war eine teuflische Art der Folter. Sie verursachte Schmerz, ohne offensichtliche Spuren am Körper des Opfers zu hinterlassen. Und sie konnte unendlich lange fortgesetzt werden.

Jimmys Zähne knirschten krampfhaft aufeinander, und sein Gesicht verzerrte sich. Doch er machte keine Anstalten, um Gnade zu bitten, und so winkte Phelippes schließlich den anderen, ihm zu folgen. Nur die beiden Folterknechte und der Schließer blieben zurück.

Ich wünschte, ich hätte einen Gott, den ich um Beistand anflehen könnte, ging es Jimmy durch den Kopf. Aber ich habe nur meine eigene Kraft und meinen verfluchten Trotz. Sie werden meinen Stolz brechen, sie werden mich brechen, aber bevor das passiert, möchte ich lieber tot sein!

Seine Augen füllten sich mit Tränen, als ihm bewusst wurde, dass er Marianna nie wiedersehen würde. Wenn er ihnen nachgab, um sein Leben zu retten, hätte er sich selbst aufgegeben, bot er ihnen jedoch weiterhin die Stirn, würden sie ihn in den nächsten Tagen zu Tode foltern! Nur ein einziges Mal noch wollte er sie sehen … die seidene Haut ihres Gesichts streicheln, in ihre grünen Augen blicken … mit den Fingern durch ihr kupferrotes Haar fahren, ihre Arme um sich fühlen … aber vielleicht war sie längst fort, hatte England verlassen, um ihren Sohn in Sicherheit zu bringen. Wer könnte es ihr verdenken? Zu den Schmerzen seines geschundenen Körpers gesellte sich die Verzweiflung über ihren Verlust. Wenn er sie nur noch ein einziges Mal sehen könnte …

Er hatte das Gefühl, als würden seine Arme aus den Gelenken gerissen, als werde das Blut aus seinen Händen gepresst, Tropfen für Tropfen … Er hätte schreien mögen, aber der Druck auf seinen Brustkorb ließ ihn kaum atmen. Pfeifend zog er die Luft ein. Das Blut rauschte in seinen Ohren wie ein Wasserfall. Die Schmerzen wurden so stark, dass sein ganzer Leib in Flammen zu stehen schien. Das Gesicht seines Wärters glitt in sein Blickfeld. In seinen Augen lag Mitleid und der Wunsch, das Leiden des Gefolterten zu verkürzen.

»Gesteht doch, Sir! Ich flehe Euch an, gesteht!«

Jimmy brachte keinen Ton heraus. Vor seinen Augen begannen mit Lichtern unterlegte Schatten zu tanzen. Das Rauschen in seinen Ohren wurde stärker. Und dann war alles vorbei, und sein Körper war vom Schmerz befreit.

Etwas Kühles, Feuchtes berührte seine Stirn und Wangen, als er wieder zu sich kam. Mühsam öffnete Jimmy die Augen.
»Dem Himmel sei Dank, Sir, Ihr seid wieder unter den Lebenden«, rief Simon erleichtert aus. »Ich habe schon nicht mehr daran geglaubt, dass Ihr wieder aufwachen würdet.«
Jimmy befeuchtete seine trockenen Lippen. »Wie lange war ich ohnmächtig?«
»Seit über vier Stunden, Sir.«
Langsam kehrte die Erinnerung zurück. Bei seiner ersten Ohnmacht hatten die Folterknechte die Strohballen wieder unter seine Füße gestellt, aber nur so lange, bis er wieder zu sich gekommen war. Als er die Augen öffnete, hatten sie sie wieder weggezogen und ihn hängen lassen. Jimmys Körper litt unsägliche Qualen. Fast erflehte er die nächste Ohnmacht, die nach einer unendlich erscheinenden Stunde furchtbarer Schmerzen eintrat. Die Männer hielten ihn aufrecht, bis er das Bewusstsein wiedererlangte, und überließen ihn dann erneut der Tortur. Fünf- oder sechsmal wurde er ohnmächtig. Irgendwann hatten sie ihn wohl nicht mehr wach bekommen und ihn daraufhin in seine Zelle im Wiegenturm zurückgebracht, die sein treuer Diener Simon mit ihm teilte.
Der Kammerdiener bemerkte, dass sein Herr durstig war, und brachte einen Becher Wein. Zu Jimmys Verwunderung hielt ihm Simon den Becher an die Lippen, anstatt ihm das Gefäß zu reichen. Instinktiv wollte er den Arm heben, doch es ging nicht. Die Qual, die seinen ganzen Körper erfüllte, drang in sein Bewusstsein und ließ ihn aufstöhnen. Die Schmerzen zogen sich durch jede Faser, durch Bauch, Brust und Arme und endeten seltsamerweise an sei-

nen Handgelenken. Er fühlte seine Hände nicht mehr. Sie waren einfach nicht mehr da!

Von einem Gefühl der Panik ergriffen, versuchte er, sich aufzurichten, doch seine Kräfte reichten nicht aus.

»Meine Hände … Simon, zeig mir meine Hände«, flehte er.

Zögernd ergriff der Kammerdiener die Unterarme seines Herrn und hob sie an, damit er sie sehen konnte. Beide Hände waren dick angeschwollen, die Haut war von dem gestauten Blut dunkel verfärbt. Jimmy hatte kein Gefühl mehr in den Fingern. Sie waren völlig taub.

Nun haben sie ihre Drohung doch wahr gemacht, dachte er bitter. Ich bin ein Krüppel … aber ich lebe noch!

Siebenunddreißigstes Kapitel

Am folgenden Morgen erschien der Schließer, machte eine betroffene Miene und teilte Jimmy mit, dass man ihn in den Gemächern des Lieutenants erwarte. Ein zweiter Tag der Tortur stand ihm bevor!

Er spürte, dass er blass wurde. In diesem Moment konnte er an sich selbst beobachten, wie groß die Macht der Folterer war. Innerhalb kürzester Zeit konnten sie einen Menschen brechen, ihn allein durch ihre Drohungen in einen Zustand von Panik und Verzweiflung versetzen, bis er ihren Forderungen nachgab. Kalter Schweiß sammelte sich auf Jimmys Stirn und rann eisig seine Schläfen hinab, als er dem Wächter in die Frühlingssonne hinaus folgte. Das Licht brannte unangenehm in seinen Augen, das Hämmern, das aus der Königlichen Münze in seine Ohren drang, verursachte ihm Kopfschmerzen. Der Zustand seiner Hände hatte sich nicht gebessert. Es würde Wochen dauern, bis das Gefühl in seine Finger zurückkehren würde – falls es überhaupt zurückkehrte. Wenn er einen Fluchtversuch unternehmen wollte, würde er seine Hände brauchen. Also musste er Zeit gewinnen!

Dieselben Männer, die Jimmy am Tag zuvor verhört hatten, erwarteten ihn auch an diesem Morgen. Strenge Blicke musterten ihn und bemerkten zweifellos die Zeichen der Angst auf seinem Gesicht. Um Thomas Phelippes' Mund zuckte ein triumphierendes Lächeln.

»Seid Ihr bereit, einen weiteren Tag in der Folterkammer zu verbringen, Sir? Oder werdet Ihr vernünftig sein und gestehen?«

Jimmy sah ihn nicht an, sondern wandte sich an die Kronanwälte.
»Ich bin bereit, zu gestehen, aber ich werde nur mit Mylord Burghley sprechen – unter vier Augen!«
Die Männer machten verdutzte Gesichter. Was sollte diese Forderung? War der Greif sich zu fein, mit einfachen Juristen zu reden?
»Ihr werdet mit uns vorliebnehmen müssen, Sir«, protestierte Sir John Popham.
Doch Phelippes hob beschwichtigend die Hand. »Lassen wir ihm seinen Willen, meine Herren.« An Jimmy gewandt, fügte er hinzu: »Ich werde Eure Bitte an Mylord Burghley weiterleiten. Er wird entscheiden, ob er Euch sehen will.«
Der Schließer brachte ihn zurück in seine Zelle, wo Simon ihn erleichtert empfing.
»Wie geht es nun weiter, Sir?«, fragte er angstvoll.
»Mit ein wenig Glück wird es mir gelingen, uns eine Gnadenfrist zu erkaufen«, antwortete Jimmy mit entschlossener Miene. »Mit ein wenig Glück …«

Der Wächter brachte das Spätmahl, das aus feinem weißem Brot, Käse und kaltem Fleisch bestand. Die Versorgung richtete sich nach dem Stand des Gefangenen, nicht nach der Art seines Verbrechens. Da Jimmy seine Hände nicht gebrauchen konnte, musste Simon ihn füttern wie einen Säugling. Dabei standen dem treuen Diener die Tränen in den Augen.
»Ihr hättet Euch nie auf dieses gefährliche Spiel einlassen dürfen, Sir! Was würde Eure Frau Mutter sagen, wenn sie Euch jetzt sehen könnte …«
»Still, Simon«, befahl Jimmy energisch. »Lass sie in Frieden ruhen.«
Ein Schlüssel knirschte im Schloss, und dann wurde die Tür geöffnet.

»Seine Lordschaft Lord Burghley, Sir«, verkündete der Wächter voller Ehrfurcht.
Jimmy erhob sich mühevoll und gab Simon ein Zeichen, mit dem Tablett die Zelle zu verlassen.
»Ich muss allein mit Seiner Lordschaft reden.«
Nachdem Simon und der Wächter gegangen waren, schloss sich die Tür hinter dem Lord Treasurer, der den Gefangenen neugierig, aber auch ein wenig misstrauisch betrachtete.
»Ihr wolltet mich sprechen, Master Danvers«, sagte er kühl. »Fasst Euch kurz, ich habe dringende Staatsgeschäfte zu erledigen.«
Lord Burghley ließ sich auf den einzigen Stuhl sinken, während sich Jimmy wieder auf den Rand der Pritsche setzte, die ihm als Bett diente.
»Ich danke Euch, dass Ihr Zeit für mich gefunden habt, Mylord. Ihr werdet es nicht bereuen.«
»Weshalb wolltet Ihr unbedingt mit mir sprechen? Ihr hättet Euer Geständnis doch auch vor Sir Francis Walsingham machen können.«
»Verzeiht, Mylord, aber ich habe nicht den Wunsch geäußert, Euch unter vier Augen zu sehen, um ein Geständnis abzulegen, sondern um Euch etwas mitzuteilen.«
Erstaunt zog Burghley die Augenbrauen hoch. »Wenn Ihr meint, Ihr könntet meine Zeit verschwenden …«
Jimmy sah ihn ernst an. »Ich versichere Euch, das ist nicht meine Absicht. Hört mich an, ich bitte Euch!«
Burghley widerstand dem Verlangen, aufzustehen und an seine Arbeit zurückzugehen. Angesichts der Beharrlichkeit des Gefangenen begann sich Interesse in ihm zu regen.
»Worum geht es hier eigentlich?«
»Um Sir Francis Drakes Weltumsegelung vor sechs Jahren und den Mord an Thomas Doughty, Eurem Spitzel.«
Burghley zog scharf die Luft ein, und sein Körper spannte sich an.

Es bestand kein Zweifel daran, dass es Jimmy gelungen war, seine Aufmerksamkeit zu fesseln.
»Sprecht weiter!«, forderte der Lord Treasurer.
»Ihr seid dafür bekannt, Mylord, dass Ihr die Ansicht einiger Gentlemen am Hof, auf See sei alles erlaubt, nicht teilt«, fuhr Jimmy fort. »Ihr sagtet einmal, dass Ihr einen tödlichen Hass für alle Piraten empfindet.«
»Das ist wahr!«
»So wird es Euch nicht überraschen, dass diejenigen, die in Drakes Weltumsegelung investierten – Christopher Hatton, Lord Leicester, Sir Francis Walsingham und nicht zuletzt die Königin –, den wahren Zweck des Unternehmens vor Euch geheim zu halten versuchten, nämlich spanische Schatzschiffe zu kapern und zu plündern!«
Burghleys Miene wurde düster. Er sagte kein Wort, sondern wartete darauf, dass sein Gegenüber weitersprechen würde.
»Es gibt einen Entwurf dieser Expedition, adressiert an Hatton, Leicester und Walsingham, in dem Ihre Majestät den Plänen ihren Segen gibt, um den König von Spanien in die Schranken zu weisen. Es ging nicht allein darum, spanische Schiffe aufzubringen, sondern es sollte auch Philipps Kreditwürdigkeit bei den Florentinern geschädigt werden. Die Königin wies Drake ausdrücklich an, Euch im Dunkeln zu lassen, weil sie Eure Einstellung zur Piraterie kannte. Thomas Doughty, Hattons Sekretär, arbeitete für Euch und sollte Euch über den Ablauf der Expedition Bericht erstatten. Als Drake dahinterkam, ließ er Doughty hinrichten.«
»Woher wisst Ihr das alles?«, fragte Burghley mit gepresster Stimme.
»Als Drake nach England zurückkehrte, strengte Doughtys Bruder John eine Mordanklage gegen ihn an.«
Der Lord Treasurer nickte zustimmend.
»Die Anklage wurde jedoch auf Hattons Betreiben hin fallen gelas-

sen«, fuhr Jimmy fort. »Ich denke, es besteht kein Zweifel, dass er im Auftrag der Königin handelte. Als John Doughty daraufhin öffentliche Anklagen gegen Drake erhob, ließ man ihn unter dem Vorwurf verhaften, er habe sich mit einem spanischen Spion eingelassen. Man warf ihn ohne Prozess ins Gefängnis, zweifellos, um ihn zum Schweigen zu bringen. Als ich von der Sache hörte, wurde ich neugierig und suchte Doughty im Kerker auf. Er erzählte mir die ganze Geschichte. Ein paar Wochen darauf erfuhr ich von seinem Tod.«

Burghley rutschte unbehaglich auf seinem Stuhl herum. »Ihr glaubt, er wurde im Gefängnis ermordet?«

»Ich würde es nicht ausschließen, Mylord.«

»Und Ihr habt seine Behauptungen für glaubwürdig gehalten?«

»Anfangs hatte ich noch Zweifel. Doch dann erfuhr ich, dass Drake Ihrer Majestät sein Logbuch als Geschenk überreicht hatte. Es war nicht einfach, aber nach sorgfältiger Planung gelang es mir, es aus den Gemächern der Königin zu stehlen.«

Burghleys Augen weiteten sich erstaunt. »Ihr habt Ihre Majestät bestohlen?« Er atmete tief ein. »Wo ist dieses Logbuch?«

»An einem sicheren Ort!«

Der Lord Treasurer zog die Augenbrauen hoch. Also daher wehte der Wind!

»Was verlangt Ihr dafür?«

»Mein Leben!«

»Lasst mir das Logbuch zukommen, und ich werde darüber nachdenken, Sir.«

Jimmy sah Burghley herausfordernd an. »Ihr versteht mich falsch, Mylord. Ich habe nicht vor, Euch das Logbuch auszuhändigen. Wie ich schon sagte, es befindet sich an einem sicheren Ort außerhalb Englands. Sollte ich auf dem Schafott oder unter verdächtigen Umständen sterben, wird die Person, die es verwahrt, dafür sorgen, dass es in die Hände Seiner Allerkatholischsten

Majestät König Philipp von Spanien gelangt. Gerade Euch dürfte bewusst sein, dass dies Krieg bedeuten würde. Die Spanier vermuten zwar, dass unsere Königin vorab von Drakes Absichten Kenntnis hatte, aber sie haben keine Beweise dafür. Wenn Philipp wüsste, dass Ihre Majestät sogar in das Unternehmen investiert hat, würde er ihr sofort den Krieg erklären. Und ich denke nicht, dass England zu diesem Zeitpunkt in der Lage wäre, sich gegen eine Invasion zu verteidigen. In vier oder fünf Jahren vielleicht, aber nicht jetzt!«

Während Jimmy sprach, konnte er zusehen, wie dem Lord Treasurer das Blut aus dem Gesicht wich. Am ganzen Körper bebend, sprang Burghley von seinem Stuhl auf.

»Das würdet Ihr nicht wagen!«

»Ich versichere Euch, Mylord, dass mir nichts ferner liegt, als einen Krieg zu verschulden«, sagte Jimmy ruhig. »Aber da ich mich in Gefangenschaft befinde, könnte ich nicht verhindern, dass das Logbuch seinen Zielort erreicht, falls die Nachricht meines unzeitigen Todes bekannt würde. Solange ich lebe, habt Ihr jedoch nichts zu befürchten.«

Burghleys Augen schossen Blitze. »Was hindert mich daran, Euch erbarmungslos foltern zu lassen, bis Ihr das Versteck des Logbuchs verratet?«

»Das würde Euch nichts nützen«, widersprach Jimmy selbstsicher. »Den Ort, an dem es versteckt ist, kann kein englischer Spion betreten!«

Der Lord Treasurer musterte das schmale Gesicht des Gefangenen und sah, dass er ihm nichts vormachte. Jimmy wich dem Blick seines Gegenübers nicht aus. Er hatte tatsächlich das vollkommene Versteck gefunden. Auf seiner Grand Tour vor sechs Jahren hatte er auch Madrid besucht und sich dort mit einem Buchhändler angefreundet, der die neue Bibliothek des Escorial belieferte. Während eines Aufenthalts in Florenz hatte Jimmy ihm einige seltene Manuskripte als Geschenk zugeschickt, und als er nach einem Versteck für das Logbuch gesucht hatte, war ihm die Idee gekommen, seinen Freund zu bitten, das Buch in der Bibliothek zu verbergen. Sobald der Buchhändler Nachricht über Jimmys Tod erhielt, sollte er das Logbuch an den König weiterleiten.

Burghley ließ sich die ihm zur Verfügung stehenden Möglichkeiten durch den Kopf gehen und fand keinen Ausweg. Am liebsten hätte er diesen jungen Gecken für seine Frechheit bestraft, aber ein Krieg mit Spanien wäre zu diesem Zeitpunkt tatsächlich eine Katastrophe für England gewesen. Früher oder später würde es dazu kommen, davon war der Lord Treasurer überzeugt, doch er hoffte, dass dieser Fall so spät wie möglich eintreten würde.

Besiegt sah Lord Burghley den Gefangenen an. »Sir Francis sagte, dass der Greif gut sei, aber er ahnte nicht, wie gut!«

Er stand von seinem Stuhl auf und ging schwerfällig zur Tür, als fühle er auf einmal sein Alter.

»Ich werde Ihrer Majestät Euer Gesuch vortragen, Sir. Bis sie zu einer Entscheidung gekommen ist, wird der Folterbefehl ausgesetzt.«

Bevor er die Zelle verließ, warf er James Danvers noch einen feindseligen Blick zu. Es ärgerte ihn, dass dieser Grünschnabel mehr darüber wusste, was am königlichen Hof vor sich ging, als er, der mächtige Minister, der sich des Vertrauens der Monarchin, der er nun schon so lange diente, sicher gewähnt hatte.

»Sir, Ihr habt Besuch«, sagte der Schließer mit einem komplizenhaften Augenzwinkern.

Neugierig erhob sich Jimmy von der Pritsche und trat zur Tür. Sein Magen zog sich zusammen, als er Marianna neben dem Wärter stehen sah.

»Darwell, wärt Ihr wohl so gut, mich mit der Dame allein sprechen zu lassen?«, bat er mit trockener Kehle. »Sie ist meine Verlobte.«

Darwell grinste breit. »Aber natürlich, Sir. Da Sir Owen ihr erlaubt hat, Euch zu sehen, geht das wohl in Ordnung.«

»Würdet Ihr solange meinen Diener in Eure Obhut nehmen?«

Der Schließer nickte und verließ mit Simon die Zelle.

Hin und her gerissen zwischen der Freude, sie wiederzusehen, und der Furcht vor dem, was sie sagen würde, stand Jimmy da und starrte sie an. Marianna hielt den Blick gesenkt, bis sich der Schlüssel im Schloss gedreht hatte und die Schritte der Männer verhallt waren, dann erst hob sie die grünen Augen zu ihm und ließ sich mit einem Seufzen in seine Arme fallen. Keiner von ihnen brachte ein Wort heraus. Mariannas Tränen benetzten sein Wams, als sie ihr Gesicht an seine Schulter schmiegte. Doch mit einem Mal hatte sie das Gefühl, dass etwas nicht stimmte. Sie spürte den Druck seiner Arme, die sie umfingen, aber nicht die Berührung seiner Hände. Verwirrt löste sie sich aus der Umarmung und schob ihn leicht von sich, um seine Hände zu betrachten. Sie waren dick geschwollen.

»Was haben sie dir angetan?«, stieß sie erschüttert hervor.

»Sie haben mich gefoltert«, antwortete er leise. Rasch bemühte er sich, mit einem beruhigenden Lächeln seinen Worten den Schrecken zu nehmen. »Es ist nicht so schlimm, wie es aussieht«, log er. »In ein paar Wochen werde ich meine Finger wieder bewegen können.«

Ihr Gesicht war blass geworden. »Oh, Jimmy, ich habe solche Angst um dich! Sie haben meinen Gatten zu Tode gefoltert. Wenn sie nun dasselbe mit dir tun …«

Er legte erneut die Arme um sie und zog sie an sich. »Das werden sie nicht, meine Liebste«, flüsterte er. Seine Wange schmiegte sich an die ihre. »Gestern habe ich mit Mylord Burghley gesprochen und ihm klargemacht, dass es besser für die Sicherheit unseres Landes ist, wenn ich am Leben bleibe.«

»Du hast ihn erpresst?«, rief Marianna entsetzt.

Jimmy schnitt eine spöttische Grimasse. »Die einzige Möglichkeit, der Folter zu entgehen. Ich besitze etwas, das er haben will.«
Sie sah ihn fragend an.
»Es ist besser, wenn du nicht weißt, worum es sich handelt«, fuhr Jimmy fort.
»Und Mylord Burghley ist tatsächlich darauf eingegangen?«
»Er hatte keine Wahl, so sehr es ihm missfallen mag.«
»Glaubst du, man wird dich freilassen?«
»Nein, sicher nicht. Ich kann sie nur daran hindern, mich zu foltern oder hinzurichten, denn mein Tod würde sie in ernstliche Schwierigkeiten bringen. Aber ich bin zu gefährlich, als dass sie es in Betracht ziehen werden, mich gehen zu lassen. Allerdings gibt mir diese kleine Erpressung eine Gnadenfrist, die hoffentlich lang genug anhält, dass ich einen Fluchtplan entwerfen kann.«
In Mariannas Augen glomm ein Hoffnungsschimmer auf. »Hältst du das für möglich?«
»Nicht, solange meine Hände in diesem Zustand sind. Ich weiß auch noch nicht, wie ich es anstellen soll, aber im Augenblick habe ich schließlich genug Zeit, mir etwas zu überlegen.«
Marianna presste die Lippen zusammen. »Ich habe meine Glaubensgenossen um Hilfe gebeten. Eine Witwe, die zuweilen Priester in ihrem Haus versteckt, gewährt mir Unterschlupf, aber ich habe noch niemanden gefunden, der bereit wäre, dir zur Flucht aus dem Tower zu verhelfen. Sie haben zwar Verständnis für meine Bitte, wollen aber nicht mit jemandem in Zusammenhang gebracht werden, der ein Spion und Verräter sein soll.«
»Das war abzusehen«, meinte Jimmy beschwichtigend. »Es würde der katholischen Sache schaden. Aber du wirst mir doch helfen, Marianna?«
»Aber natürlich! Wie kannst du nur fragen?«
»Ich hatte Angst, du könntest mit deinem Sohn das Land verlassen haben.«

»Christopher ist mit Nathaniel abgereist. Es genügt mir, sie in Sicherheit zu wissen.«

Jimmys Augenbrauen zogen sich zusammen. »Du bist allein in England geblieben?«

»Was sollte ich denn tun? Ich konnte dich doch nicht verlassen! Und Christopher war der Einzige, der Nat sicher außer Landes bringen konnte.«

Jimmy sah sie gerührt an und lächelte. »Und wie kommst du zurecht?«

»Gut. Ich gehe so wenig wie möglich aus dem Haus. Eine Magd der Gevatterin Rice, bei der ich wohne, hilft mir beim Ankleiden, alles andere erledige ich selbst. Es ist gar nicht so schwer, ohne Dienstboten auszukommen, wenn man sich erst daran gewöhnt hat.«

Während sie sprach, erinnerte sich Marianna an den Geldbeutel, den sie mitgebracht hatte.

»Ich habe einen Teil der Münzen Christopher mitgegeben«, gestand sie ein wenig beschämt.

»Schon gut«, winkte Jimmy ab. »Es ist ausreichend Geld da! Einige Münzen brauche ich, um den Schließer zu bestechen. Er ist ein anständiger Kerl und wird mir bestimmt den einen oder anderen Gefallen tun. Den Rest solltest du behalten.«

»Wie geht es nun weiter?«, fragte sie unsicher.

»Ich werde darüber nachdenken, wie ich hier herauskomme. Dieser Turm liegt unmittelbar am Wassergraben, siehst du?«

Er führte sie zu dem einzigen vergitterten Fenster und deutete nach draußen. Unter ihnen lag die grünliche Wasseroberfläche des Burggrabens, der durch einen Kai von der Themse getrennt war.

»Wenn es mir gelingen würde, auf das Dach des Turms zu gelangen, könnte ich mich mit einem Seil hinunterlassen.« Er knirschte mit den Zähnen. »Aber das schaffe ich nur mit gesunden Händen. Mir bleibt wohl nichts anderes übrig, als mich in Geduld zu üben.« Er nahm sie in die Arme. »Ich werde den Schließer bitten, dass er mir Papier, Feder und Tinte bringt, damit ich Simon Briefe diktieren kann. Sicher lässt Darwell sich für Geld auch dazu überreden, sie dir zu überbringen.«

»Und wenn er sie liest?«

»Soll er ruhig. So wird er sehen, dass ich nichts zu Papier bringe, was für den Rat von Interesse wäre. Später können wir dann geheime Nachrichten austauschen. Ich werde dir beizeiten erklären, wie.«

Zärtlich wiegte er sie, und sie schloss wohlig die Augen. Schließlich hob sie den Kopf und sah ihn auffordernd an, bis er sich mit einem Lächeln über sie neigte und sie lange küsste. Als er sie freigab, fiel Mariannas Blick auf das Schachbrett, das auf einem kleinen Tisch stand. Jimmy bemerkte ihre Verwunderung und erklärte:

»Darwell spielt ein wenig Schach. Allerdings nicht besonders gut, deshalb freut es ihn stets, wenn es ihm gelingt, mich zu besiegen.«

Sie sah das mokante Grinsen auf seinem Gesicht und platzte heraus: »Du lässt ihn gewinnen, so wie du mich immer hast gewinnen lassen. Nicht einmal beim Schachspiel konntest du ehrlich sein!«

»Verzeih, meine Liebste. Es ist nun einmal eine viel größere Herausforderung, einen anderen gewinnen zu lassen, ohne dass er es merkt.«

Marianna begriff, dass er sich über sie lustig machte, und schüttelte vorwurfsvoll den Kopf.

»Wie kannst du in deiner Lage noch Witze reißen, Jimmy?«

»Zum Weinen bleibt mir noch genug Zeit«, spöttelte er.

Schritte näherten sich der Tür.

»Du musst jetzt gehen«, sagte er leise.

Sie nahm liebevoll seine Hände in die ihren und küsste sie. »Auch wenn du das nicht spürst …«

»Ich sehe es. Das genügt mir!«
Der Schlüssel drehte sich im Schloss, und die Tür wurde geöffnet.
»Es tut mir leid, Madam«, entschuldigte sich der Wärter. »Es ist Zeit.«
Die junge Frau fiel dem Gefangenen noch ein letztes Mal um den Hals, was Darwell zu Tränen rührte.

Achtunddreißigstes Kapitel

Mit zitternden Händen klammerte sich Marianna an eine Hauswand, als ihr erneut übel wurde. Sie hätte nicht hingehen sollen! Es war töricht gewesen, sich dieser drängenden, erstickenden Menschenmenge auszusetzen, den herzlosen Gaffern, den Taschendieben und Bänkelsängern, die aus dem Tod eines Menschen ihren Gewinn zogen. Oh, wie schrecklich war dieser Tod gewesen, das qualvolle Sterben des verurteilten Verräters, der im Namen der Obrigkeit abgeschlachtet wurde! Das krampfhafte Zappeln des am Galgen aufgehängten Körpers, die schrillen, herzzerreißenden Schreie, nachdem er, noch bei Bewusstsein, wieder abgeschnitten worden war, und der Henker ihn bei lebendigem Leib kastrierte, ihm den Bauch aufschnitt und die Gedärme herausriss. Obwohl Marianna zu weit weg gestanden hatte, um Einzelheiten zu erkennen, meinte sie, das geschundene Fleisch zucken zu sehen und den Gestank des vergossenen Blutes einzuatmen. Kreidebleich, einer Ohnmacht nahe, hatte sie sich durch die Menge der Schaulustigen gekämpft und die Hinrichtungsstätte von Tyburn verlassen. Ein Fuhrknecht hatte sich ihrer erbarmt und sie auf seinem Karren in die Stadt zurückgebracht. Doch die Übelkeit, die sie beim Anblick des ausgeweideten menschlichen Körpers befallen hatte, wollte nicht vergehen, und in ihrem Mund und in ihrer Nase hing weiterhin das metallene Aroma des Blutes, das selbst der Duft des Grases und der Blumen nicht vertreiben konnte.

Sie hatte das Haus der Gevatterin Rice fast erreicht, als ihr erneut die Knie weich wurden und sie ein Zittern überfiel. An die Wand gelehnt, atmete sie tief ein und versuchte die schaurigen Bilder zu verdrängen. Die Julisonne brannte erbarmungslos vom Himmel, und Marianna schloss für einen Moment die Augen, um ihren Strahlen zu entgehen.

»Madam, geht es Euch nicht gut?«

Die vertraute Stimme ließ sie zusammenfahren. Erschrocken riss sie die Augen auf.

»Christopher? Was machst du hier?«, fragte sie verständnislos, als sie ihren Diener erkannte.

»Seit Monaten warte ich auf Eure Rückkehr«, sagte er fast ein wenig vorwurfsvoll. »Ich habe mir Sorgen um Euch gemacht.«

»Und da bist du einfach nach England gesegelt und hast Nathaniel allein gelassen?«

»Er ist bei Euren Nachbarn in guten Händen. Sie bemühen sich rührend um ihn. Mir erschien es wichtiger, ihm seine Mutter zurückzubringen.«

Im Grunde war Marianna erleichtert, dass er wieder da war. Sie hatte seine Hilfe bitter nötig.

»Es tut mir leid, dass ich so schroff war.« Sie versuchte ein Lächeln. »Wie hast du mich eigentlich gefunden?«

»Ich suchte Master Fleetwoods Diener auf. Zum Glück erkannte er mich gleich wieder und sagte mir, wo Ihr wohnt.« Er betrachtete sie besorgt. »Ihr seid blass wie der Tod, Madam.«

»Ich komme gerade von Tyburn …«

»Ihr wart bei der Hinrichtung? Warum mutet Ihr Euch so etwas zu, Madam?«

Seufzend fuhr sich Marianna mit der Hand über die Augen. »Ich musste einfach gehen. Francis Throckmorton hat doch diese ganze Aufregung verschuldet. Aber niemand hat es verdient, so zu sterben … Wenn ich daran denke, dass Jimmy dasselbe drohen könnte …« Sie brach ab, weil sich bei dem Gedanken daran ihre Kehle zusammenschnürte.

»Bitte, Madam, Ihr solltet Euch ausruhen«, schlug Christopher vor. Sie nickte schwach und bat ihn ins Haus. In der Küche hantierte eine alte Frau mit Kesseln und Krügen.
»Gevatterin Rice, das ist mein Diener Christopher Stevenson. Er ist ein guter Katholik und absolut vertrauenswürdig«, stellte Marianna ihren Begleiter vor.
Die Alte musterte den blonden jungen Mann mit einem Blick, der scharf wie eine Messerklinge war. Sein Gesicht gefiel ihr, es war offen und ehrlich.
»Ich hole dir und deiner Herrin einen Krug meines selbstgebrauten Ale«, sagte sie einladend.
Erschöpft ließ sich Marianna auf einen Schemel sinken. Nach kurzem Zögern tat Christopher es ihr nach.
»Master Danvers ist also noch am Leben?«, fragte er.
»Ja, er wird im Tower gefangen gehalten.«
»Ich nehme an, Ihr habt nicht die Absicht, nach Hause zu kommen, solange er im Kerker sitzt.«
Energisch schüttelte sie den Kopf. »Verstehst du denn nicht, Christopher? Ich kann ihn nicht im Stich lassen! Nicht, solange noch Hoffnung besteht.« Sie blickte ihn eindringlich an und fügte dann leise hinzu: »Er hat einen Fluchtplan. Und ich werde ihm helfen, ihn in die Tat umzusetzen!«
Christophers Züge offenbarten keinerlei Überraschung. Er hatte etwas Derartiges vermutet. James Danvers mochte ein eitler Geck und ein Lügner und Spion sein, aber er war weder ein Feigling noch ein Dummkopf. Christopher traute ihm durchaus zu, dass ihm eine Flucht aus dem Tower gelingen mochte.
»Madam, verzeiht mir, dass ich so lange gebraucht habe, um Euch zu verstehen! Ich bin nicht zurückgekommen, um Euch zu drängen, Danvers zu verlassen, sondern um Euch meine Hilfe anzubieten.«
Der Blick ihrer grünen Augen richtete sich hoffnungsvoll auf ihn. »Du willst mir wirklich helfen?«

»Ja, Madam, ich habe inzwischen eingesehen, dass Ihr diesen Mann tatsächlich liebt.«
»Und weißt du auch, worauf du dich da einlässt? Es wird gefährlich!«
»Das ist mir klar, Madam.«
Die Gevatterin kehrte mit dem Ale zurück und füllte ihnen zwei Holzbecher. Eine Weile saßen sie schweigend da und löschten ihren Durst.
Das lange Warten war für Marianna nur schwer zu ertragen. Erst drei Wochen nach der Folter war ein wenig Gefühl in Jimmys Finger zurückgekehrt, und er war wieder fähig gewesen, eine Feder zu halten. Bis dahin hatte er seine Briefe an sie Simon zur Niederschrift diktiert und dies stets im Beisein des Schließers, der sich für ein Bestechungsgeld bereit erklärt hatte, Marianna die Schreiben zu überbringen. Darwell hatte sie auch noch zweimal zu dem Gefangenen vorgelassen, weil die offensichtliche Zuneigung zwischen den beiden ihn rührte. Bei ihrem ersten Besuch hatte Jimmy sie gebeten, ihm ein paar Orangen mitzubringen, und ihr erklärt, dass der Saft als unsichtbare Tinte benutzt werden konnte. Sobald er einen Plan habe, würde er ihr dies in seinen Briefen mitteilen. Sie brauchte das Papier nur über eine Kerzenflamme zu halten, und die Schrift würde sichtbar werden. Zunächst war es Marianna schwergefallen, ihm zu glauben, doch Ende Juni konnte sie dann das erste Mal beobachten, wie über der Kerze zwischen den mit Tinte geschriebenen Zeilen wundersamerweise Buchstaben wie aus dem Nichts auftauchten, wie die Worte Gottes an der Wand. Jimmy beschrieb ihr den Fluchtplan, den er erstellt hatte, und gab ihr genaue Anweisungen, was sie tun sollte. Nur das Datum stand noch nicht fest.
Mittlerweile war es ihm gelungen, die Freilassung seines Kammerdieners zu erreichen. Simon sträubte sich, seinen Herrn zu verlassen, aber Jimmy machte ihm klar, dass er ihn bei seiner Flucht nur behindern würde. Marianna nahm den Kammerdiener vor dem Lö-

wentor in Empfang und besorgte ihm eine Unterkunft in einer Herberge. Dort konnte sie nun auch Christopher unterbringen. Während sie dem blonden Hünen zusah, wie er seinen Krug leerte, kam ihr plötzlich ein Gedanke.
»Bist du mit dem Paketboot zurückgekommen?«, fragte sie.
Christopher schüttelte den Kopf. »Nein, ich hatte doch keinen Pass für die Einreise. Ihr habt mir so viel Geld mitgegeben, Madam, dass ich einen Fischer aus einem Dorf bei Boulogne bestechen konnte, mich nach England zu bringen. Er hat sieben Kinder, und seiner Frau geht es sehr schlecht, da kann er das Geld gebrauchen. Ich habe mit ihm verabredet, dass er mich in einer Woche in derselben Bucht wieder abholt.«
Mariannas Augen begannen zu strahlen. »Aber das ist wunderbar!« Sie wäre ihrem Diener am liebsten um den Hals gefallen. »Bisher war es mir nicht gelungen, einen Weg zu finden, Master Danvers außer Landes zu bringen. Es war das einzige Problem, was wir noch nicht lösen konnten. Ist dieser Fischer zuverlässig, Christopher?«
»Ich denke schon, Madam.«
Mit einem Seitenblick auf die Gevatterin, die sich an die Zubereitung des Essens machte, erhob sich Marianna und winkte ihrem Diener, ihr zu folgen.
»Es ist besser für sie, wenn sie so wenige Einzelheiten wie möglich kennt, auch wenn sie nie etwas verraten würde.«
In Mariannas Kammer beschrieb sie Christopher Master Danvers Fluchtplan. »Gevatterin Rice' Neffe hat zugesagt, mir zu helfen. Er kennt einen Flussschiffer, der uns ein Ruderboot zur Verfügung stellt, und besorgt einen Führer, der uns bei Nacht an die Küste bringt. Nun muss ich Master Danvers noch mitteilen, an welchem Tag das Ganze stattfinden soll. Und dann bleibt nur noch eins – beten!«

Neununddreißigstes Kapitel

Jimmy stand am Fenster seiner Zelle und sah durch die Gitterstäbe in die Abenddämmerung hinaus. Der malvenfarbene Horizont wich allmählich dem Dunkelblau der hereinbrechenden Nacht. Jenseits des Wassergrabens und des Kais verschwand die Themse in der dichter werdenden Dunkelheit, und bald waren nur noch einige Lichttupfer am anderen Ufer erkennbar. Der Mond, der in dieser Nacht in seinem letzten Viertel stand, war noch nicht aufgegangen.

Bei dem Gedanken, sich in die vollständige Finsternis hinausbegeben zu müssen, erschauderte Jimmy. Er hatte sich in aller Ruhe auf diesen Moment vorbereitet, doch angesichts des Wagnisses wurde ihm nun doch unwohl. In den nächsten Stunden würde sein Leben an einem seidenen Faden hängen.

Mechanisch bewegte er seine Finger, um sie geschmeidig zu halten. Es war jetzt über vier Monate her, dass man ihn gefoltert hatte, und noch immer fühlten sie sich ein wenig taub an. Er musste sich wohl oder übel damit abfinden, dass seine Hände unwiderruflichen Schaden genommen hatten und dass er wahrscheinlich nie wieder den Degen würde führen können.

Nach seinem Gespräch mit Lord Burghley hatte man ihn unbehelligt gelassen. Der Folterbefehl kam nicht mehr zur Sprache, und man holte ihn nicht mehr zum Verhör, ein deutlicher Beweis, dass man sich stillschweigend der Erpressung beugte. Jimmy machte sich jedoch keinerlei Illusionen. Das Verhältnis zwischen England und Spanien verschlechterte sich auch ohne sein Zutun unaufhaltsam, und wenn es erst zum Krieg kam, hatte er nichts mehr gegen seine Kerkermeister in der Hand. Spätestens wenn die spanische Flotte am Horizont auftauchte, würde man ihn hinrichten – bis dahin mochte man ihn einfach in seiner Zelle vergessen.

All diese Überlegungen hatten Jimmys Entschluss gefestigt, das Risiko einer Flucht auf sich zu nehmen. Er hatte Marianna seinen Plan mitgeteilt – Marianna, sein einziger Halt, ohne den er längst den Mut verloren hätte. Und als sie ihm schrieb, dass Christopher zurückgekehrt sei, um ihnen zu helfen, und sie ein Boot für die Überfahrt über den Kanal zur Verfügung hatten, zögerte er nicht, die Gelegenheit beim Schopf zu packen und die Nacht vor der Ankunft des Fischers für seine Flucht zu wählen.

Mit leichtem Argwohn betrachtete er seine Hände. Waren sie stark genug, um sein Gewicht zu tragen? Sorgfältig streckte er Arme und Beine. Das lange Eingesperrtsein hatte seine Muskeln geschwächt. Um dem entgegenzuwirken, hatte Jimmy sich bemüht, seinen Körper so viel wie möglich zu bewegen. Er stemmte den massiven Stuhl, um seine Arme zu stärken, und beugte regelmäßig die Knie, bis seine Beine schmerzten. Dennoch war er sich bewusst, dass die Anstrengung, die ihn in dieser Nacht erwartete, seinen Körper an seine Grenzen bringen würde.

Als Darwell ihm das Spätmahl brachte, aß Jimmy nur wenig, gerade genug, um seine Kräfte zu erhalten. Nachdem der Schließer die Reste abgeräumt hatte, zwang er sich, ein wenig zu ruhen. Erst als die Abenddämmerung hereinbrach, begann er mit seinen Vorbereitungen. Den Rest des Geldes, das er noch besaß, legte er unter sein Kopfkissen, wo Darwell es finden würde, wenn er am nächsten Morgen seine Flucht entdeckte. Jimmy hoffte, dass niemand ihm Vorwürfe machen und dass sein Anteil an der ganzen Sache nicht ans Licht kommen würde.

Als Jimmy sich überzeugt hatte, dass im Tower Ruhe eingekehrt war, holte er den verbogenen Nagel unter seiner Matratze hervor, den er vor Wochen aus dem Fensterladen gezogen hatte. Nacht für Nacht hatte er unermüdlich geübt, mit dem Nagel das Türschloss zu öffnen, und bald gelang es ihm mit nur wenigen Handgriffen. So war es auch an diesem Abend. Ein wenig Fett von einem Stück Speck stellte sicher, dass die schweren Scharniere nicht quietschten. Lautlos öffnete Jimmy die Tür und schlüpfte aus seiner Zelle. Er hatte den Nagel im Schloss gelassen, damit Darwell nicht in den Verdacht geriet, er hätte dem Gefangenen bei der Flucht geholfen. Es war stockdunkel um ihn herum, aber der Weg war ihm vertraut, und so fand er ohne Mühe die Stufen, die nach oben zu einer kleinen Pforte und schließlich auf das Dach des Turmes führten.

Tief atmete der Gefangene die warme Luft, die den Geruch abgestandenen Wassers aus dem Burggraben mit sich trug. Jenseits der Mauer, die den Graben von außen unmittelbar umgab, wartete die Freiheit. Nun musste er sich nur noch in Geduld fassen!

Gedankenverloren spielte Jimmy mit dem faustgroßen Stein, um den eine lange Schnur gewickelt war, die Marianna ihm bei ihrem letzten Besuch mitgebracht hatte. Den Stein hatte er aus einem morschen Wandteil seiner Zelle gebrochen und mit dem Nagel eine Rille hineingefeilt, die ein Abrutschen der Schnur verhindern sollte.

Es war etwa eine Stunde vor Mitternacht, als sein Instinkt ihn aufhorchen ließ. Waren da nicht vorsichtige Ruderschläge zu hören? Das Schleifen eines Bootsrands an den Steinen des Kais? Angestrengt starrte Jimmy in die Dunkelheit. Er hatte die Annäherung des Bootes nicht bemerkt, die Laterne an Bord musste gelöscht sein. Die Anspannung ließ sein Herz schneller schlagen, während er auf das verabredete Zeichen wartete. Eine Ewigkeit schien zu vergehen, bis er auf dem Kai eine Gestalt entdeckte, die einen weißen Turban um den Kopf trug. Es war so weit!

Jimmy zwang sich zur Ruhe. Er rollte die Schnur ab, vergewisserte sich, dass sie nirgendwo eingeklemmt war, wog den Stein kurz in

der Hand und warf ihn über Wassergraben und Mauer hinweg der Gestalt fast unmittelbar vor die Füße. Wenige Augenblicke später ging ein Ruck durch die Schnur, deren Ende Jimmy in der Hand hielt. Über die Brustwehr gebeugt, die das Dach umgab, begann er nun vorsichtig die Schnur einzuholen. Bald nahm das Gewicht zu, und er arbeitete noch behutsamer. Einige Male strengte er seine Augen an, konnte aber in der Finsternis nicht das Geringste sehen. Auch der weiße Turban war verschwunden. Sein Komplize musste ihn aus Vorsicht abgenommen haben.
Jimmy begann seine Muskeln zu spüren, obwohl das Gewicht, das er hochzog, nicht sehr groß war. Sein Körper war durch die lange Untätigkeit stärker geschwächt, als er erwartet hatte. Trotzig biss er die Zähne zusammen. Es gab kein Zurück mehr! Er musste in dieser Nacht fliehen!
Endlich war das Ende der Schnur erreicht, und Jimmy fühlte die rauhen Fasern des Hanfseils, das daran befestigt war. Es war nicht sonderlich dick, sonst wäre es zu mühsam gewesen, es bis zum Dach des Turmes hinaufzuziehen. Er konnte nur hoffen, dass der Strick stabil genug war, sein Gewicht zu tragen.
Nachdem er ihn um eine der Zinnen geschlungen und mit einem Knoten gesichert hatte, spuckte er in die Hände, holte tief Luft und stieg mit einem entschlossenen Schritt auf die Brustwehr. Das Seil war straff gespannt. Sein Komplize hatte es auf der anderen Seite der Mauer festgebunden. Jimmy kreuzte die Beine über dem Strick und ließ sich langsam daran hinunter.
Es dauerte nicht lange, bis der Zug seines Körpergewichts seine Hände zu ermüden begann. Die Strecke, die er überwinden musste, erschien ihm endlos. Nie hätte er sich vorgestellt, dass es so anstrengend war, sich von einer Mauer abzuseilen. Stück für Stück schob er sich abwärts, Zoll für Zoll rutschten seine Hände über den rauhen Strick. Sein Atem ging stoßweise, sein Herz schlug wild in seiner Brust, und seine Muskeln schmerzten. Auf halbem Weg

überkam Jimmy tiefe Erschöpfung, und er musste anhalten, weil ein Zittern seine Arme und Beine befiel. Er konzentrierte seine ganze Willenskraft auf seine Hände, um zu verhindern, dass sie, taub vor Schmerzen, einfach losließen. Denn das wäre sein Ende gewesen. Unter ihm lag die ruhige Oberfläche des Burggrabens. Wenn er fiel, würde der Aufschlag seines Körpers auf das Wasser die Wächter des Towers alarmieren, und seine Flucht wäre gescheitert. Keuchend sammelte Jimmy seine Kräfte und zwang seine Finger, weiter festzuhalten. Unendlich langsam setzte er sich wieder in Bewegung. Zweimal wagte er es, einen Blick nach unten zu werfen, um zu sehen, wie weit er noch von der Mauer entfernt war. Er konnte sie in der Dunkelheit gerade ausmachen. Entschlossen kletterte er weiter.

Da ging plötzlich ein leichtes Zittern durch den unteren Teil des Seils. Beunruhigt hielt Jimmy inne. Die Schwingung wurde stärker, und mit einem Mal hatte er den Eindruck, als wenn der Strick sich drehte. Da begriff er! Der Hanf war morsch und begann irgendwo unter ihm zu reißen! Panik überflutete Jimmy und verlieh ihm zusätzliche Kräfte. Seine Hände bewegten sich schneller abwärts, seine Knie rutschten fast wie von selbst über den Hanf. Die Bewegungen des Stricks wurden stärker. Er hörte das Knirschen der Fasern, als diese gegeneinanderrieben. Dann erklang ein Peitschenknall, und Jimmy hatte für einen Moment das Gefühl, zu fliegen, als er auf die Außenmauer des Turms zuraste. Instinktiv spannte er alle Muskeln an, um den bevorstehenden Aufprall abzufangen. Seine Hände krallten sich verzweifelt um das Seil. Egal, was passierte, er durfte nicht loslassen!

Mit furchtbarer Wucht schlug Jimmy gegen die steinerne Mauer. Die Luft wurde ihm aus den Lungen gepresst, so dass er nur ein atemloses Stöhnen von sich gab. Ein unerträglicher Schmerz durchfuhr seine rechte Schulter, und er hatte das Gefühl, die Kontrolle über seinen Arm verloren zu haben. Seine rechte Hand rutschte ab.

Halb ohnmächtig hing Jimmy an seiner linken über dem Wassergraben. Dabei hatte er noch Glück gehabt, dass das Seil nicht über ihm gerissen war. Hilflos musste er zusehen, wie ihn das Gewicht seines Körpers unaufhaltsam nach unten zog. Seine Hand hielt den Strick eisern fest und wurde von dessen rauher Oberfläche blutig gerieben, bremste seinen Absturz aber so weit, dass er fast lautlos mit den Füßen zuerst ins Wasser tauchte.
Zum Glück war Jimmy ein guter Schwimmer. Auch mit nur einem Arm hielt er sich ohne große Mühe an der Oberfläche. Er wusste nicht, ob seine rechte Schulter ausgerenkt oder gebrochen war, der Schmerz jedenfalls war mörderisch. Das kalte Wasser verscheuchte die Ohnmacht, die nach ihm gegriffen hatte, und seine unversehrten Beine trugen ihn rasch ans andere Ufer des Grabens. Mit Hilfe seines gesunden Arms erklomm er die schmale Böschung und blieb vor der mannshohen Mauer stehen, die den Burggraben umschloss. Ihm war sofort klar, dass er sie mit einem verletzten Arm nicht überwinden konnte. Nun war er so weit gekommen, um vor der letzten Hürde zu scheitern! Es war zum Verzweifeln! Gehetzt blickte Jimmy sich um, auf der Suche nach einem Hilfsmittel, das ihm erlauben würde, über die verdammte Mauer zu gelangen. Aber da war nichts als die kahle, rutschige Böschung.
»Danvers!«, rief leise eine Stimme über ihm.
Jimmy hob den Kopf und sah einen jungen Mann auf der Mauer sitzen. Es war Christopher Stevenson.
»Gebt mir Eure Hand, Sir! Ich ziehe Euch rauf.«
Erleichtert streckte Jimmy ihm die Linke entgegen.
»Was ist mit Eurem Arm?«, fragte der Diener.
»Gebrochen, glaube ich.«
Christopher beugte sich so weit wie möglich zu Jimmy hinab und packte dessen linken Arm mit beiden Händen. Der Verletzte konnte nichts tun, um ihm zu helfen, als sich mit den Füßen von der Mauer abzustoßen. Kurz darauf fand er sich allerdings schon oben

auf dem Rand wieder. Christopher sprang leise auf der anderen Seite hinunter und fing Jimmy auf, als dieser sich schwankend hinabgleiten ließ. Erschöpfung und Schmerzen forderten nun ihren Tribut. Als er auf dem Boden landete, gaben seine Knie nach. Die kräftigen Hände des Dieners verhinderten, dass er fiel. Christopher legte seinen Arm um Jimmys Taille und schleppte ihn mühelos mit sich über den Kai zum Themseufer, wo das Boot wartete.
Im Licht des aufgehenden Mondes erkannte Jimmy Marianna, die sich von der hinteren Sitzbank erhob und ihm die Hände entgegenstreckte, um ihm ins Boot zu helfen. Christopher folgte, und der Flussschiffer stieß sie vom Kai ab.
»Er ist verletzt«, raunte der Diener seiner Herrin zu. »Der rechte Arm.«
Sie nickte stumm. Jimmy hatte sich zu ihren Füßen auf den Boden des Ruderboots sinken lassen und lehnte den Kopf gegen ihre Knie, während er mit der linken Hand seinen rechten Arm stützte. Simon breitete pflichtbewusst eine Decke über seinen Herrn, um ihn in seinen nassen Kleidern warm zu halten.
Zärtlich streichelte Marianna Jimmys Stirn und Wangen. Seine Augen waren geschlossen, und er zitterte am ganzen Körper – nicht allein vor Kälte. Die Schmerzen mussten unerträglich sein. Wie sollte er mit dieser Verletzung reiten? Sie mussten unbedingt morgen Abend an der Küste sein!
Sie wechselte einen hilflosen Blick mit Christopher, der sich daraufhin von der Sitzbank erhob und zu ihnen kam.
»Lasst mich Eure Schulter sehen, Sir«, bat er.
Jimmy setzte sich auf und ertrug es mit zusammengebissenen Zähnen, dass der Diener seinen Arm abtastete.
»Es ist nichts gebrochen, denke ich«, verkündete er zuversichtlich. »Aber die Schulter ist ausgekugelt. Wenn wir am anderen Ufer sind, werde ich versuchen, sie wieder einzurenken.« Auf Mariannas zweifelnden Blick hin fügte er hinzu: »Ich habe unzählige Prügeleien

miterlebt, Madam, und auch so manches Mal geholfen, die Verletzten zusammenzuflicken.«
»Ich vertraue ihm«, sagte Jimmy und nickte Christopher zu.
Der blonde Hüne verzog keine Miene, doch sein Blick verriet, dass er das Versöhnungsangebot annahm.
Als das Boot am Südufer der Themse anlegte, war der Mond so weit aufgegangen, dass sie zumindest sehen konnten, wohin sie den Fuß setzten. Der Flussschiffer warf das Tau über einen Pfosten und winkte ihnen, ihm den Kai entlang zu folgen. Christopher stützte Jimmy, der sich kaum auf den Beinen halten konnte. Im Schatten eines Lagerhauses ließ er ihn schließlich auf eine Holzkiste sinken. Mit Simons Hilfe zog der Diener dem Verletzten Wams und Hemd aus.
»Madam, stellt Euch hinter ihn und haltet ihm den Mund zu, damit er nicht schreit«, bat Christopher.
Marianna tat, wie geheißen. Jimmy lehnte sich an sie und bog den Kopf zurück, damit sie ihre Hand auf seinen Mund pressen konnte. Sie sah seine Lider vor Angst flattern und vermied es, sich die Qual vorzustellen, die ihm die bevorstehende Prozedur bereiten würde.
Doch dann ging alles ganz schnell. Marianna spürte, wie Jimmys Zähne aufeinanderknirschten und sein Körper sich spannte wie ein Bogen, als Christopher die Schulter mit einem geübten Handgriff einrenkte. Sie legte die Arme um ihn und drückte ihn an sich, um ihn zu trösten, und er schmiegte stumm das Gesicht in die Falten ihres Rockes. Ein paar Atemzüge lang genoss er die Geborgenheit ihres Körpers, ihre Wärme, ihren Duft, bevor er sich aufrichtete und einen Versuch unternahm, seinen verletzten Arm zu bewegen. Er tat noch immer weh, aber zumindest hatte er ihn wieder unter Kontrolle.
Simon und Marianna halfen ihm in die Kleidung eines Kaufmanns. Während der Kammerdiener das feuchte Hemd, das sie Jimmy ausgezogen hatten, zu einer Schlinge knüpfte, verband die junge Frau die zerschundene linke Hand.

»Seid Ihr fertig?«, fragte der Flussschiffer ungeduldig. »John wartet am Ende der Gasse mit den Pferden. Möge die Heilige Jungfrau Euch auf Eurer Weiterreise beschützen!«
Marianna dankte ihm herzlich, und Jimmy nickte ihm zu.
»Wir stehen tief in Eurer Schuld, Sir«, sagte er.
Sie sahen ihm noch nach, bis er im Dunkel verschwand.
»Wirst du reiten können?«, fragte Marianna besorgt und legte unaufgefordert den Arm um Jimmys Taille, um ihn zu stützen.
»Ich muss!«, erwiderte er mit entschlossener Miene.

Vierzigstes Kapitel

Sie ritten die ganze Nacht hindurch. Jimmy hielt sich eisern auf dem Pferderücken, doch in den frühen Morgenstunden mussten sie in immer kürzeren Abständen Rast machen, da er vor Erschöpfung aus dem Sattel zu fallen drohte. Schließlich entschied John Littleton, dass auch die Pferde dringend Ruhe brauchten, und ließ sie auf einer Wiese haltmachen. In ihre Reisemäntel gehüllt, den Kopf auf den Sattel ihres Reittiers gebettet, schliefen Marianna und Jimmy ungeachtet des harten Bodens fast augenblicklich ein. Ihr Führer und Simon folgten ihrem Beispiel, während Christopher die Pferde beaufsichtigte.

Am frühen Vormittag ging es weiter. Marianna hatte John gebeten, für ihre Flucht die ausdauerndsten Pferde zu besorgen, die er bekommen konnte, und so kamen sie nun, da die Tiere ausgeruht waren, gut voran. Um die Mittagszeit kehrten sie in einer Herberge ein, um ihren Hunger zu stillen. Jimmy und Marianna traten als Kaufmannsehepaar auf, das, begleitet von seinen Dienern, auf dem Weg nach Rye war. Doch trotz ihrer Maskerade erfasste Marianna jedes Mal, wenn ein neuer Ankömmling den Schankraum betrat, ein Gefühl der Panik, das sie nur schwer verbergen konnte. Auch wenn es wahrscheinlicher war, dass man den Flüchtling auf der Landstraße nach Dover suchen würde, würde sie erst Ruhe finden, wenn sie sich auf dem Schiff befanden.

Die Reise ging weiter. Am Abend erreichten sie endlich Rye und mieteten sich in einer kleinen Herberge am Rande des Städtchens eine Kammer für die Nacht.

»Die Bucht, in der der Fischer mich abgesetzt hat, ist nicht weit von hier«, erklärte Christopher seiner Herrin, bevor sie sich mit Jimmy in die Kammer begab. »Ich bin damals an Land geschwommen, aber für Euch, Madam, werden wir ein Ruderboot brauchen, das uns zum Schiff bringt.«

»Das stimmt«, bestätigte Jimmy. »Simon kann auch nicht schwimmen.«

»Littleton stammt aus der Gegend und wird uns ein Boot besorgen«, fuhr Christopher fort. »Wir müssen nur zur rechten Zeit am Strand sein.«

Das falsche Kaufmannsehepaar zog sich in die Kammer zurück und legte sich bekleidet aufs Bett. Jimmy war zu Tode erschöpft und schlief rasch ein, doch Marianna wagte es nicht, die Augen zu schließen. Unruhig lauschte sie auf seine regelmäßigen Atemzüge und beobachtete, wie langsam die Dämmerung hereinbrach. Als der Mond aufging, weckte sie Jimmy. Simon erschien, um sie zu holen. Sie warfen sich die Umhänge über und verließen leise die Kammer. Unten im Hof erwartete sie Christopher.

Schweigend folgten sie dem Diener, der unbeirrt voranging. Der Wellenschlag des Meeres war bereits zu hören, bevor sie die Bucht erreichten. Ein Trampelpfad führte nach unten zum Strand aus bunten Kieseln. Dort wartete John Littleton mit einem kleinen Ruderboot. Marianna verkniff sich die Frage, was sie tun sollten, falls der Fischer nicht wie verabredet eintraf. Sie konnten nur das Beste hoffen.

Eintönig strichen die Wellen über den Strand und saugten beim Zurückweichen an den Kieseln. Der Wind frischte auf, und Marianna begann zu frösteln. Da fühlte sie Jimmys Arm um ihre Taille und ließ sich von ihm zu einem Felsen führen, auf den sie sich eng aneinandergeschmiegt setzten.

Die Stunden schlichen dahin, doch nichts geschah. Marianna dachte an Nat, der sehnlichst ihre Rückkehr erwartete. Bald würden sie

endlich eine richtige Familie sein, wie der Junge es sich schon so lange wünschte – wenn alles gut ging.
Die Hand des Mannes an ihrer Seite streichelte zärtlich ihren Rücken. Noch immer erschien es ihr unglaublich, dass er der berüchtigte Greif war, den Walsingham und Buskell in so schaurigen Farben gezeichnet hatten. Doch im Grunde unterschied er sich nicht sehr von jenen kühnen und rücksichtslosen Abenteurern wie Sir Francis Drake oder John Hawkins, die vom Volk verehrt wurden, oder den herausragenden Männern am Hof der jungfräulichen Königin, die das Spiel um Macht und Einfluss so gut beherrschten. Gegen die Intelligenz eines Walsingham oder Burghley anzutreten war für ihn die einzige Herausforderung gewesen, die ihn gereizt hatte. Jimmy hatte seine Gegner dabei durch List und Findigkeit in den Schatten gestellt. Er hatte aber auch Marianna über eine lange Zeit getäuscht und belogen, weil er sich davor gefürchtet hatte, dass sie ihn für seinen Verrat verachten und an den Staatssekretär verraten könnte. All das hatte sie ihm jedoch längst verziehen. Er liebte sie aufrichtig, das fühlte sie, und sie liebte ihn ebenso. Sie war entschlossen, alles zu tun, um ihn glücklich zu machen.
Die Nacht verging, und kein Boot kam in Sicht. Der Horizont begann sich bereits leicht zu verfärben, als Marianna aus ihrem Halbschlaf aufschreckte. Unten am Strand lief Christopher wie ein eingesperrtes Tier auf und ab. Angesichts seiner Verzweiflung verspürte Marianna tiefe Rührung. Er hatte ihnen die Hoffnung auf Flucht gegeben, und nun brach es ihm das Herz, dass er sie zuletzt doch noch enttäuschen musste.
An ihrer Seite streckte Jimmy vorsichtig seinen schmerzenden Körper und erhob sich von dem Felsen.
»Ich werde mit ihm reden«, sagte er und ging auf den Diener zu.
Christopher blickte ihm betroffen entgegen. Er wusste, was das Ausbleiben des Fischers für den Mann, der sich ihm in so ruhiger Haltung näherte, bedeuten musste. Jeder Tag, den er sich länger in

England aufhielt, konnte seine erneute Gefangennahme und vielleicht seinen Tod bedeuten. Und Christopher erkannte auf einmal, dass ihn dieser Gedanke mit Bedauern und Mitleid erfüllte. Er hatte aufgehört, James Danvers zu hassen.
Jimmy blieb vor ihm stehen und streckte ihm die linke Hand entgegen, da er die Rechte immer noch in der Schlinge trug.
»Ich wollte Euch danken, Sir, dass Ihr mir letzte Nacht am Wassergraben das Leben gerettet habt … und für die Behandlung meiner Schulter, ohne die ich es nicht bis hierher geschafft hätte.«
Schweigend, weil er nicht wusste, was er antworten sollte, schlug Christopher ein. In seinem Blick lagen Respekt und die Bitte, sein Versagen zu vergeben.
»Der Fischer war die beste Chance, die ich hatte«, fuhr Jimmy fort. »Es ist nicht Eure Schuld.«
Er wandte sich ab, um zu Marianna zurückzukehren, als er etwas aus dem Augenwinkel auffing. Ein weißer Tupfen auf dem unendlich schwarzen Meer! Christopher bemerkte seinen aufmerksamen Blick und wandte sich um.
»Das ist er!«, rief der Diener erleichtert. »Master Littleton, wir müssen das Boot zu Wasser lassen.«
Marianna und Simon hatten den Ruf ebenfalls vernommen und rannten auf das Ruderboot zu. Alle gemeinsam schoben sie es über den Kies den Wellen zu, die bereits Anstalten machten, sich zurückzuziehen. Die Ebbe hatte eingesetzt. Mit vereinten Kräften brachten sie das Boot zu Wasser. Jimmy half Marianna hinein und kletterte hinterher. Dann folgten Simon und John Littleton. Christopher gab dem Boot einen letzten Stoß, bevor er ebenfalls hineinsprang und die Ruder übernahm. Wenn sie erst an Bord des Seglers waren, würde John das Boot zurückbringen.
Der Diener legte sich wie ein Besessener in die Riemen, denn die Morgendämmerung brach herein, und sobald es hell genug war, würde man sie vom Ufer aus erkennen können. Sie konnten nur

hoffen, dass sie unterwegs auf kein anderes Schiff stießen, dessen Kapitän ihnen unangenehme Fragen stellte.
Bald war das Fischerboot erreicht. Der Fischer half ihnen mit entschuldigender Miene an Bord.
»Wir hatten kräftigen Gegenwind. Aber dafür kommen wir jetzt umso schneller an die französische Küste zurück!«
Marianna bedankte sich überschwänglich bei John Littleton und wünschte ihm alles Gute. Der Segler gewann schnell an Fahrt. Nach kurzer Zeit war das Ruderboot nur noch eine kleine Nussschale auf den blauen Wellen.
Jimmy hatte sich auf eine Bank gesetzt und streckte die Hand nach Marianna aus. Als sie sich lächelnd neben ihm niederließ, hüllte er sie beide in seinen Umhang, um ihr ganz nah zu sein.
»Kannst du mir meine Lügen verzeihen?«, fragte er, und seine Stimme verriet, dass er sich der Antwort ganz und gar nicht sicher war.
»Das habe ich längst«, antwortete Marianna.
»Und wirst du mir je wieder vertrauen?«
Sie sah ihn einen Moment an, bevor sie antwortete. »Ja.«
Ein Lächeln des Glücks breitete sich über sein Gesicht, und er presste sie leidenschaftlich an sich. »Ich werde dich nicht enttäuschen, das verspreche ich dir!«
Eine Weile saßen sie Arm in Arm unter dem Umhang da und sahen auf das Meer hinaus. Der Wind knatterte in den Segeln, und die Taue knarrten. Weiße Gischt spritzte über den Bug und benetzte ihre Gesichter, dass sie das Salz auf den Lippen schmeckten.
Jimmys Hand legte sich auf Mariannas Wange.
»Es ist viel geschehen, seit ich dir diese Frage gestellt habe. Deshalb will ich sie noch einmal wiederholen.« Er blickte ihr mit einer Art heiligem Ernst in die Augen. »Wirst du mich zum glücklichsten Mann dieser Erde machen und meine Frau werden?«
Sie ergriff seine Hand und nickte. »Ja, Jimmy, das werde ich.«

»Dann lass uns so schnell wie möglich heiraten, bevor wieder etwas dazwischenkommt.«
»Ja, mein Liebster.«
»Wo möchtest du leben? In Flandern? Oder vielleicht in Paris oder Florenz?«
Ihr Gesicht wurde ernst. »Wo immer wir vor Lord Burghleys und Walsinghams Spionen sicher sind!«
Er lächelte, als er sah, wie besorgt sie um ihn war. »Dann vielleicht doch lieber in Spanien! Ich habe da einen Freund in Madrid, weißt du …«
Er nahm sie erneut in den Arm und küsste sie. Christopher, der sie beobachtet hatte, wandte verlegen den Blick ab und trat zu dem Fischer und seinem Sohn, um ihnen bei der Arbeit zur Hand zu gehen.

Nachwort der Autorin

Königin Elizabeth I. regierte von 1558 bis 1603. Sie baute einen Kult um ihre Jungfräulichkeit auf und betrachtete sich als mit England vermählt. Dies hinderte sie nicht daran, die Tatsache, dass sie unverheiratet war, im politischen Spiel um die Macht immer wieder als Köder zu benutzen, um sich Verbündete zu schaffen, die sie dann möglichst lange mit Heiratsverhandlungen hinhielt.

Die Ereignisse, die der Handlung dieses Romans zugrunde liegen, sind als der sogenannte »Throckmorton Plot« in die Geschichte eingegangen. Francis Throckmorton stammte aus einer alten katholischen Familie. Seit etwa 1581 organisierte er die geheime Korrespondenz der schottischen Königin Mary Stuart mit verschiedenen Persönlichkeiten in England, dem spanischen Gesandten Don Bernadino de Mendoza und Marys Agenten Thomas Morgan in Paris mittels der diplomatischen Post des französischen Gesandten Michel de Castelnau, Seigneur de Mauvissière. Die katholische Mary Stuart hatte nach einer protestantischen Rebellion in Schottland abgedankt und war 1568 nach England ins Exil geflohen. Da Elizabeth aus katholischer Sicht als Bastard galt (ihr Vater Henry VIII. hatte ihre Mutter Anne Boleyn geheiratet, ohne dass die Ehe mit seiner ersten Frau annulliert worden war), betrachtete sich Mary als rechtmäßige Königin von England und wurde so zur Leitfigur einzelner unzufriedener englischer Katholiken, die sie anstelle Elizabeths auf dem Thron sehen wollten. Aus diesem Grund wurde sie bis zu ihrer Hinrichtung im Jahre 1587 in Gefangenschaft gehalten.

Vom Frühjahr 1583 an verfügte Sir Francis Walsingham über die Dienste eines Maulwurfs im Salisbury Court, Castelnaus Residenz in London, der ihn über Throckmortons Tätigkeit im Dienste der Schottenkönigin informierte. (Die mögliche Identität des Maulwurfs wird sehr detailliert in John Bossy, *Under the Molehill. An Elizabethan Spy Story* diskutiert.) Am 5. oder 6. November wurde Throckmorton in seinem Londoner Haus verhaftet. Allerdings brachte die folgende Durchsuchung nicht den gewünschten Erfolg. Throckmorton bewahrte Marys geheime Korrespondenz in einem Kästchen unter seinem Bett auf. Dieses Kästchen wurde von einer Magd vor den Augen von Walsinghams Agenten aus dem Haus geschmuggelt und fand seinen Weg zu Mendoza, wie der Spitzel in der französischen Gesandtschaft bestätigte. Die Verwicklung eines Spions mit Namen »Greif« in die Übergabe dieser Briefe ist meine Erfindung.
Die englische Regierung fand nie heraus, was genau das Kästchen enthielt. Auch wenn man nicht beweisen konnte, dass der spanische Gesandte Anteil an der Verschwörung hatte, wurde Mendoza im Januar 1584 des Landes verwiesen. Er war der letzte spanische Gesandte in England während Elizabeths Regierungszeit.
Francis Throckmorton wurde im Tower gefoltert und gestand schließlich, dass der Herzog de Guise, Führer der Katholischen Liga in Frankreich, eine Invasion Englands plante, der allerdings sowohl der spanische König Philipp II. als auch Throckmorton selbst skeptisch gegenüberstanden. Bevor Throckmorton verurteilt und am 10. Juli 1584 hingerichtet wurde, belastete er während weiterer Verhöre auch den Earl of Northumberland und andere katholische Adelige. Northumberland wurde in den Tower gesperrt, wo er 1585 in seiner Zelle durch einen Pistolenschuss durchs Herz starb. Sein Tod wurde als Selbstmord ausgegeben, doch später beschuldigte Sir Walter Raleigh in einem Brief Sir Christopher Hatton des Mordes an Northumberland. Die Wahrheit lässt sich leider wie so oft im Nachhinein nicht mehr feststellen.

Als Inspiration für die Entführung Roger Ashtons durch den englischen Geheimdienst diente mir das Beispiel des Dr. John Story, Jurist und Parlamentsmitglied. Nach Elizabeths Thronbesteigung weigerte er sich, den Suprematseid zu schwören, und wurde daraufhin im Fleet-Gefängnis eingekerkert. Es gelang ihm jedoch, auszubrechen und auf den Kontinent zu fliehen, wo er fortan im Exil lebte. Als er in die Dienste des Herzogs von Alba, Statthalter der Niederlande, trat, organisierte Lord Burghley im Jahre 1570 seine Verschleppung aus Bergen, um ein Exempel an ihm zu statuieren. Da Story die spanische Staatsbürgerschaft besaß und gegen kein Gesetz verstoßen hatte, wurde er aufgrund konstruierter Beschuldigungen des Verrats für schuldig befunden und 1571 hingerichtet. Sein Schicksal sollte als abschreckendes Beispiel für all diejenigen dienen, die sich mit den Feinden Englands verbündeten.

Dass ein Gefangener aus dem Tower entkam, geschah nicht so selten, wie man meinen sollte. Der prominenteste Ausbrecher war zweifellos Sir Roger Mortimer, dem die Flucht im Jahre 1323 mit Hilfe von Komplizen gelang, möglicherweise sogar mit Unterstützung Königin Isabellas, deren Geliebter er wurde. Später setzte er König Edward II. ab und herrschte fast vier Jahre an Isabellas Seite. Ein anderer Häftling zur Zeit des englischen Bürgerkriegs entkam, indem er sich die Kleider seiner Frau überzog und anstelle der Gattin seine Zelle verließ. Ein Cousin des Earl of Westmorland feilte mit einem Stück Eisen die Gitter seines Fensters durch, kletterte die Mauer hinab und durchschwamm den Burggraben, wurde aber aufgrund seiner verräterisch nassen Kleidung wieder aufgegriffen. Der detaillierteste Bericht findet sich in der Autobiographie des Jesuitenpaters John Gerard, der 1597 im Tower gefoltert wurde. Mit der Hilfe eines gutmütigen Wächters unterhielt er eine ausgiebige Korrespondenz mit seinen Freunden. Für geheime Botschaften benutzte er Orangensaft als unsichtbare Tinte. Nachdem er sich weit genug von den Folgen der Folter erholt hatte, floh er mit einem Mitgefangenen aus dem Wiegenturm (Cradle Tower), indem er an einem Seil vom Dach über den Wassergraben hinwegkletterte. Der Wächter wurde im Nachhinein von Freunden des Jesuiten außer Landes gebracht und erhielt eine großzügige Pension. Gerards Bericht hat mir für James Danvers' Flucht als Vorlage gedient, um die Beschreibung so realistisch wie möglich zu gestalten.

Glossar

Clavicytherium: Tasteninstrument, ähnlich einem Cembalo.

Ferula (lat.): Gerte, Rute.

Friedensrichter (engl. Justice of the Peace): ehrenamtlich arbeitende, vom Lord Chancellor nominierte Laienrichter ohne juristische Ausbildung, die polizeiliche Befugnisse besaßen und in Quartalsgerichten kleinere Vergehen verhandelten. In London hatten die Ratsherren dieses Amt inne.

Lord Treasurer: Erster Lord der Schatzkammer, Leiter des Schatzmeisteramts, das für die Eintreibung und Verwaltung der königlichen Finanzen zuständig war.

Rekusant (engl. recusant): Die Bezeichnung Rekusanten bezog sich ursprünglich auf alle diejenigen, die dem anglikanischen Gottesdienst fernblieben, auch auf Protestanten. Später beschränkte sich der Begriff auf Katholiken.

Schwegel: Einhandflöte mit drei Grifflöchern

Suprematseid (engl. Oath of Supremacy): Das Suprematsgesetz von 1559 erklärte den König bzw. die Königin zum Oberhaupt der Kirche von England. Der Suprematseid, der besagte, dass die höchste spirituelle Autorität beim englischen Staatsoberhaupt lag, musste von Klerus, Richtern, Beamten und Universitätsstudenten bei der Abschlussprüfung abgelegt werden. Da für Katholiken die spirituelle Autorität beim Papst lag, konnten sie diesen Eid nicht schwören. Er konnte daher auch eingesetzt werden, um eine Person zur Offenlegung seiner religiösen Anschauungen zu zwingen.

Yard: Ein Yard besteht aus 3 Fuß und entspricht 0,9144 m.

an der Tür kratzen: Am königlichen Hof und in den Häusern des Adels kratzte man nur leicht an der Tür, wenn man Einlass begehrte. An der Tür zu klopfen, wie es heute üblich ist, wäre als grober Verstoß gegen die Etikette gewertet worden.

Literatur

Boehn, M. von, *Die Mode,* Bd. 1 Eine Kulturgeschichte vom Mittelalter bis zum Barock, 3., überarb. Aufl., München 1986

Bossy, J., *Under the Molehill. An Elizabethan Spy Story,* New Haven/London 2001

Gerard, J., *Meine geheime Mission als Jesuit,* Luzern 1954

Haan, H.; Niedhart, G., *Geschichte Englands vom 16. bis zum 18. Jahrhundert,* München 1993

Haynes, A., *Invisible Power. The Elizabethan Secret Service 1570–1603,* Dover 1994

Haynes, A., *Walsingham. Elizabethan Spymaster & Statesman,* Stroud 2004

Johnson, P., *Elizabeth I. A Study in Power and Intellect,* London 1974

Paston-Williams, S., *The Art of Dining. A History of Cooking & Eating,* London 1993

Picard, L., *Elizabeth's London. Everyday Life in Elizabethan London,* London 2003

Plowden, A., *Elizabethan England. Life in an Age of Adventure,* London 1982

Quennel, M. u. C.H.B., *A History of Everyday Things in England,* Bd.1, 3. Aufl., London/New York/Toronto/Sidney 1948

Rowse, A.L., *The Tower of London in the History of the Nation,* London 1972

Vollmuth, R., *Traumatologie und Feldchirurgie an der Wende vom Mittelalter zur Neuzeit. Exemplarisch dargestellt anhand der ›Grossen Chirurgie‹ des Walther Hermann Ryff,* Stuttgart 2001

Young, A., *Tudor and Jacobean tournaments,* London 1987

Sandra Lessmann bei Knaur:

Die Richter des Königs

London im Jahre 1665, nach dem Bürgerkrieg. Jeremy Blackshaw darf aufgrund der politischen Lage seiner Berufung als katholischer Priester nicht folgen. Der ehemalige Arzt wird zur Behandlung des schwer erkrankten Richters Sir Orlando herangezogen und unversehens in einen Mordfall verwickelt, der nicht der einzige bleiben soll. Offenbar hat es jemand auf die Gerichtsbarkeit Londons abgesehen. Bald fällt der Verdacht auf den jungen Iren Breandán. Doch Jeremy kann nicht glauben, dass Breandán wirklich der Schuldige ist ...

»Eine gelungene Mischung aus Sherlock Holmes und ›Medicus‹,
und hundertprozentig eines von den Büchern,
in die man mit Haut und Haar versinkt.«
WDR 4

Die Sündentochter

London, 1666: Hilflos muss Richter Orlando Trelawney mit ansehen, wie eine Hebamme kaltblütig ermordet wird. Voll Entsetzen über die grausame Tat wendet sich Orlando an seinen Freund, den Arzt Jeremy Blackshaw, der ihm schon einmal bei der Aufklärung eines Verbrechens geholfen hat. Zunächst steht Jeremy vor einem Rätsel – zumal Anne, die Tochter des Opfers, beharrlich schweigt. Wen schützt sie? Während Jeremy noch nach Antworten sucht, bricht der große Brand von London aus, der die Lösung des Falls erheblich erschwert ...

»Ein praller und spannender Historien-Krimi aus deutscher Feder.«
Bild am Sonntag, Alex Dengler